陌上人如玉

下册

御井烹香 著

江苏凤凰文艺出版社
JIANGSU PHOENIX LITERATURE AND ART PUBLISHING

第七章 揭秘

表白

心意？什么心意？

萧禹是真的被问懵了，他险些脱口而出：你对我是什么心意？

可，对着宋粤娘那清丽的面孔，这话到底还是被他咽了下去：还能是什么心意？不就是和那日的陈娘子一般，陈娘子中意她表哥，而宋竹……宋竹就中意他了呗！

也许是男孩子要晚熟一些，也许是因为萧禹知道自己现在应当先一心读书，而不是把无谓的心思花在这些事上，虽然他从小也没少接触如花似玉的姐姐妹妹们，但真的从来也未曾起过色欲之念——在入读宋学以后，接受了宋先生的教导，真心倾慕起了宋学，他也自然而然地接受了这一夫一妻，除非无子否则不纳妾的观点……

有了这样的想法，萧禹便从来也未想过自己和男女之事的关联。反正他的婚事，不由得自己做主，婚前又不会纳妾，那么多想这些事，似乎也是自寻烦恼。也因此，虽然人人都喜欢宋家女，宋竹更是有许多人上门提亲，其中不乏萧禹的老相识，可他心里从来就未曾把宋竹当作——怎么说呢，他知道她是女孩儿，只是……就是……只是他就从没把她当作个女孩儿过。

在他心里，宋竹是可爱的小妹妹，是和他投缘的小师妹，是他尊敬的老师疼爱的三女儿，唯独不是一个刚刚十四岁、正值豆蔻年华的妙龄少女。乍然听闻她对自己的心意，萧禹的震惊，自是不必多说的。这不单单是宋竹的问题，也是因为这是第一次有人欢喜他——

哦，不对，他倒是忘了颜娘子——但粤娘和她自然是不同的……

可这不同在哪儿，萧禹又说不上来了，他的心已经乱成了一团麻，不知为何，竟有了逃跑的冲动。只是到底还有身为男儿的尊严撑着，不肯在一脸平静的宋竹跟前慌张失措，愕然了半晌，到底还是憋出了一句话：“你……你是和我开玩笑的吧？”

话刚出口，萧禹自己都想抽自己了：这话说出口以后，别说是脾气一向不小的宋竹了，就是最温顺的小娘子，只怕都免不得要和他翻脸吧？

没料到，宋竹居然未曾生气，反而认认真真地纠正他道：“我是认真的，三十四哥，我中意你许久了，只是你太笨了，没明白而已。”

这……萧禹又有了几分哭笑不得——这都什么事儿啊！有这么说话的吗？这姑娘毕竟是还小，有些时候说话做事，还透了几分古怪。

对——对呀！

好像是找了个缺口，找到了一个借口，萧禹顿时满腔热情地支持起了这个说法：宋竹今年才刚刚十四岁，别说她了，饶是他也算是见多识广，从小有些心计的，现在想想自己十四岁的时候，也还是幼稚得很，不知做了多少让自己脸红的事情。这就是所谓的年少轻狂吗？……想这粤娘，天资到底是输了他一些，相形之下更不成熟，也是自然的事。他这个做兄长的，应该好生教导她，让她明白自己的错处，日后别再闹出这样的笑话了！

“你还小呢。”转眼间便拿定了主意，萧禹也就找回了自信，他从容地说，语调里也忍不住带了一丝笑意，“粤娘，你不知道，这样的话可是不能浑说的。我晓得，咱俩好，你心里把我当了亲哥哥一般，也就有了误会……”

“这么说，你是不中意我喽？”宋粤娘却压根没有听他说话的意思，萧禹才说了两三句，还没来得及展开呢，就被她干净利索地打断了，她略略偏过头，眼皮半搭着瞥着萧禹，神态中有些萧禹无法描绘的轻蔑，好像在嫌弃他笨，又有些他更无法描绘的风情，就像是一只手，在他自己都不知道的一块皮肤上轻轻地点画着，惹得他全身都不自在起来。

"咳咳——"萧禹不自在地咳嗽了几声，虽然也怕宋粤娘被他明确拒绝以后，大怒之下不肯再搭理他，又或者闹出什么事来，"我不都说了，你还小呢……我……"

"我过年都十四岁了。"宋粤娘哼了一声，往后靠到柱子上，双手一抱，"这还叫小吗？已经是能说亲的年纪了……我就问你，你中意我还是不中意？你怎么连一句着实的话都不肯答我呀，三十四哥？"

居然又被她鄙视了。

萧禹今日，大惊之下，的确是阵脚大乱，应对得连自己都不能满意，但饶是如此，被宋粤娘这一说，他倒也被激起了傲气，也不顾虑宋粤娘的心思了，摇头道："是，我不中意你。"

眼见宋粤娘神色略暗，他心里又是一松，这么说了，她应该也能死心了吧，又是担忧她可别太难过了，我得想个法子让她知道，这绝不是真正的喜欢。正也不知是忧是喜时，宋粤娘却是眼波一转，又来了一句："那你为什么不中意我呢？"

萧禹脚下一软，差点没滑坐下去——这、这、这……她、她、她……

他也找不出话来形容宋竹了，反正，自小他在各亲戚家所见到的女子，不论年纪大小，从来也没有一个是和宋竹这样的。按他想，别人都明确说了不喜欢，就是性格最刚强的小娘子，这会儿也该说些绝情的话，然后躲起来偷偷地哭了吧。谁和她一样，还反过来问这……

"你看，我没什么好不喜欢的呀。"也许是看他没说话，宋竹又反过来劝他。她秀丽的容颜上一片认真，伸出手扳着手指，"我们家的家风自是不必说的，一门亲戚，都不会给你们家惹来麻烦，只有给助力的份。婚姻嘛，就是结两姓之好，我们家可是没得挑了的，对吧？"

萧禹……萧禹除了点头，还能说什么？难道他能嫌他师门不好？再说，宋家的确也是没什么可挑的了，就连萧禹，心里也是不止一次，暗暗地希望自己能生在宋家……

"再说我，我生得不好看吗？三十四哥？"宋粤娘这回是真有些困惑了，她偏了偏脸，"我自己是没觉得什么，可人人都夸我生得好，难道你觉得我生得不好看吗？"

“你……你生得挺好看的。”萧禹也没法昧着良心说假话。

“那是我的性子不好？”宋粤娘又问，“三十四哥喜欢我二姐那样的小娘子？”

“我……我……”萧禹绞尽脑汁，才勉强找出一句回话，不让宋竹掌握全部对话的节奏，“不，你挺好的，就是——就是我不中意——我一直就把你当妹妹看！”

宋竹又低下头去，但这回萧禹可不会再受骗了，他紧张地望着宋粤娘，过了一会儿，宋粤娘果然又开口了：“好吧，那……我要怎么样，你才能中意我呢？”

啊——

若非此处是宋家后院，萧禹简直要仰天长啸了，这个宋竹——这个宋三娘——这个该、该打手心的宋粤娘——

“你不能中意我！”也算是被逼到了山穷水尽的地步，他再忍不住心底咆哮奔腾的情绪了，萧禹脱口而出，他真想捉住冥顽不灵的宋三娘，狠狠地摇晃上几番，“你不能中意我，粤娘，你——我和你——”

刚要往下说，他忽然又清醒了过来，宋三娘面上的惊讶，就像是一桶冷水兜头淋下，让他立刻恢复了理智，萧禹松开手——原来不知何时，他已经握住了宋三娘的肩膀。退后了两步，心底不知为何，忽然有些说不出的难过，也许是为了宋粤娘，也许是为了即将辜负她的自己，他应该好好解释的，起码不能这般糊弄，只是、只是……

“你定亲了？”在忽然安静下来的后廊上，宋粤娘轻声地问，“你是不是定亲了？”

萧禹不愿再多说一个谎话，他摇头道：“我没有定亲，但……但我也不可能和你在一起，我们两家的门第……不配。”

他抢在宋粤娘开口之前，续道：“若是我们两家结亲，受害最深的就是先生——就是你父亲，其次是我，还有你叔叔、你的哥哥们，都会受到牵连……你不明白个中内情，否则，你绝不会有这般荒谬可笑的想法的。真的，粤娘，你还小，你知道什么叫中意吗？不过是有些孩子的心思，等到你长大以后想想，自己都会觉得好笑。”

见宋粤娘拧起眉毛，又要开口，他忙抢着说："好了，此事就到此为止，再也不要提起，以后……以后咱们就和以前一样，好吗？"

宋粤娘一脸迷惑深思，她紧紧地蹙着眉毛，若有所思地望着萧禹，让他不禁更加心慌——从刚才到现在，他的惊慌级数，真是层层递增，就没有松弛过。他不能再让宋粤娘开口了，天知道她还会说出什么话，扰乱他的心绪？

没有给宋粤娘开口的机会，他回过身，顺着原路溜回了屋子里，门帘一挑，又堆出了一脸笑，喜气洋洋地凑到了宋栗身边。

宋粤娘没有再进后堂，一直到表嫂萧明氏带他告辞，都没再露面，这让萧禹松了一口气，却又不禁生出了许多担心：宋家人知道此事吗？他们赞同吗？宋家的提亲信，该不会已经在路上了吧？如若真是如此，自己又该怎么应对？

这满腔的担忧，使得他很是心事重重，当晚的饭，都吃得没滋没味的，吹灯上床以后，也难以安眠，只是望着窗外的树影出神：宋粤娘怎么会有这样的想法，怎么会……怎么会中意自己？

此事带来的种种后果，以及复杂局势，不是一时半会能想得清楚的，甚至会影响到他在宜阳书院的学习。萧禹思量了半晌，都没理顺其中的关系，也未能决定自己到底要不要回避和宋三娘的碰面，还是真的一切皆如以往。在这静谧的深夜里，他的思绪就像是蛛网，被风吹到哪里，就黏到哪里。过了许久，已经遗忘的忧虑，又浮上了心头，他一会儿想这，一会儿想那，竟是大有"冥冥梅雨暗江天，汗浃衣裳失夜眠"的味道。

也不知夜到了多深，萧禹终于有了少许睡意，在他半梦半醒之间，一个念头忽然从脑海中浮现：宋三娘中意他，那，他到底中意宋三娘吗？

宋粤娘的面庞，立刻就在心湖中升了起来，她的鬼脸、她的笑容，她恼恨的表情、取笑他的样子……

这片刻的绮思，却没能存活多久，立刻就被萧禹打灭了：开什么玩笑？明知不该，他又怎么会去中意？多大的人了，可别和话本里的小娘子一样，叽叽歪歪、儿女情长的。虽说她是挺可爱的，但也就是当个小妹妹似的，他的心思宝贵得很，才不要想这些事呢。

有了答案，他也安心了许多，眼一闭，顿时是酣然入眠，只是这一夜睡得也不曾安稳，翻来覆去，不知做了什么梦，第二日起来时，只觉得裤裆一片冰冷湿润，探手一摸，也不知是何物，慌得萧禹立刻找来胡三叔，得他解释一番，方才是放下心来。

道别

萧禹到底是什么身份？难道他竟不是望海侯家的孩子，而是萧家什么冷门旁支，罪人子弟，更有甚者，乃是贱籍出身？

宋竹连着十几日都在想这个问题：不这么想的话，说不通啊。

萧家出过宰相，按照本朝荫补的规矩，家族里绝对不止一个官人。望海侯那一房只是因为出了圣人，所以得以封侯，格外显贵而已。这么多官，当然政治立场也许并不一致，但家族的凝聚力却绝不是开玩笑的。萧家之所以被众人称许，家风甚至得到宋家人的认可，也是因为一族人荣辱与共，同进同退，不曾出现两房意见相左、反目成仇的事情。

因此，望海侯家不可能看不上她宋家的门第呀，绝不是宋家配不上萧家。之前为二姐说亲的三十二哥，就是望海侯的亲侄儿，也是圣人兄弟之子，若是望海侯一家看不上宋家，也断无可能有推动关系这样亲密的子侄辈前来提亲的道理。以萧家族风，更不可能是三十二哥的父母自作主张……总之，宋家的门第，全天下还真没有配不上的人家，宋竹对这点事有信心的。

不是她们家配不上萧家，那就是萧禹出身的那户人家配不上宋家了。这倒是不无可能，比如若萧禹是罪官之后，又或者家里他母亲是贱籍，这样的出身，的确是不方便和宋家结亲的，即使宋家没意见，宋家的亲戚也会有意见，觉得对方玷污了宋家的名声。

但……也不像啊，萧禹平时的做派，宋竹也是看在眼里的。去年他和她口角时说了，节礼里的皮子都是他送的，她自然信他的话，后来也想明白了他当时说那句话的意思：之前两人在后院射箭做耍的时候，萧禹就说过几次了，觉得她冬日穿得太少，不易防寒。

这样的人家，能是罪官、罪人、贱籍？即使是颜家等大户人家的衙内，论气魄也都不如他吧。虽然猜来猜去，但没一个理由是能说服宋竹的，因此她虽被萧禹狠狠地拒绝了，但却并不太难过，只是想要弄清楚萧禹为什么说两家的门第绝不相配，一旦在一起，会对他和自己父亲，都带来很大的损害。

再说，他当时反反复复，说的都是不可能，到底也还没回答她的问题——说她小，那她现在也不小了，说不可能，那就不能绕过不可能吗？只是问一句中意不中意，有那么难回答吗？

也不是说心里就不难过，只是这迷惑暂时也压下了失落，宋竹还是打算把事情弄明白了，再想想该如何反应。她心里更多的还是对萧禹的意见：慌慌张张的，一点都不沉稳，这又不是什么大事，她也没和任何人说起，他那么慌乱做什么？连句中意不中意都不肯回答。如果他真不中意，又有他说的那些障碍在的话，一切也就不提了；若是他真的中意，难道门第的不配，就不能想法子去解决吗？就算他是婢生子，只要能考中科举，以他的天资，爹爹也未必就反对这门亲事……

只是，想要找到萧禹，再问出个中缘由，也得要宋竹找得到机会才行。自打元月那次见面以后，萧禹便不曾上门来拜访，而宋竹也不可能去县衙找他。随着时间的推移，“宋家三女，既美且贤”的名声，也已远播到东京城里，正月里上门拜年的长辈，就多有提起此事，还指名要见她。

过了年，她就是十四岁了，也到了按惯例开始说亲的年纪，虽然长辈们没有明说，但从一些蛛丝马迹来看，多数都是受人所托前来相看的。也许这一次拜访回去，不久以后，就会带着提亲信，再到家里来了。

说起来，虽然爹爹的处境堪忧，但天下间不在乎风云搅动，唯重人品的人家，原来也不在少数。宋竹听爹娘的语气，如今北学大佬俱都不再提起大哥的婚事，反而是原来没有提起这一茬的人家，如今反而遣人上门说亲，虽无显宦，也都是诗书传代、耕读为业的大儒人家。她一直以来担心的“嫁不出去”，如今已经完全不是问题。想来等到年后，也会和姐姐们一般，收到雪片一般的提亲信，而且这一回，因为局势变化的关系，会写信来提亲的人家，在品行上肯定都是过得去的，大多也都符合她从前为自己设想的夫婿人选条件：出身书香门第、家风严正，为人有才学，人品正直，家境也宽裕……

没了萧禹，她也不愁找不到好夫婿，他本人在正月那天的表现，又那么不好，先是回避，后是回绝，满口托词，一句实诚话都没有，到底为什么不配，也不肯说……宋竹有时候自己也想，是不是就该放弃掉算了？也别想着问人家了，人家躲着你呢，就你自个一头热有什么意思？别人不说，就是周家的周霁，虽然局面变动，但他不就还是留在了书院吗？若是应了他，以他给人的感觉，想来也亏待不了自己。

可……

唉，这或者就是“情”的感觉吧，宋竹也是无可奈何：可，谁让她欢喜萧禹呢？谁让她中意他呢？谁让，她就是想要和他在一起呢？要怨，只能怨她运气不好，老天爷没让她喜欢上能文能武、稳重大气的周霁，却偏偏让她喜欢上了这个小毛病多多，有时候可恨得不行的萧三十四吧……

不过是一眨眼工夫，正月过去，宜阳书院也迎来了开学的日子，和宋竹预料的一样，女学里少了不少同学，北党中坚的那几户人家，几乎全都把儿女接回去了，留下来的官宦娘子，则多数都是和北党关系平平，真的是看中了宋学的教育效果，把女儿送来读书的。要不是赵元贞居然留了下来，北党赤帜家的子女，几乎便再没有留在书院里的了。

这也是让宋竹很不解的一点：赵元贞出身的赵家，那绝对是北党的领袖人物。且不说老宰相赵茂公昔年的事迹了，就说如今的北党赤帜，唯一一个还留在朝堂中心的陈参政，那就是赵元贞的姑父。现在北党要肃清门庭，清算被宋学反插一刀的旧账，怎么赵家还不和宋学划清界限，居然依旧把女儿送来此处？

非但如此，赵元贞今年过来，仿佛是换了个人一般，在课堂上那是锋芒毕露，不论是诗词歌赋、琴棋书画，都表现得极为积极，大有忽然间被宋竹大姐、二姐附体，成为大才女的势头。开学后第一次小考，她的成绩便是突飞猛进，险些威胁到了宋竹的学魁地位。

当然，她之所以还是学魁，那是因为宋苡要绣嫁妆，已经不上学了，而宋艾可能自己也有一些打算，宋竹疑心她有些故意相让。不过即便如此，她自己一向在学问上用心，也不是徒有其表、沽名钓誉的假货。赵元贞的成绩原本平平，猛然蹿到这么高，便令宋竹很是费解。

因为颜钦若一事，她对赵元贞始终存有戒心，两人自那以后，关系一直也就不冷不热，赵元贞颇为知趣，平时也很少过来招惹她。然而自从新春归来以后，赵元贞对她却是笑脸相迎，姐姐妹妹根本就不离口，要和她交好的心思，任谁都看得极是清楚。别说宋竹了，这会儿连宋艾都大感诧异，“赵姐姐这是做什么呢？开春回来，怎么和换了个人似的？就连打扮都要比以往精心了许多。”

宋竹也是费解：难道她也有了心上人，每日里这么精心打扮，就是为了放学后和他相会的？

这当然是开玩笑的说法了，陈娘子那样找表哥说话的事，一年大约也就只能有几次，次数多了，不论是被书院还是家人察觉，都不可能有好果子吃。赵元贞每日放学也都是和同学们一起下山坐车，并无特别异动。宋竹又不好直接问她缘由，也只好把疑问放在心底，努力应付着她的热情。

虽然猜想萧禹也不会再到父亲书房里来，但宋竹还是没改变去宋先生书房服侍的节奏。按她所想，萧禹只要还想考科举，终是要来向父亲请教学问的，到那时候，她和他一次说个清楚，到底为什么不相配也问个明白，若是实在没办法，他是真不中意她，那也……那也只能就这样了。

生平第一次喜欢上人，就有不被回应的可能，要说她心里不患得患失，也是假的。宋竹也不知自己是否因为牵挂太过，反而有了心魔，自作多情起来，虽然萧禹口口声声都是拒绝之意，但……但她总是隐隐觉得，他应该也是有一丝喜欢她的，否则……否则他为什么要为她做那么多事？

一转眼，她同萧禹认识也有两年了，虽然不是朝夕相处，但仔细搜索，也有许许多多让人会心一笑的往事可以回味。宋竹在书房洒扫的时候，时常就会想到，在这张桌子上，两人一道比试学问，萧禹斜着眼，去看她的试卷……

这一日宋先生不在书楼，楼内也是清静无人，宋竹索性就坐在书房里发呆，正是托着腮胡思乱想时，忽然听见外间脚步急急，一个人居然未曾通报便掀帘子走了进来，她连起身回避的时间都没有。

"先生——"那人一边进门一边说，"嗯？怎么就只有你在？"

宋竹看到是他，慌乱的心定了一下后又猛然一跳：这还是萧禹这段时日里第一次和她撞上。

"我爹出去了，应该在藏书楼里，你得去那里寻他。"她面上却还是保持镇定，就怕自己反应太大，反而吓跑了萧禹。

不过，看清萧禹神色以后，她倒是打消了原本的心思，而是关切地问："怎么，是出什么事了？"

萧禹面上阴云满布，似乎根本没留意到她的那点小心思，他低低地自语了一句："藏书楼人太多了……"

便又抬起头来，急急地说："我家里有急事，必须得回东京去了。传讯人现在回去给整理行装，一会儿在山下等我，时间不多，我就不去藏书楼了，一会你和先生说一声。就说……就说请他不必担心，书院一定能渡过眼下这个难关的。"

女学都少了不少学生，男学又何尝不是？宜阳书院的规模缩小，是不争的事实。萧禹所说的难关，也就是眼下的这么一摊子事。宋竹虽然也十分好奇他的凭据，但却知道此时不能多问，虽然心中有许多话要问，但也只是望着他轻轻点了点头，说道："好，你放心回去吧，我一定把话给你带到。"

萧禹冲她点了点头，仿佛这才想起来什么，他的眼神一下变得极为复杂，咬了咬嘴唇，一句话都未曾多说，回身便是匆匆而去。

走到门边，却又顿住了脚步，宋竹望着他的背影，心中有无数言语，都只是强忍着不说。

“那一日，没把话跟你说清楚……”萧禹又回过头来，但没望向宋竹，只是看着她的方向，“想来你心中也有许多疑惑，今日……我也只能告诉你一句，别的事，以后你慢慢都会明白的。”

他的眼神终于挪到了宋竹眼里，强烈得几乎要夺去她的呼吸，她甚至不能立即理解他的意思，只是愕然地等着萧禹的下文。

“我从来都不是萧禹，”这个不是萧禹的萧禹，也是犹豫再三，方才开了口，他轻轻地说，“真正的萧三十四体弱多病，一直在望海侯府中养病，从来也没有出过东京城一步……我的真名，叫作陈珚。”

宋竹脑际轰然一震，一瞬间仿佛明白了什么，又仿佛什么也没有明白，她目送萧禹——陈珚转身离去，过了许久，才捂着嘴瞪圆了眼睛。

陈为国姓——可——可如今宫中，众所周知的只有一个子息，便是太子啊……

一个极其荒谬的想法忽然浮上脑际：萧禹，不，陈珚他，该、该不会是女扮男装吧……

回京

且不提宋竹，陈珚这里匆匆交代一番后，便直接去了书院山门，等候了不久，胡三叔就牵了两匹马奔来。两人翻身上马，挥鞭直出，一路上到了驿站便稍息片刻，而后换上新马继续往东京城里赶，西京到东京也就是五百多里路，这么熬了两夜，到第二个下午，视野中也就出现了开封城的影子。

陈珚毕竟年轻，身体底子厚实，这么发狠赶了两天的路，也未曾伤筋动骨，他和胡三叔两人直入宫城，娴熟地找人过来接待，不过是一个时辰以后，陈珚就已经沐浴洗漱，略进点心，换了一身绫罗衣服，随着内侍的脚步，在宫廷中穿殿过屋了。

也不知道现在宋家和书院又会是怎样了，一面数着脚步，陈珚心中一面惦记着宜阳：到底还是孟浪了些，真的最妥当的做法，还是把此事遮掩到底，事后再慢慢让表兄和先生透出。如今直接对宋粤娘亮明了身份，若是她传递不妥，让先生有所误会，将此事宣扬了出去，那对书院来说，反而不是什么好事。

不过，这也算是颇为无谓的担心了，宋家的为人处事，一直以来都是让人放心的，便是让他头疼的小妹妹粤娘，其实在大事上也从没有掉过链子。陈珚的思绪，只是略略一个盘旋，便从宜阳书院的诸般人事上收了回来，重新沉浸在了天下最繁华的汴梁城中，回到了这建制朴素的皇城里。

因为定都时，开封城已经建成，所以国朝的皇宫在历代来说算是最为逼仄，甚至连带着各处王府都不能太过奢华，走在这宫里，就像是走在自家后院一般，心理感觉上还没有宜阳书院的住处开阔，当然，在内部装饰上，宜阳书院却又远远不如皇城了。陈珚除了去年借着风寒养病时回了一次东京，这两年都泡在宜阳，乍然回宫，对皇城的气氛，还有些不能适应，只觉得阴沉沉的，仿佛亭台楼阁都要冲着人压下来，连呼吸都有些不畅。

宫里带路，最忌讳的就是随意攀谈，给他带路的两个小黄门都是眼观鼻、鼻观心，三个人一路沉默到了东宫，直到太子身边最为得势的大貂珰张显迎了上来，气氛这才有所改变。

陈珚和他自小熟识，见到他就犹如见到亲人一般，急声忙问道："张家哥哥，六哥他——"

张显双目通红，脸颊一片蜡黄，听了陈珚的问话，便是惨然一笑，摇头不语。陈珚的心直往下沉去，低声又问："那六哥现在醒着吗？"

"已是睡下了，御医有话，不便打扰。七哥兼程赶来，也请在别室稍歇，六哥一醒，我便告诉他这个好消息。"张显显然已经是胸有成竹，"指不定六哥一高兴，便就好起来了。"

陈珚自小和太子一起长大，两人感情深厚，见张显一副太子已是弥留的样子，顿时便是一阵鼻酸，眼泪不觉便涌了上来，却仍是强撑着不肯放声，只道：“那我得去给——”

他意思是要去拜见官家、圣人，谁知张显依然是摇了摇头，“官家因六哥的事，心里不快，也病倒了，七哥此时倒不好前去，再者，福宁殿路远，六哥这边若是恰好醒来，未必能等得了那么久……”

他的声音也多了几丝哽咽，“若是错过了，岂不憾恨可惜……”

六哥，看来的确已经是危在旦夕了，陈珚强忍着眼泪点了点头，也不再发表意见。和张显一道，就在太子寝室外间找了张椅子坐着等候。到底熬了这么两天多，他也着实是有些累了，迷迷糊糊半睡半醒，也不知过了多久，忽然被人推醒，陈珚一抹脸，立刻就弹身站起，和张显一起进了里间。

一见到那熟悉的拔步床，见到床中躺着的年轻人，他再也忍不住，眼泪便夺眶而出，陈珚也顾不得礼节，几步走到太子床前，跪了下来，握着太子的手，心痛地道：“六哥，你瘦了……”

何止是瘦？病榻上的少年虽然容貌清秀，但却是消瘦得几乎和路边的饿殍没有两样，他虽然勉力做了个回握的动作，但陈珚竟感觉不到多少压力。至此，他终于也已经不能不承认，太子的生命，已经的确是走到了尽头。

“这两年，辛苦你了。”太子并未回答他的慰问，反而是欣慰地望着陈珚，轻轻地说：“你长大了不少，七哥……”

自小和太子一道玩耍读书的往事，如今历历都在目前，陈珚呜咽道：“我还有好多事未和你说——我还不想回来——”

“别说孩子话……”

太子才说了几句，忽然咳嗽起来，两名宫女连忙凑了上来，又是扣痰又是捶背，扰攘了半晌，陈珚方才又跪回了原位，握紧了他的手。太子费力地喘了几声，方才又道：“你写的信，我都收到了，你在宜阳，做得很好……宜阳的宋先生，是个有学问的人，看着你跟他学了许多本事，我也很高兴。日后，你不能去宜阳了，但他可以来东京教你……”

他勉力又微微握紧了陈珚的手，续道：“我会……和爹爹说的，你不用担心。”

陈珚垂泪道：“六哥……”

他有许许多多的话，想要告诉太子，书信里所写，如何能涵盖他在宜阳的见闻？西京的四时风景，路中所见的人情百态，他都想要一一地告诉这缠绵病榻的年轻人，告诉他天下还有这许多精彩的去处。他还想要告诉他书院士子的风采，告诉他大儒们的轶事，甚至是告诉他书院里那个古灵精怪的三师妹……

但，他也知道，太子没有余力去听了，甚至连表达自己的不舍，都是在浪费他所剩无几的时间。

“你我自小一起长大，”太子又紧了紧陈珚的手，仿佛要透过这把握，传递自己对陈珚的情感，他说得断断续续，每句话都很吃力，“你还记不记得，我常常说，我行六，你行七，你就像是我的亲弟弟……”

陈珚勉强笑道：“如何不记得，圣人常说，我们俩好得和一个人似的，六哥便说，我们俩就是一个人，我生作是你的眼睛，代你去看天下山河……”

说到这里，他心中酸楚无比，一时泪如雨下，便是殿中服侍的宫人内侍，也都有许多早已掉起了眼泪。

太子恍若未觉，唇边的笑意，反而加深了，他缓缓道：“不错，你果然还记得，我也一直都没有忘。七哥，咱俩同月同日生，本来就是一体，你也知道，我从来身体不好，活在这世上，每一天都是受苦，如今终于能脱离苦海，我心里其实很高兴，就只有阿爹、阿娘让我放心不下。”

他手上忽然用力，仿佛是要把陈珚拉起身来，陈珚度他意思，慌忙起身坐到床边，太子便借着这一握的力道，竟是坐起身来，把额头和陈珚靠到一处，低声道：“从此以后，我就把这份责任交给你了……七哥，你说好是不好？”

陈珚心乱如麻，哽咽中只是摇头，太子却不退缩，而是抵着他的额头问道：“七哥，好不好？”

他大陈珚两岁，自小便对陈珚另眼相看、照顾有加，幼时两人时常结队和旁人比试“武艺”，“厮杀”之前，两人时常这般抵着额头给彼此加油鼓劲，此时太子做出这般动作，陈珚想起童年往事，更是心痛如绞，边哭边胡乱点了点头，哑声道：“我怎么会让六哥失望？”

太子精神大振，双颊竟是露出一丝病态的红晕，他点了点头，慢慢地在陈珚的照料下靠了回去，轻声说道：“我就知道，你不会让我失望……”

陈珚看他躺好，刚要撤身，太子又一把抓住他的手，盯着他道：“七哥，不要让我失望。”

陈珚含泪点了点头，太子这才放下心来，方才是转开去问张显：“爹、娘呢？”

接下来自然又是一番扰乱，陈珚也都无心在意，只是沉浸在自己的悲痛里。也不知过了多久，室内忽然沉寂下来，多年的宫廷生活所养成的本能提醒陈珚：应该是官家到了。

果然，不知何时，一对中年夫妇已经进了屋子，陈珚回身正要行礼，官家摆了摆手，便已免去——他面上还带了几分病容，怕是被人抬来殿中的，此时望着榻上的太子，神色中的悲伤，自不必多说。至于身边的圣人，更是早已热泪满脸，低泣声中，透出了数不尽的悲戚苦楚。

陈珚一直坐在太子床边，和他双手交握，此时要给官家让开位置，方才发觉太子早已睡了过去，他小心地掰开了太子的手指，退到一边，便听得张显低声道：“官家，御医说，太子一睡，少说都是一个时辰不能醒来……”

官家却是早已坐到了陈珚的位置上，摇头道：“无妨，我等他醒来。”

圣人更是早坐到床尾，爱怜地为儿子整理起了被褥，一屋子人也没什么好说的了，便都是陪着官家、圣人，开始了寂静无声的等待。圣人过了一会，便把陈珚召到她膝边坐下，以手抚弄陈珚后脑，借此排遣哀思。

过了约一炷香时分，院子里有了少许动静，不多会儿，一人掀帘而入，悄悄地冲官家、圣人和太子都行了便礼，对官家低声道：“太皇太后遣儿来问，若是不成，老人家要亲自过来。”

官家一直望着太子，听闻此言，也没有转过脸庞，只是摇了摇头，轻声说：“她老人家精神也不好……也许六哥还能撑过这一关的。”

那人便不再说什么，他冲陈珚善意地一笑，退到下首，找了个不挡光的地方，默默地站定在了那里。

陈珚倒是暂时从悲痛中抽身出来，他伸手擦了擦眼睛，不着痕迹地多看那人一眼，在心中想道：两年不见，看来四哥也成熟了不少……他倒是越发像他的父亲景王了。

他出身福王府，福王是官家从弟，两人只是同一祖父，而这位四哥陈琋，他父亲景王却是官家亲弟，轮到血缘关系，是要比他更近了一筹。

原委

太子去世的消息，随着邸报的刊发送达，不出半个月，就已经飞遍了大江南北。当然了，在洛阳这样的地方重镇，甚至还要更早于邸报到达的时间，便已经有小道消息送了过来，头天早上刚去世的，第二天晚上，洛阳周边该知道的人家，就已经知道得差不多了，甚至就连太子的谥号，都已经有了几种说法。

这便是国朝的特色了，在国朝以前，皇宫里的消息，和士大夫们的联系从来都没有这么紧密。最离谱的时候，甚至连福宁殿里的私语，都会流传到外臣的耳中，再被外臣理直气壮地质问回官家脸上。当然，在国朝以前，也没有天家会如此理直气壮地豢养着一帮皇城兵马司的探子，明目张胆地打听、监视着重臣之间的往来。

这保密和刺探之间的斗争一直很激烈，随着今上登基，宫中暂时占据了优势，不但福宁殿里的消息难以外传，就连东宫内事，外臣也少有得知。比如如今的太子，他的病是如何在无声无息之间重到这个程度的，地方上的臣子们，就都毫无头绪。

但有一点是很清楚的——官家已经四十岁了，平时身子也不算太好，以后生育的可能，已经很是渺茫……大有可能是从宗室近支中过继子侄，以备日后继承大统。

说起来，这天家的子女运也的确是够差的了，都说是因为如今天家的这一支血脉得位不正，福宁殿里积聚了不少怨气，是以皇宫里就很少有能养大的婴儿。就说如今的官家，几个亲弟弟都是有儿有女，虽然并未都养到成人，但一家一两个男丁还是有的，哪里和官家似的？在潜邸生的大哥，襁褓里夭折了，二哥养到三岁，夭折。四哥、五哥都是发痘夭折，好容易得了一个六哥，眼珠子一般养到十岁，打小就请了御医调养身体，泡药汤、习武，连书都不叫读，就怕消耗精神养不大——十岁那年一封太子，好了，当年秋天就染上了风寒，久病不愈，转成了肺痨。

更为不祥的是，太子也不知为何，自己就一门心思地认定“我不是你们家的人，养不大的”，竟是自己就断定自己活不了多久。当时此事一经传出，重臣纷纷都感到不祥，这不是？勉强拖了八年，到底还是不成，都没养到二十岁，还不算成人，果然就是一病不起、撒手人寰……

太子为储君，但在官家身子也不算好的情况下，即便是太子尸骨未寒，但已经没有多少人关心他的谥号了，更没有多少人怀念他在时的聪慧与贤明了。从南到北，从朝到野，不论是北党、南党，又或者是两不沾的纯臣，现在在想的都是一件事：下一个储君，该从哪家选拔而出呢？

自然，也就有许许多多的小道消息应运而生，如柳絮一般，在国朝广袤的土地上随风飘扬，撩拨着士大夫们的心情，而宜阳书院身为天下政治漩涡的一大中心，也是怎么都不可能例外的。

“此事相公也是一直把我蒙在了鼓里。”萧明氏不几日就上门解释，“也就是昨日，他方才匆匆打发人来接了我去说明原委。若不是洛水春汛太急，他不敢离开大堤，今日，该是他亲自来向先生、师母和老安人请罪的。”

从她眉宇间的歉意来看，萧明氏并未说谎，的确也是这几日才得知真相。小张氏和姑姑对视了一眼，微微笑道：“安娘何须如此？想来，玄冈会这么做，也有不得已的缘故在，我们又怎么会不由分说地责怪下来了？”

“正是。”萧明氏松了口气，忙是将此事原委细细道来，“我嫁入萧家为新妇以后，虽然也曾去望海侯家走动，但男女有别，倒是未曾见过三十四哥。玄冈当时在京中和谁人往来，也不曾过问。也是昨日玄冈说起，我才知道，原来福王家的那位七哥，的确也和望海侯这个舅舅感情不错，经常前去玩耍，曾和玄冈在望海侯府见过几面，因彼此也算是亲戚，再说，如今宗亲子弟，其实也不算什么，玄冈当日也就把陈七哥当作了表亲家的弟弟，来往了两三年，彼此感情投合，也真是结下了深厚的兄弟情义。”

她一边说，一边在回想昨日萧传中的解释，即便是回想，面上也不由自主地露出了少许惊容，醒了醒神，方才继续说道：“直到两年前玄冈接任宜阳知县时，望海侯忽然将他叫去说话，玄冈这才知道，原来这陈七哥和先太子，是同月同日生，说来也巧，他是福王七子，家里都叫七哥，再加上又和先太子是同月同日生的，襁褓之间抱进宫中时，先太子便极是喜欢他，说他和自己的亲弟弟一般，自小就被另眼相看，到了三四岁，更是长期住在宫里和先太子做伴儿。因此不论是福王府上还是望海侯府上，对他都是另眼相看，不同于一般的宗亲子弟。

“若只是这般，那倒也罢了，可偏偏先太子十岁上染了痨病，您也应该听说了，先太子生来仿佛就有佛缘宿慧，在得病之初，仿佛就认定自己是好不得的，不能在天家养到冠礼……”萧明氏说着，也不由得叹了口气，“自然了，这样的话，官家和圣人根本就不愿听，也不许太子说，只是咱们私下说一句——这肺痨是绝症，本也治不好，先太子夭年不永，倒也是众人心知肚明的事。自那以后，先太子便把七哥送出东宫，不许他再进宫常住，说是不让他也染了肺痨，又做主给七哥安排了许多课程，言行之间，对七哥的期望是很高的，大有日后把一切都托付在七哥身上的意思。

“您也知道，朝中这些年来，南党、北党相争，包括官学、南学、北学，也是争得厉害，大有百家争鸣的意思。官家是略微倾向南学和南党，”萧明氏此时更是多了几分黯然，“但太子本人，在政事上从来不言不语，只能说从学术上，似乎是对宋学更有好感。只是在京中，几派彼此攻讦甚剧，都有些互相抹黑的意思，让七哥冒用萧三十四哥的名字，来宜阳读书，就是先太子的意思——起码，玄冈本人就只知道这一层，至于上头是否还牵涉到官家，那他也不敢多说……总之，先太子不想让七哥暴露身份，因此亲自遣人往望海侯府打了招呼，又派了心腹胡教头护卫在七哥左右……”

接下来的事，自然不必多说什么了：太子钧命，岂是萧传中可以抗衡的？再说了，此事对宜阳书院也是有利无害，若是萧传中说破，被萧禹——不，被陈珚看出端倪，那反而不美了。因此萧传中也就一直保持沉默，直到如今太子去世，方才为不告而别的陈珚出面解释原委，解开宋家人心中可能有的芥蒂和疑惑。

世间竟有如此奇事，就仿佛戏文中的微服私访，也竟就出现在身边。小张氏听完萧明氏的话，也是半晌都作声不得，心中无数思绪此起彼伏，过了一刻，方才是渐渐有了些头绪，一边收拾心情，一边就含笑道：“原来竟是如此，难怪他之前不辞而别，官人回来说起，我们还为他担心，不知萧家是出了什么事……”

宋家没有生气，这是最好，萧明氏显然也松了口气，明老安人也说了几句场面话，气氛便更是好了。萧明氏不免也和师母一家说道几句，“知道的时候，吃惊得不行，也责怪玄冈为什么不先告诉我，玄冈含含糊糊的，那意思，似乎不让他往外说的，并不仅仅是先太子……”

对于陈七哥的近况，她却是不了解了，“虽说先太子看重，但从前先太子在的时候，自然不曾说起此事，再者，先太子也只是太子，官家的心思如何，还不知道呢。听玄冈说，宫里常年住着的，还有景王家的四哥，也是和先太子年纪相近，那位可是亲侄子，到底如何，只怕也不好说……”

三人议论了一番，萧明氏又再三为萧传中致歉，这才告辞而去——因是太子丧期内，宋家倒也不曾留饭。

把萧明氏送出门外，小张氏又折回了明老安人屋中，两人相对良久，明老安人这才是长长地叹了一口气，喃喃道：“原来……难怪……”

到底原来什么，难怪的又是什么，婆媳二人便是心照不宣了。

小张氏见明老安人神色似有些许郁郁，略一思量，便笑道：“如此一来，也是解了新妇心中的疑惑。之前也是和姑姑提起过的，那提了三姐的周家衙内周霁，连国子监也不读了，到宜阳来入学，新妇心里，本来还纳闷得很……”

明老安人双眉一皱，“看来，周家虽然和景王家四哥亲缘更近，但却是更看重这萧——这陈珚啊。”

“听官人说，周衙内和陈珚在学中关系也很是亲密，两人时常同进同出、有说有笑，”小张氏微微笑道，“周家提这门亲事时，新妇还有些不解，您说只为了一门亲事，就把周衙内从东京国子监叫回来，是否太过慎重？如今看来，周家的姿态这么殷勤，应该是早已得到了一些消息。”

周家是太后的娘家，说到消息，肯定比萧传中这么个旁支末进要灵通得多了。这景王四哥和福王七哥的入继之争，看来胜负之势，已经颇为明显，身为未来太子的授业恩师，宋学即将获得的好处，那自然是怎么说都说不尽的。明老安人的眉头，慢慢地也就舒展了开来，她寻思了一会，又不免叹道：“就不知道三姐那边……”

“新妇自然会和她好好说的。”小张氏心中也是叹息，面上却不露端倪，话头一转，又谈起了周霁，“适前也未和您说过，这周衙内……”

发生了这样的大事，婆媳俩不免多聊了一会儿，家事就耽搁了下来，当晚小张氏忙完了家务走进内室时，宋先生已经梳洗过了，手里更是拿了一张面巾，笑道：“今日也让我为你打打下手。”

小张氏挥了挥手，笑道：“官人快别闹了，你是何等身份，哪能折节为一妇人服侍洗漱？”

两夫妻说说笑笑，宋先生到底是亲自为小张氏揩了脸，方才坐在桌边，一边喝水，一边和小张氏闲话："陈珚的事，和三娘说了？"

小张氏点了点头，"三姐竟是早就知道了——她说，陈珚因和她投缘，很早就告诉了她实情，只是没说他可能入继宫中的事。这倒也是自然，这原也不是他能说的话。"

"哦？"宋先生有些吃惊，"三姐早就知道了？"

"可不是早知道了？"小张氏想想，也是笑了，"她许是猜到了什么，还和我说呢，说自己就是把陈珚当了兄长，如同咱们家三哥、四哥是一般的，我听那声气，反倒是反过来宽慰我的意思。"

宋家有意把宋竹许配给萧禹的事，一直都办得很含蓄，因萧家一直没上门提亲，长辈也就一直都没和宋竹挑明。以宋竹的年纪和一贯的表现来说，说她对陈珚有意也可以，说她把陈珚只当作哥哥也可以，不过若是陈珚早就告诉她自己的真实身份，那么应当还是后者居多了。国朝宗亲从来只和勋贵联姻，几乎绝不可能和宋家结亲，即使福王家有意，宋家也绝不可能答应，这一点，宋竹肯定也是明白的。

宋先生偏头想了想，眉头微微一皱，旋又松了开来，"也罢，她如此想，那是最好了。"

"正是，"小张氏到底是做娘的，对陈珚还有些缠绵不放，"就是这陈珚，瞒了你两年多，却是私下不知什么时候就把身份和三姐挑破了，三姐居然也帮忙瞒着，不往外说……"

她摇了摇头，叹道："唉，不说这些了，现在说这些，终究也没什么趣味。只说这书院的事，若是官人你要进京，书院是跟着一道进京，还是留在宜阳？"

宋先生之所以出京回乡办书院，并非是他特别喜欢家乡，而是开封争斗太剧烈，他存身不住。事实上任何一个学派若是有机会，都是希望能回东京讲学的。陈珚在书院读书两年，和他师生相得，学术上是纯正的宋学门生，若他入继东宫，请宋先生入京讲学的可能性很高，虽然不说是十拿九稳，但宋家这里，总是得先做点准备，也免得到时候诏书下来了，忙忙乱乱的，许久都动不了身。

"此事先不用去想。"宋先生摇了摇头，眉宇间却是浮现出一丝凝重之色，“陈珚入继的事，不是这么简单的，自古但凡过继，都是由近及远，现放着这许多亲侄在，即使官家有意过继陈珚，所受的阻力也不会小。再者，官家心思如何，还很难说。”

小张氏的眉毛不免就扬起来了，“这过继之事，外臣平白无故，也不会往里头掺和吧？咱们这一朝，在皇嗣一事上栽了的大臣还少吗？怎么还有人急着往自己身上扯？”

“你只知道陈珚到咱们书院来读了两年书。”宋先生淡淡地说，“却不知道别的——我也是今日收到老朋友的几封信，方才是知晓了这其中的一些秘密：景王四哥从开蒙入学以后，所受的一直都是最纯正的南学教育……”

春寒料峭，即使还燃着炭火，屋内总也难免有几分湿冷，伴着宋先生幽幽的话语，毕剥一声，几朵灯花纷纷而落，光影波动间，倒是给小张氏惊疑不定的面孔，多添了几分阴霾。

成长

世上没有不透风的墙，更何况国朝皇宫的墙本来也就不怎么密实。萧三十四其实是陈七的消息，不到一个月就传遍了整个书院，女学内外自然也不例外。两年前陈七误入女学，引来众人取笑的故事，忽然间又被翻出来说。而宋竹、宋艾姐妹，以及最近刚刚入学的范家六娘，也都成为女学生们打探的对象——对于这个极有可能要入继大统的福王之子，即使是出身大家的小娘子们，也都是好奇得选择放下了矜持。

“确实是见过几面，但却不大熟悉。”宋竹和宋艾都是这么一个说辞，“男女有别，连话都没说过几句，即使师兄曾对我们有过照顾，但也是看在家父的份上。若说家里有谁和他熟悉的话，应该也就是我们家三哥、四哥了，他们年纪相近，倒是挺能说得上话的。”

至于范家六娘，那就更是什么都不知道了。她是范家三房的女儿，陈珚的姨妈是范家大夫人，两边隔了房，见面机会也不多，一直到太子去世以前，她都还毫不怀疑地以为曾过来拜访过几次的陈珚，的确就是望海侯家的三十四哥呢。

不过，不论熟悉不熟悉，陈珚和宜阳书院渊源深厚，的确是不争的事实。即使书院一时还比较冷清，不复去年的盛况，但诸多学子脸上的笑容，却已经是灿烂了不少：正所谓时穷节乃现，能在书院最困难的时候不离不弃的人，定然会被山长宋先生所看重。今时不同往日，若是陈珚这个宋学门生入继大统，宋学扶摇直上，那是眼见得着的事，到那时候，宋先生是会选择他们这些忠心不二的宋学门人，还是选择曾背弃宋学而去的那些北党之后，还用多说吗？

景王四子这位竞争者的消息，并没有流传得太广，是以书院舆论之中，陈珚入继大统似乎已经是板上钉钉的事了。甚至是他前来宜阳书院求学的举动，都被有心人解读出了种种含义：太子的身子一直不好，官家又没有别的子息，陈珚这个储君的“储君”，难道是自己千山万水地到宜阳来读书的？肯定少不得是大人们的安排，能安排陈珚的大人，除了福宁殿里的官家，又还会有谁呢？

不论陈珚是否能入继东宫，宋学大兴，看来已经是转眼间的事了。学子们的精神面貌自然也是焕然一新，今年乃是大比之年，若是能赶上今年考中，经过几年的磨砺，待到储君登基时，自己这些昔日同学，岂不也等到了大展宏图的好时机？因此，书院内虽然也难免流传了一些闲言碎语，但大环境的读书氛围，反而更加浓厚了，这也算是个意外之喜。

至于宋家——如今在宜阳县乃至洛阳城中的风光无限，那就又是另一个故事了。宋先生所收的信件到底增加了多少，接到的邀约又暴增至以前的几倍，以及宋家的生意如今好做了多少，在族中的地位又上升到了哪个地步……除了宋家人以外，谁也不会知道，而低调如宋家，自然也不会将这样的事情分享出去。

宋竹身为宋家女，现在年纪也大了，家里人都把她当大姑娘看，对于家中现在的处境，心里倒是有数的：宋先生和朋友们往还的书信，一直都是她帮着整理，太子驾崩到现在两个月，收到的信件已经是上百封，连回都回不过来，至于各种邀约，那就更不必说了。甚至于连之前隐约有和宋家翻脸意思的那几个大家族，如今也是换过了一张脸，又开始和宋家套近乎，要不是多少还顾忌了几分脸面，只怕又要把衙内们往宋学里塞了……

这些事，她都是一清二楚，甚至对于景王四子的存在，宋竹也是知情的。父亲和萧传中谈论此事的时候，她就在一边服侍。因此外人看宋家，虽然是羡慕得一塌糊涂，只觉得宋家有大气运在身，但宋竹自己却是知道，宋家现在，实际上已经是卷入了一场牵连极大的政治角力之中，可以说，陈珚一日不登基为帝，宋家就一日也不能安心，即使陈珚做了官家，宋先生身为帝师，宋家的日子，也注定不可能再像从前那般清静了……

而宋竹如今所能为家里提供的全部助力也就是一点：不碍他们的事。

她的婚姻并不能为家里换取多少利益，这一点宋竹是清楚的。在牵涉到国嗣的问题上，别说儿女亲家了，就是亲兄弟，都可能因为自己的利益而反目成仇，亲事所牵起的那条单薄的线，在这洪水一般的大势跟前，根本什么都不是。再说，以父母的作风，也不可能把她作为和别家结盟的筹码，即使宋竹本人心甘情愿，爹娘也绝不会答应的。

所以，她能做到的唯一一点，就是别让爹娘再为自己的事操心，把精力集中到他们该操心的地方去。

所以……她也就不能再继续喜欢陈珚了，如果陈珚只是个普通的宗亲子弟，她还可以努力一把，虽然这样的婚姻有些离奇，但毕竟也不犯什么忌讳。福王都和官家隔了一辈了，陈珚排行老七，等到他继承福王的位置，起码还有好几十年——按照国朝的惯例，兄终弟及，如今的福王是第一代王爵，他去世以后，爵位就从长子开始往下，二哥、三哥……这样在嫡子间按序齿传承，陈珚指不定到死都轮不到福王的位置。宋家嫁个女儿给这么个学生，也没有什么。

但陈珚现在有希望入继东宫……

在母亲和自己说起此事的时候，宋竹就什么都明白了，为什么陈珚说两人门第不配，为什么他说如果两人在一起，受害最深的会是宋先生，其次才是他自己。国朝后宫，从来都是勋贵之后，即便是从老宰相门第中选取太子妃，那老宰相起码也得去世三十年以上……后宫和朝政之间，永远都不会发生联系，而父亲的宋学，却是有希望争夺当朝道统的显学。

若是自己做了那什么太子妃，非但家里的叔伯兄弟们，永远都将和政事堂、枢密院无缘，就连宋学，也注定将在几年内烟消云散，再也不会有成为官学的一天。

这样的事，宋竹第一个不允许它发生。

她一向自知天分有限，只能仰望兄姐父叔，苦苦努力只是为了使自己配得上宋家人的标准。可以说，宋竹一生都生活在家人的阴影里，她有时也会埋怨自己怎么运气如此不佳，有这么优秀的家人。

但这并不代表她对家人有所不满，恰恰相反，宋竹一辈子最大的骄傲，就是她能生在宋家，能拥有这样的父母，这样的兄弟姐妹。

对于洛阳城外的饿殍，对于动荡不安的北地，她宋竹无能为力，即使生为男儿，也不知道该如何解决这个国家、这个朝廷所面临的问题，不知该如何去调剂天下财货、运筹天下兵马，让“百姓俱欢颜”。她就是个很平常的女儿家，看到万千贫苦人家在这世间挣命，她会不忍，会落泪，但却是毫无办法——她没有这个能力。

但她父亲有，她大哥有，她二叔、二哥、三哥、四哥，都是经纬天下的人才，他们能为这天下解决问题，他们所崇信的宋学，就是这样的治国之学。宋竹绝对不会容许自己挡在家人和天下之间。

所以，她不能再喜欢陈珚了。

小姑娘在一瞬间，仿佛就成长了许多，甚至成功地骗过了母亲，让她误以为自己对陈珚并没有什么特别的心思，让家里人曾做过的安排，让未言明于口的一切，都消弭于沉默之中了。便是在二姐、三哥跟前，她也丝毫没有流露出异状，就还和往常一样起居说笑，不允许自己茶饭不思。在这么一屋子人精跟前，她要是和以往有那么一点不一样，不是往亲人心里添堵吗？

宋家忽然由黑翻红，家外有多少事就不必说了，就是家里，母亲也不是没有操心的事：二姐的婚期近在眼前，还有大哥，这都二十多岁的人了，前些年因为北党抬轿子的关系，硬是没有定亲。要不趁着现在这当口快些把亲事定下来，等到北党抹开面子又来提亲，这亲事还不知道要耽搁到哪一年呢。还有三哥，今年中举人应该不在话下，若是明年中了进士，这亲事更是也要快些定下……

人都是逼出来的，这话不假，宋竹不是自夸，她真觉得自己在过去几个月里成熟了许多，就是二姐，都破天荒地夸过她一句："三姐这半年来，倒是有些姑娘家的样子了。"

真的，这几个月，她是沉静了很多，连学习都比以往更能专心了，觉得整个人都从容了许多，对于姐妹们给的压力，她已经不再在意，宋艾的风头就是盖过了她又如何？都是一家人，谁好不是好？对于自己的名声，早已经不牵挂，就是对亲事，也没了以往患得患失的心情了。

嫁给谁不是嫁呢？家里绝不会给她胡乱挑人的，既然……既然嫁不了陈珚，那么就顺着家里人的安排，在合适的时机，嫁给合适的人选，不也挺好的吗？

一定会很好的，宋竹这么告诉着自己，肯定会很好的。

周霁就是在这样的情况下，又进入了她的眼帘里。在母亲若有若无地和她又提起了一次周霁以后，宋竹终于第一次认认真真地，把他作为可能的未来夫婿人选考虑了起来……

悲痛

当宋竹正在考虑婚事的时候，陈珚想的事却远没那么喜庆——他正在开封城里参加太子的丧事。

官家先后生过七子，然而这七个孩子里，唯一养过十岁的却只有如今的贤明太子，他在父母心中的地位当然非同凡响，丧事规格也较一般的太子丧仪更高，虽说因为军费，朝廷财政已经是连年吃紧，但在这件事上，政事堂和枢密院都保持了明智的沉默，谁也没有出面来招惹官家、圣人的怒火。

由于太子去世得早，还没有婚配，更因为身份敏感，也没有过继孝子。陈珚和景王家四子陈琋两人，便共同承担了披麻戴孝、摔盆哭丧的工作，在礼法上这当然不太合适——两人做的是太子后代才能做的事，穿的是亲兄弟才能穿戴的丧服，不论从哪一层来说，都和礼制不符，不过官家把这两兄弟安排在了一起，倒是使得南党、北党都寂然无声、噤若寒蝉，就是太常寺的那些腐儒，也没有人敢出面说半句不妥，顶多就是有些大胆的史官，会将此事记录在实录之中，又或者是各大学者的笔记里会记下此事，在数十年或者百年以后，成为陈琋、陈珚两人的笑柄：亲生父亲还在，又没有正式出继，就穿上别人家的丧服，做着这样的事，也算是为了巴结官家，不遗余力了。

但陈珚并不在乎旁人的看法，先不说他亲爹福王对此毫无意见，只说贤明太子和他自幼结下的情谊，他今日过来行礼便是心甘情愿的。再说，从小在宫中长大，在他心里，贤明太子比他亲哥哥们也差不到哪儿去，穿上亲兄弟的孝服也是理所应当之事。至于行礼之事，既然丧仪有这一项，他的堂伯父兼姨丈又没有免除的意思，又因为一些别的考虑，不好随意制定太子的子侄辈哭丧，那比起安排中人哭丧，使得贤明太子更为人讥笑，他还情愿由他来摔盆哭灵，起码众人笑话的会是他，而不是他那薄命的兄长。宋学十六字箴言“上仰天心、下应民意，不忮不求、至诚至性”，陈珚自认自己掌握到了一些精髓，为太子哭灵正是“至诚至性”的表现，相信即使传回了宜阳，先生也不会因此对他有什么成见。

今日是太子移柩停灵殿的日子，在今日以后，丧事也就算告一段落，直到他日太子墓建好，将太子灵柩移放墓中大安时，才会有另一番仪式。但那也势必是几年以后的事了，而且按照礼仪，归葬大安是不必陈珚参与的——不论他届时到底是什么身份，都无法参与其中。

虽然在这些天持续不断的哀悼活动中，陈珚的悲哀已经慢慢地平息了下来，但他毕竟年轻心热，从来也没有失去过重要亲人，只要一想到从今日以后，便再也见不到贤明太子的灵柩，根本也不必酝酿，眼泪便自然而然地掉了下来，即使是难熬的行走、跪叩礼仪，也都在悲痛中显得微不足道。他甚至连陈琋的举动都无暇留心，从东宫一路步行，走到城外的寿德殿，完成自己使命以后，他便乘坐上早已在此等候的车驾。因为连日来的悲痛和劳累，在回城的车驾中，他已经沉沉地睡了过去。

这一睡就是大半日，醒来时已是星斗满天，自然有几个侍女过来服侍陈珚洗漱，他左顾右盼了一番，见这居室十分精致，只是陈设陌生，便问道："这是何处？"

"回禀殿下——"

那侍女才说了四个字，陈珚便打断她道："何来的殿下？我连国公爵位都没有，叫我福王三世子便是了。"

他父亲福王虽然子女众多，陈珚本人就有六个养大序齿的兄长，但论嫡子来说，陈珚排行第三，因此可以称呼为三世子。

"回禀三世子，"那侍女福身行了一礼，轻声细语地道，"此为宫中燕楼，三世子回宫路上疲倦，圣人嘱咐小人们将三世子安顿在此处歇息。"

陈珚多次浏览宫宇，对于燕楼还是十分熟悉的，这燕楼位于后宫一角，十分靠近东宫，景色颇为不错，昔年他还时常和贤明太子来此玩耍，只是没想到如今燕楼还成了他在宫中的住处——昔年他进宫时，都是和太子住在东宫，两人同起同居，十分亲密，即使太子后来染上肺痨，不能和陈珚太亲近，他也是住在东宫的院子里，却是从来没有住到过别处。

他此后就不回福王府了？陈琋呢？也被留住宫中？难道姨丈的心思已经完全转过弯来，准备顺应六哥的遗愿，把他过继进来？方才此女口中唤了殿下，是她已经知道了什么消息，还是心中有所图谋，想要诱骗自己应下这个称呼，好在姨丈、大伯娘娘跟前抹黑自己？

无数的思绪，顿时从陈珚心中掠过，但面上他却依旧不动声色，只是要了粥饭来吃，又问了时辰，得知此时夜已深了，知道不可能见到长辈，便一句话也没有多问，在几个陌生宫女的服侍下吃过晚饭，重新又躺在床上，放下床帐后，做出了继续歇息的样子。虽然心事重重，但在燕楼之中，他却是连赏月望天都有所顾忌，只怕自己的无心之举，落到他人口中，便成了“三世子得失心很重，兄长尸骨未寒，他就为自己的前程忧心起来了”。

少年力强，虽然这些天他不分日夜的守灵哭丧，的确也累得够呛，但刚才这一觉睡得很香，陈珚现在一时半会也没有睡意，只是枕着手，望着床顶发呆——自他回京到现在，将近一个月时间都在忙乱和悲痛中度过，直到现在，他才能腾出空来，好好地思量一番自己眼前所处的局势，乃至日后的行止。

随着他身份的暴露，北党应该会停止对书院的攻击了吧？

也许是因为才从宜阳书院回来，陈珚首先想到的并不是福王府中的亲人，而是他的老师和同学们：这一点应当是不出我意料之外，陈琋和他父王一直都是南党支持者的事，应该也不是什么秘密了，北党的耳目，肯定还是灵通的。哼，现在是北党需要我，需要宋学，而不是宋学需要北党……只盼着先生不要太过心软，也该让那些所谓的耆宿吃上几个苦头，不要被他们巴结得太紧，姿态上一定要高一些……

并不是他心胸狭窄，只是在陈珚看来，北党内部庸才处处，别说做实事了，连党同伐异这么简单的小事都做不好的人比比皆是。之前对宋学的排挤，便是可见一斑，在南学和南党来势汹汹的当下，日暮西山的北党不是调整自己去迎合正处于急速上升趋势的宋学，反而想要把宋学踩到地上，这无疑是自断一臂的愚蠢行为，只能使亲者痛、仇者快。也难怪在和南党的斗争中，他们总是处于下风了——只会攻讦对手的私德，又有什么用？在天下大事中，私德不谨又算得了什么？自古以来能办得了大事的人，有几个是私德检点的？只有大儒才需要才德兼备，因为他们是要教化天下的人物，对于做实事的官员来说，能力或许比品德要重要不知几倍。

然而，厌恶北党，却也不代表陈珚对南党会有什么好感，比起偏安一隅，在洛阳休养生息的北党，南党这些年来在京城可是得势得不得了，要说对于太子的身体一无所知，对于姨丈、大伯娘娘的心思一无所知，陈珚第一个不相信。景王和陈琋的那点心思，陈珚更是看得清清楚楚——宗室厌恶南党和"变法"，简直是再正常不过了，景王之前对于南党、"变法"，不那么反感，多数还是为了讨好姨丈，开始鼓吹南学之妙，又请南学名宿来教导陈琋，那还是在六哥……在贤明太子得了肺痨以后的事。虽说贤明太子代表正朔，但他一向对南党南学不冷不热，如今去世了，说不定南党内部还有人拍手叫好，对于他这个宋学门人，哼，即使碍于颜面，不会亲口说他什么坏话，但背地里，谁也拿不准他们会使出什么样的招数来。

不过，大伯娘娘——也就是皇太后对陈琋的支持，也是令他有些诧异的。从周家的表现来看，他们应该是把注下到了他这一边，不然周霁又何必去宜阳书院？更不会向宋家提亲……

一个月以来，陈珚心里满是这样、那样的事，几乎从未想起过宋竹，此时思绪偶然勾动，忽然间，关于宋竹的回忆一下就占据了他的脑海——其实在他心里，原来也未曾想过宋竹是多么的可爱，的确，他知道宋竹是很美丽的，也时而觉得她很有趣，但他没有认真觉得她可爱，觉得她是值得人怜爱，又或者是值得他陈珚怜爱、惦记的。直到现在，直到他可能再也见不到宋竹的这一天，陈珚才猛然发现，原来……原来宋竹真的很可爱啊。

他们间没有什么值得一提的大事，只有两年间断断续续的琐碎相处，最靠近的一次，也就是那天两人在山路上巧遇了宋竹的女同学和她的表兄。那时候他捂过宋竹的嘴，还把她紧紧地勒在自己怀里。只是心中却是毫无异样的念头，满心里想的也全都是不能被发现，不能沾染上麻烦。现在陈珚回想起来时，最先想起来的也不是此事，而是宋竹笑着唤他"三十四哥"的样子。

她自然是时常叫他三十四哥的，神态也时常不同，有时是得意的，有时是恼怒的，有时是狡狯的，有时是安慰的，有时是求助的……现在回想起来，陈珚不能不承认……宋竹，真的是很……很可爱的。

现在，她也应该知道他的真实身份，知道他的处境了吧？其实，若是没有六哥的想法，自己和她也未必就没有可能。不过若是没有六哥的想法，他和她也就不可能有相遇、熟识的一天。国朝宗亲子弟，没有人会学习四书五经，更是绝不会和士大夫接触，要不是六哥的安排，他根本不可能去宜阳书院求学。

希望她别太难过了，陈珚想，虽然也有淡淡的失落，虽然——虽然他承认自己并不是完全不欢喜宋竹，但……人总要务实，生在这世上，有些事就是不能改变的。譬如六哥不能改变自己患上肺痨的事实，他也不能改变六哥对他的栽培，即使他并不是那么想当官家，但却也不能改变现在已经成为景王系以及南党眼中钉的事实。虽然也喜欢宜阳书院那祥和坦诚的气氛，但他就是属于东京，属于汴梁，属于这阴冷的宫宇，这些事，不论是他还是宋竹，都没有办法改变。

既然如此，又何必有什么多余的想法呢？宋竹不能和他在一起，其实是她的幸运，她是那样的人家养大的女孩子，所见、所想的都是那么单纯美好的事情，就应该嫁给她二姐夫一样的人家，过一辈子衣食无忧，和夫婿“性灵相知”的好日子。他若是对她还有些喜欢，那也应该盼着她好，尽量帮助她过上这样的好日子才对。

陈珚盯着床帐上的一块花纹，忽然想到了宋竹塞给他的那块杂布帕子，他唇边不禁泛起了一丝微笑：那时候，自己也是迟钝了，现在回想，应该从那时起，粤娘心里就已经是有了我，这块帕子，是她有意送给我的……

思绪不知徜徉了多久，他忽然又回过神来，重新转回了宫闱间的那些事情：如果周家的态度这么坚决，那么大伯娘娘迟早都会被说服，宫中想要立陈琋的，就只剩下姨丈了，姨丈虽然对自己一向是极为喜欢，但他一直是希望变法的，如果太后、圣人一时半会儿说服不了姨丈，此事看来还会生出波折，也会给政事堂插手的余地。

那他又该如何做呢？

在接踵而至的思绪中，不知为何，他忽然间又想起了宋竹——陈珚沉吟了不过一炷香时分，便下定了决心：也该让周霁明白一下我的态度了。

一晚上思绪纷沓而来，他也不知自己是何时再度沉沉睡去的，直到宫女小心翼翼地前来唤他，陈珚才猛地清醒过来，匆匆起身洗漱，用过早饭以后，他便被人领着，前往保淑殿给圣人问安。

说起来，这也是太子去世后他第一次和姨姨在私人场合中相见，陈珚心里已经打点了一长串话语：圣人生育的几个儿女全都早夭，如今最后一根苗都断了，自己这姨姨正是需要人安慰的时候。

不过没想到，居然连官家都在保淑殿中，陈珚一进门先吃了一惊，连忙上前行了礼，听了“平身”的话语，方才是站起身来，抬头想要说话。

只是，当姨丈的面孔映入眼帘时，陈珚却又不由得心中一痛：六哥和父亲生得很像，姨丈的面孔，又让他想到了六哥。

他虽然极力收敛，但这一缕悲意却没有瞒得过姨丈，官家摸了摸自己的脸，惨然道：“七哥——”

这两个字没有下文，陈珚的眼泪，早已被他话中藏不住的伤痛引了出来，在这十几天里，他常哭，哭给礼法看，哭给天地看，但并不是哭给亲人看，因为痛失兄长而疲惫的心灵，还没有被亲人抚恤过，眼下来自姨丈兼堂伯父的两个字，轻而易举地就勾起了他的痛苦和委屈，陈珚一边抽泣着，一边投入了姨姨的怀里，哽咽着说：“娘娘——”

圣人也早泪如雨下，这偌大的保淑殿内，宫女黄门，都是悚然鹄立，任凭三个人就这样不成体统地哭成了一团……

矛盾

贤明太子去世所带来的一系列改变，就像是石子入水后泛起的涟漪，一圈又是一圈，即使是身处事件中心，当事人也很难预料到下一圈涟漪会在何时泛起，又会有什么样的影响。

宋家的改变，就是最靠近石头的一圈涟漪，宋竹当然能感觉得到书院上下气氛的变化，但她也拿不准下一个改变又会发生在什么时候，或者书院的处境以及自己家人的命运，是否早已发生了她所不知道的变化。她所能知道的，只是打从陈珚的身份仿佛长了翅膀一样飞满整座书院开始，她的父亲就要比以往更忙碌了许多。往常，宋竹帮着他整理完书房以后，时常能牵着父亲的手，和他一起回家吃饭，但现在，别说一道回家吃晚饭了，宋先生经常忙得就直接睡在书院里，就是案头的来往简牍，也是一下激增到了宋竹必须每日过来整理的地步。

等到夏天开始的时候，又一个消息传递到了宜阳书院中，更加是刺激到了本就十分兴奋的书院上下：宋先生最得意的弟子，也是宋学在朝中的赤帜小王龙图，从河北被调任关西，经略当地军政，成了关西地区事实上的大总管。明眼人一看就知道，这是要把今年对银夏的担子，交到小王龙图身上了。

当然，这并不是很简单的事情，银夏连续两年入侵关西，第二年背后甚至若有若无地出现了大辽的身影，今年如果银夏再见败绩，小王龙图难免也要跟着吃瓜落，如果两到三年内，关西的局面没有好转的话，小王龙图面上，自然也不会有什么光辉——但，世上哪有不劳而获的好事？重任、危机，一般也都代表丰厚的报偿。若是能在两三年内打开对银夏的战略胶着，小王龙图回京以后，以此功进入枢密院，连官家都不能止，甚至更进一步，进入政事堂也都是有可能的。

那可是宰执层次的高官，可以张清凉伞的人物，全天下又有几个？若是宋学出了这么一个宰执弟子，从此在朝堂上也就真正立得起来了，又何须看北党的脸色行事？自去年冬天到今年春天，这小半年的疏远和挤兑以后，在书院学子中，自然而然便也有了这么一种思潮，士子们已经不再把自己当作北党的一分子了，而是自称新党——宋学新党，随着北党耆宿子弟纷纷离开书院，有意无意间，宋学和北党已是渐行渐远，彼此有了严格的分野……

宋党现在最缺少的，就是在朝中的高官代言人，小王龙图固然已经是年纪轻轻就身居高位，但比起北党的几位老宰相，以及现任的一位参政，分量还是有些不足。此次官家忽然间把他派到关西，对于乐观派来说，这便是因为陈珚即将成为太子的缘故，官家的心意，也从南学南党，偏向了宋学新党，起码，是开始给宋学子弟一个晋升的机会，要扶持他们作为和南党“异论相搅”的一方了。

南党和新党“异论相搅”，北党呢？

这几个月，虽然是太子丧事，国家禁宴乐，但家里的女眷却是没有歇着，宋家专职送信的小厮，也是在宜阳和洛阳之间频繁往返，到了五月底，小张氏更是难得地亲自去了一次洛阳。总之，在六月初，宋家大哥宋桑的亲事，终于是定了下来——其妻族现在并不算太显赫，虽然只有一位伯叔祖在朝中为官，然而却是大名鼎鼎的荥阳郑氏之后。在荥阳一带根深蒂固，家境也还算是殷实。

系出名门，郑娘子自然是家学渊源，世代是安稳耕读，据宋竹了解到的信息，郑娘子几位兄长都在她大姐夫家曾氏名下读书，也是宋学的坚定支持者，郑娘子更是在乡间有贤德博学之名。从小张氏去洛阳相新娘的结果来说，郑娘子起码是能通过她的考察，比这些年女学的那些学生都要更好，宋竹想按母亲的眼光来说，这未来的大嫂，和大哥必定很是相配的。

她原来还觉得家里人急得有些过分，没必要在国丧期间还为大哥婚事奔波，多少会有些落人口实，可等到七月中收到洛阳来信的时候，才知道自己毕竟还是太过年幼无知了些：毕竟是太小，对人估计不足，压根儿没想到，那些北党耆宿的脸皮，能够这么厚实——几处老宰相家居然都是又写了信来，问起了宋桑的亲事。

当然，现在宋桑已经定亲了，往下数着，正在适婚年龄的就是宋栗和宋竹，这其中宋栗正准备科举，在科举以前很少有定亲的事情，那么宋竹的婚事忽然间又变成了香饽饽。不但颜家旧事重提，李文叔出身的李家写来了提亲信，就是萧家也为他们家的三十二哥旧事重提，又问起了宋竹的亲事……

也许是有些别的考虑，也许是心态有了变化，如今对于这些提亲信，家里倒是不再瞒着宋竹预先筛选了，宋竹每日过去给父亲收拾书信时，书案上经常就散放着许多信纸，都是各地写来的提亲信，她大可以拿起来看完了，再塞进信封里，宋先生就和不知道一样，她不提，父母也不主动说起。是以宋竹对这些倒是都了然于胸，她掂量着，萧家多数应该是猜到了宋家之前对“萧禹”的误会，因此才会在陈珚回京以后，又再为萧三十二来提她。

这些提亲信所提的衙内，倒也都算是一时之选，并不辱没宋竹什么，唯独的例外，便是李文叔——不过说来，他也算是幸运了，冬日那一场“射鼠事件”以后，李文叔便以家中亲人有事为名，和书院请了长假，倒是错开了北党子弟纷纷离学的高峰，是以年后宋学声势大振之时，他的回归也显得顺理成章，并未激起书院同学的反感。现在依然还是时常到书房来找宋先生，宋竹几乎日日都能听见他的声音，还好她现在也很少再单身待在书楼里，倒是并不畏惧他。

当然，要说条件最好的，那当然是今科进士有望的周霁了，除了那个素未谋面的萧三十二以外，宋竹对于这几个候选人的人品和能力，最看好的还是周霁。唯一担忧的，就是周霁父亲的纳妾风流了，不过这在如今其实也很难避免，只要周霁本人人品周正，能恪守宋学士人的原则，一些困难，毕竟是可以克服的。成亲这种事，最重要的肯定还是夫君本身嘛……

宋竹今年十四岁，也差不多该定下亲事了，家里人虽然还不着急，没有问起来的意思，但她自己也不知为何有些赌气，倒是想快些定下来快些完事，按说，和家里说一声满意周霁，以宋家现在的声势，这门亲事眨眼间就能成就，可……她也不知自己在犹豫什么，总之，便是一边想要快些一了百了，摆脱亲事的烦扰，一边却又难以逼迫自己主动，还是有点能拖一时就拖一时的心态。

这两种矛盾的心情，搞得宋竹这几日越发觉得自己在强颜欢笑。为怕家里人看出端倪，这一阵子她格外注意检点，把愁容藏得密密实实的，就连一丝不快，都不敢表露出来，只有每日从女学走到宋先生书楼处时，赏玩满山绿荫，方才能放纵神思，稍微排遣一下心中难言的郁气。

因为宋先生书房如今的确需要人手，宋竹每日下学后都会过去。这一日也是一样，下了学便收拾着走过山路，走到岔道附近时，忽然又想起：昔日三十四……昔日若是我没有把七殿下带到这里来便好了，那么一切事情都不会发生，我也会和从前一样，高高兴兴的，半点事也没得心烦。

虽然做如此想，但她也隐隐知道，事情并非如此简单。只是望着这熟悉的景色，难免有些触景生情，宋竹的脚步，不免慢了几分，嘴唇也张了开来，就要呼出一口长气。

就在这时，一个人影忽然从岔道内蹿了出来，惊得她往后退了几步，差些跌倒，定睛看去时，更是大皱其眉，陡生戒备——来人不是那几番犯事的李文叔，却又是谁？

李文叔几次无耻，宋竹对他已经极是戒备，看到是他，根本不加搭理，仗着身手敏捷，从小道边上一路越过李文叔，这才回到台阶上往下疾奔，李文叔在身后连叫了几声"师妹留步"，她都当作耳旁风，只是脚下步子加急，一路跑到后院，听到书楼内宋先生的声音，方才定下神来，又跑到后门边上，这才回头呵斥道："偷入后山禁地，李师兄，你想做什么?！"

李文叔追得也是很紧，若非宋竹习练武艺手脚轻快，又熟悉山路，几乎跑不过他。不过即使勉强跟上，他也是气喘吁吁，狼狈得紧。见到宋竹回头，便勉强挤出一个央告的笑来，低声下气地道："师妹你误会了，为兄是几次寻你不见——"

宋竹听了他的话，心里越发反感，打断他道："你寻我做什么？我和你很熟悉吗？李师兄你闯入后山，业已犯下大错，你可知道——"

她也还没说完，李文叔听她语气不善，面上神色转为狰狞，便是上前了几步，似乎欲要前来拿她。

宋竹之所以跑到书房后门前，便是怕他狗急跳墙，此时正要缩入门内，却只听得穿堂那边一声低喝，一个人奇快无比地奔到了两人之间，把她护在身后，往前似乎击出了一掌，李文叔一声也没得吭，往后便是倒退了好几步。那人也跟着往前逼了几步，见他没有异动，方才回头问道："师妹，此人没有唐突你吧？"

语调沉稳温存，神色透了别样的关切，却偏偏又落落大方——这般体贴周到的，不是周霁，却又是谁？

“祸水”

有了周霁在身侧，宋竹顿时心安了不少，只是这件事若是闹出来，非独李文叔声名扫地，连累家里，宋家立刻就要把李家往死里得罪，而且其实对她的名声也会有一定影响——被一个大男人从山上追着跑下来，别人听见了，除了觉得李文叔荒唐以外，难免也会有些不堪的联想，她一个小娘子，犯不着惹上这样的麻烦。

因此，见到周霁来了，她也没有继续喊人的意思，而是藏在他身后，只探了个头出来，低声呵斥李文叔道：“李师兄，你敢是疯了？埋伏在山道上拦着我，你想做什么?！”

李文叔的举动也的确让她感到费解，更有些迷糊而惶惑的猜疑——难道……可也不至于如此吧？怎么说他也是李家子弟，不可能那么下作。再说，难道他还真以为被侮辱了以后，爹娘会把她嫁入李家？

宋竹心里是没往这上面认真猜疑的，因为李文叔刚才追赶她的时候语气依然还是很央告、很着急，并不是特别凶狠。现在看去，他脸上也没有多少色欲，只是有一股发自内心的惶急之色，更是愤愤然的，仿佛是有什么事要说，却几次三番被打断、冤枉，如今是有些气急败坏了。

“你想到哪里去了！”他现在也不说师妹了，直接就来你啊、我的，“我连日来到先生这里，是想寻你说话，可却不是有什么非分之想！”

昔日他对宋竹，不论如何掩饰，那神魂颠倒、色授魂与的情绪是掩饰不住的，可这才小半年不见，宋竹就能明显地感觉到，李文叔对自己已经没有什么特别的心思了，他现在看着自己的眼神，反而是隐隐有些仇恨。

她心下有些疑惑，便冷冷地道：“李师兄能有什么事要和我说？”

周霁也道：“正是，李衙内，你也未免太逾矩了吧，有什么事，你可以找三娘哥哥们转告，何必如此招惹误会？”

他虽然话语不多，但稳稳当当把宋竹护在身后，又和她保持了恰当的距离，倒是让她有了些安全感，此时出言，更是大有就此把李文叔赶走的意思。宋竹听了，未置可否，倒是李文叔看了看周霁，有几分恍然之色，神色数变，似笑非笑间，又有些复杂、酸楚之意，倒是也不着急了，而是哼了一声，大有深意地道：“果然是红颜祸水，周霁，你心里转的那些痴心妄想，难道我不知道？只怕——”

他看了宋竹一眼，忽然间硬生生地转了话题，急促地说：“我老实和你说，今番回来书院，包括连续到先生这里找机会，都是为了找你问个清楚。三娘子，从前多番赔罪，你要我给你磕头赔礼都无妨，现在我只问你，去年秋天，你……你对我的那番误会，你告诉了七殿下没有？”

他这话问得没头没尾的，周霁听了，不由不解地看了宋竹一眼，宋竹心里却是恍然大悟：原来李文叔是在担忧此事！难怪他如此着急，竟至于失态到了这个地步。从前陈珚是“萧禹”的时候，他倒也不畏惧和萧家一个子弟结仇，甚至陈珚如果只是福王家的七公子，李文叔也未必会怕他，可现在陈珚成了七殿下，大有可能在近日入继官家，去年他引弓欲射陈珚的事，如今就可能为李家带来抄家灭族的大祸。他能不着急吗？

更难怪他早已经对自己无意了，只怕在他心里，也把这一切都怪到了她这个“红颜祸水”身上吧……

宋竹脑筋转动，倒是已经把李文叔的心思猜了个七七八八，她犹豫了一下，极为难得地摇头说了一个谎：“你在说什么？我不知道，那一日有什么误会吗？”

她虽然也有一些事瞒着家里人，但却很少当着外人的面故意说谎，不过李文叔本来就是心胸狭小，爱走极端，如果告诉他真相，只怕他会狗急跳墙，拉宋家或者宋竹下水陪葬。所以，宋竹虽然认为陈珚放过他的可能很小，但眼下还是毫不犹豫地就选择了说谎。

在这些事上，她还是有些能干的，李文叔狐疑地望了她几眼，都没能瞧出什么破绽，他吐出一口气，神色大为缓和，冲宋竹一拱手长揖到地，竟是行了个大礼，语气中满是感激：“三娘大人大量，小可自愧不如。这两年来痴心妄想，多有冒犯，还请三娘千万别和我一般见识。日后……日后若能高抬贵手，小可全家上下都感念你的大恩大德！”

宋竹见李文叔如此做派，心念一动，也就猜到了他的误会，她不禁又是酸楚，又是好笑，又不知该如何辩白，只好含含糊糊地说：“我也不知道李师兄的意思，科考在即，李师兄还是一心念书吧，别的事也就不要多想了。”

李文叔估计又是有所误解了，他面上满是喜色，满口子地应“是”，又道：“若没有师妹这几句话，我还科考做什么？怎么能够安心读书？”

他连周雾打他一掌的事都不计较了，冲他拱了拱手，回身便干净利落地掀帘子进了堂屋。

宋竹和周雾一道目送他的身影远去，两人一时都没说话。宋竹能感觉到周雾的眼神在她脸上游移，却没有抬起头来看他——她现在的心情，也是说不出的复杂。

是的，周雾是家里看好了的候选人，以爹娘的眼光来说，他的人品肯定是不差的，而且他……对她也颇有好感，几番表现，都沉稳得体、可圈可点。现在两人独处，她应该把握机会，解释一下刚才李文叔问她的那件事，别让周雾发生误会，以为她和李文叔之间，有什么见不得人的隐私，又或者和陈珚关系非常……总之，在自己很可能嫁进周家的时候，就不应该让周雾心里对她有什么芥蒂。

即使不提这件事，她总也应该对周雾有些好奇，要多考量考量他的为人和才学，还有他对自己的心意……总之，这是个很好的机会，万万也不能错过。周雾和陈珚不同，是个守礼君子，再加上两家又有婚姻之意，他肯定要避嫌疑，错过今番，谁知道下回再和他单独相处，会是在什么时候?

可……宋竹就是不愿意。

其实不完全是因为陈珚，她就是……就是对周雾没兴趣。对于和他接触、说话，她是说不出的兴味索然，甚至懒于澄清周雾可能会有的误会，心里更是隐隐有些不应该的想法：若是周霁就此误会，回去不再提亲，那也……那也挺不错的。

但她毕竟是大姑娘了，宋竹要考虑的不仅仅是她自己的名声，还有宋家的声名，她在心底轻叹了声，抬头道："多谢周师兄了，李师兄之前因为一些事，可能自以为得罪了萧……七殿下，更以为我和七殿下搬弄是非，说了他的坏话。因此刚才想要问个明白，居然跑到后山等我，我倒是发生误会，以为他想做什么呢，慌乱之下，径直跑过来，让周师兄担心了。"

周霁心里就算有疑惑，也没表现出来，他的笑颜十分温煦："只要师妹平安无事就好了——我也是暗自留心李师兄很久了，竟不知他这一个月来魂不守舍的是为了什么。今日解开谜底，也是恍然大悟吧，若是易地而处，只怕霁也会表现得和他一般不堪。"

宋竹听他说得有趣，不由展颜一笑："周师兄何等人才？把自己和他比，也太抬举他了吧。"

见周霁神色微动，望着自己的眼神有些变化，她心底回避之心更浓，便也不多说什么，又对周霁行了一礼，道了声"多谢"，便回过身去开门入屋，把周霁留在了门外。

听着外头书房内父亲隐隐的说话声，对着满屋子书册信笺，宋竹无声地长叹了一口气，忽然间对于嫁入周家的前景大感黯淡：虽然周霁这人是不错，但……但她并不喜欢啊。如果周霁是陈珚，那么周家的所有问题，就都不算是问题了。可现在周霁终究是周霁，那她就忍不住想，周家家庭关系如此复杂，周霁还有那么多弟弟妹妹……

既然嫁谁不是嫁，那自然也要挑个家庭单纯些的不是吗？回头瞥了屋门一眼，宋竹倒是没什么犹豫地就决定了下来：周霁这边，还是算了吧。再物色别人好了，要是物色不到……那就一辈子守贞不嫁也挺好的，就说自己有心学道……

不过她也知道，以父亲的身份，遁入空门借以脱身，那纯属痴心妄想，终究还是要找个人嫁了的，现在否定了周霁，其实并不能解决问题。

哎，算了算了，想到这里，宋竹又不期然有了几分烦躁，她的想法又陡然间来了个大转弯：周雾人也不错嘛！哪里不好了？这种事怎么能由着自己的性子，想拒绝就拒绝？还是要说服自己，安安心心地嫁给周雾为好！

且不提宋竹的思绪是如何来回反复，这边周雾回了宋先生书房，一边聆听他和几位弟子辩难解疑，一边心里也是若有所思：不论是宋竹还是李文叔，都没有特意说谎骗他，这一点他是看得出来的。只是这件事，处处都透着蹊跷，李文叔如此惧怕去年秋天的“误会”，想来是他欲要大大为难七殿下，却被三娘撞破，他恐惧三娘把此事告诉七殿下，给李家招来祸事。

只是，李文叔为什么要为难七殿下呢？七殿下为人和善、笑口常开，不像是会随意和别人结仇的性子。他和李文叔之间，也没有什么共同点，若是一定要说有什么联系的话，那便是七殿下似乎和三娘有些相熟，而李文叔家里也为他提了三娘。

想到方才的只言片语，李文叔所说的“红颜祸水”“多有冒犯”，周雾心里已有了些许猜测，只是并不愿相信，如他所想是真，那么这宋三娘就不再是香饽饽，反而成了个烫手的炭团儿了。七殿下碍于身份，绝不能和宋家结亲，但却并不意味着他会喜欢宋三娘将来的夫婿。

求娶宋三娘，周雾有多方考虑，一方面是的确觉得宋三娘宜室宜家、才德兼备，一方面却也是因为和宋家结亲是靠拢七殿下最快的途径。若不是从深宫中得到了一些信息，他一个国子监生何必放弃这么惹人艳羡的身份，跑到洛阳来读书？要说哪方面的想法更浓郁，他也很难评判，反正，此时虽然是察觉到了一些蛛丝马迹，但要他因为这点猜疑而放弃宋竹，他是很不舍的。

也许换了别家的娘子，不怕一万就怕万一，说舍也就舍了，但……

想到临别时，宋三娘那清丽无双的笑颜，周雾的眉毛就紧紧地皱了起来，今晚他端坐书桌前，好半晌都在心浮气躁，难以平静。

正是思绪纷纷之际，忽然有人过来敲门，周雾开门一看，竟是七殿下时常带在身边的心腹侍卫，他忙一拱手：“胡教头。”

胡教头也回了一礼：“奉公子之令，回洛阳给先生送些孝敬的。”

说着，便从身边拎起了一个小包袱，“顺路帮着捎带了些衙内家人给您的书信。”

以周霁的身份，即使有同窗之谊，也受不得七殿下的礼，只是顺路捎信，已经足够表示七殿下的态度，周霁心中难免也有几分激动，只是面上却不显出来。接过了包袱，不免谦逊几句，胡教头也含笑代七殿下客气了一番：“公子说，和衙内自小一起长大，关系非同一般……”

两人略谈了几句，胡教头笑盈盈地转致了七殿下的问候：“听闻衙内正和宋家四娘议亲，公子也盼着你们能结两姓之好……”

周霁不动声色，敷衍着把胡教头送了出去，回身关上门，脸上这才是变了颜色，又冷着脸凝思了半晌，终究是无可奈何地摇头苦笑，寻出信纸来，磨了一池子墨。

毛笔蘸满了墨，在落笔前，微微停顿片刻，却到底还是落了下去。周霁一边写，一边低声呢喃道：“终究是年少气盛啊，殿下，此事你打算如何收场呢？”

用意

不知不觉，又是一年春到，金明池上的垂柳重新泛起了绿色，大庆殿内的帐幔也换了纹饰，东宫内的草木，也都萌发了新芽，时间终究会抚平伤痛，贤明太子去世，毕竟也是一年前的事了。

陈珚挪动了一下身子，小心翼翼地变换了重心，让跪坐得发麻的左腿有了个休息的机会，他自以为做得隐秘，但先生口中的讲说声却还是一顿——政事堂首相姜相公的明察秋毫，在朝野中本来也是十分知名的。

原也不过是桩小事而已，一般人睁只眼闭只眼也就过去了，但姜相公却并未轻轻放下，他的眉头有微不可见的波澜，手中的书本也放了下来，足足盯了陈珚数息时间，直到陈珚又再跪坐整齐，不再晃动以后，方才继续往下讲起了《春秋》。

陈珚收敛心思，也不敢再有什么动静，直到听到一声“今日便到这里吧”，方才和他唯一的同学陈琋一起，直起身来向姜相公行礼，口中道：“恭送先生。”

姜相公并未布置什么功课，如今国朝多事，几位相公都是案牍劳形，只能每五日抽出一些时间来给陈珚、陈琋授课，他们按照惯例是不布置功课的，日常的课程由翰林们负责，这些小先生才是两人真正的老师，教学模式也更像是宜阳书院那样的模式，只是当然少了一些针对科举做的特别准备，譬如策论就不要求写，总体以引导为主，小先生们很少有胆气会以灌输的态度给他们两人上课，更别说挑剔的态度了，只有姜相公这样，连官家都敢给脸色看的老宰相，才会大模大样地对陈珚吹毛求疵，也不必担心陈珚会有什么反弹。

正所谓朝中有人好做官，虽然陈珚和陈琋都不是官，但这句话却很适用于现在的情况。陈珚瞧了陈琋一眼，见他意态轻松地伸直了腿，借着下一堂课没开始的时候抓紧放松，不由在心底暗暗苦笑，面上当然是不露端倪，见陈琋扭头看来，还对他友好地一笑，夸奖道：“四哥现在的字是越来越漂亮了，昨日演武，刀法也让人惊艳，难怪先生一顿好夸，小弟真是自愧不如。”

陈琋冲陈珚拱了拱手，苦笑道：“七哥，你也来嘲笑为兄？谁不知道我底子薄弱，就算偶然一出彩，也比不过七哥你天赋聪明，前日你做的那首诗，我就爱得不得了，还特意抄回家去，让人给我好好写了一把扇子。”

两人互相吹捧了几句，都觉无味，相对也是无言，片刻后只好对视一笑，又各自低头去做自己的事。陈珚一边整理书本，一边在心底思忖道：南党使出浑身解数，阻挡小王龙图入京，虽然去年关西战事有所转机，但他竟不能入京奏对。如此一来，很多事都不大方便。首先，大先生里就没有宋学一脉了，这一点对于我来说，确实极为不利啊……

虽然姜相公也不至于就对他吹毛求疵，对陈琋大肆吹捧，但行事、评论中若有若无的偏颇，陈珚还是感受得很清楚的。这就像是两人赛龙舟，仲裁的一方摆明了偏心眼，这一方行舟也就跟着磕磕绊绊，最后摘取头筹的概率自然是小了许多。

而且，现在最大的问题就是，政事堂的几位相公，几乎都是姜相公的翻版，只差别在手段高低而已。陈珚自从去年冬天开始上课以后，每日回到燕楼几乎都是筋疲力尽，若非他的堂伯母兼姨姨为他把燕楼上上下下的宫人都换了一遍，就连在燕楼内，他都很难能安心休息。

官家还是想用南党，想用南学。宋学对保甲法的支持，并不能为宋先生或者小王龙图换来入京的诏令，虽然开国至今，天下已经太平了一百多年，但军事上的积弱，却使国朝财政，一直是左支右绌，从来就没有宽裕过。为了强军，官家需要钱财，而南党的种种新政手段，立竿见影就能为朝廷节省巨额钱财，再带来新的财源。现在的政事堂中，除了陈参政以外，就再没有北党的人了，而陈参政根本没有捞到给陈珚、陈琋上课的机会，官家的倾向，由此可见一斑。

陈珚也不是不了解姨丈的心思，在这方面，即使是亲父子也难免有意见分歧，贤明太子去世前，官家握着他的手泣不成声的场面仿佛还在眼前，可官家却好像已经忘了当时对贤明太子的允诺，自从那天以后，从来也没有提起让宋先生上京的话头。反而是为陈琋、陈珚安排了全数由南党赤帜组成的政事堂教授团，他对陈珚的期望，也就可想而知了。如果不是因为对他有期望，大可直接宣布让陈琋入继东宫，横竖这一对父子可都是南党的支持者，陈琋更是自小就接受南党名宿的教育，在政治上，是纯粹得不能再纯粹的南派。又还要让他陈珚来陪读做什么？

官家的心思很明显，希望他能放弃宋学，回到南学的怀抱。陈琋不过是一块磨刀石，又或者是一条来搅局的黄鳝，唯一的目的，就是让陈珚往前跑动起来，顺着官家设下的道路往前走……官家不能说服贤明太子亲近南学，但贤明太子是他亲儿子，拗不过儿子，他也没得选。现在，有了选择的余地，官家是不会让儿女之情，影响他对国家大局的判断的。

但在这件事上，他却是有些想当然了，陈琋在他眼中，只是用来磨砺他陈珚的工具，但在姜相公眼里，却是未来的真命天子，他陈珚则是个图谋不轨的跳梁小丑，就差没在鼻子上涂一团白了。以姜相公等人的大才，在课堂上稍微有所倾向，体现出陈琋的聪明伶俐，陈珚的笨拙无知，并非什么难事。这几个月来，陈珚的感觉也是越来越强烈：仿佛自己不擅长什么，先生们就越是喜欢考问什么，而自己擅长的部分，也只有一次表现的机会，一旦被先生们知道了，那么下一次他就再也没有机会展露自己的才华了。

要说不气闷，那是不可能的。他还想着做出被南学笼络到的样子来，骗一骗姜相公，没想到姜还是老的辣，人家既然抱定了陈琋这个血缘上最为亲近的大侄子，根本就没打算撒手，看起来不论他对南学是友好还是反感，都不会改变态度。一面在课堂上全面压制，一面是景王和景王妃频频入宫给太后问好请安，这是要双管齐下，打定了主意要把他陈珚继承东宫的可能消灭在萌芽之中。

就说眼下这讲课吧，陈珚在宋学都是坐着长凳听讲的，毕竟如今桌、凳如此流行，怎么都要比跪坐更为方便。而也不知是谁发现了什么，反正他某一天来上学的时候，忽然间发现书桌都被收走了，整个授课都要用跪坐的方式来完成，这对陈琋来说并不算什么，因为南学还是沿用了传统的正座教学，但对他来说，就是很不习惯了。也是因为这一番改变，原本揪不到他多少小辫子的姜相公，每次授课，倒是都多了不少可以借题发挥的小把柄。

两人的课程并不沉重，姜相公之类的课程完结以后，便可以各自回住处休息，陈珚回到燕楼后，没过多久圣人便派人召他过去说话。陈珚进门以后，却见官家也正在座，自然是一番问候，行过礼后，圣人让他坐在自己身边，问道：“七哥，近日功课如何？我听张显说，你每日都要读书到深夜。”

贤明太子身边一干近人，如今几乎都在陈珚身边服侍。张显现在就是燕楼的大管家，每日都要到圣人身边问好，自然也会把陈珚的消息给带过去——宫中内侍，饱读诗书，深知宦情的不少，张显对于陈珚现在的处境，应该是心知肚明。圣人此问，未必只是关心陈珚的身体，大概也有暗示他对官家诉苦的意思。

陈珚心思灵动，一转眼便把圣人的用意猜了七七八八，只是他却有不同的看法，并不愿就势诉苦，只是微笑道："姨姨，我天赋不好，比不得四哥，自然只好多用功几分，以勤补拙了。"

圣人眉头微微一皱，并不说话，倒是官家道："也不能这么说，你们如今上的都是南学的课程，琋哥自小学的就是那一套，又比你大了一岁，学业上比你领先些也是自然的。"

若是他巧言为自己辩护，以官家性子，必定不喜，他自己姿态先放低了，官家心里反而是过意不去。陈珚对于自己姨丈的心思，拿捏得一直都算准确，这一番也是正在意料之中。因此即使圣人喜滋滋地摸了摸他的脑袋，他却也并不太喜悦，反而说道："确实，南学、宋学在圣贤的一句话上，就能发祥出不同的解释，也许是受此影响，我读起书来是要比四哥慢些。"

"哦？"官家也来了兴致，"都有何不同，说来给我听听？"

"就以《春秋》为例……"陈珚随口就举出了七八处两门学派释义不同的地方给官家听，他声音清凉、口齿便给，复述得有条有理、丝毫不乱，官家听得都是饶有兴致，等陈珚说完了，许久都是拈须不语，显然也在思索着宋学的《春秋释义》和南学的《春秋释义》，哪个更有道理。

这两门都是新兴学派，以陈珚来看，理论上都有些勉强的地方，这几处是他精心挑选出来，宋学释义更有理，而南学释义似嫌勉强的所在，见官家听进去了，他心中也是松了口气：看来，今天的功夫就算是做到位了——此事须得做水磨工夫，绝不能太过心急，否则，本来就处于劣势的宋学，翻身的希望就更渺茫了。

他们一说起学问的事，圣人便插不进嘴了，见官家陷入沉思，她也不搭理，只是低声问陈珚一些饮食起居的事，又埋怨陈珚的母亲不进来看望她。

两人正说着家常时，官家忽然又插口道："七哥，这几处释义冲突的地方，你是怎么看的？你更支持哪一方？”

陈珚心头一跳，面上却混若无事，也不停顿，仿佛官家的问话，毫无言外之意，他自然地道：“有些地方，觉得宋学有道理，有些地方，却觉得南学有道理……所谓过满则溢，世上哪有十全十美的学说？我等君子，于百家争鸣中择长取之，却未必要选一方支持吧？只要于我有用，都可以吸纳进来。”

官家沉吟片刻，也是解颐一笑，他伸手摸了摸陈珚的额头，温言道：“这也是因为七哥脾气好，嘿嘿，是要比我和你六哥宽厚得多了……”

也不知想起了什么事，官家说着说着，竟是微微一笑，大有伤感之意，过了好一会儿，才收拾情怀，携起陈珚的手，道：“你随我来。”

竟是拉着陈珚，径直出了圣人寝宫，去了他日常起居的福宁殿。

陈珚一路都在猜测官家的意思，直到官家把他带到书房，望见了案头的一大沓试卷，这才忽然想起：前日是殿试，这应该就是殿试的试卷了。难道姨丈他……

正这样想着，耳中果然就听官家说道：“这是今科殿试的卷子……”

第八章 相见

陌上人如玉

里应

“这是今科殿试的卷子，一共也三百多份。”官家让陈珚在他下首坐了，“对我来说，这三百人就是个名字，无非殿试时见上一面而已。”

陈珚听到官家这几句话，心头已是雪亮：历朝历代，国君用人都是一大难题，为什么会被奸臣蒙蔽圣听？就是因为官员士人实在是太多，官家又没有更好的办法去认识他手下的官员，本朝有了个皇城兵马司，还算好些，若是前朝，官家也只能由奏章和亲信大臣的口中去了解一个人的品行和政绩，所以才会出现历朝历代谎报战功，以败为胜，而朝廷还深信不疑，又或者是以奸为忠这样的事情。这一次他的官家姨父让他过来介绍三百名应试士子，其中一重作用就是从他的眼睛里重新去认识一下朝廷未来的臣子们。所谓恩自上出，殿试从来是不黜落人的，人情由官家做，得罪人的黜落，就由主考官生受了。

但，要说官家就只有这么一重用意，那就恐怕不太了解他这姨父了，这三百人不过是一科进士而已，犯不着官家用心至此，他让自己过来福宁殿，应该还另存了一番考校的心思，只是对此，陈珚倒是只有模糊的把握，他心中一面想，口中一面笑道：“姨丈是要让我给您分说几句？”

官家点了点头：“我知道你素来东游西逛，没个正形……这一科士子，只怕和你熟识的不少吧？咱们爷俩儿也好久没有谈天了，你只当说着玩儿的，想到哪里就说到哪里呗。”

陈珚笑道：“我要说错了，姨丈可不许怪我。说好了，您就得赏我。”

官家被他逗得呵呵直笑："有你这么精的吗？说错不罚可以，几句话而已，就是说得好，也没赏。"

爷俩儿斗了几句嘴，官家脸上也多了一番笑意，陈珚一边说，手里一边就在翻卷子，他只看姓名籍贯，没看行文，不多时已经把三百多份卷子给翻完了。停了一停，心中已是有了腹案，口中道："确实有几十人都是认得的，最熟悉的应该就是宋三哥了吧，姨丈应该也对他有印象，我看他卷子在第一，难道您要取他做状元？"

"他文章的确做得好。"官家对于宋家人才也只有赞叹的份，"不输给他大哥多少，亦是一时鼎元之选。哎，这宋家的风水，真不知是如何钟灵毓秀了。门中竟是连一个庸才也没有，你看我每天和多少人打交道？一天能记住十来个名字就不错了。可就这宋家人的名字，我是一个也忘不掉。他父亲、叔父就不说了，这一代的两个哥哥，我也是心里有数的，如今难道又要再加上一个宋三？就只是不知道，他治事之才如何了。"

"有大才，"陈珚大大方方地说，"您也知道，我没见过他那两个哥哥，倒不知道他在兄弟中如何，但宋三哥给我的感觉很像是萧家的玄冈表兄，虽然心明眼亮，但行事处处给人留有余地，有大家气象。"

官家把宋栗的卷子挑出来放到一边，陈珚又为他指出了几个宋学士子，并且集中推荐了一下薛汉福，"……为人很稳当，方才和您说的那两三个师兄，都和薛师兄十分交好，行事也多数都是醇厚从容，有君子之风，就是不知道治才如何。以我看，薛师兄即使无法做亲民官，也可入国子监中行教化之事。"

官家已经听他说了，知道薛汉福是宋家的女婿，闻言亦揶揄道："难道宋家的人就必定是好的不成？先一个宋栗，文章的确好，就不说什么了，这薛汉福的文章，我看了也就是中上，稳扎稳打没什么出彩之处，听你说来，倒也是难得的人才。"

"姨丈，你这道理就说得不对了，宋家大哥、二哥、三哥，如今看来都是才子，倒是四哥以我印象，天分平平，可见宋家人里还是会有庸才的，但宋家的女婿却绝不可能有平庸之辈，若是薛师兄不好，先生也不会挑他做女婿了嘛。”陈珚笑道，“都知道先生最擅观人，小王龙图就是他慧眼识珠，一手培养起来的，在挑女婿这件事上，怎么可能看错人呢？您说是不是这个理儿？”

官家也捻须笑了：“不错，倒是我想岔了。那依你所说，难道宋学进入殿试的这二十多人，都是良才吗？”

陈珚刚才挑卷子的时候其实也惊讶了一会儿：都知道宋学善于培养人才，但这一科的贡士名单，也未免有点太夸张了吧？就是国子监一科贡士可能也就只有三十多个，一般的地方书院，一科能有五六个贡士——也就是准进士，都已经是佳绩了。宜阳书院这一科就出了二十多名进士，几乎赶得上国子监了。

也是因此，他对官家带他来福宁殿的用意就更是清楚了一层，也早准备了官家的这一问，此时便胸有成竹地摇了摇头：“以我平日所见，这二十多人里，先生真正视作入室弟子的，也就是我挑出来的这三五人而已，宋三哥和薛师兄不说了，余下几人，都是深得宋学‘顺天应人、至诚至性’精髓的学子，才会受到先生另眼相看。至于别人，虽然都在宜阳书院读书，但对宋学的接受度其实有上有下。”

他排出了十多张试卷，说道：“这些师兄，多数都是因为宜阳书院考中的人数多，因此特地前来就学，平时观其言行，在朝事上并无什么见解，平生志向大约就是中进士做官，因此和先生的关系也没那么紧密，当然师徒之谊仍有，但要说为宋学奔走呼号、奋不顾身，却是不可能的了。”

官家此时，听得已经很认真了，他插口道：“也就是为做官而做官的官蠹，唔，这样的人，自然处处都是不少见的。”

虽然这种人也是国朝官员的重要构成部分，但被陈珚如此指出以后，他们仕途的起点，肯定要比薛汉福等人更为艰难了，虽然官家不会喜欢学派烙印太明显的臣子，但这种胸无大志，只想着中进士做官的平庸之辈，却更是不被他所待见。男子汉大丈夫，连志向都立不成，还能做成什么事？

其实这里有几个师兄，和陈珚关系还是不错的，他心中略有歉意，但却并不浓重：这也是形格势禁，不得不为，虽然因为他几句话，这些人的仕途可能开局不利。但也比官家被宋学过快的崛起势头吓倒，从而使宋学派全面受到打击压制来得好。以官家的记性和繁忙程度，几年后根本不会记得他们的名字，届时薛汉福等混得比较好的同榜同学就可以发挥作用，拉他们一把了。

宋学一班学生，尖子生和中等生都被排出来了，接下来就是要打击的差生对象，陈珚把几张卷子叠起来递给官家，笑道："至于这几位师兄，都是宰执之后，在校时和我往来甚密，不过他们到书院读书，多数都是家人的安排，因为北党和宋学闹翻，现在多数已经不在书院了。算不上是宋学门人，目前投到哪一边，我不太清楚。"

"北党和宜阳先生之间，已经到如此地步了？"官家有几分吃惊，"甚至连门人都要叛了出去？"

在士人之间，叛出学派是很严重的事情，当然，因为宋学和北学其余学派的亲密关系，这些事的影响还不会太大，陈珚如实道："说'叛门'也算不上吧，虽然宋学被唤作是宋学，但和宋先生志同道合的还有好几位先生，就我所知，这些衙内多数都去了曾家书院继续读书。说起来，曾家和宋家也算是儿女亲家，在学术上，不算是'叛门'。"

政治上，他没有明说，只是让官家自己琢磨弦外之音：学术上不算是背叛，那么政治上呢？看来，宜阳书院和北党决裂以后，北党是有意捧起曾家，以此来打压宜阳书院。而身处南学和北党的联合打压之中，宜阳书院现在的日子，只怕不会很好过。

南学对宜阳书院的压制，官家心里应该是有数的，但北党对宜阳书院如此的打压，应当能对他造成震动。陈珚一番说话，其实为的就是此刻，见官家沉吟不语，他行若无事，又翻了四十多张卷子出来，笑道："这些就都是我在京城时认识的朋友了——姨父您也知道，我得了闲喜欢四处乱走，国子监也是去过的，当然还有如今诸执政家中的衙内，也有些熟识，只是比不上方才的那些师兄而已。方才我还看到好些眼熟的名字，似乎也都是姜相公的学生，这南学可谓是人才济济——说来也要恭喜姨父，毕竟不论南学北学，抑或是宋学，最终，还不都是您的臣子嘛？”

他又指出南学的几位俊才，也是不吝惜夸奖之词。官家听得倒是心不在焉：他素来关心文事，对于京城国子监中的才子，乃至是诸高官家的俊彦子弟，其实也有依稀印象，再加上皇城兵马司的作用，陈珚所说的这些事，对他来说其实不算新鲜。再说，这些人家中都有靠山，得职也不会太差，至于日后前途如何，自然是由其在任上的表现来决定。

陈珚见官家渐渐有些走神，话锋一转，便谈起了自己和一些衙内的少年恩怨，“这位吴衙内，就在我离京前半个月，险些还要把我的牙齿打掉……”

他一面说，一面把该人的卷子送到官家跟前，官家如今倒是听得津津有味，呵呵笑道：“你们啊，真是少年轻狂，若是真打掉了，说不得又要来我这里讨象牙回去补。”

陈珚适才已经翻到了李文叔的卷子，也是不惊反喜：若是他这一科没考中，几年后自己还真未必想得起来要收拾他。他有意把李文叔的卷子留到了最后一张，把前面人的故事都说完了，此时方才拿起李文叔的卷子，做沉吟状：“至于这位师兄，和我的恩怨就要大些了……”

官家本来听得入神，此时不由追问：“怎么个大恩怨？”

“他亦是宜阳书院的学生，只是钟情先生家的三娘，又因为我跟着表兄一道，去宋家拜访了几回，和宋三娘也还算说得上话。因此自初识起，便对我十分忌惮，”陈珚皱眉道，“先是离间我和颜衙内，意图挑拨颜衙内来对付我，后来被我识破，教训了他几回，俩人关系越来越僵……最后一次，他趁着大家游猎，竟是想要发弓射我……”

陈珚之所以叫官家姨丈而非堂伯父，便是因为官家和圣人感情极好，觉得陈珚叫他姨丈，更显得亲近——其实以此也可看出他对陈珚的疼爱了，否则若是寻常的宗室子侄，又怎么会想到此事？福王家十多个儿子，也就陈珚叫得上“姨丈”这个称呼，先听着李文叔挑拨离间等事体，官家还能当个玩笑，后来听到引弓欲射一事，饶是他素来好脾气，也不禁沉下脸来，怒道：“荒唐！李家怎么出了这么个不肖子弟？”

陈珚反而回头宽慰官家道："究竟也没有真凭实据，也许是我有所误会。此人虽然人品有些瑕疵，但也不是不能使用，不论君子小人，都有可驱使的地方……"

"你什么都好，只是性子太软了些。"官家却是摇头道，"旁人欺压你，你也都自己受了，不说回来和家人诉苦，就是家人要帮你出气，你都还要拦着，这毛病什么时候能改？此人竟敢谋害天潢贵胄，若有凭据，他全家人都要被牵连，即使如此，此人也是死罪可免、活罪难逃……"

他略微沉吟片刻，便道："此事你不可再过问了，交由姨父来办，更不能再为这李家子求情。"

陈珚早知官家会如此反应，他更是隐隐猜测到，官家对于他在宫学中所受的待遇，应该的确是心知肚明，更有自己的一番看法：从贤明太子到官家，其实都是一副护短的性子，自己越是忍让，他们就越是不舒坦。姜相公要么是不够了解官家，要么就是不在乎官家的感受，否则也万不会如此露骨地为难自己。

"这……甥儿依了姨丈便是。"他露出为难之色，但终究还是答应下来，仿似为了活跃气氛，又笑道，"您瞧，其实宋先生也不是全然明察秋毫，李师兄这个奸佞，他就没觉察出来，虽不说当成心腹弟子，但也还让他在书院就学。可见坊间许多关于宋学的传言，也是神化了，哪里都有好人坏人、英才庸才，宋学、南学，哪个能例外呢？"

说到坊间对宋学的神化，他的语气格外多带了几分不以为然。官家被逗得也是轻笑："还当你对宋学推崇备至，如今看来却倒还和以前一样不知天高地厚，谁也不能让你心服。"

陈珚这回说得倒都是心里话："甥儿对儒学也便是如此而已，说穿了，什么宋学、南学，需要的时候拿来用用罢了，终究外圣内王，儒家之道，就是千变万化，也终究不可能真正以此治国。"

官家笑着隔空点了点陈珚："胡话，这话若传到外头，你的几个老师怕都要对你大失所望了。"他沉吟片刻，又问，"依你看，今科状元，点宋三合适吗？"

陈珚脑子急速转动，口中却并不停息太久，而是仿佛理所当然地道：“当日点宋大合适，今日点宋三，应当也合适吧？”

官家微微一怔，终于被陈珚逗得大笑，陈珚听着他的笑声，暗暗松了口气，这才是发觉自己已经出了一身冷汗：今晚以后，先生那边的压力应当能小一些吧，就不知道姨丈会不会召先生进京了……

虽然知道宋先生即使进京，也未必会带上宋竹，但他依然不免又是久违地想起了宋三娘：她到底定亲了没有呢？去年到今年，一直都是多事之秋，也许是还没有，若是如此，说不定先生也会带上她呢……

但这想法，只是一闪而过，就被陈珚掐灭在了心底，他重又收摄了全副心神，把注意力集中到了和官家的对话中去。

外合

“到了东京以后，你就把这叠银票带给你三姨。”小张氏一面忙着叠衣，一面叮嘱女儿，“让你三姨找人，去钱庄兑换些铜钱，东京地方和宜阳不一样，虽说是住的你王师兄家里，但你王师兄人在外地，家人多数都随过去了，那处宅子里也就是一些看家护院的家丁而已……”

宋竹一边听着，一边耐心地点头，以安抚母亲的情绪，“都知道了，娘，您就尽管放心吧。”

“你是没有和你爹单独出过门。”小张氏也是难得出现这般焦虑的时刻，“哎，别说你爹了，就连你都只是个娇娇女，这般进京，只怕连自己都照顾不好，更谈不上照顾你爹……这主意我看终究还是有几分不妥。”

也就是在上个月，宋先生终于受到朝廷征召，将要入京任集贤院校理，这其实不是什么高位官职，起码就比不上宋家二叔的知州权重。但官职只是个幌子而已，宋先生进京，对宜阳书院来说意义极为重大：自从七年前宋先生辞官回乡以来，京师就被视为是南学的自留地，如今宋先生入京讲学，等于是朝廷许可他在京城弘扬宋学，这其中激动人心之处，只怕是三天三夜都说不完。最重要的一点，便是隐隐约约地暗示了宋学门人七殿下，如今似乎已经在那场不可言说的斗争之中，取得了一定的优势……

但这入京的好消息，对宋家来说，却也带来了一定的烦恼——宋家最近，人手有些不够使唤了。

一方面，在今年年初考中进士以后，薛汉福便回家探亲去了，薛家也在张罗他的婚事，马上要前来迎娶宋苡。另一方面，宋栗中了榜眼以后，上门来议亲的人家也是多不胜数，小张氏根本无法在这种情况下离开宜阳，再加上她又是长媳，现在明老安人年事已高，她更是不适合动身前往东京。尽管宋家二夫人已经从外地返回，准备由她来照料老家，让小张氏跟着去开封照看宋先生。但远水解不了近渴，起码这一年半年内，小张氏是被困在宜阳没法动弹。

再加上宋家本来仆役就不多，接连而来的喜事更是需要人手帮忙，不能全由乡亲们帮衬，宋先生能带上京的下人竟是寥寥无几，除了惯使的老仆以外，竟是连书童都没能预备上一个。仓促间也不知上哪里寻人去——这文字上的事，还说可以让弟子们服役，但照料生活起居的琐事，再由弟子们代劳就不合适了。小张氏又不太放心让宋先生自己照看自己，因此思来想去，也只有发动宋竹和父亲一道先上东京城去，做上一年半载的小管家娘子了。

“也是不巧，你大哥、二哥如今都不在京里，否则倒也未必要劳动你了。”虽说是下了决定，但要上京的除了宋先生以外，还有自幼带在身边，从来也没有分开过一天的女儿，小张氏这几日真是啰唆了不少，不难听出来，她还在寻找让宋竹留在宜阳的办法。“且千万记住，在东京不要胡乱出去走动，那地儿拐子多，若是被拐走了，可不是闹着玩的……”

宋竹有几分哭笑不得：“娘，您就放心吧，我都多大人了，这些事难道还不晓得？”

小张氏这才是住了手，她摸了摸宋竹的脸庞，略带自失地一笑，“是啊，一转眼就成了大姑娘喽……”

她神色上闪过一缕说不清道不明的情绪，仿佛是宋竹的年纪，又勾起了她的心事。宋竹看在眼里，忙岔开话题，又笑道：“既然带了这些钱过去，在东京可还要再雇人？只怕雇来的使女手脚会不干净。”

“雇人倒不必了，第一有些外道，第二我们本就住在王家，若是再雇人，难免让人觉得王家招待不周。”小张氏果然被支开了注意力，“再者，你爹也不喜欢多置奴仆。有你们几人在，应当也能把他照看好了，最要紧是盯着他好生歇息，别再一讲学就废寝忘食的，弄坏了身子。”

宋竹这才松了口气，也不敢再嫌弃母亲啰唆了，她知道母亲正沉浸在离别的焦虑和不舍之中，便配合地点头称是了起来。自从去年和周霁的亲事有变以后，自己的婚事就被耽搁了下来，现在已经渐渐成了家里的一个默契了，不论是她还是母亲，都极力淡化年龄的增长，对宋竹来说，也算是正中下怀了，反正她现在就是不大热衷于操心婚事。

至于母亲那里会有什么想法和猜测，这就不是她能过问的了：周霁这门亲事到底是怎么黄的，宋竹到现在都不清楚。她所知道的就是有一次母亲又问起周霁的时候，她和母亲说了一些周霁家里的事情，然后小张氏问她这些事是不是陈珚告诉她的。

宋竹不喜欢对家人说谎，在这件事上，似乎她也没有说谎的必要。她便如实告诉母亲，的确是陈珚告诉她的。

然后……周霁也不知道什么时候就回东京去了，据说是回国子监去读书预备考试的，周家换了个人来宜阳书院读书，年纪还很小，才十二岁多一点儿。一望即知，在几年内是肯定不会去考科举的。

然后家里人就再没和她说过亲事了，曾经由着她看的提亲信也被收了起来，这里面肯定是发生了一些宋竹不知道的事，但一想到也许和陈珚有关，她又没了问的兴致。指不定就是陈珚和家里说了一些周家的事情呢？他虽然回了东京城，但和父亲还是有书信往来的，以他现在的身份，书信里好心捎带着提一笔供家里人参考，也不是什么大事，要不然，家里怎么会目标那么明确地直接问她，周家的事是不是陈珚告诉她的。

在她想来，母亲把自己送上京，也许就是为了要给她在京城找个好人家。洛阳城一带并没有什么让人满意的人选，这些大家大族，和宋家一直都有来往，但在这几年宋家被卷入漩涡，起起伏伏，他们的表现却是让人失望。虽然东京的人家未必就比洛阳人家好，但起码大家没什么接触，也少了一层芥蒂。

不过，宋竹对于这几年来家里的处境，其实也是所知不详，只有一个模糊的概念。从陈珚离去，太子去世开始，京里传来的消息就是复杂纷乱，很多说法往往自相矛盾，宜阳书院的前景，在这些谣言里时而辉煌，时而黯淡，别说宋竹了，估计就是连书院德高望重的先生，都很难拍胸脯打包票，说自己看明白了朝廷局势。

福王家七殿下和景王家的四殿下同时在宫中就学，也都住进了宫里，官家绝口不提过继的事，朝中也没有催促的声音，两位殿下支持的学派各自不同，但现在受的都是南学教育——去年秋冬，宋家一反春夏时炙手可热的势头，忽然间又是门庭冷落，众人都忙不迭和他们划清界限：既然官家希望继承人支持南学，那么七殿下为了和宋学划清界限，可能会反过来打压宋学，以此送上“投名状”，那么宋学这次可就要遭受灭顶之灾了。

结果，料想中的灭顶之灾完全没有到来，到了今年春天，宋栗反而高中榜眼……据说他之所以被点为榜眼，就是因为宋大哥宋桑是状元，二哥宋栾是探花，官家仿佛有收集癖一般，所以就为宋栗点了左榜眼，并笑言：“下一科的右榜眼，也是留给宋家郎的。”

这小道消息，有浓厚的戏说气息，但却也是因为它的戏剧化，在转眼间就传遍了天下。宋家又一次由黑翻红，宋竹亲眼见到，家里的门槛，几个月内就被接连上门拜访的各色人等给踩得凹陷了一大块，不得不换上了新的。也就是从那时起，便有了传言，说是宋先生将会被召进宫中，为七殿下讲学，而这份难得的殊荣，当然是七殿下本人为老师前后奔走，争取来的。

这两年内，传言宋竹也听得多了，一开始家里人也并没有采信。就是官家，也不可能想起一出是一出，这两年南党提出的变法之举，正一条条地惠济天下，而宋家这边只表态支持保甲法，对于别的措施，都是闭口不言。这样冷淡的态度，姜相公会容得了宋先生进京？

只要姜相公执意不许，那么就是官家，只怕也没有太好的办法。宰执闹脾气顶天子的牛，在国朝这也不是第一次了。

不过，到了五月，关西的好消息传来以后，事情就似乎是又有了转机——自从小王龙图到了关西以后，西夏人似乎就转了性子，接连两年秋收，都没能在边境上掀起什么风浪。今年春天，更是被小王龙图直接派兵突进，把前些年丢失的几个寨堡一举拿到了手里，数年失土，一朝全数平复，这对于国朝来说，已经是十数年没有的大胜了。

对国朝来说，军功重于一切，当小王龙图挟着如此功勋，举荐宋先生回朝任职的时候，就是姜相公都不好强出头，到了七月，宋先生回京的事，也就这么戏剧化地定了下来。而经过一番考虑，宋竹和她乳娘以及宋先生身边惯使的一名老仆，这四人就组成了宋先生的“亲友团”，会在数日后随宋先生一道启程，去往东京供职。按照常理，他们入京以后，官家当会安排宋先生入宫教导两位公子，否则他也就不必征召宋先生入京供职了。

朝廷的风向，已经发生了变化。从今年以后，被选为和南学“异论相搅”的异论，不再是传统北学，而是新兴的宋学，而在朝中牵制南学的，也将是宋学门人了。今年三月起，宋桑、宋栾都出京任亲民官，宋二叔宋谚也换了个位置，可想而知，在今后的几年中，他们将会受到官家的格外垂青，若干年后，也将是出将入相的大人物——这也是官场中人的共识，南党绝不能没有对手，而比起和南党势不两立，什么事都要唱反调的北党，立场更为柔和客观且现在还很弱小的宋学门人——或者更干脆地说就是宋党，当然是更好的培植对象了。

所以，起码现在，宋竹是不必为自己的婚事多操心什么的，不夸张地说，除了勋贵宗室以外，读书人中，只要她想嫁，就绝不会有挑剔她的人家。她也有等待的底气，完全可以等到局面更平稳一些的时候，再为自己挑拣夫婿，免得仓促间选错了人，那可是要后悔一辈子了。

现在她已经很少再烦恼婚事了，和母亲说了几句话，宋竹自己的心思都被引开，满心里只是遗憾，自己无法参加二姐的婚礼，不过又也有几分开心——薛汉福已经被选入翰林院供职，宋苡不多久也会住到东京城，姐妹俩以后还是能常见到的。

正和母亲说着些路上该注意的琐事，屋外忽然有人匆匆过来，敲了门回禀道："夫人，小王龙图回京问对，特意绕路宜阳，刚在书院拜见了先生，先生说晚上留龙图吃饭。"

来传话的就是宋先生惯使的老仆人宋义，他格外看了宋竹一眼："龙图随身还带了一名本家后辈，共有两人……"

小张氏闻言，立刻就站了起来开始分发诸奴仆做事，宋竹看了看母亲，又看了看义叔，心中若有所悟：看来，这位王家子，应该就是家里为自己正经物色的第三位候选人了。

顾虑

身为她父亲最出色的学生，兼之宋学在朝中最大的靠山，小王龙图不论在宜阳书院还是在宋家都算大名鼎鼎，宋竹当然对他也是熟悉的。两人虽然名分上是师兄妹，但年纪相差很大，宋竹三四岁的时候，二十多岁的王师兄便多次抱着她上街游逛，她甚至还和自己的小师侄做过一段时间的玩伴儿。

之所以称呼王师兄为小王龙图，其实是因为他父亲当年就是在龙图阁直学士的位置上致仕的，时人尊称从宽，呼为王龙图，后来王师兄升任龙图阁学士以后，倒成了货真价实的龙图了，但为了和父亲区分，天下便都呼为小王龙图。

父亲是龙图高官，王家自然也是地方上兴旺发达的大族，王家家境富裕，家风严正，家训中和宋学很多主张都是不谋而合。以小王龙图的为人来说，虽然父亲有如此多的学生，但能让他如此看重信任的却是不多。既然小王龙图会特地带了一位同族后辈过来，而且大有推荐为宋家婿的意思，那么此人的品行才华，必定也都是靠得住的。如此一来，家里人对她的亲事绝口不提，倒是也有了解释——原来是等在这里，倒不是忌讳陈珚什么。

按说也是，陈珚就算再怎么凶悍，自己家里也绝不可能忌惮他，只要他还想当太子，就不可能对宋家不利，反而要千方百计地为宋家铺路，譬如争取她父亲去东京讲学。家里就算对他的心思有些猜疑，也万万不可能因此而不敢将她许人。宋竹想明白了这一点，心里也是松了口气，又有些说不清道不明的怅然，却只是让自己不再去想，又一心收拾起了要带上东京的行李。虽然居家穿得很是简单朴素，但她却也没因为即将到来的王衙内而特地多打扮什么。

到了近晚时分，前院一阵喧嚣，想来是小王龙图到了。果然没过多久，前院便有人进来唤宋竹出去，宋竹随意洗了洗手，觉得自己一身还算整洁，就这样跟着仆从进了明老安人的院子。

一进屋，她就发觉有两个人都看了过来，宋竹只做不知，先给祖母、父亲、母亲问了好，这才在长辈们的介绍下，笑着转身给小王龙图行了礼。小王龙图又指着他身边站着的年轻人笑道："此为族弟王城，字奉宁。"

宋竹此时方看向王城，见他剑眉星目，长相俊朗不凡，虽然一身青衣，打扮朴素，但浑身上下自然而然流露着一股说不出的英伟气息，她顿时对他有几分另眼相看，暗忖道："见了那么多师兄，论到气魄，能和他相比的似乎也没几个。"

王城见到她，也是表现得体，虽然有几分好奇，连着看了她几眼，但表情坦荡，绝无李文叔当日那般的不堪，且一旦察觉，便很快克制住了自己，先行拱手对宋竹为礼。可说是又表现了好感，又顾全了礼节，宋竹对他印象不错，因此也微微一笑，回了一礼。

小王龙图这一次到宜阳来，心思是很重的。关西的战事，朝中晦暗不明的局势，甚至是宫中那让人难以明言的胶着之势，都让他对老师乃至自己的未来，怀抱着深深的忧虑。尤其是在宋栗被点为榜眼，而状元的才学、行卷却和他有明显差距的时候，他更是对老师上京以后要面临的复杂局势很是担忧，他迫切地希望能和老师同行上京，起码在路上，两人可以从容探讨进京后的策略，以免日后师徒两人，一个在东京，一个在关西，通信不便，耽误了大事。

当然，带上族弟奉宁和他同行，也是他其中一个考虑了，宋家三娘既美且贤的名声都传到关西了，又是家学渊源，任何一户人家能娶到三娘，就是烧高香了，若是没赶在进京以前把亲事定下，只怕到了京城以后，也轮不到奉宁。前几年没提此事，一来是因为两人年纪都小；二来奉宁也没什么提得起来的成绩，恐怕宋家看他不上，现在奉宁也立了些战功，他志向远大，虽然误了这一科，但三年后还是预备应试的，若是能中进士，有军功在手，擢升速度并非常人能比，倒也堪配三娘；再者，这几年通信时，也是听先生提起来，三娘性子恬淡，也和两个姐姐一样，只愿嫁入人口简单、家风醇厚的人家，对于大家大族没有太大的兴趣。

先生是有托他寻人的意思，但王奉安（小王龙图）却以为，如今也应当加强一下两家的联系，随着小师弟进宫一事，现在的宋学已经成为一个庞大的利益共同体，若是小师弟继承皇嗣，那么宋家、王家必定都是一飞冲天，将来在朝堂上两大重臣未必能一直维持一致，一门亲事，可以有效地缓和两家之间的关系，也算是不错的预防。是以这一次他就特地带上了王奉宁，一面是让宋家相一相他，一面也是让素来额角生得高的奉宁，亲眼看看这宋三娘，也免得他将来万一不满意三娘，美事变作恶事，倒是耽误了两人的一生。

他虽然多次见过宋竹，但最后一次相见时，宋竹才六七岁，只觉得的确是个讨人喜欢的俊俏女童，到底有多美，王奉安也想不出来，对传言是有些将信将疑的。也是因为心里存了些疑惑，待到今日宋竹走进屋中时，他才是大为诧异，这个老谋深算、城府不浅的朝廷重臣，在见到宋三娘的那一刻，竟然也有了一刹那的失神……

虽说是布衣粗服，却实在是难掩天香国色，王奉安顷刻间便想起先生书信里一些隐晦的话语，顿时是明白了宋家的许多顾虑：难怪强调，家中人口虽然简单，但家世却不能太差，又乃至夫婿本人也不能太过老实敦厚，能力必须过人……此女的美貌，已经超出寻常，若是嫁入一般人家，夫婿又软弱无能的话，只怕未必能挡得住旁人的觊觎！

还好，奉宁家世富足，父辈也曾是朝中高官，几个兄长都有荫补，要不是他志气高，独不愿以荫补出身，现在应该也是个官人了。王奉安一边思忖，一边就随口为两人引见了一番。

虽然奉宁表现得体，但他和这族弟日夜相处，十分熟悉，自然看得出他的惊艳与倾慕，心中自然也是欣慰，又见宋三娘对他也是和颜悦色，便更是喜悦，只觉两人之事，应当也能有个八、九分准了。待到宋竹那一笑开，王奉安只觉得半边屋子都要被她容光照亮，他心中亦不由吃惊：我小半生走南闯北，也颇见过一些美人，但要说有谁能和宋三娘相比，却是寻不出一个来……

他到底是见惯场面，不过转瞬间容色便已经如常，瞥了族弟一眼，见奉宁神思不属，明显是被她这一笑镇住，此后便不断侧顾宋三娘，在阵前的冷静，已经是十不余一，心下亦不由自主地暗笑连连，和宋先生交换了几个眼神，都是看出了彼此眼中的笑意。

既然两小看来对彼此都是满意，在王奉安看来，此事大抵也就能定了下来，当晚他没回驿站，只是把王奉宁遣回去安歇了，自己和宋先生两人在书房秉烛夜谈。

师徒两人一别经年，虽然时常有书信来往，王奉安也不曾短了孝敬，但毕竟有许多话是信里无法言说的，此时在灯下追抚今昔，不觉便说到了三更时分。王奉安也将心中最深的忧虑说出："姜相公虽然是正人君子，但南人多诈，党附他的却是一群小人。此事干系实在太过重大，且以两家的亲疏来说，官家心思属谁，实在并不难猜，七殿下若是肯暂且容让作伪，做出心向南学的样子，也许局面还能好上几分。如今官家点了三哥为榜眼，又召先生入京讲学，心思是好的，却只怕南党不满足于状元之位，连左右榜眼一道，是要占尽了这三鼎甲的风头去。"

将宋栗点为榜眼，又说起了右榜眼为宋家郎所留的话，官家的心思已经是昭然若揭，更算是对宋学的一个表态：经过连年的互相倾轧，官家已经彻底对北党失望，对分裂独立出来的宋党，则是希望其安于榜眼辅佐之位，不要和南党争夺朝中的主导权。

这对宋学来说，也是能接受的安排，宋学和北党分裂以后，朝中已经没有多少重臣，只以他王奉安为最尊，虽然赤帜是有，但却缺少羽翼。怎么说都要等到五年、十年以后，书院的学子们从选海中超脱出来，方才算得上是一党，现在就是想要和南党争辉都没有力量。再者，官家身子不算太好，现在也无谓太过争取，说穿了，十多年后，七殿下登基，宋学羽翼丰满，到时候朝廷大势发生转移，也就是水到渠成的事。

但，南党对这样的安排却未必会和宋学一样欣然接受，南党、南学要争夺的，是本朝的道统，焉能接受人亡政息的结果？他们是不会满足这十多年的风头的，即使不说十多年后的事，于现在的朝中，也未必会容忍心腹之地出个宋学……官家有官家的心思，姜相公有姜相公的心思，南党又有南党的心思，这诸多心思交织在一起，组成的就是现在东京错综复杂的局面。宋先生又偏偏是天下文宗，行事也有诸多限制，不是说想怎么办就能怎么办的，这般计较下来，王奉安对于他的东京之行，的确是顾虑重重，怎么都不能放下心来。

“具体如何行事，现在也不是你我能决定下来的。”宋先生却道，“别忘了，奉安，我之所以进京，是七殿下运筹帷幄的结果。陈珚此人，我很了解，若不是有自己的一盘打算，是不会如此行事的，我猜他在京中是已经设法努力笼络过南党，只是成效不彰，这才索性说动官家召我进京，以此破局。进东京以后，你设法见他一面吧。”

王奉安素知老师有识人之明，见他对七殿下似乎很有信心，也就稍解忧虑，点头称是，为了缓和气氛，他又提起了奉宁和三娘的亲事：“……此事断断续续，说了也有一年了，我和先生之间不是外人，也就不外道，先生今日看着奉宁若是好，不妨便乘着在家方便，换过婚书，将此事定下来？”

“这……”提起此事，宋先生却又有了些犹疑。

王奉安心中有些吃惊，言道：“先生，可是觉得奉宁有些轻浮？他这是见了三娘……”

还欲再为奉宁辩解时，宋先生却已是摇了摇头，压低了声音：“此事，不可为外人道也，奉宁人才，我是很满意的，料你师母也不会有何不满。只是……为奉宁将来计，此事最好还是等七殿下大婚以后，再行计较。”

王奉安只觉毛骨悚然，“先生是说——”

“他们二人倒是清清白白，并没有什么委曲。”宋先生摇了摇手，“只是三娘和他素来交好，殿下难免有些牵挂，之前周家有子，本来和三娘亲事将成，殿下使人送了口信，没过多久他就回东京去了。以殿下口风，是务必要为三娘挑个十全十美的夫婿——也是他少年意气，想来过上几年，自己成亲以后，这份惦记也就淡了。”

他说得坦然，也教王奉安生不出什么不好的怀疑，说到末了，更是微微一笑：“自然，若是奉宁介怀此事，那便就此作罢，也没什么。”

王奉安心念疾转，权衡了一番利弊，方才谨慎道：“先生，此事还容学生和奉宁先商量一番，再给您回话。”

一面说，一面又想到了三娘的绝世容颜，以及两父女即将上京的事实，又想到宋学将来，一时间浓眉紧锁，心念电转间，又加了一句：“不过以学生对他的了解，奉宁多半是不会就此吓倒的……”

比较

宋竹并不知道自己的婚事背后还有这么多故事，甚至牵扯到了宋学的前途，也不知道家里对于陈珚的心思是这么个看法，为了避免王奉宁的前程被无辜连累，竟是打算把她的亲事拖到陈珚成亲以后。当然，她更不知道，为了避免陈珚对她“难以忘情”，日后硬要把她纳入宫中，王奉安已经决定，宁可牺牲族弟奉宁一人的前途，也要让宋竹在抵京之后就和王奉宁把亲事定下。她所知道的，也就是王师兄一行人会和他们父女一起上京而已。

对此事，宋竹自然是乐见其成的，宋家、王家关系密切，小时候王师兄和师嫂都经常带她玩儿，虽然现在她年纪长大，不可能再和以前一样做个绕膝的小女儿，但感情上的亲近还是在的。再者，小王龙图身为朝廷命官，随从不少，和他们一道走，一路都有人服侍，需要她宋竹操心的地方也就少得多了。

她想得不错，宋学很注重对师长的孝敬，王奉安更是天下间尊师重道的表率，王家本来就是当地豪商巨富，小王龙图这些年仕途得意，家里几门生意赚头也不小，他自己自认没有那么奢侈，但孝敬宋先生却是从来也不吝惜钱财的，两人分开时尚且如此，如今一起上路，又怎么会让宋家人受一点委屈？他的那帮子元随，一个个揣摩主子的心意，对宋先生和宋竹，比对主子本人还要更客气。

宋竹倒也不缺别人来奉承，她一个女儿家，虽然做了男装打扮，但也不可能接受那些元随的服侍，只是她怕父亲不拘小节，路上饮食不周，坐下病来。如今有小王龙图一帮子人照看，一行人三餐都能吃热水、热饭，休息时候也能睡上干净的被褥，她也就心满意足了。

这一次上京，由于宋先生行囊不多，小王龙图等人又有时限，就都是骑马过去，并没有驾车拖慢速度。宋竹也是因此受益，虽然她今年十五岁了，但还是照旧可以骑马，而不必坐车——只是宋先生给她下了死命令，这一路上只有在房间里才能脱掉帏帽，但凡是跨出房门一步，就必须把自己的脸给遮起来。

宋竹也察觉到自己的容貌这两年来可能是又有一定变化，证据就是她的名声似乎越来越响亮了，出入父亲书房时，偶然和师兄弟们照面时，他们的反应也有些大。这一点在几年前，本来能引起她的窃喜，被她归于有利于自己婚事的因素。不过现在她完全看淡这些，因此倒是很无所谓，不过既然父亲这么说了，她也知道父亲是怕自己招惹麻烦，为了宋家的名声，宋竹上路以来一直严格执行这条规定，非但如此，她在路上也尽量减少说话，一般都是和乳娘两人落在队伍中后部，很少和别人搭腔。

虽然能骑马，可以更直观地看到官道两边的风光，但受到这重重限制以后，旅途也变得无聊起来。宋先生和小王龙图一路走来极为有兴，即使不可能走走停停、吟诗作赋赏玩景色，但这两人都是博闻多识之辈，一路走一路议论沿路乡镇的古今变迁，两人聊得很是投机。而宋竹就只能老老实实地坐在马背上，默不作声地和酸痛的脊柱对抗。

也是因为这份沉闷无聊，当王奉宁缓下步子，过来和她聊天的时候，宋竹还是蛮欢迎的。即使两人有婚姻之议，似乎她不该表现得太热情，应该矜持一些，才能体现出女儿家的金贵，但……管他呢，反正王家和宋家交好，也不会因为她多说了几句话，便四处去说宋家姑娘的坏话，宋家的名声是败坏不了的。

至于王奉宁会不会因此不喜欢她，宋竹也不是很在乎，反正他来搭腔，就证明他想和她说话，如果又因为她回答了而看不起她的话，那这门亲事就是黄了也不可惜。

是以，虽然不合礼制，但宋竹和王奉宁聊得还是挺欢的。王奉宁允文允武，原本是在家塾中苦读，后来听闻关西有事，一怒之下投笔从戎，跟随王奉安在关西征战两年，立下不少战功，如今又要回去考进士。虽然家中有荫补名额，但都被他让给了兄弟，自言若是科场不得意，积攒的军功也足以让他得一军职——可以说是完全要给自己打拼出一身前程来。

若是按他的年纪算，宋竹所知道的同龄人里，的确以他的成就最高。王奉宁的表现也很是成熟得体，她能很明显地感觉到，他是因为发现了她的无聊，所以才特地坠后来和她闲聊，饶是如此，王奉宁也丝毫没有搜索枯肠寻找话题的尴尬，从老家风物说到关西战事，见她对行军打仗有兴趣，更是和她说了好些有趣的小故事，让宋竹对军旅生涯也有了一定的了解。

这个人有时候让她想到陈珚——虽然陈珚没有军功，又很调皮，但在察言观色上，似乎不逊色于王奉宁。王奉宁也是几年来第一次让她兴起了和陈珚比较心思的人。

比较的结果，是让宋竹不大高兴的。其实王奉宁和陈珚比，若是抛开身份的话，只怕大部分人都会说王奉宁更为优秀，就是她也不能否认此点。甚至她也不能说她就不欣赏王奉宁了，只是……只是在她心里，王奉宁就是个很不错的外人，虽然他明显地表现出对她的关注和喜欢，就像是当时的周霁一样，在礼制允许的范围内，对她百般呵护，但……

但宋竹就是喜欢陈珚，就是不喜欢他啊。

讨厌的陈珚，该死的陈珚。宋竹在心里偷偷地骂了他几声，便令自己别再想他了——以她所想，父亲和王师兄既然不阻止王奉宁过来和她说话，那么多半对亲事也是乐见其成。那么……那么王奉宁就是她将来的未婚夫了，虽然现在名分未定，但在他跟前，她不该再想着陈珚，这是对他的不尊重。

“那么，奉宁师兄，你们这次回京诣阙以后，还是要回关西去了？”这两日一直都是王奉宁在找话题，宋竹也觉得有些过意不去，她便主动找了个话头，驱马往前了几步，同王奉宁搭腔问道，“关西那面的战事，难道还没有结束吗？”

“还早着呢，”王奉宁道，“这两年间仓促也离不得那里了。虽说现在是收复了失地，但……”

他左右看了看，并未往下说，宋竹倒也有了几分猜测：唔，这一次上京，难道就是想要反击西夏？若是如此，王师兄不亲自回京，的确不易说服官家。此事关乎机密，他虽然中意我，但却不肯泄密，为人倒也是挺稳重的。

她对王奉宁不禁又多了几分欣赏，也不追问，只是为他担心道：“若是如此，三年后那一科，只怕师兄也赶不上呢？”

王奉宁先是大义凛然地说：“为国无暇谋身。”随后又揭露真正的理由，“我们老家江南，乡试士子就极多了，若是在关西，其实反而也耽误不了什么，虽然在关西要做事，但关西士子少，能在关西应试，胜算高些。”

他现在也是朝廷命官，只是武勋而已，如果要考科举的话可以不必回原籍，到时候小王龙图随便安插个幕职，他就可以在关西考试，竞争比起江南要缓和多了。宋竹听得有趣，便呵呵笑道：“这叫公私两便，不过即使如此，省试那一关也不好过呢。”

王奉宁自信地对她一笑，虽然隔了面纱，但宋竹依然能感觉到他眼神中的深意，“耽误不了什么的，三娘尽管放心吧。”

若是他和宋竹说定亲事，以关西现在的情况来说，这两年间成亲的可能性也很小，多数是要等到王奉宁中进士以后再成亲，是以他这句话，有好几重意思，也的确称得上大胆。宋竹都忍不住看了看前头两个大人的身影，见宋先生和小王龙图都仿佛没听到，方才松了口气，她不去应王奉宁的话头——虽然也接受了这个事实，但就觉得接这一句有些不够矜持，而是笑着指向远处的山峦：“啊，那就是驿站了吧？”

王奉宁见她不应，豁然一笑，也不纠缠，更无忐忑、失落之态，顺着宋竹的话又往下说道：“不错，今晚以后，我们再走两日，就能到得东京了……”

他们两人又在后头聊起天来，前头小王龙图听着宋竹隐隐约约的笑语声，心下也是一片熨帖：他大了宋竹十七八岁，等于是看着她长大的，虽然是师兄妹，但在心里其实多少有点看女儿的意思。虽然立定决心要迅速说定宋竹和王奉宁之间的婚事，为宋学的将来除一隐患，但若宋竹不喜欢王奉宁，他心中也未必过意得去。好在从这几天来看，非独奉宁已经对三娘极有好感，就是三娘对他，也不是全无情愫。否则，以两人原本的性子，都不是会和陌生男女在官道上公然聊天的人。

他试探性地看了身后一眼，又望向宋先生——宋先生和他是并排行走，对于他的举动，应当是尽收眼底，也能明白他的意思。

让王奉安极为喜悦的是，宋先生虽然没说什么，但这一回却是对他点头微笑，看来，对奉宁这个女婿，他也是颇为满意的……

到了京城以后，自己怎么也要抽一天空，把这事儿给办了。他立刻就在心中筛选起了合适的大媒：先把名分定下，即使七殿下日后有什么心思，有名分在前，就是官家都没得办法，想来他也该死心了……

酸涩

“多谢姐姐，不过我自个儿端去就行了。”宋竹从侍女手上接过了木盘，和颜悦色地说，“你就回去歇着吧，我一会自然自己洗漱，也不必你帮忙。”

王家使女这几日下来，终于也明白她并不是客气，而是真正不习惯别人在旁服侍，这一回终于没再抗辩，只是面上的惶恐却没少了半分，退下的脚步，也透了失落。宋竹端着托盘目送她退出了院子，想想也是摇头：她算是发现了，她不差使这些侍女们，比使劲差使还让她们难受，也算是一种另类的刻薄了——若是毫不差使，这几个专门为她雇回来的侍女，只怕她们日日夜夜都担心自己会被转到他人家里，或是随意卖去异地。

但宋竹多年来养成的习惯，以及宋家家教，也都的确是不需要事事都由旁人代劳，尤其是到了东京以后，她也没课上，又没有亲人要请安，没功课做，本来就觉得闲得慌了，若是连盯着父亲饮食的工作都让侍女来做，她难道真的成天坐着数手指玩吗？

“爹，该吃饭了。”端着多少有几分沉重的托盘进了书房，宋竹嗔道，“我都把饭端这来了，您总不能还不吃了吧？”

宋先生的眼睛还黏在书上，“就来，就来。”

虽然口中这么应着，但心不在焉的语气，完全说明了他真正的态度。宋竹上前一手盖在书页上，没好气地道：“不行——再耽搁下去，饭菜都凉了，我又得端出去热。”

经她这好一番撒娇，宋先生总算是放下书本，在宋竹的监督下开始专心用饭。食不言、寝不语，屋内当然也就陷入了一片安静之中。

等到宋先生吃完了，站起身在屋子里绕弯儿，两父女方才能说些闲话，宋先生关心女儿，“都住得还习惯吧？可有什么水土不服的征兆吗？”

“没有。”宋竹摇了摇头，“也是因为和王师兄一起上京，多沾了不少光，什么事都安排得妥妥当当的，压根儿用不着我操心。我啊，现在就是个闲人，专管您按时用饭，按时就寝，若是错了时辰，我就罚您。”

宋先生一缩脖子，做害怕状，宋竹被父亲逗得直笑，笑完了到底还是有些挂心陈珚，又不好直接问，便拐弯抹角地问道：“爹您去过衙门没有？这一回进京，局势还好吗？”

王家对她，是当作自家的女儿来看了，给宋竹安排的闺房都不是在客院，而是在王家自己的内宅，宋先生方才住在外宅客院中，这是为了方便宋先生待客，也方便宋竹不必成日回避在自己房间里无聊。所以宋竹也并不清楚父亲平时的行止，只是每到饭点、睡前，若是父亲在家，都去催促他按时起居而已，但她知道宋先生是以集贤院校理的名义入京的，如果没有特别的安排，按规定来说他应该就是进集贤院去修书。当然了，所有人也都知道，此事并不是如此简单的，只要得到官家的许可，宋先生就会在京城开门授课，甚至是被礼聘为两位殿下的老师，进宫教授他们学问道理。但，此事必定会受到南党的竭力阻拦，只是不知道南党将会如何阻拦而已。

“衙门自然是要去的，只是官家还未下诏召见。”宋先生也不瞒着她，温声说道，“也许是尚有波折，又也许是关西、河北战事频仍，官家还没想到你爹吧。”

这事宋竹也是知道的，就在他们入京第二天，关西、河北的急报就递送到了京里，反正两线是风云再起，小王龙图连家门都没进就被召进宫中了——他是回京诣阙，按理应该就在驿馆里住着以备召见，小王龙图也就是意思意思才去住了一晚上，结果第二天根本没来得及回家就进了宫，到现在都是早出晚归的，和宋先生都无法打上照面。

“唉，这几年老是打仗。”宋竹也是渐渐对战争感到麻木和厌倦了，她有些老气横秋地抱怨，“这才太平了多少年呀？”

两人说了一会话，宋竹拖着宋先生在院子里走了几圈，见宋先生频频露出想要回书房的意思，也就忍着笑让他继续埋首书堆去了：虽然洛阳的文化也很繁盛，但毕竟京城是首善之地，书市自然要比洛阳更繁荣，小王师兄又懂得讨好父亲，早就遣人回来，预备下了使女不说，也买了许多新书，果然，这几日父亲手不释卷，对别的事都没那么关心了。

悄无声息把托盘收拾出了书房，宋竹看了看天色，悠悠然地想道：

也不知道，他知不知道我进京的消息……

陈珚还真是不知道宋竹已经进了东京，他现在牵挂的，还是有一年半未见的恩师宋先生。虽然身在宫里，但并不意味着陈珚能够很方便地左右朝局，起码请宋先生入宫担任教授的事，就不是他能决定的。如今边疆硝烟又起，如果战事不顺，那么宫中对于朝局的稳定的需求便要压倒一切，在这种情况下，官家肯定不会再给姜相公施加压力，怎么都要等两边的战事告一段落再说。如此一来，宋先生入宫的时间，也就遥遥无期了。

还好，这几日因为朝事繁忙，宰执们也不再入宫给他们上课，陈珚心念一转，也就安慰自己：总算是把宋先生给弄进京城来了，即使一时进不得宫，能在京中讲学也是好的，最起码扩大一下影响，也不要让南党就这样一手遮天了。

说来也巧——又或者也不算巧，仅仅是宋先生进宫十日以后，陈珚就找到了一个出宫的机会。

他平日都住在宫中燕楼，难得有机会出去探亲，多是父母进宫前来探望，次数也并不太多，不过眼下毕竟还没有正式过继，父母的生辰，肯定是要出宫去拜望贺喜一番的。虽说现在有战事，福王府也没有大张旗鼓地办生日宴，但圣人照旧是给陈珚放了三日的假，让他回福王府居住。陈珚第一日好生和父母兄弟们联络了一下感情，第二日便是起了个大早，特地换了一身朴素的衣裳，随身只带了两个仆从，往小王龙图府上去拜见老师：这个机会十分难得，绝对不可错过，否则他深居宫中，根本无法和外界联系，即使能传递信息，也只是只言片语，哪里比得上面对面恳谈、商议来得直接？

谁知，到了小王龙图府上一问，小王龙图是入宫议事去了，宋先生居然也不在，因集贤院中有事，一大早就过去了。那司阍道：“如今家里只有先生膝下三娘子，公子可要求见？”

陈珚当然不可能以真实身份上门，他扮的是宋先生的远房亲戚。是以司阍才会有此一问——如今的风俗，若是有亲近客人来访，家里男丁都外出了，即使是未嫁女儿，也可以在仆从伴随下大大方方地出面待客。他是宋家亲戚，王家司阍自然不敢代宋三娘回绝他见面的请求，因此要来问陈珚的意思。

陈珚听了，不由微微一怔，只觉得心是猛跳了一下：怎么……她为什么也来了京城？

他顿时有许许多多的问题想要问：粤娘怎么跑到京城来了？难道是来京城嫁人的？可，不该啊，他怎么没听说她定亲了……

凡是能当司阍的，都是惯看人脸色之辈，那司阍虽然没得陈珚的准话，但已经是手一摆，遣了门丁往内报信，自己这里端出好茶来请陈珚用。陈珚又哪里喝得下去？心不在焉地合着茶盖，面上还要强作无事，和那司阍有一搭没一搭地闲聊着。

那门丁一去就是半日，半日后方才回来说道：“回萧公子，三娘说多谢您想着上门来见，她很代先生领您的情，只是男女有别，不便相见。先生应该午后就回来了，您若是得闲，那时候再来吧。”

陈珚点了点头，心里也不知是何滋味，只是想道：是了……她自然是不会见我的，唉，如是我没用萧禹这个化名……

他又暗自摇了摇头，低斥自己：陈七，你是怎么回事？难道你还希望见她不成？一个小姑娘，你也这么牵肠挂肚的，你敢是疯了不成？

他也是自制力过人，一旦立定决心，便立刻摒除杂念，不去想宋三娘，而是露出笑容，谢过司阍，又令伴当打发了赏钱，便带了人往街市上游荡过去，真个打算等午饭后再过来寻宋先生。

不过，他现在自然是不能再去瓦子里玩耍了，又不耐烦逛街，其实能去的地方也不多，在马上游逛了几圈，陈珚终究是耐不住性子，拉过他素来最信用的一个仆从低声吩咐了几句，看着他如飞去远了，这才直起腰来，继续漫不经心地浏览街景。

在他不耐的等待下，时间仿佛走得特别慢些，陈珚只觉得天都要黑了，终于把那仆从盼了回来，“回禀衙内，倒是未听说宋娘子是进京发嫁来的，小人问了周围这一圈街坊门子，都说当日进府时，一行人是骑马进来的，连装运行李、钱箱的大车都没有。众人都还说，不知是哪儿来的寒素亲戚投靠小王龙图，后来知道是宜阳先生，这才是肃然起敬。”

陈珚心里没来由就是一宽，只是回过头来一想，又觉得这也未必就能作数，也许是人先来了，嫁妆还在后头呢……

正这样想着，耳中又听那仆从道：“不过，小人和王家对门的闲汉搭讪时，倒是听说了一些传言——据说是小王龙图身边的书童无意说漏嘴的，说是小王龙图的族弟王城，和三娘正在议亲，十停已经是成了九停了。是以现在合府上下，对三娘又格外不同了些。”

陈珚是见过这王城的，他在关西颇有战功，又是几场战役的主将，因此得蒙官家召见，当时他也侍立在官家身边，因此两人见了还不止一次。他对这王城也是印象深刻，暗赞王家人才济济，这个王城日后的成就，只怕未必会比小王龙图差。听了仆从这话，他心底先是一惊，后来又渐渐地平静了下来——他一向告诉自己，对宋竹就像是对姐妹一般喜欢，之前干涉宋竹的婚事，也是不希望自己当作妹妹一般的小姑娘，嫁入周家那关系错综复杂的所在，现在得知她要和王城这样……这样连他也挑不出什么毛病来的人说亲，陈珚心里，勉勉强强也只能承认，这……这王城也算是个人才，勉强还能配得上三娘。

话虽如此，可……

陈珚低眸寻思了半日，方才涩然一笑，道：“哦？那倒是要恭喜他们了。”

“事尚未成呢，”那仆役察言观色地说道，“自古说亲都是要大媒的，小王龙图进京以来，一直忙得不可开交，若是那王衙内匆匆返回关西前线，只怕……”

“胡说什么呢！”陈珚顿时变了脸，喝了那仆役一句，“别人家的事，你这么关心做什么？多事！”

囫囵发作了这仆从一通，他又坐在桌前沉思了片刻，方才是慢慢地换了心事，问小二又要了几盘菜来，一边吃，一边等着午后再去王家，拜见宋先生。

进言

自从去岁陈珚匆匆离开书院以后，师徒两人便再没有相见，陈珚一向把宋先生视为良师，更觉得宜阳书院是有生以来所住过最为单纯的地方，就仿佛是桃花源一般令人怀想不迭。因此，他虽然心里牵挂宋竹的婚事，但和宋先生相见的念头也是极为迫切的。

好容易等到午后，过去问了一问，知道宋先生回来了。陈珚立刻收拾衣冠，跟随仆役进了客院，见到宋先生，恭恭敬敬地跪倒在地，行了对师长的大礼，同时口中称罪道："学生欺瞒先生有年，今日特来请罪。"

他料知以宋先生的性子，必定不会和他计较，果然，宋先生欣然一笑，亲手把他扶了起来，口中亦是说道:"何必如此？你也是奉命行事。我早就和玄冈说了，此事不由你们做主，何罪之有？"

陈珚听他这么一说，知道先生是为了宽慰他，让他明白，萧传中和他的师徒情谊一如往昔，大可安心。他心下感激得很，想到姜相公一贯对他的态度，心中倒是不禁一酸，低声道："终究是天命差了一着，学生在书院中时，只想着将来和先生道明实情时，定是极为憧憬喜悦的，不料今日，就是对先生流露出些许亲近，都要仔细斟酌，在官家跟前，更是不得不说了许多违心的话……"

如果贤明太子的身子还能撑得住，那么等到他登基或是成亲以后，以他亲近宜阳书院的表态，宜阳书院想必也就能迎来一飞冲天的好日子，到那时候陈珚再揭开身份，正式拜师，不可以说不是美事。而现在，陈珚还算不算宋先生的弟子都不好说了，起码明面上是不能再对书院过分亲近，怎么都要把南学和宋学这碗水端平了。他急于来找宋先生，其实也有预先说明，不使宋先生产生误会的用意。

宋先生也没有让他失望，陈珚只说了这一句话，他便道："顺天应人，七殿……"

陈珚立刻说："先生直呼其名便可。"

"七哥，"宋先生到底是选择了较为稳妥的说法，"顺天应人，这个顺字是最要紧的，你现在，人在屋檐下，不得不低头，做出什么事，先生都能理解。你可明白我的意思？"

陈珚心中一暖，低声道："弟子明白，多谢先生体谅。"

他又给宋先生行了一礼，方才应邀坐下，宋先生道："时间有限，你的处境又极为险恶，也不必弯弯绕绕了，你且直说，如今你需要先生如何助你？"

宋先生一直以来都给陈珚魏晋风流的感觉，当然不是说他弱不胜衣，事实上宋先生允文允武，身体一直都还是挺不错的。只是他在宜阳书院，很少流露出热心权谋的倾向，再加上他本来就是天下大家，架子够高，难免给人以文采风流、光明磊落、不屑心机的感觉，是以他出力把宋先生弄上京，心里也是很忐忑的。没想到，宋先生一开口，便是直奔主题，陈珚微微眩晕了一下，才为宋先生介绍道："宫中事，外人无由得知，就连往外传递消息，也是有所不便。因此学生在宫中，难以和先生联系，相信外臣也很难知道官家的心思。"

他犹豫了一下，到底还是直说了："虽然姜相公屡屡为难学生，但以学生所见，官家的心思，还是更倾向我一些。只是一来，我和四哥年纪都还小；二来，四哥血缘近；三来，官家一直担心贤明太子登基后，会转而支持宋学，把南学的改革诸法全都废除。只是因为贤明太子乃是亲子，官家即使不满，也无可奈何。而如今……"

他没有说完，宋先生已颔首道："七哥你尽管便宜行事，许多事，你我师徒之间有个默契便足够了，不必在乎外界的说法，也不必担心我的看法。"

陈珚又松了口气，他试探着道："王师兄那里——"

宋先生笑道："全凭你一言决之。"

如果所有宋学、宋党成员，都知道陈珚要和南学虚与委蛇，那么这虚与委蛇的策略也就一点用都没有了。所以陈珚心里，能够知道他打算的人，除了宋先生以外，其实就信任来说是只有远在宜阳的萧传中的。然而，现在的局势又促使他不能不把小王龙图给包括到这个计划中来——如果他去年没有带话给周霁，说不定早就正式入继宫中了，就是因为去年的那么一个口信，周家到现在还没有铁了心站到陈珚这边，导致太后对这件事一句话也没有提过。毕竟，虽然身为宗室，太后是十分反感南党、南学的，但在亲孙子和堂孙子之间，她老人家的态度却未必就会受政治立场影响了。

陈珚自己的婚事需要官家做主，而官家也未必会把周家女说给陈珚，更有可能是采选别的名门之后，毕竟国朝对于外戚的地位，一直都还是很提防的。周霁和宋竹的婚事又被自己给搅黄了，宋家那个四娘又小得很……虽说因为刚才听说的消息，陈珚现在对王家一门都有点怪怪的情绪，却仍是强行按捺了下来，理智地道：“王师兄和我虽然没有私下倾谈——也不便如此，但我素来是很佩服师兄的……”

这就等于是把宋先生、他和小王龙图圈定成了一个小小的秘党，这秘党将会为了陈珚继位而做出部署，在许许多多其他羽翼的帮助下，向着东宫的位置发起进攻。而陈珚将来登基以后，自然也要对宋先生和小王龙图做出相应的回报，当然，这里面的道理，那就不必说得那么明了了。

虽然和先生议论此事有些不好意思，但小王龙图如今手握兵权，陈珚的确不便在私下和他相见，因此他也只能告诉宋先生：“太后对于此事，还有些犹豫难决……”

把一些方便不方便交代的事情，都交代给宋先生以后，陈珚也不敢多加逗留，唯恐自己正事说完了，一个嘴滑，又问起宋粤娘的婚事——虽然是为了宋粤娘好，但当年介入此事，毕竟是名不正言不顺，他在宋先生跟前，没来由就多了几分心虚。见天色不早，也就起身告辞。

回了福王府以后，他母亲又少不得埋怨陈珚一出门就是整日，倒是他父亲道“孩子大了，自然有分寸，有主意，你也不要多问。”

陈珚对付父母，那和对付他姨丈姨姨一样，从来都是得心应手、花样百出，几句话就把福王妃哄得眉开眼笑，也不多问他出门都去了哪里，而是一味心疼陈珚在宫里读书辛苦。他几个哥哥亦都道：“听闻姜相公对你很是严厉，娘听了以后，吃不下睡不着，就如同当年你要出京读书一般心疼。”

福王府因为是第一代亲王，府里家产还是丰富的，虽然子女众多，但彼此感情还算和睦，如今合府上下都有了一个奔头，当然就更是齐心协力了。陈珚现在是全家人的心肝宝贝，在府中过的是怎样备受呵护的日子，自然不必说了。第三日回宫前，他又嘱咐了父母好些话，见父亲母亲都一一应了，方才放心回到宫里。

知道他回来，虽然朝事繁忙，但官家还是特地把他叫到福宁殿，问了问福王生日操办的情景，陈珚道：“这是小生日，国家又有事，家里人给磕了头，又吃了一碗面，也就没什么了。”

官家叹道：“委屈从弟了，打小就是这么个性子，其实如今战事也没紧到那一步，又何须如此小心？堂堂王侯，生日的动静竟是连宰执家的公子都不如。”

官家就是这么个性子，陈珚越是谨慎小心，就越能得他怜爱，而且还很善于联想。这不，福王不大办生日，其实是家人默契，不愿给陈珚招来麻烦，谁知道官家倒是有了这么个感慨，倒是让陈珚不知说什么好了，他道：“难道哪户人家在这样的时候，还大办生日来着？”

官家看了陈珚几眼，似乎是在确认他是否知情，过得一会，方才点头叹道：“此等小事，不说也罢了。你出宫之时，两面的战略还都没定，可想要知道如今两边战事如何了？”

陈珚对军事一直都是十分热情的，闻言忙道：“自然是要听的！只怕我太愚笨，姨丈为我解说，怕是过分劳累龙体。”

官家被他逗笑了：“今日怎么这般谦虚了？”而后又道，“来人，取堪舆图来。”

张了堪舆图，官家一边和陈珚解说如今的局势，一边也问他一些比较基础的军事问题。

陈珚其实在福王那已经听说了大概的情况，刚才不过是凑趣而已，他一边和官家对话，一边在琢磨着刚才官家递来的那几个眼色，想了想，忽然想起来姜相公的次子，生日仿佛就在前些时日。

再想想刚才官家的几眼，他忽然出了一脊背的冷汗，直是庆幸自己刚才的确没想起来，否则，官家那细腻的心思，只怕又要往深里去想了。

在这一番惊魂之后，陈珚心绪便不是太晴朗了，尤其是昨天下午才和宋先生见面，想到宜阳书院的平和淳朴，他心里也是有股说不清道不明的怨气：他的路，也不是自己选的，若是能由他选，他倒是宁可做王城，在前线多杀几个敌人，也好过在宫里这样前怕狼后怕虎地活着……

也许是这股情绪，影响了判断，听官家解说了一下，他便道：“若是如此，关西战事看来的确是耽搁不得了。可小王龙图和那个王城，不都还在东京吗？会不会耽误事啊？”

官家道：“确实也是战况紧急，不过再怎么样，几天也是耽搁得起的。”

陈珚嘟囔道：“军情似火……”

官家脾气其实极好，他哈哈一笑，也就顺着陈珚的话往下说：“不错，能早一天，就早一天为好。”

有了官家这句话，小王龙图想必是不可能在城里多加逗留了，更别提找人来给王城说亲了。即使要再提起亲事，怎么也得等到关西战事有了个分晓，他腾出空来再说。

陈珚心底，先是涌上一股快意，但紧跟着，便是对自己行为的羞愧和憎恶，他心想道：拖得过初一，难道拖得过十五？这样的事你都会去做，陈珚，你这是怎么了……

可不知为何，想到今日王家司阍说的那句话“只是男女有别，不便相见”，他心里就又没那么不舒服了，反而是多加了几分负气，却也不知道在气什么，宋三娘不愿再见他，对他们两人来说都是最好的结果，他又有什么好生气的？

美名

小王龙图和王奉宁的确很快就离开了京城，宋竹和王奉宁的亲事也是又一次地耽搁了下来——当她三姨询问起乳娘的时候，宋竹就在旁边直说了：“三媒六证，有许多事儿呢。仓促间也完不了礼，爹又担心战场上刀枪无眼，万一出什么事了，反而不美，因此就没定下来。”

刘张氏也是点头道：“不错，也没有上阵前定亲的道理，虽然我们也不求他一定要先考上进士再定亲，但既然关西战局有变，那怎么也得等他回来了再说。”她又关切地问道，“你们可曾找了屋舍没有？说起来，三哥不几日也该到京里了吧，难道还住在王家？”

宋栗身为榜眼，当然是入选翰林院侍奉天子笔墨，想来不多久就能转侍讲了，虽然位卑，但却是天子近臣，日后的擢升不知比别人要顺畅上多少。他之前是领了假回家探亲去的——一般说来，在考中进士以后，都会给一段假期，让新科进士们回乡去探亲、成亲。宋栗顺便还能回去参加妹妹宋苡的婚礼，弥补宋先生以及宋桑、宋栾不能亲至的遗憾。

“本来也是要找屋子的——当时还想，少不得麻烦三姨帮忙呢。”宋竹笑道，“就和三姨家做邻居也好的——只是王师兄说，他此去在关西，不知要去几年，让我们先住着他家，再者，若是爹入宫教授七殿下的话，官家应该也会赐第的。”

刘张氏摸了摸宋竹的脸蛋，笑道：“你不但越发漂亮，倒是也越发能干了，粤娘一席话说得头头是道，真像是个小主妇呢。”

刘张氏早几年从洛阳离开后，随丈夫辗转几地，之后刘姨丈升任三司度支副使，刘张氏也就跟着进东京居住。不过东京城寸土寸金，官府划拨的住宅条件不太好，现在都还在修缮之中，所以刘张氏都没法私下询问乳娘——目下确实没地方支开宋竹去。

“若是天家赐第也罢了，若是自己赁房，开销是大了点。”刘张氏感慨了几句，也就和宋竹拉起家常，“你们家素来不以钱财见长，不若你那王师兄家底厚，他既然诚心孝敬，两家又迟早成为亲家，这般也无甚不妥之处。只是你在王家侍女跟前，终究还是要仔细些，我知道你的性子，不爱使唤人的，但也别太和气了，免得人还没过门，倒先让族兄家里人看不起了。”

虽然还没定下婚书，甚至都不算是两家有了默契——现在两家唯一的默契就是等到王奉宁回来再说。但宋竹心里已经是相信，如果没有意外，王奉宁就是自己将来的夫婿了。要不然，宋先生也不会很明确地告知她这其中的种种委曲。只是她心里对这事无论如何都喜悦不起来，虽说不上难过，但就好像事不关己似的，总有几分心不在焉。这会儿听到刘张氏这般指点自己，还有些不耐烦地想道：看不起就看不起呗，管他那么多干吗呢？

当然，面上却是不会显露出来的，只是点头称是而已。

刘张氏看了看她，叹了口气，拍了宋竹两下，也就跟着改了话题，“那么你父亲又该什么时候入宫去呢？此事可有准话了？”

“眼下都还难说，”宋竹摇了摇头，“姜相公一直也不肯让步，甚至是不惜以乞骸骨为要挟，也许是因此，官家一直都没有发话。”

她对此事知道得其实更多：南党现在就是仗着国家有战事，朝中不可大乱，明着欺负官家离不开姜相公，就顶着不肯让宋先生入宫教导两位准皇子。而陈珚对此的破解之法，则是他会在明面上做出被南学打动的样子，争取南党的支持。想来等到他顺利进入东宫以后，关西的战事应当也会出了结果。若是一切顺利，随着小王龙图的战胜，宋学声名大振，那么他恳求官家让宋先生入宫，也就名正言顺了。

而目前，除非官家改了主意，否则宋学方面不会做更多努力，只是如常在京中供职，等待时机——当然，也不是说宋先生就此停下教书育人的脚步了，待到宜阳的一些心腹弟子赶来以后，他也可以继续教导士子，扩张宋学在士人中的基础。这种事任何一个学派也都在做，南学亦是说不出什么。如果连这样都不许，那么南学欺人太甚，在士林中势必要失去声望了。

然而，虽然三姨对她极为关心，对宋家也是颇为友好，但此事牵连太广，若非因为自己将来要嫁进王家，难免和政治风云打交道，王家更是宋学与陈珚联盟的核心成员，父亲都未必会和她说得这么细，因此宋竹虽然心底还是亲近三姨，但却不会回答得太仔细。这也是她年岁渐长，心中渐渐有了城府的自然表现。

刘张氏倒是真心为姐夫着急，嗟叹了数声，又问起了小张氏以及宋苡的婚事，两人正是说得有趣时，外头忽然来人道："夫人，府尹夫人上门寻您说话。"刘张氏自然忙叫快请，又笑道："一定是又去上香，回来的路上顺道过来看看。"

一时又笑话宋竹，"你们家规矩大，不许你们烧香拜佛，你倒是生生少了个出门玩耍的机会。"

说话间，府尹夫人已是进来了，大家彼此见礼不说，刘张氏又把宋竹介绍她认识。宋竹便含笑上前问了好，又给她行了礼。

那府尹夫人目中放出奇光，望了宋竹足足半晌，方才是摇头叹道："天下间竟有这般的美人，我今日也算是见识到了！"

她感慨了半日，方才岔开话题和刘张氏说话，只是一边说，一边犹自忍不住望着宋竹，就连她带来的侍女，也是一眨不眨地盯着她直瞧，宋竹虽然惯了旁人对她的外表表示惊异，但在府尹夫人跟前也有些吃不消。

这一日别无他话，不过几个女人闲聊而已，府尹夫人本来只是进门小坐，进来看到宋竹后，硬生生坐了有一个时辰才走。等她走后，刘张氏方才苦笑对宋竹道："这一位交游广阔，看来，粤娘你怕是要出名了。"

宋竹忙央求刘张氏："若是有人请三姨带我一道出去玩，三姨您就说我病了罢。"

刘张氏自然是依她的，又笑道："还好姐姐没来，你一个小娘子，又住在王家，只要我不通融，别人也不便邀你，如今你这也是快定亲的人了，确实还是在家老实住着为好，不必时常出门去。"

宋竹深以为然，她现在最不想要的就是掺和到东京女眷那必然比洛阳更上一层楼的争奇斗艳里去，应酬更胜余留守一般的人家。而如三姨所说，她一个人住在王家，别人就是要请也没什么由头，只要刘张氏不带她，就算有人想要“看稀奇”，那也是不得其门而入。

但她却是低估了东京女眷们的能力了。宋竹都没想到，仅仅是十天后，她手里就收了有七八张帖子，还真都是和宋家沾亲带故的人家送来的，还有一些以前的女学同学，现在嫁在东京城中的，也纷纷写信给她，邀她上门做客，又说要择日来王家拜访云云。看来是不见到她，绝不会罢休了。

宋竹拿着帖子，免不得也是嘀咕：“怎么一个个都这般心热，就算府尹夫人四处传说我生得好，也不至于如此好奇吧。”

“娘子不知道，东京城最好的就是美人了。”她身边一位使女便搭话笑道，“前些年婢子在张御史府里做事，御史府家六娘子也是自幼姿容过人，生到十三岁上，满东京城都知道六娘子貌美如花，一年到尾，邀六娘子上门做客的帖子就没有断过。就连御史都格外疼爱几分，未有榜下择婿，而是发嫁给了太后周家的大衙内，就连府里人都说，若非六娘子貌美，只怕这门亲事未必就结得成了。”

周家的大衙内，那日后是要继承爵位的，平平安安就可保富贵一世，虽然宋竹不喜欢，但这样的亲事放在哪里都很好了。宋竹听了，不由点头道：“不错、不错，那她如今可是嫁去洛阳了？”

那使女倒是有些黯然，“张六娘子命薄些，本来在家都康健的，过门以后一直多病，去年听说是没了。”

宋竹听她这一说，忽然就想到了陈珚当日对她说的周家不好，心中暗想：若不是他，也许我现在也早气出病来，早早地就没了。

虽然她一直避免想起陈珚，但奈何他不但是风口浪尖上的人物，而且和宋家的命运已经紧紧地联系到了一起，就是不想都不可能。宋竹思忖了一番，又想想王奉宁，忽然觉得很对不起王奉宁，却又不知该怎么办为好，思来想去，只得轻叹了一口气，暗暗地盼望自己，能够早日将对陈珚的一番心思转到王奉宁身上。

人生在世，总有些事是不能如意的，大到婚姻，小到应酬，都是如此。

宋竹虽然万分不想出面应酬，但也不可能得罪亲戚，到底是和父亲打过招呼，去了两次亲眷的聚会。虽然她已经打扮得格外朴素，但此等举措似乎未能收到成效，反而令拜帖越来越多，许多在聚会上刚结识的小娘子，也邀她上门做客。宋竹不胜其烦，只好假作病了，方才是躲了几日的清闲。

不过，这清闲也清闲得不久——不知是出于什么想头，这一日宫中忽然来了人，说是太后、圣人听说她进了京，想要见她一见。

入宫

想来，宋竹也不是宋家第一个进宫觐见的女儿了——她还很小的时候，宋大姐宋苓就因为才名惊动两京，特意被召进宫中数次，太后、圣人都是极为赏识她的才学，甚至连官家都是见了她一面，赏赐下来的绸缎珍玩，一直到数年后都还支撑起了宋家在京城的面子。而若是宋苡长成的时候人还在东京，以小道消息——宫里对她绣艺的喜爱，被两宫召见也是十拿九稳的事。不过宋竹的确没有想到，自己会纯粹因为生得漂亮，受到被召见的殊荣。

这可不是开玩笑的，在被两宫召见以前，她姐姐虽然有名，但却没到名动天下的程度，而已经召见，顿时就成为南北驰名的大才女，名声甚至在一段时间盖过了大哥宋桑，直到大哥中了状元，方才是赶上了大姐的名气。如果说她之前只是以美貌闻名的话，只怕这一番觐见之后，“两京第一美”这样带有强烈噱头色彩的称号，就要落到身上了，甚至是进宫时的一些小事，也会被当作传奇轶事在天下传诵。这些事情都曾发生在宋苓身上，宋竹就是旁观着长大的，对于这种过程，当然也是一清二楚。

如果是从前，她可能还会期待一下，现在亲事几乎已经说定，对于进宫，宋竹便是避之唯恐不及了。可是，宫中来人召见，她也不可能称病不去，否则若是宫里派了御医过来，岂不是犯下了“欺君之罪”？

和宋苓入宫时一样，定下时间以后，便有宫人被派到王家，教导宋竹觐见时的礼节，又赏赐了进宫时该穿的衣服，这都是多年来不成文的规矩，宋竹除了小心配合着，也没有多做什么。甚至包括宋先生都没怎么当回事：两宫一直都有召见才女、美人的习惯，甚至是以贤淑闻名的大家娘子都有被召见的可能，这也是身为国母勉励女子的职责之一，一般来说，是没有什么特别意图的。宋竹的美貌若是传到了她们耳朵里，知道又是宋家女，那么好奇心起，请来一见，也没有什么。

到了说定的日子，一大早就有人从宫里来接她了，又帮着宋竹换好了衣裳，检查了无甚失礼处，这才将她领上宫车，一群宫人前呼后拥，将她送入宫城之中。宋竹其实也没感觉到多少出奇之处，下了车以后走了一段，也就觉得是个洛阳大户人家的花园，顶多就是大些、精致些而已，很多楼阁看起来年久，连装饰都黯淡了几分，还不如齐国公府、越国公府那么金碧辉煌呢。

两宫虽然都想见她，但是却不会为了她而凑在一起，宋竹先被带到太后居住的清仁宫里，行了礼以后，太后让她抬起脸，细看了一番，果然满是喜欢，连连夸奖道："真是人间罕见、天仙下凡一般殊绝的容色。"

这是个慈眉善目的老婆婆，虽然已经年过花甲，但还是看得出年轻时必定是个美人，是以老了看来也十分可亲，笑眯眯的没有一点架子。让宋竹在自己下首坐了，问的也都是些家长里短，什么时候到东京，读的什么书的问题。

这样的问题，宋竹当然随便都能回答上来，她心里一点淡淡的紧张，也随之消散了——这就和上别家拉家常一个感觉，而且周太后的做派，就如同齐国夫人一般得体，自然绝没有余留守一家的粗俗作风。和一般应酬有差的，也就是答话时要谨慎注意礼仪，不能有僭越的用词出现而已。

两人说了一番话，周太后笑眯眯地把她夸了又夸，"真是看不够，若是你能托生到宫里，天天带在身边给我老婆子瞧着，那便好了。"

宋竹举止得体，生得又漂亮，走到哪里都是听人夸奖，听惯了耳朵也滑，一时没当回事，只是浅笑以对，众宫人在一边齐声附和。等到她回味出有点不对的时候，周太后已是跳过了这个话题，又问起了宋苓、宋苡的事情，把她们俩也是一通好夸，又道："只怕圣人是等得心急了，你先去见她一面吧，一会再到我这里来说说话。"

宋竹也知道，老人家吃完饭按照惯例都是要午睡一番的，此时差遣她去圣人那里，正当其时。她起身告辞，一路都在琢磨太后的话，想了想，又觉得是自己多心了：太后怎么说都是周家出来的，周家现在完全是押宝在陈珚身上了，这份担心，应当是很多余的。

一行人在路上走了一阵，忽然前头有人回来道："娘子请先回避，四公子、七公子过来了。"

偏偏仓促之间，夹道中又无处回避，还好宋竹带了盖头，众人连忙伺候她戴上了，又将她团团围住，做了人肉屏风，倒也免去了少年男女相见的"非礼"情景——虽然世俗也常有十五岁以上的少男少女见面、说话的，但在宫中礼制要更加严格，过了十五岁，就是亲兄妹都不易相见，更不用说宋竹这样的外女了。

宋竹被一群人围在中央，又守礼低头，基本什么也看不到了，只是听到远处有脚步声慢慢地近了，走到附近时，又停了下来。一个她不认识的声音问道："这是怎么回事？"

宫人便回答："回四公子，是集贤院编修宋家娘子奉召进宫参见太后、圣人。"

那人道："呀，七哥，这宋编修不是你的老师吗？宋娘子便是你的师妹了吧？"

宋竹终于听到了陈珚的声音，只是他的语气十分淡漠，似乎漠不关心，只是轻轻地"嗯"了一声，便没了下文。就仿佛，就仿佛他们之间一点也不熟识，只是彼此知道有这么个人罢了。

可即便如此，她心里也还是立刻就想起来：他的声音要比以前粗了些，也低了些呢……就和三哥他们一样，都是长大了吧。

那四公子——想必也就是景王四子了，虽然讨了个没趣，但他也并不着恼，只是哈哈一笑，还对宋竹方向说了声，"让娘子受惊了。"

这才带着随从，去得远了。宋竹听他语气，心里越发有些说不出的担忧，但又怕是自己的错觉，再者现在也是无人商量，只好先把心事按下，继续走往圣人宫中，去觐见圣人。

萧圣人和周太后一样，自然都是举止雅重，态度慈和，对宋竹也十分和气友善。最重要的是她和陈珚生得其实很像，所以宋竹看了，天然便有几分亲切，倒是比在清仁宫要自在些。圣人对她也是很随和，让她在身边坐了，问了许多陈珚在书院读书求学时的事，听宋竹说起书院清苦，免不得一番嗟叹。宋竹见了，忍不住就道："臣女爹爹说，清苦些也好，清苦些心静，读书读得就有进益了。"

萧圣人想了想，倒也笑了，"不错，七哥回来以后，比往年要懂事了许多。"

她当然也免不得问问宋竹的家人，宋竹在她跟前，不知怎的话就多些，不但告诉她宋苓、宋苡的事情，还说到了宋艾、宋荇两个妹妹："……一个个都比臣女聪明，臣女惭愧，除了容貌勉强尚可入眼以外，在家中处处都是比不上兄弟姐妹。"

虽然是贬低自己的谦逊之辞，但想到一家兄弟姐妹，她的自豪之色，仍然是溢于言表，又因提起家人，免不得有了些思乡之意。

圣人把她这几层情绪，一一看在眼里，倒不由暗暗点头，对她更加喜爱，笑问道："一家有女百家求，你也到了年纪吧，可曾定亲了？"

宋竹犹豫了一下，正要答话，外头又有人来禀："圣人，太后有请圣人带宋娘子前去清仁宫一道用膳。"

圣人微微一怔，思忖片刻，这才浅笑，"真是有兴致，那咱们便过去吧。"

宋竹望了她几眼，也不知是否错觉，只觉得圣人的笑容中，隐隐还带了些忧色。

太后有召，做新妇的当然不能怠慢了，圣人拉着宋竹，让她坐在自己身边，一起乘着车，过去清仁宫中。这才是踏进正门，便有人急匆匆地迎上来，低声和圣人身边的女官说了几句。

那女官听了，面色也是微微一变，回身对宋竹笑道："娘子可曾带了盖头来？”

宋竹此时，心里已经觉得很是不对了，听闻她这一问，更是惊惧，忙从怀里取出盖头戴上。倒是圣人面色仍很镇定，牵着宋竹的手，带她进了内殿。果然，陈珚和景王四子陈琋，都在太后左右。

太后红光满面，口中笑声不绝，显然刚才被两个孙子逗得极是开心，见到宋竹来了，精神也是一振，对她招手道：“年老爱忘事，要不是见到七哥，我都忘了，你们俩曾是几年的同学。今日难得都到了我这里来，便一道陪我这老婆子吃顿饭吧？”

宋竹终于是万分确定了太后的用意，心中狂叫了一声“不好！”，一时间急得手脚冰凉，偏偏又没有任何办法，只好顺着太后的指点，慢慢地向她走了过去。

这一回，她是可以肆意地瞧陈珚了，可宋竹一路走去，却是根本一眼都不敢往他脸上扫去……

定亲

“不好！”

就在太后这话出口的同一瞬间，陈珚和宋竹是心有灵犀，也在心底狂喊了一声，比起宋竹，他更是多了一层迷惑不解：难道老婆婆就完全不被娘家人影响？为什么在这件事上，老婆婆忽然间如此积极地表态了？

如果说刚才两人巧遇时，陈琋的那番说话，只是让他燃起一丝怀疑的话，现在陈珚是真正肯定了自己的猜测，老婆婆到底还是倒向了亲孙，而且出手就是要从根子上解决这个问题了……

以官家多疑的心思，一旦自己和宋家结了亲事，立刻也就和东宫无缘了。他本来就亲善宋学，又做了宋学的女婿，即使官家在的时候一直表示出亲南学的态度，焉知他去了以后，自己会不会变脸呢？

天下大事，可不能因为儿女私情乱了阵脚，官家既然看好南学为将来道统，那么在这件事上是万万不会有什么犹豫的。太后不愧是老姜了，一出手就直指根本，也不怕官家因此对她生出什么意见——虽说不是亲生，但名分大义在这里，官家万万不可能为了这件事和太后闹什么生分的。

陈珚心里倒没有对太后有多少埋怨，毕竟说到底，陈琋才是太后的亲孙子，不论往哪边倒，老人家都是有理的。他现在就知道自己不能让太后再往下发挥了，只要他和粤娘说上话，她少不得都能落到“你们二人郎才女貌，又是两小无猜青梅竹马，真乃天生一对”上，他是宗室，蒙太后过问亲事也是合情合理，天家选配，宋家更没有说不的余地。几句话接下来，不论是他陈珚还是宋学，从此就是“人为刀俎，我为鱼肉”了……

心念电转间，他眨眼已经是选定了一个破局方法——也许不是没有更好的路，但现在陈珚没有那么多时间去思考，只能是凭直觉了。

正是沉思时，大家已经分别就位，当然是规矩跪坐，各领一席——天家吃饭就很少有团坐的。太后果然笑问宋粤娘：“你在和七哥是几年的同学了，七哥在书院，可曾有什么趣事？也说来给我们乐和乐和。”

在陈珚心里，粤娘虽然聪慧，但家中幸福美满，略无纷争，只怕心机上是要输人一筹，未必能识破太后的心思，只能是期望刚才两人相见时，他冷淡的表现让粤娘生起气来，此时能少说两句，让他有转圜的余地。

“回禀太后，说到趣事，倒是有一桩的。”宋竹一开口，陈珚心里就叫了糟糕，只是他也无法当着太后的面阻止宋竹——人家带着盖头呢，面纱一遮，隔了这么远连脸都看不清，别提使眼色了。

“哦？”太后兴致盎然，“快说说。”

宋竹便婉转动听地将陈珚游山迷路，误入女学的事说了，倒是听得一屋子人都大笑不止，说到女学先生坚持认为陈珚是“登徒子”一路时，太后笑得前仰后合，圣人也连连莞尔，陈珚更是只能做出苦笑害羞的样子——他这时已经放弃希望，只打算听天由命了。实在不行，大不了就娶了宋竹呗……只要有他姨姨在一天，想来将来陈琋也不可能对他如何。

说完了此事，宋粤娘声音里也多了一丝笑意，“虽然是同院的学生，但男女有别，不相交通。这两年来也就是隔远见了公子那么一次，所幸还有这么一件事能说给您听，不然，倒是要交白卷了。”

虽然这明明就是瞎话，但她语调清甜徐缓，自然而然的感觉，却是一点说谎的痕迹都没有。陈珚心头一震，仿佛绝处逢生一般，立刻对宋竹是刮目相看，要不是还记得管束住面上的表情，此时怕就要又惊又喜地看过去了。

“原来如此。”太后呵呵笑道，“不过你们同一书院，总是有缘，来，当浮此一白。”

众人都举杯喝了一口，陈珚再不敢给太后发挥的机会了，虽然深知这句话也是饮鸩止渴，会令自己和宋学的紧密联系暴露在官家眼中，但依然是开口问道：“上回我出宫，去拜见先生时，听先生说起，师妹和王家千里驹的婚事将成，还未恭喜师妹——”

众人的眼神，都跟着投向了宋粤娘，陈珚也是第一次找到机会，自然地看向了她。

宋粤娘的脸被埋藏在面纱之后，连用饭都是掀开面纱进餐的，他只能瞧见她抽条长般的身量，在心底暗暗地想：好像是长高了些……

被“万众瞩目”的粤娘，亦不负陈珚所望，低下头做害羞状，倒是未曾回答。饶是陈珚满腹心事，也不由暗中叫好：他知道两家肯定没换婚书，若是指出这一点，太后还有文章做，就是这般含羞带怯地来了个默可，太后反倒是不好多说什么了。

果然，就算老人家想要一劳永逸地将此事定下来，也不可能去抢臣子家的未婚妻子，这不成了天大的丑闻？她微微一笑，并不往下说了，反倒是圣人开口笑道：“姑姑，新妇也是和您一样，一看这孩子，心中就喜欢得不得了，您说，把她认作个干亲如何？”

太后笑道：“收作义女吗？倒是也好，只是这封国该怎么算呢？”

圣人思忖了一番，疼爱地摸了摸宋粤娘的头顶，也是有一丝遗憾，“也是，此事颇为不合礼法，只怕相公们是要说话的。”

她微微一顿，便又提议，“不如让福王妃代新妇认她为义女，倒是无妨了。福王妃家里女儿虽然也有，但要说比她更精致讨喜的，我看却少，她对这孩子，一定也是爱得和掌珠一般的。”

如此一来，陈珚和宋竹成了义兄妹，自然没有说亲的可能，太后就是有什么念想，也该断绝了。

这认义女，并不是说说就完的，需要正经行礼认亲，日后真个就做亲戚一般往来，陈珚见到宋竹都可以不必回避。陈珚万万没有想到，在年幼无知时的“通家之好”之后，他们俩竟然还会有这么一层不需要回避的关系。更是没想到，到最后还是他亲口坐实了宋竹和王城的亲事……

陈珚心底，又是放松，又是说不出的涩然，他听着太后笑着赞同的言语，面上也跟着做出喜欢来：福王妃收谁为义女，太后也管不着，圣人如此处置，算是妥当。只是此番回去以后，对周家的工作要加紧了，怎么都要让周家和他陈珚更紧密地结合在一起，如此也许还能把老人家笼络得回心转意……

“那你们日后，可就是义兄妹了。”圣人又笑对他道，“又是师兄妹，又是义兄妹，也算有缘，日后若是王家那千里驹薄待了宋娘子，七哥可要为她出头。”

陈珚咽下喉中忽起的块垒，呵呵笑道：“这是自然，到时我就撺掇着宋状元、宋探花、宋榜眼一道，一甲进士盈门，专揍妹婿。”

众人都笑了起来，笑声中，陈珚终于忍不住侧头看了看宋竹，却见她螓首微垂，也不知道想些什么，竟没附和着一起发笑……

进这一次宫，真是被吓得折寿三年。直到回了王家，宋竹的心跳都是飞快的。如今宋学之所以有大昌之相，还不是因为陈珚有希望做太子？要不是她反应迅速，只怕家里人一辈子的前途都要就此止步了。若是景王四子上位，南学、北党，还可能放过宋学？

在家人跟前，她那点小心思便算不得什么了，直到她和陈珚说话间就敲定了她的婚事，又在圣人的配合下确认了义兄妹的名分，她心里才是有了那么一丝丝酸酸涩涩的感觉，但伴随而来的，却也不是没有解脱之意：罢了，这件事就这般定下，再不会有更改，他和她之间绝无可能，那么……也就这样了吧。

她就要嫁给王奉宁了……

坐在窗边沉思了半晌，宋竹方才回过神来，寻了一块帕子，擦了擦脸上的眼泪，整理起了如今事态的变化：等父亲从集贤院回来以后，这件事自然是要如实告知他的，此外，这几日福王府应该会派人上门接她做客，以后她就又多了一对义父义母——虽然如今还是素未谋面，但也不可缺了礼数，自然要备上几方女红以为孝敬……

拉拉杂杂地想了一长串儿，宋竹连今后夺嫡之争可能的变化都想好了，实在没东西想了，总算是放任自己想起了陈珚。

两年没见，他长高了……也壮实了一些，虽然依然是修长的身材，但却不再竹竿一般手长脚长的透着毛躁，就是神色，也越发沉稳，很难看透他真实的心情。在她心里，他多了几分陌生，好像他真的不再是那个她熟悉的萧禹，而是从来没和她见过面的陈珚……就像是她喜欢的那个萧禹，早就已经死了，去了她见不到的地方了，现在活在世上的，只是一个和他长得很像的人。

宋竹也不知自己到底在难过什么，是难过她认识的萧禹已经不在，还是难过她到底要嫁给王奉宁，又或者是难过她对不起王奉宁，心里不喜欢他，却还是为了宋家、为了大局，把他的亲事给擅自定了下来……又或者还是难过她认识的萧禹，她曾经那么那么喜欢的萧禹，真的已经不在了。

她呆呆地坐了一会儿，忽然双手捂住脸，呜咽一声，到底是哭了出来。

第九章 风波

赌气

陈珚现在考虑的问题就要比宋竹复杂得多了——宋竹把问题告诉父亲以后，自己也就可以专心哭了，可陈珚却是连难受的时间都没有，一回到燕楼，他就咬着指节，沉思起了眼下的对策。

自古以来，天家争嗣夺嫡，就没有多少事是清清爽爽的，当亲情、国策和礼法纠缠在一起的时候，别说太后的态度变来变去了，就是官家、圣人，都有可能在顷刻之间变化心意，旁人即使被坑，也只能忍着。在自己被正式册封东宫以前，陈珚都绝不会相信别人对自己的承诺，即使那个人是官家也不例外。更何况，他和官家之间也没有明确的约定，只是彼此心照的一种默契：他试着去接受南学，而官家在时机成熟时收养他为子嗣。

原本一切都发展得很不错，但方才在清仁宫里，太后的一番言语，等于是把他和南学的关系彻底割裂了。为了确保自己不会迎娶宋粤娘，圣人直接就把两人划拉成了义兄妹，这是杀敌一千自损八百，无奈之下的计策。虽然还保证了他能继续在宫中居住，拥有继承的资格，但也让陈珚再也无法获取南学的好感，甚至说官家心里会不会因此有些微疑虑，都是很难说的事。

现在，自己该怎么做呢？陈珚瞪着帐子想了一会儿，将太后、官家、圣人以及景王、姜相公、小王龙图的关系都思忖了一遍，又掂量了一番自己夹袋中的筹码，他很快就下定了决心。

在这件事上，周家已经没什么用了，他们家既然控制不住太后，甚至连太后都不能和娘家齐心，那么老实做个外戚就好，还有什么脸面掺和到夺嫡的事情里来？

陈珚直接就把太后、周家都给剔除到自己的攻关范围之外：这世上人力无法改变的事情有很多，人的心意就是其中一项。太后若是认为亲孙子这一层关系，比南学、宋学日后谁更得势要重要，陈珚自问也无法在顷刻间扭转她的看法。

那么，在官家和圣人身上，自己该怎么用力呢？

陈珚思忖半晌，心下也有了定计。眼看天色将暮，他暗忖道：这几日事多，官家可能要在资政殿用晚饭，我先过去找圣人也好。

他打定主意以后，也就不再胡思乱想，直出燕楼去了圣人宫中。走在路上，望着繁盛的花木，这才是想起宋粤娘，心里一时又有些后悔：早知如此……就不催着那王城回去了，虽然刚才在殿中她没说话，而且两边还没换婚书，但……如此一来，两家的婚事就没有任何反悔的余地了。要是王城在关西出了事，那岂不是我害了她？

虽然他认为宋粤娘和自己是不谋而合，唱了个瓦子杂拌里的“对口”，但心头依旧是沉甸甸的，难以释怀，一路眉宇沉郁，即使踏进圣人殿中，也没有换上喜色。圣人看了，倒是也有几分心疼，冲他招了招手，温言道：“心里可是还介意今日的事？这终也是难免，所幸一切都过去了，到底还是没成，你也别挂在心里。”

圣人的脾性，一贯就是如此软和，口中从来都没有太后一句不是，即便是刚才在殿中，眼看太后继续发挥下去，陈珚希望即将不保，她也没有明确反对陈珚和宋竹的事情，只是之后婉转提出要收宋竹做干女儿——天家新妇，多数都是如此贞静和婉，当年才会中选为太子妃。不过这不代表她心里对太后就没有意见了，虽然没说什么，但陈珚也能从她的语气里听出圣人真实的情绪。

“倒并非如此，”和自己的姨姨，没什么好曲里拐弯的，陈珚望了望左右，圣人微微点头，诸宫人便退到了门口，他这才在圣人膝下跪了，细声说道：“姨，甥儿想，不如由你开口，让舅舅家和姜相公说一门亲事。”

南党在宫里，名声一直都很差，要不然太后只怕根本不会等到这时候才表态——毕竟其中一个人可是她的亲孙子。姜相公更是被太后、圣人一致认为是误国的奸佞，没有半点好印象。陈珚话一出口，圣人的眉头就猛然拧了起来，“七哥！”

陈珚低声道：“姨，姨丈最记挂的，肯定是去世的六哥，可第二记挂的，应该就是他手里才有了个头绪的南党新政，今日以后，宋娘子就是我义妹了……”

宋学所说“顺天应人”，这“顺天”，就是不以天命为怨，发生的事就是发生了，怎么对太后有怨恨都是无用的事，现在该做的就是调整自己的心思，在如今的变化下继续保持官家的好感和希望，对南学展现友善的姿态。而，福王府是宗室，肯定不能和姜相公联姻，倒是萧家，怎么说都是宰相人家，和姜相公联姻也不算过分。

圣人是萧家人，福王妃是萧家人，宋学士子萧传中是萧家人，萧家在这件事上的立场，还用多说吗？陈珚也根本没考虑过萧家人的意愿，在这样几个家族组成集团的博弈里，个体的意愿根本就微不足道。说到底，他陈七也不是真的很想当官家，更不是真的想把宋粤娘安排给王城，但都到了这一步了，他的意愿，又能决定什么呢？哪怕是为了宋先生，为了宋粤娘自己，为了他的家人，他也只能一步步地往前走了。

圣人并非执拗之辈，陈珚所说，又是在理，虽然心里还有些介怀，但也很快调整了过来，叹道：“实在不行，那也就只能给你说个南边的娘子了。”

她不喜南党，除了以为南党奸佞以外，还有对南人的一些偏见在，总觉得南人矮小黑瘦，即使是苏杭美女，也远不如京城闺秀。因此说着也不由得有些心疼陈珚，“为了这么个位子，连亲事都说得不如意，宋娘子琉璃一般的人物，本来若能说给你为妃，那该有多好……你在这宫里，已经是受尽了委屈，如今连婚事都要说南女……”

陈珚忙劝说了圣人几句，又小心翼翼地提出了第二个要求，“甥儿也正想和姨商量，不如，从今日以后，还是搬回王府居住，每日回宫里读书便是了。”

“这如何能够？”圣人不由大惊失色，她一口便回绝了陈珚，“你休使性子，七哥，今日是委屈了些，可你也不能这就受不住了，就要闹着出宫了吧？”

陈珚还想解释，圣人只是不听，两厢正在争执不下时，官家到了。“说什么呢，这么热闹，隔着窗子都能听见你姨母的声音，七哥，可不是把她给惹恼了吧？”

陈珚见官家来了，便不多说，行过礼遮掩笑道：“并没有什么，只是和姨开了个玩笑。”

他虽然和圣人是姨甥至亲，但毕竟年纪大了，也不便打扰他们二人，眼看时辰已晚，便不再逗留，稍后便起身告退。官家等他出了内殿，方才问圣人道：“究竟什么事？你脸色都变了，难道是七哥竟有什么无礼之举，触犯了你不成？”

官家乃是妃子所出，只是生母在未登基以前便没了，太后对他虽然也慈和，但毕竟不是亲娘，而圣人却是他亲老婆，圣人要说起太后坏话，顾虑无形就少了一重。只是天家也没有那么多是非可以搬弄，因此往常总不曾说起，今日也不敢直言太后不是，圣人只是把宋粤娘入宫的事说了一遍，“姑姑既然同我说起，想见宋三娘，我自然也就将她招进来……”

把太后有意撮合陈珚和宋粤娘，而宋粤娘却已经和王城定亲，在她的主持下，让福王妃认宋粤娘为干亲的事告诉了官家，圣人道：“如此一来，三娘可以时常入宫服侍姑姑，姑姑看了心里也喜欢，自然是两全其美，皆大欢喜的好事——此事，原也就如此告终了。可七哥只怕是误会了姑姑的心思，小孩子气性大得很，方才进来，就是想让我同你说，让他出宫回王府去住。”

官家听着圣人斩头去尾带了明显倾向的诉说，哪里听不出妻子真正的意思？脸上早已经是深沉一片，见圣人住了口，就又问道：“只说了这件事？”

圣人犹豫片刻，究竟是说了实话——这件事如果要成真，也瞒不过官家，“七哥还说，觉得姜相公家的衙内、娘子不错，正好我娘家也有几个小辈……”

“你不必说了。”官家的脸色，难免有几分难看，他挥手止住了圣人，垂头沉思了一会儿，方才换了笑脸，略带安抚地对妻子说道，“也都不是什么大事，你又何必这么动气？”

“我就是气这七哥怎么这么不懂事！性子也太大了些。”圣人的脾气并无作伪，全是心底话，她气咻咻地道，“居家过日子，大事化小小事化了，哪有和他这样的，本来都没事了，还要再闹起来。若是传入姑姑耳朵里，老人家回过味来，又该伤心了。”

“他不是气性大，他这是胆小……”官家摇了摇头，又拍了拍妻子的手，缓和她的情绪——夫妻多年来，官家都很少对圣人沉下脸来说重话，刚才喝住她的话头，她还不觉得如何，他倒有些过意不去了。“皇嗣的事，迟迟不定，如今太后又是这么个态度，他只怕也是有些心冷了。”

圣人听着官家话头，也在心里揣测着他的情绪，她最怕就是官家本来主意不定，被这么一闹反而将错就错顺水推舟了——说起来，陈琋得南党支持，血缘又近，现在连太后都表态属意于他，陈珚除了是自己亲外甥，两夫妻一向看得好以外，并没有多少太有利的地方，就是受了气也得忍气吞声、以待来日，哪有像陈珚一样，一见势头不好，自己就打退堂鼓的？

她也有几分心灰意冷了，并不为陈珚说什么好话，让官家别在乎他的异想天开，反而是直接问道：“那……此事官人你看，该怎么办呢？难道真让他搬出去？若是如此，这学又何必还用上呢？倒不如索性真为他说了宋三娘算了！倒也让我们家七哥能娶个绝世美人儿做新妇——好歹也落得一桩好处。”

官家凝眉不语，从他面上，竟是看不出喜怒，更说不清他对圣人明显带了赌气的提议，是个什么反应。

急转

“三娘拜见大王、王妃。”宋竹在王府宫女的引导下，端端正正地拜了下去，“大王、王妃万福万寿。”

福王、福王妃均是都笑道：“快起来吧，今后，咱们两家就如同亲戚一般的，在我们跟前，你大可不必这么拘束。”

虽然宋竹只是个集贤院编修的三娘子，父亲官位低微到小张氏身上都没有诰命，但只是以宋先生大儒的身份，实际上宋家和福王府相遇时，肯定只有宋先生横着走的份——就是官家的亲兄弟景王，见到宰执们也都是要行晚辈礼的，更不说福王还隔了辈儿。连官家受大臣气的日子都有的是呢，亲王在士大夫跟前，只有吃亏的份儿。只要有一丝一毫失礼的地方，惹恼了士林清议，文人笔如刀，不出一年半载，管叫瓦子里都传说着奸王横行霸道、欺男霸女的故事。亲王这边还只有吃哑巴亏的份，若是有什么想报复的心思，御史台可不会客气。在这点上，众官不论立场，都是同仇敌忾的，绝不会回护亲王这边。

再加上让福王妃收宋竹为干女儿的事，是圣人亲口提出，是以虽然没有正经行礼，但福王府也是派人将宋竹接来相见，并且福王还特地在白日里到后宅来，见了见这个美貌名声已经惊动了京师的“干女儿”。

宋竹心里，虽然不会太计较这些实力强弱的事情，但她连宫中都进过了，现在来福王府也没什么畏惧之心。只是对陈珚的父母亲，自然是有几分好奇的，借着福王妃介绍宋竹几个嫂子的当口，也就把福王、福王妃给打量了一遍。

和陈珚一般，这两人都是满面含笑，气质亲和，让人一见就能生出亲近之心，就是福王的几个少王妃，看了也都知道是脾气极好的人。虽然有嫡庶之分，以国朝规矩，几个庶子，将来未必能够袭爵做福王，但几个新妇穿戴打扮，并没有太明显的等次差别，彼此说笑时亲近自然，看得出来，平日里感情都很不错，并没有什么明争暗斗的事情。

这样的气氛，就让宋竹感到很舒服了，如今她没有办法，必须接受福王府这门“干亲”，逢年过节也不能少了走动，若是福王府里明争暗斗，那么维系这份交情，对她来说肯定会是一份苦差。

她这里寻思着这些事，那厢，福王府几个世子夫人已经含笑捉着她的手，都说是“果然太后、圣人都是极喜欢的，便是我们看了，一面自惭形秽，一面也是爱不释手，恨不能投生和她做了姐妹，便可日日都在一起了。”

福王妃亦是对她喜爱非常，招手让她坐在自己身边，又从侍女捧来的表礼盘里，取了一对无瑕的玉镯来，亲手给宋竹套上了，“虽然是初次见面，但我们也都是仰慕宜阳宋家名声已久了，若不是自知这几个小儿，不堪与大娘、二娘相配，早年也是拼着也要往宋家说媒的……”

客气了几句，无非意思是虽然是第一次见面，但的确是非常乐意收宋竹为义女，也非常感谢宋先生几年来把陈珚教导得如此懂事云云，宋竹自然也是表示了一番能教导陈珚是宋家的荣幸等等。

福王妃又夸了她几句，说她谈吐雅致，方才是款款和宋竹说道：“本来都已经在预备那些个礼仪上的事了，不料宫中前几日又带出话来，说是官家有话，只道这义女之事，并无先例，多一事不如少一事……”

人家都特地把福王请到屋里来坐着，一家人给你解释这么一件事了，宋竹还有什么好不满的？以陈珚将来可能达到的高度，福王府这件事做得已经算是很地道了，她展颜笑道：“既然是官家的意思，那么此事就此作罢也好，我们两家亲近，本来也不必一定要‘义女’这么个噱头。”

众人都笑了，“三娘所言甚是！”

又道了些家常，福王便站起身来，先行离去，离去前还叮嘱宋竹，“虽无名分，但只管将我们当义父母看待，在东京时，有什么难处就往这里送个口信，得闲了就上门来玩耍，家里别的没有，花园地儿还是大的。若是家里有什么人委屈你了，只管和我、和王妃说。”

他和宋竹说话时，和颜悦色，宋竹能感觉得到，这长辈的确是喜欢她的，若是这福王不是福王，她怕是要喜翻了心——如今只是余有淡淡的惆怅，她点头笑道：“三娘明白。”

待福王走后，屋内的气氛就更加松快了，福王妃连众少夫人都笑道：“三娘果然是讨喜，福王平日里从来也不管后宅的事，如今竟是亲口要你常来坐坐。”

众少夫人又是夸奖宋竹眼睛生得好，又是夸奖宋竹嘴巴生得好，又说笑话，又互相打趣，一屋子里笑声响成了一片，福王妃笑着说了几次，方才是都安静了下来——宋竹又被介绍给陈珚的弟弟妹妹们见面，因她生得好，大家看她都和天仙一般，只是围着她打转，扰攘了半日，宋竹方才是各自应酬下来。眼看也到了午饭时分，各人这才是回房去用饭，独大夫人伺候福王妃，留宋竹和她一道吃饭。

“家里人口太多，凑在一起吃一顿饭，麻烦得很。”福王妃性子和蔼，人散后，和宋竹说话也是实诚，“单单是圆桌，就要开上好几个，因此家里除了逢年过节以外，多数都是在自己屋里用膳。”

宋竹也没想过要福王府上特意为自己设宴，她其实觉得福王一家还是蛮可爱的——为了向她解释不认义女的事情，一家子主人都出动了，如此慎重，却吝惜一宴，和洛阳那些争奇斗富、千金一掷的豪门比，这样“吝啬”的作风，反而是让她感到有几分亲切。

“如此自然是最好的，若是为三娘特设一宴，三娘反而受之有愧。”她真心实意地说。

福王妃面上笑意更盛，忽然叹道：“没见三娘时，听圣人宫中黄门带话，已是喜欢上了，今日见了三娘，更是明了圣人缘何这般喜欢你，只可惜官家有话，不然，这个义女认下来，我心里该有多欢喜？”

虽说宫里的事，能瞒着外头的的确不多，圣人想认宋竹为义女的事，已经是在东京城里都传遍了，但毕竟不是事无巨细外间全都一清二楚，宋竹对于官家忽然发话，也是有几分好奇，闻言，便凝神望着福王妃，大有请她透露些内情的意思。

见她星眸闪闪，煞是可爱，福王妃忍不住捏了捏她的脸颊，方才压低声音，续道："如今宫中，也是多事之秋。那一日你们出宫以后，七哥便去寻了圣人，想要搬出宫中居住，更是为姜相公和我兄长望海侯家牵了一门亲事。官家呢，知道了以后，便是准了姜家、萧家说亲的事，又说不必认这个义女，也说，七哥在宫中读书，只怕会思念我和福王，因此准他回家住。"

宋竹越听，越觉得不妙：那一日她和陈珚一搭一唱，不由分说地就把自己和王奉宁的亲事定了下来，为的不就是保住陈珚入主东宫的可能？当时陈珚的神情，她看得很清楚，虽然没什么表情，但也能感受到他的焦急。怎么她才一走，陈珚就改了主意？

但她并没有显露出自己的诧异和不快，责怪他的鲁莽，反而是表示了对陈珚的信心，"七哥为人素有智计，三娘相信他一定是有自己的考虑。"

福王妃眼中笑意越浓，不知如何，却忽然是叹了口气，方才又露出笑来，轻声说道："他哪里是有什么智计，只是自小任性而已，我们横竖也管不住他，只能由他去了。总算，官家对他还是疼宠的，这不是？听他说思念父母，想要回家居住，居然也觉得有理，因此便准了。又觉得景王家四哥入宫日久，想必也思念景王夫妇，便令他也回景王府居住，择日再回宫中读书罢了。"

宋竹对此事一无所知，闻言不由大惊——只是他们家家教，对仪态要求是非常严格的，所谓"泰山崩于前而色不变"，即使这消息如此耸动，听了以后，她也依然没有大惊失色，只是面色一凝，顿了一顿，方才说道："我深居家中，竟是不知此事……"

"也不怨你，琋哥是昨日向晚时出宫的，你今日一早就过来了，就是有消息，一晚上仓促间也传不到你这深闺娘子的耳中。"福王妃倒是心领神会，反而为宋竹解释，"便是我等，也是今早方才收到的消息——琋哥是被箫韶部乐送还王府的。"

数代以前，天家也是险些绝嗣，当时官家以绿车旄节迎宗室子入宫抚养，数年后皇子出生，又以箫韶部乐送还王府。这四个字，代表的虽然只是一种仪仗，但在国朝却有特殊的意义。当时陈珚和陈琋两人入宫，谁也没享受到绿车旄节，没想到今日反而对陈琋先用了箫韶部乐……

“那么，七哥他——”宋竹不得不再问得明了一点。

福王妃点头道：“还在宫里，宫中却是无人来通知他的归期。”

官家心意，至此已经是昭然若揭了。看来，陈珚对官家的性子，完全是了解入微，他那两个要求，无疑是促使了官家下定决心。只怕太后这几日，心里要不舒服了。

难怪，不准认义女，又首肯了这门亲事。官家现在肯定是要拉一拉陈珚和南党的距离了……

先后数个念头，从宋竹心里掠过，她心里也是一松：这个义女，就算是白送她她也不要认，对宋学来说，和福王府关系太近，也不是什么好事。什么亲戚关系、姻亲关系，只要是和亲字有关，能不沾，还是不沾为好。

尽管陈珚一手安排了他母舅家和姜相公家的亲事，但陈珚心里却是毫无吃味，陈珚对宋先生的情谊，她是最了解不过的了。此时也是真心为家人和陈珚高兴，便举起杯子，也不道破，只盈盈笑道：“那么，三娘以茶代酒，敬王妃一杯。”

她这一笑，色若春花，福王妃看了都是有半日说不出话来。

这一顿饭，自然是吃得宾主尽欢，饭后福王府诸郡主又是来寻宋竹，连番的游园和玩耍，眼看日落西山，福王妃方才要大世子亲自护送宋竹回家。她招待了宋竹一日，也是有几分疲累了，当下回屋歇着，只让过来请安的大世子夫人为她捶背解乏。

捶着捶着，王妃忽然叹了几口气，大世子夫人不由奇道：“姑姑，何事忧虑？”

“我是真的打心底惋惜。”王妃悠悠地道，“都说这三娘，是既美且贤、宜室宜家，往日听着还没觉得什么，见了她以后，才知道什么叫作才貌双全……可惜，此等佳儿，却不能为七哥新妇，焉能叫我不叹气？”

大世子夫人亦是赞同道：“今日看她说话行事，处处都让人爱得不得了——可惜了，却和我们这般人家无缘。只是不知道宋家缘何回绝了望海侯提的那门亲事，否则，能把三娘说入萧家，也算是肥水不流外人田了。”

王妃又是长长地叹了口气，她意味深长地道：“说给王家，也好，若是说给萧家，只怕日后……”

她摇了摇头，终究是没有再说下去，反而转了话题，“就不知道，七哥日后的新妇，能否比得上宋三娘了，如是比不上，我心里，便总是难以咽下这口气的……”

心机

对宋竹来说，如今她的名声再大，也已经不是她所关心的了。按说她现在最关心的应该就是关西战事，前阵子，西夏军反攻关西，现在两军对垒，她那没换过婚书的“未婚夫”王城，就在最前线领军作战。

其实说起来，这年头，改嫁都是寻常事，若是说亲了以后，未婚夫出了什么变故，那么未婚妻在一年半载以后另外说上亲事，也是自然的，甚至还会有未婚夫家里另外出一个兄弟，接替定亲的事情。更别说宋竹和王城连婚书都没换了，相较后世那些要把一辈子都寄托在一个人身上的小娘子，宋竹是很幸运的，她的心态可以放松一些，但这却并不意味着她就不希望王城平安无事。

虽然她心里对于王城还有深深的歉疚，也不知道该不该告诉他自己不欢喜他的真相——虽然没有人规定，一男一女必须要两情相悦才能结为夫妻，多的是父母之命、媒妁之言，又或榜下择婿就这般凑合在一起的，但宋竹心里欢喜的是另外一个人，就是现在也还留有许多痕迹，在这一点上隐瞒王城，似乎是很不厚道。虽然，她还是无法想象自己该怎么和王城过一辈子，但既然事情已经这么着了，宋竹也是在努力地调整心情，为将来能把日子给过下去做准备。再说，即使没有亲事，对于这么个熟识的少年才俊，宋竹也万万没有希望他出事的道理。

在她因美貌被召见的事迹传遍天下时，宋竹和王城定亲的消息，也在一些消息灵通的人士家中流传了开来，宋先生因此有些顾虑，不愿再住在王家，免得招人议论，引来不必要的麻烦。再加上也有宋学士子陆续追随他入京的，这几日王家留下来的几位管家，便是正在为宋学赁房，供宋先生讲学所用。京城乃是首善之地，文华荟萃，宋先生入京又是奉诏而来，即使宋学和南学之间有龃龉，也不可能连宋学在城内讲学纳新都容不下。

宋先生不肯怠慢公务，既然没有承担教育陈珚的工作，便是每日去集贤院点卯应差，虽然集贤院编修实际上无事可做，但也起码要半日才会从集贤院里回来。这些找房子看房子的事，免不得就由宋竹来做主了，她戴着盖头，赁了车，每日里在城中来回看房，也有些推无可推的应酬必须出面，倒竟也一点都不无聊，反而很有些应接不暇的感觉——这人在有心事的时候，就最该忙一点，虽然心里难免还有些放不下，但忙着忙着，一些痕迹，倒也是慢慢地淡了。

一晃就过了近一个月，这一日宋竹受邀上萧家做客，这个邀约，便是她无法推辞的那种，毕竟萧家的面子自然还是很重的，若是萧老夫人要见她，作为陈珚的外祖母，宋竹还真没有说不的权力。

话又说回来，现在满城的官僚勋戚，大概也就只有萧家会如此悠游自在了，且先不说正在糟心的周家，就说是南党、北党，现在也都是惴惴不安，便是宋竹这一阵子一直忙着看房，也是听说了发生在睦亲宅中的大案——这一桩案子，牵连可是颇广，满城大臣，都是战战兢兢，颇为自危。

国朝民风宽松，议论朝政也是常有的事，这件事的牵连实在是太广，就连萧家聚会时，几位小娘子都在议论此案，“听闻今日大理寺又是差遣胥吏外出拿人去了，都是那死道士害人。”

今日与会的几家小娘子里，宋竹最熟悉的是她从前的同学赵元贞——这也不是她第一次在聚会上见到她了。据宋竹所知，赵元贞去年年尾就到了京城，一直住在亲戚家中，因她出身富贵，在京城交游广阔，且也是宜阳女学出来的，很快也竟有了才女的名声，虽然比不上宋苓、宋苡甚至是她宋竹的名声，但毕竟是名门之后，众人对她都还是十分赞赏的。

说起来，她今年也十六七岁了，一直没有说亲，只怕是在等陈珚选妃。也是因此，她对宋竹的态度要比在女学时更热络了许多倍，此时见宋竹似乎有不解之色，便为她解惑道："便是那同谋造反的贼道士，前日开始，便受不过刑，开始胡乱攀咬了，这几日缇骑频出，都是抓人回来审问的。"

众人议论的大案，是去岁秋后，在江南等地闹起来的——也许是因为田租太苛刻了，去年秋后，江南有人起来作乱造反，这本来也是常事，但坏就坏在了这群人用的名头是"官家昏庸，迎奉太祖一系继位"，并且直言不讳地攻击了官家先祖太宗得位不正，直说贤明太子之所以去世，就是因为当年"烛影斧声"，太宗是谋害太祖，方才继承大位，是以太宗一系一直子嗣艰难，贤明太子去世就是报应。

官家乍失爱子，就被人捅了这么一刀，心情自然极坏，而且天家一直都很忌讳民间以"太宗得位不正"来说事，所以擒下匪首以后，并未立刻处死，而是下令押解京师审问——起来作乱的都是江南一带的穷困佃户，这些人是如何知道这些事情的？

审问的结果，就是把佃户家的庄主给牵扯进来了，据佃户们声称，他们的东家是个爱说闲话的人物，这些事都是他在田间看庄户做活的时候，随口闲聊的。

庄主却又是扯下了自己的一位本家，他的这位本家早年出家做了道士，在京师、江南都是颇有名声，出入达官贵人宅邸，人脉不凡，知道许多小道消息，他所知道的一切，都是本家回乡探亲时闲话出来的。

这么一来，经由这不知死活的道士，牵连出来的人那可就多了，不过本来这也不算是什么大事，无非就是个妄人议论天家内务而已，甚至很多人私下都认为：这话也不能说是有错。首先，"斧声烛影"早就传得沸沸扬扬，太宗逼死了太祖系几个皇子的事情也是所知者众，要写入史书的；其次，就是从太宗时起，皇子夭折的比例甚至要比一般人家还大，这不能不让人想到“报应”两个字。

也许就是民间理所当然的这种想法，让官家极为恼怒，这个案子是越办越大，终于在上个月，这道士攀咬出了太祖系的一位大王，这件事，顿时性质就变了，从胡言乱语诽谤天家，变成了心存异志、有意谋反，为将来太祖一系入主宫中在做铺垫……

之前那道士李世被抓时，曾和他有过往来的士大夫，无不是人人自危，毕竟李世的确名声显著，许多崇佛崇道的高官显贵，都和他有过往来，就是姜相公都曾和他诗词往返，而这“反志”之类的东西，从诗词里又是最好攀咬过去的。若非承办此案的是南党中人，只怕姜相公都是要睡不好觉了。

不过，当时办案的规模也不算大，虽然是南党主办，但北党诸位重臣即使和李世有过诗文往来，也没有被牵连的。一直到上个月扯出了太祖系王爵，整件事才是变了味道，现在东京一天能有几波使者往洛阳方向过去，满城不论是北党，还是素来中立的大臣，都是人心惶惶、议论纷纷，只怕此事，被南党办成了清除异己的好借口。

虽然宋学也是南党的眼中钉，但在这件事上，宋竹却是极为坦然，他们家是一直遵守最严格的儒门士人行止，别说男人和佛道毫无往来，就是女人也一概不入寺庙、道观，见佛亦是不拜，和这李世更是八竿子打不着，从未有过交集。就是宋学士子，只要是衣钵传人，对佛道态度也极为冷淡，因此对此事，就和萧家一般，是绝对不会有什么担忧的。

就是萧家今日邀请的几个小娘子，也都是素来铁杆的太宗世系一派，比如赵元贞，其祖上便是坚定“金匮之盟”党，多次驳斥过关于“斧声烛影”的胡言乱语，就如同圣人和福王妃的娘家萧家一样，是绝不可能参与谋反的，今日才能坐在这里闲闲地议论此事。许多身处嫌疑之地的大臣，如今都是恨不得大门不出二门不迈，一人不见以示清白，自然不可能还让女儿出来参与聚会了。

就和宋竹猜测的一样，萧家之所以请她上门做客，便是因为老夫人想要见一见她，毕竟不论是圣人还是福王妃，都对宋竹“赞不绝口”，老夫人身为二人母亲，自然也对她有几分好奇。再者，虽然宋竹并未被福王妃收为义女，但两家关系密切已是不争的事实，萧家即使地位稳固，但也不想在南党和宋党之间表现得有所偏向，上个月刚说定了和姜相公的亲事，这个月便和宋竹问起了她的姐妹们——这也是因为宋竹定了亲，也算是半个大人，再加上宋家没有女主人在京，宋先生又未免太敏感了一些，不然，萧家也不会选择她来表示好感，以及再次表明结亲的愿望。

来京一个多月，身处漩涡中央，宋竹即使是再不喜欢，对这些事也肯定是要去精研学习的，好在这几年来，她得父亲言传身教，对朝局以及一些惯用的政治手段都有所了解，况且出奇地在这些事上天分倒颇高，一边听老夫人说话，一边心底已是将此事缘由想得明明白白，思忖道：四妹还小呢，五妹就更小了。再说，萧家说了姜家的娘子，虽然说女孩儿出嫁后就是婆家的人了，但究竟只是说说而已。妯娌两人若是来自两党赤帜人家，那岂不是纷争的伏笔？这可不好，即使是要结亲，也得是萧家的娘子，嫁到我们家来。

她便笑着如实说道："我们家四娘也还未满十二岁，年纪还小呢——倒是几个哥哥，都到了年纪。"

老夫人意思没有太过露，因此众人都不曾回避，赵元贞也笑盈盈地帮腔，以女学学生的名义，把宋家几个没定亲的小娘子，以及宋栗等郎君，都夸得是天花乱坠，让众人情不自禁露出神往之色——宋竹的为人和长相，众人都是看得到的，按赵元贞所说，宋竹的才学在宋家也就算是中游，宋艾、宋荇都至少能和她持平，甚至更为优秀，更不说宋栗他们几个衙内了。这宋家人得是优秀到什么地步，才能把她给比下去啊？

宋竹对赵元贞的动机洞若观火：她自然是早就知道，我怎么都不可能嫁给……嫁给那人的，所以在女学就一个劲儿地笼络我，让我给她说些好话。如今，我得了圣人和福王妃的喜欢，她便更是看重我了。不过她的确也很聪明，要坑人，便把颜娘子坑成那样，要笼络人，也能找到别人的痒处，今日她这几句话，我少不得是要领情的……哼，没准儿她这百般用功以后，最后还真能得偿所愿，入主中宫。其实本来……那人现在的情况，也是需要一个能放得下脸子，又有心机的妃子。

赵元贞不论怎么说都是她的女学同学，兄长也一直都在宋学读书，即使是最风雨飘摇的时候也未曾远去，即使宋竹怀疑，那是因为当时他们家已经知道了陈珚的身份以及未来的发展，但她身上的宋学烙印也是最明显的，宋竹以任何立场，都不可能去拆她的台，反而应该尽量帮忙才对。她也尽力压下心底不该有的情绪，笑盈盈地捧了赵元贞几句，让萧老夫人望着她的眼神里，多了几分兴趣——其实，会邀她来做客，都是说明萧家对于她，已经是有些看好了。

在萧家用过午饭，又赏玩了一番风景，宋竹回到王府时，天色已经快晚了，宋先生也已经回来，父女俩正要坐下一起吃晚饭，屋外忽然传来了急促的脚步声，一个家丁竟不顾宋竹在侧，就这样直闯了进来，喊道："先生！大事不好了！二先生坏事了！"

变故

宋家二叔宋谚一直都在外地为知州，他是天下闻名的大才子，宁叔先生的美名，在很多地方并不比宜阳先生黯淡多少，尤其是在歌女、行首之间，宁叔先生简直就是天上星宿下凡，声望崇高无比，尽管他从来也不进入风月之地，但风月之地却永远在传唱宁叔先生的新词。虽然在儒学上成绩不大，但却也是悠游自在的名诗家，并且颇善治事，四旬刚过便是多年知州，若非性子疏淡，无心中枢，将来运动一番进京任枢密都不是没有可能。

但，如今他的大好前程，却因为和那道士李世的几封通信而蒙上了一层厚厚的阴影，按这风尘仆仆的家仆所说："二先生从未和那李道士有过往来，奈何前来拿人的胥吏如狼似虎，手持公文，二先生也不好相抗，只好令老奴速速前来报信给先生知道。二先生的原话，让先生小心，此事，只怕是'项庄舞剑，意在沛公'！"

这家仆也是宋家旧仆，昔年受过宋先生的几句教导，因此对宋家几位都呼以先生，宋竹和他也是很熟悉的，只是刚才闯进来时被吓了一跳而已。宋竹现在便不回避，只是坐在父亲身边跟着一起听他诉说宋谚被捕的过程，她越听越是心惊：二叔正在江南为官，说来，要生拉硬拽和那李世扯上关系，也不算太牵强，既然主办此案的大理寺敢去地方上拿人，那么肯定是伪造了过硬的把柄，后招肯定也是陆续有来，虽然朝中没有杀大臣的传统，但当时立约也是有例外的——若非谋反。

这案子，可就是和谋反有关啊……

“南党难道是要将政敌都一网打尽？”她不禁脱口而出，饶是她一向受到家里人严格的教诲，此时也不由出了恶言，“这群宵小奸臣，好毒辣啊！”

宋先生看着倒还是镇定得很，他并未顺着宋竹的话往下说，反而问道：“二弟妇呢？还有几个孩子，如今都还在地方上？”

二房的几个孩子都小，随父母在任上，唯一成年的宋栾业已在地方上为官，即使父亲获罪，都不可能擅离职守。那老仆哭道：“夫人带着娘子、郎君，收拾细软，已经回老家去了。”

宋竹听说，立刻是松了口气：营救宋谚的事，二夫人刘氏也起不到什么作用，孩子们更是都还小，先回老家是最正确的选择。否则，宋家的家仆不是很多，若是失于护卫，被一些落井下石的小人骚扰了妻小，那可就是白吃亏了。

现在宋竹真是知道什么叫作一党赤帜了：自从和北党分裂以后，东京城虽然也不是没有信奉宋学的官员，但都是朝廷新进，起不到多大作用，小王龙图一旦离开京城，现在遇事，她便是觉得全无主心骨了。这赤帜离京以后，许多事都不能及时地反应，遇到这样的变故，便是让人极为焦急。

既然小王龙图缓急间指望不上，她反射性地就想起了陈珚，却又在下一刻摇了摇头：陈珚到现在都是住在宫里，好不容易景王四子被送了回去，他只差一步就能入继了，真是“妾身未明”的最后一段时间，这件事最不该就是把他牵扯进来。再说，他身处深宫，只怕都未必知道，就是知道，一举一动也由不得自己做主……

四处求助无门，难道真的要让二叔进诏狱去？宋竹自谓自己这几年来成长了不少，可一旦想到这个可能，立时便是心乱如麻、慌张无助，只觉得在这世上宋家是孤立无援、凄惶到了极点，那无尽的冤枉和委屈，几乎都要将她淹没了去。

就是她素来视为青松大树的父亲，此时也没有什么破局的妙招，沉吟了一番，反而是让宋竹坐到自己对面，说道："三娘，你先别哭，还记不记得爹和你说过什么？"

宋竹抹了抹眼眶，哑声道："记得……眼泪是最不值钱的，便是落下一万滴也没什么用。我、我不哭了。"

"不错，事已如此，唯一的办法就是扛起来，"宋先生依然面若春风、谈笑自如，他拍了拍宋竹的手，说道，"你静下来听爹爹说，你二叔的事，不论是爹爹，还是家里人，甚至是书院教授，都是无法施力挽救。因此你也不要过分惊慌，往家里报平安即可。就说心中已有腹案，此事不日可平，不要让宜阳那里有太多人上京，否则反而不美。由你三哥一人过来打点照看，已经足够了。"

他说得很慢，说完了又问宋竹一遍，"记住了吗？"

宋竹心里，涌起强烈的不祥之感，但她不敢打断父亲的话语，只好用力点了点头，"明白了。"

"很好，我们住在王家，这是好事，稍后王家人自然会派人给你王师兄送信。"宋先生说道，"至于你的师兄们，我明日自会把他们遣回宜阳等候消息，此事动静越小越好，绝不能闹起来，给南党可乘之机，这一点尤为重要，你记牢了。"

宋竹抽噎了两声，又极力抑制住自己的恐慌，点头道："记牢了。"

"你三姨一家肯定要把你接去照看，你不要去，就在这里住着，这是我们宋学的事，不要牵连别人。再者，奉安在外作战，南党绝对不敢把他也扯进谋逆的案子里，这里是很安全的，你紧闭门户，不要随意外出，等你三哥来了以后，若是事情仓促间不得平，你就和三姨商议，求她找人把你送回宜阳去。"宋先生说着，忽然不由叹了口气，到底是流露出些许忧虑牵挂，他低声道，“三娘，你生得美貌，若是平时倒也罢了，在这样的多事之秋，只怕有些有心人会浑水摸鱼，图谋你的容貌。爹爹若是早料到这一点，便绝不会带你入京……现在说这些也是晚了，你是个聪明的孩子，只记得这么几句话：对家里，报喜不报忧，你自己在这里，随机应变、谨记自保。”

两人说到此处，宋竹还有什么不明白的？南党既然都用上栽赃陷害的办法来对付宋家了，又怎么会只对付二叔，而放过她父亲？说白了，宋二叔完全是被宋学所连累，才会遭殃。只怕是因为父亲和犯事的道士李世，以及那太祖后裔实在是毫无联系，连构陷都无从构陷起，在李世家乡为知州的宋二叔才会成为目标。只怕不是今日就是明日，那来锁拿父亲的胥吏，就要登门了。

能和南党斗的，目前也就是宋党赤帜王师兄，以及是露出颓势的北党了，但北党不可以指望，唯一能指望的只有王师兄，这件事也用不着她来操心——自然会有王家心腹写信报告王师兄来龙去脉。包括家人，以及家乡书院中那些专心做学问的士子们，最好的对策就是静观其变，不要出手给王师兄添乱……

但，王师兄远在关西，那处战事激烈，到底是胜是败还不好说，是否有余力援救父亲、二叔，还在两可之间。还有出仕的大哥宋桑、二哥宋栾以及三哥宋栗，会否因为此事受到牵连，一起下狱？父亲和二叔在诏狱中会不会受到折磨，被屈打成招？

无数疑问，就像是硕鼠一般啃噬着她的心灵，宋竹完全是凭着一个念头才忍住了眼泪：父亲转眼间就要遭遇更大的磨难，自己的任何一点示弱，都会让他心中平添无数担忧。这些事，她既然无法解决，那么唯一能做的也就是不要成为家人的负累。

“爹，您放心吧。”她努力压下了胸口的酸涩，“我会好好的，您也会好好的，二叔也是，咱们一家人都会没事儿的！”

“嗯，你也放心。”宋先生又恢复了那镇定的样子，就仿佛即将到来的狂风暴雨，不过是拂面的清风，“国朝党争，还没有下作到在狱中下黑手弄死人的地步，安心吧，即使是看在七殿下的份上，家里最差也不过发还原籍、看管闲住而已。既然如此，又有什么可担心的？”

宋竹转念一想，心中也不由为之一宽：父亲是陈珚授业恩师，若是他都谋反，天下难道还有人不反吗？这件事粗看狂风暴雨，仔细想想，却不会有什么无法接受的损失。他们家又不是那些贪恋富贵的人家，就是剥夺功名，追毁出身以来文字又如何？顺天应人，天意如此，那又有什么好难过的？

好像被巨石压着的胸口，稍微松快了一点，宋竹挤出一丝微笑，道：“爹——”

话才刚出口，远处就起了骚动，不过几息工夫，院门梆梆几声巨响，便传来了生人的喊叫声。宋先生面色一变，看了宋竹一眼，道：“戴上盖头！到内室去！”

可仓促之间，在宋先生书房内，又哪里去寻盖头？宋竹知道父亲苦心，慌忙走进内室，找来找去，也找不到可以遮脸的东西，只好把宋先生一件外袍取来，包住了头脸。

“宋诩何在？奉大理寺卿之命……”脚步声、洪亮的说话声，以及铁链、铁镣的撞击声，很快就传入了室内，宋竹隐隐约约听见父亲镇定的声音正在回话，但却是无法听清他到底在说什么。刚才短暂的松弛，被这突如其来的闯入打断，被压下的情绪全都反弹回来，现在她又是恐惧又是愤怒，又是说不出的悲伤不舍，藏在里间神思不属，甚至是连外头的动静都无法留心，只是沉浸在了自身那翻涌的情绪乱潮之中。

也不知过了多久，连续数声家具撞地的大响把她给惊醒了过来，宋竹弹身而起时，正见到两个兵士踹门进来，手里还拿了一叠信纸——他们明显是正在查抄父亲的书房了……

她本来就只是罩着父亲的外袍遮盖头脸，刚才心思浮沉，再加上一直无人打扰内室，早已松开手，那外袍已是散开，此时受惊而起，袍身飘然委地，再无遮蔽之能。两个兵士的动作都僵在当地，一瞬不瞬地望着她，瞠目结舌，竟是连话也说不出口。

“钱三、章十七，做什么呢！”一个兵头也闯了进来，见到宋竹，也是半日说不出话，片刻后方才是神色一变，面上涌起宋竹极为熟悉和反感的神色——这神色和李文叔极有相似之处，那兵头往宋竹这边接连走近了几步，方才明显不怀好意地问道：“小娘子，你是何人？为何在此，还不速速通报上来？”

宋竹就是再不懂事，也知道他有意轻薄自己，她心头燃起一阵怒火，蹙眉反感地闪开了几步，那兵头面上浮现轻薄笑意，嘻嘻哈哈了几声，竟是又追了几步，仿佛和她追逐嬉戏般，有意纵她跑出外间，猫扑老鼠般逼着宋竹在一片狼藉中躲闪，口中还笑问道：“小娘子，何须如此？我问你几句话罢了，你怕什么？”

宋竹已经知道今日此事必然有变，否则王家人不会到现在都一个不见，她只恨自己进东京城后就不随身携带匕首防身，现在要找个称手的武器都难，见这人态度可恨，她也不愿回话，只是沉着脸不断躲闪，心里想道：我若说出身份，只怕他更有借口轻薄我。还是拖一拖，等王家人来了再说。实在不行，我……我拼了一死，也不会坏了我们家的名声！

“我听说今日来捉的，是天下有名的道学家，从来不肯嫖的，”那兵头倒似乎是一点也不怕有人过来，口中越发不像话了，“难道你是什么行首、花魁，和他有了私情，这才遮遮掩掩，不肯坏了情郎名声——”

一句话没有说完，忽然有一物破窗而入，直直击到他头上，把这兵头打得往前一栽，差点没扑倒宋竹。不过是顷刻间，两个人一前一后就闯进了屋里，其中一人眉头倒竖、怒容满面，不是陈珚，却又是谁？

解救

不能不说，前来报信的宋家忠仆确实是个好仆役。从宋谚任职的楚州到东京，路途十分遥远，也不知道他是如何赶路的，居然也只是比楚州当地的皇城司慢了那么一天。再算上消息传递的一些工夫，其实陈珚也就是比宋家早上半日收到消息而已。

“这是摆明了要借刀杀人啊！”饶是他如今在宫中居住许久，已算是城府深沉，但在父母跟前，依然是忍不住脱口而出，“把官家当三岁小儿戏耍，姜相公这是要发疯吗？”

历朝历代，宗室对于朝政，总是没有什么插手余地的，福王本来就是当今官家的堂弟，也没想过要插手朝堂，所思所想，大概也就只是如何自保而已，只有陈珚时常被接进宫中居住以后，福王才开始思忖些更深沉的问题，只是富贵久了，有些事实在也是有心无力，对于如今这变幻莫测的朝政，他早已经看不懂了，闻言只是茫然附和道：“姜相公不是答应了和萧家的亲事吗？官家的心意，都已经那样明显了，难道他还要抱着景王家的那位不放，想方设法地和你作对不成？”

福王妃看了丈夫一眼，无声地出了一口气，这才回头对陈珚说道：“七哥，你且先别急，事出反常必有妖，静下心来想想，这古怪是出在什么地方。”

对于李世谋反的案子，陈珚原来也不是很关注，毕竟他们家是绝对安全的那一批人，而且因为李世胡言乱语，拿贤明太子去世说事，他心中也恨不能把此人千刀万剐，更是乐见官家借着办这个案子的机会，扫一扫士林间本就不该出现的一些言论。直到收到消息为止，他都没有多打探过谋反案的消息，只是一心读书，听了母亲的说话，这才按下性子，皱眉沉思了一会儿，“大理寺卿安朗，的确是南党中坚……难道他是想要自立门户，把姜相公从南党赤帜的位置上赶下去不成？”

他的面色，微微一变，“看来，南党还是把我视为宋学门人，为萧家和姜相公说亲之举，没有收效不说，倒是反过来连累了姜相公。”

道统之争，犹如两国交战，不到一方国破，战争是不会停止的，南党既然不相信陈珚会就此疏远宋学，又难以改变官家立陈珚为嗣的决定，便只好换个方式来确保自己的胜利了。只要借着谋反案沉重打击宋学的势力，甚至于把宋学门人全都赶出朝廷、流放到偏远之地，那么数十年后，即使陈珚继位，面对已经树大根深的南党，和沉寂多年、势力残余无几，且赤帜、领袖可能都已凋零的宋学，选择哪门学问作为道统，也不可能是完全凭自己的高兴了。

至于姜相公，在接受萧家提亲，把女儿说给萧家的那一日起，在立嗣上就不可能再坚定反对陈珚，只是不论是官家还是陈珚，都以为这么做能让南党安心，可没想到直接结果却是南党把姜相公给排挤出去了，安朗就疯狂拉扯、构陷宋学的重要人物，直接就要绝了宋学日后和他们争夺道统的可能。

这手段卑鄙不卑鄙，其实陈珚并不关心，他一开始只是想不通南党的用意而已，如今有了眉目，越想就越是靠谱，心里的忧虑反而放下了一些，“构陷手段如此卑劣，和姨丈分说一番也就是了。安朗丧心病狂，自以为这样做就能取代姜相公的地位，真是可叹可笑，待我回宫以后，此事不日可平。”

他今日恰好是每月出宫探亲的时日，所以才会回到福王府。

福王妃有些欲言又止，倒是福王在揣摩上意上一直是很用心的，此时便问道：“官家心中，还是希望你能在两党间不偏不倚的——”

“话虽如此，但宋宁叔毕竟是先生的亲弟，又是因党争蒙冤，”陈珚胸有成竹地道，“安朗以谋反案为枪，做得如此肆无忌惮，把姨丈当成什么了？我对姨丈澄清一番，料也无妨。”

他这话也有道理，福王点头不语，福王妃似乎还有些忧虑，但也没多说什么。一家人便不提此事，只是说些家中琐事而已。谁知过了不到半个时辰，门外忽然来人报信，“大理寺又遣人外出，竟是直入了小王龙图的御赐宅邸！”

东京城没有宵禁，如今又是多事之秋，各家各户都派了眼线在大理寺办案的衙门外盯梢，福王府自然也不例外——也都知道王家和陈珚的关系，因此一有了动静，就立刻回来报给主子们知道。

王家现在合家不在京里，结合宋谚被捕的消息，这大理寺把矛头指向谁，是不问可知的事情。

福王惊得把手里的杯子都落了地，陈珚一下就蹦起来了，二话不说便要往外奔去，倒是福王妃还有几分镇定，喝了一声：“你先别去！”

又指示两个侍女将他拦腰抱住，好歹拦了下来，“你此去，是要拦下大理寺的胥吏吗？”

这是在官家跟前挂了号的案子，即使陈珚今日是官家亲生皇子，都没有介入的余地，更不说他“妾身未明”，说到底，只是福王府的一个普通世子而已。贸然过去，除了丢脸以外没有任何作用，哪怕陈珚今日是太子了，大理寺卿一道手令，照样比他的话要管用许多倍——手令代表的是国家法度！

陈珚心里也不是想不明白这一层道理，只是他和宋先生感情不错，到底年纪也还不大，一时血涌上头，只想赶去王家，为宋先生申冤，此时被母亲一拦，也冷静下来，只是终究想去看一看。“娘说得是，我不去了，我去了反倒不好——让胡三叔去吧，有三叔在，他们对宋先生也能客气一些。明日一早我就回宫，宋先生在诏狱里过不得几夜的。”

福王妃冷冷地看了儿子一眼，她有些恨铁不成钢，“你这孩子，看着和大人一样了，怎么还这么糊涂……非但你不能去，胡教头也不能去！”

陈珚心里一个咯噔，他愕然地望了母亲一眼，又看了看也是一样吃惊的父亲，想要问个究竟，但又觉得答案隐隐约约就在心头，只是刚才太着急了没有想到。

“宋宁叔是楚州知州，地方上的牧民大臣，就是大理寺卿，也没有一言一语，就能让胥吏远赴千里前去捉拿的。”福王妃倒也没让他糊涂太久，她咬着牙一字一句地道，“安朗没奉旨，做不出这样的事！”

这一句话，就像是一个大锤子，一下下都锤在陈珚心上，就仿佛暮鼓晨钟一般发人深省。陈珚心头的一层窗户纸，仿佛被人戳破了一般，无数的话语流了出来：“去楚州拿宁叔先生的人还没回来，他就遣人去捉老师——老师从来也不与和尚道士往来，同宗亲更是毫无瓜葛，安朗能构陷出什么样的证据？只能拿先生是宁叔先生兄长的由头来说事。可先生是我的授业恩师，仅凭这一点，他不可能差使动大理寺来捉拿先生……他肯定是奉了旨的！

“为什么是今日？为什么是我刚出宫探亲的这天来捉拿先生？官家这是不愿我为先生说话啊……他这几天不想见我！此事看似是安朗搞

风搞雨，其实没有官家的首肯和支持，他哪里闹腾得出这么大的动静？

“可官家……官家为什么要支持安朗呢？啊，我明白了，安朗此举，意在排挤姜相公，争夺南党领袖的位置，南党内部分裂，也是‘异论相搅’，这比扶持宋学要好得多了，毕竟官家还是想要南党的变法几策继续实行，而南党不论哪个派别得势，都会继续推行变法。官家……官家已经不需要宋学了！”

他只觉得一颗心直往无底深渊沉去，这辈子第一次有了脚软的感觉，别说冲出门外了，现在连走路的气力都未必有，缓缓攀着侍女的手，在圈椅上坐了下来，六神无主地看向母亲，低声道：“那……那难道，此事，咱们就袖手旁观不成？”

“国朝多少年没杀大臣了。”福王妃要比儿子冷静得多，她道，“这件事，只不过是安朗借题发挥而已。真的冤死宋家两先生，天下读书人是不会服气的。既然不会闹出人命，你又何须如此担心？此时不是你出头的时候，既然官家特地挑了你出宫的时候方才动手，你也就孝顺一些，别再过问此事了。”

陈珚也想到，此时闹得若是太过，反而对宋家两兄弟不利，他的头才点了下去，心头忽然猛地一动，不由脱口而出，大声道：“那……三娘呢？难道就让她一人孤零零住在王家？”

福王妃之前对宋竹赞不绝口，此时却仿佛是漠不关心，冷冰冰地道：“宋家在东京城，自然有亲朋好友，她依附谁不是依附？一个没出门的小娘子，有什么事也牵连不到她。和宋先生一样，现在，她也轮不到你操心。”

她这话倒也在理，但陈珚却绝不这样看，他刚被安抚下来的情绪，又是一下弹到了半空中，无数个不祥的想法，仿佛蚂蚁一般，忽然爬到他心头蠕蠕而动：即使不说三娘现在心情如何，一人孤零零地在王家，又是多么慌张，只说依附亲朋好友，父母又哪里知道，三娘美貌过人，便是学生中也有许多对她心怀不轨之辈。就比如那李文叔，授官以后一直借病不去赴任，也是住在东京城里，若是他……

他不愿再想下去了，霍地一声站了起来，以不容辩驳的语气道：“不错，宋家在城中自然有亲朋好友——我们家不就是她的亲朋好友吗？差些都认了干亲的，我更是身受先生悉心教诲，若是在此事上都毫无表示，只怕徒然要叫天下人都看轻了去！”

他也不看母亲，转头吩咐侍女：“去把客院预备起来！”

说着，便是昂然直出门外，尽管母亲在身后呼唤声声，也是全不搭理。直去马厩牵了一匹马出来，那马夫有阻拦之意，陈珚喝了一声：“你敢拦我？”

他手中持鞭，只待那马夫多说一句，就要抽他，好在马夫终究也不敢和他犟嘴，反而让开了道路。

陈珚翻身上马，骑到府外时，却见胡教头已经在后门处等着了——自从贤明太子去世，他入燕楼读书以后，每回出宫，胡教头都是贴身保护。今夜也不知道他从哪里得到消息，居然也未曾放松看守。

陈珚满腹心事，一路也不说话，只是快马加鞭，到了王府跟前，这才稍微冷静下来，和司阍报了萧禹的身份，那司阍还认得他，忙放了他进去，口中犹自嘱咐道：“还有几个差爷在先生书房搜查，公子仔细可别冲撞了，白惹官司，您也是吃亏。”

陈珚哪里还听得这个？带了胡三叔连奔带跑，直入客院，果然还在院子里，就听到了差役的声音。

他细细一听，几乎没有气死，当下心中就起了杀意，偏头看了胡教头一眼，胡教头脚下一踢，一个石子顿时穿过窗棂，那差役的声音，也跟着戛然而止，陈珚这才略略气平，脚下不停，直进了书房内。

第一眼，他便看到了宋竹。

威胁

虽则宋竹这两年来逐渐长成，艳色殊人，就连太后、圣人都不免一再夸奖她的容貌，但陈珚和她毕竟往来了几年，对她的轮廓早已极为熟悉。这番相见，倒是没有什么惊艳之感，只是想道：哎，她长高了不少……看着是要比从前大了些。

他和宋竹读书的那两年，宋竹还算是个孩子，可两年后重逢时，她却已经的确是个少女了。

不过，这心思也就是一瞬间而已，陈珚见满屋狼藉，宋竹站在屋角，面上宛然还留了些惊慌之色，原本稍歇的怒火，顿时又熊熊燃烧起来，他扫了屋内一眼，见里屋钻出两名差役，均是呆若木鸡地望着自己和宋竹，地上还有一个胥吏打扮的中年汉子，正一边抱头，一边从地上爬起。便也懒于和这些蝼蚁般的人计较，直问那两名差役道："你们是谁带着来的？"

虽说陈珚穿着便服就过来了，但他自少出身富贵，有官家和圣人及福王、福王妃四人的宠爱傍身，如今正是恼怒之时，那两个差役如何敢反问他的身份？其中一人便回答道："小人……小人是跟着马推司来的。"

推司不过是小官而已，仅仅比胥吏好上一层，陈珚并不相信，"一个推司，敢来龙图府上拿人？"

"回……回公子话，马推司又是跟着祝主簿来的。"另一个差役要机灵一些，忙赔笑回道，"如今都在龙图书房内搜查，王家人不服，全跟过去了。"

陈珚道："哦？龙图此时正在外为国征战，安卿家却是连他都不放过吗？"

他此时已经渐渐平静下来，见那中年差头在地上爬动，又问道："你叫什么名字？"

那差头血流披面，口齿有些不清，嘟哝了半晌，也没说出个所以然来。只听得外间脚步、说话声响，几人跟着也走了进来，见到陈珚，便是一震，都是警觉地举起手里的水火棍，手按刀柄，问道："你是何人？"

陈珚自小住在宫里，少年时期离家求学，和这些人互不相识也不奇怪，他亦懒得表明身份，只是问那两个差役："这就是主簿？"

"正是。"那两个差役只敢说这两个字，祝主簿也不吭一声，倒是随主簿进来的一帮人，口中还呼呼喝喝的，嫌陈珚太过嚣张。

陈珚见那祝主簿大约五十来岁，心下也是雪亮：不论安朗还是这祝主簿，年岁都大了，按官家现在的年纪，只怕自己将来即位时，他们都已经致仕，甚至可能不在世间。所以，他们才会如此放肆行事，并不考虑惹怒自己的结果。

他见这主簿眼神躲闪，并不和自己对视，便晓得他应该猜出了自己的身份，当下也不说破，只是问道："你叫什么名字？"

"下官祝明，见过公子。"祝主簿果然不曾反诘陈珚身份，只是拱手为礼，态度还有几分不卑不亢。他身后众人也渐渐看出端倪，喧闹声一时便慢慢地小了下去。

陈珚平日其实也很少生气，但一旦动了真怒，那便是非同小可。若是这祝主簿做事有些分寸，那倒也罢了，陈珚也未必会和这么个马前卒计较，偏偏他不但要去搜小王龙图的书房，还纵容属下搜查客院，以至于险些让宋竹受辱。陈珚早已拿定主意，此时也不为他态度所怒，只是问道："你是哪里人？出身何族？可有儿女？"

这一句话问出来，祝主簿面色惨变，顿时身形就矮了半截，他不顾官员体面，给陈珚砰砰磕了几个响头，刚才那所谓的"风骨"，早已经不知去了何处，口中直央求道："殿下恕罪，下官也是奉命行事，逼不得已！"

方才那差头，一旦知道陈珚出身高贵，便不敢告诉名字，祝主簿毕竟是官，胆子比他大点，还是挺了一会儿的，直到被陈珚问起家小族人，方才惊慌起来，也算是不见棺材不掉泪了。

现在轮到陈珚不理他了，他转身看了看那差头，又问道："你叫什么名字？"

那差头呜呜咽咽，也不敢不回答，"小人……小人季二十二……"

这些胥吏，在官老爷眼中都不算是人了，陈珚也不拿他当回事，随口说道："今晚回去以后，你便自裁吧。"

季二十二周身都软了下来，死命给陈珚磕了几个头，呜呜咽咽地谢了恩，陈珚也不理他们，而是转身问宋竹："这屋里你可还有什么是要带走的？”

方才几人说话间，宋竹一直在胡三叔的护卫之下，此时也是举袖掩面，听了陈珚问话，方放下袖子，只是也不说话，也不看向陈珚，而是扫视着屋内的混乱狼藉，面上神色数变，显然情绪极为复杂。

陈珚和她说话时，众人都是以极快的速度退出屋子，谁也不敢留在屋内，只有胡三叔在门前把守，陈珚见人都出去了，便向她走近几步，低声道：“粤娘……”

这两个字，忽然间倒是把宋竹的眼泪给喊出来了，她眼角顿时多了两行湿痕，拿起一本书，摔向陈珚方向，哭道：“你走开！灾星！别来带累我！要不是因为你，我们家怎么会变成这样！”

这句话说得陈珚心头猛然一痛，一时间又愧又悔，竟然无话可答，只好好声好气地说：“现在别说这个，你且和我走吧，王家这般护卫，不能待了……”

宋竹现在，一点也不从容、不优雅、不美丽，她的眼圈和鼻头都红了，眼泪被反手抹开，反而沾了一脸，望着陈珚的眼神满是恼恨和厌恶，握起小拳头又捶打了过来，“我不要和你走，都是因为你……都是因为你！自从你这谎话精来了，我们家就没有好事……你害得我们家还不够惨吗？”

陈珚有一万句话可以回她，但看她一人孤零零地缩在墙角，一边攻击他，一边还一抽一抽地掉眼泪，心下又哪有一点恼恨？只有数不尽的心疼：她一定是冤屈得很了……唉，她也说得没错，终究是我带累了先生。

将心比心地想了想宋竹现在的心情，他的心都更痛了几分，陈珚忽然有种冲动——若不是胡三叔在此，他几乎难以抑制自己上前拥抱宋竹的欲望，正是因为知道宋竹现在有多凄凉恐惧，他才想要让她稍减愁绪，让她……让她知道，他是肯定会护得她、护得她们一家周全的。

“好了，我知道你怨我。”但他知道，胡三叔和那祝主簿，一个在内一个在外，都是能够听到、看到屋内动静的，一点越礼的表现，都会给两人的名声留下阴影，他知道自己和宋竹之间，只可能是师兄妹和义兄妹的关系，若是有了什么不堪的传闻，受害最深的还是两人自己。

陈珚闭了闭眼，又往后退了几步，不让宋竹打到自己，只是加重了语气说道："我也知道，你不想见到我，不过此时是多事之秋，你怎能去往别人家里？我知道，李文叔李师兄也对你们家关心备至，现在可能在赶来的路上了，但李师兄毕竟是孤身在此。也不便照拂于你，今晚情形，你也看到了，你孤身住在王家，让我母亲如何安心？你可是圣人亲自安排，由她收的义女……"

这么富含玄机的几句话，让宋竹的情绪慢慢地平复了下来，她不再咒骂他了，只是怔怔地望着陈珚，过了一会儿，方才默然点了点头，低声道："那我要回去我的院子收拾行李。"

又环顾四周，忽然叹了口气，轻轻摇了摇头，扬声说道："爹爹入京以来，所有笔墨都在这里，既然是以言论入罪，那便都是证据了，我就什么也不带走，留给官爷们吧。"

陈珚见她恢复了常态，也是松了口气，在心中忖度道：两年不见，她……也懂事了许多，不但知道审时度势，现在说起话来，也是大有玄机了。

他让胡三叔护送宋竹去收拾行李，自己也从房内踱出，说道："仔细搜吧，宋先生勾结李世，想要不利于官家，让太祖世系继位的证据，可都藏在里头呢。"

如今猜不到他身份的人，已经是寥寥无几了，听他这样说，都是面面相觑，一声也不敢做。祝主簿面色苍白如纸，向几个差役挥了挥手，自己欲要上来请罪，陈珚望去一眼，摇了摇头，他便不敢再说什么。

过得一时，王家留守的管家也过来了，他应该已经是弄明白了此地纷争的来龙去脉，一进门就跪倒在地，和陈珚请罪，又解释道："奴仆们都以为娘子在后院，因此加派人手过去保护，反而疏忽了此地……"

陈珚自己心事如海，哪还有时间和这些蝼蚁计较，横竖王家知道此事，他也少不得责罚。他并不搭理这些人，只是负手在院中闲步，思考着今后该如何行事。

过了一会儿，有人前来报信，王家人已经为宋竹预备了车马——毕竟王家现在已经没有主子在，而刚才陈珚又说了，他是奉母亲福王妃之令，过来接人的。王家管事，也没有拦着的由头。

陈珚走出去时，宋竹手里抱了个小包袱，也由胡三叔护送着走了过来，一行人默不作声地走到二门口，宋竹忽然站住了脚，陈珚还以为她又不肯去了，一时不由屏息凝神，只等着她言说出口，就要过来劝说。

“方才情急之下，对师兄说了些没道理的埋怨。”宋竹的面孔，苍白如纸，眼周还能看得到一圈的红，但神色却已经是完全镇定了下来。她歉然而礼貌地对陈珚行了一个福身礼，客客气气地道：“实则一切也埋怨不了师兄，是我失态了，还请师兄勿怪。”

今晚乍逢大变，她有所失常也是在所难免，能这么快就平复下来，并且为刚才的失礼道歉，这份教养，在哪里都是非常说得过去的了。

但陈珚却并未因此调高对宋竹的评价，又或是增加了对她的尊敬——他望着宋竹平静的俏脸，不知为何，心里骤起了一阵透骨酸涩，反而比刚才被宋竹喝骂时，还要更加难过得多。

请罪

既然他人都是亲自出动了，陈珚估计福王妃也做不出来把宋竹拒之门外的事情——若是真个如此，福王府的名声也就是丧尽了，连着萧家都要受到士林的臧否。今夜他虽然是鲁莽了些，但以儒林中的师徒恩义来说，所做之事却又是理所当然，就是南学中人，也不能攻击他有哪里不是，反而会为他惩戒冒犯师妹的胥吏叫好——对文人来说，胥吏和军户一样，天生都是低人一等，若竟胆敢轻薄大儒之女，就是判个凌迟都不为过，勒令其人自裁，而非全家编管军州，已经是陈珚手下留情了。

王家的车马将宋竹送到福王府前头，便自行掉头回去，府内自然有管家出来，将宋竹送到了王府内十分幽静清雅的一处客院。那一处院子僻处花园一角，风景如画不说，和居住女眷的后院，以及居住门客、男丁的前院都有一段距离，原来是福王作画的书房，还有单独的门户通往外界，现在由宋竹居住，是十分合适的。一来，宋家若有什么亲朋好友要来见她，可以直接从边门出入，不必每回都从大门进来，太过惹眼；二来，王府后院，难免有些姬妾，宋竹一个未出门的女孩儿，又是大儒之女，也不便日日和这些妖娆人物相见。

陈珚听管家仔细交代了，又在心底想了一想，方才不再多挑剔什么，不过到底是悬心不下，即使知道母亲为人精细，断断不会无谓在小事上得罪了旁人，却还是多吩咐了几句，道："若是饮食衣饰上有什么委屈了的地方，被我知道了……"

此时已经是后半夜了，打听得父母都已经睡下，陈珚亦不再令人进去打扰，回了自己屋中，他也是心潮起伏——其实，母亲所说的置身事外，虽然凉薄了些，但却的确算是上策，若是按兵不动，日后就是回旋余地都更大些。但自己今晚的举动，却是把这上策给直接踩到了地下，从此以后是提也不用去提了。

既然如此，那也没什么好后悔的，陈珚更是丝毫都不后悔——只要一想到在院子里听见的那几句话，以及宋竹藏在墙角时难掩的那一缕惊慌，他就很是后怕，庆幸着自己及时赶到，否则，若是她出了哪怕一点点事，让他这辈子如何还能好好地过下去？虽然去书院读书，是贤明太子的安排，但……在陈珚心里，对宋粤娘是没来由有种愧疚和亏欠心理的。

所谓"路遥知马力，日久见人心"，尽管自己已经对南学表示了善意，但现在一旦有了事情，他就立刻对宋学表明了回护的态度，更是明知此事为官家暗中授意的，还是悍然介入。这件事的影响当然是极为恶劣的，就算他现在已经是太子，也没有插手政事的道理，更何况他还远远没有名正言顺。从今日起，他不可再对此事发表什么意见了，否则倒徒然是害了宋家，不过，这件事也不是没有挽回的余地，关键还是要看自己怎么说了……

一个晚上都在思量着这些事，陈珚没有怎么睡好，第二日起来，他也不打算再见宋竹——固然也是有些心虚，但最大的一点顾虑，还是他们之间曾有过婚姻之议，半夜前去接人，已是大为不妥，若是频繁相见，就算外人不知道，只怕母亲也先要说他了。

在姨丈、姨姨和父亲、母亲之间，陈珚最畏惧的就是自己的母亲，在她跟前，他总觉得自己的许多把戏都施展不开，连最隐秘的心思都能被福王妃一眼看透。虽然昨夜前去接人有无数冠冕堂皇的借口……但是一想到母亲，他就不愿亲自去见宋粤娘。

“千万不能让宋家人联络出声势来，我自然会确保先生平安无事，不论谁人上京来找三娘，都让三娘转告，一切听我号令，先生才能尽早出来。”他这般交代着母亲，“尤其是王家，在这件事上绝不能过分热心，让官家生出小王龙图拥兵自重之感。这一点娘千万要和三娘再三说明。”

事已至此，福王妃倒也没有多埋怨陈珚什么，她神色如常地点了点头，又反过来催促陈珚，“你也该入宫了吧？别耽搁了，早些进去，早些请罪，事态也能早些平息。”

果然，母亲是已经看透了自己的动向，陈珚不好意思地笑了笑，起身要走，又觉得有什么事还没交代，总是拔不开脚，走出几步又回来王妃跟前，犹犹豫豫地，待要说话，又说不出什么来。

“放心吧。”倒是福王妃没好气地把这层窗户纸戳穿了，她白了陈珚一眼，“娘还能亏待了你师妹？这府上要是一个人让她不快活了，不用她说什么，我也会把那人给撵出去，不会让她受委屈的。”

这是早请安，福王和陈珚两个年纪最大、最受信任的哥哥也都在这儿，福王妃这话说得实在有些过露了，当着父亲和兄长的面，陈珚颇有些不好意思，面上一红，低声说了句：“娘，您误会了。”

却也不再多解释什么，便反身出了屋子——他心里倒的确宽慰多了，平时府里有许多事都是大嫂在管，今日娘当着大哥的面把话说得这么清楚，想来大嫂即使有糊涂的时候，大哥也能提醒着些。父亲和二叔出事，粤娘心情本来就不会好，若是还在府里受了委屈，那可……

想到宋竹如今的心情，他便是一阵感同身受般的心痛，陈珚在进宫路上，一路都牵挂着此事，眼看宫阙在望，方才强行收摄心情，踢了踢马，往前小跑了过去。

他平日出宫探亲，总是要小住两个晚上的，今日提前回来，圣人自然诧异，便遣人来燕楼问他原委，陈珚如实把宋家人卷入“谋逆”案子的事告诉了圣人，见她先是疑惑，思忖片刻，面上便有恍然之色，紧接着又是欲言又止，便主动说道：“姨姨，此事您也不好说话，就当是不知道吧。”

国朝的后宫，从来都是不问政的，圣人被陈珚这一堵，也不好多评论什么了，只是含义很丰富地道：“昨晚，你实在是莽撞了些……你且先回燕楼去，一会儿你姨丈来了，我为你分说几句，再让人来叫你吧？”

陈珚心中早有定计，摇头道：“我身为皇朝宗室，本不该插手公务，虽说是为了师徒之谊，但昨晚也实在是孟浪了，今日便在这里跪着，等姨丈回来请罪吧。”

他说到做到，现逼着圣人为他寻了个蒲团，立刻就跪了下来。

圣人虽然知道陈珚有苦肉计的意思，但她把陈珚当亲子看待，到底女子心软，见陈珚在那里跪着，便是浑身不自在，过来说了几次，陈珚都不起来，倒是把她也给跪得不舒服了，索性关到内室去，气哼哼地说自己胃疼。身边宫人察言观色，一面去传太医，一面就悄悄让人往福宁宫去递了消息。

官家和圣人是少年夫妻，虽然宫中也难免姬妾，但两人感情甚笃，要不然，陈珚也不可能以隔了一层的身份，有望太子之位。听闻圣人不舒服，不待每日固定来探望圣人的傍晚，官家便是匆匆而至——自然，一进屋便看到了陈珚跪在屋内，倒是一怔，“怎么先回来了？这般跪着，又是为什么，难道你还惹了你姨姨不高兴不成？”

虽说听来他对此事是一无所知，但陈珚对官家了解何其深入？昨晚他把动静闹得这么大，皇城司耳目不禀报官家才怪了。他挪动酸软身躯，端端正正给官家磕了几个头，朗声道：“甥儿是来请罪的，昨夜血涌上头，行事莽撞，做了错事，还请姨丈责罚。”

官家果然并不如应该的那般诧异，他嗯了一声，“怎么，在宫外又怎么淘气了？”

“昨夜，听说大理寺差人去拿宜阳先生问话，甥儿心系老师，便出宫前去探望，倒也不是要扣人不放，就是想问问这到底是怎么回事……”陈珚徐徐地粉饰着昨晚的行动，“谁知道报信的人晚了一步，甥儿到王府时，先生一行人已经去得远了，甥儿想着，王家没有主人在，如今府中就只剩师妹一人了。便想要把师妹带回家中暂且安顿下来，等待家人前来迎接。谁知道，走到先生书房门口时，便听到屋内有些不堪入耳的言语，原来……”

他就把自己过去接宋竹，听到她受辱，盛怒之下勒令胥吏头目自裁的事告诉了官家，又叩首道：“未经国法，便裁断一人性命，是甥儿错了，请姨丈责罚。”

一个胥吏的性命，官家如何会放在心上？就是死了一百个，在他心里也连陈珚的一根手指都比不上，官家嗯了一声，“还有呢？”

“别的便没什么了，还有就是听说那些人连小王龙图的书房都要去搜，觉得有些过分，便说了那领头的官人几句。”陈珚真情实意地说，“甥儿绝不敢干涉国事，更不敢胡乱插手这般重大的案子，姨丈可定要明察啊。”

最后一句话，他说得有些撒娇，官家听了，倒是一笑，“你现在倒知道这案子是大案了？昨夜搅和的时候，可没见你顾忌什么……你就真的没说什么别的？”

“甥儿确实别的话一句没说。”陈珚使劲摇了摇头，微微抬头道，“姨丈，怎么，难道——”

“今早安朗就给我报上来了，昨夜带队的那个主簿，祝什么，回家以后就自缢了。”官家没好气地瞪了他一眼，“还有那胥吏，也是刎颈自尽。安朗现在给朕撂挑子呢，大有没个结果就不断案的意思……你说吧，此事该怎么了结？”

祝明是官僚身份，并非胥吏那样的底层，陈珚不会真的怎么呵斥他，只是昨夜当着祝明的面喝令那季差头自刎，又问了祝明的族人、子女，其实也自有一番深意，听说祝明自缢，他心里丝毫不为所动，只是想道：嗯，还算你有些眼色。

面上却是做出了一副极为逼真的震惊之色，惊道：“可……可我真没说他什么呀！他是朝廷命官，遇事自有法度，哪里是我能干涉他什么的？再者，他也是奉命行事，我为难他做什么？”

一个主簿而已，官家也不太在乎，他见陈珚跪得姿态松懈，明显是腰酸腿软了，心里也有些软，便不再和陈珚绕圈圈，而是直接说道：“好了，少来这套……你只说说，如今该怎么办吧。”

陈珚垂首道：“姨丈自有处断，我不敢多说什么。”

“你就不为你先生，还有那宋宁叔求情？”官家又问了一句。

陈珚摇了摇头，“此为国事，是与不是，姨丈自然有主意，哪里有甥儿多话什么。”

“既然知道不该多话，那你昨晚还去什么王家？”官家都气笑了，“你这是把安朗往琋哥那里逼啊……你这个小鬼，意气用事，坏了姨丈为你铺的一条好路，现在倒来和我卖乖了。”

他伸手要捶陈珚，见他不躲不闪，只是肩膀微耸，仿佛在等着官家打下来的那一阵疼痛，心中不觉又软了下来，没好气地驱赶道：“先滚回燕楼去！等我和你姨姨商量商量，该怎么罚你才好。”

把陈珚赶出了寝殿，方才是移步到了内室，去探望躺在床上犯胃病的圣人。

“你说这孩子，多让人不省心？”官家也是的确有些真火，“怎么说他都是隔了一层，否则，这事早就办了，又何须一拖再拖，拖到现在都没个名分？本来，借着此事，让他和宋家撇清一下，南党也就不吭声，事儿办下来以后，该怎么安抚宋家那还不是一句话的事……”

官家先开了口，圣人就有说话的余地了，她也先不说什么，只是等官家抱怨了一通，方才是轻声说道：“其实，按七哥的性子，他会忍不住跑去王家，也不奇怪。他这人重情，那宋诩是他的授业恩师，七哥自然待他有情分，你若不想他插手，就该把他关在燕楼才对。他既然都在外头，谁还能管得住他？自然是听到消息，立刻就要跑去了。”

虽然官家不希望陈珚维护宋家，但这件事陈珚也并没有做错什么，他虽然有些恼火，却也不能不承认，“这倒不假，他对宋家是够有情分的了——简直都有些过头！宋诩不也就教了他两年而已吗？”

“是啊，教了两年，就这么有情分了……”圣人望着官家，轻轻地说，“对咱们这和亲爹亲娘一样的养父母，他的情分，还能浅了去吗？……”

这句话，终于是把官家的脸色，给说得软和了几分……

劳心

陈珚毕竟不可能在寝殿外头无止境地跪下去，有了圣人为自己的好外甥婉言辩解，他很快就回了燕楼，继续自己的学业。虽然就生活在内东门小殿不远处的内宫里，但在这后宫之中，除非是给他上课的翰林先生，甘冒奇险地传递什么信息给他，否则对于外界的风风雨雨，陈珚能知道的其实不多。

正所谓宫深似海，陈珚在深宫里到底是被狠狠地训斥，还是压根儿就没受到什么惩罚，除了宫中人以外，谁也说不出个所以然来。若说福宁殿里的消息，还能外传一些，这深宫后院里的事情，外臣却的确是无从得知了。即使是福王府的耳目，所能打听到的，也只是另一方当事人的行动：主簿祝明、差头季二十二因冲撞宋先生家人，被陈珚呵斥，而后畏罪自尽的消息，一夜间就传遍了东京城里外。懂得些事情的人，自然也该知道斟酌如今朝廷的局势：本来，大理寺卿安朗德行威望均不足以服众，此番兴大狱，就是为了树立自己的权威，没想到现在反而惹上了不该惹的硬点子，一个弄不好，也许就要黯然收场了。

就是安朗自己也没有逃避的意思，国朝的朱紫高官，在官家跟前可从来没有软过骨头，第二日他便上了请罪、自辩的奏章，又连上数道奏章，以多病乞骸骨——其实大臣之间的争斗，无非也就这些招数，如果是大臣对大臣的话，现在安朗就该指使他手下的官员出面弹劾陈珝了。奈何陈珝身为受宠宗亲，是不可能被弹倒的，他也只能通过暂时停办案子、上表乞归、请求出外等手段，来逼迫官家对于之前的事件明确表态。

“不论如何，这件事现在已经是闹得大了。”福王妃仔仔细细地和宋竹解释，“你也不必担心，对于这样来年有极大可能翻案的案子，不论是关押在哪里，衙役都绝对不敢为难宜阳先生、宁叔先生的，即便给安朗熊心豹子胆，他也不敢刑讯逼供。这要是一上了刑，不是屈打成招，也是屈打成招了。就是在牢房里宽宽敞敞、舒舒服服地住着，好吃好喝地伺候着，眼看天气一天热似一天，没准诏狱里还更凉快呢……此事不论官家倾向于谁，都必然是即将传遍天下，令尊、令叔的冤情，天下人都会知晓，名声反而能更上一个台阶。三娘就放心吧，只管在这里安心地住着，等到家里人上京了，再做计较。”

宋竹其实只需要知道朝中现在的变化，其余的利害关系，她自己其实也能分析出来。福王妃虽然是好心，但她和宋家毫无交情，也没见过宋先生，因此这话说出来难免有些不痛不痒，宋竹便不是很乐意和她诉说自己的心情。闻言，只是起身郑重谢过了福王妃的照拂，口中道：“因师兄好心，给府上添麻烦了。”

福王妃连忙扶住了她，含笑将她看了几眼——虽然心烦意乱，但宋竹也能感觉到她对自己的欣赏和喜爱，“今番之事，现在定然是传到西京了，想来十数日后，家中应该有人要来京城了吧？若是无处落脚，且先来我们府上就是了，家里的住房总还算是宽敞的，你还有什么心事，也只管和我说，绝不要客气。咱们就和一家人一样的，七哥拿你当亲妹子，我虽然有两个女儿——但和你比起来，也真是想要多认一个义女。虽说因官家的关系，没能行礼，但在我心里，已把你当义女看待。”

其实说来，两人并不算多熟悉，但福王妃这一番话说得十分诚挚，宋竹听了也不能不动容，她又起身郑重给福王妃行了大礼，“三娘无用，竟不知该如何报答大王、王妃的恩情。”

现在既然已经是寄人篱下的局面，王妃又是如此表态，宋竹便不曾客气，思忖了一番，便是把自己的思虑说了出来。“家里兄长，都有差事在身，不能擅离职守，想来只会差人回京探听消息，只有三哥还没就任，可能会上京来，他本来就在京中有差事，自然无法阻挡，可还请王妃为我送几封信，让大姐、二姐以及四叔他们不必进京，还有书院的师兄们，也让他们在宜阳静待时机，不必上京裹乱。”

王妃哦了一声，眼里不知闪过了什么，但宋竹留神去看时，却又没发现什么不对。“怎么有如此的念头？”

“现在王师兄在关西作战，手握重兵，本就容易惹来猜疑。再者南党显然想把谋反的罪名往他头上罗织，”宋竹对此事也是斟酌了许久，这是她第一个独立做出的决定，其实并没有那么有信心，只是几番推演，这都是最好的处置方式，即使再忐忑，现在说出口了，也只能尽量维持自信，免得反而让福王妃对她也失去信心。“如王妃所说，我爹在牢中，应该是出不了什么岔子，在朝中的争斗有个结果，官家能下定决心以前，也不会被放出来。既然如此，众位师兄到京城也起不到什么作用，只能是给王师兄添乱、找麻烦。若是在试图营救爹爹的过程中惹出什么事来，岂不是陷七殿下和王师兄于两难的地步？若是救，自己身上的嫌疑就更重了，可若是不救，心里又过意不去。因此最好的办法，还是让大家都在宜阳等候结果，若是……若是实在爹爹有了什么不测，判了什么刑罚，那时再出头也不迟。”

见王妃只是听着，神色看不出喜怒，宋竹又解释道：“至于大姐、二姐和四叔、母亲他们，不令上京，却是因为要照顾到师兄们的情绪，自来书生都是满腔热血、勇于任事。若是我娘和四叔上京意欲营救爹爹，只怕师兄们也不欲落于人后，上京的心思会更加强烈。这又是何必呢？横竖他们来京以后，除了打点狱卒，照料爹爹的饮食起居以外，也做不了什么。这可是谋反的大罪，找谁帮忙，不是给人惹麻烦？知道你来了，倒是让人管不管呢？倒不如不来，亲朋好友间还能留些情面。”

按宋学的家教，这些心思，她自己明白即可，其实也不该说出口的。只是宋竹现在身边连个能走远路的仆人都没有，把乳娘都留在王家，以便和家中人联系，福王妃又以她义母自居，若是她不以为然，这几封信大有可能就送不出去，因此宋竹还是解释得十分仔细。王妃听着，点头不语，过了一会儿，忽然叹了口气，方才和声道："很好，你能自己想通，那便再好也不过了。天下人都说你蕙质兰心，我看这话不假——我也是见过你大姐的人，依我看，你固然比她要好看许多，就是论这玲珑心思，也未必就差她多少了。"

宋竹此时满心想的都是父亲的安危，即使得了福王妃的夸奖，也毫无高兴之情，只是微微扯了扯唇角，王妃摸了摸她的脸颊，忽而把她拥入怀里，抱了一抱，拍着她的肩膀道："放心吧，吉人自有天相，此事定能平安解决的。"

她的动作、话语，都似乎是发自至诚，宋竹心底涌上暖意，轻轻地嗯了一声，只觉得对将来又充满了希望，心情已是不再如前几日一般低沉了。

在福王妃的帮助下，她很快就斟酌着写好了给家里人的信件，由福王府这里遣人去送信，王妃又和她提了许多家里遣人去打点狱卒，为宋先生准备饭食的事，还让宋竹写了一些宋先生爱吃的菜，每日变着法子给他做。被她这么安排的，宋先生倒不像是个身负谋反嫌疑的要犯，就和离家去游山玩水一般。

虽然这些安排，多少都缓解了宋竹的紧张，但随着二叔到京被解入牢狱的消息传来，宋竹的心情，依然十分低沉。她每日里只在小院里起居，除了偶尔和乳娘见上一面以外，几乎足不出户，即使是中元佳节，也没有从院子中走出一步，更是不曾有过节的打算。每日里清粥小菜，饮食极为简单，不敢说是为父亲、叔父祈福——这不是儒门的做派，只说是因为长辈正在受苦，自己出于孝道，也不敢吃饱喝足。

这样外因、内因一起作用，不过是十多日，她已经明显地清瘦了下来。

这一回，陈珚也没在宫中待满一个月，才过了十多天，就已经动了出宫的心思。正好姜相公这几日一直告病不来上朝，自然也没来上课，陈珚就琢磨着，想要到他府上去探病。

他把这事和圣人一说，圣人倒也十分赞同，自然也就为他和官家说了。官家听了，只是笑着哼了一声，“你这小子，倒是尊师重道。”

而后也就不多说什么了。陈珚把这话听在耳中，心里倒是一宽，知道姨丈准许他进一步有所行动，这一天上课时，便和几位翰林先生都说了，明日自己要去姜相公府上探病，不能来上学。

也不管这些翰林先生，回去以后会怎么和自己的亲近友人议论，陈珚下了课以后便径自出了宫，赶在天色黑下来以前回了王府，先去给父亲行了礼，又进内室伺候着母亲说了好一会儿话，和她一起吃了晚饭，又逗留了好一会儿，实在是留不下去了。因总未见宋竹过来，便问道：“三娘这几日，在府里住得还成吧？”

福王妃看了儿子一会儿，摇了摇头，叹道：“这是个聪颖的姑娘，又不是憨傻痴儿，你说她现在如何能够安心？只是事已至此，就是你去安慰她，只怕她也听不进去——我也不许你去看她，知道了吗？”

最后一句话，说得毫无商量余地，陈珚几乎是本能地点头应了下来。福王妃没好气地瞪了他一眼，挥手道：“去吧！回去自己屋里，好生待着。”

随着她这一句话，陈珚身边就来了两名侍女，摆明是要监视陈珚回自己院子里去。陈珚虽然一贯畏惧母亲，但此时心里不禁也是有气，暗想道：你这是在防贼吗？本来只是问问，被您这一说，我今晚还非得见到三娘不可了呢。

他也不管自己是不是因为母亲这句话，才兴起了去见粤娘的心思。总之面上只做寻常，退回自己在外院的居处后，随口就把那两名侍女给遣回福王妃那里。眼看夜色渐深，便要了水来洗漱，又早早把灯给吹了，听到院子里的动静小了时，方才披衣而起，静悄悄从自己屋里绕了出去，往宋竹所住的小别院潜了过去。

夜会

若是宋竹住在后院，那陈珚想要私下见她一面，还真没什么办法。福王府虽然不是什么名教之家，但也绝非浅宅，前院、后院之间以中门相连，晚上都是要上锁的，为的就是隔绝内外，保护大王的姬妾和子女。

还好，也许是为了避嫌，宋竹被安置在客院一角，那院子虽然幽静，但去府里各个地方都十分方便，换句话说，就是府里各个地方去那静园也都十分容易。此时正是府里护院、婆子刚要换班关门的时候，一拨上夜的仆役正在进府，人全都集中在门房处，对于别处，倒是都放松了警惕。

陈珚并没有惊动太多人，仗着自己对家里地势熟，又习练过些拳脚、轻身功夫，轻轻松松就寻了几处矮墙，一翻而过，轻轻落地，一点儿动静也没有，就这般东绕西绕的，走到了静园前头。

到了这里，无论如何静园门房是避不过的，陈珚稍微寻思了片刻，便做出一副沉重严肃的样子，上前低声叫了门，待那守门的老婆子出来以后，也不多做解释，只是举步往里走去，仿佛他在夜里来探望宋竹，是再正常不过的一件事了。

他本意是这般诈上一诈，看看能不能骗过守门的婆子，没想到福王妃为人精细，那婆子居然胆敢追上陈珚，急急地道："七哥，王妃吩咐了，若是你来了——"

陈珚一听就知道母亲预先打了招呼，心下暗叫不妙，但又决计不甘心就此退去，便站住脚，似笑非笑地扫了一眼，"你这是要拦我了？"

他在皇宫大内居住得久了，怎么也染了些人上人的气息，此时皮笑肉不笑，威胁之意含而不露，那婆子如何受得了？忙道："七哥——七殿下，此事……嗯，此事……"

颠颠倒倒的，也说不清楚，陈珚哼道："我是为了先生的事来寻师妹，你想到哪里去了？只管出去守着。”

见那婆子百般无计，一步步地往外磨蹭，他又叫住她，索性威吓到底，“这件事，你不会泄露出去吧？”

守门老妪既然已经放他进来了，又如何敢往外说？自然是摇头不迭，赌咒发誓。陈琍心里也料定她不敢往外泄露，只是多问一句，到底更是安心，想道：若是她不往外说，那么我下次还是可以这般过来。

至于他下次缘何要过来，陈琍就不细想了。

举步走到堂屋门口时，他忽然又犹豫起来，竟不知道该如何叩门，也不知道该怎么面对宋竹——刚才一路过来，他心里想的只是一定要见她一面，可现在走到宋竹门前，忽然间，他又不知道自己为什么一定要过来了。

或者该说些官家的态度，虽然这种事他一向连父母也不大说的，但相信粤娘肯定能为他保密，或者说些先生的事，他差遣胡三叔进去探望过了，先生好吃好睡，还比以前胖了些……

正是胡思乱想时，吱呀一声，门扉忽然被人拉了开来，宋竹的俏脸出现在门后，她看不出是喜是怒，望了陈琍一眼，说道：“我说是谁在外头说话呢……原来是你呀。”

倒也没让开的意思，就只是把着门，居高临下地问陈琍：“既然王妃不许你过来，你又为什么一定要来呢？难道有什么话，是你不能让王妃告诉我的？”

她耳朵倒是挺灵的，刚才自己和那婆子的说话，应该是都被她听见了，陈琍不由有些尴尬：王妃虽然一定待她很好，但私下却不许自己来见她，可想而知态度并不像是表现出来的那样毫无保留，也不知道三娘会不会因此猜到什么。

“我……”他还在为自己的出现找个理由，可定睛看了宋竹一眼，一个现成的借口就是脱口而出，“你是我带回来的，我自然想亲眼看看，你好不好——你瘦了！”

宋竹的确清瘦了，她看着越发不食烟火，俏丽的瓜子脸削得尖尖的，连颧骨都依稀能瞧见一点影子，就这样站在门边，好像灯火映照出的一个影子，陈珚看了几眼，不知为什么，忽然觉得胸口处传来了一阵真真切切的疼痛——虽然他一直也用心痛来形容自己的情绪，但毕竟只是一种心情，上一次体会到这种心真正在悸痛的感觉，还是贤明太子去世的时候。

“这不是自然的事？”和他的百般不对劲儿比起来，宋粤娘却要自然得多，当然，也是冷淡得多了，她道，“你这么大晚上的过来，难道就是为了亲眼看看我？”

“我是想和你说说先生的事。”不知为什么，陈珚现在在她跟前非常心虚、紧张，他的手心都浸出了汗，“你……就打算这么站着和我说话？”

“孤男寡女，大晚上的，难道你还想进来？”打从两人再见面时开始，粤娘对他就分外冷淡，但陈珚也不责怪她，虽然心底也有些委屈，但他也明白粤娘现在的心情，虽说归根到底，此事的根源还在贤明太子的安排上，但既然结下了贤明太子的嘱托，那么他的责任，陈珚也只能跟着担下来了。

“这事，和官家有关系……”他没得办法，只好压低了嗓门，轻轻地说。

宋竹面上，掠过了千般思绪，但到底退了一步，给他让了一条道出来。陈珚跟着进了门，也不敢四处乱看，和宋竹对坐在一张八仙桌边上，压低声音把官家本来的心思说了出来，又道：“说白了，现在大家都在争着逼官家顺着他们的路去走，我明日就去拜访姜相公……既然官家知道我还是会重用南学，那么，就未必一定会兴出不过继我的心思。”

“既然官家还想着过继你，那么得罪过你的安寺卿，也不可能继续得到重用。”宋粤娘帮着他补充完了，“再者，爹爹是你的先生，有这份师徒恩义在，官家总不可能把爹爹、二叔流放到岭南去。若不流放，也不治罪，就算让爹爹回原籍，只要他还能教书，你还是太子，那么宋学的门人，就会源源不绝地进入朝廷……这是连官家也不能阻挡的势头。”

陈珝和她说话，一直都是很轻松的，两个人好像天生就能想到一块去。他点了点头，“不错，既然如此，那么宋学是怎么都打不绝的，朝廷里又不需要好几个不同的声音，免得政出一门，让人无以为继。而官家也离不开姜相公这个中流砥柱……现在正是各处都在打仗的时候，姜相公是多年的老相公了，他一去位，只怕中枢就要大乱。”

“‘二桃杀三士’……”宋竹轻声道，“为了‘桃子’，安寺卿陷爹爹入狱，如今，爹爹和姜相公都是官家无法阻挡，或者不可或缺的人物，那么安官人他……”

“只要姜相公能让一步，和我亲善一些，安朗应该就要出外了。”陈珝见宋竹面上也多了一丝血色，心中亦是大为宽慰，他忍不住想拍拍宋竹的手，但手伸到半空中，又缩了回来，心里想道：唉，她是大姑娘啦，一转眼就是要避讳的十五六岁了……

不知为什么，他有些说不出的失落，只是转瞬间又压下了这不合时宜的情绪，续道：“我早就说了，让你安心，我一转眼就能把你爹爹救出来的。再说，我也让胡三叔去看过了，先生和宁叔先生在诏狱里住的都是向阳的单间，睡的床也都是刚铺的，比一般的客栈还要雅洁，每日有书看，有文房四宝伺候，吃的也都是我们家送进去的好东西，三叔说，先生还比在外头时要胖些。”

宋竹的心思，其实是很单纯的，他这么说了几句，她脸上就多出了一点笑来，听陈珝说到最后，她更是站起身正经对他行了个大礼，口称：“多谢师兄营救之恩……”

一句话没说完，陈珝就连忙上前把她扶了起来，“又何必如此！”

他发自内心地叹了口气，不觉就抱怨道：“三娘现在，和我越来越……”

他本想说三娘现在和我越来越生分了，但说到一半，忽然想到这话不太妥当，只好躲躲闪闪地改了口吻，“和我越来越讲礼仪了，以前小时候作弄我，可没见你这么懂礼。”

听到他说起小时候，宋竹也忍不住露出了笑容，她脸上的笑意就像是一朵烟火，绚烂得让陈珝挪不开眼睛，但却又是转瞬即逝，一会儿就没了踪影。不过，即使如此，她的语气也是松动了不少，“小时候，哪里知道三十四哥你的身份？现在知道了以后，又何曾敢于放肆呢？我怕我一放肆，你就带人来抄我的家了。”

陈珚听她提起“三十四哥”，更是心酸，却又禁不住也笑了，他自知不能停留太久，可不知如何，却真不想起身告辞。下了很大的决心，方才说道：“那我去了，你要好生保重，先生的事，不能急于一时，你要有所准备，反正你来我往，怎么都要拖一段时间的。我和你说的话……你别和别人说，就是和王妃，也别说。”

其实，对父母他一般也不瞒着什么，陈珚也不知道自己为什么溜出了这句话来。见宋竹微微一怔，他更加心虚：这和“君子事无不可对人言”的距离，好像是越来越远了……

这一番回去，自然就是更加顺风顺水了，夜深人静，谁也不会没事出来走动。陈珚神不知鬼不觉地就回了自己屋里，在床上躺着，翻来覆去，半天都没睡着，刚才和宋竹那短暂的相会，就像是台上唱的杂戏一般，一遍遍地在他眼前回放。宋竹那各式各样的表情，走马灯一般，在他心里滚来滚去——他并不是贪恋她的美色，所以在心里回味和她的相会。其实陈珚和她坐在一起的时候，时常忘了她有多好看，她长成什么样，这对他一点也不重要，在他心里，在乎的是、想念的是，是她、是她……

他忽然惊得半坐了起来，呆呆地望着墙壁——在黑乎乎的墙面上，透过窗户，照进来了那么一缕皎洁的月光，陈珚的眼神就死死地盯着那么一小块光斑，好像看得久了，人就能化进去一般。

他是真的宁肯化进月色去，也不愿对自己承认，也不愿意面对这个事实——为什么，为什么之前几年都没想明白，却是在现在，才终于恍然大悟：原来，不仅仅是宋竹喜欢他。

原来……他也是很喜欢宋竹的……

陌上人如玉

第十章 转折

差别

送走了陈琍以后，宋竹就陷入了深深的烦恼中。

虽然托福王府捎了信去，但这几日来，宋竹还是陆陆续续地接待了三哥宋栗和二姐夫薛汉福等人，除了大姐宋苓处，因为路途遥远，也许还没听到风声以外，就连宋艾已经改嫁的生母白氏，都上门拜访，询问宋家是否缺少打点疏通的钱财——她改嫁的人家乃是富裕商户，手里素来是宽松的，每年打发人回家给宋艾过生日的时候，总是携带了大箱大箱的铜钱，都被明老安人存起来，做宋艾日后的嫁妆。

本来就在京中的三姨刘张氏，更是早在事发后隔天就寻到了福王府，想要把宋竹接到家里去住，但当日却被王妃劝住了，只说是留在王府，一来是名正言顺，就算是南党有心构陷，也得看在福王的面子上；二来，借着探望宋竹的名义，宋学门人要和陈琍通消息，也方便些。

既然连三哥、二姐夫进京以后，她都没有搬走，三姨来接，也被王妃回绝了，现在要搬出福王府，倒是少了个得体的借口。可宋竹本来就隐约感到了王府一些仆役对自己的态度差别，和陈琍一番夜谈以后，更是从他的话里察觉到了蛛丝马迹。她原本就怀疑福王府并不想掺和到如今的这一摊子事里，只是碍于陈琍坚持，因此才出面照拂自己，昨夜陈琍要悄悄进来看她，更是威胁守门的老媪别和王妃告密，其实业已说明了一切。在对话中他隐隐约约的关心和担忧，惧怕她在府中遭受冷落的心情，她也不是看不出来。

对福王府，她倒没什么埋怨，能做到这一步，宋竹觉得王妃已经算是仁至义尽了。只是明知福王府感到她是烫手的炭团儿，宋竹就有些不想在这里继续住下去了，横竖昨晚陈珚对她说的那些话，她也觉得很有道理，不论怎么算，官家都不可能弃陈珚，保安朗。那么父亲和二叔出狱，也就是时间问题而已，再者她相信陈珚也没有在父亲和二叔的狱中生活上说谎，若是在狱中都还比在外头胖些，那么这牢狱之灾，对一直过分忙碌的父亲来说，也不失为一件好事，就是多住些时日，也没甚要紧，反而对于父亲的名声，会有不可估量的好处——蒙冤入狱、夷然不惧，这样的故事，一旦外传，就又是一桩美谈，父亲乃至宋学的名声，在父亲出狱以后，想必也就能更上一层楼了。

既然如此，继续在福王府住着，除了让大王、王妃心里不舒服以外，也没有什么别的作用，宋竹便不想再住着碍人眼了。横竖她搬回王家以后，也有三哥、二姐夫照拂，二姐应该不日也将到京城，她便不再是孤身一人。而陈珚要是有什么事要找人商议的话，出宫以后可以直接去找三哥，他和三哥本来就十分熟悉，再说三哥的能力、眼界，百倍于她，自从他到京城以后，那些随父亲来京的师兄都安心了许多，听乳娘说，甚至都已经在三哥的安排下，开始自行读书了，连一丝一毫的乱象都没有。

再说，离开福王府，也就不必再见到陈珚了，他们毕竟是曾被太后戏言过要撮合的一对，现在她都已经快定亲了，有些嫌，也是不得不避的……

宋竹望着铜镜中的倒影，不觉微微露出苦笑：尽管她能为自己找到上百个理由，但只有她自己清楚，其实离开福王府最最重要的理由，还是因为她不想再见到陈珚了……

她现在的心情，就像是一个茹素的居士，虽然已经下定决心戒绝酒肉，但还做不到每日里对着一桌大鱼大肉念佛的地步，若是一直看不到，也不会想着，可若是要时常见面，甚至是陈珚会避了人翻墙来找她的时候，要让她躲开心里的感觉，对他做出冷若冰霜的样子，其实并不容易。

即使她知道，陈珚不是她能高攀的对象，甚至也丝毫都不欢喜她，之所以对她好，不过是因为他人就那样好罢了。出事那天晚上，他不知克服了多少困难，单枪匹马地从福王府里赶来，硬是顶着父母的不赞同，把她救回了安全的福王府。甚至对她毫无来由、毫无道理的脾气，也二话不说就承担了下来，根本就没往心里去……

曾让她有过值得依靠感觉的人不少，王奉宁、周霁，都是让她生出“此人值得托付”心思的对象，但唯独只有陈珚，他对她的照拂，即使不是出于欢喜，也让她想起来心头发甜。宋竹这几天甚至生出了一个想法：她知道自己不能嫁给陈珚，可即使如此，她也不愿嫁给王奉宁了——她不能耽误王奉宁，这样嫁给他，对那么一个好男儿来说，实在太不公平了。

而这念头是多么危险啊！她和王奉宁的亲事，已经是板上钉钉，丝毫也没有回旋的余地，不论是她还是王奉宁，都再也没有办法改变。宋竹所能做的，只有尽可能地远离陈珚，把握住未成亲前的每一天，把这不该有的念头牢牢地埋藏得更深一些……

她现在甚至是暗自希望，那守门的老妪将陈珚前来探望她的事情，报告给了王妃知道，自己就可以借着这个缘由，搬回王家。可惜，即使福王妃听说了此事，她也没表现出丝毫不对的地方，对于这小院子的各项供给，也没有丝毫怠慢之处，宋竹就是想要找借口，都没那么容易。她只能打算等二姐到京城的时候，再提出搬走，这样大家面上才能好看些。毕竟，若是现在忽然提出搬走的要求，福王妃肯定会猜想，是否是自己对她隔绝陈珚和自己相见的决定有所不满……总之，两家人之间有了猜疑，也许就会生分了，而宋竹却是无论如何也不能让恩人误以为她心里竟然还对福王府有些芥蒂的。

上回三哥来探望她的时候，就说了二姐已经在从二姐夫老家来此的路上，宋竹这半个多月深居简出，只等着宋苡一到京城，便提出要搬走。为了避免在王妃身边无意间撞见陈珚，她借口念父含悲，更加连院门也不出了，横竖若是父亲那里有什么消息，自然会有人过来告诉她的。

三哥、二姐夫包括三姨，隔几日也会上门探望，从他们口中，宋竹知道了外头的动向：陈珚真的公然去姜相公府上拜访，听闻这几日姜相公也转了口风，开始夸奖陈珚读书的天资……李世谋反案的侦查已经完全停滞了下来，大理寺卿安朗上书请求出外，已经上到了第五遍，但还是被官家驳了回来……

宰执重臣自请出外，官家是一定要挽留几次的，若是一求就准，大臣固然是极没有面子，官家也会落个待人苛刻的名声，但只要官家没有处罚陈珚，安朗就还是会锲而不舍地上书，毕竟在得罪了姜相公和陈珚之后，若是没有官家的支持，他已经没有留在京城的可能了。想来随着主办此案的人员更换，父亲和二叔的出狱也就只是时间问题了。因此虽然坊间还有谣言，但宋竹的心却是宽了不少，要不是现在还住在福王府，她简直可以说是毫无心事可言了。

这一日晚上，她抄了几行《易经》，正准备洗漱就寝时，忽然听见窗外又传来了咳嗽的声音，宋竹心中一动，起身推开窗子，果然见到陈珚就站在院子里，他手里提了个灯笼，从余光中瞧去，神情竟仿佛有几分复杂。

难道是父亲的事情生出了变化？宋竹忙过去开了门，见陈珚的步履有几分迟疑，她的心一下就跳得飞快，恍惚间竟有了晕厥的冲动，扶着门板摇摇欲坠，差些就要软倒下去——这样的事，一旦有了变化，那可就是流放、族诛的大罪——

“别慌！”还是陈珚发觉了不对，他仿佛看出了她心底的担忧，一边上前扶住了她，一边用毋庸置疑的口吻说道：“放心吧，先生的事情进展得极为顺利，不日应当就能出来了。”

宋竹一口气真的差点没喘上来，她闭上眼长长地出了一口气，揉了好半日心口，又忍不住埋怨地狠狠剜了陈珚几眼，“你这个人，简直要吓死我了——”

说话中，不由得就带上了自己严防死守，绝对不肯露出一丝的娇嗔与埋怨。宋竹察觉到了，不由又是面上一红：自从知道了陈珚的真实身份以后，她就绝不许自己对他有一点亲近的表态，若非刚才真的吓得魂飞魄散，这样的错误，是绝不该犯的。

还好，陈珚似乎没注意到她的失态，他几番欲言又止，一副难以启齿的样子，宋竹见了，倒不禁有几分好奇，“有什么事你就说呗——”

这句话的语气又有些太亲近了，宋竹暗自埋怨自己，却又很难忽然做出冷脸来，毕竟若是这般，那就有点给陈珚难堪了。

“这件事本不该是我告诉你的，但我估量着，你可能还不知道……”陈珚吞吞吐吐的，“你听了也别难过……”

宋竹现在被他弄得是有些恼了，她不知不觉地摆出了当年和萧禹相处的泼辣劲儿来，“你这个人怎么这样？说是不说，给个准话呗，婆婆妈妈的做什么，人都来了，难道不说就走？那今晚我还能睡得着觉吗？”

一边说，一边拿眼睛剜着陈珚，有点恨铁不成钢的劲儿。

陈珚被她这激将法别住了，他嘿地出了口气，眼睛一闭，仿佛是在坦白什么极为见不得人的错误似的，细声快速地说：“是你和王城的亲事……昨日我听圣人说，王城老家的走马承受回报，王城的父母已经在家里给他定了一门亲了，过了媒证写了婚书。说来也巧，就是在你爹出事后不久说的亲。所以你和王城的亲事，应该已经不算数了……”

宋竹压根儿没有细想这里头的文章，她此时的喜悦，不亚于听说父亲、二叔出狱之日就在眼前，巨大的放松和欢喜，让她脱口而出：“太好了！这是好事嘛！反正，我也不想嫁给他！”

她的喜悦，倒是把陈珚给吓着了，他明显地打了个磕巴，“啊？你不想嫁给他？”

“我又不欢喜他。”宋竹真觉得自己像是飘上了云端，她笑眯眯地顺着陈珚的话往下说，“我欢喜的人是……”

她看了陈珚一眼，忽然间回到了现实，猛地把就在唇齿边上的字给咽了下去，甚至因为吞咽得太急而呛咳了起来，她一边咳嗽，一边就势把脸埋到了臂弯里，巴不得就这样直接掏个洞钻到地底去：虽然她没有说出口，但现在这样，和说出口，又有什么差别……

狼狈

陈珚当然听懂了——宋竹表现得那么明显，这会儿都把头埋到臂弯里去了，他要是还不懂，难道还配在燕楼里读书？

可也正是因为听懂了，这会儿他才是这么尴尬：宋竹对他的心意，他一直都是明白的，从前他觉得宋竹年纪还小，等到明白事理以后，心思自然也就变了。再不济知道他身份以后，也该歇了那些心思。可那时候陈珚不懂得什么叫作喜欢，他读着那些缠绵悱恻的诗词，还真当那些闺怨美人说的都是怀才不遇的君子，直到前些日子忽然间大彻大悟，懂得了男女间的那点心事，他才明白，原来对一个人，是不可以说不喜欢，就不喜欢的，一个人的心意，也往往由不得自己……

那么，以宋竹的性子，又焉能这般轻易地说放下就放下了？这时候陈珚再回头看，简直是洞若观火，宋竹对他越是冷淡，他就越明白她的心思。这姑娘从来都是别别扭扭的，幺蛾子多得很，当年不知道自己身份的时候，把心意告诉了他，就是这会儿没有别的事了，只要想到往年的旧账公案，她对自己也别想有好脸色。

想到这里，即使是在如此尴尬的境地里，陈珚也忍不住微微一笑，方才是把所有情绪，都压了下去。也许对宋竹来说，她不知道该如何处理两人身份上的河汉之别，但对陈珚而言，这般的局面，却绝不算不熟悉，你越是想着要做什么事，就越是要远着那个人，这种一生一世的憾恨，对他来说，已经不是第一次接触了。

到底是男子汉，虽然也免不得有儿女情长的一面，但正事上也不含糊，事情既然已经是这样了，也只能是“无可奈何花落去……小园香径独徘徊”，若是自己也跟着表明心迹，除了惹宋竹心里更为难过以外，还有什么好事？他吞咽下喉中块垒，反而是格外强打精神，故作无事地道：“你固然是高兴了，可以不嫁王城，可此事却没有这么简单。太后老人家听说此事以后，很是不快，言下之意，大有怀疑当日你是没说实话，有‘欺君之罪’。”

果然，宋竹在朝廷大事上，从来都是不含糊的，她一下就忘了害羞，猛地抬起头来，“什么？此事——此事传到太后耳朵里了？”

没等陈珚回话，她便自己明白了过来，“对了，这是走马承受写信回京时回报的，既然连圣人都知道了，那么清仁宫那里，自然也不可能没有听说……你快告诉我，王城家里是何时给他定的这么一门亲？”

陈珚心下不由暗自赞叹：从前只觉得她不如几个姐姐聪明，只是纯粹活泼淘气，可这回相见，也不知道是年纪大了，还是如何，三娘的确没辱没宋家的名声。

他又迎来了熟悉的心痛感——三娘再好，却也不能是他的，非但如此，他还要为三娘找个面面都高人一等的夫婿，才能对得起她对自己的一片心意……

“其实这事说来也是巧，以走马承受的说法，王家是在先生谋反被捉的消息送到城里以前，摆酒宴客，告知乡邻他们为王城说了一门亲的。”他没有点得太明白，相信宋竹能懂，“而且王家毕竟是地方上，消息传递不便，你和王城定亲的事一直也没传过来。后来走马承受婉转打听，王城的父母都只推说从未听到此事，一口咬定，一两年以前已经为王城物色了这门亲事，只是因为种种原因，没有换过婚书而已，之前就是找了黄道吉日把婚书换了，王老先生心里欢喜，所以才请客吃饭，和亲朋好友们一块乐和乐和。”

宋竹凝眉不语，半晌方才叹了一口气，低声道：“也是难为他们了，这毕竟是谋反大罪，他们又不知底细，自然被吓得不成，想要撇清关系，也是人之常情……”

她言语真诚，看来倒是真的没有责怪王家的意思，陈珚心里又有些酸酸的了，虽然知道她对王城毫无想法，依然忍不住说了一句，“你倒是贤惠，还没过门呢，就一心为夫家着想了。”

宋竹白了他一眼，一时间，好似又成了那个跳脱飞扬的小女孩儿，她气哼哼地说了一句，“多谢你提醒——不必你说，我也知道，我现在又没有‘夫家’了。”

陈珚有一万句俏皮话要回她，偏生都只能咽住了不说，他憋得喉咙发痒，只好意味深长地微笑以对，宋竹狠狠地剜了他一眼，语调也正经了起来，“这太后到底是怎么想的？她就这么恨我们宋学？王家这做派，明眼人都知道，是被吓破了胆，为了避祸，不得已而赶忙在家乡做主说了一门亲。就借着两家没有换过婚书的由头在说事儿……她一定要掰扯清楚，是为了什么？难道要天下人都知道王家是趋吉避凶的小人，让王城一辈子都抬不起头来？”

这件事往好了说，那就是的确有误会在先，王城的婚事，族兄小王龙图和父母都可以做主，小王龙图走得急，也许就没和王城父母说，也许是那封信还在路上，在家乡的父母不知情，又给王城定了一门亲——那时候音信不便，这样的事其实也不少见，可太后一定要过问的话，王家却也是遮掩不过去的。要知道士林清议，素来对士子颇为苛刻，父母亲为了怕未过门的新妇连累家里人，急忙悔婚再娶，这坏名声最终还是都要落到王城身上。连着小王龙图都会遭到天下士林的耻笑，成为嫌贫爱富的势利小人。这对王家来说，多不公平？宋家和王家的交情就算再好，经过这一番折腾，只怕都要有了芥蒂。

可要是由宋竹出面把此事担下来呢，那宋竹成什么了？莫名其妙地在自己的亲事上说谎骗人，她还要脸不要了？虽然她当时一句话没说，只是似乎做默认状，但她不担，就得由当时点出两家亲事的陈珚担起来，说谎成性的人就变成陈珚了……这个麻烦就像是个烫手的山芋，由谁来吞都不合适，要不然，陈珚也不会听说此事以后，就特地出宫来见宋竹了。

“这件事，也只好由小王龙图担起来了。”陈珚不能擅自和边将联系，甚至不好随意和宋栗这样的官员见面，这话也不好由外人来传，只能让宋竹来传递，“说到底，麻烦还是王家人惹出来的。就说是小王龙图急于离京没有和家人交代此事，才惹出如此误会，虽然难免有人要议论几句，但只要道理说得过去，不几年，也没人会念叨这个的——哪怕就是现在，只要关西那里能有进展，也没有谁会记着这样的小事。”

这样当然是万全之策，只是对宋竹来说，若是此事真相暴露在人前，她便是可怜的受害者，士林中必定会对她同情备至、更加美誉，而如今她就成了莫名其妙被悔婚的可怜人，虽然依旧可怜，但身价未免要跌些，陈珚在过来以前，早就想好了该如何安抚她——少不得是要告诉她，自己已经决心为她穿针引线，说一门上好的亲事……

可现在，看着宋竹在灯下沉思的面孔，他只觉得喉咙发干，一句话都说不出来：在说正事的时候还好，只要有了一丝闲空，被他严防死守的那点心思，就像是春天的小草，即使压在上头的石头再大再沉，也总是能找到空隙，顽强地冒出头来，发芽抽节。让他的心里，被那疼痛又酸楚的感觉占满了：他是多喜欢宋竹呀？而他也知道，宋竹是喜欢他的，只是……只是他们两人却不能在一起。

"这么着，就是太委屈王师兄了。"宋竹认真地考虑了一会儿，却像是没发觉他眼神中的异样。她抬起头说，"你来找我，就是为了说这事吗？"

陈珚听到她的说话声，方才是猛地回过神来，他摇了摇头，"尚不止于此，太后近日可能会再度召你进宫，甚至官家也有意借此事见你一见。"

"官家？"宋竹自然惊愕地瞪大了眼睛，在油灯跃动的光影中，她的眼波就像是两泓流动的秋水，陈珚只是看了一眼，便不敢逼视，他暗暗出了一口气，只觉得背后一片濡湿，冷汗都浸透了重衣——和宋竹说话，竟是比同官家说话还要更累上几分。

"到底为什么，我也是猜的，"他老老实实地说，也不敢兴出逗弄宋竹的心思了，只想快些说完，快些离去，不再和危险的宋三娘共处一室，"姨丈是那一日闲话此事时，随口说了一句，听说你貌美非常、天仙化人，因此便想要亲眼看看。但以我来看，姨丈可能是想借着你，把宋家'参与谋反'的事情澄清一下，以便顺理成章地把先生和宁叔先生放出来。"

这个想法重要无比，宋竹的双眼登时亮了起来，她竟是站了起来，往陈珚方向走了几步，"你说的可当真吗？"

陈珚手忙脚乱、连滚带爬地从凳子上爬起来，差些没有跌倒，他的心怦怦地跳在耳边，拼命地把血往脸上泵，头晕目眩得简直连话都不会说了，“我也就是瞎猜……瞎猜……”

退到了门边，他总算是找回了些许仪态，一边扯袖子，一边轻轻地咳嗽了一声，对宋竹扔下了一句，“总之，若是哪一日宫里来人接你，你可千万不要惊慌。”

说完最后一句，竟是连道别都没有，便转身仓皇而去，提着灯笼几乎是一路小跑，直到出了静园，方才是惊魂未定地回头瞥了一眼，长喘了几口大气。

“你这是疯了吗，陈珚？”他扪心自问，也觉得有几分好笑。“她对你做什么了？你这么怕她？”

话虽如此说，可想到宋竹越发接近的那张俏脸，还有她身上隐隐透来的一股难言的香味……他还是不禁又打了个寒战，方才是把满脑子该有不该有的念头，全都强行压了下去，开始思忖起了他“应该”去想的朝廷大事。

只是，一晚上凌乱的梦做下来，第二日一早，陈珚免不得又要红了脸，羞答答地换了一身衣裳……

孝女

虽然陈珚和宋竹提了太后的事，但她也没想到自己真正受到召见的日子会来得这么快——陈珚回宫还没两天呢，福王妃这里，也是刚刚把她叫去，遮遮掩掩地告诉她王家业已另外给王城说亲的事，并表示让宋竹放心，她一定会为她说一门好亲事。而就在这当口，宫中来人传话，圣人召宋竹明日入宫相见。

福王妃看来对于太后的心思还真不了解，陈珚似乎没有说给她听，送走了传话的宫人，她先是放下之前的话头，劝慰了宋竹几句，为她掰开来揉碎了分析这宫中的局势，无非是为了安慰宋竹，让她放心入宫。即使不知用意，但有圣人周全，想来定可平安无事，如果能见到官家的话，以现在安朗将要出外的势头来说，没准儿宋竹的三言两语，还能让宋先生等人早日从诏狱中出来呢。

虽然需要的时候，宋竹也能说些含糊不清的谎话，但在关心她的长辈跟前，她却很难睁着眼睛说瞎话，她虽然知道福王妃有自己的心思，但也不能不感谢她对自己精心的照料，只好恭敬听了，在心中苦笑想道：虽说爹爹还在牢狱里，王妃就和我说起了亲事，但她也是逼不得已，想来陈珚亲事未定，又连夜把我带回府里，王妃心里，可能会有些猜疑，是以不能不先防上一手——也终究都是为了大家好。

她原本就有意搬出福王府，因昨日请三哥上门，把陈珚告诉她的那些事转告三哥时，也知道了二姐宋苡到京的消息，此时便下定决心，就势和王妃告辞，“暂住府中，本来就给大王、王妃带来许多不便，再者兄妹分居，也不是正理，如今家中二姐已经到了京城……”

她和福王妃这一阵子接触频繁，对她已经很是熟悉，见她神态有细微变化，连肩膀都似乎放松了点，这才是明白王妃心中是有多担心。宋竹就不免想道：其实我平时都住在静园，不是你相请，绝不会出来。即使我欢喜七哥，又能如何？王妃又何必如此担心呢？

她心念一转：除非……除非七哥他……

虽说这有些自作多情，但宋竹有此疑虑也不是一天两天了，这几次和陈珚相见时，她恍惚也能感觉到他对她似乎是有些不同，只是也不敢往深了去想，就是此刻，这念头才是一动，她也就自责了起来：爹爹和二叔还在牢狱里呢，自己这都在胡思乱想些什么？

和王妃说定了，自己从宫中回来后，如果局势好转，那便搬回王家去住。宋竹见王妃一口答应，心里更是肯定：若是王妃不担忧，说不定还不会让她就回王家去，毕竟王城老家刚给他说了一门亲，现在和宋家关系有些微妙，宋竹这样回去，似乎难免有些不够矜持。

和男孩儿比起来，女孩子愁肠百结，是要更情绪化一些，即使一直让自己别去想，进宫前一夜，宋竹一样是辗转反侧，她望着帐顶，不知为何，恍惚间竟有了个极为荒谬的想法：若是……若是七哥也欢喜她，也是欢喜到了连王妃都这般担心的话，那……那她们也不是不能想法在一起的，即使宋家女儿不能入宫，可若她不再是宋家女……前朝杨太真，入宫以前不也是做了女冠吗？

这离奇的念头，只是一瞬就被她掐灭了，这终究只是夜深人静时随便想想的事情，为了一个男人做到这样，她如何对得起爹娘和兄弟姐妹？

说来也奇怪，原来以为陈珚不喜欢她的时候，即使知道两人终究不能在一起，但宋竹心里却还是放不下，还是惦念着他，可现在知道了可能他也一样对她有心思，她非但没有更憾恨，反而有种说不出的满足之意，仿佛在这天地间有了伴侣，即使不能相伴而飞，甚至下半生都没有相见的机会，可只要知道他也曾有一样的心意，她就再没了以前的孤独。即使今生今世不能一起，可……可心里存着这份惦念，若有来生，也能盼个天上人间会相见，那不也很好吗？

虽然只是含含糊糊的一个念头，但她倒是有了些放下的解脱感，好像这件事终于告一段落，当年在宜阳的那番对话，终于说完，那时候还有些青涩稚嫩的萧禹正正经经地告诉她："虽然我也喜欢你，可我们不能在一起。"

而那时候还很天真幼稚的宋三娘，则认认真真地告诉萧禹："虽然我们不能一起，可你要一直记得，我也喜欢你。"

天下间哪有什么人，能够事事心想事成？哪有什么花能够常开不败？只要两个人彼此欢喜过，即使将来他有了新妇，她有了官人，那……那也是顶好顶好的一件事，不是吗？

就是在这样祥和的心情里，宋竹颇有些无忧无惧地跟着宫使，进宫去觐见了天颜。虽然官家在世间的地位至高无上，但经过这连番的风波，她对于宫城里住着的那些贵人，其实早已经是少了发自内心的敬畏，经过三哥同她的分析，对于眼下入宫以后，官家需要她做什么，宋竹自认已经是心知肚明。

虽然听陈珚说，因王家和别人定亲的事，太后觉得宋竹骗了她，很是不快，但此番入宫，宋竹并未受到太后的召见，而是直接被接到了圣人宫中，陪着圣人说起了闲话。

亲切慈爱，和福王妃生得颇为相似的圣人对她也是极为喜欢，连说宋竹瘦了——只是并不提她消瘦的原因，宋竹也就装作不知道，她并不敢露出太多笑容，也不敢表现得过分冷淡，只能辛苦地拿捏着分寸，扮演着一个为父亲、叔父忧心的孝女。

似乎也是看出了她的辛苦，圣人并未再多问什么，而是招来一个宫人询问了一番，说道："上回你入宫以后，太后和吾都极爱你的容貌，交口夸赞之间，倒是无意间被官家听去了。当年官家便是见过你姐姐的，今日听说你竟不比宋大娘差了，心下也很是好奇，眼下他正在花园赏景，若是三娘没有别话，吾便带你前去觐见一番如何？"

宋竹怎可能有第二种意见？当下随着圣人一路进了御花园，虽然隐约能见到四周花木扶疏极为美丽，但她却是不敢露出好奇之色，也绝不东张西望，只是一直盯着眼前的石板路，刻意地显出了自己的心事重重。

国朝的皇宫，的确说不上大，宋竹在宜阳走惯了山路，只觉得一晃眼就到了地头，她被领进了一个亭子里，旁人上来引她行了礼，接着便听到一个和蔼的声音说："平身，赐座。"

这声音居然和陈珚有几分相似，宋竹坐下以后，也不禁偷眼看了看官家——两人的眼神却正好撞了个正着，官家也正打量着她呢，他的眼神好奇而深思，就眼下的神态、容貌来说，真的都能让宋竹想到陈珚。

"果然不愧是宋家的女儿。"官家似乎并未因为被她偷看了一眼而动怒，反而含笑夸奖了一句，"确实是钟灵毓秀，天下间能和你相比较的女儿家，只怕是不多了。"

宋竹虽得盛赞，但却并不露喜色，只是越发肯定了自己和三哥的猜测：官家召她入宫，其实就是找下台阶来的。

不能不说，"谋反"一案牵连进的人里，有九成以上应当是颇为无辜，若是宋家人因为查无此事被释，也许会给南党带来莫测的危机，又或者有损官家大办此案的初衷。而最两全其美的方法，莫过于找到另一个释放宋家人的理由，宋竹和她声名显赫的美貌，也许就是官家信手拈来的一枚棋子，又也许是蕴含了官家对宋家的安抚之意：太后要过问王家的亲事，等于是把宋竹的脸面往地下踩，既然如此，那就由他来亲自弥补宋竹一番，也算是成就了一段佳话。

“只是弱柳扶风，似是有多病之态，”官家夸奖了她几句以后，话锋便是一转，大有关心之意，“平日还要善自养生保重啊。”

宋竹未曾说话，倒是圣人道：“她原来也不是如此的，这一回进宫，的确瘦了许多。想来，也是思父含悲的缘故。”

有了如此明显的提点，宋竹哪还不知道自己该做什么？她提起裙摆，又跪了下来，想到父亲被擒拿当日的心情，不用做作，泪珠已经是滚滚而下，当下便哽咽道：“陛下、殿下，三娘知道，国家大事，不是我能议论得了的。只是我能以项上人头担保爹爹和二叔的清白。只要想到爹爹和二叔还身陷牢狱之中，三娘就是食不下咽、睡不安枕，还请陛下开恩，将爹爹、二叔释放，三娘在这里给您磕头了！”

她一边说一边叩首，丝毫也不敢留力，额头撞在石板上，颇有几分疼痛晕眩，在圣人惊呼声中，几个宫人一左一右，连忙上来扶住，但是宋竹此时业已磕了七八个头，她就是磕祖父母都没有这么使劲过，再加上这一阵子身体弱，被人这么一扶一抬，更觉眩晕，眼一翻，居然是真的迷糊了过去……

获释

宋竹这一阵子，虽然住在福王府，吃喝上不能亏待了，但如何比得上住在自己家中，又或者是小王龙图这样的自己人家里自在？更不说终究还是隔了一层陈珚的关系，即使福王妃对她无可挑剔，宋竹心里也要存了几分小心。再加上担心父亲、叔父，自然也休息不好，今日见有了希望，心里的放松和喜悦实在是难以形容，虽然是晕过去，但到后来其实就是和睡着一般的，醒来时连自己为什么会睡都不记得了，揉着眼惬意地嘟囔了几声，一转身还想再睡呢，过了一会儿，才慢慢清醒过来，想起了自己刚才似乎是晕过去的，但即使明知道该起身请罪，却也觉得浑身上下没有一点力气，是真的起不来了。

“醒了？”在她身边，有个熟悉的声音响了起来，宋竹几乎以为自己还在梦里。她慢慢地翻过身子，“二姐？”

宋苡瞧着和以前比，也是瘦了些，但她看来还是一如既往的自矜，即使面对久别重逢的妹妹，也只是微微点了点头，开口想要说话时，却早被宋竹纵身入怀一把抱住，“你终于来了！”

这一回，宋苡也紧紧地回抱着她，倒是并未露出往常的“嫌弃”神色，宋竹心怀激荡，在宋苡怀里待了一会儿，方才想起来问道：“可是，二姐，你怎么会在这里？”

“不在这里，却在哪里？”宋苡把帐子掀开，让宋竹看个清楚，“你都睡了四个时辰了，若是一直待在宫里，岂不成了在宫中过夜？官家唤了御医来，听说你只是睡着了，也没让人把你叫醒，就是这般送出来了。”

原来如此，宋竹不禁有些赧然，“本该为爹多说几句好话的——”

“功夫也已是够了。”宋苡却是出人意料地摇了摇头，“你知道送你出来的女官怎么说的？尽夸你呢，说你为了给爹、二叔求情，磕头磕到人都晕死了过去，听她那意思，官家也是大受感动，连声夸‘孝’，想必近日也该把爹和叔父放出来了。”

宋竹听说如此，心里一块大石头也是落了地，只觉得人都精神多了，也感觉出来饿，她坐起身先央求道：“姐，我饿了——”

等宋苡把饭食端来，又赖着她喂了几口，方才自己老实用饭，宋苡道：“慢些，没人和你抢。”

说着，竟和小张氏一般，忍不住举起手摸了摸宋竹的脸颊。

宋竹见她面上有些感慨之色，便笑道：“你还在为爹的事难过呀？现在人不日就要出来了，在牢里不也没受什么苦，要我说，你就别往心里去了。”

宋苡摇了摇头，低声道：“王家的亲事，可惜了。”

宋竹也没想到自己和王城的亲事会以这样一种方式结束，她心中也不由有些感慨：若是以前，如此佳婿没能成亲，她不知该有多焦急。可见人这一辈子，许多事都是自己无法预料的，十二岁的时候，她也万万没想到自己四年以后竟然有了设法不嫁人的念头。

她的心思也不愿和二姐说，免得平添她一番心事，宋竹含含糊糊地道：“其实也不算什么可惜了，反正今日的故事若是传出去了，来说亲的人家，肯定更多。”

的确，天下人最看重的就是孝心，不孝是最大的罪过，国朝以孝治天下，对于逆伦的案子判得很严厉，当然也要表彰人伦表率了。而这样的事，又怎么可能不传出去？现在压力最大的不是宋竹，而是走宝的王城，子不言父过，别人不会说他父母如何，只会哀叹他命数不好，眼看都要定亲了，却终究还是不能娶到宋竹。

宋苡虽然没有应和宋竹，但眉宇间也多了几分宽慰，她点了点头，催促宋竹道：“吃吧……说这么多做什么？”

宋竹才刚又吃了几口，外头忽然好一番热闹，跟着便有人进来告诉宋苡：宋先生两兄弟回来了。

这一惊喜，非同小可，宋竹、宋苡也顾不得什么入夜不能外出的规矩，都是迎了出去。果然见到宋先生和宋二叔，两人都穿了宽松的道袍，正坐在堂前吃茶，宋栗带了几个弟子在底下伺候，看到她们来了，除了薛汉福和宋栗以外，余下弟子都赶忙回避了出去。

劫后重逢，这一番喜悦自然不必说了，宋竹又是闹得哭了一场，得宋先生好生抚慰一翻，方才是渐渐安静下来，颇为不好意思地向宋二叔道：“二叔，多年未见了。”

宋二叔摸了摸宋竹的脑袋，笑道：“多年不见，三娘长成大姑娘啦——真是长江后浪推前浪，今番二叔连累了你爹，还是多仰仗三娘，我们家才能转危为安。”

宋家三兄妹都道：“二叔说哪里话，是爹爹连累了您才对。”

宋二叔和宋先生欣然对视一笑，宋先生叹道：“孩子们的确都长大了，我们老喽。”

一家人便细说起了这一番风波的始末，宋栗又派人去给宋桑、宋栾以及宜阳老家报信，以及商量宋家日后的行止：既然因为宋竹的孝心感动了官家，宋先生兄弟被释放出来，那么谋反案也就和他们无关了。再加上安朗出外的事目前来看是板上钉钉，短期内，宋学在朝中大约也只有姜相公这个老对手。不过，比起再出几个安朗这样的叛徒，搞的南党内部一盘散沙，只怕姜相公现在还更情愿由宋学来和南党做对。目前来说，宋学也是欲扬先抑，迎来了一段不错的日子。

“这一段时日，还是先好生休息，”宋竹和大人般叮嘱父亲和二叔，“可不要才刚刚出来，就要开门授课了，怎么都要将养一番身体才好。”

宋栗也道：“不错，且等屋舍找好了，再谈授课的事，再者之前就爹和三妹，如今咱们一家人五六个在这里，也不好老占着王家，寻一处宅院搬出去住，也方便些。”

宋先生点了点头，“你王师兄那里可有信来？”

“自然是有的，不过我已经回信请他少安毋躁了，还是以前线战事为要。”宋栗道，“还有现在浙江的廖师兄……”

几人顺势清点了一番或者写信，或者遣人回来想要帮忙的亲朋好友，说着说着，宋竹便猛然想起道：“呀！大姐那边是怎么回事？难道是派来的信使迷路了？到现在竟然都没有一点音信。”

这一阵子事情多，宋竹心事也重，千头万绪的，便未留意到此事，此时说着，方才想起来有这么一回事，众人闻听此言，也都有些担心：以宋苓的性子，听说此事后，若是长期没收到娘家人的音信，难保不会本人跑上京来。这么久的时间里毫无音信，确实有些不对劲了。

现在话事人都在，几句话就定下了派人去宋苓夫家曾家问个究竟，一行人说到三更半夜，方才各自回房休息，第二日宋竹破例睡到日上三竿才起身，福王府又派人前来看望她，宋竹免不得堆出笑脸，客客气气地谢过了福王妃的照料之恩，一并派人回去，把自己的行囊都收拾了回来。

余下十数日中，东京城内的舆论演变，也未曾出乎宋竹的意料，她叩头昏厥的事眨眼间便传遍了城内，一群同学小娘子纷纷前来看望，宋竹觉得若非自己家里还带了些官司首尾，简直都要有人上门提亲了。随着她为父求情、叩头昏厥的事迹传遍全城，同时被众人所知的，也还有她和王城婚事阴错阳差，就此告吹的传奇故事。

不过，宋竹本人还有些惊魂未定，心情都没收拾好，短期内也不想说什么婚事，她眼下更关心的，还是陈珚被过继的事情——安朗出京以后，朝中就有了请官家立储的声音，当然太子人选，除了陈珚以外，也不会有别人，眼下就正是进展到陈珚几番上表辞谢的地步，若果没有什么意外，这几个来往之后，陈珚便真要住进东宫，成为官家和圣人的养子了。

正是因为现在已经放了下来，宋竹也是真心盼着他能顺顺利利地成为太子，这对于他，对于宋家都是极大的好事，以前想到他终将成为高高在上的东宫太子，两人之间再也没有可能的那种失落与遗憾，如今是真的慢慢地褪去了痕迹。虽然还不至于惋惜自己和王奉宁的无缘，但这一回，她想到自己未来的夫婿，也不再是那样毫无兴致、敷衍了事，而是真正有了数年前那样的期待和忐忑：虽然不说找个如王奉宁一样少年老成的夫婿，但起码也得寻个老实厚道、合眼缘的殷实人家的子弟吧。她今年都十六岁，也不算小了，就不知道爹那里的事情，什么时候才会有个结果，他老人家又是何时才能腾得出空来，考虑自己的婚事。

不过，很快，宋竹的心思又从自己的亲事上被转移开了——今年夏天，事情可真不算少，父亲和二叔下狱的事好容易有了个结果，这会儿她大姐又闹出事来了。当派去曾家问好的仆役回来的时候，便是给宋家人带回了一个极大的“惊喜”——她大姐宋苓已经上告官府，要和夫婿曾青旭离婚。

而且用的名义也是骇人听闻，是以曾家“胆怯失义，不许新妇为父执辈鸣冤，无故囚禁新妇，至娘家来人始得脱，失夫妻之恩，因此求去”。

说白了，就是告诉天下人，曾家身为宋家的儿女亲家，在宋先生蒙冤入狱的时候，非但没有打发宋苓和丈夫上东京城为岳父周旋，反而把宋苓关了起来，一直到宋家派去探视的仆役到了，宋苓才因此被放出来。

正所谓疾风知劲草，宋先生入狱这么一件事，倒是试出了好几家的成色，但和王家相比，曾家的表现就太露骨了一些，宋苓上告官府这件事，似乎也有点太过冲动，等于是直接造成了宋学内部的分裂……

绯闻

除了宋学分裂的直接后果以外，更重要的是，宋苓现在是告上官府，要求官府判离，这和民间夫妇自愿写放妻书从而和离是两样的做法。

第一，官府判离，那日后就没有转圜余地了，即使是想要复婚也没有回转的可能。宋苓所生的一双儿女按理说也都要留在夫家，以后她都未必能见到这两个亲生的孩子。

第二，也就是最重要的一点，那就是宋苓在状子里诉的并不只是她的夫婿，甚至于曾青旭在这件事上都没有多少戏份，给人的感觉就是他十分懦弱，无力维护妻子，把宋苓囚禁起来不许她上京为父亲周旋奔走的，只可能是宋先生的莫逆之交，宋学的另一耆宿，曾家家主曾先生——没有他的许可，曾家谁会自作主张，把长子媳妇囚禁起来？也正是因为这案子牵扯到了宋苓的舅姑，有以小诉大的嫌疑，这也是逆伦之罪，若是按新妇忤逆舅姑的罪名来算，即使是官府判了和离，宋苓也要承担轻则流放，重则斩首的罪名。这其中该怎么判，那就得看县令的了。

至于这第三，也是相当棘手，因为曾家老家毕竟不是东京城、西京城那样的大城市，可以说是僻处偏远，越是这样的地方，地方缙绅的势力也就越大。曾家当然就是当地最大的缙绅，甚至于县官都要看他们的脸子做事，虽然县官是流官，但毕竟衙中胥吏都是当地世袭，往往他们才能把持大权，都不提县官会否要计较宋苓的逆伦嫌疑了，现在宋苓孤身在当地，若是胥吏有心为难，且不说坏了她的性命，就是让她多上几次公堂，宋苓岂非也是声名丧尽了？

这些计较，有些和律法有关，有些却是读书人众所周知的常识，譬如这逆伦为大罪的知识，宋家上下就没有不知道的，且宋竹经过这许多事情，也不再是个无知女童，一听说宋苓提出离婚，立刻就担忧她的安全，且也关注上了曾家老家县令的出身学派——曾先生虽然是名儒，但和宋先生比，膝下弟子欠了几分本事，并没有萧传中、小王龙图那样能为百里侯、预备宰执的弟子，所以那边的县令倒是不太可能天然倒向曾家，否则，宋大姐现下的麻烦可就大了。

宋家现在最大的问题就是全家人都太出色了，宋先生和宋二叔都是朝廷命官，现在身上还有官司首尾，自然不可能稍离，宋桑、宋栾都在外地为亲民官，也不是说请假就请假的，唯独只有宋栗，刚刚中进士，假期还没用完，回家一段时间就又匆匆赶来，现在也没得休息了，直接带上薛汉福一起，立刻就要赶往曾家那头去，不说是主持公道，起码要保证宋苓平安，还有就是要弄清楚曾家那边到底发生了什么事，如果只是简单的囚禁，没有别的事情的话，宋苓未必会如此反应。

“不过，大姐的性子倒也是难说。”宋苡提起时，也是难得地叹了口气，“以她一贯的秉性，曾家那边若是真的不许她出面为爹爹他们斡旋，不让大……不让曾大公子上京，大姐也真的是做得出来和离这种事的。”

宋竹想到大姐那性子，也是十分钦佩，若换了是她，看在儿女份上，此时肯定还不知怎么糟心呢！不离，咽不下这口气，日子也没法过下去了，可真要说离婚，以后见不到孩子了，想必也还是牵挂的。“真没想到曾家那边会做出这样的事来，竟然是连丝毫情面都不留了。其实，就是让大姐上京来又能如何呢？难道就因为大姐和曾公子来京了，大理寺这边就会把箭头对准曾家吗？”

“这倒也是难说。”宋苡却道，“南党的确想要把宋学赶尽杀绝，曾家那边也是想要借此划清界限吧，若是咱们家就此倒了，说不定过上几年都干得出休妻的事情。如此一来，他们家也就能彻底倒向北学了。”

她没成婚以前，很少和宋竹谈起这些话题，如今成婚后，身上的冷傲慢慢化解，倒是多了几分可爱的世俗之气，又经过之前那一场大难，对这些事也比以前谈得开了，并没有“君子不言利”的讲究。宋竹听了姐姐的看法，也觉得极有道理，不免摇头叹道：“大姐倒是没嫁个做官的，大姐夫……曾公子一心只跟着曾先生做学问，从前满以为这样好，如今才知道，原来连这样的人家，都免不得因为天下大势的变迁，产生种种变化。”

宋苡终究是君子做派，许多话也说不出口，只是叹了口气，“只是可惜了一门好姻缘。”

“也不知大姐会直接回宜阳，还是上东京来。”宋竹也是振奋精神，“我们都这些年没见了，真有几分想念，也不知道她何时能从曾家脱身出来了。”

“官司要了结，总是要一番时日。”宋苡道，“至于要多久……还是得看京里的局势吧。”

姐妹俩虽然也不免大发感慨，但不论是宋苡还是宋竹，语气里都没有太多担心。如今京中大局已定，陈珚成为官家养子，不过是时日问题，虽然国朝惯例，即使是官家嫡长子，封爵也不是一步登天就到了太子，而是从国公一路往上，但以陈珚今年年纪，和官家的身体，一两年内，总是会封到太子的。

这学生都是太子了，还为了救老师的命半夜三更地亲自前去，宋家人的地位那还用说吗？要是县令识趣，如今就当离婚官司判了，绝不会再节外生枝，即使受了曾家的好处，想要为难什么，那也是因为那边地处偏远，接收消息不便，听说了京里的变动以后，不可能有第二个选择的。在这件事上，曾家是情理势都不曾得占，结案无非也就是个时间问题。只是日后宋学这边，和曾家来往多少有些不便，等于是断了一门强援。再者，虽然现在离婚的事情也屡见不鲜，但宋苓此举毕竟是冒犯了诸多士人心中的道德规范，也说不清会否有些本来就看不惯宋家一些为人处事的老先生就此从书院辞去。

还有就是，因着这件事，宋竹包括宋艾的婚事，估计是又得往后推了，毕竟现在宋先生也未必有心思办理这事，再者就是宋竹自己，也没有大姐还随时可能进号房，她却在这里说亲的事情。

之前一段时间，宋竹是很想到东京城来的，可现在她却觉得东京除了消息方便些以外，也没什么好的，尤其是这人情往来、交际应酬，在如今的环境下着实是累人得紧，身为“风云人物”，她走到哪里都要小心在意，老得琢磨着别落入别人的言语陷阱里，也是累得不成，现在既然仓促间没说到自己的婚事，宋竹便是想着回宜阳老家去，只是仓促间找不到人护送，也未能成行。再加上小张氏等人应该也在过来的路上了，只好安心在家等待母亲。同时以家中有事为名，除了福王妃那里来人探望以外，别人一概闭门不见，求个清静。

但即使如此，外头的消息总也是难以隔断，宋竹还是断断续续地听着京城中疯传的小道消息，除了宋家和曾家这档子让人无奈的纷争，最近在民间、士林间都激起了不小的反响以外，如今城里流传最为广阔的，却是陈珚即将“选妃”的消息，据说在把陈珚纳入宫中为养子的同时，官家也是有意为他说上一门亲事了。

而这门亲事的内涵，当然也不仅仅是个王府世子那么简单，从北党在洛阳的那些耆宿到京里的老牌勋贵，如今京中的“太子妃”到底花落谁家，这说法可是一天三变，就是宋竹曾经的同学赵元贞，和太后周家的周三娘，这两个宋学出身的大家娘子，也不知被谁家的好事士人给惦记上了，成了传闻中的热门人选，传得那叫一个逼真。

虽说是已经放下了，但宋竹现在也体会到了陈珚当时的心情——这别人也还罢了，若是她不认识的，也不好多说什么，可，赵元贞和周三娘……

唉，宋竹心里那叫一个不自在啊，要不是怕陈珚误会，她真想托人告诉他一句：这两人你可都别选了，一个心机太深沉，还有一个我看着也不太好，总是配不上你的。

不过，她也就只能想想了，现在她闭门不出，连一个外人都见不得，哪来的机会传话？

无巧不成书，宋竹才刚有了这个想法，也就是酝酿了一日两日，还没想好要不要实践呢，宫中忽然间又来人传她入宫，说是圣人要询问她关于宋苓的事情。

虽然太后对于她隐瞒王城婚事很有意见，但当年宋苓入宫，也是得到她的赞许的，两宫赏赐给宋苓不少好东西，说来是要比宋竹得的彩头多，可见两宫对于美貌少女虽然也是喜欢，但却绝不像对才女一般的看重，因此她的婚事惹来两宫关注，也不算稀奇。再者两宫也未必知道宋苡进京，宋先生身上也还带了官司……

这杂七杂八的因素，使得宋竹再度进宫，也显得十分自然。不过目前为止，因为宋栗等人的信还没送到，她所知道的也并不多，虽然奉诏进宫，但在两宫垂询之下，也只能说着上回知道的那些消息。不过太后、圣人听了，倒是都对那曾家十分反感，连说“这也太无情无义了，宋大姐嫁入这样的人家，实在太委屈。”

有了两宫的表态，即使县官要以逆伦重判，传到京中也会被改判，毕竟官家不可能在这件事上和太后对着干，宋竹本来因为王城的事，不大喜欢太后，如今对她也是多了几分感激，退下时特意对两人都行了重礼，太后也似乎看她顺眼了些，这一次等她回家以后，便送来了一份较为厚重的赏赐。

太后这么做可能只是为了弥补一下宋竹、王城婚事带来的风波，也算是安抚宋家人的委屈。但这份礼送得不是时机——不过是一日以后，京里已经疯狂地流传起了宫里要采选宋竹为太子妃的消息：毕竟，宋竹又美，又有贤名，还是个大孝女，家里也是一门清贵。这回又得了太后的重赏，这个结论粗粗看起来，的确也非常靠谱……

如此一来，福王妃坐不住了。不过是几日的光景，她便遣人来王家，郑重地和宋先生商议，要请宋家人到他们家去，隆重地把宋竹这个“义女”，给认下来。

“闺怨”

宫里这些女人之间的争斗，陈珚不是不知道，但除了糟心却也不能如何。虽说不是生母，但身份放在这里，将来就是他即位了，对太后肯定也得毕恭毕敬地孝顺着，绝不能落下什么话柄被人抓着了。更何况他现在还没有正式过继呢，难道还能说什么不成？官家亲兄弟众多，偏生要过继他这个堂侄，原来有陈琋在，那几个大王也没说什么，现在陈琋回家了，倒是都动了些心思，正在老人家跟前吹耳边风。老人家还算是收敛，没有公然反对官家过继他，私底下搞些小动作，也只能是忍耐着了，就是官家问起来，也得说不知道，绝不能让官家为难了去。

“如今认了干亲，倒是也好。”圣人心里也不是没点气的，只是以前，陈珚“妾身未明”，有些话不好多说，现在过继的事已经算是成了一多半了，只剩下准备祭文告知祖宗，圣人对他，也就更像是亲娘对儿子，在姑姑那里受了委屈，免不得也就在陈珚跟前抱怨几句。“为了你过继的事，宋家遭了多少罪？说来都是六哥身上起的缘由，等咱们这里安顿下来了，就和福王妃商议着，一定为她说个再好也不过的亲家，也算是补偿一番——说起来，周家是不是有个叫周霁的小年轻，今年刚考上进士的？”

陈珚没想到圣人居然脑子一动，又想到周霁身上去了，他慌忙摆了摆手，“宋家择偶也是有讲究的……”

他按着薛汉福的标准说了一遍，尤其是强调了要家世简单这一条，圣人听了，也是若有所思，“不错，宋家不愧天下名儒，治家有方，这结亲的条件都是有深意的。他们家最严格的家教，养出来的女儿都是冰雪一般的，如何能看得下去大户人家藏污纳垢的事情？若是三娘有几分像她姐姐，只怕嫁入周家没几年，也就闹着要和离了。”

她忽然又笑了笑，“也就是这样的人家，能养出这样的女儿来，你说若是换了别人家里，孩子都生了，怎么都要把日子忍耐着过下去吧。这个宋大姐，我心里也是喜欢得很，以后等她入京了，不妨时常接进宫中，教习公主。”

陈珚被迫和圣人谈起宋竹的亲事，心里本来十分不自在，听圣人说起嫁人了也要和离的说法，更是在心中想道：姨姨这话有理得很，即使……即使我能娶了她，不论是宫里还是我们家，都是人多口杂的是非之地，岂不是委屈了三娘？就是前头的谋反之事，我爹娘也不见得多讲义气，说来我们家也没比周家好多少，远远比不上舅舅家规矩大，她原来不知道我是这样的身份，才钟情于我，现在明白底细，家里人又怎么肯答应呢？就算我不是皇子了，只怕也配不上她……

这样一想，他反而好过一些，听闻圣人后话，更是起身谢道：“多谢姨姨照拂先生一家。”

圣人见他情分厚，心里更是欢喜，伸手将他拢在怀中，笑道：“再过几日，便可以叫娘了——其实，从小看你到大，在我心里，你本来和我亲生的也差不多。”

两人正说话时，有人来报，是福王妃进宫来了——陈珚被收入宫中以后，若按皇子规矩，没有随便出宫的道理，不可能再每月回福王府探望亲人。圣人和福王妃姐妹情深，便时常召她进宫说话，并不避讳让陈珚和福王妃母子相见，今日陈珚在此，也就是为了等福王妃过来见上一面的。

几人一番礼过，福王妃先道：“刚才去了清仁宫，不巧太后身子不爽，不能得见，便早来了几步。”

三人对视了一眼，有些话彼此心照不宣，也就不说了。圣人先问道：“不知前日收义女的宴，办得热闹不热闹？”

“虽说是有心大办，但三娘孝顺，直说大娘、父亲、叔叔身上都还有官司未完，也不愿办得太热闹，因此就只是家里人都认了亲。”福王妃瞅了儿子一眼，说着说着，忽然就笑了起来，“说起来，这孩子也是真让人心疼，才刚认过来，我觉得就和亲生的一般亲了——很会为家里人打算，知道最近京中有些谣言，都说要为七哥找新妇了，才改口叫了义母，私底下便是怯生生地拉着我，和我说些贴心话，都是为你这师兄、义兄打算的，七哥你可是要听？”

宫里待久了，都想听新鲜事儿，圣人的兴趣比陈珚还浓厚，“这却是说什么了？难不成她心里还有人选吗？”

“倒是没人选，只是传闻中声名最盛的赵家娘子和周家娘子……”说到第二个人名，福王妃的声音明显就放得小了，“其实也都是在宜阳女学读过书的，说来还是她的师姐妹。可三娘就硬是和我说了实话，言说这两个小娘子，毕竟心胸有些差了，怕是不那么合适。”

圣人哟了一声，“这倒是难得了，若是她的同学中选了，对宜阳那边的名声也是有利无害，明知如此，还能说出这一番话来，倒是真心实意的——我就说了，那孩子生得美还是其次，最难得是眉宇清朗，灵慧温润，品行是没话说的。”

“不错。”福王妃也不忌讳当着儿子说起婚事了，“我就问她了，为什么要说呢？她说她虽然没见过七哥几次，但深感他的恩德，心里实在是把他当亲哥哥一般看待的，现在成了我们家的义女，更盼着他能娶个门当户对的好女儿，不愿看着一家人娶错新妇。倒是满心为七哥打算，真和亲兄妹一般——只可惜这样好的小娘子，姻缘上却是有些不顺，王城那般的好婚事都不能成。我说起来，她倒也豁达，笑言多亏了圣人为她溢美，现在孝顺名声传遍天下，家里已是陆续有多人前来提亲，想来要再挑个比王城更好的，倒也不难。我看她说起来那神色，真是又期又盼，惹人爱得很。”

圣人听了，自然高兴，也是喜欢宋竹得很，她忽然有了个奇妙的主意，“这般好女儿，可不能错过了，弟弟家里，不是还有个三十四是没定亲的吗？若是能说了这一门好媒，那倒也不错……”

陈珚张口就想说话，福王妃看了他一眼，先行说道：“那三十四哥身子不好，倒也不算良配，宋家只怕未必满意……”

她又笑眯眯地逗陈珚，“如今且先问七哥，想要说个什么样的新妇。我倒也问了三娘，哪家的女儿好，她说觉得范家女儿教养最强——姐姐你要知道，范家和宜阳那边可没什么交情——说来你也是见过范家表妹的，可有瞧着谁好？”

陈珚如今，在乎的已经不是自己的婚事了，他一向熟知母亲说话的神色，一看就知道母亲今天并没有说什么假话，一切言语，全都是宋竹的原话转述。想到她不但认了自己母亲为义母，又为他的亲事“谋划”，还那么盼望自己再说一门亲事，心底也是渐渐回过味来：人家这是已经不把他当回事，真正走出来了啊……

他当然知道自己应该为宋竹感到高兴，更该向宋竹看齐，可心底到底还是绕不过这个弯儿，郁气滞闷得厉害，哪里还有心思关心自己的婚事？差些就冲口而出：“爱谁谁，随便划拉一个拉倒。”

不过，毕竟是在圣人跟前，陈珚到底也没敢这么任性，只是摇头道：“范家毕竟是北党……到底如何，还得看姨丈的安排吧。”

圣人和福王妃对视了几眼，福王妃抿嘴一笑，也不多说了，圣人倒是有些深思，过了一会，方才对陈珚说：“回去好好读书吧，我和你娘再说一会话。”

陈珚勉强应了一声，只是回到燕楼以后，又哪有心思读书？坐也坐着不舒服，走也走着不舒服，横竖是想要大发一顿脾气才能舒服。只是没来由的，他上哪发这一顿脾气去？

倒在床上思忖了好一会儿，陈珚其实也找不出自己到底气什么——这不正是他一直希望的吗？从宋竹对他说出那一番话开始，他就一直盼着她能快些明白过来，两人就和没发生过这些事一样，还是回到以前那兄妹般的关系里。现在宋竹倒是回去了，他有什么好不为她高兴的？难道还指望着她一辈子喜欢着自己，一直都不嫁人？那这也未免太自私了吧？陈珚自认还不是这么坏的人。

男子汉大丈夫，哪里有这许多儿女情长？就算他对她也有几分欢喜，可这又能如何了？不是早就想好了，这点心思，该放就放？放不下除了折磨自己以外，又有什么好处？

可话虽如此，但这事又哪里是这么容易放下的？陈珚如今才知道什么叫作心痛——那日以后，他才知道，原来情绪真的到了那一步，身体也是有反应的，所谓的心痛，并不只是个形容而已。就是现在，想到宋竹也许已经把他放下，开开心心地准备嫁给别人了，他的心还真就像被人捏了一下似的，有种让人忍不住瑟缩的痛楚。

哎，这正是“雨横风狂三月暮，门掩黄昏，无计留春”，若是还有一点办法……

心里有事，便觉得屋里待不下去了，陈珚心烦意乱，也不顾避讳，只是带了几个随从，便从燕楼闲走而出，在御花园一角赏玩景色解闷。

所谓“感时花溅泪，恨别鸟惊心”，他现在看着满园的花都是带了愁绪的。在一丛花下站了许久，偶然一回身，见到一行人从远处匆匆而来，不免好奇地多看了几眼。

这几眼，就看得他心中一动。

被几个黄门带着一路匆匆而归的，正是太医院医正。

国朝后宫，自有规矩，除了圣人以外，没有谁的大病小情能惊动太医院的医正，毕竟太医院可是为官家一人服务的，不论是达官贵人还是后宫妃嫔，在没有恩典的情况下都请不动医正出手。

太后、圣人的住处，也都不在这个方向，医正肯定是奉命去内宫给妃嫔诊脉的……这几日，可没有听说哪位受宠的妃嫔生了重病。

难道……

他当然没有拦人盘问，只是不动声色地回了燕楼，找到一个宫女，低语了几句。

不过是半个多时辰，圣人那里也就送来了消息——陈珚的猜测并没有错，医正之所以入宫，的确是因为金鹿殿的邓妃，被诊出了喜脉。

试金

在贤明太子以后，官家几乎就再没有一儿半女，就是有了喜讯，最终也都没有坐住，再加上他身子骨不好，国朝这几任官家活过五十岁的并不多，不论是宫中还是朝中——甚至就是官家自己，也都绝了再要个皇嗣的念头。邓妃的这个好消息，自然是个绝对的意外，只是到底是意外之喜，还是意外的噩耗，那就看听众自己的心思了。

陈珚的心思，就连他自己也不是很明白，这个太子，当然不是他自己想当的，要不是贤明太子把担子压到他肩头，陈珚从来也没有想过自己会有这么一天，但现在，就差临门一脚了……

其实这样也好，他还是很善于调节自己的：这要是都正式上谱了，那边再诊出喜脉，可不是更尴尬？等邓妃那里生了个小皇子，他被退回福王府，那才叫好玩呢，都是过继出去了，现在还要回来认门，东京城的刁民们，私底下又不知该怎么议论他的“命数”了，想必不会比现在说王城更好听。

当天时日晚了，第二天一大早，他就到圣人跟前请安，顺带着提出了回家居住的要求。

“盼了这些年，忽然有个好消息，甥儿也是为姨姨、姨丈高兴，”他这话说得也是真心实意，这做官家又不是什么太好的差事，他去当，一辈子都有个血缘太远的枷锁铐着，反而处处腾挪不便，他要是不当，由邓妃子继位，那么虽然要受一些限制，不可能过问朝政、和士大夫们密切往来，但只要立心做个走马观花的闲散宗室，来自宫中的荣宠也是少不了的。再说了，就是邓妃子养大了，继位了，按姨丈现在的身子……他姨姨有很大可能要多年垂帘听政，陈珚的日子还能难过到哪里去？“既然如此，为免旁人多口多舌，甥儿以为，不妨就先回福王府，他日的事，他日再说。”

他虽然没有明言异日是什么时候，但圣人哪有猜不出来的道理？她望见陈珚面上一片坦然欢喜，心底也是颇为感动，暗道：真是不枉六哥自小疼他一场。

虽然她应该是希望邓妃能够生个儿子，让皇位传承在官家的血脉中，但圣人和福王妃感情深厚，倒也不愁将来或有什么尊生抑养的事情，圣人心里，便有一份难以宣诸于口的想法：其实，邓妃就是生了孩儿，能否养大还是两说，还不如陈珚都这么大了，活蹦乱跳的，过来就能当家……

但这份心思，她就是对着陈珚都不可能流露一星半点，面上呈现的只有欣慰和感动。圣人抚了抚陈珚的脊背，轻声勉励了几句，对他的说法却是不置可否。“你去上学吧，你说的事，我且先和你姨父商量商量。”

除了宋竹以外的所有事，陈珚既然拿定主意，便不会再患得患失，现在既然邓妃有孕，他便当自己这几年都是进来给姨姨、姨丈解闷的，给姨姨磕了个头，便欢欢喜喜地上学去了。圣人望着他的背影，轻轻点了点头，待到官家下朝议事回来，便去福宁宫里，找他说话。

她还在路上时，官家已经是坐在福宁殿里，一边用点心，一边听着心腹内侍的说话了。

“……脸上只是笑，一看就知道，心里实是欢喜，当晚按时睡了，今早起来就去给圣人请安，和圣人说了想要回王府住的事情。奴婢贴身伺候起居，没发觉一点不对劲的地方……”当年伺候贤明太子的张显，在官家身边轻声回话，“圣人说要先和您商量，七哥就高高兴兴地上学去了。”

官家听着，唇边也是浮起淡笑——邓妃有喜的消息，令他的心情也十分明媚，陈珚如此表现，他就更觉得自己没有看错人了。

两人正说话间，圣人入宫的消息，已经被人传了过来，张显自然退到了偏房，官家这里也自行遮掩了过去，手里拿了一本奏章来看，待圣人进来，方才和她商议起了邓妃的产育事宜。

说来，邓妃也是太过年轻，信期一直不准，是以此番扶脉确定是喜，再倒推回去，便发觉已经是有了四个月的身孕，官家听张显那一番话，又得圣人如数把今早的对话告诉给他知道，心里也自然有了主意，“还是让他先住在宫里，若是邓妃生了个公主，一切便还如故。若是邓妃生的是小子，便送他回去，你要想他，日后常让他进宫伴随，也就是了。”

一般宗室子弟，一年能见驾一次都了不起了，陈珚可以时时入宫，实际上就是一种身份特殊的体现，也算是官家的优待，只是圣人仍不满意，“虽说这般好，可七哥做人谨慎，若是邓妃生了皇子，他出宫以后，肯定不会再进宫请安的，只怕就是妹妹，也不会进来了。”

瓜田李下，有些嫌疑是分说不清的。圣人会说出这一番话，可见看事清楚，官家也未必就乐意让陈珚那时还时时进宫来。只是这话要从圣人口中说出方好，听了这句话，他便正经笑道："我知道你的意思，你就是想给他讨些好处嘛。究竟这些事也不必急于一时，真要是邓妃生了个小子，那时再来商议也不迟。"

圣人心里却是存了个心眼：老年得子，本就爱惜，更何况是这样情况下生出来的孩儿？现在官家当然也把陈珚当亲生的疼，可就怕邓妃那边生了小子以后，心里就不疼陈珚了。因此要好处就得现在，等到四五个月后，就不把稳了。

"你这话说的，就是要赏他地，到那时也要着人去圈，那要拖到什么时候？况且到了那时候，如何独独赏他一个人？就是名分上也说不过去——回了福王府，他还有哥哥呢。"她早已想好了由头，此时也是说得理直气壮，"就是要这几个月内陆续赏了下来，倒是不送回去，那好说了，天下都是他的，就说多给了也不怕。就要送回去，就让他一道带回去，众人也没什么好说的。"

官家听了，也是一笑，"依你吧，王府兄弟多，的确也不好行事。"

别看福王府富裕，但多数产业都是和爵位捆束在一起的，根本就无法分割。陈珚若是回了福王府，福王没去世以前肯定是不分家的，就住在府中，吃喝也不可能短少。但将来福王百年以后，在爵位轮到他以前，日子过得就未必会有多滋润了，现在睦亲宅里住的宗室，许多都是将来的王爵，可也只能竭尽心力维持一份体面，辛酸处不足为外人道。以圣人对陈珚的宠爱，自然不能让他落到这个地步，一面和官家筹划着该如何多赏陈珚一些实惠长久的财产，一面在心中暗想：这几个月内，自然是不会为他说亲了，将来要是他真的被送还福王府，也务必要为他说一门殷实的好亲事，让那个新妇多带些陪嫁入门。

他们两人定下的主意，在天下也没有多少人敢于反对。福王妃来探过一次口风，圣人如此这般地和她说了一遍，福王妃连连称是，一转身就回了睦亲宅紧闭大门，再也不曾进宫——官家无嗣，邓妃的肚子，现在也是天下人都在关注的焦点，作为陈珚的母亲，她要是频繁进宫，也就不是福王妃了。

邓妃有孕，不宜兴大狱，之前闹得沸沸扬扬的谋反案，现在也激不起什么水花了，一场风波，就这样无声无息地消弭了，而朝廷上也是风平浪静，不论谁都没有多余的动静。

就在这风浪过后的平静中，五个月的时间，一晃眼也就过去了。

“王师兄的信，爹爹给你看了没有？”一大早，宋苓就抱着大小子走到宋竹屋里和她闲话，“这一封信送得也不容易……王家那边总算是给了回话了。”

宋竹对这些事，现在也没了兴趣，上前先逗了逗小外甥，过了一会方才笑道：“其实也不算是晚，王师兄在关西是有正事的，离家何止千里？两边来回传话，一来一回就是几个月的工夫。横竖我们家也就是和王师兄一家往来密切，王奉宁家里，素无往来，不认门也很正常。”

过去的五个月，要说最让宋竹高兴的，也就是大姐宋苓的官司，以及父亲、二叔身上的官司，都已经了结。

虽然没有明确地下诏了结此案，但起码宋家人是从这个案子里被摘出来了，宋先生虽然没有入宫教导陈珚，但已经回集贤院开始修书，两个月前，朝廷也因为素来的贤名赏赐了一套宅邸，供宋家人居住，而宋二叔则官复原职，还是回去担任知州。至于宋大姐宋苓，半个月前到了京城，她随身带来还有自己的放妻书——大概一个月以前，官司断下来了，宋苓正式重新用回了娘家姓，不再是曾家宋氏，重新成了宋家大娘。

不愧是闻名天下的才女，宋苓就连自己的离婚官司都是操办得十分漂亮，她从宋家嫁出去的时候，带走的嫁妆不过是些不值钱的箱笼，可从曾家回京城的时候，装钱的箱子却是满满地塞了好几辆大车，就连宋栗和薛汉福，都是被她的身家给吓得一路提心吊胆，生怕走漏了风声，被人半路上劫了道。

这些钱财，也都是她的“嫁妆”，当年宋苓嫁到曾家，默书为礼，现在既然恩断义绝，官司一断，宋苓就把这几年间自己手抄的书本全都在当地发卖了。她本来就是才女，如今更是名人，当地书商都是竞相争购，让她卖了个好价钱，就是现在回到娘家，也是有底气开口要补贴家用。只是宋家人谁也不肯用她的嫁妆钱罢了。

甚至于她和夫婿生的一双儿女，也都被宋苓带出来贴身教养，县令竟断曾家教养不得法，虽然二人都是曾家血脉，但留在父亲身边，只怕无法成才，便令宋苓将曾家子教养到行过冠礼，再回家继承家业、主持祭祀。至于女儿，则由宋苓发嫁，曾家只需要准备嫁妆，也就足够了。

这般理想的结果，完全是宋苓一个人操办出来的，哪怕审讯期间传来了邓妃有孕的消息，也没影响县令的断案，据宋栗说“我和二姐夫就是跑腿，大姐心里早就有主意了”。

宋苓其人的能耐，可见一斑。自从她到了京城，虽然小张氏还是没来，但家里上上下下立刻就是井井有条，比宋苡、宋竹两人当家时还要整肃，宋竹从此就又清闲了下来，不过是半个月工夫，便觉得自己比在宜阳时还要懒了——在宜阳每天还有许多功课呢，可在东京，压根儿就没人管她，她自己也不爱看书，不爱做女红的，成天除了帮大姐看看孩子，余下的时间也就是闲着无聊。现在，除了自己的亲事以外，和全东京城的老百姓一样，她最关心的也就是邓妃肚子里的孩子，到底是男是女了。

“你这一说我便知道了，爹爹还是没和你提。”宋苓快人快语，做事比宋苡甚至是小张氏都要爽气，“王师兄信里说了……”

她还没提小王龙图都说了什么呢，外头便传来了敲锣打鼓的声音，宋竹和姐姐对视了一眼，宋苓便唤来仆人，问道：“街外可是有喜事不成？”

那仆人出去一会儿，回来道：“却不是，是邓贵妃家里在闹腾呢——方才宫中来了使者，说是贵妃生了个胖胖大大的男孩儿，精神健壮得不得了，官家、圣人都极是喜欢……”

宋竹听着，心里就如同打翻了一个五味瓶，酸甜苦辣，将她一卷而入，到最后只沉淀成了一声悠悠的长叹：“唉，也是为难了七哥。”

说完这句话，又觉得有些过露，才要遮掩时，却见姐姐含笑望着自己，眼中神色清明，仿佛已经将一切尽收眼底。

“我劝你，还是听我说吧。”宋苓一张口，就是石破天惊。“别看他现在已经不是皇子了，你和他一样是没有姻缘，还不如多听听王家的事来得实惠……”

出宫

宋竹和陈珚相识的时候，大姐已经出嫁了，她自忖家里也没人会这么饶舌，大姐回来还没过半个月，就知晓了她和陈珚之间的那些故事？宋苓这话，着实说得宋竹是毫无准备，她压根儿就不知道姐姐这话到底是什么来由——难道，她对陈珚的心思居然没有过去？被大姐一眼就看了出来？

到底是关心则乱，宋竹过了一会儿方才想到：自己和陈珚的事，只怕已经传遍了东京城内，虽然并不是说他们俩彼此喜欢，而是说他们先是师兄妹，紧接着又是义兄妹，但以大姐的聪慧，从这些表象下，如何猜不到当时宫中的刀光剑影？对于两人的关系有所猜测，也就不足为奇了。

姐妹俩谁也不笨，既然自己都已经沉默了一会儿，宋竹也就没去否认什么，只是轻声说：“也没想着和他有什么姻缘，您就别打趣我了，只是这对于我们家来说，也算是息息相关的大事……”

“这倒也是不假。”宋苓没有否认妹妹的说法，“好在现如今北党也倒了，好不容易把他们请出东京城，官家可不会愿意再来个北党事事和南党唱反调。就是南党内部，有心出头的安朗刚被打出去，几年内也没人回来，更不会有人敢于和姜相公争位置。我们宋学在几年内，肯定还是能迎来一个不错的机会，只要王师兄那里做点成绩出来，局面只会比以前更好。虽不说一步登天，但也该知足了吧。”

这话说得不假，宋竹细心品味，也觉得宋苓所见很是老道，她颔首道：“宫里的那位小皇子，要到开蒙还有许多年呢，到那时候，姜相公在哪里可都不知道，若是王师兄这些年来努力进步，也许到时候，教导他的人就是爹爹了。”

宋苓为人，嬉笑怒骂最是肆意，看了一眼宋竹，忽然略带奚落地一笑，“正是，你要为咱们家担心呢，那就不必了，这番最倒霉的就是你那义兄，从云端一朝跌落，这感觉可不会太好。若是将来贵为天子，富有四海，虽然官家一直都是简朴示人，但该有的排场也不曾少了，现在他回去福王府做世子，兄终弟及，爵位轮到他的那天还早着呢，在此之前，世子能分到的产业可不多，若是他们家和留王家一个规矩，一辈兄弟都在一块住，指不定连个好院落都分不到。”

宋竹知道姐姐还是有点试探自己的意思，也不以为意，反而说道：“我听义母说，这些日子里，七哥连着得了不少赏赐，除了被封为杭州团练使以外，还得了赐田地、赐财宝，听闻还有一间正店，还是什么酒水生意。他手里的活泛钱不少，如今应当都能带出宫来的吧？圣人对他，宠爱非常，也不可能让七哥没个结果的。”

这些事，都是福王妃和她闲聊的时候说的，宋竹说起来也是理直气壮，宋苓听了，点头不语，宋竹又道：“你进京都这么些日子了，是否也该往宫里报个信，太后、圣人对大姐你，都是惦记着的，说了好几次要请你入宫教导公主……”

“若是从前，这话还能当真，”宋苓摆了摆手，“如今再要提这话就有些没眼色了，你就当没这事，过上一段时日，再偶尔提一句也就是了。”

她看来对于能不能做教习并无什么牵念，宋竹也就并不再提，两人闲话了一番朝局的变化，宋竹起身烧水，预备点茶来吃。宋苓也不帮她，只是坐在一旁看着，冷眼旁观了一会儿，方才问道：“看来你对王家，是真没心思？”

宋竹这才想起来，姐姐刚才还说了王家的来信，她笑道：“也不是没心思，就是不着急嘛。王家虽然好，但现在和我也没什么关系了吧？”

“谁说和你没关系了？”宋苓笑眯眯地说，“人家王家虽然没好意思再提你，但爹爹前些日子写信过去，说想要结亲，王师兄回话倒是极情愿的，爹爹便是在想，要不要把你给说过去，再结了这份姻缘呢。”

“啊？”宋竹确实没想到这一点，“那、那我和王奉宁不是都——”

“王家分支多了，王奉宁没福气，别家一样有争气的衙内，争着要娶，”宋苓道，“主要是王家和我们家因这事，外人眼里都有几分生疏了，爹爹也有意破除一番流言蜚语。其次，王家家教毕竟还是严格的，和王奉宁双亲那样胆小势利的，终究是少数。只是这件事到底还要你中意方好，因此爹爹还没下定决心——况且他又觉得为三哥说王家的女儿为妻也不错。”

因去年的一番风波，小张氏没敢离开宜阳，现在都还没上京，所以宋竹的亲事也就只能是父亲和大姐商议着办了，她对再说给王家倒是也没什么抵触心理，就是觉得这对王奉宁来说有些尴尬而已，因此便不置可否地道：“此事，再说吧。”

宋苓看了看她，微微笑道：“说真的，三妹，虽说现在世子和你之间，看似没了鸿沟，可他身份特殊，若是宫里那个小娃娃没了，他自然还是要回去的。若是小娃娃长成了，他一辈子安享荣华富贵是不错，可也一辈子都要谨小慎微，绝不能掺和朝政……”

宋竹其实一开始就明白了姐姐的意思：不论陈珚进不进宫，有过这一重身份，身为宋先生的女儿，他和她之间就是永远都没有可能的，否则，一样是连累家人。她对王家亲事不热心，也不是因为还惦记着陈珚，只是宋苓为人，好恶分明，对王奉宁一家人已无好感，她要说自己担心王奉宁的心情，免不得被姐姐数落，因此只得无奈道：“我不是那个意思……罢了，王家也行，先让他们把人带来看了再说吧！”

既然是生了大胖小子，那么陈珚也就没存别的心思，还没等满月礼呢，他就又一次和圣人说了，预备出宫去住，圣人虽然依依不舍，但到底也没有多留，只是拉着他的手，嘱咐了许多话，又道：“明日赐一座别业给你，你要是家里住得不舒服了，便过去散心。”

这几个月来，宫里不断赏钱赏物，陈珚已经是小有身家，最重要的，还是宫里把东京七十二间正店中的一间正店赏给了陈珚——当然不是说这正店日后就是陈珚的了，只是这间店的红利，以后给了陈珚使而已。这一年七八万贯的吃息，一下就让他成为福王府最富裕的一个人，便是他爹娘，虽然也暗地里经营一些产业，但论出息却都还不到七八万贯。非得加上封地的产出，才能和陈珚相比。如今圣人又给了这么一间别业，虽然没有明说，但陈珚晓得，必定是在城外那间自带了百顷良田的庄园，说起来，他得的东西，怕不是比公主出嫁的嫁妆还要多了。

"姨姨。"他对于圣人也的确是十分不舍，此番出宫以后，为免瓜田李下，两人相见的次数便不会太多，想到素日来圣人待他一番情谊，陈珚也是红了眼圈，抱着姨姨的膝盖伤感了一会，便又面见官家辞行。

官家平日在外殿，又或者游幸园林时，召陈珚相伴的机会还是不少的，因此便没有圣人那般不舍，抚着陈珚的头道："回家以后，戒躁戒骄，好生和兄弟们相处，但若是有人欺负了你，也不要太忍让了。"

这番话前后矛盾，倒是体现了官家心里对他的疼爱，陈珚忍着眼泪微微一笑，道："姨丈尽管放心，受了委屈，我肯定来找您告状，让您教训我那些兄弟们。"

官家哈哈笑声之中，陈珚便登车出宫，在箫韶部乐的陪伴下，浩浩荡荡地回了福王府。

家里人相见，自然是好一番感慨，不过福王和福王妃也都不曾有多么失落，陈珚能入宫，家里人自然不可能掣肘，可出了宫，家里人却也都十分喜欢。就是陈珚几个哥哥，也都不无松了一口气的感觉——若是陈珚异日做了官家，福王这一家人，虽然也肯定是格外荣宠，但相同的也肯定要格外战战兢兢，陈珚那几个哥哥还要对弟弟行大礼，都是富贵乡里长大的，对身外之物看得不重，很多人心里未必觉得多出来的那点钱财，能抵得过这一份纲常失序的不舒服。

陈珚住在宫里时，和外界消息不便，这一次回来，肯定要和家里人多谈谈天，当晚吃过饭，便和几个兄长一道吃酒闲话，大家零零散散把京里京外的许多动向都说了个遍——关西的战局渐渐有所好转，仿佛有反攻的势头，京里姜相公还是大权独揽，变法又要有新招数……

说到府内，最大的新闻也就是家里多了几个陈珚的侄子、侄女，还有他们家多出的那个义女宋三娘的婚事。

“就这几个月，他们家的门槛都要被磨平了，来提亲的媒婆从天南到海北，也不分什么党了，都是想要娶到这么孝顺的小娘子。就是娘这里，都有人来问，打算托她做媒，也不知为何，都被娘回了。”

“也是宋家早就有了腹案了吧，听说还是要和王家结亲，虽说王城成亲了，但不是还有别的兄弟嘛。”

“我听说是要说给周家，就是周家那个周霁——”

陈珚也知道，邓妃有孕的消息一传出来，自己就未必能约束住周霁，他这些年来一直没有成亲，不知是否就在等这个机会，听到周霁的名字，他心里先是一沉，马上就又想到：还是要设法再警告三娘一番。

不过想到现在可以通过母亲传话，也不必和宋竹见面，刚兴起的想法忽然间又烟消云散了：她那么聪慧，要是能听进去我说的话，肯定是不会选周家，若是选周家，只怕也是经过一番权衡的，又何必还需要我去多嘴呢？就算是再说个王家的人，她家里人那么疼她，那人的条件想必也不会差的，我应该为她高兴才对，不能再想着她的事情了。

连宋苓都明白的道理，陈珚在过去的几个月里如何能不明白？只是饶是如此，他依然免不得闷闷不乐，当天晚上倒在床上，便还是在说服自己：你若娶了她，就是害了两家，这是极为自私的，对谁都不好，再说，她现在也不再喜欢你了。

宋竹放下他，本来是他一直希望的事，但现在陈珚却一点也没办法因此高兴，他把那番话在心底翻来覆去地想了无数遍，忽然一阵烦躁：男子汉大丈夫，哪有那么多不得已！想做的事，就去做！想要的人，就去抢！从前你要做太子，那是真的没有办法，现在你都不是太子了，难道还要继续妥协下去，陈珚啊陈珚，你就真的这么懦弱无能吗？

他素来心思缜密、谨小慎微，此时忽然间大发豪情，也是心潮起伏难以自禁，翻身坐起来想了一想，便想道：但，她已经不喜欢我了……我做这些事，总是要伤害到先生他们的，不说是误了大事，但起码以后宋家做事要被我掣肘，若是付出这么大的代价，娶来一个不高兴的新妇，那也未必就好。

转念一想，却又不由一阵心跳：陈珚，你还要骗自己吗？三娘的为人，难道你不清楚？你会信她就这么死了心？她心里一定还是欢喜你的！只是从前碍于时势，不能不把你放下，若是你还要骗自己，你便真的不值得她的喜欢了！

自贤明太子重病，他赶回京城以来，几年来陈珚一直觉得心底有什么东西在沉甸甸地坠着，就是放声大笑时，也没有真的高兴起来，唯独此时，他浑身轻飘飘的，几乎都能徒步飞天，只觉得从生下来起，最为畅快的时辰便是此刻，他站起身子，在屋内来回走了几步，急促地吐出一口气，最终下定了决心：好吧！人生岂能不为几件快意事？管不得那么多了，三娘想嫁别人，我绝不答应……我，我娶定她了！

决心

既然已经拿定了主意，陈珚便不再畏首畏尾，而是一径思忖起该如何达成此事：便是这般上门去提亲，自然是要被人打出来的，天下间还没有自个登门求亲的道理，所谓三媒六聘，连媒人都没有，谁能把这事当真？

但若是要请家里人出面辗转提亲的话，却又是难比登天。陈珚也不傻，自打明白了自己对宋竹的心思，母亲的一些举动他也品出了这后头的意思，要家里人点头允许他娶宋竹过门，只怕天都要开裂了。此事是决计不能的，必须得另外设法，少不得，还要从姨姨和姨丈那里去下功夫。

想了想，陈珚觉得只怕姨姨也未必答应此事，不禁也有几分庆幸：如果他现在还住在燕楼，事事都在圣人眼皮底下，即使想要娶三娘，恐怕也未能如愿。

“到底还是要和家里人提一提的。”他本待直接去找官家，但转念一想：若是自己不声不响，绕过爹娘就把婚事给操办了，让父母如何想他？如何看待三娘？这究竟不是正道。总归还要和家里打声招呼，将来面子上也过得去。

一晚上翻来覆去，好不容易把整件事的调子给定了下来，陈珚现在唯恐自己行动得迟了，宋家和王家定下了亲事，却又知道此事不能操之过急，思来想去，怎么都无法安心，也算是体会了一番睡不安枕，那牵肠挂肚的感觉。

他刚从宫里回来，家里人自然害怕他心绪不佳，接连几日，对陈珚都是千依百顺，素日里往来频密的亲戚们，也都请陈珚上门做客，对他好生抚慰款待，只差没有明着安慰他。这一番闹腾就闹腾了七八日，众人见陈珚浑然不以为意，方才渐渐地歇了阵势，陈珚恍惚还听见背后有言语，说他遇事沉着，是成大器的料子。他听了也不过一笑便罢，横竖和天家有过这一番因缘，他这一辈子再怎么都要比旁人顺得多，现在表现得洒脱些，对自己也是大有好处，若是把失落之色摆在门脸上，那才是傻呢。

不过，一行亲朋好友的邀约中，只有周家的邀约，被陈珚托词回了，福王妃心中也有些不安，只是他那几日受宠，不曾说起而已，这一日安抚他的情绪过去了，陈珚过来请安时，两人闲谈到了此事，她便忍不住道："虽则是小辈邀你，去不去都可，但怎么说也是太后的娘家，那周霁和你也是自小一起长大，何必这点面子都不给？若是周家人心胸狭小，因此生怨，将来又是一番文章。"

陈珚道："娘，你不晓得，是周霁先不给我面子。他还好意思来邀我，我若去了，那才真是把面子都给跌完了呢。"

福王妃有丝不解，"这又是哪里话？你和他连面也没见过，他如何又驳了你的面子？"

陈珚便坦坦荡荡地把自己当年示意周霁不要说宋竹的事告诉了母亲，"我素来都和三娘好，她只想找个和她二姐夫一般的人家，周家那样复杂，她嫁进去定是要吃亏的。正巧周霁又和我卖好，我也想试他一试，便索性令他别再想着说三娘了，周霁当时倒是答应得爽快，如今又去提三娘，这不是见我出宫了，便不把我的话当回事？"

福王妃也是个了得人物，陈珚把这么大一件事告诉了她，她听了，嘴却是绷得紧紧的，连一句多的话都没有，也丝毫不提宋竹的名字，只是沉思着点了点头，就不往下接话了。

陈珚有满腔的话，愣是说不出来，无奈只能自己硬接下去，挑明了说道：“说起来，我现在也该说亲事了，如今既然已经从宫里出来，那便想和娘商议一番。我和三娘，彼此素来相熟，三娘的人品呢，您心里也是有数的，多好的小娘子，又何必便宜了别人？不如就说给我罢，您说好不好？”

福王妃丝毫诧异没有，她长长地出了口气，瞅着陈珚，只是不说话。陈珚被她看得心里发慌，便故作诧异，“您觉得我说错了吗？”

“那都是你的义妹了，还能说亲吗？”福王妃沉沉地说，“再者，为什么不能说她，你自己心里也很明白，还和我装样儿呢？”

陈珚道：“义妹不义妹的，不过就是个借口，拿起来就能用，丢下去也没人会当真和您计较。至于那件事，我看还是算了吧，小皇子胖大健壮，我虽没亲眼看过，但姨姨看望以后，也是喜上眉梢，说是天生福相，几个高僧都算了，定能平安长大，咱们还想着那些事做什么呢？”

福王妃不为所动，只是摇头，“你这还是在装……不论那事儿如何，你都说不得他们家，就是咱们说了，他们家也不会应。那孩子固然是个好孩子，不能说她，我心里也遗憾，但此事根底便是如此，谁也不能改变，以后，你也不要多提了。”

陈珚长出一口气，怏怏地道：“好吧……”

过了片刻，他忍不住又道：“那么您打算说给我一个怎么样的新妇？可是先说好了，起码不能比三娘差太多。”

福王妃唇边顿时浮上了一丝笑意，“急什么，跑不了有你的一个。你若看了谁家的小娘子好，提就是了，不论是你舅舅家的，姨姨家的，难道还能说个不字？”

陈珚寻思了一番，“一时也想不起来，罢了，先不说此事也好。我寻个上巳节的时机，把京里的小娘子都看一看，看得好了再说吧。”

福王妃只要他不提宋竹，别的什么事都可以依他，见陈珚懂事，又搂着他说了许多贴心的话，许了他好些好处，方才令他自去玩耍。陈珚走回自己院子里，也不提出府的事，安生待了几天，便和家里打了招呼，说是思念官家，要进宫求见探望。

如此的好事，没有人会阻他的，就是福王妃也只是叮嘱了一句，让他别进后宫，只和官家见一面便是了——宠爱宠爱，也是要时常见着才能宠爱，陈珚有随时面圣的许可，三不五时不去请安，久而久之，再浓的宠爱都要淡了。

如今天下太平，就是北边的军事，传来的都是好消息，官家自然逍遥自在，每日里国事办完了，便进后宫游乐——倒也不是什么见不得人的淫戏，官家身子不好，比较文弱，却很喜欢看人玩蹴鞠、打马球，后宫里黄门、宫女便分班排了两队，游戏给他观赏。陈珚到了宫门口，不过是等了一会儿，官家便传谕让他进去相伴，陈珚进去一看，果然，陪在他身边的乃是刚出月子的邓妃。

圣人喜静，这些事不大掺和，倒是邓妃因为产子，为官家所喜，会伴驾也在陈珚意料之中，他给两人问好行礼，官家命他平身，又让他坐到自己身边的一个墩子上，只是比自己稍微矮了一头。“十数日没看见你，心里也的确有些惦念，正好你就来了，可见咱们俩心里想到一块去了。”

陈珚也的确有些思念官家和圣人，他诚恳地道：“甥儿在外头，也时常惦记着姨丈可有好生服药，圣人晚间睡得如何。见到姨丈比从前精神，又听说姨姨也很康健，心里一块石头就落地了。”

官家面上便露出疼爱的笑容，拍了拍他的头，随口道：“听闻你在外头玩得开心，还当你少了管束，正是自在时候呢，还知道进宫来请安，算你不错，出宫以后，功课可有用心做？”

陈珚笑道：“却不曾，几年没出宫，亲朋好友都接了去玩，还没开始动手读书呢。”

他虽然出宫了，但和官家对答中，邓妃依然不敢插嘴，此时见有了话缝，方才笑道：“七哥勤勉，让人喜欢。咱们小哥儿以后能和七哥一样健康聪慧就好了。”

陈珚笑道:“这是肯定的，只有比我更多福多寿的，殿下就放心吧。”

邓妃忙站起来，“哪当七哥这般叫。”

官家也对两人的客气十分满意，先对邓妃道:“也不必如此小心。”又对陈珚说，“以后还是按品级喊。”

陈珚方才改了口，“夫人面相福寿，小哥儿随了您和姨丈、姨姨的福气，定然能平安长大。”

他说这些，的确发自内心，语调天然，官家听了也是十分喜欢，和两人一起看了一会儿球赛，又说些市井间的传闻，一晃就到了晚饭时分，这方才是打发邓妃下去吃饭，又对陈珚道:“既然来了，就留下吃晚饭吧。”

陈珚也不辞，伺候着官家回了福宁宫，官家坐定了，方才似笑非笑地问陈珚:“今日进来，还是有事求我吧?”

按理说，陈珚早就该辞出去了，一直没有开腔，一个是当着邓妃不好央求，还有一个，便是想让官家发话问他。果然，官家本意应该是要和邓妃回金鹿殿的，如今先把他带回福宁宫，应该也就是有意在私底下和他说话。

该如何行事，他心里早就有腹案了，此时有了机会，更不迟疑，当下便离座下拜，又跪着走了几步，抱住官家的大腿，有几分无赖地道:“甥儿是有一桩人生大事想求姨丈——姨丈，甥儿瞧见宋先生家的三娘才貌双全，品德兼备，是个极为难得的美人儿，便想说她入门，还请姨丈为甥儿做主。”

第十一章 求娶

推波

饶是官家多年来修身养性，早已练就了喜怒不形于色的功夫，但陈珚这句话一出口，依然可以看见他面上的诧异之色一闪即过——很显然，他姨丈完全没想过，自己央求的会是这件事。

“男儿膝下有黄金，”官家没有立即答复，而是转开了话题，“为了什么跪都行，为了个女人跪着，你也不嫌丢人？先起来说话吧。”

陈珚知道，姨丈这是在给自己争取时间，也就并不反驳，而是嘿嘿笑着爬了起来，倒也不归位，而是在官家身边寻了个小凳子坐着，这也是他小时候经常坐在姨丈脚边和贤明太子玩耍的习惯。

“怎么会忽然间动念要娶她？”官家果然把事情往深里想了，皱眉思忖了一会儿，忽然问道：“是不是，你在外头听到了什么风言风语？”

自己要娶宋竹，等于是把继承皇位的可能完全放弃，在现下的局势里，要说没有个外在的推动力，那是不可能的。官家有所怀疑，也是在情在理。

不过，陈珚今日的确是要说粤娘，而不是要借着这事儿来打击谁，他老老实实地摇了摇头，道：“姨丈您也见过三娘的，她生得貌美，人又好，叫我如何能不动心？同学几年，甥儿心里也常想着，要是她不是先生的女儿，那便好了。娶妻当娶宋三娘嘛，他们家的条件且不说了，只是三娘本身，便当得起这句话。”

他顿了顿，半真半假地说：“只是当时甥儿和她年纪尚小，后来六哥又去了。男子汉大丈夫，岂能因为儿女情长误了大事？这念头也就搁下了，一直都未曾想起。直到弟弟怀上以后，不知如何，甥儿有种玄之又玄的感觉，这孩子像是得了六哥的保佑，又像是六哥的托生，定能长命百岁的。”

眼看官家已经听进去了，陈珚便压低声音，“邓妃发动那天，我在燕楼忽然做了个梦，梦见六哥走进了金鹿殿里……此事我从不敢和任何人说，只怕说出来就不灵了。不过，我心里对弟弟能长命百岁、睿智聪明的事，是从来都不曾怀疑的。既然如此，那也就用不着再多顾忌什么，本来还在宫里时，就想着和姨丈说，只是……”

他不好意思地顿了顿，“只是婚姻大事，怎么都得先问过爹娘才对，虽然明知爹娘不许，但好歹也要走过一遍，是以便拖延到了这几日，方才进宫来求姨丈。”

这世上所有的谎话，都能找到受骗的人，官家平日里也不是多么轻信，奈何陈珚这一番话实在是太对症了，直直说进了他的心里，官家竟是听得满眼是泪，陈珚说完了，他便情不自禁地道：“原来也不是我一人这样想，七哥你不知道，这孩子一落地，我就觉得他生得很像六哥，言行举止，活脱脱就是当年的六哥托生！”

实际上，都是一父所生，神态有所相像也是情理之中，不过官家既然信了，那也不是什么坏事。就是陈珚，也的确真心希望他弟弟能够平平安安地长大，顺顺当当地继位，不要再把他扯到这说不清的继位风波里去了。他本来就不是太想做官家，现在有人能把重担接过去，他又何乐而不为？

陪着官家唏嘘感慨了一会儿，陈珚便不失时机地道：“本来，为了六哥的心愿，甥儿自己的心思也就搁到一边了。如今六哥既然亲身回来了，他的心事自然交还给他。甥儿呢，想的就是从姨丈身上蹭些好处回去——姨丈，此事您可要给我做主，要不是当年六哥的嘱咐，我早就把宋三娘娶回家了，又怎么会和如今这般不上不下，爹也不许、娘也不应呢？”

他说得趣致，官家也不禁失笑，“唔，说起来的确，她已经是你娘认的义女了，和你也算是份属兄妹……”

陈珚笑而不语，见官家虽然热泪盈眶，但却没给个准话，心里也知道官家素来不是急性人，此事只怕他还要回回味儿才能下定决心，当场是给不了准话的。也就不再催问，只是施了一礼，“那反正，甥儿就把此事托付给姨丈了，姨丈若不想个法子，甥儿这辈子就不娶妻了。”

官家失笑道：“这是什么孩子话！”

陈珚扮了个鬼脸，笑嘻嘻地转移了话题，虽然他如此不敬，但官家心里从没觉得他是个大人，也就不以为忤，打发他吃了饭，陈珚方才告辞出去，官家也就回金鹿殿安歇了——今日邓妃陪了一天，晚上自然要临幸她的金鹿殿，再则，虽然原本对她只是平平，但生了孩子以后，官家就对她宠爱起来了，一心还想要多生几个男丁，让子息旺盛一些。

“今日七哥可是黏您。”两人独处时，邓妃要活泼得多了，和官家说话也很随便，一边陪着官家下棋，一边和他闲话，“真真就像是亲生一般的，贴心可爱得紧。”

官家笑道：“要不是有事求我，你道他平日会如此可爱吗？还不和猴儿似的，哪有好玩的好吃的，奔着就去了，铁链子都拉不回来。”

邓妃也笑了，“是这样，还记得小时候，六哥和他手牵着手四处跑，撞到金鹿殿里来，连吃带拿，刚烤好的松子糖，一会儿就没了。”

“说起来，今日七哥还和我说……”官家忙就把陈珚做的那个梦告诉邓妃。

邓妃听得也是又惊又喜，“竟有此事？我说呢，当日怀胎时，我也做了一个梦，只是从未告诉人……”

她便把自己的胎梦告诉给官家知道，无非也就是贤明太子托生的那一套，可怜官家平日也算是精明厉害，今日却被唬得连声念佛，感动到了十二万分——毕竟，贤明太子是他长到最大，感情最深的一个儿子，且又是元后嫡子，和邓妃所生的幼子比，感情也是不可同日而语的。

两人也是好一阵感慨，过了一会儿，邓妃方才好奇问道：“我看他今日进宫来，好像是有所求，难道是猜错了？”

一边下棋，官家一边也就把陈珚进宫的目的告诉了邓妃，“……此事毕竟还须仔细思量。”

若是换作圣人在此，不论她多喜欢宋竹，此时必定会设法劝阻，但邓妃心中就完全是另一番想法了，此时她对陈珚的印象已经是好得没法再好：这才出宫，便要娶宋家的女儿，可见此子心思纯善本分，人品过硬，绝无什么不该有的心思。

不过，即使对陈珚十分信任，能推他一把，让他娶了宋竹，邓妃也不会留力的，毕竟不怕一万就怕万一，孩子在宫中，固然有许多人看他如珍似宝，但也有许多人是居心叵测，能保险一分，便是一分。最起码说了宋竹以后，福王妃进宫，邓妃也不必提心吊胆了。

“天下事，都是神佛跟前注定好的，人的命运又何尝不是如此？”她便婉转——起码是尽量婉转地道，“既然妾和七哥都是这般念着，可见孩子的确就是六哥托生转世，他和咱们家这么有缘，这一世还要投做您的孩子，又哪有半路夭折的道理？”

很多事，信了就是信了，官家心里，实在也是盼着相信幺子能平安长大，因此便觉得邓妃的话实在也有道理。虽然陈珚就说了那么几句，但会和他提，可见这孩子心里的确是中意宋三娘的。

“也是难怪，”不知不觉，官家就把心声也吐露出来了，“三娘那般人才，若非出身宋家，能托生个老宰相家里——若是六哥……唉，她就是做太子妃都够格了。这般可人的小娘子，也难怪七哥欢喜。”

“这几年间，为了六哥的遗愿，七哥也没少受委屈。就说当年吧，年纪还小呢，就离家求学，我听说在宜阳书院穿的都是布衣，住的是书院的宿舍……”邓妃的语气也是有几分心疼，“这孩子也是几番跌宕起伏，如今虽说也有些产业，但那也不算什么，好不容易他有个想要的东西，您就不成全一番吗？”

官家想想，也没别的话说，只得叹了口气，“也罢、也罢，可怜他一番苦心了。”

既然定了心，决意相信幺子能平安长大，不再为将来留个退步，那么，所有的问题也就不是问题了。陈珚不过是一个普通宗室，即使娶了宋家的儿女也没什么大不了的，耽搁不了宋学、宋党在朝廷里的进取，前朝也不是没有重臣，兄弟都尚和公主，又或者是和亲王子女联姻，也不耽搁他们家人出将入相，执掌天下的大权。

至于福王和福王妃的看法，那就更不足虑了，官家这个当家人也就是一句话的事——他们要是敢有二话，岂不是抱了不该有的心思？若是那样，也就是自绝于宫廷了。唯一要在乎的，也就是圣人那面的想法而已，可若是官家已经定了主意，圣人那面，未必会说些什么。

官家将此事来来回回想了一遍，忽然又叹了口气，“这事，可能还没你想得那么简单。”

邓妃敲了一个棋子，不禁奇道：“怎么，难道还能有什么变数不成？可是那宋三娘前几日业已说了人家？”

“未必是说了人家。”官家苦笑着也落了一子，“可你就没想过，宋家人也许未必情愿说这门亲呢？虽说朕是官家，可……”

可，如今却是个“官家也行不得快意事”的年代啊。

红帖

从关西往回送信，来往一趟不容易，小王龙图自律甚严，包括宋先生都是不肯他公器私用，借着驿站传信的。所以只能靠家丁来回送信，就算宋家有意和王家再结一门亲事，来回送信也得几个月的工夫，宋竹这会儿根本就没想别的事，反而是忙着帮姐姐打下手——宋苓是个闲不住的性子，既然回了京城，又不能进宫做女教习，她也不打算只是在家闲住，这就打算新印上一本书，把自己这几年间的学术成果刊发出来了。

如今虽然市面上也有雕版印刷，但真正的好书都是手抄的，尤其是宋苓这样天下知名的才女，所制成的原版书，在市面上能叫到极高的价钱。宋苓当日发卖的自己抄出的许多“嫁妆”名著，便是赚得盆满钵满，如今在宋家，虽然宋家人绝不可能和她索要钱财，但宋苓做了几年冢妇，其实也不反感盈利赚钱，趁着自己要刊书的机会，就让宋竹帮着抄几本，一面也是让她练字、打发时间，一面也可以为嫁妆添些分量。要知道这年头能送得起手抄善本做嫁妆的人家其实终究也不多见，就是宰执人家嫁女儿，也很少有送书本的。

至于宋栗和薛汉福那里，宋栗留京入翰林，薛汉福却是去地方上做官了，宋苡自然也跟着一同去。好在其任职的也是楚州附近地域，宋二叔可以照看一二，过了几年磨勘转过京官，也还有再入京城的机会。

宋先生每日还是照旧去集贤院上差，得闲了就在相国寺里教授弟子。宜阳书院的学生，也有一批随着宋先生入京了，因为人数众多，错非寺庙庵堂，仓促间还很难找到可以供给这许多人读书的地方，宋先生虽然一向敬鬼神而远之，此时也只能受了相国寺的这一番人情。

也因为他有两个去处，在家的时间便是不长，宋竹帮着姐姐打理家务，照料两个甥儿甥女，得空还要抄书，倒也是怡然自得。除非实在是推不过，否则现在她绝不出门应酬——受盛名所累，她一出门就要给人看了稀奇去。也就是福王妃那里，到底有个义女的名分在，时而要过去请安。

这一日起来，看天光好，她就走去姐姐那里，准备抄书，听见甥儿甥女的声音在邻屋叽叽喳喳，却没听见宋苓声气，宋竹便走过去问道："大姐呢？"

乳娘笑道："又有媒人上门了，大姐出面接着。"

自从她救父出名以来，媒人差些都要把家里门槛磨破，好容易几个月过去，上门次数才稀少了些，宋竹听了，也不以为意——这种径自请媒人上门，而不是先写信来探口风的，都不可能是他们家成亲的对象。姐姐过去打个转儿，大概也就回来了。

抄了几页书，她觉得有些不对劲了——大姐这也出去得太久了，难道是被什么事给绊住了不成？

正想出去问个究竟，就见宋苓手里拿了一封红帖，脸上带着说不出的笑容，往回走进了院子，宋竹也有几分好奇了：若是以往，这样的提亲帖子，宋苓都是直接收起来，万不会带回后院的，难道是一户有趣的人家提亲了不成?

"姐——"她走到门边，询问地拉长了声音。

宋苓看了她一眼，把红帖倒是收到了袖子里，"来了?"

这要换作是宋苡，也就不往下问了，但宋竹的婚事经过太多波折，到现在她也真的很懒得再去"小鹿乱撞"，反而直接撒娇笑问："怎么了嘛，还吊我胃口?!这是谁家送的红帖，让我也看看嘛。"

宋苓瞅了她一会儿，慢慢地把帖子抽了出来，往宋竹手里一送，"你要看就看吧……这事儿，原也瞒不了你，到时候你义母把你接去，你还不是什么都知道了。"

宋竹听她说得古怪，虽然理智上明白宋苓话里的意思，但心里一时却完全无法相信，她的眉毛紧紧地拧在了一起，飞快地打开红帖，看了几行，方才是肯定了自己的猜测，却又有了新的惊讶。

"这……这不是戏文里写的故事吗?"她不禁脱口而出，"怎么官家也会弄什么天子赐婚的荒唐故事?"

"这不是赐婚。"宋苓显然是已经想明白了，她牵着妹妹的手，和她一道在桌边落座，"若是赐婚，那肯定要走圣旨，就算不经政事堂、枢密院，直接中旨赐婚，那也得有旨意在。可现在却是福王府在红帖里明说了是官家的意思，官家本人是没有出面的，不能算是天子赐婚。"

"官家这又是什么意思?"宋竹现在已经毫无"自己可能嫁给陈珚"的喜悦了，第一反应便是深深的戒惧，"现在南党也就是姜相公一个声音了，北党人才凋零，没个能领头的。怎么他还看我们宋学不顺眼吗?"

宋苓面上也有了几分凝重，但语气仍然是轻松的，"却也不能这么说，毕竟世子已经出宫有一段时日了，没准官家就是觉得你们俩男才女貌，颇为相配……哎，不管怎么说，这毕竟只是福王府送来的红帖，又不是中旨，咱们不愿意，还是能回的嘛。就是中旨，没经过凤阁鸾台，咱们也还是可以抗旨的嘛。"

"这简直是乱来。"宋竹完全迷糊了。"现在的中枢，就是姜相公一人的天下，官家要赐婚，虽说荒唐，但姜相公未必会驳回，就是中旨，事后姜相公也不会不支持。他又不下旨，又要福王府自己出红帖，难道就是等着咱们回绝吗？”

宋苓看了妹妹几眼，“这么说，你是不准备答应了？”

宋竹仔细地又看了一遍红帖，把它一丢，“自然是不可能答应了！这不是拿全家人的前程开玩笑吗？再说，七哥也未必愿意！我看此事背后，未必没有阴谋。就是义母，可能也不太情愿，否则怎么会在红帖中详述缘由，只怕她就是盼着我们家回绝呢。”

她现在已经很是反感拿她和陈珚的事做文章的人了，想到之前太后的安排，不由得恨恨地道：“我的终身大事，这都成什么了！就被当成他们手里的枪来使，可恨王家那衙内现在还在家里，不然，明日就定亲了，看他们怎么办。”

宋苓不免也有些好笑，“你的婚事，可是够折腾的了，也不知那面怎么又想起你来。不过如今即使你不愿意，这红帖怎么回也得想好了，没个合适的由头，还真不好回了世子。”

宋竹低声说：“我们俩是义兄妹……”

“福王府那里会提亲，显见得就是不从这上头讲究，你要还用这条来回，那不是说福王府不知礼仪吗？”宋苓白了妹妹一眼，“不若就说齐大非偶吧，我们小家小业，原也不敢高攀他们家。”

宋竹想了想，也是无可无不可，“义母就等着咱们找个由头回了，只要能说得过去，我看她也不会计较什么。”

这事儿，姐妹间就这么商议定了，宋苓午后就写了回信，遣人请了媒婆来，让她送还福王府。就是宋竹当晚想起来，也都没有什么多余的悲喜——福王府若是真要请人提亲，自然是会先让大媒过来传话，这般写红帖，肯定是受到了不知哪里的压力，不得已而为之，绝不是说她和陈珚之间，忽然峰回路转，又有了什么别的可能。

回帖送出去以后，她开始对王家的事有些上心了——按宋竹所想，几面之缘，能有什么感情？那是难说的事，她也很难再遇到第二个那般喜欢的人，既然如此，也不必再等下去了，王家这一个若是不错，那便成了亲也好，免得再给家里人带来麻烦。现在他们家没说亲的人就只有宋艾她们了，就连宋栗都说了三姨家的亲戚，等她也说定亲事以后，就不信政敌还能揪着宋家的儿女亲事，再做什么文章。

只是，毕竟送信的人腿脚有限，这事仓促间也定不下来，宋竹便是着急也没有办法，她本来一个月一次，也要去福王府请安问好的，这个月便是在犹豫着该不该过去——回信送过去还没几天，虽然大家彼此有默契，但毕竟是说过亲事又被回绝，若是要说再这么若无其事地走动，只怕也有些不大妥当。

也许是福王妃怕她多心，眼看一月之期快到了，便遣人过来接她，宋竹也想着过去问个究竟，便去和姐姐回话，谁知宋苓听说了，竟也要同去，“爹爹忙碌，此事就不必让他操心了，由我来过问，比你这小娘子自己去谈要妥当得多。”

大姐的能耐，比她多了何止数倍？宋竹听她这样说，也没什么二话，当下便和姐姐一道去了福王府，众人事先已听说宋苓来了，礼仪亦是要比宋竹过来时热情多了——毕竟宋竹是常来的——福王妃亲自到门口接着，几人彼此行过礼，又有大世子夫人送上茶水，在礼数上，倒是给足了宋苓的面子。

俗话说长姐如母，小张氏不在，宋苓真有些宋家主母的感觉，对这份礼仪也是居之不疑，她含笑冲世子夫人点了点头，和福王妃客气了几句，便开门见山地问道：“未知王妃对宫里的想法，是怎样看的？缘何宫里竟会忽然有此乱命呢？”

宋竹这一次见福王妃，觉得她比上个月要瘦了，眉宇间竟有几分憔悴之色，此时听了宋苓的话，竟也是长出一口气，大有无奈之感，沉吟了片刻，便道：“不如这事，还是让七哥自己和您说吧。”

她双手一拍，自然有人退出了屋子，不久后，侍女便领着陈珚走了进来。宋竹这还是几个月来第一次看到他，一时间竟有些熟悉而又陌生的感觉，忍不住深深看了他几眼，方才是转过头去，低头吃茶。

宋苓对陈珚，竟也十分有架子，竟是坐着受了陈珚的礼，没有起身回避，陈珚看来也不在意，行过礼以后，就势便半跪了下来，朗声道：“请官家出面说媒求情，乃是我自己的意思，我是真心想娶三娘为妻，还望大姐成全。”

宋竹听得这话，却是一口茶呛在喉咙里，再也顾不得什么仪态了，呛咳几下，“噗”的一声，把茶水喷了一地……

大胆

宋家的女儿，哪个不是娴雅从容，不论是在家还是在外，何曾有过这么失仪态的时候？宋竹惊魂甫定，便觉得自己实在失态，也不知道是呛的还是羞的，一张脸火红火红的，连忙把茶碗搁到一边，拉起袖子略加遮掩。一面是要把自己收拾一番，另一面，也是想好好思量一下陈珚的转变。

他该不会是疯了吧？

宋竹的第一个念头就是这个——她降下一点袖子，看了看还半跪在地上的陈珚：不像啊，眼神清明，挺正常的一个人……

难道他是受了什么胁迫，有什么难言之隐？宋竹的脑子立刻就转动起来了：也不应该吧？现在宫里都有皇子了，陈珚也出宫居住，还有谁会惦记着他不放呀？就是景王那边有什么想法，也得先冲着宫里那个孩子使劲不是？少了陈珚，他可还有那许多兄弟呢，又不是说他一人和宋家结了亲，储位就一定要落到陈琋身上……

正这么想着呢，她便听得大姐问道：“世子如何会兴起这一番想法的？须知我们两家，门第并不般配，也不说谁家更高贵些，只是你们家是宗室，一贯都是说的勋贵家的女儿，这也自有缘由。我们家读书人，也都和读书人家结亲，若无缘由，又何必越此雷池呢？”

大姐此问，堂堂皇皇，宋竹也不由得暗自点头。陈珚眨眼之间，却便已经理直气壮地回道：“虽然无此惯例，但天下事，还不都是人做出来的？师弟自忖也有几分人才，和三娘自小青梅竹马、通家之好地长大，两人早已彼此钟情——”

宋竹忍不住放下袖子，怒道：“喂！谁和你‘彼此钟情’？！你这个人，说话怎么张口就来的？”

虽然她昔年的确对陈珚有点“死缠烂打”，但现在世易时移，的确已经放下，再听陈珚此番说话，便颇觉他这人胡编乱造，过分得很。偏偏陈珚听了她的呵斥，居然也不脸红，反而抬起头来对她露齿一笑，非常爽朗地回道：“三娘，昔年在书院后山，你对我说的那些话，我可都还记在心里，难道你能说你不欢喜我吗？”

他言行举止，如此离经叛道，一屋子人都被震撼得静了下来。宋竹只觉得众人的眼神，都集中在了自己身上，真是又羞又气，一口气差点都没喘过来，“你——你——”

她毕竟道行没到，说过的话也不好就这么翻脸不认了，只好换了个角度，说道：“我和师兄你几年没见面了，在宜阳读书时，我才十二岁！十二岁的小娘子说的什么话，能当真吗？自从知道师兄身世以后，我可就只把你当兄长看待，师兄你可别、可别……可别血口喷人！”

这成语一出，宋苓先被她逗笑了，她抬起手，虚压了宋竹一下，“你这说的是哪里话了，真是小姑娘家，遇事就慌慌张张。”

宋竹听明白了姐姐话里的警告，虽然委屈，却也不敢再往下说了，只是冲陈珚翻着白眼。

陈珚分明收到了她的眼色，却只是对她灿笑不语，直到宋苓说完了，他方才恢复正经神色，目注宋苓，诚恳地道：“师弟明白师姐心里的顾虑，不过，官家和圣人、邓妃，都以为如今小皇子，是当年的贤明太子托生，又因为小皇子天生健壮，多福多寿，是长命之相，因此这两年内，应该就会将他立为太子……”

宋竹听着，只觉得他满口谬论：这年头，两个孩子能养大一个，都算是了不起了。就好似他们宋家，单单是宋竹记得的兄弟姐妹，没序齿就夭折的也有那么四五个。哪个孩子不是养到八岁以上，才能说是已经养住了？难道生下来健壮，就一定能平平安安地长大？贤明太子都养到十多岁，一场病还不是就那么去了。官家和圣人凭什么就觉得这孩子一定能养大？只怕就是天皇老子，都不可能给这个保证吧。

“……是以，我也就能安安稳稳地在爹娘跟前侍奉一辈子。”陈琤还在和宋苓解释，“也就是个闲散宗室罢了，即使和先生一家结亲，也没什么妨碍。便是官家，听说以后也觉得有理，更是对师弟和三娘的婚事，十分喜欢。”

他把“十分喜欢”几个字，咬得很重，宋竹听了，心里就是一动：虽然这念头很荒谬，但官家、圣人毕竟是为人父母，会如此想也不奇怪。若是以官家的心思，这孩子只要平平安安，没有人暗中加害，是定能长大的。那么，为了遏止住一些人的心思，陈琤、陈琋这样的前养子，也就该说些十分“合适”的婚事，这样一来，很多人也就没了不该有的心思。这倒未必是不信陈琤，毕竟很多人都指望陈琤上位，如此便可获得更多的利益，这样的人也许位卑，但却是最难以应付的。给陈琤说了她，反倒是干净了。

她看了福王妃一眼，见她若有所思，就连宋苓，似乎都是被陈琤打动，神色微霁，不免就又去看陈琤。宋竹心里想道：唉，说来说去，你还不是被人安排了来娶我？又何必这么欢天喜地的？你难道不知道，娶了我以后，你和那个位置，真的就毫无缘分了吗？

虽然如此解释，合情合理，只是宋竹从陈琤脸上，却看不到一点被迫的无奈，只有全然发自内心的微笑，她越看便越是疑窦丛生，暗想道：怪了，七哥绝不是被人迫着行事，还这般高兴的性子。难道此事他并非被迫，而是甘心情愿的不成？

经过了一番冷暖，宋竹也不是当年那天真实在的性子，就算是对福王府，她都没有发自内心的信赖。只是对陈琤，即使她心里已经没有他了，但依然很难相信他会有意“害”宋家，只是这件事不是官家在坑陈琤，那就只可能是陈琤在坑宋家了。倘若，陈琤还是官家的养子，只是想着先娶了她，若是皇子无事，那自然好，大家相安无事；若是皇子出事，陈琤又要入宫，那么宋学就此尴尬。宋家这个最有威望的家庭，从此不能参与核心政事，只能让小王龙图为宋学另寻赤帜，而偏偏宋家和原来的宋学耆宿曾家又已经闹翻了……

总之，答应陈琤这门亲事，对宋家没有任何好处，反而可能有极大的坏处，虽然这只是一种可能，但宋竹却容不得它成真。她的眉毛蹙了起来，生怕姐姐会被陈珚给坑了，但转念一想，又安心下来：姐姐那是什么人？若是二姐，还能“君子欺之以方”，可是大姐这边的话，自己能想明白的事，她是绝对不会错过的。

“话虽如此，但婚姻大事，毕竟不能儿戏。”宋苓的容色虽缓，但语气倒是没有放松。“婚姻，结两姓之好，若只是师弟你一人的念头，便是有官家撑腰，我们家也绝不能答应下来。想来在此事上，官家毕竟也不能强求。”

陈珚闻言，便看了福王妃一眼，忽地又灿烂笑道：“我爹娘素来欢喜三娘，那是不必多说的，师姐实在过虑了。娘私下常因三娘无法说入我们家而叹息不已，这都是有证人的，娘，你道是不是？”

福王妃的笑容也丝毫都不露破绽，紧接着便对宋苓道：“确实如此，我们一屋子的使女，哪个没听我叹息过此事？似三娘这样的小娘子，多少人盼着能嫁入自家，如今难得官家有意成全，我们家难道还有不情愿，不高兴的道理？大娘子这一层却是多虑了。”

她虽然表现得极为热诚，但宋竹对她的性子却是十分了解，知道福王妃实在也是被陈珚迫着走到了这一步。她心里也并不气恼，反而对福王妃生出了同情，想道：王妃对七哥真是一点办法都没有，只能任着他揉圆搓扁，还是当娘的人呢。

同为被陈珚的无赖揉搓得没脾气的苦主，宋竹对福王妃十分同病相怜，倒是更怕宋苓不知底细，便这样一口答应下来，偏偏又不敢说话，只好眼巴巴地看着大姐。

宋苓也未让她失望，略略沉吟了一会儿，便展颜笑道：“王妃这样说，我就放心了，只是兹事体大，不请示过父母，我也不便就此答应。还容王妃多宽限几天，让我们家多斟酌斟酌。”

福王妃自然连声应是，陈珚还想再说什么，宋苓挥了挥袖子，已是带着宋竹，起身告辞。

宋竹只觉今日遭遇之奇，实在前所未有，她跟在宋苓身后，都上了车，还无法相信陈珚居然当着如此多人的面，说了那一番话，就是现在回想起来，她也又是心虚，又是羞愧，就怕姐姐到了私底下，便要询问当年的事——在家人跟前，她一般不说谎，只是避重就轻之法，对姐姐也未必管用，若是大姐问起，只怕自己是少不得一番数落了。

车行一路，宋竹都是忐忑，宋苓不说话，她便一声也不肯做，待得到了家中，她悄不蔫声地就想溜回自己屋里，只是手却又被宋苓捉住了。宋苓将她一路带到自己屋内，宋竹就跟个鹌鹑似的，一句话都不敢多说。

“今日的事，你是怎么看的？”到底还是宋苓先开了口。她见烧的水开了，便拿起茶壶，挽了袖子开始冲茶汤。

“我……”宋竹只是嗫嚅，她是真的不知道该说什么好了。

“其实，依我所见，”宋苓看了妹妹一眼，却是出人意表地道，“这门亲事，若你情愿，那也是可以答应下来的。”

发难

宋竹简直不知道该如何回大姐的话了，她反射性地抬高了声调：“这却如何使得？大姐，你这岂不是——”

“疯了”两个字，被宋竹给咽了下去，但她的意思却无论如何也不会让人误解，宋苓倒也不恼，她惊喜地望着茶盏，“呀，咬盏了……”

虽然这也是大姐城府气度的表现，但现在的宋竹却是心浮气躁，很难欣赏钦佩大姐的修养，她咬着唇，执拗地说道：“大姐，这种事可儿戏不得。”

“又何曾有人和你儿戏了？”宋苓把茶碗放到宋竹跟前，笑容还是不变，“我倒是觉得，你把此事看得太大了些。”

“我倒是不把我的亲事看得太大，”宋竹的眉头越发紧蹙，“只是七哥的身份明摆在这里，难道大姐就不把咱们家里人的前程看在眼里了吗？”

“那怎么会呢，”宋苓倒是越发笑得胸有成竹，“但我倒是要问你了，三妹，难道在你心里，咱们家的爹爹、叔叔、哥哥、弟弟，都是要靠姐妹们的亲事才能成事的吗？”

宋竹顿时语塞了，她知道大姐的意思，只是却觉得这多少也算是歪理。“虽不说是让我的亲事对家里人有益，但也不能因为我说一门亲，就妨害了家里人的仕途前程吧？”

“若是今日，七哥是东宫太子，那这话我也不会说出口。如今他既然已经绝了自己过继的路，又或者说，他宁可不再过继，也要娶你，我倒是真觉得，你可以仔细想想，不必过分以家中人为念。”宋苓现在也不问宋竹是否愿意了，“即使有个宗室女婿，那到底也只是宗室，碍不着爹爹、叔叔什么，至于大哥、二哥他们兄弟，真的要进政事堂，那也是十几二十年以后的事了，到那时候，还有谁会记得七哥曾被入继的事情？真要计较，七哥曾在爹爹这里读书的事，也能用来妨害大哥、二哥，不计较，哪怕七哥就是太子呢，也没有人去计较。你若真是对他有意，就不必太顾忌家里。”

她似乎是想到了陈珚方才的说话，也忍不住径自轻笑，“再者，我看七哥为人虽然是精灵跳脱了点，但主意很正，做事也大胆，给我以颇有能耐的感觉。虽然是个宗室，也做不出什么事业，但起码一份家业是能经营出来的，你跟着他不会受苦——其实要我说，择偶这回事，还是看人品，不必看家业。虽然福王府是穷了点，但陈珚看着就不会像是让自家娘子吃苦的人。横竖你嫁到任何一个人家里，终究也都是‘家家有本难念的经’，何不就嫁了个你喜欢的，好歹在一起的时日还是开开心心的，你道我说得有理没有？”

大姐的说话，实在是透了人生至理，宋竹虽然心里不乐，但思来想去，却也实在无法反驳：其实就是王家、周家，想来也都是各有各的难处，真的要挑的话，王城家里的爹娘肯定人品是不太好的，周家的事情，陈珚也和她说得很清楚，即使福王府也有些看得到的毛病，譬如福王妃对亲事明显的不乐，但这些问题，和别家相比，也未必就大到哪里去。

“但是……”她心中始终还是顾虑着陈珚的身份，“若他是一般的宗室，那也就罢了……当年我以为他是宗室的时候，心里也觉得可以……”

不知不觉间，她已经把自己和陈珚当年的那段纠葛，说了一些出来，宋竹说了几句，便是回过神来，捂着嘴不由得飞红了脸，又是有些忐忑不安地看了看大姐——虽然大姐一向不拘小节，但自己的举动，实在很难说是给宋家“增光”。

宋苓却是仿若未闻，坦然自若地道：“这不就是了？你难道还看不出来吗？他之所以一定要捏造出什么贤明太子托生的事情，不就是为了让官家点头，可以借官家的势力，压了父母为他说亲？你也不想想，七哥为了娶你，连这样的事都做得出来，他对你的心有多诚？再说，你们俩这是日久生情，彼此间极为了解，又不是什么所谓的一见钟情，实则娶进门后相看两生厌……七哥对你心又诚，又有本事，把官家和爹娘都放在掌心，耍弄得团团乱转，你还有什么不满意的？”

宋苓所言，比小张氏和宋苡不知要直白了多少，一字一句都好似一把利刃，挑得宋竹就差被直接穿心而过了——她委实也很难反驳大姐的话。的确，陈珚又有本事，人又讨喜，眼下为了她更是连太子都不愿意去做了，她还有什么不满意的？

可，宋竹心里就是有一股郁气，她也说不出是为了什么，只是觉得有些不甘心：她因为喜欢陈珚这件事，几年来真的不知有多少难眠之夜，又有多少委屈难过的时刻，就像是佛经故事里说的一般，经过种种劫数，总算是大彻大悟，把陈珚这一篇给揭了过去，给放下了。怎么现在……现在他一个转念，就轻轻巧巧能把亲事说成了？

这也太……太不公平了吧！

这念头并没有足够的道理支撑，也难登大雅之堂，宋竹的确实在说不出口，但却偏偏又咽不下这口气，上不上、下不下的，噎得她难受得不成，憋了半天，只是憋出了一句：“那……那就这么许了？也太便宜他了吧！”

宋苓听得，却是再忍不住，伏在茶盘上便哧哧地笑了起来，“瞧瞧我们家三姐，真是一腔天真烂漫——这说的都是什么话啊！”

宋竹涨红了脸，强辩道：“可……可我们家为了他，实在吃了不少苦头，如今他要娶我，就算是一腔诚心，到底也是带累了我们家嘛！凭什么他锦衣玉食的，从来没吃着苦头，我们家，爹爹、二叔，却都因为他被送到诏狱里去，住了那样久？”

宋苓又笑了一会儿，这才直起身子，捂着嘴又笑了一会儿，“今日这笑得，若是被娘看到了，少不得又要说我‘无仪’……你急什么？”

她白了三妹一眼，“这亲事，就是要应，也不能人家一提，我们就应了。”

宋竹张口想要细问究竟，但宋苓却似乎无意再多说什么了，只道：“姑娘家其实也没有太过问自己亲事的道理，如今你的心意，我明白了。你就放心吧，粤娘，你的婚事，我一定为你办得妥妥当当的，包你满意。”

小张氏不在，宋苓就是京城宋家实际上的主母，宋竹即使有意抗辩什么，但在大姐跟前也是毫无底气，见她不再噱笑，而是收敛了神色低头思索，竟然也不敢再撒娇耍赖，只是在心里暗暗期盼着父亲出面为自己做主——不过，到底是做什么主，宋竹现在心里也是拿不定主意了。她到底现在想嫁陈珚还是不想……说真的，她自家都很难说明白。

一般来说，请媒婆来说亲事的红帖，若是这方无意的话，红帖过一段时间还是请媒婆送还回男家，用的托词大概都是经过卜算，认为两人八字不合等等。宋家虽然一向敬鬼神而远之，但在此事上却是没有标新立异，对于直接请媒婆上门的人家，一律是如此回复。

福王府虽然是宗室，但在这些礼数上倒也不会例外，福王妃自从送出去红帖以后，就一直在等着宋家把红帖给送回来——她最近都不愿看到儿子的脸，若不是怕他遣人进宫告状，又惹来官家的关注，甚至都想把陈珚关起来吊着打一顿，打到他老实了再放他出来。

“我也不是就看不上三娘，三娘是好，”她不免和大世子夫人倾倒一番苦水，“但三娘再好，和他也没有缘分。你瞧瞧，他这年少轻狂的，闹的这都是什么事儿。把三娘一家给吓得，带了三娘亲身过来，就怕是官家那里又闹出了什么事儿……”

以大世子夫人的心思，她自然是希望陈珚能入继宫中的，虽然不多这么一个分家产的兄弟，但若是陈珚能继承皇位，福王府自然受惠。也是因此，府内几兄弟都是把陈珚当眼珠子看待——自然，陈珚之前回家，他们也不至于就端出冷脸，或是责怪他什么。但现在陈珚为了个小娘子，闹腾出了这么一档子事，大世子夫人心里也不见得有多么愉快，见福王妃提起此事，也是如鲠在喉不吐不快，忍不住说道："姑姑，七哥说的那'贤明太子托生'的事，以我看……倒像是他自己……"

见福王妃脸色一沉，她也不敢再说下去，倒是福王妃瞅了她一眼，也是叹了口气，"你当我就猜不到吗……这件事，说是官家自己的念头，我第一个就是不信的……"

她一向涵养过人，这一次也是被气得咬牙切齿，形于颜色。大世子夫人反倒是不敢再说下去，还要措辞安慰姑姑，两人正是闲谈时，外头便来人道："何媒婆到了。"

三姑六婆走街串巷，即使是王府人家也能去得，这何媒婆因是官媒，地位不低，见了王妃也不怯场，行过礼后，先道恭喜，"恭喜王妃、贺喜王妃。"

殊不知，福王妃是最怕听她口中蹦出"恭喜"两个字的，何媒婆一开口，她眼前就是一黑，差点儿没背过气去——难道，宋家竟然一口答应了不成？

她一口气塞在胸口，半天说不出话，大世子夫人倒是还掌得住，忙追问道："呀，宋家答应了亲事吗？"

"虽然未曾一口答应——但也没退帖子。"何媒婆又是拱手道了恭喜，"老婆子这半年来为数十家人往宋家送了八字，这还是宋家第一回留帖子，可见世子人品之出色。"

"这么说，宋家也是不满意七哥的喽？"福王妃一听宋家没答应，倒真觉得自己又活过来了，她急急忙忙地问，"那缘何又不退帖子呢？"

何媒婆笑眉笑眼，仿佛看不出福王妃的异样，而是大大方方地道："宋家大娘子先说，王府家大业大，宋家怕是高攀不起，老婆子再三为王府说了好话，直言王妃心诚，宋大娘子方才松了口，却还顾虑一点，言道有这一点在，到底还是说不得亲事——宋家嫁女，一向是嫁给宋学士子，除非无子，否则绝不纳妾，连通房都不能有。若是七世子已经有了通房，不是处子之身，这亲事就到底还是说不成……”

按说，这要求的确是有些过分了，但福王妃听了，反而毫无生气，她沉思了一会儿，却是不怒反喜——看来，宋家对这门亲事也并不情愿，只是碍于官家的面子，不愿由他们来拒绝……

心塞

陈珚今年已经十八岁了，若是成亲早，孩子可能都已经生出来几个了。虽则他有几年没住在福王府，但以福王妃的想法，宫中如花似玉的宫女不少，对他有些心思的只怕就更不少了，这样的事，无伤大雅，少年方知慕少艾，陈珚在宫里难说没有几个服侍枕席的女子。再者，回家这一段时日，她也没有特意嘱咐陈珚的侍女小心做事——这些使女又有哪一个是省油的灯？若是她不许还罢了，她没有特别发话，只怕早已有两三个心中颇知道“上进”的，打算为自己的将来考虑……若不是宋家特意提出这一点，她几乎都不会留意，毕竟陈珚年纪也到了，没有特意再严格管束的道理。

京中宗室人家，虽然不说夜夜笙歌，但也很少有不纳妾、纳宠的，便是福王也有几个侧妃，这些事宋家不可能不了解，便是原来不知道，宋三娘在府里住了几个月，也该知道了罢？会提出这个要求，可见便是给福王府一个下台的借口，又不必一口回绝，免得这决绝的态度让官家自觉伤了面子，从此对宋家人怀有成见。

福王妃自忖也不是横行霸道的性子，对宋家的难处也是十分明白，虽说这士大夫总能给官家气受，但那说得是出入朱紫的重臣，而非如今最高官位才不过是知州的宋家——宋桑兄弟在朝堂上才是刚刚起步，若是因为三娘的婚事得罪了官家，平白蹉跎，那的确也太冤枉了。她之前之所以那样提心吊胆，便是因为惧怕宋家权衡利弊以后，两害相权取其轻，为确保自家不触怒官家，宁可把三娘嫁给陈珚。

如今宋家既然送出暗示，福王府这里倒也有了台阶下，王妃脑子转了几转，索性也不派人去唤陈珚，而是直接让人去把陈珚院子里的大使女唤了来，问她道："七哥回家也住了有一个月了，可还住得适意？新来的这些使女，没有什么怠慢的地方吧。"

陈珚自小因为贤明太子的关系，在家中也是倍受重视，待遇不说倍于兄弟，却起码是不弱于大世子，院子里少说也有十几二十个使女，不过，因他常年离家在外，从前的侍女也没有闲养着的道理，陆续都被调去了别处，只留两三个守着院子，直到陈珚从宫里回来，方才是正经又给配齐了十多名。

能入福王府服侍的使女，长相都不会差到哪里去的，因福王妃没有特别管束，几家下人都是各显神通，往里塞了许多有想法的小娘子，再加上陈珚回家以后也不可能时常出去，泰半时间都在自己院子里待着。王妃满以为这一个月来，总有那么一两个有运道的女儿家，不料那大使女说了好一会儿，说这个不勤快，那个没眼色，偏偏就没有说谁不安分的，饶是她脸皮薄，却也不能不打断了对方的说话，直到听完才直接问道："难道就没有谁和七哥勾勾搭搭，做些不体面的事情？"

大使女不知底细，听闻王妃此问，倒是眉开眼笑，满口夸奖陈珚，"虽说那些小娘子，多有心思重的，在七哥跟前很是卖弄些眼角眉梢，但七哥从来都不正眼看这些小蹄子，前些日子还骂哭了一个，直接说要让家里人来把她领回去。平日在家中不是读书就是练拳，闲了寻兄弟们下下棋，晚间洗漱都不要人服侍，竟是从来没有那些乱七八糟的事。"

若是往常，听闻儿子如此自律，王妃心里自然也是欢喜，此时却是心头一沉，大为头疼：七哥在家中都是如此做派，只怕在宫中也不会例外。想来那宫中本是是非之地，虽然燕楼上下都是圣人的心腹，但也难保有人吃里爬外，以七哥的性子，只怕在宫中也未必会处处留情。

屈指再一算，陈珚出京读书以前，年纪尚小，自己怕他被人带歪了性子，把他房里管得极为清明，服侍使女一概都是相貌朴素之辈。

即使在宫里，也都是在东宫过夜，贤明太子身子弱，圣人防范得只有比她更周全……到了宜阳那边，七哥过的是苦行僧人一般的日子，就住在书院里，怎么可能有过风流韵事……

本想着，先把人拿住了，再把七哥喊来与他分说，如此，陈珚即使说不得宋三娘，也不会怎么和家里闹，更怨不得她这个当娘的。不料如意算盘响了半天，竟是根本就没打成，她这一下真是觉得心头梗塞难通，喘气都有些不通畅了。

“你说，这人家的孩子，连生死都是父母一言可决，更不说是娶谁这般的‘小事’了。”王妃也不愿再寻新妇倾诉，更不敢入宫去找圣人，只能是找福王抱怨，“唯独就是我们家的七哥，主意真是大得很，娶谁都是自己说了算，这倒也罢了，他还知道借势来压爹娘……”

说着说着，泪便滴了下来，“倒像是我们做爹娘的会害他一般，难道我不知宋三娘好？可他难道就不明白？宋三娘再好，那也不是他的，谁都能娶，就是他不能娶！”

福王平日寡言少语，此时倒是说了一句“公道话”，“我看他是明白的，只是已下定了决心，你要知道，当年若非是贤明太子临终前亲口嘱咐，以七哥性子，都未必会去趟宫里的那滩浑水……”

说也奇怪，比起儿子为了一个女人不顾一切，福王妃倒是更接受福王的暗示——也许，陈珚也是因为皇子出生，自己灰了心，也不愿再做这个尴尴尬尬的什么养子了，这么出宫入宫的，实在也是吃不消。他宁可娶了宋三娘，就此后安安稳稳做个世子，圣人、官家那里，倒是因此能多怜惜他几分，多给他几分体面，待到日后……

“唉。”她不知不觉，也是把自己的想法说出口了，“日后的事，谁知道那么多？若是竟养大了……”

是啊，若是七哥亲事，说得太好，如今宫中这位皇子养大以后，心里未必就没有什么猜疑。今日的持重，也许就是他日的祸根，倒不如现在干脆些，断了这个念想，说不准日后想来，才知如今七哥的心思，才是真正的谨慎。

福王妃转过了这个弯，心头最大的郁气结，倒也就渐渐消失不见，她原本一心反对这门亲事，的确也不是不喜宋三娘，总还是为陈珚将来考虑得多，因此此时想转了，便只余些许不忿，“也罢，我们家本来也没有这样的念头，若非是当年贤明太子有这个意思，那个位置，和我们家又有什么关系？便是七哥，过继出去喊了别人做爹娘，就算是亲亲姨丈、姨姨，我看他心里到底也是颇有疙瘩。”

福王对过继的事，反应一向冷淡，这也是有他的一点私心在，王妃素来知道，此时见他点头不语，意甚赞同，也有几分好笑，“难道过继出去，就真个不亲了？你这个人也是。”

埋怨了几句，她也就派人把陈珚唤来——到底是余怒未消，见了儿子的面，便虎着一张脸，冷言道：“媒婆今日已是给了回话，我知道这件事我也做不得你的主，也没有贸然答复，便原样告诉你，你自己想罢。”

说着，便把宋苓的话告诉给了陈珚知道，又添了些花头上去，“不要想着此时答应下来，日后再反悔。宋家说了，若是你他日再有纳妾偷腥，立时便要和离，所生儿女，也要跟着带回宋家去养活，你一面见不得，日后也不给你养老送终，只是回来继承财产、爵位。这些所有事，都要立成文书，若有翻悔，文书一提，上告官府，立刻就要官府判离——以宋家的地位，咱们这样的宗室，在公堂上也只有吃亏的份，绝不能落得什么好结果，这门亲事，你自己可要想好了。”

她说得其实也并不假，如今连官家都行不得快意事，宗室自然更是行不得了，平日里都是被关在睦亲宅中，等闲无事，连街坊都出不得。到了公堂上，更是只有被大臣欺负的份，辛酸处实在不足为外人道。若是立下这样的文书，将来又反悔，宋家“仗势欺人”是真能说到做到，把孩儿都带走的。

福王也在一旁帮腔：“你可要想好了，七哥，这是一辈子的事，却不由你一时的高兴，就能随便答应下来。如今年少贪颜色，不觉得什么，他日三娘年老，你可要守得住才好。”

陈珚面上，果然露出思索之色，王妃见了，心底也是一喜——她实在还是不愿放弃那一线希望，因此对这门亲事，到底是不大看好，要是陈珚自己放弃，她也只有欢喜的份。

“一夫一妻，本就是人间自然之事。”陈珚思索了一番，却是平静地道，“便是先生一家，几兄弟也都是一夫一妻，没有纳妾、通房一说，北地多少士子都是如此，我自入读书院，便觉此言为人生至理，便是大姐不说，我也没打算纳小，更何况此身珍重以待发妻，亦不敢浪荡轻掷，是以元阳固守，也经得住检验。不过是文书罢了，要写也便写了，此事实在小事而已，爹娘倒是有些小题大做了。”

说着，便取来文房四宝，唰唰挥毫，顷刻间书就一篇文书，又摁了手印，递给福王妃，“娘便请了媒婆来，把此书送去先生家里便是了。”

儿子如此知书达理，自己该是高兴才对，可福王妃望着一脸平静的儿子，不知如何，却是生生又觉得好一阵气闷胸塞，梗了半晌，都说不出话来……

二 难

“你瞧瞧，人家心多诚呀？”宋苓重看了一遍文书，还是边看边笑，“这还真不是我们家开口要的，他自个儿写了这么一封文书送来，算是调侃我这个当大姨子的吗？这小子也够跳脱调皮的了。”

宋竹不知大姐的意思，拿到文书看了看，也是无语了——陈珚自写的不纳妾、无通房，还有那些元阳童子身什么的疯话，写了也就写了，关键是之后说的那些，若是纳妾了，便要是儿女也让妻子带走，只是回去继承财产。这些话不等于是在说宋苓吗？这个人，哪壶不开提哪壶的，亏得大姐心胸宽大，若是换了个人，只怕早就记恨上他了。

虽然拿定主意，关于婚事自己不多说一句话，但现在事到临头，宋竹又有些忍不住了，她皱眉道：“七哥……世子可不像是如此意气用事的人呀，明知大姐你的事，还特意这么写？此事是否有内情啊？”

才说完，便觉得自己似乎是说得太多了些，只是此时悔之已晚，宋苓面上早浮现了浓浓的笑意，她以“一切尽在不言中”的眼神，看了妹妹好一会儿，方才笑道：“你也不必多心，我就是给你看看，要说生气，还气得过来吗？再者，他愿写这样的文书，我高兴还来不及呢，又怎么会动气？”

宋竹此时，心思不免也是要细密些的，粗粗一想，便多少也猜到了，这一份文书的出现，背后只怕是少不了福王妃的推波助澜，若是不然，以陈珚为人，真不会写出这样的话来。

虽则……陈珚连这样的文书都肯写，多少也算是让她消了些气郁，但福王妃的态度，却让宋竹心里又蒙上了一层阴影——总之，在和陈珚有关的事上，她是前怕狼后怕虎，只觉得顾虑重重，反而都很难体会到有情人终成眷属的甜蜜感。

“那……难道就这么许了人家？”她还是觉得此事太草率了些，“爹娘那里，就没有二话？”

说到亲事，父亲和女儿之间的确就有些尴尬了，虽然宋竹还是和宋先生日日见面，但两人并没有直接交流过此事。宋先生在这件事上还是讲点名士面子的，有些事也都和大女儿说，让宋苓来做这个传声筒。

“爹爹怎么会有二话？”宋苓轻轻地白了妹妹一眼，“你们两情相悦，从前不能在一起，那是的确没有办法。现在人家都求上门来了，难道还要因为那些顾虑不肯吗？若爹爹是那般的人，也就不是爹爹了。就是大哥、二哥、三哥他们，知道了此事，也都只有欢喜的。”

宋竹“啊？”了一声，脸上顿时烧红了，“三哥已经知道了吗？”

她和陈珚相识的过程，宋栗都是全程见证，今日陈珚这一提亲，宋竹没来由就觉得在哥哥跟前抬不起头来——仿佛当年自己那浮动的小心思，也全被三哥知道了一般，只要一想到这一点，就恨不能把脸给藏到袖子里去。

“这样的事，自然要问过他的意见。三哥也极为你高兴，直说你们俩也算是有情人终成眷属。”宋苓见了妹妹的小儿女情态，眼中亦是染上笑意，她的语调柔和了下来，“三姐，听我一句话，‘高堂明镜悲白发，朝如青丝暮成雪’，有些事，是耽搁不得的。你若是心里有气，等过门了再使劲折腾他，世子自然也乐得被你折腾。这种时候，不可再犹豫不决了。”

宋竹从小便崇慕大姐，总觉得宋苓如神人一般，仿佛是生而知之，此时听大姐语气诚挚，心里不觉也渐渐松动，又想到爹爹、哥哥，看来都不以陈珚身份为意，自己似乎也没必要自寻烦恼。她的脸渐渐地便烧得更红了，“那……难道就这么许了人家了？”

虽然是把一句话再问了一遍，但语调已经是截然不同。宋苓看了看妹妹，忽然有些伤感——三妹在婚事上，是要比自己有福气得多，陈珚肯为她做到这种地步，天下又有几个男子可以与之相比？

她疼爱地摸了摸宋竹的脸蛋，成竹在胸地笑道：“不急，不急，不是和你说了吗？此事，有我给你做主。”

“那……娘……”到底是女生外向，才一转念，宋竹就开始担心母亲的意见了。

“不是都说了吗？”宋苓忍不住轻轻捏了捏她的细白脸蛋，“有我呢！”

原封不动地把陈珚的回帖送去宋家，福王妃现在已经是不想再沾这件事了——这婚事，只怕由头到尾就是官家、圣人和七哥三人情愿，她不情愿，宋家也未必情愿。只是两家也都不敢违逆官家的意思，而宋家还多了一丝胆气，还敢垂死挣扎。

福王妃现在想到宋家，便是“兔死狐悲，物伤其类”。她又盼着宋家能够想到办法挣扎出来，又不愿见到陈珚那么低声下气地去招待岳家，这般矛盾的心情，让她是恨不能关上门来，就当作陈珚还在宜阳读书不曾回来。

无奈何，她到底还是福王府的主母，何媒婆揣了回信，还是要找她，她也只能亲自出面，不能把她打发给新妇们，否则外头还不知道该怎么编排福王府呢，若是被皇城司的人传到官家、圣人耳朵里，到底不妥。

“恭喜王妃、贺喜王妃。”何媒婆照例是让人心惊肉跳的开场白，只是这一回，王妃没那么惊吓了。“世子那一封文书过去，宋家十停里只怕已经是应了九停了。”

“这余下的一停，你便直接道来吧。”王妃说着便心想看来宋家还是打算再挣扎一番的。

何媒婆只怕是在宋大娘那里也得了些交代，一般来说，媒婆都要托两家，少不得两边糊弄，说些好听话儿各劝着退一步，可不论上次还是这次，话都是光秃秃的，一听就知道，肯定是从宋大姐口中直接搬运过来。“大娘道，七哥人品极好，既然是元阳之身，又立誓彼此不二，那么三娘终生托付给他，也让人放心，只是还有一点——宋家素来都是薄嫁，置办不起嫁妆，寒门素户，只怕配不上王府的身家。纵使世子不说什么，舅姑也不嫌弃，和妯娌相比实在相差太过，三娘在王府也无法立足，总要受上许多说不出的委屈苦楚，因此这门亲事，到底还是门不当户不对，大娘恐怕三娘日子过得难，思来想去，竟还是有一停不能成。”

其实这说得也不是假话，如今实行厚嫁，对王府来说，婚嫁上尤其是占便宜的。因为王府说亲，一般说的都是勋贵家的女孩，陪嫁自然都是多的，而往外嫁女，则多数都是配商人子，非但无甚嫁妆，反而还要加厚地收聘礼。福王府这几年来，尚未嫁女，不过娶进门的新妇，带万贯嫁妆都是等闲，宋三娘要是光身入门，以后在妯娌跟前也抬不起头来。

福王妃想着，不觉点了点头——宋家这个借口，找得的确好。

她如今对此事也是心灰意冷，也不去多想，直接招来陈珚，让一个侍女转述了一遍。“如今待要怎么样，你自己想吧。”

只是见到儿子面上若有所思的神情，她便是一阵强烈的头疼：一看就知道，这小子是还没死心呢……

第三日，听闻儿子一早就出门进宫的消息，福王妃都懒得说什么了，捂着额头只是叫人过来按太阳穴，“随他去，随他去！”

陈珚出手的确不含糊，他深知自己姨姨对此事的态度，还在两可之间，最热心的应当还是邓妃，因此特意选了圣人斋戒的日子进宫，先去圣人那里打了个转儿，“恰好”发现了圣人正在做早课，便去邓妃的金鹿殿探望小皇子。

如今邓妃对他，亲热有加，也不再避讳，让乳娘抱着小皇子给陈珚看了看，陈珚自然也是一番好夸，连说："这孩子实在胖大，还不到六个月呢，瞧着和一岁多的一般。"

说得邓妃眉开眼笑，问起他入宫何事时，陈珚方才露出愁容，将宋家自忖齐大非偶的事情，和邓妃一一说了。"先生所忖，也是有理，殿下在闺中待字时，只怕也听说过姐妹们愁嫁妆的事儿。若是嫁妆矮人一头，三娘入门后，在妯娌间一直没有面子，后宅的日子过得也不舒坦。只是他们家素来清寒，也实在拿不出多少陪嫁，之前陪嫁大姐、二姐，嫁妆都不丰厚，也不好请先生多陪送些，此事因就难在这里了。"

说着也是唉声叹气，失落之情溢于言表。

他本来卖相俊俏，又这般知情识趣，邓妃见了，本就欢喜，再者这件事和她也是息息相关，此时听说也是跟着牵肠挂肚，又"点拨"陈珚，教他道："宋家倒未必是没钱，只是给女儿的嫁妆不能厚此薄彼，不然前头几个也是要闹的——让他们家多出钱，自然是不能的了，若是有心，不必你说也就自己多出了，会这样回话，可见还是不怎么想把宋三娘给你，所以才左推右推，顾虑多多。"

陈珚"恍然大悟"，也是叹了口气，又为宋家求情，"先生一家不知弟弟是六哥托生的事，因此难免有别的念头，还请殿下不要和他们计较……"

邓妃就是看在他的脸子上，也不会当真要为难宋家，就是她想为难，也没有这个本事，不过被陈珚这几句话，倒是激起了她争强好胜的念头，随口安抚了陈珚几句，便笑道："宋家现在也不过就是不甘心罢了，只要你事事都做得妥当，他们还能说什么？还不是只有应下亲事？此事七哥你便安心好了，不就是少些嫁妆吗？你对三娘深情一片，此等姻缘怎能不结？待我求了官家，宫里哪里省一笔，便是十个三娘的嫁妆，也都够了。"

她不知陈珚立文书的事，又合掌笑道："便是圣人，只怕也极是情愿的。如今你出宫了，若是赏给你，总是要分给兄弟们一些，可若是赏给三娘做嫁妆，那便不用交给官中。我看就这么办顶好，本来官家还怕你不够嚼用，想多给你一些，如今正好，直接赏给三娘为她添妆，岂不是两全其美了？”

陈珚露出灿烂微笑，站起身一揖到地，响亮地道：“殿下此计，妙甚！”

三难

当宫中使者把赏赐的银钱送到宋家时，宋竹其实已经都麻木了——她现在甚至不知道，大姐是不是和陈珚早就建立起了无言的默契，还是单纯只是在为难陈珚而已。

赏钱十万——贯，虽然天家赏钱，一直都是把贯说成万，取个大数，但这回却是罕见的实惠，真正赏了十万贯的铜钱，宋家的库房，差点都堆不下这笔巨资，除此之外，还有金银珠宝好几大箱子，以及成百上千的绸缎……赏钱的名义甚至都没有说和宋先生有关系，只是非常简单直白地说，是“给三娘添妆”。

连嫁妆都赏下来了，宋家还能怎么再挑剔福王府？便是宋竹都想不出来，也不敢再想了，眼见宋苓似乎还有不足之意，她慌忙劝谏大姐，“还是算了吧，若是再开口，只怕宫里、福王府都要觉得我们家贪心不足，不识抬举了……”

宋苓意甚迟疑，“可我还为七哥预备了一难呢，这就松手，是否太便宜他了？”

宋竹真是想不出还有什么地方可以为难陈珚了，“啊，还有？”

“怎么没有？一般宗室都是常年住在睦亲宅里，无事不能出去，那多么憋闷？”宋苓理直气壮地说，“你从小好动，要是有这么一条，照旧还是不能把你嫁过去。”

宋竹真想以头抢地，虽然知道姐姐也是为了她好，但她面嫩，如今宫里一下赏了这么大一批钱财，实在也有些不好意思，“姐姐，算了吧，他本来就在城外有宅子，也都是官家赏赐的，要出去散心，便住过去就是了。当时赏赐的时候都说明白的，就是给七哥闲暇无事时住着调理身体用的。”

宋苓还真不知道这事，问了问，才明白来龙去脉，也不由感慨道：“宫里对他也是够大方的了，官家俭省得，连自己住的宫殿都舍不得修，如今一赏就是十万贯，说到底，其实还不是赏给他的。你也用不着心虚，这笔钱不过就是借了你的由头而已，要不然，就不是只赏浮财了，为的就是等你过门以后，方便补贴世子的花销。”

宋竹对钱财原也不在意，“那便给他好了，这些东西本就不是我的，就是给我，我也不想要。”

宋苓笑着摸了摸她的脑袋，“既然已经赏过庄子了，那这一难便罢了，只是赏过嫁妆便嫁了，传出去终究是不大好听，还是要再难难他为好。”

当下又请了何媒婆来，当着宋竹的面，吩咐了她一番话，让她去王府传话。说完了，方才似笑非笑地看着宋竹，笑道：“怎么几番欲言又止？人还没过门呢，心就向着夫家了？”

宋竹羞恼道：“大姐你怎么老这么说！”

不过她到底理亏，一边说，一边就低下头去，过了一会方才轻声道：“只是想着，怎么说日后就是一家人了，这会儿一出一出的，完了一出还有一出……王妃本来心胸也不算宽，会否……”

宋苓抿着唇乐了半天，这才拉着宋竹的手，轻声说道：“这事儿，就得一出一出地说才好，要是一口气都说出来，就显得咱们家特别想嫁了，知道吗？这里头的学问，你还得仔细思量着……”

宋竹若有所悟，寻思了半日，也略有所得，便不再反对大姐的做法，只是在一旁留神学着。

“什么，赏了十万贯的嫁妆？”饶是福王妃当年陪嫁也是不少，此时亦不由得提高了声音，“还有金银珠宝无算？”

何媒婆笑得喜庆非常，“正是，说句戳心窝子的话，小人前回几番前去，都只觉得宋家心里不大情愿，这一次，大姐语气都软和多了——这就是烈女怕缠郎，虽说那头清高，却到底顶不住府上有能耐！如今她们就是不情愿，又还能如何？”

福王妃发自内心地露出一个苦笑，半真半假地回了一句：“还不是孩子喜欢……”

媒婆毕竟是外人，而且走家穿巷，一句话被她听去了，还不知道要传成什么样，因此她到底也没有深谈，而是继续说道：“而且宋三娘又的确是世间无双的女子，也当得起我们家那般珍重。”

何媒婆自然连声称是，见王妃容色和缓了，方才打量着缓缓道：“如今宋家那里，便是还有一个疑虑——宋大娘子说，宋家自来娶亲嫁女，都是取中人品、学识，世子虽然不能考科举，也不求学富五车，但总要有些才华才好。因此，请世子将那诗词歌赋，不论如何，写上数篇，若是她取中了，这门亲事也就可以定下来，若是取不中，那就宁可奉还赏赐，也不能屈就了三娘。”

若是从前，亲家这么挑三拣四，福王妃心里自然不会高兴，此时她却是充满了对宋家的同情，因叹道：“也罢，由得他们去吧，你且回去说，我自然会叫七哥写去，成不成都凭大娘子一句话，即使不成，我心里也是绝不会有什么怨言的。”

待何媒婆退下以后，王妃方才对大世子夫人道：“也是难为宋家了，其实她们一开始是没想到，若是想到了，早就用了，又何须说什么不纳妾呀、嫁妆呀，还有这文章做得好不好，还不是宋先生一句话？早这么说，也不显得刁难，倒是比什么童子之身要有理多了。”

大世子夫人赔笑道：“七哥至此，也该心灰了吧？只是可惜了宋三娘，那么可人的小娘子，如今倒是不好再上门来往了。”

“可不是如此？”福王妃也是叹了口气，“若非咱们家是这么一回事，我也不会拦着七哥，能娶到她进门，我有什么不情愿的？只是到底，咱们家不是普通人家……”

正和大世子夫人议论着此事时，派去陈珚那里传话的仆役已经回了屋内，王妃见了，不由一怔，“怎么这么快就回来了？七哥说什么了？”

那仆役掏出一卷纸张，“回禀王妃，七哥听说此事，反而欢喜，回屋就取了一叠功课，据说都是当年在书院读书时，先生赞许过的功课，就便让我送去那边，言道先生言出不二，从前喜欢的文字，眼下自然也是喜欢的。”

王妃一时间，连一句话都说不出了，大世子夫人看着不好，连忙上前为她又是揉心口，又是捶背的，好半天才把这口气给顺过来，饶是她心里也是十分憾恨无奈，此时也只能轻声劝诫：“姑姑，这毕竟是喜事，都走到这一步了，就横下心娶进门也罢了，还想着别的做什么呢？”

福王妃想到那不争气的儿子，真是多少血都化成了眼泪，只觉得头晕目眩，躺了半日，方才奄奄挥了挥手，“送……送去那边吧。”

这一回，宋家都没声了，估计是被陈珚的无耻给惊着了，数日以后，方才是把陈珚的红帖和宋竹的红帖一起送了回来，“女方已经卜算过了，十分吉利，还请王妃也寻人卜算一番。”

这就等于是答应婚事了。王妃本来还抱着万一的想法，希望宋家能再找一个借口出来，此时见宋家都绝了希望，也是无可奈何，唉声叹气中，到底是请人占卜过了，行过了七七八八的礼仪，定下了宋竹和陈珚的婚期，彼此写过了婚书。

婚书一旦定下，两人的夫妻名分便已经无可更改，余下也就是婚礼如何办的细节问题，宋竹从此更是闭门谢客，预备嫁妆，而小张氏也赶到京城，为女儿准备出嫁事宜。宫中对此事催得很急，福王妃挑的婚期，就在半年以后，对于宗室人家来说，这个日期已经算是着急的了。

宋竹出嫁，乃是大事，只是她毕竟是和宗室联姻，而且陈珚身份又特殊，因此除了宋家的三亲六戚赶来京城，宋先生的学生们反而都没什么表示，只有小王龙图未避嫌疑，送了一份不轻不重的礼物。原来两家说亲的事，现在也搁了下来——不论是做陈珚的连襟还是妻嫂，对王家来说，似乎都不是什么太好的消息。

不过，除了小王龙图这样有望政事堂的人家以外，很多名门大户也不太在乎这个，陈珚身份虽然特殊了点，可如今宫中对他关怀备至，一点也不像是有所厌弃。邓妃家人，更是直接和福王府也结了一门亲事，宋家和福王府联姻，的确妨害了宋先生在争夺道统一事上的脚步，但也使得宋家在未来的几十年内，都会受到陈珚的荫庇，不可能再出现前段时间的祸事。以这样的前景来看，他们也是很愿意和宋家结下一门亲事的，毕竟，随着“宋大娘三难福王世子”这故事的流传，宋家的家风，也在京城传为美谈，便是宋大娘本身，也有不少名士有意求娶，只是如今还轮不到此事而已。

大户人家爱宋家的门风，大户人家的小娘子，爱的便是“世子抱得美人归”的故事，想到那宋三娘美名传遍天下，最终还是“烈女怕缠郎”，折在了有情有义的世子手里，众人也不知道是羡慕世子，还是羡慕宋三娘，总之交口称赞，都道这是流芳百世的美谈。

一晃眼，便是过了半年。一反从前的波折重重，这半年内倒是平安无事，再无波澜，这对传闻中的神仙眷侣，也终于迎来了他们的婚期。

成婚

因为陈珚是宗室的缘故，婚俗和一般人家便是不同，宗人寺早早就来人分说过了，婚礼循周，不来牵巾、除花、却扇这一套，也不拦门，宋竹这个新娘子也是不穿花钗大袖，而是要穿凤冠霞帔这样的诰命礼服，待陈珚来亲迎以后，两人先回家拜过福王、福王妃，随后便要入宫拜谢官家、圣人，而后才能回到家中休息，新婚第一日起来和家里人认了亲，第二日行册封诰命礼，第三日回门，回门以后，婚礼便告结束。全程是没有什么为难新郎的环节存在的，和如今民间新郎入户一步一拦的风俗，也是迥然不同。

众人都笑言道：“这是七哥运气，否则，就是说了亲，也难叫他娶了三娘去。”

虽然宋桑、宋栾在外做官，宋谚也因为公务不能回来，但散居各地的女眷倒是都能抽出身的，在过去的半年里，小张氏、刘氏、季氏，都从各地赶来京城，还有宋竹的姨母刘张氏等人，明老安人家里的亲眷，以及宋苡、宋艾等人，都来了京城，单单是这些才女，就已经够陈珚对付的了，更不提还有宋栗这个小才子在。兄弟辈有这一人，都能把陈珚拦到门外去，不叫他进来，就是两人拼着作诗，起码也能从天黑拼到天亮，把良辰吉时给拼了过去——也许就是因为这个考虑，恐怕宋家到底还是不愿嫁女，到最后还要再来一招，所以宗人寺便是把各项礼节都抓得很紧，不敢被宋家钻到空子。

陈珚这里，倒是不在乎被岳家人为难，其实若非恪于礼仪，他早就想去宋家负荆请罪了，奈何福王妃这半年来把他管束得很紧，他也不愿拂了母亲的面子，只能等婚后走亲戚时，再赔笑说些好话了。

至于福王府内，虽然王妃有些情绪，但到底这也是关乎脸面的大事，因此上上下下都不曾懈怠，更是特意腾了一个院子来装新娘的嫁妆——按当时官家赏赐的劲头，陈珚住的那个小院子，肯定是不够放的，府里库房又不放各房新妇的嫁妆，因此王妃这半年来也真没闲着，成日和大世子夫人忙里忙外的，都是在为婚礼做准备。

半年过去，王妃也不可能还把不高兴摆在脸上，慢慢地也都接受了陈珚即将和宋竹成亲的事实，新婚当日，陈珚穿好婚服去拜见父母时，王妃面上已是现出了嗔怪的笑容，招手让他过来，抚了抚陈珚的脸，道："如今总算是开心如意了？"

陈珚嘿嘿傻笑，王妃手上微微用劲，又拍了一下，方才说道："去吧，到了岳家，可不要失礼，就是岳家给你脸色看了，也得受着。"

为了立规矩，新郎来迎亲的时候，娘家都是要给些下马威的，宋家对这门亲事又不太情愿，谁也不知道陈珚过去，受的是什么待遇，虽然宗人寺事先打过招呼，但没准人家就硬是来个闭门不纳，那也是难说的事。

便是陈珚素来足智多谋的性子，此时不禁也有几分激动忐忑，他应下了母亲，转身出门上马时，都有些不敢相信——自己真要娶到三娘了吗？这一天难道真的来了？

回首两人前尘，想到仅仅是一年前，他还从未想过自己能和三娘缔结婚约，而是惦记着要给她找个不错的归宿，陈珚心中，自然也是感触良多。这一路走得恍恍惚惚，若不是有人引路，差点儿就走过头了。

和一般婚俗不一样，此时的宋家也是中门大开、张灯结彩，见到陈珚过来，先有人在门前燃了一发炮竹，而后宋栗和几个男亲戚出来，把陈珚一行人迎进了院子里。

按宗人寺的安排，就该由主婚人引着陈珚去拜岳父母，然后行亲迎礼，把穿着礼服的宋竹接回福王府了，可陈珚却没看见主婚人，也不知道他老人家被宋家人引到了哪里去，只见宋栗把他引到一个小院跟前，口中笑道："虽然世子是宗室，但我们家嫁女，总要热闹一番，难上一回也是要的，爹娘就在院子里，该怎么把这门喊开，就看世子的了。"

他故意口称世子，明显就是为了给作弄陈珚留出个余地来，免得叫得太亲热了，狠不下心。陈珚也知道这个道理，见宋栗脸上笑容虽然和气，但眼中隐隐含了期待，眼珠子一转，便笑道："三哥这样说，看来塞门包是不成的了。"

宋栗哈哈笑道："你要塞，那也随你。"

陈珚心下也是暗自庆幸，虽然福王府没给他预备门包，但他恐怕在宋家情形有变，还是预备了一些门包放在怀里，此时便上前叩门道："请岳父、岳母开门。"

门后隐约传来女子笑声，紧接着便有人回道："只是叫，不见诗呢？"

还有人笑道："限韵吧，限个容易些的，十五删，做一首律诗进来便行了。"

陈珚顿时绝倒了——他是受过几年教育不假，但毕竟不是要考科举的，能够出口成章的读书人，一般来说除非是进士家庭，否则也不会要人现做些催门诗，能背诵一些就差不多了。现在让他限韵作诗，陈珚还真是没这个本事。

"岳父、岳母，小婿无能，做不得诗。"他只好如实告饶，"还请岳父岳母宽限则个，开了门放小婿进去，小婿日后一定好生读书孝敬。"

门后顿时又传来一阵笑声，"做不得诗词文章，可能上阵杀敌？"

陈珚无语了——他一个宗室，怎么可能上阵做将军去开疆拓土？

他这时候大概也猜出来，门后的应该是宋苓、宋苡这些姐妹，益发是不敢得罪，便小心答道："惭愧惭愧，小婿碍于身份，虽有武艺，也不能上阵。"

"文也不行，武也不行，那你什么能行？"门后那人又问。

陈珚也料到她为的就是这一问，他抬头挺胸，大声答道："我做人行，小婿虽无能，却也是顶天立地的汉子，为人处事光明磊落，绝不有损良心，在家侍奉父母、维护家业，疼惜娘子，都是小婿本分——大姐、二姐请放心，三娘嫁入我家，我必定好生呵护，不让她有一天有一刻受到委屈。"

门后默然片刻，倒是宋栗深深看了陈珚一眼，点头道："世子，这话你今日说出口，我可是听见了的。"

他素来和气，此时也是笑眉笑眼，但不知为何，却给陈珚一种难以言喻的迫力，仿佛多少威胁，隐而不显，不过陈珚心里本就没打算食言，倒也大大方方地回道："三哥你便放心好了，不是想对三娘好，我娶她做什么？"

宋栗定睛瞅了他一会，面上笑意，慢慢放开，终于露出舒心的微笑，他上前捣了陈珚一拳，呵呵笑道："大姐、二姐，开门吧。"

有他出面，这一扇门，总算是慢慢打开了，宋苓、宋苡都是穿着盛装，连着一群姐姐妹妹，站在门后笑看陈珚，陈珚忙掏出门包四处鞠躬送上，宋苓接了门包，口中笑道："我们临时变卦，到底还是难了你一难，没守宗室的规矩，妹夫你可别见怪。"

陈珚忙道："大姐说哪里话，在宋家，就要守宋家的规矩，我是心服口服，丝毫也不曾见怪。"

两人眼神一触，彼此心照不宣，微微点了点头，宋苓便把陈珚引进屋内，拜见娘家长辈。

宋先生和小张氏倒是都未多说什么，宋先生只是望着陈珚点头微笑，仿佛乐见其成一般，欢喜丝毫不见勉强，便是小张氏，对他也是“岳母看女婿，越看越欢喜”，陈珚轻轻松松就拜见了岳父母，宋苓等人自然先去闺房里，把新娘宋竹给接出来。

虽然宋竹长相仿若有天人之姿，但陈珚除了明白她生得好看以外，却从未被她的美貌迷倒，便是这番，等了一会儿，见到盛装打扮的宋竹从后堂走出来，也没觉得她有多么惊人美艳，只是见到她姗姗而来的样子十分可爱，两人许久未见，他见到她，心里是真的欢喜——虽然这一番折腾，他是心甘情愿，从未觉得委屈，但在见到她活生生地走到自己跟前时，陈珚真是觉得自己做的决定，再对也不过：从今儿个起，她便是他的娘子了，往后这一辈子，两人能一起往下走去，日日都能相见，再也不必分开。

虽说他平日素来豁达大度，不是爱动情绪的性子，但今日不知为何，想到此处，忽然却是双眸泛红，若非有这许多人看着，眼泪几乎都要流将下来。陈珚趁着人不注意，忙低下头压了压眼角，又退回了原处——他忽然发现自己刚才心怀激荡，不知不觉间，却是往前走了几步，仿佛要去迎她。

一般新娘，都是以团扇遮面，但宗室婚礼依周，因此宋竹是凤冠霞帔，却是光着脸，没什么遮掩，见他进退失据，她眉眼一弯，像是被他逗乐了。陈珚忽然又觉得有些不好意思，看了看周围，却见一家亲戚，全都含笑望着自己，倒是并无苛责之意，甚而宋苓眼圈，还有些泛红，仿佛是见到他们男才女貌，十分满意，这才放下心来，和宋竹一起在主婚人主持之下，拜见宋先生、小张氏，换了称呼以后，便当先出门，迎上新娘回福王府去了。

骑在马上时，他是高头大马，高高在上，也没什么人看得见，陈珚便借着抹脸的工夫，偷偷掉了几滴眼泪，这才把情绪收拾好了，和宋竹一道回福王府去，拜见了父亲母亲，又入宫去拜谢官家、圣人。

不论是福王、福王妃还是官家、圣人，其实对他们小两口都是熟悉的，大喜日子，也就说些喜庆的套话，圣人语重心长，叮嘱陈珚道：“这新妇，你是费尽了心思才娶回来的，可要好好待人家，休要让她受了委屈。”

陈珝只觉得圣人意在言外，自己背上寒毛直竖，不过想到日后入宫机会不多，也就老了脸皮，装作听不懂，漫应着了事。

今日跑了三个地方，穿的又都是大礼服，两人都是累得一身大汗，回到福王府新房以后，两人便分别被引去梳洗，陈珝在梳洗时想到今晚要行那周公之礼，不免还有些慌乱，在净房内深深吐纳了几番，方才是回了屋内。

进了门，见到宋竹坐在桌边，神色变换，也不知想些什么，不知为何，他一下又不紧张了，便是轻手轻脚地，走到宋竹背后，猛地拍了她一下，笑道：“你在想些什么？”

宋竹明显吓了一跳，回头看到是他，这才放松下来，脱口而出道：“我在想……我今晚才不要和你洞房！”

洞房

这半年来，小张氏和宋苓没少灌输宋竹为人妇的一些门道，小张氏面皮薄些，说的多数都是日后为大家主母的一些事情，不外乎就是侍奉舅姑，外加做事时不要被下人欺瞒了去的一些讲究。因为陈珝排行在后，等到他继承福王王位的那一天，应该也是没有舅姑之论，说不定宋竹都娶新妇了，因此小张氏也就是粗粗一说，没有怎么细点。倒是宋苓，从内到外，能说不能说的，全都和妹妹说了，到了出嫁前一日，更是拿了一本好玩的画儿来，仔仔细细地将男女之间的那点事儿告诉了宋竹，干脆就免除了小张氏委婉解释的那份活计。

虽然也知道，天下的夫妻大抵都是要做这些事的，但宋竹心里就愣是觉得和陈珝之间还没到这一步——也许是这一切发生得太仓促了，在她心里，直到现在住进了福王府，才是相信自己真的成亲出嫁，和陈珝到了一块儿。总之，若是换作任何一个陌生人在这里，她说不准倒还也就做了，就因为是陈珝，两个人十分熟悉，已经有了一个关于亲疏的感觉，她才是分外真切地感到，自己和陈珚，绝没有亲近到能做那种事的程度。

可，洞房之夜，哪有不行周公之礼的？宋竹自己都不知该如何把这种排拒说出口去，被陈珚这一问，脱口而出以后，反倒是松了口气，多了分底气一般，盘着手沉着脸坐在那里，就只等着陈珚胆敢反驳时，自己再翻出旧账来，把他数落一番。

谁知，陈珚竟根本没有反驳的意思，微微一惊以后，反而也露出笑意，很是赞同她的话一般，道："正是，今日一大早就起来，折腾到现在才能歇息，谁还有什么精力洞房呀？先安歇是正经了。"

宋竹本来都准备吵架了，此时被他这一说，倒是一脚踏空，愕然之余，顿时失去气势，坐在那里也不知说什么好——虽然在大姐的劝说下，同意了婚事，但她对这门亲事却始终都说不上太兴奋，总是情不自禁地想到兄弟父叔们的前程会否受到影响，虽然家里人都是若无其事的，仿佛这桩婚事对他们毫无影响，但宋竹每每要高兴起来时，一想到此事，就像是蒙了一层阴霾一般，总是减了几分兴致。虽然此时见到陈珚，没有特别不高兴，但也没有特别高兴，因此便觉得束手束脚的，格外拘束。

陈珚倒是比她大方得多了，见她坐着不说话，便先坐到床边，往时漏那里看了看，"哎呀，只能睡三个时辰就要起身了，还是早点安歇了吧。"

宋竹知道第二日还有许多事要做，见陈珚这么说，想了一下，知道不睡下去，第二日肯定是十分难受的。因此虽然不适，但也走到床边——她有心让陈珚去别房睡，但又知道这是不能成的，只好爬到床内，和陈珚隔了老远，僵僵地坐在那里，十分不知如何是好。

屋外自然有人服侍，不多时，灯被吹熄了，屋门也被掩了过来，陈珚倒在他那一边，已经发出了微微的鼾声，宋竹一个人拥被坐着，看了看这陌生的环境，以及身边这虽然说不上多陌生，但现在也谈不上多亲近的人，忽然感到了一阵难言的恐慌，虽然她从小就一直担心自己嫁不出去，但现在真的嫁出来了，却又觉得倒是情愿不嫁出来的好。

虽然福王府她从前也来过几次，十分熟悉，但……这样忽然间要脱离家庭，来到一个极为陌生的地方，这种感觉却也是极为酸楚难受的。

她本来不是爱哭的人，可此时眼泪却不由自主地就落了下来，宋竹情不自禁地抽了几声，虽然是大喜的晚上，但她却觉得十分落寞孤单，竟是半点都没有欢喜。总觉得日后和爹娘兄姐们之间，都已经是再无法回到从前那般亲近——觉得自己是被原来的家庭给抛弃了。

这份难以言喻的酸涩心情，让她顿时十分脆弱，她自顾自地抽噎了一会，只觉得身后有人暖暖地抱上来，心里便不再排斥，反而本能地往后靠了过去，倚在陈珚怀里哭了一会儿，陈珚便柔声问道："怎么哭了呢？啊，我知道了，定是被子里缝了莲子，硌得你难受。"

宋竹吸了吸鼻子，摇摇头含糊地道："都是你……都是你……"

多少年的积怨和委屈，被这句话勾动，隐隐地回映出了当年的一点余晖，宋竹不由分说对陈珚又掐又拧，虽然没有使出十分劲，但也自然而然用了点真力道，陈珚也很给面子，连连呼痛，让宋竹打得极有成就感，捶了一番，倒也是不哭了，反倒咯咯笑起来，陈珚便羞她道："又哭又笑，小狗撒尿！"

宋竹听了，自是不依，又拧了他几下，方才道："哎呀，你把我的帕子拿来，哭得脸上黏糊糊的，难受死了。"

等陈珚把帕子给她拿来，宋竹心情已经好得多了，擦干了眼泪，见陈珚直直地望着自己，便凶巴巴地道："人家想家了，方才哭几声，难道不行吗？"

"行，怎么不行。"陈珚对她如今可是要比以前客气得多了，一张又是熟悉，又有几分陌生的脸，在黯淡的灯光里，仿佛透了格外的狡黠，"我还巴不得你多哭一会儿呢，那我就能多抱一会儿了。"

宋竹啐他道："呸呸呸，谁允许你多抱的，刚才都没让你碰我，是你自己要近身的。"

陈珚挺胸道："那你抱回来好了嘛，我大方得很，你要抱多久都成。"

宋竹道："谁要抱你呀。"

说着，也忍不住笑了起来，把手帕搁到一边，自己又坐回了原位，靠着床头，用手一下下地扯着绸被面，一面打量着四周，一面道：“嗯，这屋子还挺新的。”

“重新刷过了呀。”陈珚也坐回了原位，他这回就不着急睡下了，也靠在宋竹身边，不过不曾抱她，两人就这么坐着说话，“其实我也就是搬进来不多久，以前还小，都是和兄弟们一个院子，这个院子是成亲前才收拾出来给我住的。”

说着说着，他看了看宋竹，忽然又笑起来，宋竹疑惑道：“你笑什么？”

陈珚道：“我在想，刚才是我第二次抱你……然后就想到了第一次抱你的情形呗。”

“第一次抱我……”宋竹想了想，也不禁笑了，“那叫抱吗？那是你压着我。”

“那是我拉着你压着我。”陈珚笑道，“你说，要是当日我们被外人发觉了，又哪有日后的故事？说不得我早就得说你过门了。”

以当时两人亲密的程度，若是被不相干的外人发觉，宋竹也不怎么好再嫁给别人了，宋竹回想起来，也觉得当时两人都是傻大胆，就没人想到这一节。

说到往事，当年和陈珚日渐熟惯的感觉，慢慢地又回来了，再加上陈珚一直也没有碰触她，宋竹渐渐没那么紧张，说话都大声了点，“若是那样过门，家里人可不要把你我埋怨死了？先不说今日官家赏下的那些东西了，便是在两家大人跟前，也不能抬起头来做人。”

想到不久后贤明太子去世的事，她又道：“说不得，王妃还会悔婚呢。”

“嗯。”陈珚居然也没反驳，“算算，若是当时就定亲了，六哥去世时，我们应当还没成亲，我想娘和姨姨肯定是会让我悔婚的……所以，如此这般也好，大家都没话说了。”

“别人有没有话说，我不知道，我就知道你肯定很有话说。”宋竹其实一直也不解这一点，她在陈珚跟前，素来倒也很少有真正的心机，此时想到，随便就问了出来：“哎，你说你真就是因为躲避嫌疑娶我的吗？你就不想想，这样一来，我爹他们有多尴尬？”

“唬人的罢了。”陈珚的语气满不在乎，“你还当真了？”

“那……那你是为什么要娶我的呀？”宋竹的心跳有些快了。

陈珚呵呵一笑，用“你也未免太笨”的表情看了看宋竹，“你猜呢？”

“这能猜得到？”宋竹这回又有点不高兴了，不过，这份不高兴和刚才的不高兴，就不算是同一回事了。

陈珚倒是大大方方的，就那么自然而然地道：“因为我欢喜你呗……以前没法娶你，就当作没这回事，现在能娶你了，那我为什么不娶你呢？”

虽然心里早就有了猜测，但听他亲口承认，自然又是一番滋味在心头，宋竹默然不语，许久方才说道：“看来，你是真的不想做官家……”

“做官家有什么好的，操不完的心，成天也是受气。”陈珚道，“没办法，六哥一定要我顶上去，那我也就只能上去，若是有得选，我才不要当。”

他的手抬了起来，犹豫了一下，慢慢地往宋竹肩上落了下来——虽然之前才刚拥抱过她，但这一回，他却显得要比刚才更慎重些。

宋竹还是有些想躲，但这回却是因为害羞，她咬着唇，到底还是没有挪动，由着陈珚的手，落到了她肩上，又把她搂得靠到了他怀里。

“我就想，能娶个心爱的小娘子，”陈珚轻声说，“和她一起快快活活地过一辈子……春花秋月、夏荫冬暖，在汴京城里过着数不尽的逍遥时光。”

宋竹面上一片烧红，她不自觉地把脸埋到了陈珚肩颈之间，并没有答话。

屋内静了下来，过了一会儿，陈珚道：“粤娘？”

“嗯？”宋竹就觉得满屋子都是她的心跳了，怦怦怦怦，跳得她十分不知所措。

“这是我第三次抱你了。”陈珚别过头来，在她耳边轻轻地说。

宋竹觉得仿佛有些事要发生，不禁有些慌张，她现在的态度，比之前软化了不知有多少，只是却还忍不住有些害怕，也没想好该怎么办，

“……嗯。”

“好了。”陈珚轻轻地笑了一声，他忽然又抽出手，若无其事地说，“睡觉、睡觉。”

就这样往枕头上一倒，眼睛一眯，若无其事地就打起了细细的鼾声……

宋竹瞪了他一会儿，心里不知为何，又有些生气，她还以为今晚都睡不着了，没想到被陈珚这一番闹腾，躺下没有多久，居然也就迷迷糊糊地睡了过去。

第十二章 重提

新婚

虽说是劳累了一天，但宋竹毕竟是初到贵地，心里总有事儿，第二日一大早，天才刚亮，便是一个机灵醒了过来。见陈珚还是沉睡不醒，她红着脸悄悄从他怀里爬了出来——虽然这张床不小，但也不知怎么回事，晚上两人睡着睡着就搂到了一起，若不是彼此都穿着衣服，还真有些尴尬呢。

其实……现在都是夫妻了，将来总有一天是要做那不穿衣服的事情……

宋竹想到这点，心情就是起伏不定，她也不愿多想，掀起帐子从床榻上钻了出来，见到有两个侍女已经守在门口，倒是呆了一呆——昨晚她情绪激荡，倒是不记得屋内有人留守的事情了。此时定睛一看，倒是还见到了当时她在福王府小住静园时的侍女月琴，便笑着点了点头。

见月琴要上前来给她换衣，宋竹便道："你忘了吗？我是素来不要人服侍的。"

月琴看了另一个微微笑着的侍女一眼，口中道："月琴知道了。"

这方才是退回原地。

宋竹看了另一人一眼，也是若有所思，不过她在家时就是自己事情自己做，就是来到福王府，也不打算一下就沦为半个"废人"，什么事都要旁人帮忙，这几个侍女她也不打算经常放在屋里，因此彼此间关系如何，宋竹也不是很在乎，只是吩咐道："衣服我自己穿，别的打水拿饭什么的活计，你们帮着做一下吧。”

月琴应了声是，没过多久，就端了热水上来，在屏风后服侍宋竹洗漱了换过衣服，这边陈珚也起了身。宋竹从净房里出来时，就看到另一名侍女在服侍他换衣，陈珚只是双手平举，站在那儿受人服侍。

宋竹本来再度见他，还是有点紧张，不过看他一边揉眼，一边对自己迷迷糊糊地笑，倒是又放松多了，便故意撇嘴嫌弃他道：“你倒是好，从前在书院的时候，自己一个人也过下来了，回了京城，才叫本性毕露呢。”

陈珚居然不好意思地笑了，也没和她斗嘴，“我自己也知道这样不好，不过，在书院的时候穿得那不是简单吗？回了东京以后，每天都得打扮得正正经经的，我又不会穿那么复杂的衣服，久而久之也就养成习惯了。”

宋竹这才想起来，今天还是要穿得慎重一些的，因为要去拜见家里的各房亲戚，以前其实她穿大衣服的时候也要人帮忙，不然自己的确是穿不上。因此便也不好意思地冲月琴一笑，“那你还是来给我换了衣服吧。”

两人并肩换了衣服，宋竹本待随便梳个头就罢了，但月琴因她“出尔反尔”，倒是胆气一壮，强着劝宋竹坐到窗边，由她给正经画了两道眉毛，又薄施脂粉，“不这样做，配不上您戴的花冠。”

宋竹从小受的家教，正经小娘子一辈子几乎都是不上妆的，每天拿脂粉往脸上糊弄的那是青楼楚馆的女子，除了新婚那日以外，日常生活中，画眉已经是她能接受的极限，此时虽然不适，但看陈珚习以为常，另外几名侍女深以为然的样子，也不便多说什么，只好由着她们摆布了一番，这才去给福王、福王妃一群人行礼。

福王府人口多，光是陈珚的兄弟姐妹就有十多个，还有同一系的宗室亲戚，因为住得近，都能赶来，宋竹一早上收了无数的见面礼，当然也是斟茶弯腰，行了无数的万福礼。中午又是一群人坐着吃饭，陈珚自己的小弟弟小妹妹，还有别府的亲戚们，全都在她身边跑来跑去，直呼“好漂亮的新妇”。

行过册封礼以后，第三日回门也是一般，宋先生的学生们回门礼当日倒是都来凑热闹了，听说在外头，大家闹着让陈珚叫师兄，陈珚叫了，又反过来要妹夫的见面礼，大家闹得十分喜庆。

在后堂里，气氛要更静谧亲热一些，小张氏、宋苓、宋苡等人虽然不露出来，但宋竹也能感觉到亲人们对她的思念，她也是极力克制自己，方才没有红了眼圈投入母亲怀里——毕竟是大人了，也知道两家平日里走动不多，小张氏等人对福王府终究是缺乏了解，自己要是表现得太恋家，只怕母亲和大姐、二姐，私下又要担心了。

等到大家吃过饭以后，宋苓便把宋竹拉到一边，细细地问了些在婆家的苦乐，宋竹都如实答了——这几日忙，也没安生下来，家里人对她都十分和气，没觉得什么不好……

“那你官人对你如何？”宋苓冷不丁来了一句。

宋竹也没想太多，先是点了点头，后来才灵光一闪，悟到了什么，不由得一阵脸红，垂下头并不说话，宋苓这就看不对了，“怎么，难道他竟是不体贴的人？”

得知两人还什么都没有发生以后，宋苓又是笑个不停，“你们这一对，怎么就这么逗乐呢？”她想了想，也是边笑边说，“既然他忍得住，那你就更无妨了，别着急，这样也好，就让他修身养性一番，这对他有好处。”

宋竹信以为真，还有些“逃脱一劫”的惊喜，“真的吗？”

宋苓捂着嘴只是笑，并不应声，宋竹隐约觉得并非如此，但又不知到底是如何，反正陈珚不提，她也乐得就不去想这些事。

回门以后，福王府又足足摆了七八天的宴席，方才是把各方都招待完毕，真正进入了居家过日子的阶段。宋竹也是闲来无事就和月琴谈谈天，又和陪她一起过来的乳娘唠叨了许久，这才是把府里主要的生活节奏给弄明白了。

国朝宗室，因为先祖有言，都是吃着朝廷的供奉，不能有别的营生，所以宗室和外戚一样，飞鹰走马就是他们的正事，女眷们则随意打发时日，有爱热闹的，便是三日一小宴五日一大宴，大家取乐，有信佛崇道的，那就是抄经修禅成日斋戒。不过由于如今宗室都是渐渐地穷了，摆宴席的不多见，大家都是关起门来过日子，私下女眷还有很多要做女红贴补家用，才能撑起这个宗室的面子。

福王府因为刚分封出来没有一代，所以还算是富裕，再加上儿女多，婚嫁都是赚钱的，又有些脑筋，扶持了一些门客在外做点生意，所以日子过得还宽裕，没有惨得只剩一张门面。但福王妃毕竟是老宰相家里出身，所以王府内家风还算简朴，新妇们也不可能随意出门游乐，一般外出不是回娘家就是上香，没有四处赴宴，又或者是府里随时开宴的事情，反倒是小世子、小娘子还开心些，时常能出去和小姐妹们开诗会。小世子读书之余，和伴当们出门玩乐，只要不是去学坏，单单出去蹴鞠、打猎，家里人也不制止。

府里大小事情，都是由大世子夫人和福王妃商议着处理，宋竹这个新妇也没必要多问，每天晨昏定省一番也就是了，其余时间都待在小院子里，若是愿意，都可以不必出来，其实要说清闲，倒也是清闲的。

不过，按小张氏和宋苓教她的说法，宋竹还是决定闲着无事，就去几个嫂子那里走动走动，起码也找几个人说说话。还有当年的那些同学，范大姐现在也是嫁到东京城，都是可以来往起来，免得在院子里关着，闲着也是无聊。

她的如意算盘倒是打得挺好的，但陈珚却没让她如意，这一日府里总算是没开宴了，宋竹从福王妃那里回来，正想去找二世子夫人坐坐聊天呢，陈珚就兴冲冲地冒出来了，“走，天气正好，咱们到城外走走去。”

“可——”宋竹很吃惊，据她所知，东京城似乎也没有这个风俗。

陈珚一挥手，“我都给你预备好了，你穿我的衣服就行，现在城内少年，爱俏的哪个不是涂脂抹粉、簪花带草的，你戴一顶帏帽，谁能看得出来？”

帏帽倒是不分男女，出游时人人可带。宋竹在家憋闷了也有大半年，一时难免意动，还在犹豫呢，陈珚已经喊来月琴为她换衣服。宋竹勉强抵抗了两句，见他不为所动，也只能由着他去了。

她虽然在东京城住了许久，但碍于女子身份，很少有出门的机会，更不说是四处游览，这一天和陈珚谈谈说说的，自然玩得高兴，回来歇了一天，正要开始社交，又被陈珚掠走，去城外玩了一天……

接连几日，陈珚都带着她出门去玩，宋竹虽然也喜欢出去，但又有些心虚——她知道月琴肯定是福王妃的心腹，不然当时也不会被派到静园服侍自己。她和陈珚一直没有圆房的事，福王妃是肯定知道的，现在还成天跟陈珚一起出门玩儿，就不知道福王妃心里会怎么想她这个跟着官人一起瞎胡闹的新妇了。

虽然每日去请安的时候，福王妃还是若无其事的样子，似乎毫无过问的意思，但宋竹心里就是有些心虚，一个是出去玩，还有一个是不圆房，这两件事都让她感到压力，偏偏后者又不好在人前提起——想和陈珚说点私话呢，出去玩的时候，身边肯定跟了随从，可在屋子里的时候，月琴等人又不离左右，这让她很难找到机会，颇觉不便，渐渐地，也就起了收束院中人事的心思。

“你们都下去吧。”这天晚上洗漱过了，她便主动吩咐月琴，“以后我和七哥就寝的时候，你们别在一边了。”

月琴等人，听了此话也不诧异，只是含义很丰富地看了看宋竹，十分顺畅地就退出了屋子，宋竹看着她退出去，忽然觉得有些不对，想了想，面上忽然又是一红——哎呀，月琴该不会是误会了什么吧？

想通了此节，宋竹忽然觉得自己有点没法面对陈珚了……等他从净房出来，发现屋内就她和他了以后，不知道他会不会也跟着误会……

圆房

虽然有了这份担心，但宋竹也不好把月琴她们再叫回来，她自己坐在桌边，脸红耳热了一会儿，陈珚便搓着脸从净房出来了——那一日被宋竹数落了几句以后，除非要穿大礼服，否则陈珚洗漱换衣，也都不假他人之手，所以刚才晚间洗漱，净房内就他一个人，倒是无人服侍的。

“咦，这人都到哪里去了？”陈珚也不是瞎的，左顾右盼了一番，自然有此一问，他在宋竹对面坐下，翻开茶杯给自己倒了一杯熟水，奇怪地瞥了宋竹一眼，“你这又是脸红个什么劲儿？”

宋竹心慌意乱的，眼神都不知道该摆到哪里，她看了看陈珚的茶杯，忽然没话找话地问，“我换了熟水，你喝着可还习惯吗？”

福王府虽然不是那种每天大宴小宴的奢华地方，但怎么都是殷实王府，除了时常饮用宫里赏赐的龙凤团茶以外，汝窑的茶器里也经常装了兑过蔗浆的温水，供主子们随口饮用。唯独宋竹过门以后，觉得老喝甜水，嘴里会有酸味，就还是做主换成了烧开的甜井水，这样有淡淡清甜的感觉，她觉得比蔗浆水要好喝得多。

“还可以。”陈珚看了茶杯一眼，“倒是让我想到在书院时候的事了，那时候都忙着读书，大家也没有点茶的习惯，都是喝熟水，在考校前夕用功的时候，连打水来烧都懒得，提了井水，站在那里就喝下去，回来继续读书，也挺有趣的。”

宋竹渐渐就没那么紧张了，咯咯笑道：“喝了拉肚子呢，我也听三哥说过，大冬日里的都有人这么喝，真是毛头小子，不知天高地厚，就仗着自己火力壮。”

陈珚也笑了，“那时候都还小嘛——”

“你现在也不大呀。”宋竹抢白道，“好些师兄在书院读书的时候，也就是你这个年纪。”

“那我不一样，我要比一般人都厉害。”陈珚哈哈笑了起来，“你怎么能把我和别人比呢？”

“你这么说，别人在你这年纪做傻事还是应该的对吧？”宋竹扑哧笑了出来，捧着自己的脸道，“哎哟哟，好大一张脸，我觉得我都捧不住了呢。”

陈珚摇了摇头，若无其事地说：“还不是好好在我脖子上长着嘛，也没见掉下来。”

两人说笑抬杠，瞎扯了一会儿，天南海北也不知说到了哪里，见陈琊没有“误会”的意思，始终只是在和她聊天，宋竹的情绪倒是慢慢缓解下来，她随手撕扯着一块帕子，又聊了一会儿，便提起了两人时常出游的事。“虽然你是能时常出去，但我一个妇道人家……只怕姑姑她们心里要不高兴的。”

“是有人和你说什么了？”陈琊好奇地瞪大了眼睛。

“那倒不是。”宋竹忙道，“这不是还没几天吗？若是长久的，自然有人要说话的吧？再说，虽然你是宗室，但也不能就这么成天瞎逛……”想了一会，她也不能不承认，好像陈琊除了瞎逛以外，还真没什么好做的，只好又改了说法，“就算是要瞎逛，那也得隔三岔五的，每天都出去跑，多不好呢？”

“你这就不懂了。”知道没人发话，陈琊神色明显亮了起来，他挽起了袖子，用教导的口吻道，“那，我和你说，这做人呢，都讲究个有来有往，对不对？倘若我一开始便是一个月带你出去玩两次，那么爹娘让我收敛些，我岂不是只能两个月带你出去一次？若是我顶嘴了，又或者阳奉阴违的，爹娘知道了，心里肯定不会高兴。”

宋竹已经明白他的意思，“是以你就先天天带我出去，这样日后家里人发话了，你改为几天十几天和我一起出去玩一次，家里人也就觉得你听话了，因此便高兴了，是吗？”

陈琊使劲点头，冲她露出一口白牙，笑道：“怎么样，这会儿明白我和别人比有多厉害了吧？”

宋竹一阵无语，过了一会儿才道：“我看是别人没你那般拉得下脸子吧……”

不过，她也是喜欢常出去走走的，现在陈琊肯为她做主，虽然心里还有些担忧，但横竖那是陈琊的爹娘，宋竹和他们又说不上多熟识，她也不觉得自己能未雨绸缪居中调停，只是担忧地道：“就怕城里知道这件事，流传开来了，影响到娘家那边的名声。”

“哎呀，这算什么。”陈琊倒是不以为然，“不就是经常带你出去郊游吗？就算别人知道了，算是什么事呢？你都成亲了，又不是待字闺中的小娘子，只要我乐意，你就是不戴帏帽，穿上女装，满城人也没人能说你的不是。”

宋竹总是说不过他的，闻言也只得默然，陈珚见了，又得意道：“是不是？再说了，先生家名声好得都快成圣了，以大姐那能耐，她和离还把一双儿女带回家，士林里还不是全盘站在她这边？你不过就是时常和我出门而已，这和大姐那事能比吗？放心吧，我心里都有数呢，你就别瞎担心了。”

宋竹就是见不得陈珚得意，见他如此，不由得就脱口而出：“是吗？那咱们什么时候圆房……这事儿你心里也有数？”

话刚出口，她就恨不得咬住自己的舌头，恨不得找个地缝钻进去，再也不见陈珚——只是她到底也有些好胜心，话都说出口了，一时也不便露怯，只好努力佯装无事，迫使自己盯着陈珚不放。

陈珚被她这一问，也是有些吃惊，他的脸红了红，但迅速又恢复了镇定，只是眼神却无论如何也离不开宋竹的脸了，“这事……我说了不算吧。”

宋竹心跳如鼓，“你……你说了不算，那谁说了算啊？”

“不是你说了算吗？”陈珚的语气倒像是无事人一般，就和在讨论明日去哪里玩耍一样自然，“难道不是？”

宋竹这要说不是，陈珚紧接着提出圆房，她还怎么回绝？可她要说是，陈珚问她何时能圆房，又让她怎么回答？她的脚尖在青石地板上蹭来蹭去，“那……那……这也得两个人商量着定吧。”

陈珚唔了一声，“那你说，什么时候圆房好呢？”

宋竹觉得两个人坐在这里说这事实在是太可笑了，她红着脸，倒是有些赌气，“依我的，那咱们就一辈子也别圆房。”

“那可不行。”还好，陈珚没有顺着她的话往下说，他为宋竹也倒了杯熟水，认真地道：“这种事嘛，水到渠成，自然而然，大概一两年内，你说是不是？我一直没提，也是不想显得心急，今日既然你说起来，那我就和你说说我是怎么想的……”

他又端出了以前和宋竹说周家不能嫁的态度来，认认真真地对宋竹道：“你知道，我和你之间本是没有缘分，虽然心里都存了那份意思，但造化弄人，却不能在一起，实在是天公作美，有了如今的小皇子，才能结成良缘。我有时想起以前的事，心里虽然欣慰，可也有些遗憾，总想着，要是六哥还活着，还康健，我只是个宗室子弟，那么当年……不用你和我说那些话，我早就请家里人去上门提亲了。”

宋竹虽然垂着脸，但耳朵却是竖得高高的，听陈珚缓缓说道：“若是那样，你我亲事早定，我又在书院读书，能够时常见面，两人情投意合，只等着他日成亲。那几年又该有多快活？想来你也能少受许多苦楚，我也……我也能更快活些。若是那样的日子，到了新婚之夜，你又还担心什么呢？我自然也不会觉得难以下手，两人自然而然，便会把该做的事给做了，是吗？”

宋竹听他描绘的情景，也不禁悠然神往，不由自主便随着陈珚的问话点了点头。陈珚又道：“虽然你我二人没那个福分，能过那样没波没澜的日子，但总算还能在一起，我心里也是十分欢喜。你知道，我是个宗室，一辈子也就这么太太平平地在东京城里，去不得别处，和你还有那么好几十年朝夕相处。既然如此，又何必着急呢？总要把那几年快快活活的时光给补回来了，待到两人重新熟悉起来，真的情深义重的时候，顺理成章，该做什么就做什么，在这以前，就是逼你，又有什么劲儿？粤娘，你道是不是？”

宋竹即使再别扭，被这一番话，也要说得心底泛甜，她的嘴角，不知不觉浮上了些许笑意，眨动了几下睫毛，到底是轻轻地点了点头。

“时辰不早了，睡吧。”陈珚吹灭了桌上的蜡烛，只留下床边的一根，“明日想去哪里玩呢？”

“要不咱们去西太一宫看看呀？”宋竹也来了兴致，“‘今日重来白首，欲寻陈迹都迷’呀。”

“那就去西太一宫。”陈珚拍了板，“再带你去正店里吃酒听曲子，也让你见见世面。”

世上没有人是不爱玩的，宋竹本来也不是做学问的料子，现在大笔嫁妆傍身，又没什么事做，能够出去散心，自然开心，她喜滋滋地应了一声：“成！”

两人又聊了一会儿，宋竹渐渐地已经有了睡意，正欲倒下安眠时，又听得陈珚问道："哎，你觉得过门以后，和我重新亲近了没有？"

若是依宋竹的脾气，她肯定要反问"那你说呢？"，现在实在是困了，便只是随便点了点头，陈珚还不依不饶地问："亲近了多少？"

"问这个做什么嘛？"宋竹揉了揉眼，有些不高兴，"一些，亲近了一些，可以吗？"

"那……是亲近到能拉手的地步，还是亲近到了能抱一下的地步呢？"陈珚的话里，少见地也出现了一丝迟疑。

宋竹和他，现在睡梦中也时常无意识地抱在一起，说实话，对于搂搂抱抱也不太反感了，她实在困得很了，听陈珚还问来问去的，转过身就直接抱住他的脖子，在他脸颊上亲了一下，"嗯……可以了吗？睡吧……"

原本想是亲脸颊，但帐子里昏暗，只觉得触上去有些肉肉的，不像是皮肤，但宋竹实在困得不行，也没松开手，就这样挂在陈珚脖子上便睡了过去……

第二日早上起来时，在陈珚的尴尬中，她却是学会了两个很新鲜的名词，知晓了"精足自举""精满自溢"这两件事……

别院

虽然陈珚定下了这样的策略，但他毕竟不能万事皆在料中——他接连带着宋竹出去玩了一个多月，也不见家里有人说他什么，福王妃就和不知道一般，平日里问起宋竹，宋竹也道妯娌们都没人说什么，待她一如往昔，毫无半点排挤的意思。

家里对他们这一房会格外放纵一些，其实也在情理之中，不管怎么说，毕竟曾经是官家的养子，就是现在，宫里隔三岔五也有赏赐。但陈珚估量着，连续带宋竹出去玩了这么久，家里人再怎么样都会看不过眼的，现在期待落空，他倒是有点下不来台了。

你说吧，这天天出去玩也怪累的，别说粤娘了，就是他，每日这样地往外跑也觉得有点折腾，但要是自己收敛了呢，陈珚又觉得有点没面子，好像被人看破了，输了一阵一样。是以他虽然也有几分疲惫，但依然是鼓起余勇，每天带着粤娘出门去游荡，私底下又派人到市井上去打听打听，提防着外头有什么不利于粤娘和宋家的传言。

因为新娘子出门第一年，一般都不常回娘家，再加上宋竹自己心虚，也不敢回去，害怕母亲知道了她经常出来玩的事儿，要被数落，因此两人虽然时常出门，但却不走亲戚，只是寻幽探胜，在各处胜地游玩，一个多月下来，把东京城里城外的景致都游玩遍了，连粤娘的马术都精进了不少，实在无处可去了。这一日陈珚索性就带粤娘跑到别庄去玩，"就在那里玩一天吧。"

官家赏赐的别庄，其实就是翌日给他分家开府用的，还是在东京城里，刚刚整修完没多久，其实也并不大——东京城里，就没有多少屋子是大的，就连皇宫都不大，一般的宅院还想要怎么占地？是以并没有多少可以逛的地方，唯一的好处就是粤娘可以摘下帏帽，说话也不必放粗声音。

陈珚本来有些忐忑，还怕粤娘会埋怨无聊，不想她却是兴致盎然，比游逛一些景点还有乐趣，两人在逛花园的时候，粤娘还主动把手放到他臂弯里，对他嫣然一笑，口中哼着小调儿，四处看着周围的景致，和他来了个"把臂同游"。

"这园子里的花儿草儿都还挺漂亮的。"小小的花园，几步就逛完了，宋竹又拖着陈珚从大门那头重新逛起，"嗯，我看看，既然是御赐的别府，原来的建制只怕是太高贵了，那些不该有的东西现在应该都拆掉了吧。"

王府也是有资格使用宦官的，自从贤明太子去了以后，张显就一直跟着陈珚，虽然他从宫中搬出来了，但张显也还是没有离去，用他的话说，便是"当年六哥把我给了七哥，我便长长久久地跟着七哥了"，甚而包括胡三教头也一直都跟在陈珚身边保护，这别府就是他们在管着，此时张显就陪在两人身边，闻言便笑道："夫人所言甚是，自从去岁以来，一直忙的就是这些事，如今家里已经翻修一新，世子、大人有暇，随时都能过来小住。”

粤娘听了，点了点头，又转头对陈珚笑道：“走，咱们看看去，嗯，这里是大门，这里是正堂，左边这个院子，以后就是你的书房了……”

她对每个院子，都有一番想法，细细碎碎地说给陈珚听，“这个院子好似有些小了，以后就拿来做孩子们的书房……哎呀，这有一排下房，好多屋子呢，住得完吗？”

陈珚是做大事的人，这些琐事哪里会放在心上？但听着宋竹的唠叨，不知如何，也觉得甘之如饴，见她时不时带笑看自己一眼，心中更是柔情一片，见左右无人，便试着更进一步，把手放在了她的腰间。

两人本来正在查看一间正房，粤娘正看着窗前的景色，虽然他行动突然，但她只是怔了一下，又左右看了一看——张显也是有眼力见儿的人，早就退到屋外去了——便是面上一红，居然慢慢地，也靠到了陈珚怀里。

虽说已经和她同床共枕了一个来月了，不知看过了多少次宋竹可爱的睡颜，但首次得她主动入怀，陈珚依然心跳如鼓，打从心底迸发出了一股强烈的喜悦，竟有种亦真亦幻的感觉，他口中发干，竟不满足于这样单手搂着宋竹，过了一会儿，又把她搬到自己身前来，用双手紧紧环抱，把脸埋在她颈边，吸了一口气，这才是心满意足——不过心底到底还有些不餍足，却不知道该如何去填补，只能暂且忍耐了。

宋竹乖乖地被他抱了一会儿，便在他耳边笑了起来，低声道：“你做什么呀，大白天的，况且又是……嗯，又是在外头玩呢。”

两人虽然成了夫妻，但依然不改以前斗嘴的习惯，陈珚心底一片宁洽，口中低笑道：“这哪里是外头呢？这是我们以后的家呀。过个几十年，总是要搬过来的。”

福王虽然身体不错，但年纪总也大了，等他去世以后，因为没有同支兄弟，所以应该是大世子即位，别的世子都要分家搬出去，当然，屋舍营生，是不必自己操心的，朝廷自然会分封虚职，拨给房屋钱粮，不过屋子肯定也都不能和陈珚得的这间别府相比。官家和圣人等于是提前把日后的房屋赏给他了，这一点宋竹应该也是心知肚明，所以刚才才会这么仔细地一个院子一个院子看过来。陈珚想到她这是在看他们两人将来的家，心里便又是一阵甜蜜，见宋竹并不答话，便偏首亲了亲她的脸颊，笑道："怎么了，没话回我了？"

宋竹哼了一声，果然并不答话，反而后退了一点，左右看了看，显然是在看有没有人进来打扰，陈珚知道女孩子面薄，刚想安慰她几句，略赔个不是，便见宋竹搂上自己的脖子，反而踮起脚尖，微微偏过头，亲上了他的唇瓣。

虽说两人现在时而也有些亲昵的举动，但这应该还算是头一次，陈珚脑际轰然一震，一时间别说是东南西北了，只怕连前后左右都分不清楚，把宋竹的唇瓣舔得张开了以后，他的手，不知不觉就插入了宋竹的头发里，左右辗转，将她亲得咿咿呜呜的，也不知是什么意思。

他虽然自小娇生惯养，但在这件事上的确毫无经验，只能凭本能和粤娘一道摸索，只觉得这亲吻一事，舒服得无以形容，却又让人很是难受，像是有一股瘙痒直入脊椎，怎么都亲得不够。一直亲到陈珚自己气短，他方才放开宋竹，自觉脸红心跳之余，也是有些不好意思——这毕竟是别府，又是白日里，虽然这样的事也很正常，但夫妻俩这个样子，就有些放浪形骸的感觉，若是和姬妾什么的，倒还好，这样对正妻似乎是不够尊重。

但，看着宋竹脸色红若石榴，拼命喘气的样子，些许悔意顿时又飞到了九霄云外，陈珚心道：管他的，反正我们这也算是关起门来，有谁还能告状吗？

见一旁有一张宽榻，他便把宋竹拉过去坐着歇气，见她绯红着脸，几番欲言又止，陈珚还想赔罪来着，可不知为何，手碰到宋竹肩膀时，又顺手把她拉到了怀里，宋竹也是乖顺得很，双眼紧闭，睫毛轻颤，过上一会，见陈珚没有行动，她还睁眼偷看他，被他捉了个正着以后，又飞快地把眼睛紧紧闭上，像是十分不好意思。

陈珚以往，总觉得看的那些杂剧剧本十分好笑，里头有些肉麻的话语，简直不似人能说出口的。此时方才明白了这些剧的高妙之处，他现在也是满腔的柔情，恨不能化作言语，让宋竹知道，又巴不得把自己的心给剖开，让宋竹看看成色——倒不是说宋竹就不信他了，只是他便是想要让她知道，他真是这样地喜欢她。

“我运气真好。”他禁不住道，一边说，一边在宋竹唇上轻啄了几口。

宋竹的眼睛睁开了，半是不解，半是羞涩，被她望着，陈珚觉得心底的情绪都要满溢出来，他又亲了她一会儿，这才真心实意地道：“我的运气真好。”

“好在哪里？”粤娘也渐渐地习惯了这般的亲昵，她没那么羞涩了，反而伸出手来回抱着他，一双眼就那样笑盈盈地望定了他，神色间传递出的那般感情，让陈珚心底的那股快活越来越大，越来越大，似乎要把他的心给撑得裂开了。“嗯？好在哪里呢？”

“好在……”好在我是娶了你，才明白，原来欢喜一个人，又不能和她一起，竟会这般难受。好在我现在和我欢喜的人在一起。好在我终于能和你在一起。

无数的言语，在他心底盘旋，陈珚张了张口，却说道：“好在这屋里是有床的。”

宋竹的脸一下就红透了，小拳头恼怒地砸到了他身上，陈珚被她打得也舒坦，他故意垮下来，“哎哟哟，你把我给打疼了，打疼了……”

年轻的情侣在一处，就是什么都不干，光是耳厮鬓磨都能消磨掉一天，两人又是打闹，又是亲吻、亲昵，也不知过了多久，方才回到正题，宋竹拧着他的耳朵，玩笑般地轻轻扭了一下，“你刚才说那句话，什么意思嘛？”

“你道什么意思呢？”陈珚又逗她。

宋竹的脸又红了起来，她咬着唇，斜着眼看了他一会儿，忽然哼的一声，又把他给推开了，“我才不知道是什么意思——走吧，天色不早，先回去了，下次再回来看。”

陈珚心底也说不上多失望，今日他已经觉得快活到了极点，见宋竹正经起来，便起身开始收拾衣衫。

两人都穿戴好了，又唤张显进来说了几句，要出门时，宋竹忽然对他说：“等等，我和你说个事。”

陈珚不觉有异，“什么事？”

粤娘瞅了张显一眼，便附在他耳边，轻轻地说：“在这儿不能洗澡，多脏啊……家里不也有床吗？”

陈珚一时还不能理解，见粤娘得意地看他一眼，轻笑着跑了出去，站在当地凝思了一会，想到之前的对话，方才是灵光一闪，只觉得耳旁轰的一声，已经是面红耳赤，即使是当着张显的面，都不能止住这血流上冲的感觉……

双喜

“又出去了？”福王妃听着下人的回报，难免有几分愕然，“是去哪儿了，听说了吗？”

“好像是听说桑家瓦子来了两个极胖大的相扑将军，去看相扑了。”大世子夫人小心翼翼地说，“二弟妇，你是听着这么说的吗？”

“早起撞见七哥他们，是听了这么一句。”二世子夫人也是低眉顺眼的，不敢高声，“来问安以后就出门去了，原以为会早些回来的……”

话还没说完，就被嫂子碰了一下，几个新妇都没有开口，全都低下头盯着自己的脚尖，就怕动静大了，被姑姑迁怒——孝道不可违，王妃在王府后宅，那就是说一不二的人物，若是真不喜欢新妇，发句话，把新妇休弃也就是很简单的事。富贵人家里，很少有忤逆之事，就是最不像样的人家，做新妇的也不敢给姑姑气受，须知道，忤逆那可是十不赦的大罪，一旦被告发了，且不说新妇本人，就是做儿子的都被黜落官身，更不说天家宗室要做天下表率，更是极为看重这点。

也所以，在座几个新妇，没有敢当着王妃的面玩心眼的，就是二世子夫人说了这么一句话，也是惹得大嫂子大为紧张，就怕陈珚夫妇惹恼了王妃，偏偏人又不在跟前，迁怒之下，倒是告状的反落了不是。

“罢了，出去了就出去了吧。”王妃沉思了一会儿，倒是没有发怒，反而缓了神色道，“让那几个说书人上来，还有演戏法的都来吧。”

虽然很少摆宴席，但女眷自己叫人来说些因果故事解闷，外加看看一些小尼变的戏法，也是常有的事。王妃也是一片好意，小娃们要上学，就不叫了，让新妇们都来解解闷，谁知道宋竹居然又出去了。这不免有些扫兴，即使她去看的相扑也未必就好看，但今日的聚会，众人都没什么兴致，也不曾怎么说笑，便是王妃，让人演了半个时辰，也就喊累，借势散了众人，只是留下大儿媳来陪她说话。

“今日的事，你在妯娌之间也圆一圆，不要让新妇们心里有了什么想法，觉得我便是如何偏心了。”

没料到福王妃一开口，还是为陈珚一房说话，大世子夫人都有些吃惊了。“是……新妇知道了。”

福王妃扫了新妇一眼，也是叹了口气，“连你也没想明白这一层吗？你这个弟妇也是名门出身，没出嫁以前，连借着礼佛出门玩耍都是没有的事，在我们王府住的时候，几个月不出院门，连过年都是一个人在院子里过的，为的就是家里有长辈身陷囹圄，不敢游乐。她会是那样闲着无事便要出去玩的性子吗？就连七哥，在宫里两三年，也没见他偷溜出来玩过。怎么一成亲就转性了？”

“您是说——”大世子夫人若有所悟。

“他们这也是用尽心思在装疯卖傻、韬光养晦啊……”福王妃深深地叹了口气，“不把这个放浪形骸、年少荒唐喜游乐的风声放出去，宫里有些人怎么会放心呢？邓妃为宋家筹措嫁妆，你当真是因为看好宋家吗？”

大世子夫人被说得冷汗涔涔，想到这两口子，也是多了许多同情以及后怕——王府一家人，一荣俱荣一损俱损，若是他日陈珚得了什么罪名，福王府也绝无可能置身事外。“姑姑说得是，我倒是想得浅了，心中还是暗自奇怪，还在想呢，若是年少贪玩，带出去一两日也就够了，这几个月常常出门，难道就不累得慌？原来竟是有这么一层在。”

“我也是被大王点醒了一句，才明白过来。”福王妃摆了摆手，“本来还想说上几句的，现在也不必了。七哥心里一向都很清楚，不论是娶三娘，还是怎么荒唐，想来都是有用意在，咱们也帮不上忙，一边看着就是了，也不必说穿了……家里毕竟人多嘴杂。”

大世子夫人心领神会，“便是几个弟妇那边，新妇也不说穿，含糊安抚几句也就是了，弟妇们都是贤良女子，想来也不至于犯那口舌之过的。”

“嗯，别坏了一家人的和气就行了。”福王妃想到七哥的处境，也是又叹了口气，“我现在心里就想着，便是十几年间不生孩子也好，若是没后，宫里自然更是放心……只是这种事也没法管，还是随缘吧，有也有有的好，没有，也有没有的好。”

其实以大世子夫人来看，宋三娘一个娇娇弱弱的小娘子，年纪又小，又是成天往外跑，仿佛几年内也考虑不到这个，因此便笑道：“还早着呢，七哥自己都和个孩子似的，您也别想太多了。”

这两人还在这里商议不休，担心着福王府将来的处境，陈珚和宋竹却是已经出了桑家瓦子，回别府休息了。这两人正是新婚宴尔的时候，与其在外游荡，还不如在自己别府里来得舒服。去桑家瓦子看完了相扑，宋竹也不想在那风月之地里多加逗留，虽然这里也不仅仅是有勾栏，但因为街两边都是青楼楚馆，她觉得很不自在，忙忙地就把陈珚拉到了别府里来。两人正是吃过了午饭，从床上小憩起来，趴在枕头上下棋呢。

琴棋书画里，宋竹没什么能胜得过姐姐妹妹们的，便是最小的宋荇，下棋居然也能稳胜她，不过陈珚棋力也是一般，宋竹和他倒是旗鼓相当，两人都没有留手，抓耳挠腮地下得很动感情，宋竹数次想要悔棋，都被陈珚喊了回去，两人一边落子一边唇枪舌剑，互揭疮疤，倒也颇为好玩，这个说“你连娘子都要赢，好没意思的大官人”，那个便说“你怎么也是宋家女，难道在书院里就学了个悔棋？”

两人已经下了一盘，是宋竹赢了，这一盘她居然也获得优势，因此心思便涣散一些，一面把手伸到棋盒里，把棋子拨拉得哗哗响，一面又有些忧虑地问：“你就这样把我带出来，姑姑那面真的不要紧吗？”

今天他们倒不是不记得福王妃要喊新妇们过去听说书，只是这些因果报应的故事，在宋竹看来十分迷信，是佛道一流，她家自小就是不许听这些的，她听着也十分不得劲，总觉得假，再加上那些尼姑话里话外总是提着化缘的事，更觉得没意思。上回和陈珚说了以后，今日知道她们又要来，陈珚便提前把她给带了出来，免得她难挨。

“没事儿。”陈珚满不在乎地道，“我也是有些故意，就看娘是否连这件事都容了，不来说我。你放心好了，都知道是我把你拉出去的，就是要说，也不会说你，只会来说我。”

宋竹嘀咕了几声：“……其实本来就该说你，要不是你带着我这么跑来跑去的，我也不至于连娘家都不敢回。”

因为小张氏还在东京的关系，她的确还不敢回去，免得被母亲数落、盘问，不能不把陈珚的荒唐计划向她透露——小张氏肯定是要管着他们，不许他们这般“狡诈”的。

“吃。”陈珚提了她一个子，拿起白棋敲了宋竹鼻子一下，笑道，“你倒是得了便宜又卖乖啊，吃我的，睡我的，住我的，用我的，还要我每晚上服侍你，白天带你出来玩儿，为你端茶倒水……就这样还不足够，还要反过来怨我。”

有些事，其实就差一层窗户纸，真的捅破了，那进展便说是一日千里也不为过。之前还是生涩得不成样子，第一次还要宋竹和他一起找地儿的陈珚，如今已经能面不改色地和她说这样的荤话了，宋竹面上红了红，哼道：“就是要怨你——这些事，本来都是你求着要做的，我又没求过你，所以做不好有罚，做得好也没赏——打劫。”

她也提起一个子来。陈珚看了棋盘一会儿，忽然往上一扑，哀叹道：“罢了，罢了，我就是个受气的命——你听听你这话！”

“哎呀，你受气归受气，不能把棋盘搅乱了啊！”宋竹眼看要赢的棋被搅和了，不由得大为着急，连着嚷道，“又耍赖，臭七哥，你又耍赖！”

两人闹腾了一会儿，忽然听到外头远处传来了轻微的爆响，接着便是一阵呼叫之声，不由都停了下来。陈珚回头叫道：“外头出什么事了？问问去！”

过了不久，张显倒是亲自到了门外回话，“回世子，是关西小王龙图大胜——一路露布飞捷，回京报喜了！”

他的话里透了止不住的亢奋，显然是欢喜无尽，就是陈珚一听，也腾地站起身来，“怎么说？是哪一路得胜了？”

“大破敌军十万，收复了原来被打下的渌州！”张显匆匆回身出去，又过了一会，喜气洋洋地便进来说道，“杀敌上万，大胜中的大胜！”

北地军事，一直都是国朝上下的心病，不论张显还是陈珚都极为亢奋，一个说得高声大气，一个听得喜动颜色，陈珚听着就站起来穿衣服，“进宫去给姨丈贺喜！”

宋竹想要起身帮忙，可心思却还在那大胜的消息上转悠着，想到金戈铁马、百战黄沙，她一面也是怀想师兄功绩，深感自豪，一面又想到那血流成河的场面，却也是深深地感到战栗，也不知为何，胃肠里忽然兜兜转转一阵起伏，才是坐起身子，就又扶着床头弯身干呕了起来……

指点

在福王妃心里，宋三娘虽然是个极好的小娘子，但却只怕和她有几分犯冲——刚到京城的时候，福王妃对她的印象好得不得了，从那时起想到三娘，她心里就是一阵惋惜：这么好的孩子，却不能娶进门，她真觉得可惜了的。

结果呢？之后就是几次婚配的风波了，这当然是太后的事，但对王妃来说，也是个刺激，等这件事完了吧，又来了那“谋逆”的大案子。

三娘被接进府里后，虽然她也不曾做些让人不快的事，成日都待在自己的静园里，但想到自己那不省心的七哥，之所以会那样坚决蹚浑水，多少也是和她有关，就算知道这也不是她的错，但在王妃心里，肯定是不得劲的。再加上陈珚几次夜里偷偷去看她，即使两人不曾越礼，三娘对他的态度也很冷淡，但这做娘的也总是悬着心，害怕闹出事来。

好容易风波平息，两人眼看就要各自嫁娶，小皇子横空出世，又闹了这么一出，七哥“假公济私”，软磨硬泡地把她娶到手的过程，王妃到现在都是不愿回想，虽然——还是和她无关，但……毕竟陈珚娶的那还是她呀。饶是福王妃素来不是冲动的性子，心里对着三娘，也还是有几分别扭的。

成亲后的事，那就不说了，确确实实和她没什么关系，都是陈珚拉人，王妃就是昧着良心也不好怪罪三娘，要说起来，过门不到半年就有了喜讯，这肚子也是争气的。就是……就是总是有点和她对着干的意思——早上刚说完，“最好别那么快有孕”呢，这就传出了好消息。

虽然心里有些情绪，但添丁终究是喜事，王妃到底还是高兴的，把给宋竹扶脉的医生请来问过了孕情，知道脉象颇为不错，她也宽慰，又打发人去宋家报喜，这边也把陈珚喊进了屋里，打算叮嘱他一些做父亲的事情。

见到儿子带着笑脸跨过门槛，就这么笑模笑样地走到跟前，福王妃的心，忽然间又软了下来：七哥自小就经常出入宫廷，虽说那都是自家亲戚，但毕竟也是天家，在宫里处处都要小心，指不定就能惹祸。为了避免给家里带来麻烦，自己没少对他耳提面命的，也就是因此，这孩子其实很早熟，虽然表面看着一团稚气，但心里的那根弦一直都没有松过。不论是在宫里，还是回了福王府，小事上或许有放纵的，但大事上，他从来都是谨慎小心、深思熟虑，可以说就没有多少不懂事的时间。

虽然这样让人放心，但比起府里别的孩子，七哥这样成熟，就显得有些命苦了，虽然他得了别府，得了那些金银珠宝，但和他本来能有的那些东西相比，这都是不值一提的事，王妃心里，其实对他是颇感愧疚和心疼的。只是从前也没什么能补偿他的地方，看他每天笑嘻嘻的，也没觉得多委屈，这份心思才是淡了下来。今日见他这么满面春风地走过来，脸上还放着光，她方才是忽然明白——原来从前的七哥，竟不曾真正开心过，真正开心的七哥，是这个样子的。

就算心里对三娘曾有过什么想法，这念头如今也是烟消云散了，福王妃抚了抚自己的脸颊，暗笑了一声：这孩子自小就难，如今难能娶了一个三娘能让他快活，就是看在他面上，自己对三娘好些又何妨呢？

“从今日以后，还是别带着她出去乱跑了。”她也就没数落什么，而是直接交代道，“现在是双身子的人，还是安稳在家里养胎的好，一会，我派个知事的使女过去，该避讳的事情都和你们说说，你也知道，新妇不爱有人在身边服侍，她有了身孕，也许又爱忘事，这些事就由你来记了。”

“哎。”七哥轻快地应了一声。

“还有，这个不爱有人服侍的毛病，孕中最好也改改。”王妃也是打算得很细——她是怕小两口不听那使女的话，“等孩子落地了，伺候完月子了，你再把她带出去玩也好，不要人服侍也好，那都成的，孕中就还是在院子里老实歇着，什么活都别干了。”

“娘说得是，不过，我刚才也已经给她家里人送信了，就是听三娘说起，大娘子自己生了两次，孕期起居也一如以往，仿佛那样生得还顺一些。我们也不懂，等大娘子来了，和娘派去的婆婆一起商量着定个起居的规范，我们跟着来就是了。”陈珚安排起这些事也是井井有条。福王妃听了，先是有些失落，后来想想，也就自己想转过来——孩子大了，有自己的主意也不是什么坏事，再说，大娘子也是闻名天下的才女，见事那肯定是要比自己身边的老婆婆分明。

“那便是这么办也好。”她道，“你可知道，孕期是要分房睡的？”

陈珚笑嘻嘻地说：“知道的，娘放心吧，不过，我还和她睡一屋里，便于夜里照顾。”

怎么说都是个世子，要他来照顾，难道连服侍的人都没有？王妃心中刚是一阵不悦，便听陈珚续道：“横竖白日里也是无事，真睡不好，白天多睡些也就是了。”

福王妃不觉又有些心酸，叹了一口气，点头默认了下来，又问道：“可是知道小王龙图大捷的事情了？”

“知道了。”陈珚沉默了一下，“只是如今这事，咱们也管不了了，且让他们闹去吧。”

“话也不是这么说，虽说咱们不便直接出面，但也得帮着亲家想想法子，使使劲儿。”福王妃把儿子叫过来，其实主要也是为了这事，就算她不喜欢宋三娘或是宋家的做派，也是得为亲家考虑，更何况福王妃对宋家是有些歉疚的——究竟是自己家儿子，强娶了宋三娘，三娘愿意不愿意嫁，还是难说的事。“朝中有人没人，差得就大了，若是此番胜局已定，不趁着新胜，挟势回京，只怕姜相公就要把小王龙图按在地方上了。”

“儿子明日就去岳丈那里商议。”陈珚也痛快地答应了下来。

福王妃见他听话，也不禁点头，“亲家是正人君子，有时难免受人欺负，你既然做了人家的女婿，就得为岳家好生遮风挡雨，不能见人家吃亏了去。小皇子眼看就一岁多了，几年内势必要开蒙读书，若是到那时候小王龙图都没回来，宋学只怕就真的一蹶不振，真到那时候，却是我们家对不起亲家了……”

她没有说明白，但相信儿子能明白她的意思——虽然小王龙图在地方上掌军似乎很有威胁，但对重文轻武的朝廷来说，小王龙图回京以后，有功要赏，那就不是进枢密院，就是进政事堂，一旦进去则是宰执之身，从此身份就不一样了。姜相公若是想要阻碍小王龙图张上清凉伞，那就肯定要用宋家和福王府的这门亲事来做文章。宋家原来是书香门第，但和陈珚联姻以后身份就有些暧昧，到底是勋贵呢，还是书香人家呢？很难下定论，这就给了姜相公兴风作浪的借口。若是勋贵门生，小王龙图要晋位两府，那就是有些难了。当然所谓发扬光大宋学的事情，更是无从谈起。

这件事，陈珚娶三娘的时候就是预先想过，但其实也没什么太好的办法，毕竟把柄就在这里，不可能预先规定，让姜相公不去捉。只说他本来就是宋先生门生，这一层关系也够姜相公做文章的了，那么也犯不着为了顾忌这一点，就不去娶三娘。

和母亲说了一番话，又受了一番教育，他回到自己院子里，忽然间就觉得有些憋闷——虽然王府的院落也不算太窄小，但和别府比起来，那又不可同日而语了。若不是父母在，不好自立门户，以陈珚所想，还是宁愿和宋竹住到别府去。

“姑姑都找你去说什么了？”虽说是孕妇，但宋竹除了偶尔会反胃以外，倒是活蹦乱跳的，没一点不舒服，此时也是正在院中闲步，见到他来，便上前牵住陈珚的手，很是自然地和他一起并肩回了屋子——陈珚也不记得是从哪一日起，两人的亲昵就变得这般自然而然的，反正，耳厮鬓磨多了，牵手这样的小事，也就是水到渠成，一点也不需要酝酿了。

“是在说些照料你的事，还有王师兄的事情。”他也没瞒着三娘的意思，反倒是问道，“王师兄回京的事，你怎么想的？”

宋竹边听边嗑松子吃，此时一个松子还在唇间，动作就是一顿，看来宛如一只大松鼠，十分可爱，陈珚见了，忍不住摸了摸她的脑门，宋竹眨了几下眼，方才是继续自己的动作，“我一个妇道人家，哪管得了朝廷的事。”

“你什么时候又妇道人家上了？”陈珚忍不住笑，“从前咱们俩在书院的时候，你说得还一套一套的呢，那时候怎么不‘年幼无知、妇道人家’了？逗我呀？”

宋竹脸红红地呸了一声，“那不是我‘知耻近乎勇’吗？当年的事，知道是自己浅薄，也就不提了呗，就你还要和我翻旧账。”

陈珚倒是真不觉得宋竹浅薄，两人当年随口说的那些政事，虽然也就是说着玩的，但宋竹有多灵醒也是能看出来的。她虽然不是出口成章的才女，但在这些事上的悟性倒真是不差，不然，当年在宫里，听说太后有意赐婚，也不能立刻就顺着陈珚把王家的事端了出来。

“真不是和你闹着玩，”他也不想和宋竹打趣太过了，免得惊动胎气，“我是正经问你呢，明日我要去见先生，肚子里总是要揣着主意去的——还请夫人不吝指点。”

宋竹看了他一会儿，似乎是在试探他的心思，过了一会，方才嗫嚅着说：“但，女子不干政……”

“那是天家。”陈珚嗤之以鼻，“再说，世上也没几个人赶得上我们家三娘的聪明。”

这话说的，确实是有些肉麻，但宋竹的神色却柔和了下来，她就拿那一双黑白分明的杏眼，就那样含笑望着陈珚，眼中波光流转，神色温柔，过了一会儿，方才低声道：“七哥……”

陈珚本来也的确是有逗宋竹开心的意思，但宋竹动了感情，他也被看得甜了起来，垂下眼睫，竟不好意思和宋竹对视，只是伸出手握住娘子的小手，轻轻地捏了几下，心里想道：唉，这辈子能和她在一块，真是再值得不过。

感到宋竹回捏他的轻柔力道，他忍不住拿起她的手，放到唇边要吻时，宋竹忽然间又把手给夺回去了，扑哧一声，失笑道：“就不给你亲——说正事呢！”

她笑意盈盈地望着陈珚，把一丝鬓发挽到耳后，方才清了清嗓子，“和你说正事呢，既然你要听我的想头，那我可就说了——”

说着，便是把她的一番见解，给吐露了出来。

满足

“……还请岳父放心，若是姜相公一派有拿此事做文章的意思，小婿一定说动爹娘登门去姜家提亲——这也是爹娘的意思。”陈珚冲宋先生拱了拱手，稳稳当当地说道，“两亲家就该相互帮扶，爹娘都发话了，绝不会让岳父一家吃亏的。”

宋先生瞅了女婿一眼，无声地扬了扬唇，倒是没对陈珚这连滚带爬的手段发表什么评论，倒是陈珚心里，因为他迫娶宋竹的事，一直是有些发虚的，觉得自己坑了岳父母一家，因此虽然把这个对策揽到了自己身上，却也是忐忑不安，唯恐宋先生发火，一直是察言观色，不敢放松下来。

“奉安回东京，也不是这几个月的事。西边新胜，还需要他坐镇一段时间，稳定些时日。”宋先生也没发火，沉默了片刻，才是缓缓说道，

“现在还谈论不到这上头。”他倒是没有表态反对陈珚，态度模棱两可，也没有再往下说的意思。

陈珚心领神会，当然也不会反驳宋先生——虽然小王龙图的人要踏上东京城，肯定是半年后的事了，但不可能南党在半年后才想起来去攻击小王龙图，很多功夫现在人家就会做起来，宋先生如果不赞同陈珚把向姜家求亲作为储备手段，现在就会直叱其非，没有这么表态其实就是默许。只是这手段毕竟是有点胡搅蛮缠了，他的身份，不便和陈珚仔细谈论。

陈珚倒是不在乎胡搅蛮缠，说起来，这主意还是宋竹这个最不胡搅蛮缠的宋家女给他出的。“既然你都能磨来宋家的小娘子了，难道不能再磨一个姜家的给兄弟们吗？姜家小娘子一个个人品优良，都是拿得出手的，嫁到咱们家以后，家里人也都是只有夸赞。咱们家的九弟就挺好的，规规矩矩一个人，若是能说上姜家的小娘子，不也是一双两好的好事吗？要是他们家介意九弟是庶子，那就说个庶女来好了。”

如今世风，读书人家根本就不看重嫡庶，只要能中进士，一切都好说的，就是嫡女庶女也没差什么，代表的都是父亲家里，无非就是嫡女能多了母亲给的一些私房钱罢了，但终究也差不到哪里去。士大夫之间结亲，看重的就不是嫁妆，而是对方背后的那个门第了，所以嫡女嫁庶子，庶女嫁嫡子的事非常常见，也就是王府，一切以血统定胜负，才会介意嫡庶之分，可就算如此，福王府也是宗室中的体面人家，和姜相公结亲的底气还是很足的。

“虽然是荒唐了点，但你要插手朝廷政务，也就是越荒唐越好，难道还要真的老谋深算走一看三的，让旁人觉得你很有心计吗？”宋竹倒是看得很清楚，“就是这样随心所欲的好，若是人人都说你是个荒唐世子，将来宫中反而还高看你几分。”

陈珚其实也不是不明白这个道理，若非如此，当时也就不会那么高调地求宋竹了。不过他毕竟还是顾忌宋家的反应，思路有些凝滞，一时没想到这条路子。听了宋竹的分析，觉得颇有道理，便去和福王、福王妃商议了。

宋学的这个烦恼，实际上就是当年他埋下的祸根，福王、福王妃心里自然是有几分过意不去，再加上姜家素来豪富，姜家小娘子也的确是才貌双全，若能娶得过门那也是好事，因此倒是都答应了下来。陈珚上门给宋家人报喜的时候，顺带着就提起了这个对策，也算是把自己家负责到底的态度给表达了出来。

一般说来，在家庭里都是新妇怕姑姑，女婿怕岳父，陈珚便是如此，岳母小张氏为人和善，待他也好，从来都没给过冷脸——其实岳父也没给过冷脸，当他老师的时候便是笑口常开、平易近人，可从那时起，陈珚心里对他便是又敬又畏的，现在做了亏心事，把他们家三女儿给娶走了，自然更是心虚得很，把这事说完了，便很想告退，偏偏又走不得，只好僵着坐在那里，别提多难过了。

宋先生倒像是不知道一般，喝了一口甜水，又悠然自得地看了一页书，仿佛是沉浸进了书本之中，过了一会儿，才看陈珚一眼，慢悠悠地问："三娘如今身子还好吧？"

"好，能吃能睡，虽然偶尔反胃，但精神很好，吃些酸的也就压下去了。"陈珚忙回道，"医生说这几个月最好是养一养，再过几个月，让她回来拜见您。"

"前几个月也没见怎么静养了，孩子还是好好的，这几个月想来也出不了什么纰漏。"宋先生似乎是自言自语，陈珚听着却是头皮一麻，不知该回什么好——虽然出门游玩也不是什么坏事，但拉着宋竹成天满大街的跑，对宋家女儿的声名似乎的确有一些妨害，他和宋竹说的那些道理，现在却又不好摆出来，无形间，气势就是又弱了一分。

"小婿……"他嗫嚅道，"小婿……"

宋先生倒是被他逗笑了，"这也不是什么坏事，只是成日出门，却老是过其门而不入，你岳母心里有些想法，以后若是还带三娘出来，记得常上家里来吃个午饭，也就是了。"

"是！"陈珚暗地里擦了一把冷汗，回得响亮无比，"日后若再带三娘出门玩，小婿便知道该如何做了——索性和先生说破了，之前没带回来，也不是三娘不思念父母，只是我怕被您二老数落……"

"呵呵呵。"宋先生又喝了一口水，"怕什么？七哥，你未必是怕这个吧？"

陈珚知道，自己的心思只怕也是被先生看破了，他面上一红，索性坦然道："我知道先生未必愿意我娶三娘，确实也不大敢登门——先生，事已至此，我也说不得别的话，只能说我一辈子一定好好待三娘，绝不让她吃一点苦头。"

"哦？"宋先生面上反而露出了一丝笑意，"你说说，你怎么就认定了我'未必愿意'你娶三娘呢？"

陈珚张口欲言，但寻思了一番，却又是语塞——真的不愿意，宋家也就不会一次次提条件了，直说已经把三娘许了人家不就行了？

"'窈窕淑女，君子好逑'，原也不是什么见不得人的事。你和三娘青梅竹马、情投意合，你自己又是人品端正、一表人才。"宋先生悠然道，"你怎么就觉得我不愿意把三娘嫁给你呢？"

他明明是在夸陈珚，可陈珚却听得越发心虚，想到自己因为对三娘的情意，便等于是坑了对他这般宽容的师长，心底越发有些难过，低着头只是不说话，宋先生见了，又道："你忘了？'顺天应人、至诚至性'，这八个字里有两情相悦、自然而然，可没有什么为了书院、为了宋学的前程，就要打散鸳鸯的事情。"

话说到这个地步，陈珚也不好再装傻下去了，他低声道："只是耽误先生一学派的前程，到底意难平……"

宋先生哈哈一笑，道："朝廷的事，瞬息万变，犯不着为了这些虚无缥缈的担心，就先把手里的鸟儿都给放了，再说，就算事情走到那一步，又如何？所有事，都是人做出来的，别人能给我做成这个局，我也自然有能耐破了它，你看你不就是把奉安要回京的局给破了？"

陈珚被他说得心中松快，转念一想，也是在理，面上便禁不住微微转了笑意出来，起身行礼道："先生的意思，弟子明白了，以后该怎么做就怎么做，再不会纠结此事。"

宋先生点了点头，道："无事就回去吧，虽然养胎要紧，但也别让三娘就那么躺着了，没事还是要活动筋骨，免得到时候不好生。"

陈珚到现在都觉得和宋先生说这些事，实在有些怪怪的，他暗中抹着冷汗应了下来，又问了宋家几个兄弟的好，便起身告退出去。

宋家的女人，今日全都去福王府探望宋竹了，因此府里除了宋先生以外，也无别人需要问候，陈珚也的确挂念着宋竹，不知她早起吐了几次以后，如今精神好些了没。因此便不推辞，起身上马，回了府中。

才刚一进院子，隔着打开的窗户，他便是瞧见宋竹坐在床上，面上还带着天真的笑意，正和岳母说话，身边坐着大姨姐、大嫂，福王妃站在地下，手里抱着大姨姐的小哥儿，不知正和大姨姐和大嫂说着什么。

这四个人面上，都是带了很自然的微笑，虽然有浓有淡，可看得出来，她们的心情，的确都很不错。

他自小常常入宫，经常也和贤明太子一起在御前服侍，虽然官家和圣人情深，可宫中毕竟常有几分阴冷，那沉重的规矩，也使得父子、母子之间，似乎少了几分自在亲昵，此时见了这一幕，只觉得心中满满都是暖意，嘴角不知不觉，就扬了起来。

夫妻和气，婆媳也是略无纷争，妯娌之间，更是都把陈珚和宋竹两人当人上人看待，天然就觉得他们这一房高了众人半级，也是理所应当之事，宋家这个亲家，更是全天下最省事的人家，宋竹自己身体康健，陈珚得了空便守在一边，这几个月的孕期也是一马平川，丝毫烦心事没有，等到瓜熟蒂落，生产也顺——那几个月的马真不是白跑的，陈珚顺顺当当就抱了个大胖小子。

陈珚的日子，可说得上是美满到了极点，一时间心满意足，再也觉不出人世间还有什么样的日子，会比眼下更好了。

尴尬

“长得可快了……”宋竹带着笑意和圣人比画，“满月的时候就十多斤了，现在已经二十斤有多，才是满月酒的时候，就可以自己把头抬起来了……现在更不要说，还不到一岁呢，就可以试着走两步，爬就更不必说了，可是爬得利索着呢。”

因为还没到序齿的年纪，大哥儿只是给起了个小名，就叫京哥——跟的还是宋竹姐妹几个起小名的风俗，大名也好，排行也罢，都要等到七八岁以后，养得大了，没有夭折的风险了，再序上齿。要知道如今孩子夭折的概率不低，两个里养大一个都是很正常的，是以没养到那么大，也不能给起名，甚至说家里人都不提倡做娘的太亲近，就是怕出了什么事情，做娘的太伤心了。

福王府就是如此，比如说福王妃，孩子落地以后，一出了月子就被乳娘抱走了，她就是早晚见两面，等到过了三岁，孩子健壮了，也渐渐懂事了，见面的机会这才多起来。是以京哥一开始也是给物色了几个很好的乳娘，也打算照搬旧例，但不论是宋竹还是陈珚都很舍不得，到底还是把孩子留在了自己院子里，又按宋大姐和小张氏的指点养着——宋家育儿还是不错，夭折的孩子人数并不多，活下来的也都很健康，没有成日卧床不起的药罐子，是以福王妃也没有反对，各房的妯娌听说以后，也都是趁机来学着点，好照搬宋家的办法回去养育自己房中的孩儿：虽然生了宗室，就是天生有一份钱粮，但会不会经营，那就差得多了，虽然福王是独子，但他开枝散叶，家里人口多，第三代袭爵那都是很后头的事了，在此之前，只能靠封官的那份俸禄活着，若是不会经营，转眼间就能活得捉襟见肘。所以宗室人家，一样是很看重育儿的，宋家的家教好，天下人都知道，是以也都存着和宋竹讨教一番的心思。

京哥没生以前，宋竹和几个妯娌总是隔了一层，觉得和她们没什么可说的，如今倒是好多了，彼此间聊聊孩子经，也不至于冷场，就是和福王妃一群人在一起，不听那些佛经故事，也能说些第三代的事情，大家的关系要比从前更紧密得多。再加上娘家人有的就在京里，这一年间，也和宋桑、宋栾、宋苡等亲戚兄长见了几面，现在听说明老安人也要进京，更可以时常相见，她的日子更是过得快活了。

出了月子以后，乳娘带着孩子，她和陈珚三不五时就出府去玩，顺带回娘家坐坐，不论夫家还是娘家，都很少有人说她，就是最惧怕的母亲小张氏，也就是绵里藏针地数落过她几次，她抬出陈珚来，娘亲也就无可奈何。是以这一年来，她心意畅快，恢复得极好，倒觉得身子比以前还要健壮，就是和范大姐、赵元贞等人相聚时，旁人也都连着夸她“如今气色比以前更好了”。

当年赵元贞、颜钦若这些同学，这几年间也都陆续出嫁，如今际遇各有高低，赵元贞当年还想说太子妃呢，后来陈珚回家以后，她顿时又对这门亲事绝口不提——自然，当时以陈珚的身份，也说不上她，而且陈珚一出宫就说了宋竹——如今她倒是也说了一户不错的书香人家，正是她姑父家的表哥，也算是宰相人家的子弟，虽然没有大用，只是在父亲身边任闲职伺候着，但过的富贵日子，也和当年差不了多少。

至于颜钦若，家里最终为她榜下择婿，倒是也点了个年轻进士，只是这进士家里贫寒了些，现在又只是选海沉浮，一家人都花销她的嫁妆，她和赵元贞的差距，便渐渐地显露出来了。赵元贞倒是不嫌弃她如今低微，还是和她一样要好，就不知道心里还转着什么主意了。

范大姐和她一向走动频繁，两人间交情更胜以往，那是不必说的了，她和宋竹一样，都是家里做主，给说了可心的人家，家风也一直都是很严正的，是以虽然没有宋竹自由，但日子过得也很是省心。平时同学小聚时，也多亏了她几番为宋竹出头，宋竹才不至于被昔年的同学打趣得太过。现在陈珚出宫以后，便是颜钦若都庆幸当年没有嫁他，因此几人间也是和乐融融，当年的一些事情，再也没人提起了。

唯独让她不大畅快的，就是每个月进宫给圣人请安的这么一次例行公事——虽然是例行公事，按说圣人也是陈珚亲姨姨，不可能不利于他们，但有邓妃在旁，宋竹就不知道该怎么说自家的京哥了。若是说得很孱弱，那是睁眼说瞎话，她不愿意不说，若是被皇城司，又或是被家中伺候的宦官们传入宫中，这等于是把圣人和邓妃的心胸往窄处说，而若是如实道来，又怕邓妃会和小皇子比较，生出些不快的情绪。

今日好容易邓妃没来，她见圣人心绪也不错，方才是放胆和圣人说得细了一些，“……上回差点把额头给碰了，家里人都吓了一大跳，赶忙给清了一大间屋子，什么也不摆，就是铺着厚毯子，让他在上头爬罢。”

“都是这般的。”圣人听得也是会心一笑，旋又道，“毯子可要选厚一些的，大食的长毛地毯是最好了，家里可有没有？若是没有，我这里刚来了几领，赏下去就是了。”

“那么金贵的东西，可不敢给他爬，一泡黄水儿就给糟污了，现在就是拿麦麸填了垫子，也够软和的了。”宋竹忙婉转谢绝了圣人的提议，心下亦是感慨：圣人对陈珚，的确没得说了。虽然陈珚如今的确不好再进大内，但圣人却是让她时时进来请安，为的还不是思念陈珚？说一声厚垫子，就想赏长毛毯，这份宠爱的心思，就是福王妃怕也到不了这一步……

“不给他爬，你们自己铺着用也好。”圣人却没有收回赏赐的意思，和一边伺候的宫女点了点头，便是继续说道，“出去的时候就带上，那可是好东西，别白收着不用，回去就铺起来。”

大食的长毛地毯，都是从海外千里迢迢，用船贩运来的，就是有了污渍，也能卖上不小的价钱，更何况是进上的佳品？一块恐怕要和一张黄金一样金贵。宋竹家教，实在是不喜这些奢侈的东西，再加上陈珚平日对她也说过大内的事情，知道这毛毯就是在宫中，也是难得的好东西，除了官家和圣人两人外，只怕还没有谁能有。这份赏赐，她如何敢接？“姨姨，我们屋里地方窄，不若给弟弟送去——”

圣人面上登时就掠过了一丝阴影，宋竹见了，也不好再往下说，只能尴尬地收住话头，屋内，顿时就陷入了一片沉默之中。

其实这件事，福王府也不是没有耳闻——说来也是极为老套的人之常情。邓妃这几年间，除了小皇子以外，还添了一个公主，虽然官家和圣人感情还是不错，但对邓妃自然也是颇多抬爱。邓妃大面上肯定不敢和圣人过不去，但在一些小事上，偶尔也会惹圣人不舒服。这大食长毛毯，想来就是其中一例了。圣人一定要赏给福王府，只怕也是做给邓妃看的。

一张毛毯，邓妃也不可能记恨太久，若是畏惧得罪邓妃，此刻拂了圣人的心意，只怕更为不妥，宋竹沉吟片刻，还是接下了这份赏赐，“那就谢过姨姨体恤七哥了。”

圣人这才高兴起来，“这便是了，长辈给你，你就收着，一张毯子，难道还有什么受不得的？”

宋竹本来还想问问今日怎么不见邓妃的，现在便再不敢提起这一茬了，正好圣人问起了几家的亲事，她便借势说了起来，“舅舅家和邓家已经议过了婚期……”

这两年来，各方联姻的脚步未停，邓家和萧家结了一门亲，陈珚的两个弟弟也说亲了，只是未说姜家的女儿——小王龙图毕竟是小王龙图，那叫一个霸气，等半年一过，地方上的事情处理完了，他便直接回京述职，竟是没等官家的召见，便这样回了京城。

人都回来了，也不可能再往地方上赶，但小王龙图的行事，使他也没有直入政事堂，而只能在枢密院为枢密副使，还担不上一个正，但对王枢密来说，四十岁刚挂零的年纪，做个副使也就够了。若是直接进入政事堂，只怕他的年纪，会引起官家的忌惮。

横竖都是要压一压，与其被封为高位，然后压在地方上十余年不能进京，倒不如牺牲官位，回京参政。王枢密的想法和勇气，宋竹也是极佩服的，只是碍于他如今身居要职，以陈珚的身份，实在不适合和王家往来，迄今，她都没见过一个王家人的面罢了。

至于邓家和萧家结亲的事，以此讨好圣人的痕迹太明显，宋竹听说宫里官家颇为夸赞邓家的这个决定，深觉邓妃懂事，也不敢多说什么，怕又惹得圣人气闷，交代了几句，便把话题岔开，说些别的事。

眼看天色渐渐晚了，她正欲起身告辞时，忽见几个宫女匆匆进来，和圣人身边的大貂珰耳语了几句，宋竹耳力好，稍微听到了几句话，顿时不敢多留，站起来就告辞：“天色晚了，三娘先行告退，过几日再进来探望姨姨。”

圣人见那几个宫女神色凝重，也未多留，“回去吧。”

宋竹退出宫中时，心思亦是不定，用了许多力气，才是止住自己，不曾回顾宫廷——就她听到的几句话来说，只怕宫里，又是有事要发生了。

宫中的小事也罢了，若是大事，很少有藏得住的，这一次也不例外，宋竹回去以后，还没来得及和陈珚说呢，到了晚上睡前陈珚回来的时候，便是神色凝重地反过来把消息告诉了她。

邓妃忽然间发了痘疹，早上就不舒服，下午已经起不得身了。小皇子、小公主也都被染了病，到了晚上，全都发起了高烧。

回转

从古到今，孩子长大都是三分看人，七分看命的事，若是运气不好，十几岁上一场风寒就没了的比比皆是，若是运气好，自小三灾八难，熬到成人反倒康健起来的那也不是没有，这痘疹也是一劫，能不能熬得过去就得看命了。真要说大夫能起到什么作用，却也是有些想当然了，若是大夫真有用的话，当年贤明太子也不会一场风寒，最终染了肺痨，终究是撒手人寰。

虽然是独子，但毕竟年纪还小，也没有太折腾的道理，宫里除了请太医以外，也就是派人去各寺庙中做了法事，外臣们也是不动声色，没有上奏章掺和官家的家事。小皇子今年还没到五岁，就是夭折了也再正常不过，若是太折腾了，还怕他承受不住——只是京中的气氛，自然却是沉闷了许多，像是陈珚这样身份敏感的宗室，也都不敢出门，当然更不敢进宫了，只能是老老实实地闷在家里，等待结果。

宋竹心里，除了为圣人和邓妃惋惜以外，倒是没觉得什么，陈珚娶了她，自然是无望太子之位了，否则宋学四散，旧党扶不起来，朝中南党独大，就是官家也未必乐见，再说，血统上毕竟也还是隔了一层，之前景王家的那个陈琋，不是还在的吗？多数是便宜了他。现在他们家不好出门，她乐得在家好好带京哥，也免得还要入宫服侍，进入那危险的地方，染上痘疹，回来传给儿子。

“这一阵子都别让出门了。”她和乳娘商议着——至于那日入宫穿的衣服，回来以后就直接在外院换了，现在还搁在那里，没有拿回自己院子里来，“也和嫂子们都说一声，家里的孩子最近都关起来，不能让他们混在一起玩闹。”

“京中人家也都是这般防疫的，”乳娘也道，“倒是不必过去说了，今日进来的时候，各房都关着门，园子里也没有什么人走动了，都是在等这一波疫情过去呢，只是不知道这一次又要有多少人家遭殃了。”

宋竹闻言，也是不太好受，因道：“难怪那些愚夫愚妇都喜欢求神拜佛的，说起来，儒门对于这些事情的解释，原来也不能让人信服——还好这不是在横山战胜的时候，不然，只怕王师兄又要被‘天人感应’那一套给攻讦了。”

“天下有罪，罪在朕躬”，虽然听起来荒谬无伦，但的确有不少人深信，天下灾异都是因为朝廷不施德政，也因此，政敌间的互相攻讦也经常把灾异和政局联系起来，宋竹的担心不能不说是没有道理，因为王枢密回京以后，和几个同僚之间的斗争一日也没有断绝过。若是这一次的瘟疫早些时候发生，还真的指不定会被套上这个罪名。如今呢，就只有官家一人生受了——十几年前就发生过这样的事，大臣直接上奏章，把官家骂得狗血淋头，说他之所以迄今无嗣，就是因为“乱政”，也是因为此人口无遮拦，在当时还生生闹出了一场风波。不过到最后，官家到底也只能咽下这口气，朝廷规矩是不杀大臣，若非谋反，也很难以言入罪，到最后，也只能是发配远恶军州了事。

也就是因此，宋竹觉得做官家实在也没什么好的，该受气的时候还是一样难免受气，而且还比大臣们更憋屈。大臣之间掐架起来，什么话都能说，可官家这里，若是把好恶表现得太明显，还要被旁人劝谏“不好少却了心胸”。

当然，也是因为如今陈珚没了做官家的希望，她才会这样想，若是陈珚娶了别家的娘子，现在她估计就要想，做官家那多好啊，他要去做官家了，你该为他开心才对。

“说什么呢？”正这么想着，陈珚便是抱着京哥走到了外间来，宋竹忙回头拢上窗户，倒是陈珚说道：“也不至于如此吧，虽然不让出去，但也要透透气嘛，不然把我们京哥闷坏了怎么办？”

说着，便拿起京哥的手，用鼻尖努着道：“嗯？闷坏了怎么办？”

宋竹看了，十分想笑，见乳娘要上前接过京哥，忙道：“别了，就让京哥抓掉他的鼻子是最好，上回就被抓破了，这回还是不改，可见就是不想要这鼻子了，我们成全他。”

乳娘也被逗得莞尔，陈珚看儿子真有抓上来的趋势，忙往后退了一下，摸了摸鼻子讪讪然地道：“好吧，到底是儿子亲娘，太听话了，若是下一次生了个闺女，那我啃她的手，她肯定不抓我。”

京哥嘻嘻哈哈的，追着陈珚的鼻子抓了一会，宋竹乐得拍手笑道：“抓，抓——哎，儿子，可小心别抓了你爹的鼻孔——脏了你的手呢。”

他们夫妻之间说说笑笑，彼此抬杠也是常事，陈珚放下儿子就来抓宋竹，“有了儿子就不要官人了，这话都说得出口，你也不担心我被这小畜生给抓伤了？”

横竖没有外人，宋竹便提起裙摆，绕着屋子跑了几圈躲开陈珚，京哥乐得哈哈直笑，小身子一矮一爬，便在爹娘腿间穿梭起来，也是玩得开心，一时见爹娘没了动静，便自己冲着墙角直接爬过去，玩得不亦乐乎。

两人都怕踩到京哥，跑了一阵，宋竹便故意被陈珚捉住了，笑着告饶道：“好吧，好吧，要京哥也要官人，成了吗？”

陈珚在她脑门上狠狠叩了一下，这才饶过她，两人盘腿坐在垫子上，静静地看乳娘调弄了一会京哥，陈珚忽然叹了口气，似乎有些感伤，宋竹奇道：“你又怎么了？”

陈珚道：“我就是想，自己有了孩子以后，才知道天伦之乐……才觉得姨姨和姨丈，实在是很命苦的，唉，也不知道小皇子、小公主能不能过得去这一关。我倒是盼着他们能平平安安的，顺利长成。”

宋竹听他这么说，便知道他其实还牵挂着宫里的事，虽然她深知陈珚当年娶她所下的决心，但这时亦不免泛起淡淡的不安，便咬着下唇，玩笑般地问道：“你现在是不是后悔当年娶了我呀？”

陈珚白了她一眼，自然地道：“说什么浑话？”

他把宋竹揽进怀里，低头在她额上亲了一下，低声道：“若是没有娶你，我才要后悔呢。”

话虽然简单，但宋竹却听得一阵暖甜，见乳娘背对着两人，便伸出手搂着陈珚的脖子，枕在他肩头腻了一会儿，方才低声道：“不过，若我不是我爹的女儿，你现在心里怕是要更舒坦一些。”

“那倒也不是。”陈珚还是很自然地说，“你说我真的很想做官家，还真没有，那个位置登上去以后，便是无穷无尽的烦心事，直到你闭上眼为止，永远都没有停歇的一天——我也不是很有雄心壮志的人，请我去做，也许我还得想想呢。”

他笑了几声，又道：“只是如今这样，什么事也做不得，走一步都要想三遍，也的确是有点折腾人，唉，不过，天下又哪有鱼与熊掌兼得的好事呢？”

他自己已经是看得很透了，宋竹也不好多说什么，说实话，看着陈珚每天就和她这么老婆孩子热炕头的，她也觉得有些难受，毕竟在宋竹的教育里，男子汉大丈夫，那就一定是要出去做事的，不说建功立业，但也要做个对世间有用的人。只是陈珚情况如此特殊，这种事，的确也不能强求。

“说不定日后就有转机了呢。”她努力地安抚陈珚，“等到局面平定下来，我们就拿圣人给的本钱，开个铺子去，到那时候，你就有事做了。”

陈珚想了想，自己也笑了，他兴致勃勃地道：“说的是，其实开个铺子也不简单呢，到时候咱们就乔装了出去，我收钱，你管账，专做南来北往的脂粉生意，也让我多看一眼东京城的美人儿。”

“然后纳一个妾，好让我把京哥抱回娘家去，铺子也带回去吗？”宋竹接了一句，见陈珚抬手又想打自己，忙偏头避过，本想笑出来的，但念及陈珚为官家、圣人难过，便屏住了笑意道，“是了，你猜若是小皇子不行了，谁会顶上去呢？是景王家的四哥吗？”

她自己因为没见过小皇子几次，再加上圣人又不是小皇子生母，对这件事倒是的确毫无感觉。

"应该不会是四哥了……四哥去年出去打猎，淋了一场雨，也染上了咳嗽，到现在都还没好。"陈珚摇了摇头，"现在官家和圣人是'一朝被蛇咬，十年怕井绳'，肯定不会再找个病秧子，尤其是有肺病的进宫……宗亲这么多人呢，慢慢寻访吧。南学那边，肯定是能找到个不错的候选人的。"

宋竹见他情绪不高，也不敢再问，正要张罗着回去吃午饭时，只听得城内层层叠叠，忽然从四面八方都传来了钟声。

两人对视了一眼，均觉不祥，依偎在一起，静听完了钟声，陈珚方才说道："一百零八响……恐怕过世的还不止小皇子一人啊……"

他猜得不错，邓妃和两个孩子，一并官家另一名宠妃，都没能逃过这一次流行痘疹瘟疫的毒手，宫中竟是损失了四个家人，官家悲痛之下，才下令钟响一百零八，虽然这的确于礼不合，但现在倒也没有什么大臣会哪壶不开提哪壶地论起这事儿了。

因为是染了瘟疫去世，丧仪从简，甚至可以说是办得很仓促，而大臣们甚至还来不及等到丧仪结束，就开始上奏章催官家收养子了——官家的身子，近年来也是越来越不好，国本不定，实在也不能让大臣们放心。

而，让众人都大为吃惊的是，这一回，南党却是一改之前亲近景王府的态度，反而大力推荐起了曾被他们横挑鼻子竖挑眼的陈珚……

选择

夸奖陈珚，南党心里打的是什么主意，那便是不问可知了，宋竹本来对朝廷政事并不太关心，听说了这个动静，方才意识到原来王枢密在朝廷中已经对南党造成了这般大的压力——现在宋学也就是王枢密位置最高了，身为宋家弟子，关系又是密切的儿女亲家，若是宋家升级为勋贵的话，那第一个王枢密就是很难真正在两府中执掌大权，再一个就是宋家的这满门俊彦，以后也不可能进入两府了，就算是执掌兵权，但也打不了太要紧的仗。圣人的亲兄弟，那是国戚了，应该都和陈珚现在的身份一样，在京城中颐养，而不是领军出征，掌握兵权。

不过，这种事也得看官家本人的心意，没准到时候陈珚还真的力排众议，大力起用宋家人。南党这样做，肯定也是有风险的，但他们竟还是如此执着，那么应该就是王枢密实在是给了南党很大的紧迫感，姜相公开始要为自己致仕以后的南党将来做打算了——在大理寺卿安朗的叛离以后，南党到现在还是没有涌现一个能服众的继承人，而他已经年过七十，致仕之日不远，若有王枢密这样的年轻俊彦在，将来的道统，只怕南党还真争不来。

这件事到现在，已经不是陈珚或者宋竹能决定什么的了，一切还是得看宫里的心意，就是王枢密都没法去改变什么。毕竟这道统和皇嗣大事比，到底还是轻了一层，虽然南党是为了争道统去推荐陈珚入继，但陈珚毕竟也是从小就养在皇宫里的，而且当年一起候选的陈琋现在又不顶事了，王枢密若为了争道统反对陈珚入继的话，那简直就是天大的笑话，就是要扶起第二个候选人，也都不是那么简单的。陈琋现在摆明没用了，他不可能再挑一个，然后把那个人往上抱——那是擅自定储，弄权的最大征兆呀……

“咱们就还是老老实实地在家里待着吧。”陈珚和她也是这般商量的，包括福王和福王妃也都是这么个意思，“现在表态，火候还没到，不论想不想，宫里没做出反应，都轮不到我们开口。”

宋竹有一个好处，问过的事就不会再问第二遍了，虽然现在也还在为家里人的前途担心，但却没有往官人身上再压什么担子的意思，她心里很清楚，陈珚现在的烦难绝不会比她少——这个官家，他确实是不想做——“这是自然的，这一阵子我也不进宫了，咱们都老老实实在家里待着。”

自从喜欢上陈珚以来，她几乎每天都要面对自己无法解决的一些问题，到如今，宋竹渐渐也是信了命——她倒不是相信神佛，而是觉得峰回路转，也许又有什么解决的办法，自己在无计可施的时候干脆就不要去想，毕竟，你就算是去想了，除了给自己添堵以外，大约也是没有用的。

至于生怕妨害了家人这样的念头，在宋大姐这一两年来有意无意的开解下，宋竹也是看开了不少，不再把什么责任都压到自己头上。这一阵子安心在家带孩子，陪官人，倒是挺逍遥自在的，没被这件事影响了心情。

她和陈珚之间，本来就是少年时期便彼此倾情，认清心思以后，又经过陈珚多番的努力、几番周折才能长相厮守，因此在新婚伊始短暂的别扭以后，两人便是情投意合，再加上彼此多年相处，也都知道性格如何，陈珚深觉自己好不容易才娶到宋竹，早已经下定决心要对她多加容让，宋竹本人又不是娇纵的性子，陈珚让她，她自然也让着陈珚。随着感情越来越好，只有越来越心疼的份，因此两人这两年从来都没红过脸，只觉得每一日都是开心得很，不论是有了孩子还是没有孩子，彼此都还是自己心底最重要的人。

最近两人心里都是有事，但也知道不能解决，是以不但不提，反而还变着法子地逗彼此开心，日子过得比往日看着还要热闹了几分。虽然不能出门，但不是在花园里携手漫步，就是嘻嘻哈哈地聚在一起下棋、蹴鞠取乐，就像是根本不知道外间的风云一般，让人看了，倒是很佩服这对夫妇的涵养。

张显就是其中一人，当他被叫到福宁殿时，先是看到了皇城司的同僚在下首站着，心底对于官家今日召见自己的来意便是有数了，也不敢隐瞒什么，听见官家有问，便把最近这段时间陈珚夫妻二人的表现说了出来："……并没有什么别的举动，每日里都是和往常一般，也不曾和亲戚们频繁走动。"

最后一条，照应的就是宋家了，张显犹豫了一下，又补了一句："便是亲戚们也不曾有登门拜访。"

官家听得，也不禁是缓缓点头，又是思忖了一会儿，方才把下人都遣出去了，扭头和圣人商议道："七哥也算是宠辱不惊了。"

圣人因宫里的几起丧事，也是病了一阵子，到现在精神都不好，闻言也只是恹恹地道："也是被折腾怕了吧，这事儿，对别人是求之不得，对他，却是六哥当时压来的担子，我看他不是那样爱做事的人，现在只怕心里也是恨不能别再折腾他了。”

官家听着这话，觉得有些不是滋味，思忖了一会儿，方才是讪讪地道：“我和你又何曾亏待过七哥了？你这话说的，不生分的孩子都说得生分了起来。”

只是想想陈珚先是入宫，后来又出宫，一家人又变得不是一家人，他要回原来父亲那里去，确实也是有些对不起人家，虽然天家是占了理的，但这几年来除了圣人的问候以外，自己倒是疏忽了关怀，再加上当年还许了他说那一门婚事，终究透了防范之意……

对小皇子的夭折，因为明显是邓妃传染，他倒是不怪陈珚当时乱说话，只是深恨邓妃不谨慎。所以想到当年陈珚的婚事，便觉得是邓妃乱说话的缘故，自己才会答应——此时倒是真的落了个进退两难的结果。

现在宋学和陈珚之间，肯定是要选一个的，偏偏还拖不得，官家现在也难下定论，思来想去，便问圣人道：“你道，眼下这事该如何处断才好？若是依我，倒是想两头都拿住，只怕没这么简单。”

圣人道：“这又有什么难的？你毕竟是天子——”

“天子也行不得快意事呀！”官家没好气地应了一句。

他软的时候，圣人很硬，现在官家不快，圣人倒是软了，也不再和官家顶嘴，沉默了一会儿，便低声说道：“其实，这事不就是看姜相公的脸色吗？现在河湟得胜，仓廪也充实了……”

“卸磨杀驴”这几个字，做圣人的不好明确地说出来，可就这么几句话倒也是够了，官家看了圣人几眼，一时也没有说话，沉默了许久，才道：“你且让我好好想想。”

这毕竟是件大事，圣人也没催逼什么，只是嘀咕了一声：“陈参政是不是也到了年岁了啊？”

如果过继陈珚，逼退姜相公，南党群龙无首，宋学势单力薄，两家都讨不了好，最大的可能就是维持现状，而到了那时，唯一的变数就是旧党了——旧党现在还留在东京的重臣，也就只有陈参政一人了。

眼看着京哥走了几步，又扑倒在垫子上，欢快地爬了起来，宋竹不禁笑道：“这小鬼头，走着不稳当，还是爬着更牢靠，是不是呀？”

被他跟着的，是手里拿了饴糖的乳娘，陈珚饶有兴致地望着儿子在屋内爬来爬去，和宋竹笑道：“听娘说，我这时候都会走了，儿子虽好，但还是不如他爹啊。”

宋竹不禁笑道：“臭美！”

两人正在说笑时，外头忽然来人禀报：“王妃请世子、夫人去前院接旨。”

这时候来了这么一道旨意，是什么内容几乎不问可知，陈珚和宋竹对视了一眼，都看到了彼此眼中的不情愿，然而天威之下，又哪有他们两人说话的余地？陈珚一会儿固然是要推辞，但也只能是做做样子，从根本上来说，旨意一下，他过继的事情，也就是板上钉钉，再没有回转的余地了。

这当然也就意味着，宋家的富贵绵长，固然能得到保证，但宋学，以及宋竹父兄的那些夙愿，从此却只怕只能通过更曲折的方式来实现，而两人这清闲自在的生活，日后只怕也不能再重现了。

宋竹心底一阵难过，面上却是丝毫不露，只是微微一笑，便牵起陈珚的手说道：“走吧，该来的，迟早都要来的。以后，你也可以真正地做一些事情了。”

陈珚点了点头，伸手握住她的小手，紧紧一捏，低声地说道：“放心吧……”

到底放心什么，他却没再说下去。

这一年十月，陈珚再三辞谢以后，终于再度被收养入宫，入住东宫，封为安国公，数日后又被册封为太子，陈珚、宋竹和京哥，也开始了他们的宫廷生活。

第十三章 登基

离间

虽然以前也时常进宫请安，但这一次举家搬迁进宫，却又别是一番体验，对陈珚、宋竹这对小夫妻来说，也很难称得上是十分愉快——到底宫中规矩大，他们又是养子，处处都要小心，想和以前那样肆意，却是有些难了。陈珚还好，毕竟自小是在宫里长的，人面也熟悉，宋竹这个新任太子妃，却是入宫长住的第一次，心里便不是特别舒服。

首先一个就是屋舍的问题，虽然距离贤明太子去世，已经有六年之久，但他是肺痨去的，按照乡间的习惯，肺痨病人的屋舍，十多年内都不会住人，用过的东西，也或者是焚烧，或者是丢弃。宋竹这一番进宫时，却觉得屋子里的陈设都像是有日子的，一问之下，才知道贤明太子当时的许多陈设都没有收走，甚而帐幔也都还是旧物。

她心里就有几分不自在，可却又不好说出来——人刚一进来，就要把前头六哥留下的东西丢弃，就是圣人知道了，只怕也会不舒服。

这一点，大人忍也就忍了，可京哥今年还不到一岁，孩子正是身子最弱的时候，若是因此染了病，叫她这个当娘的心里怎么过得去？宋竹心里，别提多不舒服了，在屋里坐了一会儿，听到京哥咳嗽了几声，便是再也坐不住了，跳起身命人把孩子抱到屋外，领着京哥绕了一圈又一圈，便是一直在思忖着这件事，到底该怎么解决。

若是别的陈设倒也罢了，暂时收起来便好，但没了帐幔，屋子是不能睡人的，再者宋竹有轻微洁癖，现在屋里的东西，因为和病人的旧物混在一起，她也就不想要了，虽然看着和以前没两样，但在她心里，那些东西上头好像都附着无形无影的病魔，哪怕仅仅是坐在上头，也是浑身都不舒服。

她到底嫁入王府不久，前后也就是一年多一点的时间，因为不管家，而且他们院子里也没有什么要瞒着别人的事情，一年多下来，除了跟着她过来的乳娘以外，竟然是没有一个心腹——偏偏，乳娘这几日在学宫礼，也不在身边，陈珚又不在，仓促间竟没一个能商量的人。宋竹见京哥露出困意，心里又是着急又是窝火，难得地动了怒：陈珚进宫的事情，她知道宫里也不是都同意，肯定有人心里是有意见的，衣食住行上，也许就因此有些怠慢，更是没有把屋里的东西都换新，但也不能这么过分吧？若是没有小孩，那也就罢了，现在有了孩子，这么做不是把人往墙角逼吗？

偏偏，这件事还不好往圣人那边去说——圣人对贤明太子的感情之深，宋竹也是有体会的，这个顾虑说出来，虽然圣人心里也觉得有道理，但肯定感情上过不去，如是换用别的，觉得这些物事太旧之类的借口，第一个给人留下挑三拣四、爱好奢侈的印象，还有第二个，圣人心里肯定也是会觉得她嫌弃贤明太子用过的东西，自然不会高兴。

难怪当时七哥不让她嫁入周家，宋竹现在是满心的不舒服，都不知道往哪里去撒，她到现在才知道，福王妃和当时自己的嫂子们，对她是极为照顾、宠溺的了，若是她嫁入周家那样的人家，只怕第一天就要被人用这样的手段给伺候了吧——分明是一家人，这般算计、尴尬，真是让人反感，可就算你不想和这些人计较，她们也有的是法子逼出你的真火来。

眼看天都要黑了，京哥已经哇哇大哭，开始闹觉了——也是今日一直都没法回去歇息，小孩又怕生，所以脾气特别坏，宋竹接过来抱着都没哄好，她没办法，只好抱着孩子回了正殿："几间偏殿都还没收拾完呢？"

本朝的紫禁城可谓是历朝历代中最小的，所谓东宫，其实也就是几个院子套在一起就算数了，除了一些日常使用的地方，起居也就是那么十几间屋子，贤明太子去得早，没有娶妻，所以妻妾住所已经十几年来都没有修缮了，都不可能住人了，也是册封得着急了，现在还在修呢，宋竹和陈珚只能暂且就住在贤明太子去世的那个院子里，宋竹早上绕了一圈，看中了两间偏殿，只是里头堆的都是杂物，一时半会儿也清扫不出来。

那东宫使者前去探看了一番，回来禀报：“那几间屋子也是多年储物用，仓促间住不得人。”

宋竹心思是单纯，但并不傻，她自己并没有多的话，没说要住进去，使者倒是为她点明了。她心里当下便是不喜此人，奈何环顾左右，在一张张陌生的面孔上，却也没看见谁比较讨喜可信，只能捺下了一些心思，叹道：“太子呢，还没有回来吗？”

那使者弓身道：“东宫只怕要陪官家用晚饭呢。”

得，这一位也是指望不了的。宋竹看了看屋子，又看了看儿子，叹了口气，思忖了半晌，只想出了一个不是办法的办法，便道：“进宫以后，理当每日都给姨姨、娘娘请安，咱们这就带着京哥过去吧。”

众人都还没摸清她的脾气，自然不会有人反驳什么，便都跟在宋竹身边，浩浩荡荡地把她送到了圣人住的金明殿里。

圣人见了，倒也是高兴，“这就是京哥吧？还说着明日让你抱来看看呢，没想到你今日倒也就抱来了。”

人逢喜事精神爽，陈珚宋竹入宫以后，圣人的精神看着就好多了，她对宋竹一直都是颇为亲切的，虽然京哥正在细声抽噎，也无碍她的兴致，让人把京哥抱来逗了一会儿，见京哥不给面子，哭声渐大，方才是略带尴尬地将他送回了宋竹身边。

京哥这孩子也是，之前要乳娘不要娘，现在不是娘就是圣人，因此回到娘身边也就满足了，哭声渐渐止住，倒是闹得宋竹有些不好意思开口，只能硬着头皮尴尬地道：“正是有事想请姑姑恩准呢——这孩子恐怕是有些认床，再加上在家呢，他自己有两间屋子，都铺着荞麦垫，可以爬来爬去，东宫那儿光顾着收拾，还没给他布置这事儿。因此他今日进宫以后，便一直是哭闹个不停，连我都哄不好。新妇想，不如把他先送回王府去，让他熟悉几日，等这儿的屋舍都收拾出来了，荞麦垫子也铺好了，再让他过来不迟。”

一边说，一边故意颠了颠京哥，似乎是要哄他的样子，京哥平时最不喜欢人颠自己，这回本来就怕，宋竹话音刚落，他便迫不及待地大哭了起来，仿佛是要给宋竹作证。

这也不是什么大事，圣人思忖了一会儿，便同意下来，“这也成，你们那现在也是忙乱，今日天色晚了，就让他睡在我这里，明日一早再送出去。”

金明殿的地方就大了，也未必要和圣人住一个院子，宋竹欣然笑道：“多谢姑姑体谅京哥。”

两人随口说了一番家常，宋竹将福王妃让自己带入宫的一个知礼侍女留下照顾京哥，便告退要回东宫去，圣人也没留她用膳，等她走了，自己又想了一想，方才是令身边最有脸面的陶姓女官过来，问道：“是谁照应东宫诸事的？简直就是笑话，竟然连皇孙玩耍的地儿都没有了？难道没有去福王府看过他们家院子原来的样子？这太子妃要亲身过来和我告状诉苦，真是成何体统！”

太子妃进来一张口，众人的心其实就都是提了起来，都猜到圣人一定有此一怒，陶女官战战兢兢地道：“东宫的事，一直都是前殿高押班在管……”

高押班曾在太后跟前服侍过，也是因为得她的欢心，才被提拔成了押班，除了那些有武功的大貂珰以外，在宫中内侍里，也算是数得着的人物了。

圣人眉头一皱，“让他好生办差！太子妃说短少了什么，都要尽快供给，不得有片刻怠慢。”

“是。”陶女官自然没有二话，这就出去训斥高押班了。

才吃过晚饭，打听得官家今晚不过来了，圣人这里也是预备着歇息，才要封门，陶女官又急匆匆地回了金明殿，“圣人，高押班在外叩头待罪。”

圣人也是有意要敲打一下宫中诸人，免得今日的荒谬事件再度重演，宋竹居然像受气的小新妇一样过来找她告状，既然高押班要来填这个踹窝，她又何必另找人？“让他进来吧。”

高押班进殿以后，自然先是一番行礼请罪的言辞，也不消多说，圣人半闭着眼似听非听，那些“小人该死”的话语，在她心里也没留下什么痕迹。

“只是小人也有一事须同娘娘禀报。”高押班说着说着，话锋又是一转，“娘娘，小人虽则该死，但今日皇孙也并非是因怕生而啼哭。以小人所见，太子妃娘娘自从知道屋内陈设，有些贤明太子旧物，便是心神不宁，接着便把皇孙抱出了屋子，皇孙之所以暴躁啼哭，正是因为午后迟迟不能回屋休憩，还请娘娘明察……”

他之前已经说过，自己是知道贤明太子和如今的东宫兄弟情深，所以特别留下了一些贤明太子的旧物——这也是太子当年时常使用的东西，这都是为了给太子一些体贴怀旧的感觉，如今再说太子妃面容乍变，所指的意思，已经是非常明显了。

圣人神色微变，喝道：“你这是什么意思？有话不妨直说！这般含沙射影的，我看你是别想做这押班的差事了。”

也不给高押班辩解的机会，当下就喝令左右：“杖责他二十下，发去宫观听用！”

东京城内许多宫观，都是豢养闲人的地方，去了那里，只怕一辈子也就是那般，再也回不到贵人们的视线中了。高押班面色一片惨然，却不敢多说什么，只是叩首谢恩，退下去领杖。

圣人独坐了一会儿，只是出神不语，陶女官上前为她换了一杯茶水，低声劝慰道：“娘娘，勿中了离间之计。”

圣人这才回过神来，她摇了摇头，自失地一笑，“嘿……也是人之常情啊。”

话虽如此，但面上神色阴沉，怎么看，都不像是已经释然的样子。

出手

正当金明殿里气氛压抑的时候，东宫侍从的日子也不好过——陈珚吃过晚饭，从福宁宫里回来，才刚坐下，没说几句话就急了，“你怎么能去找姨姨呢？这不是正中了别人的下怀吗？”

宋竹听着就很不高兴了，“我不去找姨姨，难道真让京哥住这样的屋子吗？实话说，若不是我自己亲自收拾的屋子，每一样东西都是让乳娘给看过了，现在我也不放心让京哥住，谁知道这旁人安的都是什么心，会不会往屋子里塞些说不清道不明的东西，痘疹才流行过没有多久呢，要是塞了病童穿戴过的东西进来，那可就真说不清了。”

这话火气就很大了，陈珚听着直皱眉，看了看周围悬挂的这些半新不旧的锦帐，还是说了几句维护贤明太子的话：“这些的确都是我当年也用过的旧物……”

“你这就是揣着明白装糊涂。”宋竹气得一下站起了身子，“明摆着这件事有文章，你还为背后的人开脱——”

陈珚虽然对她疼爱尊重，但也不是没脾气，平时小两口没矛盾，你好我好的，他自然不会轻易发火，但现在两人都是有一套理儿，他也觉得宋竹不太懂事，声音便跟着高了起来，“宫里的规矩，不是你这样做事的，你这就是顺着人家的意，让别人高兴，反倒是让姨姨伤了心！这个院子里好几个屋子，随便收拾一个屋子，通通风，把旧东西收拾了，还不是照样可以住人？过上几天悄悄地把这些东西都收拾起来，换上新的，就是姨姨知道了，也未必会说什么，你这样把京哥抱上门去，姨姨岂不是完全清楚你的心思了？”

宋竹从小长在那样一个家庭，出嫁以后，福王府众人又的确是十分疼宠容让，她不是不懂得钩心斗角，只是对这些事自然有一番看法，这件事的确是太子宫占理，她并不觉得自己有错，“若是要挑拨离间，那收起来换新的，不是一样有一套心思吗？再说我又未曾有一句嫌弃的话，圣人若是明理，自然知道这担忧是有道理的。不然，发痘疹的人家为什么都不敢和别人来往，不就是怕染病气吗？”

虽然陈珚没有顶嘴，但看他气得太阳穴边上一根青筋直跳，宋竹也是一阵气闷，这宫廷生活才开始，两人就是罕见地起了口角，也让她心情更差了——反对陈珚过继的重量级人物，内宫说起来也就那么一两个，能把功夫做到这一步的，肯定是太后无疑了。这老人家身体康健得很，又是隔了一重的大长辈，若是按孝道规矩来说，她给了多少委屈自己都是只有受着，绝不能想着回敬，就是想一想，都是忤逆不孝的表现。宋竹第一对付不了她，第二也不能对付她，这岂不是说日后就只能生受着太后方面给出的种种“款待”，就这样一直到她去世为止？

虽然她和陈珚感情甚笃，但此时依然不禁对他生出了一丝埋怨——她之所以入宫，完全是因为当时他的追求，怎么现在遇事，他不觉得自己受了委屈，要上来抚慰，倒是责怪起自己处理不好？

这样一想，本来十分的委屈顿时变成了二十分，再加上京哥远在金明殿，也不知道现在入睡没有，宋竹心情本来就沉闷，她眼圈不由就是红了，扭过头去抹了抹眼睛，冷声道：“京哥的屋子，他们原来也是收拾出来了，你觉得那里拾掇拾掇能住，就去那里住吧，我是要去歇息了。”

说着也不搭理陈珚，自己站起来就进了里屋，看到那半新不旧的幔帐，心里更是烦恶，索性喝道：“把幔帐拆下来送到京哥那屋子里去，这屋里所有旧东西全部都送过去好了。”

又令人用热水擦床，自己亲自在那里看着，一边看，一边抹眼泪——她小时候总怕自己嫁不出去，现在却是才明白，为什么大姐回家以后怡然自得，再没有出嫁的念头，她倒是不怕生活清苦，只是这种有理说不清的感觉，实在是太折磨了。

过了一会儿，陈珚也是走了进来，先是默不作声地站在她身边，宋竹也不理他。后来陈珚把手搭上来了，她这才抖了一下肩膀。

这一抖，没有抖掉陈珚的胳膊，倒是把自己抖进了他的怀抱里，陈珚将她紧紧抱住了，热乎乎的气吹到宋竹耳边，低声道："还生气呀？"

宋竹痒得厉害，忍不住笑了一声，但又很快绷起脸来，道："我要和你和离。"

她这明显就是气话了，陈珚也没当真，反而笑道："入宫第一天就要和离，你这脾气，比谁都大呀，你这回倒是不怕传出去以后，宋家女不好嫁了？"

宋竹哼道："怕什么，我们家又不是没人和离过，我还不是照样几家争着娶？"

陈珚笑道："是是是，你说的不就是我吗？我争着娶，我争着娶……我争着娶回来的娘子我还给脸色，是我不对，我自己掌嘴好不好？"

她被陈珚抱着，心里自然软了一些，再加上陈珚也没反对她清掉贤明太子的旧物，宋竹的心情也的确有所好转，见陈珚真的要自己抽脸，忙止住道："你有毛病呀？怎么说都是个太子，这般没皮没脸的，像话吗？"

陈珚笑道："我要有皮有脸，太子妃都要和我和离了，我敢不没皮没脸吗？"

两人耍了几句花枪，心情也都平复了不少，宋竹其实也知道陈珚说得也是有道理，只是刚才在气头上，不愿服软，现在过了这一阵气，她开始担忧了——勇于认错，一直是她的优点，虽然陈珚对她千恩万宠的，但宋竹也不至于拉不下脸来道歉，反而随着人越来越成熟，也跟着越来越懂得这点脸面没什么放不下的。"今日的事，我也是欠考虑了一些，只想到京哥，便是躁动起来，顾不得别的了——那你说，这事该如何收场呢？"

"其实也不是什么大事。"陈珚沉吟了片刻，便是笑道，"今晚先睡吧，明日一早，我陪你去姨姨那边。到了那里，你别说话，只听我来说。"

一夜无话，第二日起来，宋竹人就很没精神——不是被陈珚折腾的，而是昨日那些旧物，时时刻刻提醒她，这屋里前些年还属于另一个人，而那个人就是在这屋里去世的。她又不认识贤明太子，这让人怎么睡得着？要不是陈珚就在一旁，只怕她半夜都要胡思乱想，自己吓自己，吓出病来都是有可能的。

想着陈珚和贤明太子感情甚笃，此事她本来也不准备明说，倒是陈珚看出来了，“昨晚没睡好吧？是不是有些怕？”

宋竹点了点头，也就不瞒着了，“你怎么知道？”

“你一晚上都揪着我的胳膊，我能不知道吗？”陈珚见她脸红，倒是笑得十分开心，他拧了拧宋竹的鼻尖，又凑得近了，和她额头顶着额头，轻声道，“好了，别怕，今晚咱们就住别的地儿去。”

宋竹心里，不禁泛起一丝甜蜜，想起昨日忽然冒起的后悔之念、和离之意，也是暗暗好笑，心道：若是错过了七哥，这世上哪还有第二个人会对自己这样好？

她此时便觉得自己昨日做得十分不对了，投入陈珚怀中呢喃低语，好生道了歉，反倒是陈珚反过头安慰她：“到底我也是有不对的地方……”

两人至此，和好如初，若非宫中自有礼仪，简直都要手牵着手去给圣人请安了。即使碍于礼仪，只能并肩而行，依然时不时要相视一笑，只觉得心中柔情蜜意，竟是任何言语，都难以描述出来的。

“今日倒是来得早。”单从外表看，圣人倒是没有任何异状，反而看来心情不错的样子，正是饶有兴致地逗弄着京哥——京哥怕是吃饱了，也睡得不错，因此精神头挺好，和圣人也颇为亲近，看到爹娘来了，方才是挣扎着要去到宋竹那边，几个女史忙把他抱到左近，等宋竹行过礼，便接过了京哥在手里拍着。“这孩子昨晚哭了半晚上，这会儿倒是开心多了，你们算是赶上了好时候。”

陈珚摸了摸儿子的脸颊，转身就是“没皮没脸”地对圣人撒娇了起来，一脸半带了无赖的笑意，“新妇不懂事，我也不懂事，让娘多费心了。”

圣人眼底便多现出了些笑意，“都是当爹的人了，还这么惫懒，这可不行，仔细让新妇看了笑话去。”

"她可是早都习惯了。"陈珚大咧咧地道，又跪了下来，"今早我和她一起过来，是有一件事想要求娘成全的——娘，我们还是想住回燕楼去。"

"哦？"圣人神色一动，"这又是何意呢？"

陈珚一望左右，圣人便知端的，她微微点了点头，众人便都鱼贯退了出去。陈珚这才挪了几步，靠近圣人，低声说道："昨日的事，娘应当也是知道了来龙去脉，其实呢，若都是六哥以前的物件，三娘还不觉得什么，只是三娘她女人心细，看着人拾掇京哥屋子的时候，总觉得有一些小孩儿的衣裳是以前没有见过的。因为这事，再加上屋里陈设，很多都是半新不旧，三娘也无从辨认来历，虽然明知有离间埋伏，但思来想去，除了娘这里，也没有别处可以放心寄托京哥了，因此还是只能把京哥送来。她有些胆小，这么大的事，不敢和娘明说，也是昨夜和我商议了一番，今日才敢来和娘禀报明白的。"

这番话粗听之下，生拉硬扯，让人根本就听不明白，但圣人听在耳中，神色却是连着变了几变，陈珚诉说以后，她沉吟了许久，方才是摇了摇头，低沉地道："唉，这些人的心，太毒啦。"

她望着宋竹的眼神，已经是充满了怜惜和温情，圣人招了招手，让宋竹坐到了自己身边，"你也是不容易，其实，很该昨日就和我明说的。如今这宫里，处境最险的，不是七哥，而是京哥和你，太子妃，你可要明白呀……"

平息

圣人这一开口，宋竹就有点明白了——她也奇怪呢，若是太后不愿陈珚过继，陈琋不行了，也还有别的亲孙子不是？未必个个都是扶不起的阿斗。怎么陈珚这一次过继倒是顺风顺水的，这才一入宫，就有人等着给脸色了。原来，不是看不中陈珚，甚至也不是太后不满意，而是有些人不满意她这个太子妃啊……

在国朝，废后的事情并不是没有发生过，甚至隐隐约约，还有大臣的手往圣人废立的事情里插的征兆，昔年仁宗亲政以后，立刻就废了感情不睦的圣人，虽然后来有复立之意，但刚一露出端倪，圣人旋即暴毙，这里的事似乎和政事堂、枢密院脱不开关系。虽然后宫干政的事国朝并不常见，但后宫和前朝，却一直都是紧密地联系在一起。圣人这么一点明，主事者的范围那就从太后一人，变成上百人了，反倒是太后的嫌疑极大的淡化了去。她就是再不满意宋竹，也没必要用如此低劣的计策，老人家身子骨强硬得很，就是要给宋竹点气受，又或者是离间圣人和宋竹的关系，也不太会用这样的办法。再者，她和官家不太亲近，在宫中说话就是软一些，就是宋竹被废，也立不了周家和周家的亲戚，太后又何必多此一举？

倒是——虽然宋竹不太愿意承认，倒是宋党，又或者是南党的敌人，更有可能是背后的主使者，现在宋党因为宋竹入宫的关系，在朝廷中一下变得极为尴尬，虽然不说是树倒猢狲散，但也有点没主心骨的感觉了。本来，王枢密是如今的赤帜，众人都看好宋桑做王枢密的继任，如今宋桑倒是等着被加官晋爵，但绝不可能再进入两府了，这对宋学的未来，是极大的打击。

若是宋竹和圣人婆媳失和，难免见怪于太子，长久以后，便有了被废的可能。到那时候，宋学自然能再凝聚在一起，和南党作对……但为了扳倒她，只怕京哥也是必定要被“牺牲”的了。这安置贤明太子旧物的事情，可以说是一举多得，处处都是用意深远……

想明白了这一层，宋竹实在是觉得周身上下寒毛直竖——她倒是不怕被人离间了和陈珚的关系，但有句俗话，“不怕贼偷，就怕贼惦记”，京哥要是被人惦记上了，这可怎么得了？这深宫内院，人生地不熟的，就是要防，又该怎么防呢？成天提心吊胆，始终也不是事啊。

“姑姑，我……”人越是着急，精神就越是兴奋，宋竹一咬下唇，眼圈就红了，“我也是自小没经过这样的事……”

她的真情流露以及实话实说，也是让圣人更加释怀了：宋竹也没说错，宋家家风，极为简单，福王府更闹不出什么斗争的事，宋竹对于一些肮脏的事情，确实也处理不过来，若不是因为自己有意过继陈珚，她也犯不着进宫。

"也不是什么大事。"圣人若无其事地说，"东宫虽然有东宫属官、侍女，但这些年来人口零落，你们住得也不舒服，倒不如住到燕楼去，那里都是自己人，用着也放心。"

这就是准许了陈珚搬家的要求，而且点明了燕楼内部，都是圣人的心腹，宋竹知道陈珚以前在宫中就住在燕楼，闻言也是心下稍安——当时陈珚在宫里，处境未必比今天轻松，能住在燕楼而不出事，就说明燕楼里外，都可以放心得下。

"那新妇今日就打发人把家什搬进来。"她顿时喜上眉梢。

圣人摆了摆手，"东西就别带了，小心为上。你们住进来以前，这些东西就搬进来起码半个多月了，若是有心人要动手脚，旁人原也不好发觉。"

她倒是真的把陈珚的小谎话给放在了心里，不过这也正中宋竹下怀，自从见到了贤明太子的旧物，她本来就不想要那些东西了。

这个小骗子……真是把宋学的箴言放到了一边，不过，他这个谎说得倒真是十分有用……

瞥了陈珚一眼，宋竹心里也是有些说不出的古怪，她一直希望在自己家人跟前不要说谎，不过在宫中，这个规矩看来肯定是要被打破的了。

三人几句话，便是尽释前嫌，圣人反而觉得和宋竹更亲近了一层，三言两句之间，便定下了从宋竹带入宫的嫁妆中重新取布裁衣的事，笑道："若是这般，花不着宫里的内币，我也省点儿。"

宋竹见陈珚给她使眼色，知道这是撒娇的好时机，便笑着说："其实还不是姑姑赏的吗？不过这样一绕弯子，外头人也说不出什么，倒是清静多了。"

"就是这个理儿。"圣人见她聪慧，也不由微微一笑，摸了摸京哥的脸蛋，笑道，"七哥自去忙吧，内院的事，我和你新妇张罗就行了。"

陈珚如今自然也有很多事要办的，首先作为太子就得每日上学，也不能在内宫久留，见圣人和宋竹相处融洽，也就放心离去了。圣人又和宋竹说了一些带小孩的事儿，随口分派众人打扫布置燕楼，过得一会，就让宋竹抱了京哥，和她一起去拜见太后。

太后本来正在自家宫中花园里亲自为一枝梅花剪叶子，听说京哥来了，忙让人把利器收起，上前把京哥抱在怀中，逗弄了一番，直到京哥不耐起来，方才是依依不舍地交还给了乳娘，口中笑道：“七哥这一入宫，我们家就是四代同堂了，好！好！”

她对京哥的喜爱，看来是发自内心——老人家本来也都是爱孩子的，之前小皇子去世，太后也是十分悲伤，现在看到京哥，脸上才多了笑容。

宋竹在旁看着，觉得应该不是太后，心里这才放下一块大石头。其实按理说，太后会接纳陈珚，也不可能再转而希望陈珚的子嗣出问题，在皇嗣上缠绵不清，对国家社稷都十分不利，这一点，大家心里都十分是清楚的。更何况她一向喜欢的陈琋也生了病，太后多少有些天命难违的感觉，也是心灰意冷，这几次见面，她在言谈中都是多有流露，宋竹也知道，就是在以前，太后都不可能去自己修剪花枝，她老人家这是有点寄情于山水的意思了。

太后没了雄心，三代人就没有任何矛盾可言了，就是在以前，除非是陈珚的婚事这样的问题，圣人也从来都不会给太后钉子碰，婆媳间一直都是很和睦的，如今宋竹又不是什么不识趣的蠢妇，三人带了京哥说说笑笑，绕着宫殿散了一会儿步。这期间，圣人闲话家常一样的，就把事情说给太后听了。原原本本，丝毫都没有添油加醋，关于她的分析，更是提都没提。

“那个高押班……”太后倒是很爽快地就把一层关系给揭开了，“以前还在我跟前服侍过吧？可是我记错了？”

“姑姑明察秋毫。”圣人轻声说。

太后便是闷哼了一声，“这个人，好毒辣的心思啊……新妇，我就把高押班交给你了。”

她顿了顿，又道："我看，也该把东宫好好梳理一遍，旧人不去，新人不来嘛。在此期间，就让七哥他们住在燕楼好了。"

圣人眼中火花一闪，"新妇知道了，请姑姑放心。"

宋竹在一边抱着京哥，心也真正地安了下来：把高押班交给圣人，又主动表态要梳理东宫，方便圣人换上自己的班底。看来，太后已经是完全洞悉了此人的毒计，不曾被他得逞，这件事算是在陈珚的妙计下圆满解决，没有在后宫三个女主人之间，制造出什么矛盾。

她虽然成了太子妃，但入宫时日浅，圣人也明说了她还天真，因此并不管事，这一件事后，便安心住在燕楼，为京哥安排新衣，没事都很少出去，对东宫诸事并不过问。只是偶尔才听说宫中又送走了多少人，甚至于说官家都过问了此事，几个大貂珰以及一些内宫官，不是没了性命，就是被发配三千里，最好的也是去守宫观……

等到一切都平息下来的时候，宫中已是肃静安宁，气氛就和在宋家也差不了多少了。宋竹身边，尤其是京哥身边，几乎全都是圣人的心腹，宋竹做每一件事都有人提醒圣人和太后的喜好和讲究，自然不会得罪了顶头上司，而这两个做姑姑、太姑姑的也不是无事生非之辈，甚至对于宋竹的一些习惯还很赞赏，比如说不事奢华、喜好文学等等，都是很合两人的胃口。其余嫔妃、公主，又很少有见面的机会，除了不能时常出门，宋竹不太习惯以外，别的时候，和在福王府里也差不多。

第二年春天，她又有了喜脉，朝中也多了些风云变动，姜相公和官家意见相左，他再一次提出告老还乡的请求。

这一次，官家没有再留。

担当

"自从姜相公回乡以后，家里倒是轻松多了。"入宫来探望她时，宋苓口中是从来都没有不好的，"如今南党自顾不暇，山头林立，也没心思来为难挤对我们家，大哥、二叔他们，都是轻轻松松地就迁转了职务，大哥在江南也干得有声有色，上回诣阙，还得了官家的夸奖，如今就是少了个陪太子读书的人。”

如今宋先生是肯定不能再进来教导京哥了，教陈珚也成了没影子的事，宋学内部之前也是在闹分裂，原本最有名望的曾先生行差踏错，和宋家已经是势不两立，要再推一个有名望的进来做太子老师呢，谁都有信心，谁都想争一争，这就失和了。王枢密本来是很好的人选，但之前一直被姜相公压制，而且他和陈珚是师兄弟关系，现在又来做老师，伦常乱了没法算，这多少也是个把柄。如今姜相公去了，南党内部是狼烟四起，一时间也没人提起让王枢密进来任职的事，还不知道日后若是官家有意让他进宫，南党会不会又团结起来拿这个话柄说事。

宋竹原来还是什么事都和陈珚商议，但进宫以后，燕楼四处都是圣人耳目，宫里规矩，又是不许后宫干政的，对这些事也是问得少了。也就是每回宋大姐进来的时候说几句，亦不好深谈，不过见宋大姐容光焕发，又对陈珚很有信心，她也不担心娘家会被人欺负了去。“对了，上回大姐不是说苏娘、闽娘也在说人家了嘛，闽娘还小，倒也罢了，苏娘的婚事说得如何了？”

由于宋家已经受封为爵，合家上下都搬迁到了京城，只留下四房在老家守业，宋竹的几个妹妹弟弟自然也都跟来了，她对家人是最感歉然的，便是姐妹们说亲也只怕是说不得读书人家了，勋贵一般都和勋贵结亲，很少有同书香门第嫁娶通婚的，越是有一番雄心壮志想要做事的人才，就越不可能做官家的连襟或小舅子。

“还在看呢，苏娘说了，说个和她二姐夫一般憨厚老实的就成。”宋苓笑了，“她还说呢，若是现在说不上也不着急，有了太子姐夫，什么时候也不怕没人娶。”

宋竹听了自然高兴，“娶难道还怕少了人家？最要紧是找个好的。”

“能找个如妹夫一般待你的就不错了。”宋苓摸了摸妹妹的脸蛋，“看你，进宫以后脸反而倒是圆了。”

也不知这宫里是不是真的风水不利于子嗣，宋竹这一次也没有保住，才刚刚有喜脉，就开始见红了，努力了一个多月，到底还是小产了。

不过这在当时来说也是常事，众人都没有太在意，也就是陈珚心疼得不行，又是张罗这，又是张罗那的，还一定要让宋竹坐两个月的小月子保养，成天都是各种补品伺候着，宋竹又怎能不圆？她也摸了摸脸，不好意思地笑了起来，“等过了这一阵，是要时常走动走动了，否则，岂不是要被人笑话？”

国朝并不以丰腴为美，更多人喜欢的是瘦削的女子，宋竹如今，在众人眼里是减了几分姿色了。宋苓环顾室内，目光闪动，“妹夫这一阵子，都睡哪里？”

“本来睡那面的竹床上，后来圣人问起，说不像话，他就搬到隔屋去了。”宋竹在家人跟前还是没法撒谎，这事儿又不好回避——怎么说都是在圣人的眼皮底下住着，婆媳之间有时候肯定也有些矛盾在的。

“嗯……”宋苓点头不语，又吃了一口茶。

宋竹道：“最近官家身子不好，他平日也要常去照顾，不然也能让七哥和姐姐聊几句。”

官家身子不好，是可以往外说的，因为官家已经停朝多日，传太医入宫问诊了。不过宋竹的意思便是在暗示姐姐，官家的病有些重，陈珚在此期间要好生伺疾，不说是否禁绝房事吧，但起码，别人是不好给他塞女人的。

宋苓这才点了点头，改容笑道：“宫里安静就好。”

宋竹听她话中有话，便是扬眉吩咐使女：“你们去，把院子里开的桃花摘一捧来，给大姐带回去。”

众人一块儿都退了出去，宋苓看着，唇边弧度也加深了，“入宫这段时日，你倒是长进了不少。”

“唉，毕竟是在宫里。”宋竹也有些无奈，虽然有陈珚兜着，但刚入宫那天的那个下马威，让她印象实在太深刻，纵是不喜，也得学些“恩威并施”“揣度人心”的手段。若是不然，燕楼全是圣人的人，一点风吹草动都要被有心人传过去，时时刻刻都要陈珚去灭火，那日子也没法往下过。

宋苓拍了拍她的手背，也没说什么安慰的话——这毕竟是在宫中，陈珚又毕竟是个养子，有些话压根儿都不能说出口，你说等以后就好了，那传到别人耳朵里，转眼就是大罪。“我也就是问问，其实没多大的事，刚才进来留神看着，你屋里也没有什么新面孔，我其实就放心了。”

这是在担心圣人、太后给燕楼派些妖媚的宫女了，宋竹摇了摇头，对这点倒是很有信心，淡笑道：“七哥不是这样的人。”

“外头也是一直都有些声音，不论是南学、宋学又或是一些有心思的勋贵，都是希望七哥能够多子多福，”宋苓又吐露了一些内情，“之前官家整顿了一次，没什么人敢说话了，这一次你小产的事，不知怎么又传到了宰辅耳中，现在两府都希望自名门中给太子选秀，充实后宫，王师兄也不便就此多说什么。”

“如今官家病重，他们还有心思谈论这个？”宋竹吃惊地问了一句。

“官家病重了？”宋苓比她还吃惊。

宋竹这才醒悟过来——原来外头并不真的知道官家的病势，甚至连两府宰执都被蒙在鼓里，她也是暗暗心惊：前几年，福宁宫里的事情眨眼间就能传到外头，现在居然连官家病势沉重的事情，外头都没有一点儿音信。

“也不能说是危急吧，只是确实有些虚了。”她婉转地说，“若非我这不巧，这回应该也要过去的。”

太子妃都要过去打下手了，可见病势的确非同小可，宋苓顿时失去了所有谈兴，她低沉地道：“北边强敌蠢蠢欲动，朝中风云还没个结果……哎，只盼着辽国细作打听不到这个消息了。”

“可能就是因此才瞒着外头的。”宋竹也有些担忧，这时候她不免也是庆幸自己家里人不必上阵，一面又有些担心边境的老百姓，“不过病势不险，就是旧疾重犯，沉重了些，过一段时日应该也就好了。”

在家国大事下，是否有人想给陈珚塞些美人，实在是很微不足道的事情，宋苓没有再说之前的话题，倒是和妹妹分析了一下辽国现在的局势，“……看着凶险，应该也还打不起来的，你别太担心了。”

宋竹也猜到了姐姐的心思，知道她是怕自己月子里担心，反过来又安慰了姐姐几句，等宋苓辞去以后，却还是难免有些介怀，靠着床头出了半日的神，直到陈珚回来，才露出笑脸，并不谈前朝的事，而是问道："舅舅又好些了吧？"

"好多了。"陈珚神色很是轻松，他跺了跺脚上的泥土，走近宋竹看了看她的脸色，笑道，"嗯，你也好多了，都是一日比一日要好！"

宋竹听了，心里也是一松，微笑道："我是早好了，就是一日比一日胖——连姐姐进来都说我胖了，你还成日睁着眼睛说瞎话，硬是和我说没有。"

陈珚哈哈一笑，来了个抵死不认，"姐姐那是年纪大了，眼花，我反正看着就是没胖。"

又问左右："你们说是不是？"

左右侍女都笑道："正是，娘娘一点儿也没胖。"

"我不和你们说了。"宋竹没好气地哼了几声，"京哥呢？抱来见爹吧。"

京哥如今已经牙牙学语，见到父亲也很是亲热，扑上来就要抱，却为陈珚止住，"阿爹身上都是汗。"

京哥转移目标要去抱宋竹时，宋竹忙摇手，"娘好久没洗澡，身上脏。"

她虽然好洁，但月子里不能入水，只好每日里热水擦身，头发就没办法了，只能不洗，现在自觉蓬头垢面，就连陈珚都不许给抱。

京哥左看看右看看，忽然哇的一声哭了起来，投入乳娘怀抱中，"乳娘抱！"

众人笑声里，侍女们摆上饭来，宋竹见陈珚没换衣入席，便奇道："你怎么不和我一块吃？"

"圣人让我晚上过去陪她用膳。"陈珚笑道，"你们母子俩吃吧。"

说着，踟蹰了一下，也不上来黏宋竹，"等我晚上回来洗澡了，再陪京哥玩。"

宋竹心里微觉有异，但见陈珚笑容自然，也未曾多想，只是嘟起嘴道："好吧，那你快去，别让姑姑久等了。"

"快去就能快回，我知道。"陈珚哈哈一笑，又是言语间戏弄了宋竹一番，宋竹瞪了他一眼，自己忍不住也笑起来，转身对京哥道："来，乖儿子，我们吃饭——"

却说陈珚，才是转身出了宋竹屋子，他面上的笑意就是收敛了去，满面的肃杀之色让人看了心惊——只是下楼的脚步倒还是十分轻巧，叫房间里的人半点也察不出不对。直到走出燕楼，他才一下加快了步伐，低声问候在门口的张显："福宁宫那里没有消息吧？"

张显无言地摇了摇头，陈珚这才松了口气："走，去金明殿！"

图谋

按说晚饭时分，宫里四处也该安宁了下来，从金明殿通往宫外的角门更是该上锁了——陈珚现在住在燕楼不假，可这里是太子居所附近，和后妃所住的地方当然要有所区分，一般说来，天色黑了以后就不能随意出入了。但今晚却不一样，角门居然没关，陈珚带着张显快步穿过了一重重的宫宇甬道，甚至有些地方还是一溜小跑，直到金明殿就在眼前，才是放缓了脚步，一边调匀呼吸，一边令张显上前通报。

圣人当然也没有睡，张显几乎是才进殿就又折了出来对陈珚使眼色，陈珚匆匆走进殿内，随意地行了个礼。

"娘娘，"他神色凝重，上前低声道，"消息已然确凿了……"

圣人脸色一沉，"他们还真敢！"——但她并未太过惊讶陈珚知道，圣人在专事探听消息的皇城司内也是有些自己人的，这个消息可能他知道后不久，也就传到了金明殿，但圣人不说，他也就当没这回事，并没有表现出什么，只是低沉地道："此事是否该和寿宁宫那边通个气？"

他问得很妙，虽然是说该通气，但不想通气的意图已经是很明显了。圣人面沉似水，考虑了一会儿，还是点了点头，"这么大的事，肯定是要说的，就是官家那里也该有个数……你确信，景王他们是真的……"

"就是定在明晚，"陈珚低声说道，"已经买通了宫中宦者，听说是想以‘隔绝中外’的罪名将娘和我拿下，然后……估计是要安排我自尽吧。”

若是陈珚死了，“隐瞒官家病情”“隔绝中外”“图谋不轨”的名声，大概也就全压到了他头上，到那时候，人都死了，还有谁会较真？自然是勇于“清君侧”的景王一系得利了。虽然圣人、太后肯定是无事，但只怕从此福王府一系就要跟着倒霉了。

圣人越想越怒，眉头都立了起来，“真是岂有此理！便是因为他这份心，我当日就说了，不能在他们家里挑嗣子——这群人从根子上就是坏的。”

她恨恨地发作了几句，这才渐渐气平，“依你之见，如今应当怎么办呢？是防患于未然，今晚就派人出去，还是守株待兔，等到明晚一举拿下，从此一劳永逸？”

“爹服药后就昏睡过去了，今晚应该未必会醒，这会儿过去寿宁宫，即使是说通了也无用，更何况根本说不通。爹还在，有些事轮不到我这个做儿子的做主，”陈珚摇了摇头，语气深沉，“名不正则言不顺啊……”

“那明早我请上姑姑，咱们三人一块过去，带上皇城司的人，和官家把事情说明白了，待官家发落？”圣人也不是寻常人，一眨眼间就拿出了一个十分合适的计划。

“这却还不足够。”陈珚犹豫了一下，“明早，还是要把宰辅们都请到，当面对质，也算是有个见证吧。”

圣人闻言，定睛看了陈珚几眼，心下也是有几分感慨：别看他若无其事，仿佛只是说了些很平常的话语，但这却是要把景王一系往死里整了，把宰辅们都请去做见证的话，就等于是在逼着官家拿最严厉的态度来声明立场，否则若是官家嘱咐了一句勿动景王性命，大臣们只怕会有些别的想法，对陈珚坐稳太子一位，也是很不利的。他这是要一劳永逸，永绝后患。

孩子长大了，做父母的心里自然只有高兴的份，虽然陈珚的长大体现在了这个方面，圣人心底依然十分宽慰，这喜悦之情，多少也冲淡了她对官家病情的担忧和悲痛，她点了点头，长叹了一口气："瞒，肯定是没法永远瞒下去的，此事也该让宰辅们知道了。"

之前官家生病时，因为只是小恙，也没有多想，后来病势转为沉重以后，她就有些多心起来了，由于陈珚才过继一年多，又是顶着争议过继进来的，恐怕现在对外宣称官家身子不好，会激起一些不必要的风浪，因此就暂时封锁了消息。没想到，天下没有不透风的墙，随着官家病势渐渐沉重，宫内果然有些人兴起了别的想法，这不是景王一系已经收到消息，并且打算有所行动了。

虽然国朝也有过"烛影斧声"的争议，但那都是一百多年前的事了，自从陈珚把凯旋的王奉宁安排到御林军以后，他在宫中就是安心了许多，就连圣人都没有太过忧虑，母子两人定下主意后，圣人又问道："三娘可知道内情吗？"

陈珚摇头道："小月子还没坐满两个月呢，不让她劳神了，她连爹病重了都不知道。"

对于这个太子妃，圣人也是没脾气了，陈珚说的都是实话，她难道会不知道？燕楼内外，可全都是她的耳目。会多问这一句，就是在提醒陈珚，有些事也是应该让太子妃知道的，起码小产也不需要坐这么久的月子吧，就算不告诉她景王的事，也该让她出来伺候官家、熬汤煮药才对。

该怪三娘吗？可三娘什么都不知道啊，要怪，大概也就只能怪陈珚对她实在是太过宠爱了。这还好三娘是个和气的性子，平日也简朴，不然，岂不是什么毛病都要被陈珚惯出来了？

见七哥若无其事的样子，圣人也懒得再继续计较下去了——这小子装傻充愣的功夫实在是太强了，既然下定决心要装傻到底，她难道还真的撕破脸皮？

她没好气地道："也好，那就别让她操心了，月子里呢，还是少劳神的好——那你也快回去了，待久了，只怕她要瞧出不对了。"

陈珚见圣人不再继续追究，也是松了口气——如圣人所料，他之所以让宋竹坐双月子，就是想让宋竹免去这一番折腾。首先，流产也是产，产后劳神忧心对身子有损；其次，虽然十分不舍悲痛，但陈珚看来，官家的日子已经不长久了，流产以后本来就是要好生调养的，若是还要出面披麻戴孝，伤损了身子，却又是何必？陈珚宁可自己多尽几分孝，把宋竹的份代了，也不想让她落下什么病根。

他也知道这想法上不得台面，因此绝不能和圣人分辩什么，索性就装傻到底，现在圣人不再追问，他自然是松了口气，虽然觉得有些愧疚，但在心底也是安慰自己：至诚至性嘛，又不是一定要出席那些折腾人的丧礼礼仪，才算是尽孝，她不去熬药，姨丈也不会就没药吃了。

之前匆匆而来，是因为事态紧急，现在议定了对策以后，陈珚也就不那么着急回去了，一路缓缓踱回燕楼，路上把全盘事项都想了通透，思及官家的病情，又是不禁十分怅惘，眼看燕楼在望，方才是收敛了神色，换出一副轻松的笑意，轻快地走上楼梯，先是梳洗了一番，才进屋去探望宋竹。

说起来，宋竹也做了一个多月的月子了，刚流产时面上的苍白，早已经化为了红润，她正叉着腰站在地上，无奈地看着京哥跑来跑去，见到陈珚进来，便对他自然而然露出一笑，和声道：“在姑姑那里吃饱了没有呀？”

陈珚虽然知道宋竹好看，但从来没有被她的美色迷惑过，这也有个好处，那就是宋竹圆润了些许，他也没有觉得她失了美色，当宋竹对他展颜一笑时，一如既往，陈珚便觉得心灵里的尘埃都被洗刷殆尽，仿佛所有疲倦、悲伤、烦躁、忧虑，都在宋竹的这一笑里怡然消解了。在这心旷神怡里，陈珚忽然又有一种恐慌一闪即逝：即将失去官家，他虽然悲痛，但却也是做好了准备，还算能平静面对。若是……若是他失去了宋竹的话……

他微微摇了摇头，不敢再往下想了，见宋竹好奇地望着自己，便遮掩着道：“姑姑叫我去就是问一问你的事，我光顾着伺候她用饭，自己倒没吃什么。”

宋竹便让人端上饭菜来，自己坐在桌边陪着陈珚，笑盈盈地为他布菜、舀汤，口中慢慢地说着今日宋大姐进来和她聊的家里琐事，陈珚似听非听，低头吃了几口饭，觉得宋竹在看自己，便抬起头来。

宋竹手里已经停了下来，一手撑在腮边，就是这样温柔地望着他，见他抬起头，便对他嫣然一笑，多少深情与满足，都在这一笑之中。

陈珚只觉得心里塞得满满当当的，似乎有一种情绪都要满溢出来，他咽下口中的饭菜，也对她深深一笑，伸手过去要摸宋竹的手时，却又被她拍开了。“好生吃饭吧，别动手动脚了。”

陈珚嗯了一声，低下头去吃菜，宋竹又给他夹了一块炙鹅肉，“这个做得好吃，我也偷吃一块。”

陈珚口中笑道：“那你岂不是又胖了些？”

也不知为何，他心里忽然想到：为了她，我便是死了也甘心的——不，为了她，我却是万万不能死，她活着一日，我也要好好地活着，好好地照顾着她，不让她有一点点烦忧。

他本来对于明日的事，还有些担忧，但此时这担忧却全化作了豪情，已经是暗暗下了决心，明日一定要把对皇位的所有威胁都一举消灭，绝不再心软放过，他也一定要登上皇位，好好地将宋竹和京哥护得周全。

起了这个念头，用完晚饭以后，陈珚便回了自己暂住的屋里，扬手叫了张显来，低声吩咐了几句话。这才自己收拾收拾，睡了下去，第二日早上起来，先到金明殿，和圣人一起去寿宁宫请了太后，一大家子人都到了福宁宫里，去探望病重的官家。

平叛

“也是该把相公们都请来吩咐一番了，官家。”

太后亲临探视，官家自然不能怠慢，虽然还是昏昏沉沉的，无法半坐起身，但也让人加了一个迎枕垫在背后，挣扎着给太后施了一礼，方才重又躺下，听见太后的劝诫，也是从善如流地点了点头，“孩儿也是想着，这几日，该让相公们进来值宿了。”

这等于是承认自己的病情已经恶化到了不能掉以轻心的地步，坐在一边的圣人，眼圈顿时红了，就连在门外廊下看人熬药的陈珚，听了都是心里酸涩沉重：官家这病，几年来一直是反反复复，大家一开始都没有太看重，没料到这一次真的就有些救不回来的样子，说实话，若非有要护着妻儿这个念头，陈珚心里对登上帝位都还是排斥反感居多，甚至可以说是有些心虚。现在官家自己认了病情危急，要请宰执们前来商议值宿，他也并没有计划顺利的欣喜感，心里反而越加不是滋味，只是一直念着宋竹、京哥和福王、福王妃等人，方才是勉强镇定了下来，调匀呼吸，只等着接下来的会面。

想来官家连续十几日缺朝，各项日常政事都是由宰执商议自决，奏章送进大内，只有一个准奏——这态势也是让宰辅们十分忧心，因此不过是半个时辰不到，前去政事堂和枢密院的黄门就把两府的所有宰执都带进了福宁宫。陈珚环顾一圈，并未见到王枢密，心中先是微微一沉，后又反而有些宽慰，暗想道：不来也好，倒是清白些。

倒是官家，半抬起身子应了宰执们的问候，眉头就是微微一皱，有些乏力地道：“王枢密副使呢？怎么不见。”

“官家，王枢密副使肚腹有疾，已经病了两日了。”圣人在屏风后回道，“吾和太子知道后，也命御医前去诊治，又送了些药材。”

这件事陈珚都不知道，他不由暗暗心惊：自己在姨姨跟前，到底还是嫩了点。

“那便罢了。”官家轻轻地长出了一口气，疲倦地道，“这几日朝中可有大事？”

“朝中无大事，官家请放心。”由如今资历最老的首辅于相公出面作答。

“那便好。”刚才的问答中，官家也说了自己如今的病情，众人其实都知道今日进来是为了什么的，官家也就不再拖延，“我有恙，日后朝政就托付给太子了，先生们回去拟好文书吧。”

太子监国，是最自然的事，众宰辅都没有太多表情，于相公在椅子上欠了欠身，“臣请设值宿之法，以备缓急。”

“应该的……”官家乏力地长出了一口气，自嘲地笑道，“这几日不见人，只怕外头已经有了许多不中听的话吧……”

他咳嗽了几声，看来还要往下说什么时，屋外忽然有人求见——众相公一看是个黄门，脸色先就沉了下来。

陈珚心头却是一阵狂跳——这个人，自然是他和圣人早就安排好的。

“什么事啊。”官家也有几分不悦，但仍是和颜悦色地说。

“回官家，是皇城司送来的急报。”那黄门清脆地说，“皇城司王使者眼下衣衫不净不能面圣，便嘱咐小人送来。”

他双膝往前一跪，把一封红漆书信呈了上来。

官家显然已经无法自己拆看了，便低声道：“七哥……”

陈珚上前一步，打开信函，令自己生动地表现出脸色大变的样子，而后上前几步，附耳在官家耳边低低地说了几句。

他声音放得很低，官家是病人，自然听得不清楚，“你大点声。”

陈珚便略微放大了声音：“信中言道，景王府有人联络宫中宦官，今夜欲要进宫作乱。”

能让病人听见的声音，自然是有些大的，屋内众宰执哪个听得不清楚？都是纷纷面色大变，就连屏风后的圣人、太后都是出声询问：“七哥说的是什么？”

进宫作乱，这等于是谋逆了，自然是惊天的大罪，也怨不得众人都如此紧张，陈珚轻轻咳嗽了一声，做出不知所措的样子，仿佛因为自己犯了错，有些心虚，只能看着官家，等着他的发落。

“此事——可不能乱说啊。”就是官家，也被吓了一跳，不由得半直起了身子，陈珚忙和宫女一道上前扶着，让他坐了起来。

“王使者也道，兹事体大，不可轻信，不过，此事已有多名耳目传来消息，因此……”那黄门也是颇为无辜地看了陈珚一眼，仿佛这并不是他的错一般，“以谨慎起见，还是回报给官家知晓。”

“谋反大事，不可不慎。”于相公立刻插嘴表态，“官家，请立刻下诏让景王进宫回话！”他一心为公，可挡不住这是天家家事，景王是天子亲弟，两人感情一向也还不错，别的宰辅没有谁出来附和，倒是让气氛一下僵在了那里。

官家病得有些迷糊了，他没有搭理于相公，而是自言自语："进宫作乱，这是想做什么呢……"

那黄门便机灵地道："回官家——小人听王使者说到了'兄终弟及'几个字。"

其实现在人人心里都想着这四个字，只是没有谁和他一般大胆而已，按说，宦者是不能议论国家大事的，不过现在，几个相公宰辅，一下全成了聋子、哑巴，便是于相公，眼看没人附和，也是悟到了什么一般，脸色一沉，不再出声。

"'兄终弟及'……"官家低低地说了一声，便又咳嗽了起来——他的咳嗽声变得更加粗哑了，"嘿嘿，'兄终弟及'……"

屏风后，太后哼了一声，冷冷地道："这孽子，竟然有此大逆不道的想法，官家，还不速派人去景王府查证一番？"

从她的声音里，可以听得出来，太后也是怒意勃发，很显然事先和景王并没有半点勾连。

陈珚暗暗松了口气：挑在这时挑明此事，是他和圣人商议的结果，在宰辅和太后互相辖制的情况下，就算太后想要为景王求情，又或者宰辅们有人对陈珚的太子位置不满，但当着彼此的面，以及当着陈珚和圣人的面都难以提出——太后可能支持他陈珚做太子，但不支持重惩景王，而大臣们基于犯上作乱者必须被严惩的常识肯定要主张把景王处死，但未必支持陈珚做太子，很可能认为景王的悖逆之举正是被他的上位刺激出来的。所以这两方撞在一起，大臣们顾忌太后和圣人，太后又顾忌大臣们，倒是谁都不好说什么了。

从太后的表态来看，即使对景王还有些母子间的情分，但毕竟不是亲生，终究是理智地做出了选择。陈珚心中也是一松：打蛇不死，必受其害。他就怕景王事先被捕以后，把事情全推到旁人头上，这样自己仅是获轻罪，若是如此，那么日后他活在那里，对陈珚来说总是心里的一根刺，而若是刻薄待之，又要怕朝野间的清议。今日太后都这般表态了，那么景王起码也要落得个削爵流放的下场，当然，更好的那还是……

正是如此思忖，耳中已听得官家低沉地道：“他要入宫作乱，总是要亲自带人来的吧？若不然，就是作得乱了，又该怎么进门来呢？可别说这几班御林军里也都是他的人了。”

因为每日早上在早朝前，御林军都是要换班的，所以若非在两班人里都有许多内应，否则景王不可能今夜派人进来作乱，第二天再如常进宫宣布“兄终弟及”。只能是今夜亲自带人进来，把该杀的人杀了，该控制的人都控制起来，再下一道诏书立自己为“皇太弟”，若是在宰辅中有同谋的话，届时众人一认诏书，官家便可以“病死”了。他则顺理成章地登基为帝……接下来会发生什么，所有人都猜得到了。

陈珚都没想到，官家的思路居然还这么清晰，他暗自有些惊奇，不过这和他的想法是不谋而合，因道：“爹爹意思是，按兵不动，观贼自现？”

“嗯，就说我病情危急，宰辅们今夜都要值宿——从现在起，福宁宫许进不许出，除了你——”

“小的张胜给官家叩头。”那黄门机灵地跪了下来。

“除了他和太子能出去传信以外，别人都留在宫里陪我吧。”官家疲惫地道，“这件事，就交给你了，太子……”

陈珚按下了起伏的心情，跪下身道：“儿臣明白。”

他站起身环视室内一周，眼神格外盯在于相公脸上看了一会儿，方才是无声地出了一口气，大踏步地走出了屋子。

“奇怪，怎么七哥今日一去就是一日，这到了晚上还没有回来？”

宋竹打了个呵欠，把京哥抱到床榻上，让他自己甩着拨浪鼓，一边漫不经意地和乳娘说了这么一句。

“听说早上去了福宁宫便没有出来。”乳娘道，“也许是被官家留住了。”

宋竹听说陈珚在福宁宫，就没有多问，“也是，我听他说今日起也许就会让他监国了，那也许是得回来晚点——可也要回来报个信啊，早知道他不回来，我除了偷洗澡以外，还能偷偷洗个头呢！”

她很是心动，想要趁着陈珚晚归，再洗个头，终究因为不方便晾干而放弃，只好继续和儿子保持距离，只是拿过拨浪鼓来，隔远逗弄着他，玩了一会，困意上来了，居然也就这么伏在枕头上睡了过去。

在安静的燕楼往外，不过是数百步的距离，便是另一个世界。陈珚若无其事地把长剑从一个人的身体里抽了出来，将剑身在那人抽搐的尸体上来回擦拭了两下，淡淡地对王奉宁说道："还好是一剑封喉——这里距离燕楼太近了，若是让他叫出来，岂非要吵到太子妃安眠？”

王奉宁微微一笑，拱手道："殿下神勇，属下佩服。”

陈珚用剑尖挑开那人的蒙面黑布，眼神微微一凝，又将景王面上的黑布撂下来遮好。“奉宁你这就是在笑话我了，我可没杀过几个人，和你这样沙场历练出来的武将如何相比？”

他拍了拍王奉宁的肩膀，“才杀几个，我手已经酸了，接下来就看你的了，我且先回燕楼等着你的好消息——若是见到景王，务必生擒，这是太后懿旨。”

王奉宁奉命把守宫闱，自然是见过景王的，但依然答得不动声色："谨遵太后懿旨。”

两人相视一笑，在士兵护卫之下，转身顺着宫墙，一左一右，分为两路各自离去。

陈珚走了几步，看王奉宁去远了，便忙又问张显："我身上没血味吧？一会儿被三娘闻出来就不好了——总算时辰还早，她应该没起多少疑心！”

张显多少有些埋怨："您就不该以身犯险……”

陈珚嘿嘿一笑，只说了一句："谁让奉宁太威风呢？输人不输阵嘛……”

两人边走边说，眼看快到燕楼，陈珚忙嗅了嗅衣领，觉得的确没有血味，方才继续说道："总不能让三娘日后听说今夜故事，觉得我不如奉宁师兄勇武吧！”

继位

宋竹真正听此事的时候，一点也没觉得陈珚勇武，反而觉得他十分不可理喻。

“‘千金之子，坐不垂堂’，人家那是要谋反呢，早就把脑袋别在了裤腰带上，你不在福宁宫里守着，反而挎着刀出去转悠，你是嫌别人找不到你吗？”想到陈珚居然在她不知道的时候干了这样的蠢事，宋竹便是气得简直有些结巴，她道，“那些御林军是做什么用的？为什么不让他们去？你这简直是——”

虽然还不至于想着就要哭起来，但宋竹心里，也是一阵后怕：这万一黑灯瞎火的时候，陈珚出了什么事……

“你要是再敢做这样的事，我——我就上姑姑那里告你的状去！”最后，她一跺脚，给陈珚下了最后通牒。

“哎呀，别——”

见陈珚一下急了，宋竹心里这才高兴了点。“难道姑姑还不知道这事儿吗？”

“圣人就以为我是坐镇中枢指挥众将领的，你可千万不能说漏嘴了。”陈珚的语气还是很严肃的，宋竹略微宽慰：好歹还怕个圣人，唔，似乎也怕福王妃……“现下官家身子越来越不好了，不好再让老人家烦心。”

“我明日就过去服侍汤药。”宋竹虽然疑心陈珚只是为了转开话题，但她这个月子坐得不好，时间又久，心里其实也是虚的，听陈珚这么说，也不顾之前的话题，忙表了态。“除了这事儿不能走嘴以外，还有什么事吗？”

“别的也没什么了，”陈珚又思忖了一会，“还有就是别说我时常进来看你的事儿，你知道那些穷讲究，什么‘坐月子的屋子不能多进’。虽然你我都不信，但难保圣人心里有些介意。”

宋竹忙点头应了下来，想到自己坐月子期间，陈珚日日进来探望，又亲自过问三餐，为自己点了许多滋补药膳，心里也是甜滋滋的，忽然想到宋大姐——还是大姐高瞻远瞩，从前没成亲的时候，想到纳妾什么的，竟没有什么警惕。若是当年没有那个约定，现在七哥要这样对别人，我心里该有多难受呢？

想到若非大姐远见，今日的宠爱，很有可能就被别人分走，陈珚也许都不会关心她每天吃了什么，她心里就是一酸，看看屋内无人，便搂住陈珚的脖子，主动把头靠到他肩上，腻声道："七哥，你待我真好。"

他们夫妻之间，一个勇于示爱，一个心细如发，情到深处时，真是蜜里调油，即使京哥都一岁多了，感情也没有丝毫疏远，反而是越来越好。之前两个月，宋竹一直不能洗漱，她好洁，就不肯让任何人碰触，现在好不容易出了月子，岂不是拿肉麻当有趣，要好生弥补一下之前的遗憾？虽然如今按医嘱还不能真正弥补，再加上官家病重，也不好真正弥补，但总是有些变通的办法，可以去做的。

如此腻了一夜，第二日起来，宋竹便穿上素净的服色前去福宁宫探望伺候——其实也是陈珚太疼爱她了，她做人新妇的，怎么可能真正操劳到？贴身服侍用不到，熬药也不是专家，除了帮忙生个火以外，也没什么事好做，每日里打个照面就回来了。之所以每日要去，无非也是取代陈珚罢了——陈珚现在出面监国，比较忙碌，若是有上朝，那么早上便是过不得福宁宫了。

虽然众人悉心照顾，但官家的病势还是一日接一日地沉重了下去，宰辅们轮番值宿的日子，也是持续了有好几个月，宋竹都习惯了进出时避开宰辅们在的东门方向，她听说朝廷已暗暗开始预备一些必要的礼——虽然宋竹在此之前几乎没有和官家见过几次，谈不上有什么感情，但心下仍是有些沉重。

这一日早间，她到福宁殿里问候了病情，见官家精神似乎还算不错，有找人聊天的意思，便没有走，而是坐在床边陪官家说些外头的天气，为他解闷。由于两人实在不熟，宋竹也是字斟句酌说了几句，见官家的声音渐渐地低弱了下去，便站起身来，欲要退下。

没料到，她才一动，官家又睁开了眼，宋竹忙趋前道："舅舅，您想要什么？"

官家看了她几眼，仿佛才认出她来，"是太子妃啊……"

他的心情似乎不错，扬起唇角勉力一笑，轻声细语地道："我刚才梦到六哥啦……"

宋竹听了，也觉心酸，她想要说些什么，但却被官家摇头止住，"不必虚言宽慰……"他咳嗽了几声，又道，"七哥聪明孝顺，你也是一样，把这天下交到你们手上，我放心得很。以后，圣人的下半生，也就指望你们了。"

到了此时，圣人和太后在他心里的地位就体现出来了，宋竹也不敢提醒，只是恭声道："不论是姑姑还是太后，七哥和我都一定好生孝敬，请舅舅放心。"

"还有……"官家摸索着一下攥紧了她的手，几乎是耳语一般地，"多子多孙、开枝散叶……"

宋竹心头一震，反射性地扫了官家一眼，见他一双眼盯牢了自己，虽然眼珠浑浊，但眼神却隐约透露焦急，一时间也是百感交集，心思千回百转之间，竟不知道该怎么回答官家才好了。

见她良久无语，官家失望地长叹了一口气，缓缓松开了手，宋竹退后了几步，这才拜下身去，低声道："那……新妇告退了。"

一直到走出福宁宫，她心底都是沉甸甸的，想到官家刚才那失落的表情，几乎有折回去的冲动，但每当要折回身子时，都想到陈珚每每对自己笑起来的情景，这脚就像是有千斤那么重，拔也拔不起来，犹豫了许久，到底还是没有舍得回头，只是又是难过、又是委屈地，慢慢走了一路。

官家的病终究未能撑过秋天。秋末的一个夜晚，他在太后、圣人、陈珚、宋竹，以及值宿宰执等人的看顾下，终究是咽下了最后一口气。

有了景王的前车之鉴，接下来的事自然是顺理成章了，宗室们无人持有疑义，陈珚顺利地登上皇位，尊太后为太皇太后，圣人为太后，册立宋竹为圣人，为福王府加了封地，对萧家、周家、宋家都有加恩，宋先生也因此终于被封为伯爵，宋家彻底成了外戚，宋竹的几个叔伯、兄弟虽然还在任上，但众人都相信，他们离开政坛不过是时间的问题——把外戚留在朝廷里，不论对朝政还是对外戚本身都没有好处，这一点并非人力能够改变。即便宋家人的德行再好，也是不行。

不过，这也不是宋学就没有了掌门人，陈珚即位半个月以后，第一道政令就是把王枢密副使提拔进了政事堂中，重用之心显而易见。第二道政令则是请姜相公回京领平章军国重事，虽然领平章重权，但只限于军国重事，不及日常庶务。这“异论相搅”的用心，虽然十分明显，但也让心怀忧虑的士大夫们纷纷放下心来——很明显，官家不是要偏用宋党或是南党，只是要在两党之间，找到一个平衡。

至于哪一党继承了道统，那就得看是哪家相公给如今还没获封官家的皇长子做老师了。这件事在皇长子才两岁的现在，肯定还是不急。不论南党还是新北党，都有大把的时间来慢慢收拢局面，稳定人心，为将来的又一场学术争夺战做准备，至于现在嘛，就只能暂时由着官家去“异论相搅”了。

不过，虽然宋学被改名为新北党，但这名字终究只能掩人耳目，众人心里都还是清楚，宫里圣人姓什么，而她的父亲又是个怎样的大人物。虽然没有百官要求选秀的事情，但明里暗里，通过许多外戚，自然会有一些话语传到太后、太皇太后耳中，宋竹对此，自然也不是一无所知——她现在身居中宫，虽然手底下没有嫔妃管着，但地位摆在那里，很多事情，该知道的，自然会有人来告诉她。

“其实，便是周家、萧家，也都有夫人上门关，”陈珚登基以后，国事繁忙，肯定不能和以前一样每天和她腻在一起，不过不论多忙碌，两人只要有条件，肯定是要一起用晚饭的。晚饭桌上，宋竹就掰着手指给他算，“都是为自己娘家远亲来话的，也不知道姑姑能顶到什么时候。”

但凡是娘子，都是希望娘家好的，萧家、周家富贵太过，已不适合再出个妃嫔了，而这些夫人的娘家远亲，也算是出身书香，门第又不会太高，起飞很合适做陈珚的妃子？

陈珚听着也是笑："这可真是难为太后了，我昨天去请安，她还是若无其事的样子。"

宋竹撇了撇嘴，酸酸地道："当着你的面，自然是无事的了……"

她心里一直很介意当时先帝对她叮嘱"多子多孙"，而她没有答话的事，总觉得已可能是传入了太后的耳朵里，现在每每去太后居所请安，都有些难言的心虚，看着太后，都觉得她也是欲言又止，这份心理压力，自然是陈珚所难以领会的。

"好吧，好吧。"陈珚最是见不得她不高兴的，语气当时就软了下来，"一直这么着，也不是事儿。我明日便找个由头，给先生那里送点东西，再言说下当年的约定，她们知道我的意思，自然也就渐渐地消退了。"

宋竹却不这么认为，她心想：从先帝到太后，恐怕都知道和你说是没有用的，只会把矛头指向我，让我大度一些，劝你纳妃。

陈珚见她依然愀然不乐，就笑道："这还是不足？那我便再帮你想个法子，只是你听了可不许生气……"

于是便放下筷子，说一番话来，只听得宋竹目瞪口呆，半天都回不过神。

和离

宋竹并没有猜错，此时的太后，其实也正因为陈珚纳妃的事心烦。

要说，前朝也不是没有只独娶了圣人一个的事儿，譬如这隋文帝和独孤圣人便是相约不二，不过即使如此，文帝也起码有两个儿子不是？这还都是养大的，算上没养大的那肯定不止两个。陈珚虽说年纪小，但也只有一个京哥，而且说白了，不论是周太皇太后还是萧太后，都是被贤明太子的事给吓怕了，先帝生前的遗愿也是两宫的愿望——天家人丁不旺，还是要多子多孙，才能让人放心啊。

圣人温良恭让，容貌、女德都是没得挑的，现在把后宫事务也打理得井井有条，其实两宫对她也很是满意，只是她之前的小产，让人心里不能不有所忧虑，对于外戚们明里暗里的劝谏，太皇太后和太后倒的确都是听进去了。周太皇太后还好一些，事不关己不开口，只管被人孝敬着，萧太后是真的把陈珚当亲儿子，虽然先帝去世的时候，陈珚过继来还没多久，根基不稳，她完全可以垂帘听政，起码把先帝的丧事主持完了再说，可萧太后压根儿就没提这一茬，直接就把朝政交到了陈珚手上，陈珚也没让她失望，并没有一登基就开始大肆分封福王家的人，甚至是给福王上封号。过继了就是过继了，安安稳稳的，还是给萧太后当儿子。

这么一来，萧太后肯定就不希望将来七哥一家也沦落到要过继的地步了，她知道这过继人家儿子的滋味，若非这是亲妹妹家的孩子，从小在眼前看大的，她倒宁可和先帝一起去了，也不愿受这个苦。虽然明知道七哥不太可能答应选妃，也知道宋竹当时根本都没回答先帝"多子多孙"的话，但她还是想着，多纳妃子，多生几个，就当是请人来生——这才是第一要务，等生完了以后，宋竹爱怎么对付她们就怎么对付，不给封号都没什么问题，甚至于来一招"狸猫换太子"，她也没有太多的意见。

至于陈珚当时对宋家的承诺——那时候他还不是官家呢，世易时移，老抱着这事说话那就有点没劲了。萧太后甚至都已经忘记了当年还有这么一出荒唐的事情，反正，现在宋家也不可能上门来为自己的女儿出头了。

还是得在宋竹身上下功夫，这事要是宋竹肯了，陈珚万万没有不肯的道理。要知道，没有猫儿不爱偷腥的，若是能管住自己不去偷腥就已经不错了，腥味送到嘴边来还能不吃一口，那就不是男人。太后当年和先帝的感情也是极深，可宫里也不是没有别的妃嫔，她明白这个道理。

"……到底是连着亲。"太后用来劝说宋竹的，也不是那些贤良淑德的话语，那些话太泛泛了，再说了，宋竹是大儒人家的女儿，没准就端出什么大道理来，反而把自己堵得没话说了。“南党始终不能放心，总是想着要把王参政给打压下去才好，就是为了王参政想着，宫里也该纳些新人，大家都是外戚，南党也就无话可说了。”

王家和宋家之间，也是颇为无奈，本来都又结了一门亲事了，还没成亲呢，赶上小皇子夭折，陈珚再度被接进宫中，只好再度退婚。但即使如此，朝中也都是把王家和宋家当成亲戚算了，一直有意无意地把王参政往外戚的路子上编排，太后这说的也不是假话，不少亲戚都是这么劝的——姜相公族里也不是没有好的小娘子，嫡支就罢了，没有当妃嫔的道理，可偏宗远支里采选一个，不也挺合适吗？以后南党也就不能再这么对付王参政了，要说外戚，大家都是外戚，南党也没好到哪去。

她本以为宋竹会和她犟嘴，没想到她倒是一脸深思，没有立刻回绝，萧太后心中动了几下——难道她终究是想通了？

但想到先帝临终前的事，她又不敢太乐观，当时都没答应，怎么自己这几句话就给说得动心了。

“姑姑说得也是道理。”宋竹轻声细语地说，“况且，宫中也从没有只有一个主位的事情，若是不纳新，只怕总有些人揪着我的错，觉得我妒忌，将来坏了名声，反为不美。”

萧太后也有一部分这样的考虑，闻言连连点头道：“原来你也是看得清楚，那便更好了，这么说，三娘你是想通了吗？”

宋竹眉头一蹙：“可这是大事，我不敢擅自做主，姑姑和七哥商量便是了，问我，我也不能代七哥回话呀……”

萧太后原本想的是让宋竹去和陈珚说，但见宋竹蛾眉轻敛，说不出的楚楚轻愁，心里也是有些软了：罢了，都是女人家，有些心思自己也能明白。让她自己去和七哥说，只怕还是过不去这道坎儿，不过听这意思，应该是默许了。

这已经是让人喜出望外的进展了，萧太后也不敢拖延太久，打铁趁热，第二日就和陈珚说了采选的事，“三娘都吐口答应了，你怎么想？”

陈珚也是皱着眉头，一脸难以决断的样子，“娘……这件事我还想先和三娘商量商量。”

这是还有些不信她的话呢，太后也是无奈，“我还能骗你吗？到底是娶了新妇了……罢了，你要商量，那也随你。”

她也就暂时把这件事放下了，想着几天后再提着问一问，别让七哥就这么蒙混过去，又和陈珚说了些别的事，这才让他回去福宁宫歇息。自己心中沉重的心事，也是放下了一多半——有松动就好，今年内，应该能把这件事办下来了。

可没想到，第二天一早上，就有人匆匆地跑来寿安宫报信了——圣人回娘家了。

萧太后几乎以为自己还没睡醒，在大腿上狠狠地拧了一把，这才确定自己正醒着呢，“回……回娘家？”

这在宫里可是几十年都没有的事，入宫的女子哪有那么容易回去的？除了每年去金明池的那几次以外，就只有外头亲人进来省亲，自己绝没有出宫一次的道理，这回娘家省亲的话，连报信人都觉得不好出口，可事情的确如此，不说又不行，“娘娘用完早饭就出去了，倒是没把京哥抱走，还给官家留了书信……”

她是怎么出去的？谁给她预备的车马？谁敢放行？难道身边就没人拦着？

在最初的震惊后，疑问顿时是一个接一个地冒了上来，太后听人这么说，连忙追问：“这么说，官家已经知道此事了？”

“也已经往前头去送信了……”那女史嗫嚅着说，“这是大事，不敢瞒着。”

萧太后对于官家的作息习惯是很熟悉的，因为官衙办事的节奏不会变，官家办事的节奏当然也就不会变。现在官家应该在内东门小殿和众卿家议事——这不是家丑外扬吗？这还像话？

她正想怒斥这件事办得不对，可又隐约觉得是自己想岔了，萧太后勉力定下心来，把这件事在心里滚了几滚，忽然灵光一闪，气得几乎呕血：“这个、这个、这个……这个逆子！”

是啊，这件事的疑点，实在是太多了，就是女史心里都犯嘀咕呢，听了萧太后的喝斥声，也是明白了过来：若不是官家在背后支持，圣人怎么可能说走就走，有车有马，还有人给她开门？这件事与其说是圣人的主意，倒不如说是官家的主意……

且不说宫里是如何鸡飞狗跳，宋竹忽然回家的事，也给宋家人带来了很大的惊喜——当然，惊吓的成分还是要更多一些的。虽然也有些久别重逢的欢喜，但入宫做圣人的女儿忽然回来了，总是让人有些不祥的联想。

宋竹也不敢吊着家里人的胃口，尤其现在祖母也进京了，她更是怕明老安人太过着急，闹出事来。连忙把陈珚给的尚方宝剑祭了出来，“这都是官家的主意，我也只是奉命行事罢了。爹、娘你们就别担心了，七哥心里有数着呢，他也是被说烦了。”

现在宋竹怎么说都是圣人了，她自己没架子，家里人可不能错乱了礼数，可饶是如此，小张氏听了女儿的说法，也还是一阵头疼，她现在真的开始后悔当年让女儿接触陈珚了，“这官家也是太荒唐了——”

“是这几个月，外戚勋贵们说采选的事，把妹夫给说烦了吧？”宋苓倒是不大在乎，她也是家里唯一一个还用亲戚的称谓叫陈珚的人，“如此也好，一了百了，以绝后患。”

她摊开手，颇有底气地说：“你们还准备了一封信吧？现在不拿出来，难道还要家里人现写吗？”

宋竹尴尬地一笑，一边从怀里掏信，一边略带讨好地说：“就是没准备，大姐还不是挥毫而就的事？我们写的文采还未必有您的好呢……”

“这又不是什么能流芳百世的文书。”话虽如此，可宋苓看了看稿子，还是有些不入眼，她哼了一声，恨铁不成钢地道，“就你和妹夫，那真都够得上不学无术了……还是我来另写一封罢了！”

说着，便让人从宋先生书房里取来了上表用的黄格纸，文不加点，提起笔来就是一行行工整的馆阁体，写完了给宋竹一看，“这就送过去吧？”

宋竹被那骈四俪六、华美高深的表文给糊弄得，要不是她到底也有底子在，差点儿都要看不明白，仔仔细细看了两遍，这才点头说道："和大姐比，我们写的简直就和蒙童作的一般了。"

宋苓哼了一声，便向宋先生告状道："爹，你瞧三娘，入宫才多久，连学问都抛下了，第一遍竟然还没看明白似的。"

宋竹忽然回来，全家人都以为是出了大事，自然都聚在了一起，此时知道无事，却也不忙离去，宋先生原本一直盘坐炕上，没有说话，此时方才是笑微微地看了女儿一眼，和着一边小张氏严厉的眼神，宋竹看了便是心虚，忙过去笑道："爹，您别听大姐瞎说……"

又和刚回京不多久的大哥宋桑叙旧："大哥，这一次回来咱们见面的日子就多了……"

宋桑只是无奈摇头："这真是官家的意思？"

宋竹无比坚定地点着头："不是官家意思，我也无法出宫呀。"

做臣子的，没有指责君父的道理，再说这件事宋家也是当事人，更不好多说什么了。宋桑就是有一肚子的话，在宋苓插科打诨之下也没法说出口——用宋苓的话说"以后三娘更难得回娘家了，如今好容易回来一次，须得珍惜"。

就连明老夫人，叹了几口气，又问了宋竹几句，也只能是说："罢了，既然都走到这一步，说什么也没用……"

一家人索性就不提此事，和和气气地坐享天伦之乐，宋竹又是陪爹娘，又是陪兄弟姐妹们，心情也是极为舒畅，屋子里笑声连连，不知道的人，还以为宋家是过节呢。

而这时候的东京城，气氛可就不那么好了，尤其是内东门小殿，几个宰执大臣都是气得双手发抖，没法多说什么了——自己跑出宫去，已经是不守妇道的表现了，这圣人可实在是太大胆了，一回宋家，便接连送来了两封表，一封是宋家请罪的，这也罢了，可另一封是圣人亲自写的，这也太荒唐了吧？竟然是直接以当年的字据为证，要和官家和离……

简直是要学魏王曹操的丁夫人吗？——可丁夫人和曹操闹和离的

时候，曹操还只是魏王！就因为官家有采选妃嫔的想法，就要和官家和离的圣人，她宋竹应该也是开天辟地以来的头一个吧……

牵手

最终递上来的奏表，是宋大姐所写，这一点也是出乎了陈珚的意料，乘着众大臣瞠目结舌说不出话的当口，他仔仔细细地将这骈四俪六的表文重看了一边，也不由暗中称赏，心中十分惋惜：可惜了大姐到底是女流之辈，不然这等才华，即使是身为外戚，不便放在官场之中，也可边安排疆甚至是宫廷内务，其实也都是大有可为之处的。就光说这篇文章，也是做得极好，让人没法不击节称赏——虽然字字句句都是惶恐请罪，但细读之下，宋家的表文也是大有文章。

先是阐述了福王府当年一心求娶，点明宋家无奈应娶，以及两家人约法三章的往事，等于是和宋竹的表文呼应，把理给占住了。而后再阐述自家教女不严，宋竹为人认死理不知变通的种种罪过，说明宋竹要和离是因为他陈珚食言，而不是宋竹出于妒忌。这第三，表明如果朝廷认为官家圣人和离有失体面，宋家也不敢收宋竹这个忤逆的女儿，情愿把她送入宫观之中修行两年，等于是为宋竹找好了台阶下——两年以后，风头一过，也可以再出来嘛。

至于第四，那就更狠了，因宋竹举止无状，按宋大姐的说法，宋家人如今是陷入了深深的内疚之中，是以只能用宋家其余人的埋头苦干，来弥补宋竹给朝廷造成的恶劣影响，宋家愿意退回爵位，从此不再称为“外戚”，子孙重回科举……换句话说，人家还是想要回去做清流的。

这四条里，前两条等于是在占据大义名分，第四条是在威吓朝廷大臣，第三条嘛，陈珚觉得却是对自己的警告：这个妻姐，逮着机会就要敲打自己一番，她那第三条的意思分明就是，如果宫里的态度不能让她满意，这假和离，其实也不是不能成真的……

宋竹能有这样的姐姐庇护，真是上辈子修来的福气，即使是被敲打的一方，陈珚也不能不承认这一点，其实他心里也很是高兴——能多一个人来呵护宋竹，他当然只有高兴的份儿。这第三条，他只是稍加揣摩就放到了一边，倒是第四条反复看了几遍，越看越觉得精彩，看了好几遍，才轻咳一声，问道："众位卿家，此事该如何处置才好呢？"

以往，内阁大臣哪个不是指手画脚的，恨不得官家什么事都交给内阁决断，官家只盖章批个"可"就完了，今日这一问，却是问得众人都没了声音，过了许久，还是王参政小心翼翼地说："此陛下家事，可自决。"

陈珚玩味地一笑："不是说'天子无家事'吗？"

他打趣了这么一声，仿佛是要给王参政一些难堪，但很快又笑道："不过，若是依我，我和圣人是相识于微，夫妻素来情深，若非宫中有子嗣之虑，也不会动采选妃嫔的念头，真要说话，深心里也是不愿有别人的。只是如今，若要枝繁叶茂，不能不采选，若要守诺，那又在子嗣上未免有些担忧，似乎竟是不能两全。"

王参政这时候不出头，什么时候出头？他道："陛下今年不过弱冠有余，殿下更是青春年少，皇长子健壮，子嗣之虑，是否太过绸缪？"

"这话倒也有理——王参政的意思，还是以守诺为先了？"陈珚有意这么一问。

"'人无信不立'！"王参政斩钉截铁地道，"'君无诺，政不宁'。既然已经立下字据，陛下又焉能毁诺呢？"

"这么说的确也有道理……"陈珚沉思片刻，又笑道，"若是如此，那自然两全其美，再好也不过了——众卿以为如何呢？"

宋大姐的表文，王参政和陈珚的对话，里里外外假模假样的，把道理都给占全了，南党诸臣不喜欢宋竹独宠后宫，可更不喜欢宋学少了这么个把柄，从此真正一飞冲天。圣人出宫，初看只是为了纳妃之议，可焉知这不是宋家将计就计，想从外戚身份中解脱出来？要知道那表文里可是把什么都写得明明白白的，连怎么废后的台阶都给找好了，要不是真的想趁势和离，宋家短时间内能拿出这么个主意？

有了这么一层心思，刚才王参政发话的时候，很多人都是心惊肉跳的，打算随时出面劝阻官家不要冲动，大谈特谈一番不可轻易废后的道理。可王参政反对废后，官家从善如流的时候，很多人心思又都是活动了起来：党争就是这样，敌人支持的你要反对，敌人反对的你就要支持。

现在官家这么一问，很多人就想要出来说些宋竹的大逆不道，但话到了嘴边，看着王参政似笑非笑的，心中倒都是一惊：这可别是欲擒故纵，诱使自己上钩吧……若是自己这么一说，王参政再顺水推舟一番，只怕这婚还真就和离成了。

“陛下所言甚是！”在一阵难堪的沉默后，首辅于相公果断地定了调子，“君子一诺千金！”

陈珚便满意地笑了起来，他双掌一合，欣然道：“家中龃龉，让诸公看笑话了。”

众人自然一片“不敢不敢”，有些胆大的，还说些自己家里的事情来证明这不过是夫妻间的常事。陈珚笑眯眯地听了一会儿，总结道：“其实圣人回娘家，无非也就是闹了脾气，等这慰问的旨意发过去，多数也就消气了是吗？”

“正是正是。”众人纷纷点头如捣蒜。

“好。”陈珚当下就拿过纸笔，龙飞凤舞地写了回信，又盖上章让人送回宋家。“此事今日便议论到这里了，还是继续商议国事吧。”

诸位相公们巴不得这么一句话，自然也不会有人多问什么——也不敢多问，只是一个个都在心中叫苦：这崇政殿里，说起如此荒唐的话题，甚至和陛下谈起了家事，一群人没劝着陛下一振夫纲，反而是拼命劝和，若是传出去了，只怕也免不得御史台一番弹劾……

宋竹这一次回家，本也打算多住几日的，按她所想，这件事还要几天工夫才能闹大。可没想到，她到底还是低估了东京百姓们传播小道消息的速度，她是上午回的家，中午起，宋家附近就有人远远地站着开始看热闹了，到了下午，数百名百姓赶到附近的巷子口，都是听说圣人回娘家了，又听说这一回回娘家是要和官家和离的，于是纷纷赶来看千古第一的热闹。

虽然说不至于围在门口，大多数人看了宋家上下一切如常，也就失望散去，但就这么一下午，人来了又走，总量倒是没少。开封府的衙役来倒是来了，但多半也是听说了什么，只是犹犹豫豫地维持着基本的秩序，连宋家的门都不敢靠近，居然是把宋家当成了疫区一般，只敢远远地在巷口附近站岗。

这样的动静，这样的速度，不消一个晚上，开封的附廓县都能全知道了，宋家人倒是不畏惧陈珚改了主意不来接人——半下午就送来了陈珚的"草诏"：胡乱写成的草书圣诏。他们是担心明天起来，只怕宋家仆役都不好出门买菜了，一家人很可能吃不上新鲜菜蔬。

好在宫里只怕也是收到了消息，到了将晚时分，宫里的禁卫军便出来清场了，闲杂人等一律被赶到远处。宋家门丁这才松了一口气，让人给里头报信。里头这才知道没多久呢，又是收到消息——原来这净街也不只是净街，还是官家出行的前奏，官家人已经到巷口了。

宋家这一惊非同小可，宋先生连忙换了礼服，带了几个儿子，大开中门在门口迎接。宋家女眷们也要各自换装，宋竹却觉得没这个必要。"爹爹他们是没办法，一定得做给旁人看，娘你们就不必麻烦了，听我的，就这么着挺好。"

陈珚疼她已经到了几乎颠倒黑白的地步了，家里还有谁能驳她的意见呢？反正也来不及，索性就都不管了，一家人还是随意聊着等，果然过了不久，宋先生就和穿着便装，面上带笑的陈珚进了屋子。一进门陈珚还要给明老安人行礼，"婆婆，咱们许久未见了！"

众人连忙扶住了，不敢让他真的下拜，宋竹其实觉得没什么所谓，但也不好太吓唬爹娘，索性让陈珚给两老拱手行了礼，众人颔首还礼。陈珚露着笑脸，逐一把亲戚们都招呼过来，这才说："宫里太后有话，不让三娘在外过夜，老人家今天脾气不好，小婿也不敢违逆，这就来接人了——"

太后都发脾气了，还有什么好说的？再说了，这脾气也该发，宋家家丁都往回报着消息呢，也不知是怎么回事，本来崇政殿里的话，就是要往外传也没那么快的，可今日却是出奇，还不到一个时辰，官家写的字据就流传开来了。连来宋家围观的百姓们都知道那里头说的是什么——“‘君子一言，驷马难追。’你我不二，再无他人。”

连着宋家表文里说的当年立字据的事，想来没有多久，天下间就会知道宋家和天家约为婚姻时，如今官家立下的“誓不纳妾，一世不二”的誓言。这采选妃嫔的事，自然是再也不能提起。老人家心里能好受才怪呢……

不过，别说宋苓了，就连小张氏，现在都不担心宋竹回去以后会受什么责罚。陈珚这都亲自来接人了，还有什么可担心的？小张氏给女儿理了理鬓发，一时间倒是有些不舍了——若是能住一个晚上……

“以后可不能再这么胡闹了！”她压下了不该有的想法，严肃地吩咐着，见宋竹一脸乖巧地点头，心下也是一软，只是若有若无地瞥了陈珚一眼，也就不往下说了——这话，其实是说给女婿听的。

见女婿仿佛没听懂似的，脸上还挂了那开朗的笑意，讲究了一辈子的小张氏忽然也有些想笑，好容易才勉强忍住——自己当年看好了他做三女婿，究竟是对还是错，却还是说不清了。陈珚毫无疑问，绝不是什么正人君子，但……三娘跟着他，却又是让人那么放心。

宋家人虽然都各有一番嘱咐，却不敢耽搁时间了，横竖日后相见有时，也不多说什么，匆匆把陈珚和宋竹送上车驾，又跟在车后步行送出府门，这才回身关门闭户。宋竹在车里扭着身子，透过纱帘看着家里人的身影消失在门扉后，心中亦颇为不舍，她的确是思念家里人，不过现在更怕的还是回去被太后责罚——虽然这一回是她占了便宜，但太后的脾气，想来也不是好对付的，她心中颇有些惴惴，也不知太后会如何发作她又或者陈珚。

“先和你说一声。”正这么想着，陈珚忽然噗地笑了一声，转头对她说道，“这回，连福王妃——都被太后请回来了……两人张牙舞爪的，就等着你回去收拾你呢！”

宋竹“啊”了一声，自然也有些害怕一会儿的暴风雨，陈珚看她畏缩，笑得更是得意，“这回被我坑着了吧？太后一直怨我不服管，好歹也让她也埋怨你一会儿——我就奇怪，你怎么能信了我的馊主意呢？怎么样，后悔了没有？”

瞧他那往上泛坏水的样儿，宋竹不由就冲他吐了吐舌头，她忽然想到两人初见时，陈珚对她使坏的样子，心头便是一甜，就不愿意和陈珚斗嘴，而是倒在他怀里，笑道：“我从来都没后悔过。”

陈珚本来就是说着逗她的，没想到她没接招，他也“啊”了一声，反倒是有些面红了，僵着身子被她抱了一会儿，这才咳嗽了一声：“要……要抱回去抱，车里呢！”

宋竹不禁低声失笑，她不坐起身，还在讨价还价：“那一会回去以后，你在前头帮我顶着呀？”

陈珚慎重考虑了好一会，“罢了罢了，那就帮你顶一炷香。”

“那就不起来。”宋竹也不是没绝招。

“一刻钟。”陈珚又让步了。

“还是不起来。”宋竹耍赖。

“啊，那你要我一直帮你顶着呀？”陈珚语气为难了起来，好像在犹豫，过了一会才下定决心，“好吧，那就一路都帮你顶着——你起来不起来？”

宋竹这才坐直了身子，和陈珚对视了一眼，两人都忍不住轻轻地笑出了声，这一回，是陈珚忽然俯身过来，轻轻地亲了她的小口一下。

“回家喽！”他说，自然地把手放到了两人中间的褥子上。

“回家喽！”宋竹也跟着开心地笑道。

她也很自然地把手放到了陈珚的手心里。

两人的手就这样轻轻地、自然地牵了起来，随着车身一起，摇摇晃晃，一路往被晚霞映照得金碧辉煌的宫城驶去。

图书在版编目（CIP）数据

陌上人如玉：全2册 / 御井烹香著. -- 南京：江苏凤凰文艺出版社，2021.7

ISBN 978-7-5594-5824-7

Ⅰ.①陌… Ⅱ.①御… Ⅲ.①长篇小说－中国－当代 Ⅳ.①I247.5

中国版本图书馆CIP数据核字(2021)第073646号

陌上人如玉：全2册

御井烹香 著

责任编辑 刘洲原

策划编辑 崔云彩

出版发行 江苏凤凰文艺出版社

南京市中央路165号，邮编：210009

网　址 http://www.jswenyi.com

印　刷 北京金特印刷有限责任公司

开　本 710毫米×1000毫米 1/16

印　张 42

字　数 580千字

版　次 2021年7月第1版

印　次 2021年7月第1次印刷

书　号 ISBN 978-7-5594-5824-7

定　价 82.00元

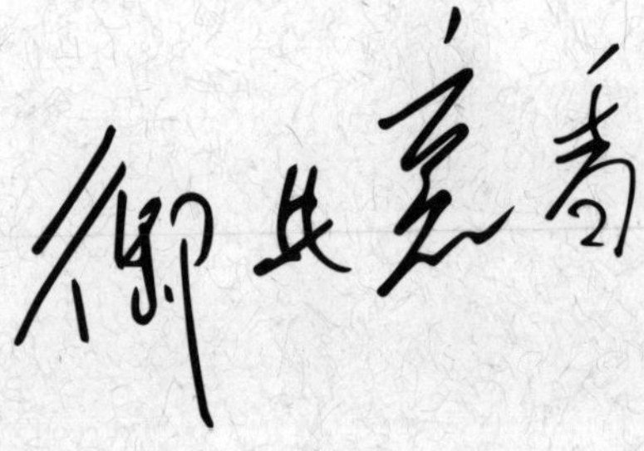

陌上人如玉

上册

御井烹香 著

江苏凤凰文艺出版社
JIANGSU PHOENIX LITERATURE AND ART PUBLISHING

目录

第一章 初遇

陌上人如玉

送礼

天还没有亮，宜阳县东门已经热闹了起来。

地处洛阳腹心这样的膏腴之地，七十年的太平日子过下来，人口繁衍，屋宇增设，宜阳县的城墙已有多年没有整修了。沿着老城墙边上，还往外盖出了连排的屋舍，许多等不及从城门排队入去的居民住户，便踏着自家的房顶，熟练地翻越过黄土城墙落入城内，接着拍拍双手，该上工的上工，该做买卖的做买卖。天还没亮就在东门口排队的，多数都是担了柴米鲜蔬要进城叫卖的小生意人。

虽说国朝重商，但历来对商人的盘剥也最厉害。所谓三里一关、五里一卡并非虚言，即使只是宜阳县附近一二里的农家，担了些柴火进城时，也免不得要受守门士兵的刁难。是以这队伍排得很长，连车带马，把城东门堵得是水泄不通。哪怕等候入城的有衣着光鲜的行商，此时也只能耐着性子挨个等着，轮到自己时，再赔着笑脸，任由守门的兵爷连吃带拿再糟践几把，这才如释重负地入了城去。民不和官斗，哪管国朝重文轻武，这群丘八到了秀才们跟前，也得低声下气、唯唯诺诺，可再怎么样，这群举止粗野、盔甲凌乱的大头兵，欺负他们这等小本生意人，也是十拿九稳，容不得一丝违逆。

都是小本经营的更是苦哈哈，听着城门洞里传来的央告声、呵斥声，排队的人不禁露出了愁苦之色。只有一名身穿整洁布衣，红光满面的中年人不为所动，他不时轻蔑地扫上一眼城门，又一面按部就班地往前挪移，小心呵护着自己拎着的两个小竹篓，见有人经过，便要侧着身子，护住竹篓，竟是不欲其沾上半点灰尘。

他虽没有插队，但神态昂然、衣着鲜亮，叫一众小民看了，心中都有些犯嘀咕，有意无意的，全让了他先，因此不一会儿就进了门洞。这当城门兵的，哪个不是成天见着南来北往、形形色色的人？只一眼便知道他怀里的东西绝对便宜不了，又因这门洞里比外头还要更漆黑几倍，一时也没看清他的衣着，伸手便来夺篓子，“什么玩意儿，你的过关文书呢？拿出来瞧瞧！”

这中年人一瞪眼，面上带着的一点笑意顿时消失无踪，他强压着怒火，伸手一挡，一股沛然莫测的力量顿时将那城门兵推得踉跄着倒退了好几步，待脊背硌到墙上才止住去势。门洞内顿时就响起了一片惊呼，几个守门的兵士都聚拢了过来，色厉内荏地叫道：“好大胆的丈人，你竟犯官？”

中年人冷笑一声，欲要说话时，思及来意，也就压下气焰，不和他们计较，只沉声道：“咱家是奉少爷之命，来给宋先生送些束脩的！”

他身穿的布衣虽然不如锦缎打眼，但识货人都看得出来，是海南的吉贝布，售价比绸缎是只高不低，神色间更是自然而然流露出一股豪迈气概。显而易见，这人绝非惯居人下之辈，寻常人目之，少说也是一个员外。可这样人物，居然口称“奉少爷之命”——能蓄养如此豪奴，可见那少爷身份之高了。这样一个豪门世家的奴才来县城里送东西，放在别处，是要激起一番议论的。

几个守门的大头兵却也并无讶色，只听到了宋先生三个字，便都是肃然起敬，不敢再和他为难，纷纷将身子让开，由他过去了。而后才低声埋怨嘀咕：“是给宋先生送东西的，怎么还排队？这也怨不得俺们有眼不识泰山。”

“也不知是哪位大人给宋先生送东西，排场却是小了些。上回宋先生生日，小王龙图遣人送礼，那才叫一个大阵仗呢，啧啧，车过城门的时候，陷在辙子里差点都出不来，听说里头装的全是金银珠宝……”

“听那人称呼的是少爷，只怕是哪个小生才刚入书院，为表孝心给宋先生送点新鲜玩意儿……”

且不提这些闲人如何议论，那豪奴虽到得早，但经此一番耽搁，出了城门洞时，天色也已经放了亮。他辨认了一番方向，便顺着东大街往县城东面走去，路上又扯了几个人问了问，明了方位，这才在一条深巷前停下，郑重地扯了扯衣裳后，缓缓走到巷子内唯一一扇门前，轻轻叩响了门环。

片刻后，有一位年老的司阍前来应门。和这豪奴相比，他穿得可谓寒酸，一身粗葛布衣裳，半点也没给主人家长脸，只是行动处透露出肃静庄重。见有如此一位官人前来叩门，也未露出讶色，只是笑着问道：“官人何事？”

“敢问此处可是宜阳先生贵宅？”这豪奴却也丝毫不敢多言，见那家人点了点头，便又把腰哈了几寸，恭敬地言道：“奴婢受萧正言差遣，为先生送些鲜果。正言如今已到了洛阳，不日将抵达宜阳，届时自然要再来拜见先生。”

正言并非人名，而是官职，从七品的本官，在国朝已经不算低的了。可这老司阍听后神色并未发生变化，口中呢喃道：“萧、萧……”

这豪奴亦不敢露出丝毫不快，而是赔笑道：“名为传中，正要上任宜阳知县的便是。”

“原来是萧官人，”老司阍终于想了起来，这才露出几分亲热，“前不久来信，这不还是奉议吗，如今已经升了正言了？真是年少有为，先生知道，必定高兴。”

他接过了那人手中的竹篓，打开来看了一眼，“您且稍候，吾这就回去禀报先生。”

说着，又拿了那人转呈的拜帖，不紧不慢地往里去了。过了许久，才回转了道：“先生已知道了，也很为正言高兴，且盼正言早日前来，师生相聚。”

方才那豪奴呈上的两个小篓，里头装的全都是有价无市的鲜樱桃。洛阳虽有樱桃树，但这毕竟是金贵东西，现在又是刚上市最贵的时候，只珍珠丸子大小的也要卖到十文钱一颗，他送来的樱桃却足有拇指一般大，一个个上头还都缀了鲜露水，全都是今天凌晨才摘下来，由他一路骑马护送过来，就求个新鲜。若要估价，这两篓鲜果，可买下宜阳县外的一亩地了。就这还不算那份苦心，要知道，就为了尽快送到宋先生案头，他一见城门口堵上了，就立刻下了马，从小厮手中接过了竹篓，一路步行到得此处，路上更是被没长眼的城门丁冒犯……

这么一顿折腾，换来的只是宋先生轻飘飘的一句话，可即使如此，这豪奴依然喜形于色，他也不敢多和老司阍搭话，只怕自己腹中没有才学，叫人连主人一起看轻了去，只喝了半盏茶，便又恭恭敬敬地告辞而去，直到出了城门，寻到自己的马匹，方才是换了神色，挺胸凸肚，翻身上马，连番加鞭，回洛阳去寻小主人报喜了。

其实，这两篓樱桃，终究也没送到宋先生的案头。老司阍的确是向先生禀告去了，可按惯例，学生们的小孝敬历来都是送到主母小张氏屋里由她发落。老司阍把樱桃拎到了内院门口，自然有个老婆子上前接了，送到堂屋里来。

别看天才亮，小张氏却也是早已起身，正坐在窗前理妆，听说此事，便道："就按平时那样分吧——"

犹豫了一下，她又添了一句："官人素来爱吃樱桃，便多往他书房中送上一份。"

老婆子打了个喏，正要依言办事时，又被小张氏叫了回来，"罢了，还是照例平分，多送一份，只怕反而不美。"

望了屋角时漏一眼，见时辰快到，她也不多话，便急匆匆地拔脚往姑姑（婆母）屋里去了——明老夫人多年来生活一向自理，打水洗漱从不假于外人之手，如今她的年纪大了，脾气未改，只是行动不便，多少叫人难以放心。小张氏也只能掐着点赶到姑姑屋里，多少照应则个。

随着她的脚步声，晨光中的宋宅，也次第醒来。宋先生前晚宿在书院，没有回来，外院的宋家三哥、四哥、五哥，内院的宋家二姐、三姐、四姐、五姐，也都随着数声鸡啼，在晨光初露时，睁开了眼睛。

虽然宋先生是天下驰名的文坛宗师，宋家也不能说十分穷困，但名儒家风，与众不同。宋家姑娘都没有贴身丫头伺候，每日早上鸡鸣声起，便有多年来帮工的老仆妇敲门唤醒，若是贪睡误了早上请安，那是要罚的。也因此都养成了早起的习惯，每天到点儿，即使没人来唤，也都能醒。

二姑娘宋苡素喜从容，鸡叫一响就睁眼下床，走去茶水房拎了黄铜水壶回来，在净房里梳洗过了，坐在窗前对着铜镜编辫子。一根又粗又黑的大辫子编完了，听得东厢还没动静，她摇摇头，不出声地叹一口气，莲步轻移，掀帘子进了东厢房，冲床上一个隆起的人形细声细气地道："粤娘，你再不起来，今日便索性别去上学，免得还带累我也迟到，又跌了爹爹的脸面。"

床上的小人形本来还在静卧，被她这不轻不重的话一戳，才缓缓地动了起来，先是踢开棉被，慢慢地坐起身子，而后大大地打了个哈欠。三姑娘宋竹顶着一头蓬发，坐在床上双眼无神地望着前方，很明显，根本就还没睡醒呢。

宋苡本来就嫌弃她赖床晚起，见她朽木难雕，益发不快，起身就要甩手走开时，宋竹却又掀开被子，一边揉眼睛一边跌跌撞撞地下了床，向她走来道："二姐帮我梳头，帮我穿衣裳，帮我洗脸。"

宋苡素性喜洁，见这么一个才睡醒的蓬头垢面的"小脏猫"向她走来，不由退了几步，无奈宋竹不依不饶，眯着眼睛还是伸手向前。她家教又好，深悉孝悌之理，不敢随意因小事训斥妹妹，虽说心中有气，却也只能无奈道："你自己换衣裳！我去为你提水来。"

转身出门又为宋竹提进一壶水，倒进盆内，试过水温，绞了手巾，给宋竹递到跟前，见宋竹虽换了衣服，可头发还是蓬乱，晓得今日不帮她打理，自己也无法脱身，便叹了口气，趁着宋竹洗脸，拿起梳子为她梳头。

宋竹若老实被她梳着也罢了，偏一会儿低头刷牙，一会儿抬头擦脸，宋苡只觉得给她梳头，倒像是给一只猴子梳毛似的，忍不住轻斥道："家规怎么说的，你都忘了？'守节整齐、动静有法'，你倒是'动静有法'给我看看吗？"

宋竹漱了口，含含糊糊道："人家哪里不'动静有法'了嘛？"

“你若是只猴子，还算得上动静有法，若是个姑娘家嘛，”宋苡在镜子里看了妹妹一眼，不禁微微翘了翘唇角，“只当得上一句‘相鼠有皮，人而无仪’。”

“相鼠有皮，人而无仪，人而无仪，不死何为？”且先不说二姐刻薄她举止毛躁用这句话是不是过重了些，宋竹自小和宋苡一起长大，如何不知道宋苡的性子？宋苡损人，尤其是损她宋竹，一向是从重的。只说宋苡姐妹间说笑，还要用上诗经里的句子，她便忍不住在心里叹了口气：这就是才女啊！《诗经》学了半年了，她自己还背得磕磕绊绊呢，二姐也就比她大了两岁，已经是把许多句子倒背如流，用起里头的典故，也都是信手拈来。

她没有接二姐的话茬，而是略带狡猾地说道：“二姐你说的是什么，我听不懂。”

宋苡性子虽板正些，却非毫无心眼，见她眼眸弯弯含笑，如何不知宋竹是在逗她？气得将她头发一扯，宋竹大叫一声，捂着头泪眼汪汪，委屈道：“二姐，痛呀！”

宋苡疑心她在作伪，但见宋竹双眼微红，又似乎真的很痛，便有了几分愧疚，揉了揉三妹头皮，哄道：“好了好了，正经梳头，咱们一起去给祖母问安。刚才安妈妈不是说今儿有樱桃吃吗？我的那份多给你吃几个便好了。”

宋竹闻言，立刻转悲为喜，她面上犹带泪痕，却已经咧嘴笑了，瞧着不知多么引人发噱，口中说的话更是能把人气死，“我就知道二姐会这么说，才故意装痛唬你，这不，果然奏效了？”

原来又是被作弄了，宋苡欲恼，又觉得刚才妹妹哭得不像假疼，将信将疑地看她一眼，手里不停，还在编辫子，“可是当真？”

宋竹扮了个鬼脸，“你猜——”

这个磨人的小淘气，梳个头都能作天作地，作得人又恼火，又没脾气。宋苡只觉时间来不及了，也无心再和妹妹纠缠，几下梳好了头，将她抓到梳妆台前擦了脸，两人互相检查了仪表，确认整洁得体以后，方才携手出了小院子，往祖母那边过去。

以居住人数来说，宋家占地其实不算太大，住起来还是有些拥挤的。今日虽然宋先生和宋四叔都不在，但宋竹姐妹们到时，屋内也满满地站的都是人。三哥、四哥、五哥，二姐、三姐、四姐、五姐，几个小辈轮番对祖母和大太太、四太太问了早安，三个哥儿便先退出去到外院，四太太带着四个姑娘到西厢用饭，老太太明氏起得早，和大太太一起已经用过了，便拉着小张氏一道在西厢窗边坐着，一面照看几个孙女用饭，一面和小张氏说些闲话。

“食不言，寝不语。”宋家人用饭，不论菜品多么简单寒素，仪态是绝不能丢的，就连素来最猴儿的三姐宋竹，此时都是挺着脊背，端丽小脸一片淡然，徐缓有度、珍重有加地咀嚼着口中的食物，仿佛吃的并不是简单的咸菜配馒头，而是什么山珍海味一般。明老太太审视地望了几位孙女数眼，满意地点了点头，因想起今天早上送来的樱桃，便问小张氏道：“今早送鲜果的，恍惚听了是姓萧，可是写了《明学寄闻》的那个萧家？”

《明学寄闻》是本朝名作，不仅仅是因为刊行四十余年来，被视为儒学经典，多次重印，也是因为作者极为有名，乃是五十年前的名相萧擎，其孙女正是本朝皇后，萧家更是山东大族，历年来都有子嗣为官。不过，这些尊荣在明老太太看来终是比不上一本《明学寄闻》。

“正是。”小张氏也习惯了姑姑的做派，她出身书香门第，亦是打内心看重学问根底，对老太太的话丝毫不觉有异，而是自然地回道，“是萧相公的孙子——传中也是老爷的得意门生，算是年少有为。若媳妇没有记错，如今年方而立，就已经是宜阳县的父母官了。”

宜阳县是望县，人口在四千户以上，三十岁为望县知县，不算是官运亨通得让人妒忌，但这成就也绝非一般人能够奢望。明老太太点了点头，“也不算是辱没了他祖父的名声。”

她又道：“不过，他能上任宜阳知县，只怕少不得奉安在背后使劲儿，为的是照拂书院，也顺带着照应照应咱们家。我老了，有句说句，我们自家人是大可放心的，唯独书院中的学生，怕有些年少不经事，仗着知县是师兄，便浪荡了起来，诩儿在这方面上，还是要用心才是。

千里之堤，毁于蚁穴，多少年铸就的名声，万万不能轻易毁了去。”

小张氏笑着点了点头：“官人也是这么想的，收到了传中的书信以后，已经和书院内诸位教授都交代过一番了。”

明老太太甚为满意，说过了外头的事，又关心起了大儿子：“诩儿素来爱吃樱桃，今日这樱桃我看了好，这玩意得吃个新鲜，这几日书院辩难，他着实辛苦。索性连我的那份也送到书房去，让他尝个鲜也好。”

老人疼爱儿子，也在小张氏意料中，她心满意足地躬了躬身子，半开玩笑地道：“那新妇先代官人谢过姑姑了。”

说话间，众人都吃过饭了，纷纷过来和老太太、小张氏告别，二姐、三姐、四姐年纪大了，便往宜阳书院上学去，五姐年纪还小，去族中女学开蒙。四太太问得今日无事需要帮忙，也自回房去读书刺绣了。等屋内人空了，老太太方问起：“前日你和我说过的萧家，向二姐提亲的那个，是否就是这萧传中的本家？”

她没问是否萧传中本人——三十岁的知县，没有婚配的可能性微乎其微，除非是要说做续弦，然而宋家的女儿，又怎可能做人继室？男方家根本都开不了这个口。

“却不是，是宁阳萧家，如今知襄州事的萧尚书之子。官人从前在广州任上时，和萧尚书有过一段交情。”小张氏顿了顿，又道，“官人还未下定决心，却是嫌他们家家风不好。”

“一家有女百家求，我看如今求二姐的阵仗，和当年求大姐的比，也是不差些什么。”老太太唇边微微露出一丝笑意，淡淡的自得之色，亦没想着遮掩，这毕竟是很光荣的事，“你们两夫妻做事，我是放心的，总是要比谚儿好些……且慢慢放眼去挑吧。”

说到现在出外任官的二叔宋谚，小张氏就不便接口了，只得笑而不语，老太太也不在意，她现在挂心的另有其事。

“说来……”老人家慢慢地说道，“三姐今年也有十二岁了吧，我记得两年前二姐这个年纪的时候，就已经有媒婆登门了，三姐如今——”

国朝虽不说早婚成风，但女子十三四岁一般也就定亲了，如果拖到十七八岁还没定亲，就有些晚。像是宋家的女儿，还在襁褓中就有娃娃亲的邀约，到了十岁上，便有人写信来求，大姐、二姐十一二岁的时候，媒婆就开始登门，到了十三四岁，来说亲的媒婆都要把门槛给踏破了。三姑娘今年十二岁，也到了开始说亲事的时候了，以宋家的名气，即使她处处庸常，要出嫁也绝非难事，按说，该少不得有人惦记才对。

小张氏听老太太这么一问，面上顿时就飘过了一丝阴霾，一时间欲言又止，仿佛是难以找到一个合适的回答……

宋家

带了河西血统的良马跑得快，宜阳县离洛阳城其实也近，不过一个来时辰，那豪奴便已经交叠着双手，恭恭敬敬地站在主人跟前回话了。

"……小人只用了半盏茶，同那位老家人聊了几句，问了宜阳先生安好，便起身告辞回城了。"他微微扬了扬眼角，瞅了一眼端坐在左边胡床的青年人，又添了一句，"出城的时候，排队等着进城门的队伍，还有老长哩。"

宽大而整洁的驿馆房间内，两张胡床上各坐了一人，左面一名三十岁上下，留了两抹髭须的，便是左正言萧传中，听了这豪奴的话，他唇边泛起了一缕淡淡的笑意，却未应声。反倒是右面胡床上坐着的青葱少年，听了这话，嘻地便是一笑，转头对萧传中道："我记得原来宜阳县管事的也是北党中人，怎么如今瞧这势头，竟是要诚心给从兄你一个下马威啊？按说有宜阳先生在，刮地皮也不能刮得太厉害，如今把这些守大门的都刮成这个模样了，不是和从兄你做对，难道是他真的不想混了？"

萧传中半是无奈、半是宠爱地瞪了他一眼："你是来宜阳读书的吗？阿禹，我怎么觉得，你倒是来当我的幕僚的？"

这少年唤萧传中从兄，自然姓萧，虽然是从兄弟，不过如今风俗，近亲从兄弟和亲生的原也差不了多少，都是当作一家人来看待的。这儒学一脉最重孝悌，做弟弟的被哥哥教训了，都得诚惶诚恐起身听训，可萧禹挨了萧传中半软不硬的一句话，却仿佛是毫无所觉，摸着后脑勺咧嘴一笑，反而冲那豪奴道："胡三叔，今日真辛苦你了，快下去歇着吧。"

虽说被他称为"三叔"，但胡三可不敢有丝毫放肆，刚才多说的那句话，已经是他逾矩的极限了。听萧禹此言，他行了个礼，道了声"不敢当"，便束手退了出去。留下萧传中、萧禹这对兄弟品茶谈天。

也是见胡三出了屋子，萧传中方才放松了些许。他一反素日里谦谦君子的作风，伸出手轻轻在萧禹头上敲了一下，责问道："竟冒用我的名头给先生送礼，你真是越来越胆大了。要不是胡三回来时我正好在这儿，你打算什么时候告诉我？"

萧禹笑道："这不是好事吗？我也是为二十七哥你做名气，我们在洛阳住了这几天，满耳朵宋家事迹听得起茧了，一多半都是各色弟子如何孝敬老师的，二十七哥你上任宜阳，免不得要和西京这帮耆老打交道，这樱桃一送，故事不就出来了？我这是在帮你哎！"

"难道我还要谢谢你？"萧传中也拿自己这个从弟没办法，更懒得和他掰扯那些道理。萧禹自小锦衣玉食，备受宠爱，虽然聪明伶俐，但天真不知事起来，也是根本没办法和他讲理。

按下满腹的话语，白了从弟一眼，他又道："就是你如何又得了那两篓樱桃的？昨日我去赴宴，你说你不耐应酬，看来倒是骗我，是自个儿又出去胡闹了？"

萧禹笑嘻嘻地，只是不说话。他生得好看，白净面孔上总带些和善的笑，一双眼顾盼有神，笑得眯缝起来又格外可爱，饶是萧传中入仕数年，早练就了铁石心肠，瞧见他的样子，也都不忍心往下逼问，而是叹道："以你这样，就是进了书院也待不长久，倒不如在宜阳玩玩，回家去算了。"

萧禹笑道："这又怎么说？我一心求学，也是诚心孺慕先生学问，就算这樱桃没送到位好了，总不见得先生因我送礼送不好，就不收我这个弟子吧？”

“你终究还是把先生看得小了……”萧传中见他还是这么吊儿郎当的，不禁就叹了口气，“虽说你在东京也是见多识广，接触过几个顶尖人物，但终究还是年纪太小，似先生这般，为天下文宗的人物，又岂是你能轻易蒙骗得了的？究竟是真心求学，还是浅尝辄止、别有目的，先生一眼就能看出来。以你这心思，别说是送樱桃了，就算是送琼玉，先生也不会收你的，宜阳书院为天下文气汇聚之所，哪里是你说来就来，说走就走的地方？”

萧禹毕竟年轻，也才十五六岁，听从兄说得耸动，不觉也为他所慑，端正了姿势，嗫嚅道：“我……我这心思又错在何处了？昨晚去拜访姨母，他们家园子里有上好的樱桃树，我想着二十七哥你不是提过，先生爱用个樱桃，就求了姨母，采些送去，也算是对先生的一片心意。”

果然是去拜访他姨母了，萧传中稍稍松了口气。就怕他昨夜是去了那些青楼楚馆，现在的洛阳城，除了名门大户和最上等的浪荡之地外，也没有多少地方能供应这样上等的果子了。

见自己策略奏效，萧传中却不把情绪流露到面上，想着还需再挫挫他心中的傲气，“你虽知道先生名气大，是北宗大师，又听说我曾求学于先生，乃至于小王龙图都是先生的弟子……可究竟这宜阳先生、宜阳书院乃至宜阳宋家的渊源，阿禹你又知道多少？”

萧禹嗫嚅道：“就……就听说先生学问极好，而且是北学宗师……噢，还有他们家大姑娘极有才学，别的也没听说过什么了。”

按说，以他的年纪和萧家家风，不应该是如此无知——十五六岁的时候，萧传中都已经是秀才了，北学宗师宜阳先生的名头乃至生平，自然是早已经听说过无数次，不过萧禹身世特殊些，不懂这些也不出奇。萧传中原也懒得教他，只是他要进宜阳书院读书，那又不一样了，今日难得吓住萧禹，便忙树立一下宜阳先生在他心中的高大形象，免得萧禹年幼无知，冒犯了先生不打紧，连着他这个弟子也让先生失望，那就是萧传中几乎承受不来的损失了。

也不是他萧家底气不足。萧家从前出过宰执，如今又是皇后娘家，虽说限于外戚身份，政事堂是不能去想的了，但这也意味着萧家在官场上会得到特别的优容。说到富贵底蕴，世上能和萧家相比的人家并不多，不过，若是论文坛上的名声，虽然曾出过撰写《明学寄闻》的宰相，但在近两代上，逐渐没落的萧家和迅速窜起的宋家，压根儿就不能放在一起比。

宜阳先生宋诩，自小便是西京出名的神童，如今在洛阳养老的名儒，当年几乎都抚过宋诩的头，对他说过勉励的话。而他也不负众望，未及弱冠便是进士及第，以十八岁的年纪成为当年进士中的探花郎，此后宦海沉浮之余，不论是诗词歌赋，还是儒学著作，都是丝毫不曾耽搁。不过二十五岁，便以《经世数说》震惊世人，所持“顺天应人”之论，一洗北宗颓气，可谓是将“天理人心”一题解说殆尽。至此，虽然年不过而立，却已经隐隐有了一代宗师气象，诸多贤弟子投奔求学，渐成宜阳学派。

国朝尚文，素来优待儒臣，宋诩自入仕以来，几乎很少接触俗务，全都在礼部供以清要之职，二十六岁调任国子监祭酒，此后著作论述连连，经过十余年功夫，宜阳学派已成为北学大宗，几可与南学分庭抗礼。宋先生又以朝廷琐务烦忧，不便教学为由，毅然辞官返乡，在宜阳创立书院，不过数年，洛阳一带本来出名的几家书院，风头已经完全被盖过，宜阳书院在北学士子心中，几乎已成为殿堂般的存在。

须知道，在读书人心中，道统所在，犹如生身父母。能吸引诸多分支的学子放弃原有道统，转投宜阳学派，不是没有原因的——宋诩入国子监后，教授弟子无数，然而他生平最得意的弟子，全天下人都知道，便是如今在宦海一路高歌猛进，数年内必定能进入政事堂的小王龙图。小王龙图被视为北党救星，身边不知凝聚了多少北派重臣的力量，而他更是宜阳学派最虔诚的弟子，他待宜阳先生恭顺孝敬之处，甚至已编入歌谣，成为传扬天下的美事。

有这么一杆大旗在，宜阳学派声名自然不弱，再者，这也不是他们唯一的优势。如萧传中这般在宜阳书院中受过教导，而后考中进士、进入官场的士子，在宜阳书院中并不鲜见。宜阳书院的学生，考中进士的数目要比别的书院都多上一些，而这一点，对于那些苦读不辍的士子们来说，也是极有吸引力的。

上有宜阳先生，中有小王龙图，下有萧传中这样的未来重臣，宜阳学派在士林中的名气自然极为响亮。不过，这却不是宋家唯一可以傲人的地方——刚才这么一通，说的不过是宜阳先生一人而已。

自本朝开国以来，宋族一向在宜阳县耕读为业，家风严整，乃是当地有名的书香世家，又怎会只有宜阳先生一名才子？便是他亲弟弟，宋家次子宋谚，也是有名的神童，虽然中进士较晚，但诗文传唱天下，在很多地方的名气甚至要超过宜阳先生，是极为有名的大才子，如非其专攻诗词，在学术上建树不多，几乎也能算得上一名大文豪了。其诗文花团锦簇，富贵延绵，昔年在京供职时，连宫中女眷都极为喜欢，每每入宫奉词，都能袖了满袖的赏赐出来。

一门两才子，本也足以名动一时了，但这还不是宋家最让人羡慕的地方。如萧家一般，曾出过名宿，后因种种原因在文坛渐渐没落的家族，可谓是数不胜数。后继无人，本来就是许多书香世家最大的烦恼。宋家最让人羡慕的地方，就在于其子女均都不逊色于父辈，虽不说‘青出于蓝而胜于蓝’，但起码维系家门名声，并不是太大问题。

宜阳先生的长子宋桑，不但和其父一样是有名的小神童，一样在不到二十岁的稚龄就考中了进士，而且超过其父的还有一点——他不但考中了进士，而且还中了状元！即使是光复幽云十六州的大功，也不过差可和状元及第的殊荣相较。三年前宋桑夺魁的消息一传来，赶来宜阳书院求学的士子当年就翻了一番。很多人都认为即使只凭这一点，他已经隐隐有青出于蓝的苗头了，更不说宋桑待人接物落落大方，几乎无可挑剔，凡是见过宋桑的人，无不是交口称赞，认为其有成就大事的能力。

长房之子有出息，二房也不落人后，宋谚之子宋栾，这一科夺了个探花在手——宋桑中举时，同榜还有比他更小的神童，再者他容貌平凡，倒没当选探花，而这一科宋栾便是年岁最幼，且他还是个远近知名的翩翩美少男，探花之职，自然是毫无争议地落到了他头上。

还有如今在宜阳书院读书的三哥宋栗、四哥宋檗，都已经有了文名。据说宋栗其实已经有了下场夺名的实力，只是宜阳先生对他期望颇高，还想再压一压，磨炼磨炼他。

宋家这一代也就是五个男丁，两个已经有了出身，两个有很大的希望博取出身，只有一个也许要从荫补出身。这比例别说洛阳了，就是在以读书出名的福建建溪、兴化一代的世家大族，也没有谁有底气和宋家相比较的。

就这还不算完，儿子说完了，还有女儿呢。宋家这一代恰好也有五个女儿，和哥哥们比，大部分年纪尚小，可就是稍大的两个，也早已经名满天下。大姐自幼早慧，据说聪明伶俐之处压过兄弟，令家人有“恨为女儿身”之叹，十三岁作《观物论》，竟是轰动士林，一时间竟有洛阳纸贵之势。自此陆续有文章刊发，坊间有人结集成册，销路极佳。传闻宫中甚至想要请她教授皇女，只是宋大姐出嫁后不在京城居住，这才作罢。

次女宋二姐，虽然学问上声名不显，但其绣工绝佳，一副宋家绣屏，在市面上根本是有价无市，众人只知其佳美，却难以得见。宋家当然也不可能发卖，仅是作为厚礼相赠友朋，至今所得赠者均为文坛耆老，也都是奉为珍宝，不肯轻易示人。若说宋大姐著书立说，才学匪浅，可毕竟是女子，偶尔也会引得一些人非议。这宋二姐可就是正正经经地在女红上下功夫，于士林间的名声，甚至比她姐姐还要好。

“这我知道，宫中收藏了二姑娘的一幅绣屏，便是文博公转献的，的确栩栩如生、巧夺天工，非常人能为。”萧禹眨着眼睛，听萧传中连吹带捧吓唬了半天，好不容易才搭上话，却是只说了一句，便被萧传中瞪了一眼。

“和你说了这么多，你就听到了这一句？”萧传中很是恨铁不成钢，“这两位大姑娘不过是添头罢了，说出来是叫你知道，宋家不论教子教女都有一套，洛阳城如今但凡是个人物，不论儿女都想往书院里送。别说咱们萧家远在山东，在洛阳根本没什么名气，就是洛阳当地大族的子弟，先生也是见得多了。在先生处，家境深厚非但不是什么好事，反而会让他生出顾虑，就怕你是那等看重书院名气来的轻狂之辈。想在书院学到东西，你就得收起这套轻浮的样儿，恭恭敬敬地对待先生，更不能一开始就想着撒谎骗人，冒用我的名义送东西，明白了？”

萧禹虽然在文事上有些无知，但人也不笨，听从兄滔滔不绝说了这些，也明白他的用意，更是早在心中调校了对宋家的认知，此时不再油嘴滑舌，而是低头认错，“是我举止不当，给从兄添麻烦了……只是如今，此事又该怎么处理呢？”

“当然是向先生说明原委了，道歉请罪了。”萧传中没好气地瞪了萧禹一眼，“天地君亲师，都是再欺瞒不得的，即使是无伤大雅的小事也瞒不得，没有这份诚心，你入不得北学的门。”

且不提萧禹如何预备向宋先生赔罪，宜阳县里，宋家的几位姑娘也早已在书院中上起课来了。二姐、三姐、四姐年岁虽有差别，但书院女学规模小些，二十多个学生聚集一班上学，此时都坐在一间屋里，听着白发苍苍的老先生念《中庸》。

这部书会被单立出来做一门课，也是因宜阳学派大力提倡之故，在宜阳先生之前，别说是《中庸》，就连《孟子》也不过是儒家经典中颇为平凡的一本，并无今日的尊崇地位。宜阳先生是大力崇孟的，并提倡《大学》一文，将其与《论语》并立，拟定了《大学》《论语》《孟子》《中庸》的讲课顺序。宋竹的运气好些，她入学的时候，先生正好讲完一轮，从头开始说《大学》，她是跟着一路由浅到深学下来的，若是有些半路入门的女学生，便只能随遇而安，先听着最为深奥难懂的《中庸》，再反过来去学简单的《大学》了。

四姐宋艾便是如此倒霉，她不过刚上学半年，读的都是深奥难明的儒家经义，而且年仅八岁，按说即使根本跟不上，也没人会责怪她什么——不过，就看她现在专心致志随着先生一道朗诵经典的样子，任谁都能明白，跟上眼前的功课，对她来说，并不是什么难事。

宋竹不着痕迹地收回眼神，重新盯着眼前簇新的书本，面上虽然丝毫不露破绽，跟着先生大声朗诵着“南方之强与？北方之强与？抑而强与？”，心中却是暗暗地叹了口气。

看来，她这四妹也是毫不例外，预定是另一个才学过人的宋家人了，自己找个同类的心思，又是落到了空处。再想想现在还在族女学开蒙的五妹，前些日子好像也听大人说过，在数算上有极大的天赋，宋竹不能不接受这个现实：她可能是宋家这一代唯一一个不会读书的小孩。

其实也不能说不会读书，她今年十二岁，已经结束童蒙，把儒学经典学到《中庸》，再往下预计连五经都要学完，对于一般的家庭来说，宋竹的知识储备已经足以让他们自豪，只可惜，宋竹生在宋家。在宋家，这种程度，只能算得上是资质平庸了。

之前萧传中为了折服从弟，将宋家的底蕴一一道出，固然是效果非凡，可他毕竟只是宜阳先生的弟子，对于宋家家世了解不多，活在宋家的压力有多大，没有人会比宋竹更清楚。除了她爹她二叔她早早去世的三叔她大哥二哥大姐二姐以外，萧传中不知道，而宋竹本人是完全了解的，还有她娘她大娘她二婶三婶四婶甚至是她祖母……要知道，宋家一向以诗书传家，所迎娶的新妇，也都是书香之后，就她的这些女性长辈，当年没有一个不算是才女的，只是出嫁后一心相夫教子，所以才不为后辈所知罢了。

生在这样的家庭，宋竹的压力……很大啊。

她并不算太笨，也许在一般人中还能勉强算得上是聪明，虽然这份聪明在家人跟前完全都不够看的，但和一心治学的家人们比起来，宋竹也不算是完全没有长处。

比如说，她的身体很好，很健康。——这身体健康，五官自然也就灵敏，五官灵敏，听力自然也就发达，不论是从什么渠道得知，反正，这会儿宋三姑娘在思忖的，已经是她二姐的婚事了。襄阳萧家遣人来说亲的事，不知何时，已经传入了她的耳朵里了。

婚事合适不合适，并不是她该考虑的事。有爹和娘在，二姐不可能被说入不好的人家，被这消息启发，宋竹这会儿在想的完全是另外一件事——她在计算着自己成功出嫁的概率到底有多低。

和光

宜阳书院不仅分了男女学，而且双方上课的地点相隔甚远，竟隔了一个小山头了，教学的先生也请得不一样。在宜阳书院传道授业的，除了宋竹之父宋诩以外，还有宜阳学派的许多中坚人物，甚而北学许多宗师也会被邀请到宜阳来讲学会文，可谓是盛事连连、文气荟萃。而女学这边虽然一样是饱学鸿儒教导，但大多名士自重身份，不会轻易屈尊来教一般女学子，因而女学生的素质和男学生相比，虽然也是经过择选，但难免良莠不齐，课堂氛围并没有士子开课时那样严肃虔诚。

话虽如此，宋竹也没能走神太久，随着诵读声的停止，也就迅速收摄心神，做出了一副一心向学的样子，用心地听着先生的讲解。

“南方之强与？北方之强与？抑而强与？”通读时候是不断句的，教学中很重要的工作就是句读，由先生来读出语气，再解说出拗口字句中的微言大义。宋竹非但不敢分心，而且早早地研好了墨。随着先生的解说，一边仰首，一边一气呵成、文不加点地记下了一行行笔记，以便回去后再做整理阅读之用。尽管宋竹心中觉得枯燥，但笔下功夫，可是半点都不敢耽搁。

没办法，谁让她是宋家人呢……

宋苡倒是从来不记笔记，大姐宋苓更不必说，十二岁就已经通读十三经了——今世传诵儒家经典十二部中没有《孟子》，宜阳学派是鼓吹加上这部书成为十三经的，十二岁能读穿九经，已经是了不得的成就了，宋竹真不知道大姐是怎么轻轻松松地就把十三经都读了个遍，甚至某些段落还能倒背如流。

两个姐姐是如此，四妹……偷看了身后一眼，宋竹肯定了，宋艾也不属于需要记笔记的人群，和姐姐们一样，都是听上一遍就能记住的。

身为宋家女，她总不能表现得太落伍吧？宋家的一举一动，流传到外头都是故事，宋竹可不想唯独她成为故事中那个天资平常的宋家姑娘。

她自小就隐约意识到自己和家人的天赋是有差距的，虽不是反应慢、愚笨什么的，但她对儒学经典就是没有兴趣，打开蒙识字以来，爱看的都是话本传奇、游记散文一类。对于又晦涩又枯燥的儒学经书，宋竹除了功课要求以外，简直不想多翻看一页，而且即使是勉强自己用了十足的工夫，她的表现和家人相比，依旧是乏善可陈。

自从明白了这些以后，她便开始了辛苦的追赶之旅，不管私底下如何挑灯夜战，暗下苦功，也绝不愿意在明面上被姐妹们拉下多少差距。倒也不是因为好胜心作祟，又或者要为家门争取荣誉，该怎么说呢……女孩子的世界，也是很残酷的啊……

女学上课，课程安排得要比男学稍微宽松一些，先生说了一个时辰的经文，便示意学生们自便读书，他自己欠身回内室用些点心，安歇一会儿。这也就相当于一个小小的课间，方便女孩子们去净房解手，又或者也可用些茶水点心，以解疲乏。这算是女学的优待了，若是在男学那里，大儒上课一讲便是半日，不会给士子们休息时间的，而且士子们上课都需跪坐，女学这边还用上了椅子，起码不至于跪得腿脚发麻，连起身都不方便。

先生一走，屋内顿时就热闹了起来，当然也不至于有人大声喧哗、大说大笑——这样的场面，多数只发生在蒙学。不过，窸窸窣窣的走动声和轻声说笑，也是在所难免的。

宋竹的同学颜钦若在座位上先小小地伸了个懒腰，捂着嘴无声地咽下一个哈欠，而后便亲热地凑到宋竹身边，问道："粤娘，刚才先生说起'和而不流'，又说了什么'和而不同、同而不和'的，我没听明白，你能再和我说说吗？"

看吧，身为宋家女，打从结束启蒙进入女学的第一天起，宋竹就被同学们天然目为先进，不论年岁大小，辈分高低，反正课上有什么不明白的地方，拿来问宋家姐妹就好了。至于是宋竹还是宋苡，外人看来有什么区别呢？反正不都是姓宋？

对别人来说区别不大，对宋竹来说就让她想哭了。宋苡那边，解疑答难什么的绝对不是问题，虽说是以绣工见长，但也绝不是学业就见不得人，只是和大姐比起来没什么亮点而已。而宋竹这边嘛……

还好，她手里拿了一杯茶，借着喝茶的机会，垂下眼飞快地瞟了瞟所记的笔记，“这是《论语》里的典故吧，‘子曰，君子和而不同，小人同而不和……君子心和然其所见各异，故曰不同；小人所嗜好者同，然各争利，故曰不和。’刚才先生也谈到了，虽说都有个‘和’字，但这‘和而不同’里的‘和’，与‘和而不流’里的‘和’，意思却不太一样。”

颜钦若虽然比宋竹大了一两岁，但她并非才女，家里开蒙也晚些，论学习进度也就和宋竹差不多，宋竹能引经据典说出“和而不同”的来处，已经足够把场面应付过去，对方要再提什么刁钻问题，她也没这个能力。

颜钦若笑眯眯地一合掌，“还是粤娘懂得多。”虽然口中说的是夸赞的话，但颜钦若的眼神却是盯着宋竹的衣袖直瞧，宋竹垂眼一看：原来她刚才研墨时，不慎将衣袖染了一块黑。

“不要紧的。”见她自己发现了，颜钦若便安慰她，“这葛布衣裳也好清洗的，若是绸缎，沾了墨便难洗了，我也是为的这个，才特意只穿吉贝布衣裳来上学。”

一样都是布，青葛布和吉贝布的价钱可就不同了。宋竹见惯了颜钦若的做派，扇了扇眼睫毛，也懒得多搭理她。忽地见宋苡转过身来要说话，便忙冲二姐使了个眼色，口中笑道：“还是姐姐家里好，吉贝布这样的稀罕东西，我们家就是有了，也不会给小辈穿上，毕竟难得之物，肯定要先尊奉长辈。倒是姐姐家里富贵无边，这样的东西，看得也不重了。”

她这人生性促狭，虽然是夸赞，但语气太过诚恳，合着眼睫毛一闪一闪的，一双大眼睛更是晶亮，倒让人说不清到底是真心还是假意。颜钦若听了这话，非但没有高兴，反而有些讪讪然，她道：“这怎是稀罕东西，好穿着呢，你若看得上，我送你两匹。”

她话音刚落，宋苡便回过头来斥责妹妹：“满口‘富贵’，你究竟是不是来读书的？你要说这些话，出了山门说一万句，也没人管你。”

君子不言利，在书院里说富贵，实在是很俗、很煞风景的事情，说难听点，真有些暴发户风范。颜钦若本来年纪小，有些心机，又怎能滴水不漏？面上顿时是一阵红一阵白，被说得作声不得。一旁的同学们也都肃了面容，一句也不敢插话。

不是宋苡威风大，而是书院本来规矩就不小。宜阳书院是天下知名的儒林圣地之一，每年来求学的书生又有多少？若没有严格的规矩规范，早就闹出事来了。在这里就读的学子，不论出身富贵，只要是犯了大规矩，客气也好，不客气也罢，或是和家人商量，或是请他自己回乡，反正绝没有纵容放过、让他留下的道理。就是去年，还把灵寿韩家的一个子侄给请了出去——这人私下竟赌钱吃花酒。宋先生亲自给韩家写信说明原委，让家里人领了回去。

虽碍于韩家的脸面，书院没有大肆宣扬，但女学内大家娘子不少，哪个没听说过个中原委？听说这不肖子弟回了老家以后，连家里人都不愿意搭理他了，原本大好的前程，立刻就化为泡影。

这些娇娘子虽没有前程可言，但谁不看重脸面？若是在课堂上闲言碎语、斗气拌嘴，被宋苡一状告到宋先生跟前，因此落得个被劝退学的结果，这辈子都别再见人了。更别说，万一此事流传开来……指不定她们的终身大事，都得受影响呢。

宋竹见颜钦若面色难看，咬着下唇盯着书桌，一句话也不敢说的样子，心里倒是不由叹了口气，却也不好多说什么，只是垂下眼恭恭敬敬地对二姐说：“姐姐教训的是，妹妹知错了。”

宋苡私下被妹妹折腾得没有还手之力，在外却很有姐姐的架子，她也不看颜钦若，只是淡淡地扫了宋竹一眼，“下学以后，去抄濂溪先生的《通书》。”

“是。”宋竹朗声应了，低下头也做鹌鹑状。

不觉室内已是鸦雀无声，一群女仕子不是伏案写字，便是支颐读书，再无人敢说笑玩闹。过了一会儿，先生从里间出来，呵呵笑了几声，眯着眼又开始讲课了。

宜阳县虽然靠近洛阳，但怎么都还有三十多里，许多洛阳过来求学的书生也不可能每天回家，大都住在书院提供的宿舍内。当然，宜阳学派一向是追寻“孔颜乐处”，下处虽然整洁，但绝说不上太舒适，许多家境殷实的学子便干脆在宜阳县内买了屋舍，随身带了下人照看起居，学院对此也并不阻止。如颜钦若这样的大家娘子，家人都在洛阳，各自都有兄长族亲在书院就学，也带了许多下人过来服侍，有的还有些老成的族中长辈在此照顾，下学后便各自上车回家，也无须书院多操心什么。虽然书院不收学费，但能想到让女儿来受儒学教育的人家，不可能穷困，对女儿自然也都是十分宠爱，才会做这样的事情，因此这帮小姑娘的衣食起居，家人自然都会打点妥当，出不了什么纰漏的。

宜阳书院在城外山边，宋家却在县城里，也颇有一段路程，宋家姐妹一般都是依附兄弟们一道回家，也算是多几个伴护，因此往日里女学生们散出去时，宋竹都是端坐不动的。今日她却是搭讪着走了出去，瞅见颜钦若默默在那里走着，便赶上去悄声笑道：“颜姐姐，你方才说送我东西的，还作数不作数啊？”

颜钦若诧异地看了她一眼，仿佛不信自己的耳朵，宋竹也不搭理她，继续道：“我也用不着吉贝布，倒是上回见你腰上挂的络子好看，你送我一条成吗？”

人和人相处，很多时候不就是个脸面吗？虽说宋竹刚才多少也让她有些下不来台，可这会儿宋竹反过来先拉下脸，主动央请颜钦若送她点东西，之前的事就可一笔带过了。颜钦若也没多少城府，听她一说，顿时高兴了起来，拉着宋竹的手笑道：“你眼真刁，那是我们家新聘的梳头娘子打了送我的，花样可是洛阳城里独一份呢，你等着，这个月中我回洛阳了就给你再要一个，最迟不过一个月，准能给你送来。你喜欢什么花色的，快跟我说。”

宋竹压根都不记得她的那个络子是什么样儿的了，根本没注意过，只依稀听过几个女同学议论。颜钦若这么一问，只好顺水推舟地笑道：“嗯，和姐姐差不离的就行了，我就觉得你的好看……”

两人拉着手说笑了几句，先前的芥蒂早已消失不见，宋竹等颜钦若走远了，眼见四周无人，才扮了个鬼脸，轻轻地吐了一口气，这才迈着稳稳重重的小方步，回了教室里。

宋苡坐在自己的位置上，见她进来了，便不作声地看了过来，一双眼凝若秋水、亮似晨星，看得宋竹情不自禁露出苦笑，“算了吧，二姐，‘君子和而不同’，这要点不还是个‘和’吗？”

“我看你是‘同而不和’吧……”宋苡摇了摇头，还要再说时，见宋竹双眸晶亮，一步步逼近，大有过来撒娇的意图，满腹的说教顿时化为无奈，便道，“今日先生说了‘和而不流’‘中立而不倚’，你应该好好参详参详才是。”

宋竹见把姐姐敷衍过去了，摸了摸鼻子，也不敢太嚣张，应了声是，又道：“姐，你让我抄的那什么《通书》，多长啊？”

宋苡倒被她逗笑了，“你当真要抄？”

“君子无戏言呀。”宋竹背着手，一本正经，却又忍不住扑哧一声笑了起来，“要是太长的话，二姐帮我抄。”

“去去去。”宋苡唇边也逸出一丝笑意，她挥了挥手，“还不快寻了书抄去？可别告诉我，你不知道濂溪先生是谁。”

濂溪先生周茂叔，乃是宋先生的师祖，早期宜阳学派的学说便经由他提出，宋竹再调皮，也不敢说自己不识得这个。她转了转眼珠子，见宋艾嘻嘻笑着在看她们姐妹斗嘴，便招手笑道：“来，苏娘，和我一道找，一道抄。”

宋家女儿的小名都是宋先生随口起的。如宋竹，出生时宋先生得了从广东带来的荔枝酒，便有了小名粤娘；宋艾是她从妹，母亲祖籍苏州，宋先生便起了苏娘为乳名，别看她人如其名，纤弱可爱，有点水乡小姑娘的感觉，其实从出生到现在都还没出过宜阳一步。听了堂姐说话，宋艾笑着摆了摆手，一张嘴倒是纯正的洛阳官话，因在换牙，还有些漏风，“我不气（去），三姐惯不正经，就爱作弄我。”

三姐妹说说笑笑，宋竹进里头书房找了濂溪先生的《通书》，见其不厚，也就是千余字，便松了口气，坐下来开始静静抄书，宋苡也不扰她，自己垂头绣花，宋艾练字，不知不觉，时间便飞逝而过。

窗外残阳晚照，把屋内映得一片通红时，宋竹也抄完了书，她揉了揉眼，一看天色，便好奇道："怎么哥哥们这么晚还没过来？"

宋苡也有些纳闷，她拿起兜帽，"你们都坐着，我去问问。"

她年方十四，已不大方便去书院前山，宋艾又太小，而且才刚入书院没几天，对这里的情况也不熟悉。宋竹摆了摆手，起身说："我去得啦，正好杏子也要下来了，沿路讨些杏子吃。"

宋竹说话惯没正经，就爱逗人，其实并不是很好的习惯，只是宋苡对她有些溺爱，私下听了也不忍纠正。她才敢这么混说着逗姐姐，实际上杏树不矮，她都十二岁了，还能爬树摘杏子不成？

宋苡闻言送了她一个白眼，却也真就不再阻止，反而叮嘱道："爬杏树时，可别闪了腰。"

宋竹被她一句话逗得笑弯了腰，随后摆了摆手，抓起兜帽一溜烟跑到了房门口，又一下刹住步子，戴上兜帽换了仪态，莲步轻移，稳稳重重地往书院前山去了。

鬼脸

"为什么要这么赶着来宜阳呢？"萧禹骑在马上困惑地想着。

一般来说，父母官交任，都有特定的仪式要走。本乡耆老、衙中属官、胥吏，总也要到城外来迎一下，起码要走到五里亭这里，迎到了新官后大家浩浩荡荡进城，和旧任在衙中交接，才是一任父母官的威风和做派。

也就是因此，虽然萧传中带着萧禹两天前就到了洛阳，但却一直都没有往宜阳县里去。只是派人过去和如今在任的茅知县打了招呼，商定了上任的时日，一面是方便众人安排迎接礼仪，一面其实也是为了给茅知县留出足够的时间收拾一下自己的首尾。按照约定，他本应该在后日进城，先去县衙接任，然后再到宜阳书院拜见老师——身为学生，又是特地被安排到宜阳来做知县，以便照应书院，萧传中并不介意宣扬自己和书院的关系。

本来都是安排好了的，为什么忽然提前到今日下午过来呢？萧禹一路上都在琢磨着从兄的用意，眼看宜阳县城郭远远在望了，还是没琢磨出个所以然来。送樱桃是好心办坏事，反而引来从兄一番数落，他知道是自己没把事情办好，态度上有失轻浮，不够尊重从兄的老师。不过说到底，这毕竟也还是一件小事，他现在也想明白了，从兄教训自己，那是借题发挥，在进书院之前杀一杀他的娇气，真要说为了这事提前到宜阳书院来找宋先生分说请罪，似乎也无此必要吧？

看来，应该是早上胡三叔带回来的几句话，促使从兄下了这个决定。不过从萧禹自东京城一路过来，所经过的城池不少，城门设卡的情况也几乎是家常便饭，宜阳县顶多更严重一点而已。他也不知从兄为何如此重视，想来应该是有些他不知道的因素在内了。

他性格开朗，从不钻牛角尖，琢磨了一路都没想通，那就索性不想了，而是精神十足地在马上直起身子，对萧传中道：“二十七哥，这也是你第一次来宜阳吧？记得你和我说过，你师从宋先生时，宋先生还没离开东京呢。”

“倒不是第一次来了，之前经过洛阳，有特意绕过来拜访宁叔先生。”萧传中又道，“书院建立时我也在洛阳，当然少不得过来帮衬着。”

宁叔是宋谚的字，其实萧禹以前对于宋宁叔的名头还更为熟悉，毕竟其词作传唱天下，东京城市井中，就连担柴的贩夫走卒都会哼上几句。他点了点头，就着萧传中的指点望向了县城东面的小山头，“那就是书院所在了？”

虽然名动天下，学子众多，但宜阳书院毕竟草创不久，和历史悠久的大学院相比，还少了几分厚重的韵味，只是摊子铺得很大，从远处看去，可以看到山间大片屋宇全都是一个颜色，应当都是书院所有。也还好是在宜阳，若是在洛阳，根本都支不起这么大的摊子，洛阳的地实在是太贵了，城内的房价也就比东京城低上一星半点而已。

萧禹毕竟也是大家子弟，虽然对宜阳书院十分好奇，但同萧传中一路拾级而上时，却是规规矩矩的，稳重得体，不曾流露出半点轻浮之态。不过他和萧传中虽然衣着体面，但在书院内却未曾引起多少注意。此时正是书院散学之时，迎面而来的学子们，几乎个个都是安闲淡然，大有君子之风，穿锦着绣的更是为数不少，萧传中和萧禹走在其中也不过是十分普通的一员而已。

萧传中熟悉这里，一边和萧禹低声讲解书院的布局，介绍其中任教的师兄，一边带着他绕了两个弯，走入了一处花木扶疏之地。

宜阳书院的布局比较板正，并无什么曲径通幽的巧妙布置，从山门进去再走上一段，便是一个个大小不一的课室以及藏书楼阁，而后左走是教授住处，右走是学生们的下处，即使是陌生人也不会迷路。萧传中带着萧禹从高耸的藏书楼下穿过，在一排木质房屋中，唯有一间屋子乃是石质，因此特别醒目。萧传中绕到右边，口中道："先生素喜简朴，这些花草，还是我们做学生的执意要移来取个阴凉，若是依着先生……"

正说话间，两人已经走到一栋小楼之前，从大开的门窗看去，楼内并没有人，反而从楼后隐隐传来了笑语之声。

萧禹奇道："难道此处竟没个书童吗？"

萧传中微微一笑，带着萧禹绕往楼后，"书院内只有先生和学生，一并几位帮忙洒扫的老人家，我们宋学以孔、颜为先贤，想来颜子箪食瓢饮时，身边也没有书童。"

此楼依山而建，屋后是一处空地，远处便是树叶繁茂的树林。两人走到屋后时，正见到几个大小不一的少年，正在空地中冲钉在远处树干上的一个靶子射箭，还有个十一二岁的小姑娘在不远处观看。萧传中、萧禹转过弯时，她正拍着手，拉着身边的中年人扭股糖般扭来扭去，口中还央求着："爹爹、爹爹，也让我射一箭嘛！"

童女声甜，一下就吸引了萧禹的注意力，他好奇地多看了几眼，见这小姑娘虽姿容秀美，是个百里挑一的美人胚子，但身上穿着的乃是朴实无华的葛布衣裳，头上手上都别无装饰，心中也是暗自咋舌：宋家的家教，果然严格。

此时此刻能在楼后，又被这女童唤作爹爹的，当然不会是第二个人了。不过宜阳先生宋诩的形象，却也和一般人心目中的饱学名儒差得有些远。

通常来说，整日伏案的教书先生，总是形容清瘦的居多，可宋先生虽然已近知天命之年，却依然肩是肩、背是背，站在那里线条分明、有棱有角，周身迫出的气势渊渟岳峙、岩岩如松，要不是萧传中立刻态度恭敬地上前问好，萧禹几乎要疑心自己是太过想当然，把书院的武学教授当作了宋先生。

“哦，是玄冈（萧传中的字）啊。”宋先生一旦开口说话，给人的迫力立刻少了很多，反而随着他温雅的谈吐，令萧禹升起如沐春风之感，“听闻城中议论，你要后日方至，原来却是误传。”

他一面说，一面上前亲自扶起萧传中，又道：“来，孩儿们，向师兄问好。”

那三四名少年本来正在射柳，见有人来，早放下弓箭，解了挽好的袖子，静静站在一边。听闻长辈说话，都上前向萧传中问候，萧传中笑道：“三哥我是认识的，这两位小公子，哪位是四哥？哪位是五哥啊？”

宋家人长相都还算不错，女童美貌，这几位小哥儿也都平头正脸，又兼举止雅重，多添了几分气质。听闻萧传中问，一人上前一步，“四哥宋檗，见过师兄。”

“五哥宋枈，见过师兄。”最幼的少年也笑着举手问好。宋先生看向身旁的小女儿，那女童亦上前一步，规矩问好道：“宋三娘见过师兄。”

她虽是姑娘家，但面对生人也毫不怯场，礼仪完美得体，尽显书香风范，透着那么些稳重淡雅，叫人见了便要心生敬意。只是萧禹刚才眼见她赖在父亲身边撒娇放赖，此时便没被骗到，反而心中暗笑：还以为宋家都是神仙中人，原来私下也还是和家里那些姐姐妹妹们一个样儿。

当世风俗，女子要到十五岁后才需严格避讳，即使如此，平常家中有客来访，若是父母都出门去了，没个能主事的，闺中女子出面待客也很常见，更何况萧传中是宋先生多年的弟子，那便更加不必忌讳了。因此，这般相见，萧传中也不以为意，和宋三娘见了礼，又侧身把萧禹引荐上前，“这是我家从弟萧禹，也是久仰先生大名，欲入书院求学，今次我西来就任，便跟我一道来了。”

萧禹知机上前，恭敬地给宋先生行了礼，报了出身序齿，只觉宋先生的眼神落到身上，有如实质，更仿佛有种异样的穿透力，能直视心底，看穿他的许多秘密。不过，好在宋先生也就看了几眼，便也温和笑着上前，将他扶了起来。

“年纪小小便有意向学，自是好事……”他勉励了几句，又说，“今日天晚无事，带了几个孩子来松散筋骨，萧禹你无事也和三哥他们一道耍耍。”

萧传中晚饭当口还要过来，明显是有事找宋先生商量，是以宋先生直接安排几兄弟陪客，萧禹并不诧异，宋家三兄弟也未多问。三哥宋栗上前笑道：“来，三十四兄，我们射箭去，你可学过？”

“这我倒是学过。”萧禹好奇地瞥了从兄一眼，见他和宋先生先后进了小楼，便收摄心神，“不过学艺也是不精，我看几位师兄都很有架势……”

宋栗今年也就十五六岁，和萧禹年纪相当，没几句话就混熟了，他大大方方地举弓发了几根箭，摇头道：“我们也不行，都是瞎凑热闹，先生说我们没有长成，不能过分拉弓，免得伤了筋骨，反而长不高了。”

说着，便把弓箭递给萧禹，笑道：“三十四兄试试。”

萧禹听他所说，也是暗中点头：只这一句话，就可见宜阳书院的确有许多真才实学之士，这个道理，胡三叔也曾向他说过，这位健仆曾在禁军服役，见识自然远胜凡间武馆，不料远在宜阳，还有人明白这一层道理。

也因为年纪未到，萧禹也不把弓拉满，他眯着眼略做瞄准，手一松，一支箭离弦而出，夺的一声定入靶中，虽然没中靶心，但好歹也射中了靶子。

宋栗欣然一笑，当下便和他轮流射了几箭，又把弓箭递给弟弟们，几人欢声笑语，气氛十分和睦，无形中站在一边的宋三娘倒是落了单。

萧禹为人周到，偶然一眼瞥见宋三娘孤零零站在一边，心中便是略觉不妥，果然再定睛一看，便见到宋三娘偷偷地瞪了他一眼。林檎果般的小脸蛋气得鼓鼓的，瞧着颇有几分可爱，让他想到了家里的几个小妹妹。

他是机灵人物，随意一想，就知道宋三娘的为难处：她必定是很想射箭，方才才会那样央求父亲，幼女受宠，想来父亲不在了，转向哥哥们撒娇的话，让她射一箭的可能性也不小。偏生有他这个客人在这里，宋三娘碍于教养颜面，又不能随意出声，心里哪能不气急呢？只怕现在心里已经把他给埋怨上了吧，才会瞪来这么一眼。

也不是要和个小女儿计较，不过萧禹平白被人瞪了一眼，也有些冤枉。他想了想，手在弓头漫不经意地拂过，借着衣袖的遮掩拧了几把，又随随便便地把弓递给宋栗，说道：“三哥，此时反正也没外人，我见三娘刚才也是跃跃欲试，何不让她也射一箭？”

宋栗闻言，倒有些为难，偏头看了看妹妹，三娘也不失时机，忙对他做出央求之态，一双水汪汪的大眼睛一眨一眨的，着实惹人怜爱。宋栗叹了口气，便道：“也罢，天色也晚了，你来试一试，便该回去啦。”

宋三娘用力点了点头，又转向萧禹，对他感激地一笑。她刚才生气时两颊鼓起，好似两个果子塞在腮帮子里，现在展颜一笑，又像是花儿一样漂亮可爱，萧禹心中暗忖道：“这姑娘恰好和太子年岁相近，若是生在萧家、曹家、高家，说不定都能嫁给太子。”

他退到一边，让宋栗把弓箭交给三娘，宋栗显然十分疼爱这个妹妹，一边为她纠正姿势，一边说道：“粤娘，你可别使大劲……”

正说着，宋三娘忽然扭头瞥了萧禹一眼，脸颊红彤彤的，颇有些不好意思。而后附耳对宋栗说了几句，宋栗“啊”了一声，手上动作不变，继续道：“不然怕要跌倒呢，三妹。”

萧禹在心底“哈”了一声，心想：“这小姑娘讲究真多，乳名被人听去了，还不好意思呢。其实，我也不会人肆传扬，这又有什么关系呢？”

宋粤娘显然不是第一次射箭，听哥哥说过了，点了点头，便拉开弓箭，侧身眯眼瞄准，神色也严肃凛冽起来，瞧着颇为像样儿。宋檗、宋柒都笑着为她加油，萧禹看她有模有样，也有些期待——若是宋家这第三个姑娘另辟蹊径，擅长武艺，日后传出去想来又是一桩美谈。当然了，他现在期待的事情，和旁人又有些不一样。

正寻思间，宋粤娘手一松，长箭在空中划过，却是一路朝着右边去了，斜斜地射入草丛中，别说射中靶子了，基本方位相差了十万八千里。

宋栗还未如何，萧禹看宋粤娘目瞪口呆的样子，忍不住就先笑了一声。宋檗、宋柒被他带动着，也笑了起来，宋栗亦没忍住，笑了几声，才上前问道：“还好吧？可有拉伤了肩膀？”

宋粤娘的双颊又被塞入了两个圆果子，高高地鼓了起来，她摇了摇头，把弓箭往哥哥手里一塞，“哼”的一声，仰起头道：“我回去了！二姐、四妹还等着呢，我会同娘说，你们今晚不回家用饭。”

她毕竟是名儒之女，虽然气恼，却依然规矩地过来和萧禹话别：“三十四哥，我先告退了。”

萧禹只觉得她的一双眼里不断飞出小刀子来射他，显然对于刚才那一声笑很是介意，可偏偏她越是如此，他就越是想起刚才宋粤娘瞠目结舌的样子，就越是想笑，只好勉强忍住，咳嗽了一声，“三娘慢走。”

他勉强压抑着的笑意，定然是漏到了眼睛里，因为宋粤娘看来越发生气，只是不便发作，她行了一礼，便往另一条僻静小路走去。宋栗对宋檗道：“天晚了，四弟你送妹妹回去。”

宋柒已经接过弓箭欲要发射，宋栗又去指导他，萧禹也在一旁帮忙，偶然间抬头一看，却又见到宋粤娘趁宋檗不注意，回头瞪他。

两人眼神相遇，宋粤娘忽然冲他扮了个鬼脸，萧禹不由吃了一惊，只好呆呆地望着她。宋粤娘见他被吓着了，这才满意地转过头去，走得远了。

说亲

其实，宋竹自己都没想到她会那么大胆，扮过鬼脸走了好久，她心里还怦怦跳呢：要是那萧禹随口就向三哥告了状，回头三哥再和祖母、母亲说了，她可没好果子吃。

宋家担着偌大的名头，也并非毫无来由，平素教子教女最是严格。似今日想要射箭，其实已是不该，只是宋竹仗着父亲宠纵，所以才敢撒娇。她今年十二岁，已经不全算孩子了，那没形象的样子被外人看了去，已是不对，好容易爹进去以后，她也该早点回来叫姐妹们一道回家才对，却因为太想射箭，不但多留了一会儿，而且居然还被萧禹看出来了，接着还被他作弄，最后更是扮了鬼脸……

怎么就这么贪玩呢！她有些痛心疾首，暗自检讨：要是萧禹有个什么姐姐妹妹，在书院里读书，回头当新鲜事和姐妹们说了，她以后还要不要做人了？眼下好歹还装着的那点稳重大方的名声，毕竟也是得来不易，就因为一个鬼脸，说不定就泡汤了！

不过，再怎么说那也是萧师兄的从弟，也许不会乱嚼舌根，而且说来，萧家好像也没有女儿在书院里读书……可这人和稳重的萧师兄不一样，一看就挺调皮捣蛋的……

一路翻过山，宋竹的心情就是一路变换，连话都没怎么说。宋檗把她送到女学门口，便掉头回去了，这里虽然已经没有女学生了，但他依然老成持重，不愿轻易进去。

宋苡、宋艾都已经等得有些不耐烦了，宋竹进来说了下父亲有事，三兄弟也要陪客，姐妹们便从后山门出去，一道上了青布驴车，由老家人赶着车，慢慢地回了家中，各自洗手换衣，又去给老夫人请安。

“今晚爹怕是不回来了。”宋竹告知老夫人身边的母亲，“萧师兄——就是要上任咱们宜阳知县的那位，傍晚来拜见爹了。”

小张氏的眉头飞快地一拧，又松开了，她若无其事地说：“哦？

倒是来得安静，街坊里传说，他要明后日方来呢。”

对于这件事的议论就到此为止了，女眷不问外事，宋家女眷虽然读书识字，甚至有治学的，但对官场上的事情却从来都不多管多问。

宋竹也觉得新任父母官在饭点来拜访有些古怪，她早上刚吃了萧师兄送来的樱桃，心里对他挺有好感的，便没把他往“有意来蹭饭”的方向去想，只料着他是有事来和父亲商量。不过这些大人的事，她也不去多想，吃过饭就回去读书了，最近学堂里说《中庸》、读《诗经》，她还在自己看些声韵的书，免得下半年开课时自己手忙脚乱，别看每天早上都有些赖床，那是因为宋竹自己给自己加功课，每每都是要学到夜深才睡。

把今日记下的笔记反复诵读了四五遍，经典确定能背诵了，宋竹揉了揉眼，将一排蜡烛吹熄了几根——宋家唯一不节省的就是蜡烛，用量起码是一般人家的四五倍。又看了看屋角的时漏，见已经快二更了，赶忙跳起来跑出门去洗漱，回来往床上一躺，又开始惦记起萧禹了。

不是她小肚鸡肠，偶然出丑一次就对萧禹心存芥蒂念念不忘，而是宋家身为洛阳文宗，宜阳书院又是士林里冉冉升起的一颗新星，宋家所受的关注，并非一般的大户人家可以相比，任何一点小事在宋家人身上都会被放大。对宋先生和她那几个哥姐，这并不是什么坏事，概因他们的确本领过硬、品学兼优，在他们身上，缺点也能变成优点，疏忽那是轶事……反正就是怎么做都好。

但对于还没通过大众认可，却又偏偏受到所有人关注的宋竹这些姐妹们来说，一句“仪态不谨”，可能就会使她们的风评功亏一篑。虽然爹娘都没在这方面对她有过什么要求，但从入读书院的第一天开始，宋竹就是无师自通地明白了这其中的利害关系，也知道自己必须要比两个姐姐都更谨慎地维护自己的名声。

其实也挺累，但有什么办法……宋竹不想一辈子嫁不出去，在家做老姑娘啊。

哼，还好，那个萧禹只是单身在宜阳，再说他们家也不是洛阳世家，就是他要乱说，那也得有人信才行。宋竹抱着藤枕想了一会儿，又恨恨地戳了戳枕头：能入爹法眼的书生，哪个不是谦谦君子，萧师兄还想让他入读宜阳书院呢，只看萧禹那上蹿下跳的劲儿，爹就绝不会看上他的，活该他白跑一趟，活该活该。别的也不说了，主动让她射箭，就是要看她笑话吧？居然还笑出声来，惹得几个哥哥都笑了……讨厌讨厌讨厌！要不是他笑了，她又怎么会被激得做鬼脸呢？一切都是他的错，反正和自己没关系，怪他就对了！

在心底很方便地推卸了一番责任，宋竹又想到今日在书院的口角，她暗自记下，以后不能让二姐和颜钦若对话太久，免得两边真结下仇怨了，不好收场。二姐这个人就是这样，和光同尘的道理一点儿都没学到，有什么看不惯的就一定要说出来。其实，颜家富贵已极，颜钦若自小也是被当作家中珍宝长大的，来了书院以后，众星捧月，捧的却都是宋家人，偏偏宋家的家境还远不如颜家，她心里有点不服，想要挑挑小刺儿也很正常，又何必和她当真呢……

乱七八糟地想了一堆，小姑娘打了个哈欠，眼睛一闭，慢慢地也就睡过去了，临睡前犹在想：瞧那萧禹浑身锦绣，一副纨绔子弟的样子，即使进了书院，想必也待不久吧，该，谁让他笑话我……

宋家人都睡得很早，小张氏等到二更过了也不见丈夫回来，便知道他是宿在书院里了，也自睡了下去，第二天又是天刚亮就起来，过去帮衬着老夫人梳洗。虽然老夫人不让人服侍，但她也能拧把手巾，帮着倒个水什么的。

“昨儿你官人没回来？”老夫人今日起来兴致不大高，眉眼、语气都是淡淡的。小张氏却没误会她是生了自己的气——姑姑在忧虑什么，她心里很清楚，婆媳两人实际上是想到一块去了。

“没呢，应该是和玄冈聊得投机，便没回来。”她尽力想要宽慰老夫人，可老夫人却未受骗，神色低沉道：“是吗？……”

“应该和朝中事无关。”小张氏只好把话头给挑开了，“上旬收到奉安的信，不是还言说朝中无事吗？若是有事，也轮不到玄冈过来说，他一路慢慢走来，哪里来得及？肯定是京中另外遣人来送信的……”

明老夫人“嗯”了一声，却也没放松多少，只道：“算了，外头的事，交给他们兄弟子侄去办，咱们把家里管好就行了。”

话虽如此，可两人的心思如何能平静得下来？即使仕途是男人们的事，可毕竟也和女人们的生活息息相关，就算担心也没用处，还是忍不住会有所挂念。小张氏面上若无其事，把家务安顿了一下，便回房纺纱织布，可等到晚上宋先生带了儿女回来，睡前到底还是忍不住问：“昨日玄冈提前进城，可是有什么事吗？”

宋学是不提倡纳妾的，宋家连秦楼楚馆都绝不许子侄踏入一步，也不容许有纳妾这样荒唐的事。受限于家规，宋谚这样的大才子，出门多少年了，私下硬是就没去过风月之地。宋诩这样的宋学赤帜就更不必说了，一生就有过两个女人——原配大张氏生病去世以后，又娶了她的从妹小张氏。

小张氏虽是续弦，但过门多年，与宋先生同甘共苦，也极得他信任敬重。听到夫人这么问，宋先生“噢”了一声，宽慰她道：“也没什么大事，玄冈就是觉得茅立做得过分了些，想过来亲眼看看究竟是怎么回事。”

茅立便是前任知县，不过宋先生居然直呼其名，可见对他观感已经极为不佳，小张氏讶然道：“我记得茅明府不也是……”

她犹豫了一下，并没有说下去，宋先生“嘿”了一声，“你还怕我生气不成？连个北党的名字都不敢说，这有什么好避讳的？茅立他的确是北党中人。”

“什么北党、南党的，我不知道。”小张氏执拗地别过头去，罕见地回了丈夫一句：“我就知道茅明府也一向很仰慕相公，按说在宜阳县是不会让相公为难的。”

“从任三年以来，面子上都做得还不错，私下不知亏空了多少。”宋先生难得露出怒色，“眼下为了填补亏空，竟连城门税都伸手，若非玄冈今早派人来送信，连我都被蒙在鼓里。”

宋先生即使再早出门，那也都是天亮以后，天亮前城门的乱象，他的确无从得知。小张氏的眉头也皱了起来，“这茅官人也实在是太过了，不管怎么说，他还是亲善书院的……”

“兔子不吃窝边草”，宋先生以宜阳为号，又在家乡开设书院，还不是因为顾念乡里，为县中扬名？宋家虽然家财不丰，但在宜阳县内极有威望，当然相应的也要承担维护父老乡亲的职责，且有宋诩这样的大儒在，即使是南党的人过来为官，也要掂量着来。若是惹得宋先生不快，一封书信出去，得了个贪墨的名声倒不是什么大事，可任上出事，考语不好，磨勘上可就要再添几年了。为了减一年磨勘，多少官连杀人事都会去做，在宜阳县刮地皮能刮出多少钱？为这点钱展磨勘，实在是非常不上算的买卖。

“是啊。”宋先生面上也蒙了一层薄薄的云霭，“就不知此事和他的恩主有没有关系了。”

“都已经回乡了。”小张氏不乐意听这些，“怎么还要为朝堂上的事担忧？这些事，有奉安去筹划不就行了？书院里的事还不够你忙活的呢？在这儿操这份闲心。”

“玄冈其实也不是就和奉安同心同德了。”宋先生说了一句，又收住了，他轻笑道，“好好，依你的，不说这些——其实你说得对，我都出来办书院了，这些事和我又有什么关系？”

小张氏这才满意道：“明日去给母亲请安的时候，记得也用这样的态度，我看得出来，母亲今日心里有事呢。”

见丈夫面上露出愧色，她又岔开了话题：“是了，襄阳那个萧家提亲的事，我同二姐说过了。”

宋先生手一顿，“二姐怎么说？”

“二姐说也愿和大姐一样，嫁个宋学士子。”小张氏面露无奈微笑，“最好是宋学的得意门生。”

婚姻大事，无非父母之命媒妁之言，按说不该有女儿说话的余地，不过宋先生在此事上一向非常开明。宋大姐的婚事，便是她自己选择的，在多如江鲫的求亲人家中，宋大姐并未拣选达官显贵，而是选了北学另一宗师，观点和宋先生极为相似，被目为宜阳学派另一代表人物的曾家之子。很显然，她的选择对妹妹颇有启发意义。

“和大姐一样，都颇清高。”宋先生呵呵笑了，对女儿的选择想来也不诧异。“若是选门生，那襄阳萧家确实就不成了。我也觉得，他们家别的都好，便是一点不成：太风流了。”

“可不是？当日随官人在任上时，曾去过他们家一次，莺莺燕燕的，什么女使、妾侍，足足有二三十人。”小张氏谈起来仿佛还有些后怕，“后来，萧夫人邀我，我也不过去了，顶多是请她到咱们家做客。”

“既然是想选宋学门生，那便不着急了。在书院读书的士子，多是有未成亲的，不拘家财，只看人品，我自会慢慢留意。”宋先生又道，“倒是还有桑儿的婚事，得下决心了。”

小张氏还在为二女儿操心，“还是寻个家境殷实些的为好，二姐那手艺，我怕……”

宋先生也是会意：宋苡一副绣作，价值何止千金？现在她是绣着玩儿，一年也不得几副，若是嫁了个贫穷的汉子，还要自己绣花来贴补家用，岂不是和坊间绣娘一般辛苦？

“这我都有分寸的。”他说道，又想起了今日还闹着要射箭的三女儿，不免叹了口气，“粤娘也十二岁啦……她的婚事，是要难些，你可问过她的口风没有？”

宋竹虽然自己努力，但天赋一事是最难以瞒人的，亲生父母如何不知道三女儿天资平平，才学上很可能是家里最平庸的一个？小张氏一提到宋竹就是满肚子的心事，她摇头道：“还跟个孩子似的，没说呢……也许开了窍就好了。”

“这孩子对经典诗赋都不感兴趣，为人又那样跳脱，”宋先生叹了口气，“我看，她和大姐、二姐不同，是得给预备些嫁妆才好。”

“母亲玩笑间也提过。”小张氏叹道，“那孩子当时就说了，她也要学大姐，嫁个宋学士子、寻常人家，哪怕是为官作宰呢，她也不嫁。”

宋先生有些惊愕，“这又为何呢？这孩子我看对学问并无半点兴致呀。”

小张氏有些难以启齿，过了一会儿，终是说道：“她……不愿嫁能纳妾的人家。”

这对于一个女孩子来说，并不是什么名誉的想法，宋学不提倡纳妾也不是因为怕妻子吃醋，自有其现实原因，为人新妇的不过恰好享受了这份好处而已，就道德来说当然还是要大肚能容为上。大姐宋苓嫁入宋学同门，也是追求学术上的志同道合，并非是因为曾家不许纳妾。不过，宋先生听了，也不以为女儿是错的，而是忍不住一笑：“粤娘真是永远都这样，你说她笨，她不笨，有些话真是让人觉得一语道破。依我看，不论二姐怎么跟你说的，她要嫁同门，其实也就是这个理儿。”

小张氏也没否认：“其实，北学诸派几乎都不讲究纳妾，不过我们宋学最严格罢了……反正她便是这样想了。”

“那这就不好办啦。”宋先生叹了口气，“即使是给预备嫁妆，也不好选婿喽……”

小张氏看了丈夫一眼，没有吭声：其实，就是宋竹肯嫁寻常官宦人家，家里也肯给她置办嫁妆，却又该从哪里挤钱呢？这才是她没有劝服三女儿改主意的根本原因：除了一张家中最漂亮的脸外，宋竹在她的婚姻市场里，几乎连一点儿筹码都没有。

报应

未来的父母官虽然是低调入县，却也瞒不过城门吏的耳目。传说中微服私访的事大约只可发生在戏文里，事实上，宜阳县这样的望县，全县人口也就三千多户，其中一多半都居住在乡中，县城就这么一千多户人家，算是因为宜阳书院开办在此处，这几年来繁华了不少，不然，驿馆客栈里入住的客人并不会太多，即是如今，有来路的客人一入住，不消半日，该上门打招呼的家庭，也都能知道此事。

再说，萧传中也并没在书院过夜，而是住进了城门口的驿馆里，这还能遮掩什么？第二天早晨，匆匆赶来迎接的县官书吏和望门乡绅，几乎都要把驿馆的门给堵住了，萧传中也不客气，让萧禹在驿馆里老实待着，自己整顿了衣冠，带上胡三叔，昂然出了驿馆，和这些人应酬去了。

县官赴任，一般不会先把家眷带来，不过随从师爷都是少不了的，否则一个人也撑不起县中实务。到得下午，这群伴当也都收到消息纷纷赶来，不过一群人还是住在驿馆中，并没搬迁进县衙，因为萧传中还没有接印，现在在进行的是一项很重要的工作：盘点接账。

萧禹一开始还想听从兄的话，老实在驿馆待着，可憋了几天，众人都是早出晚归，忙得不可开交，萧禹成天就对着几本儒学经典发呆，以他性子，如何熬得下去？这天实在耐不住了，便出了驿馆，在街上闲走。

他是自汴京城出来的，那是八荒争辏、万国咸通之地，和宜阳县城比，自然是一个天上、一个地下，在最繁华的城门大街上走了几个来回，又到茶馆里喝了一碗茶，仍是无聊难耐。抬头见到城郭外那个小山包，便自忖着：书院内现在正在上学，不好打扰，不过都说踏青踏青，现在天气刚开春，也颇为暖和，不如去山上走走。

如此矮的山包，又在城边上，想必是没有野兽的，更无危险可言，萧禹也懒得回去唤随从，掂掂袖子里还有些钱，便袖手往城外走去。不多时已到了山脚下，他没走前日的那条大路，晓得那条路是通往书院的，而是走了另一条曲折通往山间的小路，一路走着，也见到许多踏青的人。

春日里，山间多是风景，这无名小山山腰处开了一片桃花，犹如一条腰带将山头捆住，萧禹因贪看桃花，不知不觉中已经和人群分离，不一会儿，又绕到了一条大路上。

从此处看县城并不远，他料得走下去拐几个弯就可以入城，心里也不慌乱，又卷了袖子，欲要往山顶攀缘。谁知道这条路走到半山腰，忽然又是一拐，尽头直通向一扇小门，隐约可见门后楼阁起伏，萧禹晕了：转了半天，怎么还是转到了宜阳书院里？

他兴动而发，也没带食物和水，走了这半日，也是渴了，便想着进去要口水喝，再问明白下山的路，好回驿馆休息。也没多想，推开院门便往里走，谁知走到院中，他还没看见什么呢，堂屋里便传来了整齐划一的吸气声，听那声口，全都是尖尖细细的小姑娘声音。

萧禹这下便尴尬了，站在当地进退不得，头皮一阵发麻：他本就是耳聪目明之辈，现在如何猜不出来，估计啊，他这是闯到后山的女学里了。

如果现在掉头走出去，那就更说不清了，萧禹正手足无措时，堂屋门一开，一个老夫子皱着眉头走了出来，“你这登徒子，何处进来的？”

说他登徒子，其实并不冤枉，萧禹不但举止莽撞，而且刚才走了半天，发了一身大汗，袖子挽起来不说，身上还有几处泥污，反正看起来绝不体面就对了。那老夫子虽然并不健壮，但也尽力对他怒目而视，仿佛他是要进来掳走哪个姑娘的强盗一般。

“老丈有礼了。”他忙给老夫子行了礼，“小生是春游迷路，误入此地，本想讨口水喝，不想竟打扰诸位女学生，如今便退出去。”

那老夫子还怀疑地看着他，“外头难道没有门丁？好个误入！谁不知道后山是女学所在？你别是窥伺已久，就想进来骚扰的吧？”

萧禹简直百口莫辩，更是着急：这登徒子的名声要是坐实了，自己还怎么进书院读书？

他把心一横，也不顾避讳了，转头便看向堂屋内，满屋子莺莺燕燕的少女，虽然不曾嬉笑一片，但见他望来，不是垂头而笑，就是捂嘴耸肩，眼睛倒是都颇有兴致地盯着他不放。萧禹被看得越发红头涨脸，只好扬声道：“宋三姑娘，请出来为我做个证。我确实是初来乍到，不知此处是女学所在。”

随着他的说话，屋内众人连老夫子都望向了房间一角，萧禹也跟着看去，果然见到宋粤娘正坐在那里，满脸的端庄雅正，瞧着和那日的“扭股糖”几乎不像是一个人。

按说两人隔得远，萧禹也看不见她面上的表情，不过不知如何，他就觉得在她淡然的态度之下，埋藏的是深深的得意——想到那日她扮的鬼脸，萧禹忽然有些不好的预感，可却又不好再多说什么了。只听得宋粤娘在屋内甜甜软软、不疾不徐地道：“先生，先未辨认出来，这一说倒是认得了，萧衙内是城内刚上任的萧明府的从弟，那日我去爹爹跟前时，正巧遇见他们兄弟来拜见爹爹，果然是才抵步不久，有此误会倒也说得过去。”

“……算你狠！我不就是笑了几声吗，至于记恨这么久？”萧禹不禁咬牙切齿，只恨不能瞪宋粤娘几眼：要摆出身，他刚才就摆了。不就是因为这么丢人的事，不愿和自己的名号联系起来吗？宋粤娘只需说她见过他拜见宋先生就可以了，把出身说得这么清楚，是故意的呢，是故意的呢，还是故意的呢？

其实，说是故意也有点牵强，无意的可能性更大，但想到那日的那个鬼脸，萧禹心里已是笃定：这绝对就是故意的吧！

好……你给我等着……他在心底下了决心，又一咬牙，把种种情绪抛开，谦恭地再对老夫子举手致歉，“是在下莽撞了，还请先生勿怪。”

既然是萧知县的从弟，还得了宋粤娘的认证，那老夫子的态度自然又有些不同了。虽然他仍是冷淡，但已是少了敌意，多了几分恨铁不成钢。“玄冈是多么稳重的人品，怎地你却如此莽撞？唉！且随老夫来。”

说着，到底还是给他端了一碗白水来，又为萧禹指出了下山回驿馆的路，还数落了萧禹几句，方才转身进去教书。萧禹在院门口站了站，见一个门子系着裤子，急匆匆从远处树丛里过来，不由得怒从心头起，恶狠狠地瞪了他一眼，方才拔足而去，径直回了驿馆。

虽说女学内一向都是安静肃穆，即使休息也不可能饶有兴致地大聊八卦，但今日毕竟和往日不同，多了萧禹这么个插曲，众女学生都是有些兴奋，先生才一走，屋内便嗡嗡地议论了起来。

因有宋苡在，颜钦若不敢过来和宋竹搭讪，便用手肘推了推自己身边的赵元贞，冲她大打眼色，宋竹将这一切尽收眼底，不禁心中好笑，更有些爽快之感：谁让他自己做错事？这完全是自找死路，这萧禹要是自己好生解释也就罢了，非要把她给扯进来，她要不说他的出身，也难取信先生。说了以后嘛……就是现在这副模样喽。

虽然说读书人家不该嚼舌根，不过以宋竹所见，天下不喜欢嚼舌根的人还没出生呢，顶多看怎么嚼罢了。如她二姐宋苡，即使嚼舌根也会嚼得文雅含蓄，低端点的就和颜钦若一样，闲聊中慢慢套话了，其实本质上也都和聚在街头巷尾轻声细语的三姑六婆没什么区别。一件新鲜事被爆出来，用不了三天就能传遍全城。要不是认识到这一点，她平时在学堂也不会这么谨慎。

“粤娘，”赵元贞果然禁不住颜钦若的恳求，笑眯眯地和宋竹套起近乎了，“适才那人，真是萧家子弟吗？都说萧家一门锦绣，家风严正，怎么竟养出了这样的冒失鬼？”

来了，宋竹心想，接下来该问房号和父母出身了。“那日我去爹爹跟前侍奉，他随萧明府进来拜访的时候，确然是如此介绍的。不过当时也没说是哪房出身，也许是偏支亦未必。”

被宋竹堵了一句，赵元贞也没什么好问的，只好轻轻地叹了口气，感慨道：“唉，现在萧家也是没落了，若是鼎盛时，家里随意走出一人来，都是丰神俊朗，又哪儿会如今日一般丢人现眼呢？”

这口气有些大，不过赵元贞也有这个底气，她和颜钦若一般，都是宰相后人，家中富甲一方，乃是地方大族。萧家虽然也出过宰相，但论现在在朝中的势力，却又不如赵家了。

“可不是？生了个绣花样子，行事却无分寸，还偷窥我等容貌，真是无礼。”颜钦若似乎是在贬低，可宋竹听到的却是绣花样子这四个关键字，她不禁暗自一笑：别看眼下满屋里没萧禹一句好话，可心底对他印象深刻，觉得他生得极好的姑娘，只怕不会少的。只是不便直言，只能这样藏着夸一句罢了。

虽然是明贬暗褒，但这点小花招儿，也没能瞒得过宋苡，她轻轻地咳嗽了一声，“都是大姑娘了，还是少议论外男为上吧。”

屋内顿时又寂静得落针可闻，宋竹不着痕迹地瞥了瞥颜钦若的脸色，在心底叹了口气：得，看来二姐和她的怨仇，算是越结越深了。

唔，不过话又说回来，之前担忧他把鬼脸的事四处乱说，坏了她的名声，现在他的名声倒是先坏了，自己还算是搭救了他一把，即使萧禹有心再传扬什么，只怕也没人会信了……

这么想着，宋竹的心情又轻松了一点，尤其是想着自己叫破他身份的那瞬间，萧禹眼中闪过的气恼，她便更是愉快了起来：该啊，嘻嘻，本来还不知该怎么报仇呢，他就撞上来了。瞧他那气恼在心又无处发作的样子，想来也该知道自己那天的感受了吧？

至于日后萧禹是否会报复的问题，她却是不担心的，要知道男女有别，虽然还没到大忌讳的年纪，却也不是说两人见面的机会就很多了。连面都见不到，萧禹该如何报复她？这笔小小的恩仇帐，终究是以她宋竹的胜利而告终的。

这般想着，她这一天都过得愉快起来，等到下学时分，也是含笑收拾书本。因见颜钦若冲她招手，便笑眯眯地走了过去，“明早要回洛阳了吧？我等着你给我带络子呢。”

“正是和你说这事儿呢，你且等着。”颜钦若现在虽然不和宋苡说话，但同宋竹倒是要好，也是笑笑地和她说了一句，然后就不说话了，低着头却也不走。宋竹看她这样，不免有些诧异，但也不动声色，只在一边等着。过了一会儿，颜钦若抬起头瞥了宋苡一眼，似乎是鼓足了勇气，将宋竹拉到一边，悄声细语地说：“粤娘，我托你一件事，不论你应不应，且先答应我，别同你姐姐说。”

宋竹心中有些猜疑，脸上笑着道：“什么事啊？我不告诉二姐姐，你只说吧。”

颜钦若飞了她一眼，脸上有些发红，猛一咬牙，道：“我想托你帮我打听打听，那个萧衙内……他定了亲没有。”

还没等宋竹回答呢，她又急急地解释道：“也不是我不知廉耻，见了个男的，便想起终身大事来了。只是我上回回家，听女使们的口风，家里年后有意给我定亲了，我怕……他们是要榜下捉婿呢！”

宋竹其实并没有看不起她的意思，她也明白颜钦若的顾忌——更是太明白这种酸楚的滋味了。说白了，这整座学堂内，除了她二姐宋苡，四妹宋艾以外，其余人多多少少在婚事上都有点同病相怜，她们这些女孩儿，不是出嫁难，便是嫁得不好，婚姻生活如意的，实在是凤毛麟角。那个萧禹虽然冒失，但他出身名门、长相俊俏，也难怪颜钦若见了以后，就立刻想起了自己的终身大事，说起来，他应该的确算是个不错的郎君呢。

要说原因嘛，那就要分几种了，对于颜钦若这样的大家女儿来说，她们最恐惧的就是榜下捉婿，偏偏这又是富贵人家择婿的一条重要途径，在本朝的官宦人家中，婚姻的交易意味，其实从一开始就是很重的……

要说本朝优待文臣，自然是没得说，朝廷中虽不是没有勋贵的位置，但和宰相文臣的威风相比，即使是皇亲国戚，也都远远不如。“官家与士大夫共治天下”，算是半公开的说法，由是便延伸出了一个很简要的逻辑：要保证自家富贵延绵，最好的办法，就是家中一代代都能出现高官。

可考进士又不是杀鸡，哪有那么简单？虽然荫补也是得官的重要途径，但历来能进政事堂的相公全都是进士出身，没有这个身份，在官场上想要青云直上，那是难如登天。在现有高官的家族里找夫婿，谁知日后能否爬到高位？所以，只能是退而求其次，最好的保险便是在每榜进士中选取女婿，这是最稳妥也最便捷的投资，从高高在上的参政相公，到民间富商，或明或暗，打的全是这样的主意。

每年皇榜下，手执麻绳预备捉住年轻进士回去成亲的家仆，从来都是几十上百，甚至连五十余岁才中进士的老光棍，都有的是人家要。别看女学中的学生，多数家中都出过高官，但到这个年纪都没定亲的，只怕十有八九，她们的亲事也将在皇榜下决定。当然，宰相人家，未必要亲自执麻绳去捉那么露骨，但一般也都是从当年的进士中挑选出长辈最看好的对象，再由媒婆登门说亲。

能嫁给什么样的人，是由不得她们自己挑选的，不论年貌还是性情，都得为政治前途让步，当女儿的并不能有置喙的余地。甚至于说得难听点，在这个普遍早婚的年代，二十好几才中进士的人，为什么一直都没有成亲，其实也就是待价而沽……这样的夫婿，心里对妻子能有多少真情，也是难说得很。

既然说穿了，这种婚事是最稳妥的政治投资，那么，家里对女儿的福祉，考虑得就更少了。哪怕女婿是夜夜笙歌的风流人物，只要能在官场上高歌猛进，和岳家的关系就不会差到哪儿去。颜钦若不想嫁给这样的进士夫君，宋竹完全理解，若是能在家里人打定主意之前，说动父母把她嫁入萧家，嫁给萧禹这个起码见过一面，各方面条件又都不错的夫君，那估计她做梦都会笑醒。

这是颜钦若这样大家姑娘的烦恼，宋竹这边，和她的烦恼却又不太一样。她自己立志要嫁个不纳妾的丈夫，便只能在宋学学子中寻找对象了——其实，也未必是一定要嫁个不纳妾的丈夫，只是她自己心里也清楚，家里没多少钱，置办不了太多的嫁妆，若是嫁给寻常官宦人家，在厚嫁成风的如今，注定要被亲戚妯娌们看不起，也就是讲究薄嫁的宋学门人，不会在乎她的嫁妆。

可是，不在乎嫁妆，不提倡纳妾，宋学士子对自己的妻子也不是毫无要求——宋学士子可能是全天下对妻子的素质要求最高的群体了，追求的是夫妻两人“志同道合、夫妻一体”。也就是说，做妻子的最好在学术上也有所造诣，能和他们互相唱和，夫妻之间不但是生儿育女、操持家务的平常夫妻，而且还是相知相惜的灵魂伴侣，颇有些一生一对、生死相随的感觉。

这也是宋竹之所以这么用心读书的原因，因为按她现在的学识，若是要找个高水平的夫婿的话，说真的，人家还真未必看得上她……

哎，说到这婚事，也不能不佩服颜钦若眼力锋锐啊，宋竹转念一想，也是有些诧异：这萧禹，家世又好，生得也不错，要是他的品性还可以，又真的入读书院，做了宋学门人的话，那还真是个不错的夫婿人选，不是吗？

小姑娘心思动了几下，又是一个转念：再不错，也遮掩不住他那讨人厌的轻佻气质，哼，这样的人，注定不会有什么成就，顶多也就是个纨绔子弟罢了，颜钦若会看上他，那是她眼光不好。反正……反正她宋三娘，可看不上他！

在心底又哼了几声，把自己给说服了，宋竹眼珠子一转，也就笑着应允了下来，“要是有机会的话，我就帮你问问，不过，只怕爹爹也未必知道哩……”

颜钦若已是满脸感激，仿佛将她当作了知己般，握着她的手只是说不出话来。宋竹哭笑不得，只好由得她激动。

偶然一个顾盼间，又见到赵元贞在不远处站着，她唇边露着微微的笑，一双眼略带戏谑地望着颜钦若，见到宋竹看过来，便对她会意而同情地一笑，仿佛已经是把两人的对话，尽收耳中。

宋竹心中一动，她忽然想到了母亲偶然间和她提起的事情：虽然现在都是北党的一员，但当年赵元贞的祖父赵茂公，与颜钦若的祖父颜月公，在朝中却是你死我活的大仇家……

她心底顿时有了几番警醒，不觉间，也有了些后怕——一个小小书院女学，其中潜伏着的艰险，恐怕都不亚于朝堂，自己刚才是有些莽撞了，不该瞧着颜钦若可怜，便答应她的，眼下该如何收场，还得仔细思量……

受罚

宋竹所料不差，萧禹的事情，的确是和长了翅膀一般，飞速地就在某个特定的圈子里传开了。这一日萧传中回来和他一起吃茶时，都打趣地问他：“听说我们家出了个登徒子？”

萧禹从书院回来以后，便再没有出门游逛的兴致，连着几日都闷在驿馆读书写字，倒也无人上门扰他。他心中多少还抱着一丝侥幸，以为这件事大概也就这么过去了。没想到萧传中才从县治下的几个乡镇回来，劈头第一句话就是这个，他不禁好一阵气馁，没精打采地说：“这丑事不会都传到乡下去了吧？”

“那倒是没有，我也是刚回了城以后，在茶楼听几个书生议论才知道的。”萧传中虽然一脸带笑模样，可却也是一点都未曾放松，“究竟是怎么回事，你自己说给我听吧。”

萧禹也没什么好隐瞒的，竹筒倒豆子般把当日的倒霉境遇和萧传中说了，又讪讪地说：“要不是宋粤娘故意多嘴，哪儿会传得这么开？”

也就是因为他是新任知县的从弟，众人自然都是关注，这件事才会传成这样，若是个无名男学生，别人议论几句也就丢下了。萧禹想到宋粤娘当众点出他身份时的那几句话，越想越觉得冤枉，要把心里想法说出口，又怕被从兄训斥，只是在心里恨恨地想：将来若有契机，一定要报复回来。

此事纯属萧禹倒霉，萧传中倒没训斥他，只是笑道：“你要游山玩水，直接去西边的锦屏山嘛。那个山头都是书院的地，你又非得乱走，如今倒好，人还没进书院呢，冒失的名头倒是传出去了。”

萧禹也知道，这样一来，自己要融入书院就要更难了。他不愿再多说此事，叹了口气，便转而问萧传中：“几个乡治的情形怎么样？”

“还可以，毕竟是西京所在、形胜之地，”萧传中又道，“这几年也算是风调雨顺，各乡各村都是蒸蒸日上的样子，据说已有几年没出过人命了。”

若是换作从前的萧禹，听了这话也不觉得如何，可他随表哥一路走来赴任，也不知见识了多少被强盗搜刮得不成样子的村庄乡镇，即使是风调雨顺，也难以饱食果腹的人家，真是多的数也数不清。任意一个颠簸，不论是雨少下了几日，还是粮食价格跌了那么十几文钱，都可能让一个脆弱的农家家破人亡。不出人命这四个字，说起来简单，却又有哪个乡县能做得到？

他有些惊异：“这……宜阳县难道是传说中的桃源乡？别的不说，就是去年，我记得洛阳还报了旱情吧——”

萧传中唇边逸出一丝自豪的微笑，不觉挺了挺胸膛，以士子特有的矜持口吻淡淡地说：“虽说有旱情……可宜阳县里却有先生在！”

言下之意，宜阳县这几年的繁华之治，并非是县官励精图治，而是因为有宜阳书院，有宋先生……

萧禹惊讶之余，却也立刻就想到了萧传中这个说法的破绽，“可前日胡三叔不还说，城门吏那边……”

萧传中面上也掠过了一线阴影，他道：“正是因为此事，我们才一直住在驿馆里。”

兄弟两人到宜阳县也快十天了，再怎么交接，也该盘点完毕，可以走马上任了。可萧传中看来半点也不着急，反而是笃笃定定地，仿佛要在驿馆里住到天荒地老，萧禹本就有些疑惑，现在萧传中主动提起此事，怎有不问的道理？萧传中被他发问不过，只好叹道：“罢了，就说给你听也好，只盼你回了家别四处学嘴，又给我招惹麻烦。”

萧禹自然是拍胸脯保证，萧传中喝了口茶，用手蘸着壶身滑落的水珠，在桌上描绘了起来，“你还记得建功三年，朝中的那场动荡吧？也就是因为那一次对垒，朝中才有了南北之分，形成了今日之局势。”

如今是建功十二年，那都是九年前的事了，九年前的萧禹不过是个无知童子，怎会关心这些？他茫然地摇了摇头，萧传中叹了口气：“反正你就记着，南党冒起，也就是建功三年的事，自那以后到如今，五六年间北党只能采取守势，许多贤能都被排挤出中枢，到地方上任职，有些和先生一般的大能，甚至是辞官还家著书立说，朝中政枢两地，多为南党把持，北党已是寥寥无几，呈独木难支之势。

“但这样的局面，在建功十年时得到缓和，南党魁首姜相公丁忧回乡，这之后圣意似乎也有了转移，随着战事逐渐紧张，北党又有再起之势，新秀如小王龙图、耆宿如陈参政，都得到了重用。”萧传中随意带过，“总之北党这几年有了再起之意，而许多人，是可以同患难，却不能共富贵的。”

这说的无疑是茅立了，萧禹一头雾水，“眼下北党局面大好，茅明府不正该是锐意进取之时吗？如何反而剥削县治，和吏员离心离德，以至于闹出城门之事来。难道他就不怕宋先生知道了以后——”

“茅立就是要找事。”萧传中喝了一口茶水，语调有些森冷，“就是要膈应着先生。”

从北党局势大好转到茅立在找事膈应宋先生，萧禹还有些迷糊，“二十七哥，你的意思是，茅明府这是成心刮地皮，就是要做给宋先生看？”

萧传中冷冷一笑，“枉你们家人素日夸你聪明……你倒是想想，茅立是谁的得意门生？”

“呃……陈参政？”萧禹不确定地说，见从兄白了他一眼，又赶忙思索道，“噢噢，宋先生是小王龙图的恩师。若是因为茅明府刮地皮的事和他对上了，这段公案传到京城，北党的两大赤帜恐怕要起龃龉，好不容易扳回来的大好局面又要出变数了。茅立这是仗着局势，算准了宋先生不好轻易坏了朝堂大局，所以呕他呢？”

“倒还算是有些脑子。”萧传中话中不免也带了些赞许，他点头道，“你在东京城长大，没有去过地方，不知道时人对家乡的看重。先生以宜阳为号，这里是他的乡土……乡郡人物，有谁不回护故里的？之所以把书院放在宜阳，也是要带动乡中文气。打从先生回乡到现在，六年间宜阳县人口多了两成，商税都多缴三成，一片大治景象，几任知县都没有敢在任上伸手的，便是都明白先生看重父老福祉的性子。茅立要和先生置气，便借势压人、隔山打牛，从县治百姓开刀了。”

“这……”萧禹几乎瞠目结舌，万万没想到国朝官员竟能如此巧取豪夺，以压迫那些在温饱线上挣扎的小民来为自己出气——他口中也改换了称呼，“这茅立又是为什么要和先生过不去呢？”

“我当日也是想不明白此点，所以才连几日都等不得，当天就要求见先生。”萧传中也算是解释了一下自己当日的行事理由，“若是私人恩怨，倒也无妨，就怕是茅立年前上京诣阙时，从他老师那里听到了什么口风……又或是收了谁的信，才闹腾出这般动静。”

萧禹也明白他的意思：萧传中是怕这等小事埋伏的是北党分裂的大势。他迫不及待地追问：“那，可查明白了，到底是为了什么？”

“哈！说出来你都不信！”萧传中一双眼亮得怕人，死死地咬着牙关，话是一字一字地往外蹦，“茅立是今年三月和先生交恶的……他痴心妄想，代他们家那个不学无术的胖儿子向宋家求亲，想要求娶宋二娘，遭拒后又要求三娘，又被回绝，据说茅立当时就勃然大怒，扬言一定要报复先生……”

“啊？”萧禹都快晕过去了，“这……这……就这德行，还是陈参政的得意门生呢？这陈参政也太没眼光了吧！”

“谁说不是呢？”萧传中“嘿”了一声，“此事该如何了结，就看陈参政的态度了，若是他一意回护茅立，我看日后北党还有谁服他！”

萧禹道：“啊，宋先生给小王龙图写信了吗？”

“没有。”萧传中轻蔑地道，“先生是何等人物，岂会被区区一个茅立为难？这一阵子文案操劳，难免有所疏忽，并不知道茅立中饱私囊、盘剥百姓之事——他毕竟还做得隐秘，只怕是想要等到我和他交接完了再揭开包袱……待知道此事以后，先生便给赵文朗写了一封信。”

赵文朗乃是赵元贞之父，前度宰相赵茂公之子，也是洛阳名流，萧禹眼睛一亮，他顿时就明白了，“这陈参政也是赵家女婿，正是赵衙内的连襟。”

“从西京到东京，快马来回也就是四五日。”萧传中淡淡地说，“算上文书来往送信的边角时间，这一两日内，也该有个结果了。”

“所以二十七哥你也就是‘磨刀不误砍柴工’，一面由幕僚出面缓缓交接着拖延时间，一面去乡镇巡视，吃透宜阳的底子。”萧禹笑着说，“掐准了时间回来，却是等赵家回信的。”

萧传中没有夸奖萧禹的善解人意，反而说，“以后这些你懂我也懂的事情，就不必说穿了，说话要留点分寸，别人才觉得你含蓄雅重。”

萧禹面上低头受教，心里却有些不以为然：你也含蓄我也含蓄，彼此不都和打哑谜一样了？要是人人都这么说话，万一有个人傻些会错了意，那不是误事了吗？

他不愿和萧传中争执，便岔开话题笑道：“哎呀，不过这茅立也实在是太不知天高地厚了，他们家衙内的名声如何，在茶馆里坐了半日，谁都能听得明白。就是这么个样儿，还想和宋家结亲，这不是自找没趣吗？”

“也是天下父母心吧。”在此事上，萧传中倒不那么苛刻，叹了一口气道，“宋家的女儿，谁家不想娶呢？”

萧禹没见过宋二娘，或者说见了也不知道那是她，对于宋二娘是否值得茅立如此狂热地求娶，他无法评论，但有一人的婚事他是想评论的——他撇了撇嘴，多少有些刻薄地想：反正，起码这宋三娘，感觉上就没有特别到争相求娶的地步，至少我就不想娶……

仿佛是为了让他的想法更加坚定，萧禹的脑海中又浮现出了宋粤娘的鬼脸，还有她那不疾不徐、甜甜软软的话声："先生，先未认出……"

无巧不巧，就是这么同一个县城，同一个时刻，萧禹在想着宋粤娘的时候，宋竹也正坐在自己的屋子里，想着这个轻浮讨厌的登徒子。她对萧禹的不喜，在这几日又深了一层。

毕竟，这几天，宋竹在家的日子也不好过。

一开始答应颜钦若为她问问家里，宋竹其实真没想太多，反正萧禹做了这样的事，又是萧正言的从弟，家里肯定会谈起他的，宋先生又宠爱她，且性子慈和，对于这些小儿女的事并不反感。颜钦若自己看上了萧禹，小姑娘家慎重，不愿先和家里说，通过友人知道他的确没定亲，再和家里要求提亲，虽然传扬出去不体面，但说到底也在情理之中……她是看到赵元贞以后，才忽然意识到这件事坏就坏在了不体面上。

果然，宋竹去找小张氏老实交代的时候，她母亲才听到赵元贞也在，眉头就拧起来了，听女儿说完，稍事沉吟，便问了一句话："颜姑娘和赵姑娘平日里可亲善？"

"……挺亲善的。"宋竹老老实实地回答，她不可能当着母亲的面儿扯谎。

小张氏的脸顿时就沉了下来，伸手就去拿戒尺，宋竹足足挨了三下，手心里当时就起了红道道，她也丝毫都不敢为自己叫屈、反驳，只能咬着牙硬受了母亲的管教。

"女儿知道错在何处了。"宋竹还得认错，"请娘责罚。"

"你知道便好。"母亲的眼睛几乎能看到她心底，"从今日起，十日内，每天多练半个时辰的字，就抄《中庸》中'慎独'那章。"

宋竹自小被母亲耳提面命，"君子慎独，常怀戒慎恐惧之心"——这句话在书院里被解释出了种种含义，作为士子修身的法门。但在小张氏口中又被翻出了一种新意思，起码宋竹是这么理解的。君子戒慎恐惧，不单是因为要修身养性，也是因为外部环境，有时实在十分险恶，不能不处处小心。

以颜钦若此事为例，其实合情合理合法，就是不合大户人家自我标榜的体面。不过宋家并不介意这个，大姐宋苓的夫婿还是自己挑的呢。小张氏之所以不快，乃是因为颜钦若明知颜家和赵家是昔日政敌，多年交恶的老冤家，却还和赵元贞来往密切，显然胸无城府，自己的婚事，极有可能就办得不密实。这不，眼下就落入了赵元贞耳中？

若是赵家有心，在这件事上翻出花头来小题大做，不由分说地抹黑颜钦若的名誉的话，宋竹答应帮她忙的这个小细节，又怎会被人放过？到那时候可没有人同情她名声受损，只要是珍惜自己清誉的人家，也都不会娶这么个名声有损的媳妇儿。

有名有没有好处？有，没人能比宋家更清楚，可有名也有坏处，正因为宋家一门乃是天下知名，身为宋家女，宋竹也必须戒慎恐惧，处处小心。即使是同一件事，放在她身上都有可能出现与别人不同的结果，要避免风险，唯一的办法，就是永远都不让人捉到错处。

按说自己平时也算是看明白了颜姐姐的性子，有口无心，想一出是一出，并不是多精细沉稳，怎么当时就没想到这一层呢？即使没有赵元贞，她也有可能把此事办坏不是？毕竟，颜家还是属意榜下捉婿的，她想嫁给萧禹，家中只怕也是阻力重重，这要是往大里闹了，最后万一牵连到她身上，说是她给通风报信……

宋竹这几天就是一边抄书一边懊悔，一边也担心赵元贞翻出些花样来。尤其颜钦若和赵元贞自从上次回洛阳后，因为洛阳过宜阳县的道路被春汛山洪冲坏了，过不得大车，她们两人都还没来上学，宋竹更是提心吊胆，在她的想象里，洛阳早就把颜钦若这不体面的事情给传开了，而她也忝为通风报信的三姑六婆类角色，丧尽了宋家的声名……

好容易把今儿的字练完，洗洗睡了，第二天宋竹起来上学时，想到这事还在心里骂萧禹呢，虽然此事和他无关，但……她就是爱迁怒，不行吗?

不过，等进了学堂，看到颜钦若和赵元贞都好端端坐在学堂里，并无半点异状，宋竹也就松了口气，一上午听课都多了几分精神——看来，还是她想得多了。

上过早课，很快就到了午休时分，众女学生都在厢房用饭，宋学素习简朴，食房供饭以菜蔬为主，味道倒还不错，一群娇娘子也都不挑剔：她们的兄长都不曾在饮食上挑三拣四，女儿家意见太多，难免给人以家中宠惯、受不得委屈的印象。被同学带回家一说，娇纵的名声可能就传出去了。

宋竹不愿去赶领饭的人潮，便先转身去了净房，出来后舀过山泉水洗了手，要往食房走呢，就见到赵元贞在书堂跟前站着，见到她来了，便冲她招了招手，笑着示意她过去。

难处

赵元贞虽比她大，但入学时间却不如宋竹久，是以两人间平时就不论辈分，只是姐姐妹妹地浑叫。她一样出身富贵，和颜钦若一般都是宰相后人，只是颜钦若的父辈不大争气，如今都在州县上为官，无人有进入中枢的气象，而赵家却不一样，赵元贞的伯父是地方高官、北党中坚，且不说什么散官、寄禄官等等复杂的品级了——他现在扬州为知州，也是位高权重的正印官，而颜钦若父辈官位最高的一个，现在也不过是个通判而已。

话虽如此，这两位宰执门第的娘子，在女学中的地位却不甚高。概因两家祖上都没什么知名的文学大家，颜钦若性傲不服，时常显摆显摆，赵元贞却是笑眯眯的从来也不显出脾气来，无声无息之间，两人倒是做了手帕交。宋竹本来还没当回事，这几日听母亲详细和自己说了这两家祖上的恩怨，才知道颜钦若的心有多大——赵茂公当年差点把颜月公坑死在御史台的牢狱里，亏得她还能和赵元贞笑来笑往的，仿佛好姐妹一般。

对赵元贞，宋竹一般是敬而远之，这姑娘心思细密、谈吐得体，可就是因为太得体了，在宋竹看来反而不如颜钦若可爱。两人年纪有差别，她又自觉和赵元贞性格不合，平时很少同她搭话，倒是赵元贞，时不时也请教些学问上的难题，却要比颜钦若的问题刁钻多了，宋竹总疑心她早看出来自己的学问功底不好，可又找不到确实的证据。

现在赵元贞伸手让她过去，她心头也是一凛，面上堆出笑来，仿佛一无所知地走到赵元贞身边，“姐姐不吃饭去？”

赵元贞瞅着她，白净脸上带了一丝神秘的微笑，而后压低了声音问道：“是钦若不好意思来问你，托我转达——那天那个小衙内的事情，妹妹可听说了什么？”

颜钦若这是——宋竹禁不住都要跌足叹息：能入女学读书，总不是蠢人，真正不聪明的那都关在家里绣花呢。只是她真是被家里给宠坏了，想到一处是一出，自己看上了萧禹，就全世界都说着，若是传得女学里都知道了，回头女学生们再和家里人一说，她还能寻到什么体面人家？只怕榜下捉婿，人家略有些出身来历的，都不要娶她。

不是她大惊小怪，宜阳女学这二十多个女学生，本县出身的只有四个，余下几乎全都是洛阳过来附学的，能供得起女儿异地求学，家境能差到哪儿去？这些世家大族，彼此联络有亲，姻亲关系错综复杂，可以组成一张厚实的网，且其中不乏士林领袖、当地名门。一户人家的清誉，由这样的人家传诵出来，也由这样的人家肯定或否定，她大姐宋苓之所以在稚龄便名动天下，声名直达宫中，就是因为全洛阳的名门都致力于宣扬鼓吹……凡事有利有弊，也就是因为这张网络的紧密和通达，一旦在这些小娘子跟前失态，或是让她们知道了自己的一些秘事，那么可以想见，不消数日，这些故事，也就会在洛阳沸沸扬扬地传了开来。

她已经是打定主意，不愿再掺和到颜钦若择婿的事情里了，听到赵元贞这么问，立刻按照母亲的教导，一推六二五，“那日应承颜姐姐的时候，也就是嘴快了，后来回家才想起来，那萧衙内不是书院的学生，他的事我们家也不清楚，再说我们家也不许女孩儿问这些事，只怕是要有负所托啦。”

当日和母亲商量着这番话的时候，宋竹没想到颜钦若居然直接就和赵元贞说了，是以没准备什么撇清的言辞，这会儿心思急速转动，又加了几句：“再说，这婚姻大事，本就是父母之命媒妁之言，那日口快无心答应，事后想想也是后悔。赵姐姐平日看来最懂事的，如何不劝劝颜姐姐，倒是帮她传话了？”

赵元贞定睛瞅了她几眼，扑哧一笑，亲热地挽起宋竹的胳膊，半开玩笑般道：“难怪说你们宋学传人最正经了，这样的事如今又算得了什么？你们宋家姑娘好嫁，却不晓得我们这些人家的心酸，我是得了运气，早和家表兄定了亲，不然，今日我也和颜妹妹一样处处留心。都是同病相怜，帮她一把我倒真没觉得有什么不对。”

赵元贞的确是学堂里比较少见已定亲的学生，并且嫁妆据说将有万贯之多，就这点来讲，无疑是胜过所有同学，再者她定亲的对象乃是开国功臣曹国公之后，虽然不是长房长子，但夫婿年少有为，已经在关西征战数年，颇有功勋，得了经略安抚使司管勾机宜文字的差遣，以他的年纪来说，将来大有横班之望，是以赵元贞在这点上，实在是胜过学堂内所有学生。只是宋竹以前未听她谈论过此事，今日说起来，倒也落落大方，不露羞涩或是炫耀之意，倒让她多了几分好感，只是仍然谨守母亲的告诫，不敢掺和到赵、颜两家事里，闻言便只是笑而不语。

“你今年也十二岁了，难道就未想过这些？”赵元贞一面拉着宋竹往食堂走，一面好奇地问。宋竹笑道：“我一心只管读书，别的事情，从来都没问过。”

她咬死了不肯谈自己的亲事，赵元贞也不好勉强，进去食房吃了午饭，众女或是假寐，或是读书，都各有去处。颜钦若脸嫩，不声不响丢下两人伏案午睡，赵元贞也先不去理会她，而是又拉了宋竹在树荫底下闲谈，因说道：“这一次回家，我听祖父说，宜阳县的新明府是个最最年少有为的人物，最妙是出身长房，压住了这一辈的阵脚，只不知道这么有力的一个人物，到了县里这么些天，为什么还没有接印？闹得底下人都无心做事，洛阳到宜阳的路冲坏了好些天都没人修。”

宋竹对此事也略知一二——她耳朵灵，又爱说爱笑，在家中人缘不错，这一耳朵那一耳朵的，大概也知道是萧师兄在和茅明府斗法，只是她在外人跟前从不敢嚼舌根。听了赵元贞的话，便笑道：“你还为颜姐姐惦念那个萧衙内啊？说来，你们家和萧家也是拐了弯儿的亲戚，赵姐姐你回去问两句，萧衙内的来历可不就水落石出了？”

她有意把话题扯开，赵元贞似乎也没发觉，伸了伸舌头，笑道：“我一个定了亲的姑娘，怎么好问外男的事？若是娘问起来，难道还老实交代，是帮着钦若问的？我娘要知道我在女学里和钦若要好，怕是皮给我揭了。”

她态度坦荡，反而惹宋竹好感，因笑道：“我娘要听到我问外男，也是一样、一样。”

赵元贞哈地一笑，也是若有所思，过了一会儿说道：“不过你倒是说对了，我也没想过我们家和萧家还是亲戚——家里亲戚着实是太多了。下回回去，我瞧瞧能问不能了。”

她今日的表现，倒是打消了宋竹的顾虑。如今在颜钦若的婚事里，赵元贞牵扯得比她要深得多了，即使将来事情挑开了，颜、赵两家的女儿成了好友的事，比她宋家女在里头说过几句话要轰动得多。看来，赵元贞是真的想要帮忙，也是真心和颜钦若好……宋竹为自己的多心感到羞惭，她觉得自己是低估了赵元贞的人品。

正这样想着，耳中又听得赵元贞说道：“哎，我还真不是和你玩笑，你也该想想自己的嫁妆了。如今这天下，没有厚嫁妆，公主都嫁不出去，你可得好好想想才是。”

她先是说要帮忙颜钦若，现在又如此提醒宋竹，处处都体现出热心的性子，宋竹被她勾动愁肠，差点儿就要将心事诉说出来。只是偶然间瞥了赵元贞一眼，见她眼神莹然，正含笑盯着自己不放，不知如何，心中又有些许警觉，只含糊地笑道：“我真的只管读书，这些事从未想过——眼下二姐还没说亲呢，等她说定了人家，我再来想这个，也还来得及吧。”

赵元贞微微一笑，点拨她道：“哎呀，这时你便要留心了，瞧着家里能给你二姐预备多少妆奁，仔细记在心中，将来若是给你备少了，也好和家人分说几句。”

宋竹虽然家境单纯，从未有过什么亲戚争斗的事情，家中更没有侍妾婢女，少了无数钩心斗角之事，但她也并不傻，自小在街坊中听闻了许多事，知道赵元贞所说，其实是如今非常普遍的风俗。即使是至亲姐妹，彼此间对嫁妆也都是斤斤计较，若是家人不能一碗水端平，甚至是负气和娘家断了往来的事，那也是有的。

其实，也不能怨这些小娘子太市侩，如今的世道，对于嫁妆，的确是看得极重。这一点，宋竹心中自然有数，不然，她也不会只肯嫁宋学的士子了……

也不知是何时兴起的风俗，前朝对于女子嫁妆其实并不讲究，可不知哪年哪月起，天下就兴起了厚嫁之风。这风俗盛行到什么地步呢？一般人家有女儿待年，请了官媒来聘时，是要把嫁妆明码标价写出一张单子来，若是陪嫁有地，还要写明是何等田地，有没有水浇，若是婚事成了，这一封嫁妆单子是要跟着新妇一道过门的，倘若名实不符，夫家告上官府，退婚的都有，娘家这边的父母还要以败坏风俗为由，在堂前枷铐三日。有些人家若是看重了女儿家的人品，又嫌嫁妆太少的，还会派媒婆上门和娘家讨价还价，把婚事当了买卖来做，为了把女儿嫁出门去，父母得一趟趟地往嫁妆单子上添钱添物……即使是大富大贵之家，若是连着办了七八个女儿的婚事，少不得也是元气大伤，非得赶紧娶几个新妇进门才好。

这样的风俗一旦蔓延开来，上至天家，下至流民都是难以幸免，所以天下间不知有多少才貌双全的姑娘，因为家事不丰，只好含泪下嫁，由是又生发出风气：若是家中有女成年不嫁，街坊四邻都会将其父母视为吝啬之人，议论纷纷也是少不得的，更有甚者，这家人的男丁也就不好说亲。

这样的厚嫁之风南方最重，所以南人溺婴是家常便饭，越是大富人家，生女就越是不举，一户人家就只得一个娇女儿的事情屡见不鲜。多年下来，反而有大批男丁讨不到娘子，遂成为南方闻名的怪现象。宋学之所以提倡薄嫁，就是因为北方连年战乱，人丁本来就不丰厚，若是还和南方一般介意嫁妆，导致生女不许，大批人丁无法成亲，北方的人口便永远都无法繁衍起来。

也因为宋学提倡薄嫁，宋大姐宋苓议亲时，宋先生又刚倾全家之力办了宜阳书院，根本拿不出多少钱来做嫁妆，所以，宋大姐出嫁时，陪嫁是罕见的简薄。这件事在坊间是传为美谈的，宋竹也听过外头的传闻：据说当日宋家欲为宋大娘子添妆，大娘子婉言回绝，只道：多年积攒，自有嫁妆全在腹中。不论宋家、曾家皆不解其意，待宋大娘子过门以后，闭门三月，抄录珍善本无数，众人方知其有过目不忘之能，多年来诵读经典均可背诵。更兼夫家路远，书籍运送不便，遂以此法送来陪嫁云云。

书籍本就是很贵的东西，更兼宋大娘子也是有名的书家，如此嫁妆不但雅致，而且贵重处不输给富贵人家，在当时也成了广为传唱的佳话。可实际如何，宋竹心里清楚，之所以这么操作，一来因为曾家也是提倡薄嫁的北学中人，二来却是当时宋家的确是拿不出钱——除了不能变卖的祖产以外，宋家所有活钱全都投入书院之中了。

虽说二叔令人送来了多年的积攒，四婶也欲变卖自己的陪嫁，已经改嫁的三婶更是频频来信询问，想要帮扶一把。但二叔在外为官不易，家中积蓄全为大房开办书院，本就有亏于叔伯，如今再用他的积攒，于心何安？四叔平日照看家业辛苦劳碌，更无半点私心，多年来四房毫无私蓄，现在还要靠变卖四婶嫁妆来凑钱，大房更不可能接受。而三婶业已改嫁，已算是外人……总之，因为这些种种，大姐才会主动提议不要置办箱笼，所谓的抄书为嫁，说穿了乃是母亲小张氏无奈之下，为她出的主意：她是曾家冢妇，底下还有许多兄弟，若是真就是随身带去的那些简薄物事，以后少不得要受妯娌们的褒贬，在舅姑家的日子怕也过得难堪。

为了此事，宋竹没少见母亲沮丧哭泣，直念叨着对不起故世的从姐，没把她唯一的女儿体面地打发出门。也就是因为如此，二姐这才主动提了要寻宋学士人为夫，而且最好还是家境单薄些的——二姐面冷心热，宋竹心里明白，她这是体谅到了家里的难处，更是体谅到了母亲的难处……

如今家里倒也缓过来些，不像是大姐出门时那么拮据了，可大姐、二姐，都表态不让家里给置办嫁妆，宋竹也不愿成为例外，二姐明白母亲的难处，她也明白：虽说大哥大姐和母亲的感情都是极好，现在外头也没有任何针对后母身份的流言蜚语，可若是家里没给大姐置办厚嫁，却给二姐和她多置办了嫁妆，说不得街坊间立刻就会有了母亲偏心的评论。大哥大姐也许不在乎这个，可母亲和父亲一样，和所有儒学门徒一样，都是惜身重名的性子，宋竹是不愿让母亲陷入这样的境地的。

没有嫁妆，也没有真才实学，只有个宋家女的声名傍身，即使豪门大户敢来说亲，宋竹也不愿应——嫁进去了什么也没有，这不是受气吗？自她懂事起，但凡是思忖此事，就没有不愁上眉梢的，思量了这几年，也就只有一条出路了：在书院中找个性子敦厚些，家里简单殷实的师兄。即使过门以后，师兄发觉她才学平平，可看在宋先生的面子上，也不可能待她不好，不然，他在士林中的名声，肯定得全毁了。

虽然这样做，好像有些骗婚的嫌疑，但……但她也会好好待他，绝不会让他后悔的。

也因此，在外人跟前，她才是如此努力地维系着自己博学多才、贤淑贞静的形象，才会如此在意萧禹看到了她的鬼脸……大姐的满腹经纶，价值何止万金？二姐的超凡绣艺，更是个聚宝盆。两个姐姐即使没有嫁妆，也没人会在意什么，不论是书香门第，还是累宦世族，都争着抢着要娶这样才貌双全的佳妇，可她宋三娘，除了宋家的名声以外，却是什么都没有……

譬如今日，她又何尝不想和赵元贞倒倒苦水，说说自己在嫁妆上的为难处呢？可这些话，天下任何一个女儿家都说得，唯独她宋竹是说不得的——宋家女儿，就是不能流俗。虽然说不清为什么，但宋竹敏锐地意识到，宋家女儿之所以受人尊崇，就是因为不流俗，要是她这时候喋喋不休地说起二姐的嫁妆，自己的嫁妆——那她就真的不值钱了。

“哎呀，”她含含糊糊地一笑，把这话给带了过去，“不是姐姐说起来，我还真从未想过这些呢，满心里呀，就只想着先生布置下来的功课！说起来，下午怕又要小考了，赵姐姐温习得如何了？”

赵元贞却没有搭这个话头，而是继续在宋二姐的嫁妆上缠绵，“前几年你们家大娘出嫁的时候，陪出去的是宜阳书院许多稀世藏书的抄本，你可要睁大眼看着了，你二姐要是也陪这些，你就得留了心，这几年就抄起来——”

二姐的婚事都还没定呢，现在说这些是否太早？宋竹眉头暗皱，终于发现了不对：这赵姐姐，是不是也太关心二姐的嫁妆了？

事涉家人，宋竹立刻就从午后的困意中清醒了过来，脑子里那算盘，在眼皮后头打得飞快：赵元贞忽然关心这个干吗？这又是关心颜钦若的婚事，又是关心二姐嫁妆的，她有什么企图？该不会是想对二姐，对宋家不利吧？

若说刚才还对赵元贞有几分好感，现在的宋竹可就完全换了一副心思，她就像是一柄还没有出鞘的匕首，竭力遮掩着自己的锋芒，寻思着瞥了赵元贞一眼，眨眼间就已经下了决定，口中漫不经心地应着，“我呀反正只管读书，别的什么也不管，姐姐说的这些，我都得回去问了以后才明白……”

不能把她给得罪了，得留个话头，以便日后再行套话……她想：今日就先到这里，且回去问过阿娘再说，若她想对二姐不利，看我怎么收拾她！

收徒

宋竹在脑中辛苦盘算时，萧禹却正在宋先生身边服侍，他今日客串了一把司茶童子，为宋先生和从兄调和着深绿色的茶汤。他不敢扰了两位长辈说话，只是暗自关注着茶水上的白沫，在心中惊喜地暗叫：“呀！咬盏了……”

只可惜，这不可多得，“冷粥面”一般的汤花美景，并不为正在对话的师徒二人所关注——宋学既然提倡简朴，就注定不可能爱好斗茶这样奢侈的活动，宋先生只是漠不关心地扫了茶盏一眼，便对萧传中说道：“……你尽管放手去做吧，茅成人（茅立的字）那边，无须在意了。”

“谨遵先生指教。”萧传中压了压身子，“弟子这回过来，也有报喜的意思——今日上午茅成人已经把两千贯亏空如数填补上了，如今有了先生这句话，弟子明日就接印入衙。”

“才两千贯？”宋先生的眉毛斜飞了下。

萧传中一笑：“查出来是两千贯。”

萧禹听着从兄和宋先生含而不露的对话，也在心中暗自思忖：两千贯，说多不多说少不少，按茅立的做派应该是远不止这个数，只怕是将之前刮地皮的所得全都填进去了，才有两千贯这么个多少还在合理范围内的数字。也算是茅立还有些脑子。要知道一般县衙结账，账面上很少有天衣无缝的，新旧任之间彼此心照不宣，嘻嘻哈哈的，总能抹掉些瑕疵，可这一次萧传中的幕僚压根儿没给茅立面子，账目查得无比严密，若是之前没有往里填补，查出个五六千贯的数字，只怕连陈参政都未必会保他。

只要一想到茅立因为提亲失败怀恨在心，便大肆搜刮百姓出气，顺带着以自己的出身夹裹宋先生，意图使他坐视家乡父老被人鱼肉，萧禹便对此人殊乏好感，不仅仅因为其荒唐暴虐，也因为他实在愚蠢得让人讨厌。

想要仗势压人，也不想想自己招惹的是谁。这宋先生也罢了，毕竟当日回乡是受党争连累，即便是有个好学生，在朝堂中多少也是气弱，不能和陈参政比较。可他二十七哥难道就是寒门子弟？别人怕陈参政，萧家却未必会有所畏惧，这茅立竟把二十七哥看得小了，真是自寻死路。

这不，都不用二十七哥出手，宋先生一封信去，陈参政背过身就把本来安排好给茅立的差遣给换了人——原本茅立是大有希望入户部为主事的，如今却只能去京中守阙等实职，少了陈参政这个靠山，谁知道下一个缺什么时候有？更别说北党上下陆续也将听到风声，原本的同乡同年，只怕是个个都紧着要跟他划清界限。本来前途一片大好的少壮派，转瞬间便成了官场上的“死人”，而这一切，也全是他咎由自取！

既然已经决心要入书院读书，萧禹就很有主人翁精神地把自己代入了书院的角色，他知道陈参政还写信来和宋先生切磋学问，心中也觉与有荣焉：这对于张着清凉伞的宰执而言，可是不寻常的柔软态度，宋先生有面子，可不就是宜阳书院有面子？他萧禹在宜阳书院读书，自然也一样跟着有面子……

满心胡思乱想，萧传中谈起他的时候，萧禹差点都没回过神来，还是听到了自己的小名，才猛地一机灵，悄悄地拉长了耳朵，听堂兄半是解释半是请罪地数落他：“……自幼娇养惯了，有些不知天高地厚，人也实在，憨憨傻傻的时常闯祸，前回‘樱桃案’还没销呢，这就又闹出了‘闯入女学’的乱子……”

此事早已经传遍了全城，书院中也没落下，宋先生怎么可能没有听说？他呵呵地笑了起来，“毕竟还小，也都是小事，玄冈你待弟弟有些苛刻了。”

不能不说，萧传中的策略还是挺管用的，本来对宋家态度有些随意的萧禹，被他作了几次，现在对宋先生已经是抱着仰视的态度了，一旦感受到了宋先生和蔼亲切的态度，他心中自然而然便涌上了一股淡淡的仰慕之情：虽然说不上到底好在哪里，但两次和宋先生对话，不论是第一次向宋先生解释自己冒名送樱桃的事，还是这一次解释闯入女学的事，宋先生的言谈举止，都令他如沐春风，有种说不出的喜欢和崇敬，尽管他也出身于大富大贵之家，可这份优雅，却是他萧禹学不来的。

“是先生太宽和了。”萧传中有几分大胆地说。

宋先生也不生气，他呵呵一笑：“难道要再严些你才开心？玄冈，你们是不是一族的兄弟？阿禹别是抱来养的吧？”

一句话说得屋内三个人都笑了，宋先生方才转身对萧禹道：“你也坐——坐。”

萧禹谦让再三，这才不好意思地在兄长下首坐下，宋先生思忖了一会，便笑着对他说：“其实，按说孔圣有教无类，我这宜阳书院的山门，也应该对所有想要入读的学子敞开，不该还分了贵贱——不论是瞧不上富贵人家，还是瞧不上寒门子弟，都是失了孔圣精髓。是以你也无须担心，生怕自己出身富贵，教授们就会有什么偏见。只要能守书院的规矩，安心读书的，就都是书院的学生。”

这番话粗听莫名其妙，但却令萧禹放下心来：这些日子在驿馆，他听说的都是宜阳书院鄙薄富贵的事迹，虽然也知道只有这些和富贵人家的冲突，才会被旁人当新鲜事儿传诵，但心底依然不免有些惴惴，就怕书院对富贵子弟有所偏见，宋先生也不知是否看透了这一点，第一句话就说到了萧禹的心坎里。

“然而，”宋先生话风又是一转，他和蔼地望着萧禹，仿佛是在为他担心。“这也不是说书院内便是一片祥和，这读书郎之间你追我赶，彼此不服气的心思，我们当教授的也很赞成。你吃亏就吃亏在系出名门，有个好祖父，又有玄冈这么一位好兄长，盛名之下，书院同侪对你的要求，自然只会更高。你在后山闲走无意间进了女学，本来也没什么大不了的，只是偏偏是你，偏偏玄冈又是刚上任的父母官。我只为你担心，入读书院以后，你是否能受得住师兄弟们明里暗里的考校。”

他说得委婉，其实话中意思萧禹一听就明白了：宋先生担心书院同学以为他是个愚蠢的关系户，入读书院只因为兄长的关系，本人却是个不学无术的浪荡子弟……他是担心萧禹被同学们排挤。

说到底，还不是要怨您家中的粤娘？他心中嘀咕，面上却是恭声道：“弟子明白先生的意思，先生请放心，弟子自当苦读不懈，不去理会那些风言风语。”

他本来还想捧上两句，说什么“躬行苦读，寻孔、颜乐处”这样的话，可萧禹现在也渐渐明白，宜阳学派不喜花言巧语，比起没学问，只怕宋先生更介意的是没学问还要吹水硬撑，因此这些话都被他硬生生吞进了肚子里去，留下的只有朴实无华却又诚恳由衷的承诺。

宋先生似乎也被打动，他兀自沉吟不语，一旁萧传中终究是萧禹的从兄，也求情道：“弟子以为，阿禹入读书院，交际环境差些也无关紧要，只要能坚持下来，即使学不会先生的天人之学，好歹也能磨砺磨砺他的心性。”

宋先生闻言，便扫了萧禹一眼，含笑道：“你从兄所言，倒是不错，可你能坚持得下来吗？”

萧禹被宋先生一激，豪气上涌，一挺胸膛，朗声道：“弟子一定让先生与兄长刮目相看！”

“好。”宋先生轻轻地拍了拍书案，“那我便做主为书院收了你这个学生。”

一开始追着从兄一道出京，说是想要入读宜阳书院，但这心思在萧禹心里，其实只占了一二分。他是对儒学有些好奇，也听过宋学的名气，但那淡薄的兴趣，并不能让他以十足的热情投入到学业之中，他想得更多的，还是跟随从兄四处走走，见见世面。可经过这一路上的种种经历，萧禹渐渐地认识到，这天下虽然繁华，但距离百姓安居乐业，还有很长的路要走……这天下是存在不少问题的，而“经时济世”这四个字，以他现在的本领能耐，甚至都远远不够资格去想、去谈论，起码也得达到二十七哥萧传中的水平，才有资格改变和影响数万人的生活。而如此精明厉害、胸有成竹的二十七哥，却也对老师宋先生推崇备至、崇敬万分……

在听说了宋家许多的传奇故事以后，他对宜阳书院的热情也逐渐高涨，这并不是因为他真的就相信宋学是救世之学——不，他觉得事情远远没有这样简单，否则，官家早就大兴宋学了。他是觉得宋先生确实很有能耐，起码他能如此顺利地把一间学院经营起来，又顺利地把由周学开端，秉持“顺天应人”道理的学派，发展为冠自己姓的“宋学”，还令学派中其余耆宿心服口服。加之他的儿女子侄是如此的出色，而他们一家人的名声又是如此的完美……

萧禹觉得，即使不论学问，只论为人处事，宋先生都绝对是当世大家，是天下有数的聪明人。他是发自内心地想要追随在这样的聪明人身边，从他的一言一行中汲取智慧。

就好比今天，宋先生欲扬先抑，和从兄搭配着激起他的血性，让他发下豪言要好生读书，这里头便不能说是没有心机，但这是好的心机，是为他这小辈考虑。萧禹能隐约地明白这点：有从兄推荐，他入读书院几乎是必然之举，宋先生这是想要把他和师兄们可能的矛盾化解于未然。是担心他年幼不知事，受不得旁人的冷眼，未雨绸缪地激励他奋发向上。

正思忖着宋先生一言一行中隐含的学问，萧禹又听宋先生笑道：“虽说书院内不强禁学生一定要住在舍房里，不过你这么有心气，满心要苦读明志，我也不能不略加成全。玄冈明日便会搬进县衙居住吧？你的行李就别跟过去了，直接搬来书院好了。你那贵仆，也不必带进来服侍，且令他暂时住在县衙，每逢书院休沐时，你再同他团聚吧。”

啊？——

萧禹不禁有几分错愕，他自落地以来，便是锦衣玉食，身边随从几乎从未少于五人，这一次出来只带了胡三叔一个，在家里人看来，已经是受了天大的委屈。如今宋先生还要他连胡三叔也不带，孤身入住那很可能是四面透风的宿舍……

他算是知道方才宋先生为什么要激他那一句了——在宋先生含笑的眼神中，萧禹是骑虎难下，一咬牙只好说了一声：“是！弟子明日便去书院报到！”

宋先生点了点头，笑而不语，只是目注萧传中，萧传中也是会意地一笑，在旁说道：“你都叫了这么久的先生了，是否还有一件事没做？”

萧禹先是愕然，而后恍然大悟，连忙跳了起来，恭恭敬敬地跪倒在地，给宋先生行了磕头礼。“弟子萧禹，今后烦请先生多多教诲！”

这个礼行过以后，他和宋先生的师徒名分，也就算是定了下来，从此以后，这先生便不再是尊称，宋先生对他萧禹，也拥有了许多能令后世人瞠目结舌的权力，当然，也承担起了许多后世人无法想象的责任……

眼看这跳脱不驯的小弟弟顺利拜师，萧传中也是松了口气，等萧禹行过礼又坐回了原位，他才是从袖子里掏出了一封信，恭恭敬敬地递给了宋先生，“之前公事未靖，不便商谈私事，这是家父写给先生的一封私信，还请先生过目。”

宋先生有丝诧异：“这是——”

萧传中也不讳言，而是大方笑道：“虽说这谈亲事，还是要请个冰人更慎重，但事未谐时，家父以为还是少人知道些好，再说两家的关系非同一般，也就不拘俗礼了——大哥那边，如今局势太复杂，我家也不去争抢，免得让先生为难。当年大姐也是迟了一步，如今这二姐，先生可一定要说给我们家了吧。”

萧禹的眼神，顿时就在信封上扫来扫去，好奇起了信中到底是拣选了那一位萧家子弟，来娶这天下闻名的宋家女……

第二章 春游

陌上人如玉

作弄

“……倒是关心起你二姐的嫁妆来了。”小张氏重复了一句，手里打络子的动作却没停——她生性勤谨，向来闲不住，虽说宋家也用不着她纺纱织布填补家用，但每日里手里缝缝补补的活儿从来都没断过。

“是。”宋竹也正拈着红线，她的绣活和二姐没得比，但也算是拿得出手，最近闲了正尝试着为自己绣个扇面，“我这就觉得怪了，您说赵姐姐和二姐平日里处得也还可以，不像是有恩怨的，怎么弯弯绕绕的，最后问到了二姐的嫁妆上。”

小张氏对次女的性情十分清楚，她略带无奈地一笑：“难得，还有一个是没被她得罪的。”

“也不能这么说，师姐师妹们对二姐都是很尊重的。”宋竹眯着眼，把线穿进了针眼里，“——您瞧，这样红花配着绿叶，可好看吗？”

“俗了些，你手艺没你二姐那么好，配色淡雅还能遮掩，红绿配太鲜艳，一眼就看出来针法还是呆板了。”宋苡的女红就是母亲传授而来，小张氏也是绣法上的大行家，随意捞了一眼，便是说到了点子上，宋竹只好又去选绣线。

两人沉默着做了一会儿针线，小张氏似乎是自言自语道：“不知道这赵娘子说的是哪户人家……”

“我想想。”宋竹知道母亲的性子，最是不疾不徐的，是以刚才也憋着不说话，就等着母亲开口，现在也是强行压抑着心头微微的兴奋:

早说了，没有人是不会说闲话的，只是母亲这样的淑女性子，即使说闲话，也会说得很隐蔽罢了。“嗯……记得是她表兄，曹国公一系的衙内吧，现在河北做事，好像是个机宜文字。”

“她可有姐妹？”小张氏把络子放到女儿身上比了比。

“有个姐姐，说给了老刘枢密家的孙子吧。”宋竹不是很确定地说，见母亲神色一动，“怎么？”

小张氏头也不抬地打络子，就如同没听到宋竹的话，过了一会儿，仿佛是指点女儿绣活一般，很随意地说了一句：“前日接到章提举的信，就是为老刘枢密家说你二姐的。”

要说宋竹对人情世故上还算有点心得，那也是因为小张氏的培养方式。就这么一句话，多了也不会有什么提示，懂就继续往下谈，不懂那么这话题就到此结束了，若是再多纠缠，说不得就要受到“女子不犯口舌”的教导。比如宋苡，她不爱听这些个，小张氏就从来不和她说，宋竹在这方面有兴趣的就得开动脑筋去思考，这么多年培养下来，她也被锻炼得有几分机敏。一听母亲爆料，原本还略提着的心，顿时就放了下来。“我说呢，怎么忽然间就惦记上二姐的嫁妆了……她打量着咱们就只能应下老刘枢密这一家了吗？”

小张氏不禁被女儿语气中洋溢着的自豪给逗笑了，“你又知道不会应下他们家了？”

“姐姐不是说要找宋学门生吗？老刘枢密家又无人在咱们书院就读。”宋竹倒不觉得谈论亲事有什么可忌讳的，宋苡本人面薄，甚至都不好意思和父母谈论这个话题，她不帮着姐姐分说一二，难道还真的要让二姐盲婚哑嫁般稀里糊涂就成亲了？“再说，别人稀罕老刘枢密家的泼天富贵，爹爹却未必看得惯，当年在东京的时候，不就说过几次他们家奢靡过度，不是长久之象吗？”

“嗯，”小张氏倒是认同这点，“且先不说这奢靡与否，刘家说的四哥，今年二十岁了，连解试也一次未考中过，这叫人如何能忍得？”

本朝的解试并非考过一次就算了，只能算是取得省试资格而已，解试过后的省试若是不过，三年后就一样要再考一次。有些少年俊才——好吧，直接地说，比如宋家兄弟这样的少年俊才，十几岁第一次参加解试名次就十分靠前，省试、殿试也不在话下，未及弱冠就已经有进士功名在手。稍微差一点的，二十岁左右应该也是考过解试，参加过一到两次省试了。宋竹说：“以前爹爹讲过，二十五岁以前，是人气血最旺盛、精力最好的时候，若是这时候还不能考中进士，日后的希望也就小得多了。”

“是这个道理，”小张氏又说，“即使有例外，那也是因为有些人少年时家境贫穷，无法专心读书，刘家家境自然没这个烦扰，都二十岁了读书还不成……亏他们也好意思请章提举来写信。”

别看自己母亲平日里一派柔顺模样，其实二姐的傲气，只怕多半都是传承自她，宋竹呵呵笑了几声，倒是大胆地反驳母亲，“怎么说，能写信来求亲也是因为欣赏二姐的才情嘛，终是一片好意。换了是我，刘家根本连睬都不睬呢。”

“胡说。”小张氏白了她一眼，终是没在这个话题上继续下去，而是若有所思地道，“如今二姐定了要寻宋学门人，倒好办些了。书院里俊才不少，妥妥当当地挑上一个，任谁也无法多说什么，倒不像是你哥哥那里，还让人烦心。”

宋竹对于大哥的婚事也是所知甚详：从十岁起就有人不断为宋桑说亲，宋先生和小张氏原本看好的是明家的一位表姐，只可惜五六年前那姑娘没了，宋桑又在备考，也就不提此事。谁知道几年前宋桑中了状元以后，前来说亲的权贵人家太多，北党的几位大佬都是放出话来，要收了宋桑这个东床快婿，结果就僵持到如今也没定下来亲事。

“倒算是颜姐姐还有几分自知之明。”宋竹的思维还是满发散的，立刻就想到了颜钦若，“她那个性子……唔，配萧禹倒是正正好，若说是配大哥嘛，只怕她自己也心虚。”

小张氏唔了一声：“萧禹？”

上回宋竹和母亲说起此事时，小张氏关注的点并不在此，此时她不免稍微介绍一下萧禹，“……跟着从兄来这里上任的，听三哥说，昨日已经搬到书院里去住了。”

小张氏也知道，二女儿性情刚直，重视礼教，许多体己话母女俩都不好说，只好赖着三女儿来当传声筒，所以对次女的婚事她说得就多些。“萧家似乎也写了一封信来提亲，昨日你爹回来得晚，也没问清楚——这萧禹，多大？”

“十五六岁……”宋竹越说越觉不妙：十五六岁，和宋苡年纪相差也不大，萧家的家世没什么好挑剔的了，本人也入了书院读书，算是宋学门人，长得还可以……哎呀，这样计较下来，难道萧师兄把他带来宜阳，是给爹相女婿的？

其实想想，萧禹的确也不能说不是良配，只是宋竹对他不知为何，先就有几分不喜，想到他可能登堂入室，成为自己的姐夫，更是深觉不妥。在她心里，二姐怎么也得配个如她大哥二哥、大姐夫一般的俊才，萧禹的段数却是低得多了。连她都看不上呢，更别说二姐了。

“回头问问你爹。”小张氏说了一句，又来关心她的绣花，“怎么这半日了，连针都没穿？”

这意味着今天的八卦时间到此结束，以母亲的修养，大约也只能说上这么一刻钟的闲事了，宋竹忙忙地埋首绣了几针花，又想起来一事，“对了，娘，我和赵姐姐说的那些话……没出错吧？”

听到她忐忑的语气，小张氏几乎笑出声来，她压抑着抚摸女儿脸颊的冲动——谁知道这丫头得了点甜头又会闹出什么事来，“没事儿……她都和你说了那些话，你还担心她把你捅出去？”

其实，宋竹心里多少也觉得，赵元贞的那些话有点投名状的意思，多多少少是要安她的心，和她套近乎。这一层她明白，是为了帮着姐妹问问将来妯娌的嫁妆，她只却没想通，赵元贞和颜钦若交好，又帮着她参详婚事，这背后到底又掩藏了什么目的。

又埋头绣了一会儿花，越想着萧禹可能成为姐夫的事越不得劲儿，宋竹明知自己可能会被训斥，仍然忍不住说道：“娘……那个萧禹轻浮浪荡，我看就是颜姐姐，等到知道了他的真面目，也未必愿意嫁给他，咱们可不能让二姐被他糟蹋了去。”

“哦？”小张氏有丝诧异，“你是说他误入女学的事？可说到底那也不能怪他，还是当日值守的门子不好——”

“不是、不是。”宋竹打断了母亲的话，猛一咬牙期期艾艾地道：“他第一次拜见爹爹那天，就……就作弄我！”

说着，便把自己想要射箭，苦缠父亲眼看就要得到许可，偏巧被萧家兄弟过来打岔，萧禹还留下来一起嬉戏，使她不便继续撒娇的事说了。

“我心里不快，便暗暗瞪了他几眼，不巧被他看到，他就和三哥说，让我也射一箭，本以为他是好意。结果……结果他也不知怎么弄的，好像把弓弦上得比平时还紧，我掌握不好力道，就脱靶了——往日里都能中靶的！”宋竹几乎从不对母亲撒谎，要么不说，要么就原原本本全说出来。“您瞧，一个小姑娘瞪他一眼，他也要作弄回来，这人的性子如何算是稳重呢？”

小张氏听得都说不出话来——她素来是不许女儿习武的，宋苓和宋苡都十分听话，唯有宋竹，居然暗中还把弓箭练到了能中靶的地步。

她望着女儿，笑笑地道：“你原来也知道为人稳重是好的呀——”

宋竹听母亲语气，吓得暗自吐了吐舌头，她不敢再说什么，忙低头做起了针线，装出一副认真的样子来，不去接母亲的话茬了……

小张氏又好气又好笑地望着三女儿，见她一节修长的脖子弯成鹅颈一般，都快把头埋进胸口里去了，却也不禁泛起了些许柔情与溺爱。罢了，就放纵她一次吧，这孩子日日在书院里用功，原也辛苦……

埋头也打了几节络子，不禁又回想起三女儿刚才说话的神色表情。小张氏又瞅了女儿一眼，心中已有了些想法正在酝酿——这会儿，她倒不希望萧家来信提亲，是为萧禹提宋苡了……

萧禹要独自搬进书院居住的消息，令胡三叔大为惶恐，他不敢阻拦宋先生的决定，可却也婉转地表达了对萧禹的担忧：没个人服侍起居，只怕禹哥是连衣服都未必会穿，牙都未必会刷，说难听点，连上完茅厕后怎么擦屁股，胡三叔都对萧禹的能力表示怀疑……

其实，萧禹心里多少也有些发怵：胡三叔说得有没有道理，没有人比他自己更清楚了。事实上他也就是在十一岁上才学会在如厕后收拾自己的，从前都是由下人代劳。就因为他坚持要自己单人如厕，母亲还失落了好几日呢。在家里过惯了衣来伸手饭来张口的日子，忽然间要进书院住宿舍，即使有中间一段旅途作为缓冲，也不是那么容易适应下来的。

还好，宿舍的条件比他想的要好些，起码是单门独户，也没有四壁漏风，家具虽简单，却也雅洁，四处还可见防蚊虫的香包。萧禹自己把铺盖卷扛进来以后，宋栗又不知从何处冒了出来，笑嘻嘻地带着他把床搬到门外，烧了热水来浇床虱。萧禹鸡手鸭脚没能怎么帮忙，宋栗也不嫌弃他，反而耐心教导道："以后隔一个月左右，逢着大晴天，就要出来以药水擦洗床架子，晾晒铺盖换洗被褥，读书人修身为先，仪容自然也必须保持整洁。"

萧禹虽然是过惯了人上人的日子，但如今要沉下心来在书院读一阵子书，也不愿摆弄架子惹得师兄弟们憎厌，他本性也还聪颖，这些家务琐事在旁观看了一番，便知道该如何上手，当下也帮着宋栗做起来，因问道："连被褥衣物都要自己洗吗？"

"若愿自己浆洗倒也可以，若是不愿，书院山下就有许多人家，都能浆洗，只需付上几个大钱就行了。"宋栗和气地说，"只是锦衣他们却不会处理，只怕三十四兄得带回县衙去洗了。"

萧禹已知道书院一个月只得一天休息，宋栗这么说，其实就等于是在告诉他在书院无法穿着过分华丽。他也不在乎，嬉笑道："还好，我早想到了，带来的都是布衣。"

宋栗闻言，便仰首对他一笑，说话间，宋檗、宋柒也都带了几个朋友来帮忙，虽说他们的朋友年纪都不大，但萧禹嘴甜，也不论年纪，一个个师兄叫过去，倒叫得小书生们有些面红，对他一个个都亲善了起来。

眼看天边向晚，众人帮着将床抬了进去，又把铺盖卷铺好了，宋栗去茶水房打了水回来，又张罗要带萧禹去吃饭，萧禹知道他们几兄弟都回家用餐的，忙谦逊道："今日本来就耽搁了三哥一天的功课了，还有四哥五哥并几位师兄——”

众人都笑说无妨，将他带到食房，大家吃过一顿饭，宋栗几兄弟方才回家去了。之前认识的几个少年便来与萧禹说话，帮着他一道归置了物事，也自告退下去读书。

萧禹坐在房内，环顾四壁，虽然居处是他生平最简陋的一处，但听着隔邻传来的隐隐书声，还有更远处恍惚能听见的辩论声，他却又觉得这屋子简陋得十分恰到好处，让他的心也跟着静了下来。

点亮了一根粗蜡烛，屋内顿时亮堂了起来，萧禹定了定神，翻开带来的经书，轻而易举地，也沉浸到了阅读之中。

也许是因为他有这份定性，第二日开始上课以后，不多时便和同学们熟稔了起来，还有些萧家故交也来和他认亲——彼时世家大族，多数联络有亲，尤其是姻亲关系又十分复杂，素未谋面的两人坐在一起，盘出亲戚来的情况并不少见。院中有灵寿韩家、彭城赵家、吴兴颜家等，世家数十名学生，先后都来和萧禹认过亲，尽了礼数，嗣后也就各自回去读书，平日里没有多余的来往。

他们不觉得什么，萧禹倒是暗暗心惊，这十几日来，他暗自留心，算得北党大大小小居然有四十余户人家的子弟在宜阳书院读书，余下还有百数学子倒是没什么出身。不过即使如此，这个数目也极为惊人了，这宜阳书院哪里还是个普通的书院？简直就是北党在洛阳的根据地啊……

先唐后期，便是因为党争祸国，才使天下陷入了五代十国的乱世，自从本朝开国起，官家就极为忌讳党争二字，可即使如此，从这几年的情形看，南北两党的形成根本已经是毫无疑问了。如今朝堂中南党势大，北党只能被憋在洛阳，却也没有闲着，宜阳书院的学生考中进士的概率这么高，十几二十年以后，朝中还不是北党的天下？

宋先生当年从朝中去职回乡，说是开办书院，其实其中另有筹谋，萧禹也是略知一二——就是因为不愿被视为朋党，在当时羽翼初成的两党争斗中，未受到任何一方的庇护，宋先生才会回乡的。其实如今看来，说是不党不党，其实也还是有朋党之嫌的……

他年纪幼小，又没有职司，对这些事也只能想想作数，还是以读书为主。好在书院的课程设置十分灵活，每年新进的学生都是先学经义，什么辩难、诗赋乃至作文，都是日后的事，萧禹人又还算聪明，对于课业也并不感到艰难。

书院上课早，多数学生都是日出即起，吃了早饭再背几篇书，正好开始上课。经学课集中在上午，下午便是学武的时间，洛阳靠近关西，那里是连年战乱之地，党项人的大夏国虎视眈眈，没有一年不掀起风浪的，凡是关西人，就没有不想把西夏逐回瀚海中去的，宜阳书院文武兼修的做法，招揽了不少关西学子投奔就学。

有胡三叔自幼教导，武学就是萧禹的强项。每日下午，都是如鱼得水、游刃有余，这一日更是连夺了数个头筹，博得了师兄弟并先生们的一致夸奖。他亦是十分高兴，血涌未收。回来后也不想读书，便上了后山闲走。

如今他已经知道道路，特意避开了女学方向，免得又寻晦气，谁知就有那么巧，才从后山出去走了几步，拐到了一条小径上，迎面便是一个女童走来。

虽说她带了盖头，但萧禹是“一朝被蛇咬，十年怕井绳”，见到个女的就头皮发麻，连忙让到一边，只怕再闹出事来。可事与愿违，那女童一见到是他，便止住了脚步，先是哼了一声，方才拿下盖头来，问好道：“三娘见过师兄。”

萧禹见她虽然礼仪得体，但小嘴儿翘得高高的，一张漂亮的小脸上写满了不高兴，心中不由想道：我虽然作弄过你一次，但终究没把你如何，你上回作弄我那样狠，现在见了我还这么不高兴？

他的报复之心本已歇了不少，见宋三娘这么不给面子，倒是又炽热了起来，萧禹眼珠一转，一个鬼主意就浮了上来，他热情地一笑：“三娘！许久未见了，还没恭喜你呢！今日见到，可要好好给你道道喜！”

宋粤娘被他这一说，不由得小嘴微张，一脸愕然，看来倒又添了几分可爱。可惜萧禹稚气未脱，见她如此，也没心软，而是笑着继续道：“听闻先头茅知县为他们家大郎提了你，原来你不知道吗？”

果然如他所料，一听得这话，宋粤娘顿时脸色大变，明显是被他给吓得呆住了……

激化

其实，萧禹若是换了别的说辞，宋竹也不至于就被唬住了，只是自她懂事以来，总在忧心自己嫁不出去，萧禹这是对准了下钩子，一下就把她给钩到了半空中。

嫁不出去那就不嫁……在如今世上是万万没有可能的事情，正因为厚嫁成风，家中有女不嫁是会被人耻笑舍不得嫁妆的，尤其这矛头不会对准宋竹的父母，反而会对准她的兄长们。这样的风言风语，很容易就让宋家落下吝啬的名声，甚至会影响到将来她的侄女侄子的婚嫁，所以宋竹最怕的就是将来找不到合适的夫婿，家里把她胡乱配了人。虽然现在她年纪还小，似乎还没到这地步，但小姑娘心里有数：她的天资连姐姐们都瞒不过，如何能在父母乃至祖母跟前隐瞒？虽然这茅知县的儿子她从未听说过，想来必定是人品庸常，但……不正是因为人品庸常，家里人才有可能把她嫁过去吗？

她本来是惦记着山边上一丛野花开得好，想要摘了回去请兄姐们辨认到底是什么品种，如今又哪儿还有这样的心情？站在当地，手里紧紧地捏着盖头，纠结地望着萧禹，却又踌躇得不知该如何进一步询问。

他肯定是知道内情的，也许是他哥哥和茅明府交接的时候两人谈了起来，萧正言又告诉了他。只是……只是他看起来却毫无继续往下说的意思，脸上带着的笑，看来都浸透了坏水儿——他是在等她求他呢！

两人虽然就见了两面，但这“怨仇”倒结了有三四桩了。宋竹心里明白，萧禹就是在逗她，等她服软，她很想硬气地转身就走，回去问爹爹去，可那急切的心情却压倒了她的矜持，虽然是满心不情愿，但还是央求道：“师兄，我不明白你的意思，您能不能……给我解释解释？”

这萧禹生得虽然不错，但却可恶到了极点，瞧着真是面目可憎，听了她那刻意放得软绵绵的请求，他却没有一点动摇，只是得意地咧嘴一笑，反而是悠然问起了前些日子的事，“说起来，上回和师妹见面的时候，本来就该提起的，只是当时，场合不便，我又被师妹叫破了身份，慌张之下，倒是忘了……”

果然！他这是还记恨着学堂里的事呢！

宋竹不说蕙质兰心，起码在人际交往上还不至于过分痴傻，只看萧禹似笑非笑、满脸狡黠，便知道今日绝非装傻能够过关的，再说，她如今心似油煎，也没什么心思和萧禹绕圈圈，把心一横，强忍着不甘和无奈，赔罪道：“是我说话不谨慎，对不住师兄，三娘这里给您赔礼了。”

说着，便端端正正地曲身拱手，对萧禹行了一礼。

萧禹也不躲闪，大咧咧地受了，他眼中闪动着笑意，居然还不放过她，而是把手背在身后，笑眯眯地道：“哟，粤娘你行礼这么爽快，是否也是因为心中知道，当日是故意算计于我，对师兄我有所亏欠呀？”

宋竹先是微微愕然，随后便知道了萧禹的意思——他以为自己当日叫破他身份，完全没有好意，只是为了和他作对。

本来是家人亲昵呼唤的小名，被萧禹叫来就是如此让人恼恨，再加上他毫不谦虚地就以师兄自称，丝毫不顾忌自己入读书院比他还早的事实，还有受了全礼……哎呀，反正这么多细节，哪一样都把她气得磨牙，他还要这么无理搅三分地欺辱她，压着她承认自己就是那么不识大体的刁蛮小姑娘！宋竹还真有心刁蛮给他看了——

可，这会儿和他辩这个，什么时候才能说到婚事呀？若是闹得不欢而散，自己要到何时才能找到机会去问阿娘？

虽说有满心的不情愿，宋竹还是强令着自己，委委屈屈地又给萧禹行了一礼，“是我不懂事，师兄勿和我计较。”

迫得她连着服软了两次，萧禹显然极是高兴，他那张讨人厌的面孔迸发着快活的光辉，大笑了两声，方才得意地说：“唔，没料到粤娘今日倒是如此坦白——你算是说对了，这样的小事，师兄心胸如此宽阔，又怎会和你计较？”

宋竹只觉得“粤娘”两个字被他叫得极为刺耳，却只能强忍着不敢发作，还要尽量做出可爱的样子来，央求地望着这杀千刀的萧禹，急切地等待着他的解释。还好，这回他没吊她的胃口，只是端着那刺眼的笑容，露着洁白的牙齿，轻快地道：“真没和你提过呀？说起来，最近县治内城门税忽然收得严格起来，不就是因为茅明府被你们家拒婚以后，心怀不忿这才兴风作浪的吗……”

啊？“拒婚”？宋竹本来心里乱糟糟的，只听得这两个字，放松感便席卷而来，她几乎没虚脱得蹲到地上——即使明知不可能，但刚才她实在还是担心爹娘背着她给她定下了一桩不堪的婚事。

这边光顾着后怕，那边萧禹说的一些细节，她倒也没漏过，先提的二姐，然后又说了她，都被拒了以后茅明府自感被落了面子，便欲要盘剥百姓们出气，大有打宋家脸的意思云云……她其实也还是不懂，为什么恼了她爹，会去盘剥百姓，这里头到底有何道理，不过她却是知道一点：问谁都不能问萧禹，不然，非得又被他作弄呢。

一旦松弛下来，宋竹的脑子就开始转动了，被戏弄的恼火，和对自己轻易上钩的羞愤，令她整个人都快燃烧了起来，如果萧禹是她的哥哥，她早就扑上去抡着小拳头捶他了，不把他打出点事情来，她也不叫宋竹。可没办法，她如今已经十二岁，不是小孩儿了，动手动脚的样子要是被别人瞧见了，私下里该会怎么议论她呢？

然而，此仇不报非君子，她非得想个法子不可……

嘿，这个宋粤娘，总算是栽在他手里，被他作弄上一会儿了。萧禹出了这口气，只觉得心中一片爽快，仿佛几年来的污垢都被清洗去了一般。只是现在还有个问题：虽然他觉得宋粤娘未必会把这件事告诉家里，否则，她也很难解释自己为何要这样作弄他，若是把前事都抖搂出来，以宋家的家教，只怕她也要受罚。然而，不怕一万就怕万一，看这小粤娘气得双目泛红紧咬牙关的样子，萧禹还真怕她不管不顾，回去往宋先生哪一哭一告状，自己可就尴尬了。

想着先前她两次道歉时那满脸心不甘情不愿的样子，他忍不住又哈哈一笑，却是已经在搜罗词句，想要和她修好了。其实，从刚才她的反应，萧禹也看得出来，宋粤娘倒未必是为了报复他，才那么成心的戳穿他的身份。既然如此，今日迫她委屈道歉，倒是他有些得理不饶人了。算起来当日他作弄她射箭，她扮了个鬼脸，她戳穿他的身份，他今日骗她道歉，也算是有来有往，彼此打平。接下来再哄几句，圆过场了，以后也好见面些。

正欲说话时，宋粤娘深吸了一口气，反倒是平静了下来，面上气出来的嫣红也消退了不少，而是抬起头若有所思地打量着萧禹——萧禹见她眼神，心中已知不对，原本要说出口的话就哽在了喉头，心中暗道：不会吧……她还有招儿啊？

正这样想着，宋粤娘已是问道："那么三十四哥，既然都拒婚了，又有什么好道喜的呢？"

萧禹反应多么的快？他眼也不眨，便道："啊，这茅明府家的衙内又不是什么好人，三娘子不必嫁过去，岂不是值得道声喜吗？"他知道宋粤娘如今必定已很是着恼了，也不想再刺激她，便悄然改了口吻，不敢再叫她"粤娘"。

宋粤娘微微一笑，她本来就生得可爱漂亮，这一笑越发让人看了喜爱，可萧禹却是凝神戒备，预着她的后招，他在心中暗忖：这小妮子还能怎么对付我？若是她说要回去告状，那我便告诉她，她几番失态的事我都要老实上报先生。嘿！也算是她运气不好，就是没进来读书以前，我也不知道原来宋学门人对礼仪这么重视。

想是看出他的戒备，宋粤娘倒是有些得意，双手一背，仰着下巴道："三十四哥真是好口才，其实你心里想的是什么，我和你都心知肚明罢了。"

萧禹笑道："哦？我倒不知道我想的是什么，原来你还能读心呀，不如你告诉我？"

宋粤娘不理他的话茬儿，倒是学着他的悠然语气，微微晃着脑袋，笑嘻嘻地说："其实呢，要拿婚事说事，也不是什么新鲜的主意，难道三十四哥你能听说我的婚事，我三娘就听说不得你的婚事了吗？”

说着，便做掩口葫芦状，一副胸有成竹的样子，看来并不像是在骗他。

萧禹心中猛地就是一动，一时间脑中已经滚过了许多思绪：不会吧……难道……可按理应该不至于呀，怎么说，这件事也轮不到二十七哥来说合……到底说的是哪家，她又如何会知道的？是听长辈们议论吗？还是先生看信的时候，她在一边伺候……

心有所思，面上自然也显露了出来，萧禹张了张嘴，虽说是欲言又止，宋粤娘却已是露出了得意的笑容，两人互相看着，都知道彼此已经明白了眼下的局势，萧禹在心底叹了口气，却是知道不能再和宋粤娘赌气了，他道：“好！粤娘真是深藏不露，你要愚兄如何赔不是，只管说便是了。”

宋粤娘竖起一根手指，戳着自己的脸颊，歪着头做沉吟状，虽说是故作天真，但奈何她生得好，即使这般做作，也十分惹人怜爱，萧禹看了，心中都想：哼，这人生得好看，真是占便宜，就是恼她，看了她这样子，也叫人恼恨不到十分。

“嗯，是请三十四哥爬树给我摘个果子呢，还是请你作揖赔罪呢……要不然，跳到池子里去游两圈？”宋粤娘一边沉吟，一边就说着这些来吓唬他，萧禹听了，心里也十分沉重：其实这些事本身说不上很过分，但之前也说了，宋学门人最重礼仪，除了作揖赔罪以外，余下的事，最重要的意义还是让他在师友跟前落下个轻浮好弄的评语。

萧禹现在也不知该如何央求宋粤娘了，他都在想要不要学宋竹一样卖可爱——对于自己的这幅皮相，他还是有点信心的，就只是不知道，对娘亲呀、圣人（皇后）呀有用的这一招，是否能让宋粤娘心软了……

罢了！大不了就多作几个揖吧！还是别冒险为好，不然，岂不是要落下一辈子的话柄？他痛下决心，正要服软时，宋粤娘的语调忽然又转冷了：“如我是三十四哥的性子，现在啊，只怕就是要你把这些事都做遍了，再告诉你——”

萧禹暗叫不妙，忙端出最讨喜的笑容，求饶道：“小师姐——”

“可我宋三娘可不是长舌之辈，不像是有些人，知道了些什么小事，就迫不及待地要来说嘴，不该说的话呀，我是一句都不会说。”宋粤娘不由分说地打断了他，下巴还是抬得高高的，“可惜嘛，我毕竟性子好，容易被人欺负，只好现在就和三十四哥说明白——”

萧禹松了一口气，心中还有些自愧：原来，自己终究是误会了宋粤娘，虽说刚才短短一句话，损了自己岂止三四次？但她毕竟是个淑女，终究学不会促狭。日后，倒是要设法赔罪修好……

宋粤娘的唇角，不知何时忽然溢出了一丝微笑，这抹笑完全是发自真心，灿烂非凡，整张脸都被点亮了，一下就把之前的几个笑容都比出假意来了，在萧禹的期盼中，她拉长了声音，慢慢地道：“只好现在就和三十四哥说清楚——是，我知道，可我就是不告诉你！”

话音刚落，她忽然又对他吐舌怂鼻、伸手拉眼，做了个大大的鬼脸！

萧禹这才明白，原来她到现在气都没消，方才只是勉强忍耐，如今达到目的，宋粤娘小脸顿时又是通红，也不知是气的还是爽快的，没等他说话，她又像个发怒的小动物一般，握着拳头冲他低喊道：“还有，以后你——不许叫我‘粤娘’，不许叫我‘粤娘’！不！许！叫！我！粤！娘！”

说完了，也不等萧禹回话，便是趾高气扬地哼了一声，大辫子一甩，一转身以胜利者的姿态悠然走远了……

萧禹僵在原地，几乎回不过神来——他虽然年少好弄，但少小在富贵中长大，又集万千宠爱于一身，他戏弄人是有，可万万没被人这样彻底地戏弄过。如今进了书院，友朋也都是稳重大方之辈，何曾想过今日会在山林间被这宋粤娘要得彻底入了圈套，情绪起起伏伏，到了最后又落得个一场空……最后更是被嫌弃到了家，连个逗趣的小名儿人家都不屑让他叫，足足是连喊了三遍……

你不让我喊，我就偏喊给你听！萧禹的双手也握起了拳头，他有心想要冲着宋粤娘的背影大喊几声“粤娘”，但残余的一丝理智又提醒了他：这毕竟是在书院里，放声大喊已经是不该，喊的还是先生亲女，小师姐的小名儿——万万不该四处传扬的小名儿，这若是被人听见了，他不得被先生送回萧家吗？可若是声量不大，宋粤娘早走得远了，也听不见嘛……

犹豫间，宋三娘的身影已经消失在了山道之中，萧禹瞪着空荡荡的小径，过了许久，才使劲哼了一声，转身踏着过分用力的步子，回自个儿的下处去了。

偏爱

萧禹生气，宋竹又何尝不气？

她虽然不是绮罗丛里长大的，从小也常受亲长的教育乃至训斥，可说实话，长到这么大，除了学堂里女儿间一些小小的心眼以外，什么时候不都是她戏弄别人，何曾轮到别人来戏弄她了？再者，即使是言语玩笑中设个套子让对方上当，宋竹自忖自己也是极有分寸的，像刚才那样过分的诓骗——骗得她连行了两次礼，以两人的师姐弟关系来说，这是颇为严重的逾越了。

不过，她倒没想过和家里人告状，且也是一路走一路后悔：第一次做鬼脸什么的，横竖母亲也知道了，又没处罚她，便算是过去了，可萧禹的调皮是逃不了的；第二次她说出萧禹身份，虽然也似乎有些不妥，但还能推到“没细想”这个借口上，当时她也的确是没怎么故意针对萧禹。若是今日没有后来那一段，只有萧禹拿亲事戏弄她的这一条，她转身回去和爹娘一说——虽然平日里不是个爱打小报告的性子，可对萧禹，怎么报复都不过分。本来能给萧禹带来极大的麻烦，但坏就坏在后头了，她就不该提起萧家来信提亲的事！

这么一来，她也做了极不应该的事情，非但不能回去告状，还得防着萧禹询问亲长，传来传去的给她惹来麻烦。不过想来两人互相投鼠忌器，萧禹要是捅到长辈跟前让她吃了挂落儿，她自然也可以说说自己为什么会被气成这样，让他也落不了好……

在心里仔细计较了一番，宋竹方才细细地出了一口气，稍微放下心来，但仍有些担忧，害怕萧禹没想清楚这一层，让她又要被母亲责罚。

下回见到他的时候，无论如何得先和他说清楚才好，他若是卖了我，我也绝不让他好过。在心底很有杀气地“哼”了一声，她也就把这件事给放下了。眼看入了女学院门，盖头一摘，便是一蹦一跳地进了里屋，“二姐，四妹，咱们回家吧。”

宋苡和宋艾一个做针线，一个正在看书，都是正津津有味的时候，见到她回来，宋苡先微微抬起一边眉毛，“不是说去采花嘛？”

宋竹在回来的路上已经想好了托词——她不愿对姐妹们说谎，但却可以避重就轻。“都走到一半了，瞧见有人往那里过去，我就又折了回来。”

毕竟是女孩子，虽说年纪还不到，就是见了书院的师兄弟们也没什么，但宋竹的矜持显然让宋苡十分满意，她点了点头，把手上的络子收了尾，递给宋竹，“你瞧瞧。”

赵元贞是个颇为尽职的信使，当日下午，宋竹就从颜钦若的表情上明白了她已经把话带到了。不过，即使沮丧有加，颜钦若也并未食言，照样是送个宋竹一个花色翻新的连心方胜络子，最难得是她居然还记得选了淡雅些的配色，没用那些刺目的金银线，宋竹收到后很是喜欢，宋苡也拿过去看了几眼——结果今日手上就编出了一个来，比洛阳绣娘做的，又精致匀称了许多。

宋竹一直是个很合格的观众，忙拉着宋艾一道赞叹了一番，宋苡也不以为意，她手里早打上了另一根。“这条给闽娘，苏娘你的明日便能得。”

闽娘是五妹宋荇的小名——这也是宋家一贯的规矩，主母分东西，从上往下分，长辈赐东西又是从下往上给，取的便是孝悌之意。宋竹笑嘻嘻地道：“二姐，那我的呢？”

宋苡道：“你有这个不就够了，还要我编的做什么？”

宋竹笑道：“我知道二姐，无非就是要我撒娇罢了。”说着，便又凑上前去，想要钻到宋苡怀里。

宋苡被她闹个不停，白了她一眼，唇角微露笑意：“还真能少了你的？”

宋竹心中也明白，二姐面冷心热，其实对她是颇为偏疼的，见她这么一笑，心中忽然有些伤感，想到爹爹说年内就要给二姐说亲，说不定到了明年、后年，二姐就也要嫁出去了。以后想再见到她，还不知是什么时候呢。

一想到宋苡的婚事，她立刻又想起萧禹来，不禁也是暗自懊悔，“哎，到底刚才应该多说几句的，最好能说得他自己打退堂鼓，不敢娶二姐了——不过到底萧家是不是要说萧禹呀？”

思来想去，也觉得应该除了萧禹便没别人了，她虽然心中对萧禹十分不满，却还是不禁掂量着，“其实他论条件也算是还可以，若是二姐喜欢的话……那我大不了就向他老实赔罪就是了！”

一边想着，她一边就打量起了宋苡，在心中思忖着，该怎么打探二姐对萧禹的印象，也好和母亲传话：“唔，不只是二姐对萧禹，也得看看萧禹能否中意二姐，若是他不喜欢二姐，想必二姐过了门也不会开心的……”

宋竹虽对此事上了心，但她为人还算是有几分持重，因为对萧家到底是替谁提亲还有几分疑惑，便一直不曾胡乱行动，只想着先从母亲口中得了个准信儿再说——虽然萧家从各方面来说，条件几乎都无可挑剔，但也许出于一些别的考虑，长辈们甚至不会过问儿女的意见，就会先回了这门亲事，也是极有可能的事。

她还在耐心等待机会时，小张氏却已经把萧传中带来的那封信翻来覆去地研究了个透：宋先生多数是在外事上用心，儿女婚事上他很信赖母亲和妻子的意见，把信往妻子手上一递，也就不过问太多了。反正不论成或者不成，妻子和母亲商量出来以后，也都会和他通信儿的。

小张氏这里，把信来回细读了数日，又不动声色地和几个女儿说了说书院的事儿，心里多少也有数了。只是此事关系女儿的终身大事，仓促间她也很难拿出个主意来，这一日一早给老夫人问了好，服侍她吃过早饭，自己又回房用饭并把家务安排下去以后，便邀上四夫人一道，前去姑姑房中说话。

宋家四叔虽然科举不成，未能从官路出身，但早年也是饱读诗书，迎娶的妻子季氏亦是书香名儒之后，才学上还要压过丈夫——她曾祖父最高曾做到知州，家中也十分殷实，嫁妆是四妯娌中最多的，按如今世间风俗，多少也该有些瞧不上几个妯娌，不过这几个媳妇全是老夫人相看多次慎重选出，季氏又怎会是如此轻狂的性子？她爱书好学的狂热劲头丝毫都不输给宋先生兄弟们，平日无事便在自己屋中读书，对于家务事从不多嘴挑剔。今日要不是商量儿女辈的婚事，她也不会过来，饶是如此，给老夫人问过好以后，也就安安静静地坐在一边，毫无发话的意思。

老夫人也不着急说话，先是慢慢地把那封边角都有些发卷的信读了几遍，又闭着眼思索了一会，才点了点头，“嗯，说起来，萧家家事殷实，官声也还好，无贪婪的名声。族中人口不算复杂，家风也不错，昔年我在京中居住时，说起来倒也都是夸赞的。如是这三十二哥人才堪配二姐，两年后能中进士，我看这门亲事，还是比较合适的。”

别看老夫人如今居住在宜阳县这样的小地方，她出身的明氏亦是地方大族，如今都有族亲在朝中为官，昔年也是在京城居住过很长一段时间的，出入都是朱紫人家，对萧家有所了解自是毫不稀奇。包括小张氏、季氏，也都是在娘家时便见多识广，季氏听了姑姑的话，亦是点头赞同，老夫人便望向小张氏，“自然，不论如何，也得先相看过再说，终不能连面也没见过就定了亲，二姐脾气清高些，若是这三十二哥性格也倔强，那再好的姻缘都不合适了。”

这也是做旧了的例子，虽说一般来讲，都是女方到男方所在，让男方相媳妇，但是这条规矩并不适用于宋家。宋家女一向都是人人求娶，况且本家声望又是极隆，还是萧家主动提亲，这边若是有意，回信一封，那边自然就会把三十二哥打发来宜阳或是洛阳，给宋家相上数面。要是双方都还满意，那便定下一个活动性较强的婚约——按照如今世上的风俗，两家的婚姻之约能否有效，还得看三十二哥是否争气，能不能在数年内考上进士。若是考不上，宋二姐在数年后还是可以另择夫婿的。

所以说，此时和前朝已经大不相同，并不是有个出身就能做到高官，当世重文轻武，武官身份低微，儒臣位高权重，在官家跟前都是坐着说话，而要成为儒臣，首先就必须考上进士……即使出身高门大户，能否考上进士，也决定了能否说上好的亲事，能否得到家族的看重，能否拥有有力的妻族，以及随着婚姻关系而来的许多人脉关系。若不是考进士这般重要，宜阳书院也不至于在几年间就因为考中率略高而声名鹊起，立刻就成了西京一带的最为崇高的士林圣地。

小张氏闻言，却是稍稍犹豫了一下，才说：“官人的意思，倒是不愿如此行事……不是说不愿让两个孩子见见面，只是官人以为，君子一言既出驷马难追，取婿也不是取中异日的功名，反而是更重人品。若是三十二哥和二姐说不来还罢了，若是人品不错，二姐也可心，倒是不必等科举，便可把这门亲事定了下来。”

老夫人不由微微凝眉，她瞟了季氏一眼，见季氏欲言又止，便沉声道：“按说，大郎此语颇有古风，也是正道。只是世风如此，也自有道理，若不等科举便定下此事，纵使三十二哥是个老实敦厚的，没有二话，却只怕萧家人多口杂，总有些小人挑拨是非，舅姑亲眷，反而不珍重二姐了。”

小张氏驯顺地道：“姑姑说得有理，不过此事终究并非急务，若是看了三十二哥好，再由官人和姑姑商量也不急。”

老夫人点了点头，又瞧了瞧小张氏，见她眉眼间有些犹豫之色，便直言道：“我瞧你对这门亲事，好似还有话要说？”

小张氏心中对此事也是难以决断，因宋家婆媳关系一向融洽，季氏又无女儿，有些攀比的心思也并不可能存在，便索性直言道：“新妇却是在想，是否该托词婉言回绝了这门亲事，干脆就别让三十二哥跑这一趟了？”

老夫人和季氏都有些惊骇，季氏难得主动开声道：“大嫂，萧家肯为三十二哥提亲，萧正言肯送这封信，三十二哥人才是不会差的。以我见，萧家家风不错，家境也好，断不会委屈了二姐出门后还要捻针走线贴补家用，所虑者无非两点，第一，三十二哥会否是那等功名心重的性子，如是，二姐随他便格外劳累，有些不妥；第二，三十二哥是否心慕宋学，若是他是个风流的性子，不以节欲轻色为意，那这门亲事也不能结。”

功名心重，就少不得拿宋苡的绣品四处去做人情，岂不是要累着了宋苡？若是不以宋学节欲轻色，轻易不纳妾的精神为意，如此家风宋家也不愿和他结亲，季氏这两点是说得不错，不过也都要见了人才好下决定。老夫人亦是点了点头，和宋先生小张氏想到一块去了，“非是我嫌贫爱富，只是对二姐来说，还真是要挑挑家境了，我家虽不说待孙女儿们如珠似宝，可也不能随意发嫁，让孩儿受了委屈——也就是因为要多挑一个家境，似萧家这般的亲事，可不会那么容易找来。”

小张氏苦笑道：“姑姑和四婶所言，我又何尝不清楚，只是，大家大族，没有兄弟俩娶两姐妹的道理……新妇犹豫难决，也就是因为这个缘故。”

一句话把老夫人和季氏都说得变了脸色，老夫人骇然道：“怎么，难道粤娘小小年纪，就已——”

“也说不上。”小张氏叹了口气，“姑姑和四婶怕还没有听说，其实萧正言此番赴任，身边也带了个从弟，今年约十五，上月已经入读书院了。我观粤娘神色，倒是对他颇为留意，只是她年纪尚小、心思纯正，究竟对这些事一无所知，新妇也难以断言将来究竟如何，这样的事，又更是不好问了。”

这突然之变，使得宋家的两个女人都是无语了，季氏沉思了许久，才盯着小张氏认真地道：“大嫂，得罪也得说句，如是这样，那我倒以为，不妨是以粤娘为先。毕竟渝娘错过了萧家，还有许多别家等着求娶，粤娘么……京娘、渝娘在她这个年纪，已经多是各地大族写信前来求情了，可粤娘这里，却只有茅立那般的人家，还是自知求不上渝娘，被拒以后才提的她……”

小张氏如何不知此点？若非如此，她也不会厚此薄彼，为了三女儿就去牺牲二女儿的机会，连见面的机会都不愿安排。怎么说，萧家也是颇为难得的人家，并不是回绝了这个，就立刻有比萧家更好的人家在外头等着的。只是……事情若和季氏说得这么简单，倒又好了。

还是老夫人最理解她，老人家在最初的震惊过后，便陷入了沉思之中，此时方才摇头道：“却不好这样说，一来，这萧小弟也不知定亲了没有；二来，若是不应三十二哥，改提萧小弟，也要怕萧家心中不快，反而两头不成，三来——”

她犹豫了一下，还是直言道：“三姐名声未显，若是萧小弟乃是族中偏房也罢了，要是显贵嫡系，只怕……萧家又未必看得上三姐了。”

这第三，倒是说到了小张氏心里，她忍不住应和着叹了口气，低声道：“亦并非我偏心三姐，只是她日后择选余地本来就小，难得遇上一个似乎略有些在意的，各处条件又都合适，虽说有这重重顾虑，最稳妥的办法，莫过于熄了心思，只我心里仍是……”

她还有一句话未说出口——按三哥宋栗所言，萧禹的出身，只怕是要比他从兄更富贵上了无数，只怕应是当今皇后之弟，望海侯萧实的子孙……若是说了这句话，只怕老夫人和季氏便更不会看好宋竹了。

老夫人思忖了一番，道：“此事也不急于一时，还是要先看看这萧小弟的为人再说。大郎那，也先别说太多，免得乱了他的心思，只是这几个月内找个借口、寻个机会，让大郎把他带回来家里一趟，我也见一见他。”

小张氏自己也很想见一见萧禹，闻言，自然是毫不犹豫地答应了下来。

相看

长辈们因为她的几句话而操劳的心思，宋竹自然是一无所知，她到现在也还没弄清楚萧家到底是为了谁来说二姐，那么当然也就未能有什么应招。至于赵元贞和颜钦若那里，虽然时常见到两人嘀嘀咕咕，但她也不敢多做过问，免得自己又趟进浑水里，不好脱身。只是心中却也免不得有些好奇，想知道颜钦若究竟是否打听得萧禹的出身、婚配，又有没有说动家人为她提亲。

虽然感情上也希望颜钦若能顺着自己心意，择个殷实良配，但她越是细想，就越觉得此事不成的机会更大。正因为是打算将来匹配给进士夫婿，家里才会对她们的教育如此放心：一来是饱读诗书，和夫婿也能说得上话；二来能写会算，才能管得好家；再有就是如今各地官员女眷几乎都以博学为荣，以不识字为耻。京中几位高官夫人都是有名的才女，甚而还有自己出面邀请士子举办文会的，既然是进士妻，为日后想，如今在教育上自然也不能落后了。

培养一个这样的女儿亦是不易，不在家中延请塾师，特地送到宜阳书院来，可见家中对她们期望之高。这样的女儿，说难听点颜家也是奇货可居，将来必定要把女儿嫁给他们在仕途上最为看好的对象。萧禹虽然家中富裕，也是名门出身，但年纪幼小，未听说学问上有什么造诣，且又是皇后外戚家出身，只怕颜钦若看得中，颜家却绝不会中意。

嗯……难道赵元贞就是因为一开始便算准了颜家不能答应婚事，所以才这么热衷于撮合，想要给颜家添些乱子？

宋竹也觉得自己是将赵元贞往坏处想了，只是她素日里总觉得赵元贞心思细密，处处是谋定而后动，给人以颇有城府的感觉。忽然间这么热情地帮着颜钦若奔走传话，她自然觉得赵元贞未必只是好心而已。

再想想，她以宰相孙女的身份，亲事嫁妆都让人艳羡，在学堂内人缘居然不错，也未有人说过她的酸话，可见她实在很会做人。且她都定了亲事，家中还肯送来书院，可见在家中亦是十分得宠，如此娇惯还有如此手腕，宋竹越发觉得赵元贞不简单，有时看着颜钦若，都颇为她担忧。只是碍于颜钦若的性子，赵元贞和她越好，她便越不能多说什么，免得颜钦若转头和赵元贞提起，自己倒是多结了个仇家。

不觉一月学业将尽，转眼便是清明。学中安排了小考，考完后按例有数日是给近郊学生们回乡祭祖的，若是孤身在此求学的学子，则可以继续在书院中苦读，如是外地教授愿讲课也可，不愿讲课，带了学生们春游踏青，“浴乎沂，风乎舞雩，咏而归”，也并无不可。

虽然清明祭祖是男丁的事，但女学不也是男教授嘛，因此跟着就放了假，横竖这些居住在洛阳的姑娘家，大半都是要随着兄长一道回去探亲的。颜钦若死活要请宋竹和她一道回家玩几日，带着她出门走走，宋竹却是有些无奈，她自知自己就是想去，家里人也绝不会答应的。若是换了二姐，只怕母亲也不会多说什么，想去就去玩便是了，只是她学问粗疏天资有限，孤身一人走去洛阳，何异于光身入虎穴？只怕走一趟回来，宋家姑娘的名声就要全数坍台，连累得大姐、二姐的盛名，都会受到怀疑。

读书上的天分，虽说终究是无可奈何的事，可宋竹只不忿气自己为什么就这么愚钝，用尽心思，也只能吃力地在学堂小考中挣个第二名——按发还回来的卷子看，二姐不说，肯定追不上的，只怕就连四妹在几个月后都要追上来了。

她一怒之下，满心都是要勤能补拙，只待着日后去洛阳时，能在什么诗会、文会中大放异彩，因此也不羡慕洛阳繁华，自是婉言谢绝了颜钦若的邀请。

颜钦若力邀不成，只得罢了，她怏怏地道：“本来这几日，我家自有聚会，还能让爹娘相相……那人，偏偏元贞是不好登我们家门的，我想若你也在，多少也能帮我相看相看。”

明知赵家和颜家的仇怨，还和赵元贞这般掏心挖肺地好，这让人该怎么说她？宋竹好一番无奈，不过她始终还以为萧家是为萧禹提宋苡，听了颜钦若的说话，也是心中一动，便略微打破心里立下的规矩，接腔道：“还以为你都放下此事了呢，怎么，连家里都说得好了？”

颜钦若面上浮起一层殷红，她生得还算不错，此时一羞涩，看来倒真有几分妩媚，她垂下头嗫嚅道：“元贞说你太道学，听不得这些事，我也没和你说起。她为我问了她哥哥，你知道，其实我们家、她们家和萧家都是有结亲的，说来都算是亲戚。她哥哥也因着这一层，过去认了亲，按她哥哥说，他是望海侯家的幼子……”

宋竹再是告诫自己要谨慎小心，此时也是惊愕得冲口而出：“你竟直言托赵衙内，去问他定亲没有？”

“那倒不是。”颜钦若慌忙摇了摇头，“只是望海侯家和我们家有亲戚嘛，我原是知道的，他们家七八个儿子，现在说定亲事的才只到第三个，他是老小那自然还没定亲，这不必问也是清楚的。”

“按说是如此，可也难说有特例。”宋竹想到家里那封信，顿了顿便道，“那么你爹娘听了，也中意？连嫡庶似乎都尚且还不知道呢。”

颜钦若微微一笑，倒是自然而然地道：“倒是了，你原也不会知道，其实我们这样的人家，说亲倒也不大分嫡庶，只看个前程。萧正言肯把他带在身边，又送入书院，可见他自然是萧家看好的人才，前程自然似锦。不过我也未和家里说起这个，只是和哥哥提了，问了问他日常在男学那边的表现……”

她面上一红，很有些幸福地说：“是哥哥邀他一道回洛阳过节的。”

什么叫作“我们这样的人家”啊？你们这样的人家还不是个个要求着和我们宋家结亲？宋竹再好的脾气都被她说得有些恼了，想要塞她几句，见颜钦若毫无心机的笑脸，却又是把话哽在了喉间：看来，颜衙内倒是颇为看重萧禹，居然也有意为妹妹和他撮合一番婚事……

她也说不清自己是该高兴还是该为二姐担忧，连颜衙内都看得上萧禹，可见萧禹人品不差，这门亲事眼看有被颜家抢走的可能，她是应该为二姐担忧的。可只要一想到萧禹那可恶的行径，她又觉得其实若是颜家和他能说成亲事也好，不但以后她不会多了一个讨人厌的姐夫，而且想也知道，颜钦若这性子，少不得日后得让萧禹焦头烂额，就算她看不到，想想也是开心的。

可……

她不愿在这个话题上再说什么了，正好瞧见宋苡出了屋门，便忙拉了拉颜钦若，颜钦若吓得一吐舌头，不敢作声——只是即使如此，宋苡见了，也露出不赞同的神色来：蹙眉吐舌这样的怪相，本来就是儒家所不喜的“无仪”，宋竹那日对萧禹扮完了鬼脸，一路都惴惴不安、心虚不已，便是因为此故。

有宋苡在，颜钦若也不好多说什么，两人便散了开来，等下午上了课，众女学生纷纷道了节后再见，宋氏姐妹独自坐在书堂读书写字时，宋竹便是借着苏娘去净房的机会，若无其事地问宋苡：“二姐，你可想过，将来的夫婿会是个什么样的人？”

说宋苡性子孤高，真是不假，她虽没疾言厉色，但也有些真恼了，眉立道：“在学堂里说这样的事，你对至圣先师难道都没有余下一点崇敬之情吗？”

哎，儒门规矩多礼数重，真是不假，虽说她从小在规矩中长大，但一不留神还是容易越线。宋竹摸摸鼻子，只能硬吃了宋苡的训斥，连舌头也不敢吐，埋下头规规矩矩地默背起经典来。

屋内一时，寂然无声，苏娘回来，来回看看两个姐姐，虽觉莫名其妙，却也不敢多说什么，只是悄悄地拉了拉宋竹的衣角，宋竹忙冲她微微一笑，摇了摇头，示意让四妹不必担心。

在二姐这里吃排头，对宋竹来说也是家常便饭了，她不埋怨宋苡一句话生生冷冷，让她几乎没法下台，倒是暗自有些愧悔，觉得自己的确有些冒失，问得太直接了点。宋竹只着急一点：眼下清明在即，有些事也耽搁不得，而按宋苡的性子，这几日内自己再提起亲事，只怕都免不得被她数落。可若是没问准二姐的意思就去和母亲说，却又有些不大上算——小姑娘心里算盘拨得可响亮了，自己和颜钦若攀谈亲事，颜钦若做事又还是那么不周密，这些话一旦告诉母亲，肯定免不得又要挨骂，没准又得打手心，若是二姐对萧禹这样的人有意，那也没什么了，若是无意的话，岂不是赔了夫人又折兵？

按她心里想，宋苡傲骨天生，只怕压根儿就看不上萧禹，自己只要问过二姐，知道她于这门亲事无意，也就可以把此事放下，不做耽搁颜钦若婚事的坏人。只是眼下不好问，没得个准话，宋竹心里便实是牵挂，思来想去，终于下了决定，想道：算了，颜姐姐她们多数是明早就回洛阳，萧禹自然是和她们一起回去了。就是和娘说了，难道娘还能在今晚就把萧禹撮弄来不成？横竖若是萧家真说的二姐，二姐又真看得上他，那么也就是回一封信的事，亲事就能定下来了，倒不怕颜姐姐抢在了头里。只是，到底萧家是不是为萧禹说亲呢？

她有这个疑惑，当晚吃过饭，也就不着急回房，而是跑到厨下和她乳母以及帮厨的老家人们一道说话——宋先生不喜多蓄奴仆，虽说家中人口众多，洒扫庭除少不得有人帮忙，但也并未大肆采买人口，白日里是请族中较贫寒的亲眷前来帮手，虽无个雇佣的契约在，但平时送钱送物，自然绝不会亏待人家。到了晚上，帮忙人口各自回家，一些零碎的活计这才归给忠心耿耿、服侍几代的老家人们来做。

宋竹的乳母便是在宋家服务了三四代以上，说是奴仆，其实和半个亲人也差不多，尤其她几个孩子都是年少夭折，看着宋竹，犹如亲生儿女一般。本来在收拾厨房，一见她来，顿时给她端了一碗酪乳出来。

宋竹笑道：“妈妈，今日她们有送过来，我喝了一碗的。”

乳母哪管那些，迫她喝了以后，又搂着宋竹问长问短，又担心她在学堂里读书太辛苦，很是心疼了一番，又少不得叽咕些家中琐事，宋竹细听一番，还未听到萧家亲事的细节，忍不住就问道：“上回不是说萧家写信来提亲嘛，这说的到底是他们家哪位少爷呀？”

乳母眯着眼笑道：“哎呀，这哪里知道？大夫人没说，老夫人没说，还有谁能知道？”

她在宋家服务了这些年，也是自小读书识字——这读过书的人呢，便是明理而有智慧，又活了这三四十年，见到宋竹神色，心中不由一动，当下也不说什么。便是逗着宋竹又说了几句话，倒也没打听出宋竹问这个的缘由。

这一日已经晚了，第二日小张氏忙着打发宋先生等人上坟的事，乳母也不去打扰，等到第三日早上，她这才找了个机会，和小张氏漫不经心地嘀咕了几句，小张氏听后也是若有所思，暗自有些感慨——不问可知，这个担忧三女儿亲事的母亲，恐怕又是有所误会了。

宋竹对于这些事，倒是一概不晓得，她已经决心等风头过去以后，再好好地从二姐口中哄出真心话来，这几日便安心在家用力读书，满心要在下次小考中和宋艾拉开距离。这一日早起问过祖母好，便又回了自己屋里，趁着天光打算读一下《春秋》，谁知不过一炷香工夫，外头便有人来传话：“有客来，夫人让二娘、三娘出去。”

家中几姐妹，宋苓是出嫁了的不说，宋苡和宋竹单独住个小院子，宋艾父亲早逝母亲改嫁，便在祖母屋里由她老人家养着，宋荇年纪还小，住在父母院子里。因此单独只来请的宋苡和宋竹——这也是惯了的事，宋先生是一代文宗，家中三不五时总有访客，有些亲近的朋友，是通家之好，那么宋竹等人也得出去拜见一番。

宋苡一早就央三哥宋栗陪着，出门挑绣线去了，宋竹也是因为发奋要读书，所以才未跟去。她忙把这话告诉了传话的女使，自己收拾收拾，先行走到祖母屋里去。

天气热了，两边帘子都是高高挑起，堂内景色是一望即知，宋竹才进院子，还在阶下呢，便是吃了一大惊——屋里那人，虽然没见正脸，但两人相遇几次她有了印象，也绝不会认错——这不是萧禹吗？他不在洛阳给颜家相看，怎么反而跑到她们家来了？

入室

萧禹又怎么可能在洛阳给颜家相看呢？

他在宜阳书院的日子，倒是要比预想中的好过些，虽说出身富贵，从兄又是本地父母官，没进书院之前还闹出了那么一桩轶事，十分有纨绔子弟的势头。但他好就好在是本人入住书院，一言一行都在师兄弟们的眼皮子底下，他又没什么骄娇之气，虽说书院条件艰苦了些，也不曾抱怨什么，兼且十分聪慧，在经义上进益极快，武学底子又好，没出一个月，几个年高德长的师兄，已是对他十分亲切赞许，之前的些许小事，如今便是无伤大雅，也不曾被人惦记着不放。之前来认亲过的同学，也都纷纷和他亲近起来——这就是亲戚血脉的力量了，虽然以前从未见过面，但总要比旁人都多了几分亲切感，只要资质过得去，都是乐于结交的。

也是因此，颜衙内约他一道回洛阳时，萧禹也不疑有他，他本来就想借着这几日的假回洛阳探望一下姨母，也好让家人放心些。从这里去洛阳路虽然不远，但能和亲戚结伴，自然也更方便些。不料颜衙内却干脆就约了他住在颜家，萧禹当时一听，心里就有些犯嘀咕，一则他不愿随意跑到人家家里做客；二来自认平日和颜衙内也没那么亲近，因此难免有些疑惑。

萧传中正式就职以后忙得不可开交，一直在乡治下头跑，萧禹自进了书院以后，就没见过从兄，就是要问问家里和颜家的交情都无从问起，不过他本也是聪明人，细细一想，忽然想到颜衙内似乎也就是从某一日起对他特别亲近留意，还时常问些他在家中的事。再联想到那日宋粤娘的说法，萧禹心里顿时就有了几分疑心。

若说是二十七哥带信来为他说亲，他自然是不信的——不必猜测什么，这件事根本就不可能。只是若是那日误入女学时，被谁家姑娘看上了，托了家人相看说亲，也不是什么奇事。而宋粤娘知道此事，那就更不出奇了，毕竟当日是她来辨认他的身份，那姑娘要知道什么，还不是得问她？

也不能说他不聪明，真相居然是被萧禹猜了个七七八八出来。这几日和宋檗一道闲谈的时候，借着当日的糗事问了问女学的情况，知道的确有位颜家姑娘在女学读书，论年纪也和他差不多，且又知道了女学里的姑娘多数都是还没定亲的……萧禹这如何敢和颜衙内一道带了颜娘子回洛阳？若是一次洛阳回下来，换了一封写往东京的提亲信，只怕回京后他不知要被训斥多久了！

虽说心里对于被看上这回事，倒也有些淡淡的得意，但萧禹可没有因此就对颜娘子生出好奇什么的。他的亲事绝非他本人能够做主，这一点他自小就很清楚，这颜娘子若是见了没什么感觉罢了，要是一见就心生欢喜，那还不如不见。

不过话又说回来了，家中有些侍女，也能称得上美人，可萧禹心里却是从未有过什么欢喜的感觉。因此想来即使见了颜娘子，也是一般，原本淡淡的好奇，这么一想也就消失了不少，他自然越发避之唯恐不及了。

长日在东京城的权贵圈子里混，萧禹倒也还有些手腕，他没有直言回绝颜衙内，只是放假回到县衙以后，再派胡三叔私下去颜家屋舍找颜衙内告了罪，只说自己在小考中未得第一，兄长很是不快，令他在夺得魁首之前都不能离开宜阳，免得回到洛阳繁盛之地，又更乱了读书的心思。

读书是正事，且又是长辈的吩咐，颜衙内还能怎么说？只好约了下次回去时一起，这边萧传中也是一无所知，还当萧禹是被雷劈着，才会改变主意老实待在宜阳读书。他倒是很了解萧禹，知道他绝不是懂事上进了，话里话外盘问过几次，都被萧禹给堵了回去。萧禹有自己的忖量：此事终究是他的猜测，若是猜错了，可不是自作多情？就不说这个，他该怎么解释自己会有如此的猜想？这么顺藤摸瓜地盘问下去，他戏弄宋粤娘的事可瞒不过兄长。

萧传中问不出个所以然，也只能暂且罢了。恰好，这几日他的妻小将至宜阳县，萧禹可不就帮着哥哥一道安顿嫂子？萧传中颇为忙碌，里里外外的事，萧禹掺和掺和，也显得殷勤些。

也是巧，萧夫人明氏就是清明正日到的宜阳，安顿休息了一天，还来不及多领略宜阳风光，就催请丈夫带她来拜见恩师之母，同时也是族中远亲明老安人，而萧传中也觉得这一阵子太过忙碌，和恩师的走动有些少了。第二日便索性带了全家老小，来宋家拜会。

萧禹忝为“老小”中的“小”，自然也没被落下，他是早有预期会见到宋粤娘的，更隐隐对见面有些期待，也很好奇宋家家中的布置。宜阳书院和东京几间出名的书院比，简直是朴实无华到了极致，就不知道宋家是否也承袭一样的风格——倒不是说萧禹觉得这样有什么不好，只是他对于众师兄弟崇敬仰慕得几乎不像是真人一般的宋先生一家，自然而然有着颇为浓烈的好奇心。

论起占地，宋宅可说是不大不小，当然赶不上东京城内的豪宅，但在宜阳县也还算是中等靠上，一条小巷子里就这么一家，也无非就是门楼外加几进院子。因为是拖家带口来的，仆妇直接就带进了后院一道拜见明老安人，萧禹一路走来，只见院中花木扶疏，虽无名贵花草，但屋舍整洁、植株茂盛，家宅中生机勃勃，十分雅致高洁。

到了明老安人屋内，他先也不敢四处乱看，问过好，行过礼，看了座，才用眼角余光四处瞟瞟——和他常常拜访的后堂不同，老安人屋内果然没有什么名贵摆设，金银二色都很少见到，更没有当今流行的金石古物，屋内陈设古拙，亦乏多宝格这样的家具陈设，可说是十分简朴。

然而，简朴却不代表寒酸，单单是屋内悬挂的几个条幅斗方，已让人目眩神迷。仅被萧禹认出来的，便有数十年前几位文坛巨擘的字迹，还有隔了一重门扉可以隐约看到，做书房陈设的西间内，更是有几幅画挂着，想来其价值比堂内的墨宝也是只高不低……

不愧是宋家，若非同道中人，进了这间屋子，只怕还要怜惜他们家寒素呢。萧禹对宋家人更是多添了几分数不清道不明的情绪，说是尊敬吧，可又觉得这也太清高了：感觉你这人要是脑子不够，没有知识，那都没法儿欣赏宋家的奢侈……

连明老安人乃至张夫人、季夫人，也都是如同这屋子一般——均都穿着朴素，直接就是布衣银钗出来见客，神色居然还安之若素，丝毫不觉寒酸。一开口，一个个竟都是引经据典、出口成章的书香女子，这家中若没有闲钱，能让女儿受到这么好的教育？

更别说，萧禹心里清楚，明氏、张氏、季氏还有在外的二夫人刘氏，无一不是出身诗礼大族，且按胡三叔和他闲谈时所说，宋家并非赤贫无钱，在洛阳周边的县城里其实都有田地。所以说，女眷们也不是没钱打扮，就是好这个调调罢了。

哎，这家风，和东京城内的那些大家族，又真是完全不同了。到底是哪种好，萧禹也想不清，不过宋家简朴的作风，虽然也有些失之矫情，但总是比开封那些挖空了心思享受的大家大族要更为……更为硬朗些。萧禹到底还是更喜欢宋家这般的清苦，在过去的一个月内他觉得，这外在环境越简单，人的心就越容易静下来，也越容易学得进东西。

咦，难道这就是宋家刻意朴素的原因？不愿子孙们被繁华外物迷了眼，是以才在吃穿用度上这么刻意的自我约束……

今次萧传中一家来访，宋家也一家出面接待，直接令萧传中一家进后院来拜见女眷，实际上是一种很亲密的姿态，这是把萧传中一家当作亲戚，作为“通家之好”来看待了。主角那当然是萧传中夫妇，萧禹只需在下首端坐做聆听状就可以了，几位夫人虽然不时也和他搭搭话，但明显是做小辈看待，大概也就和萧传中两个七八岁的儿子一个待遇。

他闲坐也是无聊，一面听着萧传中、萧明氏和老安人聊家常，说着上回去明氏族中探亲的事情，一面也心不在焉地惦记着宋栗几兄弟。一时宋家两个小姑娘都出来和客人见了礼，也都互通了姓名，萧传中两个孩子对这两个年纪比他们还小的小师姑顿时发生了兴趣，只是宋艾、宋荇虽然年小，可举止稳重有度，显然是少年老成，已经不是蹲在地上玩泥巴的阶段了。对比起来，萧家两个小哥儿，不像是比她们大，倒像是比她们要小上几岁。

“男孩儿就是长得慢些。”明老安人倒是颇为喜爱两个小哥儿，叫来摸了摸头，抓了些果子给他们，又唤宋艾和宋荇，“带哥哥们出去玩会儿吧。”

两个小哥儿早觉得憋闷，一听此言顿时就上前拉了小师姑们，跑出了院子，萧禹心里也颇有些羡慕他们自在，但面上却是依然保持微笑，一眼也不瞥过去。

他的稳重显然令宋大夫人十分赞赏，她含笑对萧禹道：“你老师促狭，把你放到了书院里住，我听说时，还怕你吃不得那份苦，不料回来听三哥、四哥说起，你倒是如鱼得水，学业上也是突飞猛进的。看来不出几年，就和你从兄一样，又是一名进士啦。”

萧禹从未想过自己要去考进士，闻言不由微微一怔，正要答话时，院中脚步轻响，明老安人笑道：“哦，三姐来了，怎么没见二姐？”

众人都转头看去，萧禹自然也不例外，有明老安人一句话，他倒自然知道来的人是宋粤娘，因此见了她也不吃惊，只是在心中想道：“好像几次见她，她都打扮得十分朴素。”

他本来不大留意女子装束，只是宋粤娘几乎每次出来都穿着布衣，不是浅色便是深青，和他见惯的那些大家娘子比，自然容易留下印象。刚从东京到宜阳时，他还觉得宋粤娘打扮得太过朴素，有明珠投暗之嫌，如今在宜阳读了一个月的书，倒觉得如此简单的青衣双辫，倒更显得她眉宇清朗、气质纯润，又远超绫罗绸缎那一等俗流。

两人目光相对，萧禹见宋粤娘面上隐隐有些讶色，心中忽然也是一动，他发觉今次来访，其实对他颇有好处。——从今日起，萧家萧传中这一房和他萧禹，都算是宋家的通家之好了。

今日原本只是一次很简单的拜访，萧传中拖家带口来见老师，顺便拜见一下妻子的远方族亲，但宋家的回应一下就拉近了两家的关系：既然不是宋先生出面带男客，明老安人把女眷接入内堂，而是一体请入内堂相见，连子女辈都唤出来通名道姓，那么从日后起，萧传中乃至萧禹对于这些宋家内眷来说就不算是外人了，已成为十分接近于亲戚的存在，反之亦是如此。以后宋先生和萧传中就不是一般的师生关系，两家日常走动来往便更像是亲戚世交，说个最简单的例子，一般来说，学生家的红白喜事是不给先生发帖子的，先生也去不完，而先生家遇有红白事，虽不下帖但学生们也必须有所表示。从今日以后，萧家有什么事情，那就得给宋家发帖子了，若是不给，才是不知礼仪。

这对于萧传中而言是难得的殊荣，也体现了宋先生对他的欣赏和看重。对萧禹来说意义却不在此，他年纪还小，不像是萧传中已经是登堂入室的大弟子了，目前就只是个搭伴儿的而已，宋先生也没要从他身上和望海侯攀关系——但儒门重礼仪，只要他今日进了这内堂，以后对于宋家内眷而言就不算是什么外人了。大家也要正经通名道姓，认下这一层关系，日后若是遇到宋家女眷在外有什么难处，萧禹都是可以用自己人的身份正当出头的。

宋粤娘自然先不会搭理他，也不可能对他露出厌色，她先和长辈们行了礼，在老安人示意下笑语晏晏、殷勤得体地给萧传中行了礼，又和初次见面的萧明氏通了姓名，“三娘宋竹见过嫂子。”

萧明氏打从她一进门就亮了眼神，如今更是一把将她搂进怀里，喜欢得不得了，“真是玉人一般！姨祖母、表姨夫、表姨母真乃好福气，日日有这般花一样的宝珠儿伴在身侧，真是光看着都开心。”

虽说她言语有些夸张，其实不大符合儒门稳重雅致的规范，不过好话人人爱听，现在也没谁会出来破坏气氛，不过宋粤娘表现倒是稳重，虽然得了如此盛赞，却也只是嫣然一笑，并未喜形于色。

她如此稳重，萧明氏见了更是喜爱，又问道：“家里可都如何唤你的？”

宋粤娘笑道：“父亲给起了小字为猗，不过家人多数都唤乳名粤娘。”

别看她一人有好几个名称，名为竹、字为猗，还有个乳名，这在当时是十分普遍的事情，如宋家大姐，除了这三件套以外，还有流传在外的笔名青葱子，萧明氏也不例外，反而笑道：“哦，‘瞻彼淇奥，绿竹猗猗’，真乃好字。”

她这出口成章引经据典的，倒是很给萧传中挣面子，几位女眷面上也多了些嘉许亲近之意。萧明氏又和宋竹亲热了几句，方才放开她，宋竹便走到萧禹身边行了礼，唤道：“三十四哥好。”

萧禹神清气爽，哈哈一笑，大声道：“粤娘妹妹好！”——是了，成了通家之好，便是半个亲戚了，现在的萧禹，已有资格叫宋竹的乳名。

宋竹显然深知他的得意，她面上闪过一阵气恼，但终究未曾多说什么，而是深深看了萧禹一眼，大有“你给我记住”的意思，旋又回身笑道：“哎呀，哥哥姐姐们来了。”

言罢，便回归原位，站到了她母亲身侧，只是一双美目却还若有若无地绕着萧禹打转，面上有些深思之色，也不知在想些什么。

萧禹本就是敏感聪慧人物，如何感觉不到她的眼神？一时间心中警铃大作：如今宋家可是宋竹的地盘，她想要找回场子，确实方便。只是难道她就真这么大胆，半点都不怕闹出事情来引人责罚？

没有人喜欢丢人现眼，萧禹当然更不喜欢在宋先生跟前丢人现眼，他一心思索着宋竹的可能动向，倒是差点忘了围观知名才女宋二姐，直到她和萧传中见礼通名时，才是好奇地看了过去。

踏青

萧禹想得不错，他故意在“粤娘”两个字上重重发音，又怎能瞒过宋竹？小姑娘心里那个不高兴呀，要不是长辈们都在堂前，她几乎都要一个大白眼丢过去了——不就是沾着萧师兄的光进了内堂吗？难道还真把他当自己人了？还叫乳名，真讨人厌！

如是想完，宋竹心中就是一动，她到现在都还不知道萧家实际上是在为三十二哥说宋苡，是以便是一路想歪，自己暗忖道：我们家门禁何等森严？若是换了平时，就是本来打算把萧师兄也接进内堂来说话的，听闻带了第二个男客，也都会再等时机，或是只让他们来见祖母和娘亲等人。今日与其说是萧禹沾了师兄的光，倒不如说是师兄沾了萧禹的光也未必。只怕……是让他和二姐来互相相一相的。

这么一想，她倒是有九成肯定萧家提的便是萧禹了，自然是牵肠挂肚，想要知道他和二姐究竟是否能彼此中意，自己会否多了一个轻浮无赖的二姐夫。小姑娘一双眼，可不是盯着萧禹不放了？

让她失望的是，萧禹就好像不知道两人的亲事一样，只是好奇地看了宋苡两眼，便再没什么多余的表示了，宋苡过去和他行礼相见时，他表现得温存有礼、举止得宜，丝毫也看不出对二姐有什么特别的兴趣……

若说萧禹和宋苡一见面便彼此互有好感，那宋竹自然是不高兴的，可现在见萧禹毫无特别表示，宋竹又有些不高兴。在她心里，二姐生得颇为清秀，一手绣艺天下知名，萧禹对她就算不一见钟情，起码也得流露出相应的敬佩和欣赏才对嘛，这样平平淡淡的，不禁让她为二姐打抱不平起来，心中暗想：还好没先告诉二姐……一会儿有机会，非得让你出个丑不可。

她心里转着坏主意，面上却是含笑侍立在母亲身后，听祖母和萧明氏、宋先生等说些家乡的事情。又过了一会儿，小张氏便笑对萧禹说：“你年纪还小，久坐无聊，且让兄弟姐妹们也陪你去外头走走，你们人多，天气又好，何妨去锦屏山踏青采杜鹃？”

清明上坟，本就是因为经过一个冬天，天气晴好草木萌发，才要去修整坟头。是以清明时节外出踏青是很常见的娱乐，往年宋先生也会带了阖家老小到锦屏山散心，只是今年因为种种原因一直没有成行。宋竹听说能够出去，而且兄弟姐妹里明显包含了她，虽然是必须和萧禹一道行走，但心中也十分高兴。听到“踏青”两个字，她更是别有用心地看了看萧禹，掩着嘴微微一笑，见萧禹面上闪过恼色，知道他已明白自己在嘲笑前事，心中便越发高兴了。

萧传中一行人过来得早，锦屏山又就在城边上，若只是在山脚走走，采些杜鹃，都赶得及回来吃午饭。萧传中两个儿子跑来一听，都是欢呼雀跃，一行人略做收拾，又带了几个伴当家人挎着吃食、青布等等，往城西而去。

当时风俗，女子并不禁外出，高门大户家的小娘子便是坐车而行，一般人家的娘子带个女使也就出去了，顶多以盖头遮掩面孔。比如宋苡，遇到休假请兄弟伴护一下，就可以自己出门去买绣线，只要时间不太久，次数不太多，也没人会在乎。

如今正值清明，一街乌泱泱便都是出来踏青的男男女女，倒是把不宽的一条大街给挤得满满当当的。宋家一行人也只好分开走，宋苡在前头牵了两个妹妹，宋栗、宋檗、宋柴则带着萧家两个小娃，还有些伴当在周围为他们稍微遮挡一下人潮——宋艾等人年纪还小，这般拥挤，怕不注意丢了，就有极大可能被拐子给拐走，因此非得极为小心才好。

这般处置当然得当，但无形间就把萧禹和宋竹落到了一处，宋竹见是机会，便滴溜溜地转着眼珠子，想着要该怎么戏弄他才好。

正思量着，萧禹忽然换了个位置，走到宋竹右手边，宋竹有些莫名其妙，瞥了他一眼，问道：“三十四哥这是做什么？”

萧禹笑道：“粤娘猜我想做什么？”

他装模作样起来，瞧着倒也是风神如玉，是个十分俊俏的好少年，任谁看着都没人觉得他有什么轻浮浪荡的嫌疑，偏偏话说出来不知怎的便是气人，宋竹生怕萧禹是蓄谋要作弄她，也不敢往下问，只是转着眼珠子不断地打量萧禹，萧禹看了她一眼，“粤娘在看什么？”

宋竹又听到“粤娘”两字，不由得一阵咬牙切齿，只是硬撑着不肯露出来，“三十四哥你猜我在看什么？”

这样的对话，对于他们这样身份的人来说已是极限了，至于什么“我猜你看我生得好看”这种话，属于非常严重的失礼无仪，萧禹敢说出口宋竹就敢去和三哥告状，胜算那必须是妥妥的，因为萧禹犯的错已经远超她的疏漏了。当然，她也不能明说“不许叫我‘粤娘’”，这亦是对兄长无礼，只要萧禹露点口风，她都得被教育。所以，这两人就像是两头打架之前的小野兽，只能耐心地周旋，等着对方犯错，却不可主动出击。

听得她这话，萧禹微微一笑，也并没中计应她。

宋家虽然不奢华，但也不至于穷得连车也没有，之所以一行人步行，就是因为今日街上人多，车行不便。这不是，几人走了一会儿，眼看到城门时，便有人从后头赶着马车上前，一路叫喊拥堵，也不知闹出了多少动静。眼看马车到了近前，大家都驻足躲避，只是奈何人多，时不时也有人被马尾巴扫上一把，或是被马蹄扬起的尘土给弄脏了裙裤，当然自是免不得一场口舌是非了。

宋竹这里，萧禹身量比她高，他微微挡了下，宋竹就只看到马的影子从萧禹肩膀外头过去，别的什么也没碰上，倒是萧禹，腰间被马尾巴扫了一下，落下了几星脏污，他用手帕拂拭了几下，方才笑道：“街上人多，你靠屋檐走着更安全些。”

原来他换到外侧，是为了给自己遮挡……宋竹也不是不识好歹之辈，此时亦知道自己应该道谢，只是这话对着萧禹无论如何也难出口，一时间不由涨红了脸，甚是难堪。还好戴了盖头，隔着薄纱，旁人也看不清楚。

出了城，大家又走到一块，说说笑笑往锦屏山走去。此时山中踏青人多，走入山内没有多久，众人便见到了许多人家围坐在青布垫上，或是赏景或是吃食，俱都十分开心——只是他们却把近处的好地头都占了，让宋家人难寻落脚处。终究是宋栗人头熟，带他们走了十几步，便寻到了五六个未回家的学院士子，一群人总算有地儿落脚了。

能与山长的子女们一道赏春，同行的还有宋家名闻天下的才女，虽说带了盖头，而且彼此也不便过多交言，也足以让这些小年轻容光焕发了。不过宋苡一心照看宋荇，还有那两个萧家小哥，略坐了坐便跟随孩子们去到杜鹃花丛旁。只有宋竹和不愿摘花的宋艾坐在一边，两人却也都没有高谈阔论。

宋竹心不在焉地听着兄长和同学们议论山水之美，却根本是充耳不闻，她时不时偷偷看看萧禹，心里还在纠结着呢：刚才的事，自己……是不是欠他一声道歉啊？

要说没欠，那她可有点不好意思了，就在出门前，她还在心里拿女学的事笑话萧禹，若说欠的话，那……那不就服软了吗？而且，若……若他一直都是好人，那和他作对的自己，不就成了不懂事的坏姑娘了？

也许……也许真的是她看错人了？也许他真的本性不坏，真是堪为二姐良配的佳公子，是她太刁蛮任性，惹得他忍无可忍了，才会那样作弄她……其实平日里他都是和气待人，再可亲不过的……

唔，这样看，他岂不是处处都好？出身富贵，又温柔体贴，连细节都注意得到，而且脾气也好，被马儿拂脏了衣袖也不觉得什么，听三哥说他读书聪明，虽然基础差但是进益快，而且又吃得了苦，住了一个月书院，非但没有因吃不了苦闹出事情，反而还结交了许多朋友，而且……的确生得也还不错。这样看，颜姐姐非但不是识人不清，反而是慧眼识珠，第一眼就看出了他的好来。

宋竹心里忽然跃起了一种很陌生也很难以言喻的滋味，有些酸涩而发苦，就像是刚吃了一口苦菜一样，让人忍不住要皱起眉头。想到颜姐姐和萧禹在一起的情形，她就是觉得满嘴发苦，却不知是为了什么。

“别想太多了，”她暗暗训斥自己，“瞧着眼下的情形，非但他没瞧上二姐，似乎二姐也没瞧上他，你犯不着为二姐护食儿。颜姐姐待你还算不错，她若能寻到个好夫婿，你又有什么好不高兴的？”

这件事，越寻思她越觉得不悦，便索性不再去想，而是收回心神，听着兄弟们和几位同学一道大谈诗词歌赋。

众人已是谈得兴起，喝着仆役们奉上的茶水，你一言我一语，你说苏学士豪放，我说柳屯田婉约，又说了几句，萧禹便笑着说："是了，今次在山水间巧遇师兄们，大家煮茶谈天，亦是风雅盛事。何若我等每人联诗一首，记叙此时此景此事，以为将来留念？"

这是文人间极为正常的社交活动，以进士为目标的人是不可能不会作诗的，由典故、音韵敷衍出的游戏酒令不知有多么风行，即席赋诗更是普遍到书生出游会带上文房四宝的地步。众人闻言，都是欣然应是，当下自有仆役磨墨铺纸预备抄录，又有人翻书限韵，定了格律和题目。宋竹跪坐在一边，倒是微觉无聊，只是此时又不好拔脚走开，只好游目四顾，欣赏风景。

正是走神时，不想萧禹忽然对她款款一笑，道："三娘，你是宋家才女、女学高弟，今日有幸见识你的笔墨，也是我们的荣幸，这前几句必定要由你作才好，千万别谦虚推辞了，来，快快地作几句出来吧。"

宋竹当即便傻了，她——作诗？她连十三经都没读完，平时虽然也看点诗词集，但让她作诗？还是……

她瞪着萧禹，见他面无异状，还正热诚微笑，仿佛是刚刚为她谋了个好处正在邀功，只有眼角闪烁着她十分熟悉的恶劣得意是唯一的破绽，让她知道，这并不是他的无心之举……根本就是他在坑她！

只怕……刚才的示好，不过是为了放松她的警惕，就是为了这一刻而铺垫。萧禹从刚才见到这几个同学开始，很可能就在酝酿着这一刻，为的就是一举把她给坑死，把她还没打响的才女名声，彻底地踩落入泥。

宋竹只觉得萧禹笑中的得意，在她的视野里慢慢放大，几乎占据了整片天空，让她的世界笼罩乌云，她忽然很是委屈：难道他就没想过么？若是没了这才女的名声，以她的家境，又该如何嫁得出去？她终究也没对他做过什么过分的事，他……他凭什么就唯独这么欺负她！

鲁莽

宋竹的要求，却是有些太高了，萧禹哪里想过她的婚嫁问题？在他看来，这一问顶多是略带戏谑而已。连他自己都不擅长诗词，想来宋三娘又不以才学闻名，小小年纪也不可能和兄长们一道联诗，此时想来只好自陈其短，也算是下下她的脸面，对刚才她笑话他的事情，来个小小的报复罢了——哎，说实话，两人现在也说不清是为什么而针锋相对了，反正已经形成习惯，有点机会就要互相为难一下，对萧禹来说已经是很正常的事。

可，宋竹投来的眼神，却是让他心里咯噔一下，感觉到了不妙——若说上回自己用婚事戏弄她，她瞪来的眼神算是生气的话，那这回，这程度可要比生气更高了，隔着盖头都能看出来，她双眼水光莹莹，甚而是有些被他气得要哭了。可能，以前宋竹只是被他逗得不高兴而已，可这回，她是真的动感情了……

萧禹立刻便知道自己一定是做错事了，可话已出口，又不知该如何挽回，他在心中猜测着宋竹如此介意此事的缘由，想来想去却也都没个头绪：如此看来，她不擅长诗词歌赋是可以肯定的事了，但是又何必如此介意呢？天下大家娘子那么多，也不见得个个都能吟诗作赋的，不擅长直接说不就好了，干吗这么委屈？唉，只是现在要推托只怕也难找借口……

他正苦思冥想地帮宋竹寻找出口时，她漂亮的面上忽然掠过一丝微笑，倒仿佛是被他说得跃跃欲试，只是还有些顾虑，犹豫了一下，又试探性冲三哥宋栗说道：“三哥，我也能一起吗？”

宋栗微微皱了皱眉：“闺阁字句，不好流落出外，若是文章诗篇也罢了，今日联诗，你还是算了吧。”

毕竟是带了盖头，除非双目对视，不然要察觉到宋竹的异状也比较难，两兄妹一个双簧唱下来，倒是漂亮地把宋竹不参与的原因解释得很清楚：按理说她也不该和这些男性发生太多互动，当然，现在年纪小，又是偶然间一起出游，说说话也没什么，但若要是一起联诗，把证据落实到纸面上，老成持重的兄长，便觉得有些不妥当了。

几位士子对于宋家的家教一贯佩服，闻言纷纷盛赞宋栗知礼，更有一位李师兄——他家也是萧家亲戚，薄责萧禹道：“三十四哥毕竟年纪小，考虑有些欠妥了，即使是京中曾夫人，才名远扬天下，时常召开文会，邀请翰林文华与会，也不见她和外男联诗，此事颇有忌讳，日后还是要小心为上。”

只怕若是刚才粤娘答应了，你们现在就又是不同的说法，要改为盛赞宋家文英荟萃，十二岁的小姑娘也懂得作诗了吧？

萧禹不免也觉得宋家玩这一套实在是驾轻就熟，仿佛无论如何都是立于不败之地，永远都是世上最完美的表率——他心中有些说不出的不服气，仿佛是又被宋竹给作弄了一次，可面上却是配合着做出后悔的表情，连连道歉：“是我想左了，三哥、三娘勿怪。”

宋栗又怎么会怪他？宋竹亦是笑道：“这有什么好怪的？我知三十四哥聪慧才高、见猎心喜，又不好意思抢先，才推我到头里，不如我出个主意吧？这回联诗就由三十四哥开头如何？”

萧禹心中暗叫不妙，但他没有宋竹的包袱，稍微一挣扎，也就把脸面放在一边，举手告饶道：“师兄们都是知道我的，我才入学多久？以前学业荒疏，现在连经典也来不及学完，更别说什么作诗了，这回我且为师兄们抄诗便好。”

众人倒也未必会因此看轻他，反而都觉得萧禹实诚，对他颇有好感，纷纷笑谑几句，也就欣然同意了。萧禹本想问宋竹要不要来抄，后来一想，她还是可以用“闺阁笔墨不便外传”这个理由来翻盘，因此便只得罢了。只好在师兄们吟诗作对的同时，低着头在膝盖上憋屈地当着抄写员。

他虽然自己不会吟诗作赋，但最近看了些书，对于诗词水平还是有鉴赏能力的，抄了一番也有所感觉：宋栗不愧是众口一词大肆夸奖的才子，不论是遣词造句还是音韵用典，都远远高出众人，甚至是年纪小小的宋檗，也都说得上是文采斐然、别出心裁，也就是宋桀，毕竟年纪还是小，水平勉强排了个中庸。至于别家士子，固然也不乏亮点诗句，但不论是从沉吟的时间，还是整体表现来看，却是要落后宋家好大一截了。

这宋家人到底都是怎么生的？想到宋家儿女的名气，长辈们的素质还有眼下这些同龄人的表现，就算萧禹自小长在富贵无边的环境中，所见的都是人上之人，也不禁兴起了淡淡的挫败感。他更是有些好奇——兄姐都这么优秀，宋竹她按理说也不该例外啊，刚才那么委屈又为了什么？若是限于礼法不愿联诗，为什么又气得眼圈都红了呢？

萧禹虽然也作弄过她几次，但他这人性子和气不记仇，要说心里有多烦宋竹，那是没有的。如今自己把人家小姑娘都给气哭了，心里自然歉疚，一心只想找个机会和宋竹弄明白这里头的底细，顺带好生给她赔赔罪，这样他也好受一些。只是，毕竟男女有别，想在众目睽睽之下把一个小姑娘拉到一边去说私话，这当然是极为严重的越礼，别说宋竹了，只怕就连宋栗都不会许可他这么做。

雪上加霜的是，宋竹又坐了一会儿，便带着妹妹走开去寻姐妹们了，萧禹却还被困在这里坐着抄书吏的工作，还得向师兄们赔着笑脸，做出欣赏享受的样子来。自从入读书院以来，他还没有感到不耐烦过，可现在他真想端出自己的架子，要求这些师兄们快些结束，别再卖弄自己的才学，给他留出寻找宋竹的空间……

好容易，师兄们的联句告一段落，已经开始就着抄录稿彼此品评优劣，萧禹瞅了个空子，借内急之便告退了出来。游目四顾寻了一圈，恰好见到宋竹往山林深处一条小道上过去，忙故作不经意般遥遥地跟在后头，也钻进了林子里。

进了林子，溪边的说笑声顿时就小了下来，这里仿佛自成一片天地，仅有两三个行人遥遥地走在前头。宋竹走了几步，忽然回过头来，也是发现他跟在后头，但她并未停步，反而是加快脚步，顺着小径急急地往前走——看来，是已经气得完全不想和他接触，只想把他给甩掉了。

萧禹也不是稍微一受挫就放弃的人，看宋竹这么生气，更是要跟上去好生赔罪解释了。他也加快脚步跟了上去，两人就这么一前一后发足疾走，不觉走了也有好一段路，已经深入山林，路上的行人也渐渐稀少，终于只剩下他们二人了。萧禹便叫宋竹道：“粤娘……三娘，你且等一等我。”

宋竹仿若未闻，已经绕过了一个弯道，萧禹忙大步跟了上去，才转过弯又赶快刹住了脚步——宋竹就站在拐角处等他呢。

她已经摘去了盖头，再也不掩饰自己的烦躁和愤怒，反而是有些气得蹦蹦跳的样子，又像是他头回在宋先生书房门口见到的那个小扭股糖了，一见萧禹过来，便压低了声音怒问：“你一直跟着我干吗?！”

萧禹自知理亏，又被她气势所摄，居然有点口吃：“我……我看你一人进来，怕你不安全，你进山又是要做什么？”

宋竹居然当了他的面，翻了个大大的白眼——她已经丝毫都不顾忌仪态了，“我……我说，你从来都没进过山春游吗？”

“倒是未曾这般游乐过。”萧禹老实承认，这回他也有些好奇了，“难道这进山还是有讲究的？”

宋竹用眼角瞥了他一会儿，双颊气得一片榴红，却只是不说话。萧禹见她不答，便只好放弃，道：“不说也没事，一会我去问问师兄——”

他真心是这样想的，可不知怎的，这话又惹了宋竹，她突然“啊”地叫了一声，上前猛然踩了萧禹一脚，把他踩得猝不及防，弯下腰痛叫了几声，也略有了些薄怒：“你做什么啊！”

宋竹叉着腰斜睨着他，漂亮的面孔一片晕红，仿佛是豁出去了一般，她恶狠狠地道：“我做什么？三十四哥，我今日便要教你这个乖，我且问你，你在山脚下看到净房了没有？”

萧禹本来就是聪慧之人，哪里还需细说？一听宋竹的话，顿时已明白过来，他也“啊”了一声，窘迫至极——其实也是他脑子没转过来，野外没有茅房，当时出游特意带马桶的人终究是少之又少，有些什么需要，野地里一蹲也就解决了，萧禹自己都有过这样的事情，只是一心想要向宋竹道歉，见她落单，也就不愿错过这个机会，压根没想到这一茬儿来。

想到自己刚才还傻乎乎地想拿此事去问师兄，萧禹自己都想踩自己一脚了，对宋竹的些许怒气，也随之烟消云散，更有一丝庆幸：还好，宋粤娘虽然生气，但却也没喊叫，不然，自己一世名节，岂非毁于一旦，永远都会是跟从姑娘，意欲偷窥她如厕的“登徒子”了。

也不知怎么搞的，他平时的机灵，这会儿全都不见了，萧禹挠了挠头，居然蹦出了一句话来：“那……要不要我到路口去帮你看着？”

宋竹气地抬起脚又要踩他，哪里还有什么稳重娴雅的样子，气得好像一只蹦蹦跳的小鸟。“快滚、快滚！”

萧禹只好乖乖地滚到了路口，想想也不走远了，只在路口等着，过了一时，听到背后有脚步声，回头一看，却是宋竹在不远处踟蹰，似乎很想骂他，但又不敢的样子。

他只觉得今日自己怎么做怎么错，忙道：“哎哟，我又做什么了？”

宋竹胸口起伏几下，显然在勉强忍耐，但终究是没有忍耐住，眼一翻，又数落他道：“你这人怎么这么蠢呀！不是人家都说你聪明吗？还是你根本就是有意要坏了我的名声？刚才也是，现在也是，你也不想想，要是旁人看到我和你结伴下山，他们又会怎么想！”

萧禹这才明白她刚才为什么想把自己甩掉，一时略有些囧，他也不是无法伏低做小的人，立刻就要道歉：“我这不是想帮你看着，怕有别人来了——”

但宋竹的情绪并未被安抚下来，她仿佛完全没把他的话听进去，兀自压低了声音发怒道：“我是和你有过节，可你的心怎么就这么狠毒呢！这事都不多说了，方才你为什么要我作诗！你就这么想让我嫁不出去吗！这对你又有什么好处，难道就因为我得罪过你两次？你这人心怎么这么毒！”

这都你呀我呀上了，可见宋竹有多气愤，可萧禹压根儿不知她是怎么推论到最后一句的，想了一想，方才明白：她的确不善作诗，却又怕这没才学的事情传扬出去，自己就不能和两个姐姐一样，有许多人前来求娶了。

不知为何，他原本的歉疚和慌张，忽然间就和泡泡一样，被风一吹就飘得不见了。一想到刚才她被气得双目含泪，原来是这个缘故，萧禹就禁不住有些想笑，丢失了许久的自信和从容，也回到了他身上。

“哦，原来是因为这个呀。”他手一背，笑了，“没想到粤娘你小小年纪，就想到了自己的婚事，果然是女大不中——”

话还没说完，见宋竹抬起脚，似乎又要踩他的样子，又怕得往后一缩，笑嘻嘻地道：“粤娘妹妹，且不说什么才名的事，只说你这么凶，又有谁敢把你娶回家？你说——”

话还没说完，宋竹已经挥着小拳头捶了过来：“你还说，你还说！”

萧禹这还是第一次把她气成这个样子，心中实在十分得意，想想上回自己骗她入套，也是用的婚事，也不禁暗怪自己愚钝：早该看出来了，对付这宋粤娘最好的手段，便是从婚事入手，下回她要再作弄自己，可不就有反击的材料了？

“哎哟，可不能打中。”他让了几步，口中笑道，“大庭广众之下，拉拉扯扯的，成何体统？粤娘妹妹，难道你都忘了‘礼仪’二字怎么写了吗？”

宋竹被他都气得动手打人了，哪里还吃得住他这些调侃？她倒也不追打了，住了手站在那里，居高临下地斜睨了萧禹一会儿，眼珠子转来转去，俏面上似笑非笑的，那表情生动得格外趣致。虽然没说什么，但已把对萧禹的不屑表现得淋漓尽致，萧禹看了，倒觉得十分有趣，又有些提防，缓缓退了一步，倒是期待起她的下一步来。

“今日的事，算了。”过了一会，她仿佛下定决心了，一开口，倒是大出萧禹的意料，“瞧你蠢成这样，料也不算故意，我也不和你计较，就这么揭过去吧。”

她顿了顿，又瞪大了眼，似乎是竭力想使自己显得更凶狠一些，偏偏反而是适得其反，更显可爱，萧禹强忍着笑，正要说话时，宋竹又道：“不过，我也只管和你说，就你这人品，也别想娶到我二姐了，识趣些就别抱太大希望，回去同你爹娘说，不要再写信来说亲事了，要是我们家有意把二姐许配给你，说不得你跟着女儿家想要偷看她如厕这些事，我都要一五一十地和爹娘说出来。到时候……我爹怎么看你，可就由不得我了！”

她又哼了一声，上下看了萧禹一眼，摇头道：“也不知你家是怎么想的，竟会觉得你这样的人才，可以配得上我二姐，别说二姐了，便是……”

似乎有个字要跟着出来，但却又被宋竹中途截断，硬生生地改了说法，“……便是颜姐姐，我都觉得你配不上她！劝你还是尽早死了这条心吧！我走了，不许跟上来！”

说着，便把头高高抬了起来，像是一只骄傲的小鸟儿，昂首阔步地从萧禹身边经过。

萧禹被她一席话说得莫名其妙、呆若木鸡，等到他反应过来时，宋竹早已经走得远了，他想要追上去，却又想到宋竹所言：她进山如厕，却和他一起出来，别人看到又会怎么想？只能是停住了脚步，站在原地目送她从容下山去了。

再想想宋竹的话，在无限的疑惑背后，又有一股子气慢慢地冒了上来：什么叫作配不上他二姐？什么叫作尽早死了这条心？什么……什么又叫作想要偷看女子如厕嘛！

在世上厮混了这十几年，唯独次次见她都是哑巴吃黄连，有苦说不出。这个宋粤娘，表里不一、胡搅蛮缠，实在、实在是……“唯女子与小人难养也”！萧禹愤愤地想：“你且等着，这事儿，咱们没个完！”

觊觎

春日人多，就是山间小道其实也是不时有人来往。宋竹回到姐妹们身边也放下心来，她虽然是耽搁了一会儿，但所幸并无人留意。宋苻采了一大把杜鹃花，又择了草编了草环，送给两个小师侄玩，一群女眷全都坐在那里编织，见到她来，也便招呼她一道跪坐下来编花环做耍。

今日人多，身为女眷其实并不尽兴，待到回去时，宋竹心里还想着，下回再央求哥哥们带她出来，拿青布围了一片方才自在，又或者就自己在宜阳书院的后山走走，倒也比今日清静——其实今天最主要就是有萧禹败兴，好好一个踏青之旅，倒是被他闹得惊心动魄的，春色没赏到，赏了一肚子的火气回去。

回去路上也别无他话。中午男眷在外，女眷在内，两边是分开用饭，吃过饭萧明氏便带着两个小哥并萧禹先告辞回去，唯有萧传中还和宋先生在书房说话。宋竹午休起来，自然也是练字读书，到了傍晚，看看时辰便起身去母亲那里，想要请她瞧瞧自己做的手绢。

才走到门口，她便听见母亲的声气传了出来："……萧家……婉拒……"

然后是二姐淡然的语气："三十二郎再好，终也不是宋学门人，只这一点便不必说了。女儿的婚事，自有爷娘做主，娘自发落便是了，又何必来和女儿说。"

这……

"萧家""婚事""三十二郎""婉拒"……这几个词稍微一入耳，宋竹哪还不知是怎么回事？一时间心中惊涛骇浪，已是愣在当场：难怪今早萧禹被她说得目瞪口呆，原来萧家根本说的不是他，是他哥哥三十二郎——要命，亏她还说了那么一大串近乎侮辱的气话，这不是、这不是……

听见屋内有些响动，宋竹忙收拾心情，放重了脚步走进屋内，和母亲、二姐都打了招呼。她知道宋苡面嫩，也不谈论此事，只是若无其事地拿出手绢来请母亲和姐姐指教，只是宋苡看了几眼，也没多说什么，便起身告辞离去，估计是刚才谈了婚事，这会儿有些不好意思在屋里待。

宋苡一走，她就活泛起来了，拿着姐姐早上挑的绣线在阳光下细细地比了一回色，瞥了母亲一眼，见她正眯着眼欣赏手绢上的花样，面色十分宽和，便壮着胆子打听道："娘，萧家的亲事……回了？"

小张氏看了她一眼，唇边浮现一个模糊的微笑："嗯，回了。"

"怎么就回了呢？"宋竹真正是有些好奇的，"连三十二郎的面都没见过，若他是个俊才，岂不是可惜了呢？”

“是啊，为什么呢？……”小张氏附和着应了一声，宋竹从她语气便听出来，母亲是不打算解释个中因由了。

她真正关心的其实也不是这个，“我还以为萧家给说的是三十四哥和二姐呢……若不是三十四哥，你们今日让他进来又是做什么？他怎么说也是一个外男——”

说到这里，小姑娘也有些不开心，“这般叫进来，倒让他白喊了我许多声‘粤娘’。”

“乳名不就是给人叫的？”小张氏还是漫不经心的，“什么时候就这么金贵了？咱们一家人都喊你乳名，也没见你不开心。你还小呢，他算是你兄长，喊声乳名也没什么。”

“那能一样吗？”宋竹忍不住回了一句，又后怕地一缩脖子，见母亲没有和她计较的意思，才又嘟嘟囔囔，“反正被他喊乳名……就是吃亏！”

小儿女情态，逗得母亲轻轻地一笑，宋竹又安慰自己，“也罢，谁知下回什么时候再见，今日被喊几声，就当被小狗儿咬了几口，咬过了也就算了。”

小张氏道：“你这是得寸进尺，逼我数落你啊？三天不打，越发放肆了。”

宋竹见母亲说笑，便滚到她怀里去，“您要舍得打那就打嘛，也不心疼女儿，就晓得打。”

两母女在这里说说笑笑，却不知外头还有许多宋家的“粉丝”在议论着她们的家事——按说，在十五岁之前，少女是出入无忌的，不过宋家女生性雅重，从小就很少在人前露面，除非是通家之好，又或者是萧禹一样直接闯到女学里去的登徒子，否则要见到这些才女的面也不太容易。今日撞见宋家四位小娘子出游，虽然面上表现得稳重，但以李师兄为首的那几个士子，终究也是忍不住暗地里偷看了几眼芳容，此时既然和萧禹一行人分手，私下也免不得悄声交换一下感想：

反正，就如同宋竹所说，天下人就没有不喜欢议论别人家事的，只是端看修养如何，议论得隐蔽不隐蔽罢了。

“也真不知是谁能娶到二娘那样的钟灵毓秀的绣仙，”比如说宋学士子，就以赞颂为主，听起来光明正大，不至于落了下乘。“如今来信提亲的人家，每月怕不都有个七八户？可别和大哥一般，闹得反倒不好择婿了。”

说话的正是李师兄，他家出自关西大族，叔父官至宣徽院使，在权贵中人脉颇广，所以对这些事知之甚详，旁人听了都笑道：“知道得这么仔细，难不成文叔你也是好逑君子中的一员？”

李文叔哈哈笑道：“不敢不敢，小弟自知愚钝，如何堪配宋家女？再说家中尚有兄长没定亲事，且还未轮到我呢。”

这帮士子年纪也都不大，都是在家中考过一次解试，奈何省试落榜的，各托关系千里迢迢地来宜阳书院读书，为的就是务求下一科能够金榜高中。理所当然也都没有定亲，理所当然家境也都不差，理所当然也都还有几分少年人的轻浮，这般不咸不淡的话说了几句，便有个陈师弟道：“若论才名，二姐是压过三姐甚多，可听谈吐，三姐却又要比二姐和蔼些。还有，那容貌嘛……”

李文叔位置好，就坐在宋家姐妹斜对面，虽然不便时时盯着直看，也有盖头遮掩，但说到底，一层白纱阻挡得了什么？运足目力找个机会，也能把宋家双姝的长相看个分明，在他心里，实是十分赞同陈师弟的话：宋三姐容貌可人，如今小小年纪，便已经是十足的美人胚子了，只怕年纪稍长，便是有倾国倾城之貌，况且人也大方知礼，举手投足赏心悦目，实在令人……

然而，正因为他心中还念念不忘着宋三姐的倩影，此时陈师弟这话，才令他颇有几分不悦，听得众人都道三姐貌美，更有人说得露骨，“若是由着我，更愿说三姐”，李文叔不由怫然不悦，怒道：“虽说我们入读未久，但也看得到师兄们的举止言谈是何等雅重谨慎，有些话该说，有些话却是不能说的，众位师兄弟可要谨慎了。”

被他这一冲，众人都有些无趣，讪笑了几声，也就谈起了别事，李文叔见此，也自露出笑脸，不几句话又把气氛调和过来，和众人相谈甚欢。晚上又自己做东，在宜阳县最好的酒楼请众人吃了一顿——只是碍于门规，未请歌女，不过即使如此，也使得一行人更加是称兄道弟，融洽得很，应酬至晚方是各自散去回了下处。

就因着宜阳书院开办，这几年来县城的好房舍租金都贵了些，李文叔也不吝惜钱财，他的屋子便是租在了县衙附近，足足有七八个人专服侍他一个。他这一回来，老苍头关门喂马，杂使婆子收拾游春杂物，小厮们各自去厨下吃饭，两个使女一左一右已经迎上前来将他扶到里屋，擦头洗脚宽衣上榻，简直无微不至。他酒后冒风有些反胃，便由一人扶着他的头，让他枕在自己腿上，一人跪在地上捧了银盆来接着秽物。

李文叔吐完以后，倒也清醒了不少，漱口以后眯着眼靠在床头，见那两名使女还留恋不去，便不耐烦地挥了挥手。这两名美婢方才投来幽怨的眼神，扭着腰退出了屋子，留他自己枕着手，望着床帐想心事，不知不觉间，仿佛又听见了宋三娘银铃般的笑声，还有她和姐妹们说笑时那可爱的样子。

他读书上颇有天分，很受叔父看重，父亲也是曾做过一任官的，家中富庶无比，对嫁妆就不怎么在乎，一时想道：即使宋家无钱也没什么，大不了就少陪送些，只说宋家这名声，便是再值得不过。父亲和叔父想来也不会反对的，唯一的问题，只是如今朝中南北两党倾轧甚烈，宋家看似僻处宜阳，其实依旧是在漩涡中心。附学宜阳不算什么，若是娶了宋家女，屁股只怕就坐实在北党这边了，不知叔父会否顾虑此点，反对婚事？

他在女色上也不算是没有阅历，可不知如何，今日见了宋竹以后，对她的一颦一笑实在是难以忘怀，一旦想到自家人可能会反对向宋家提亲，便是一阵烦恶，又拼命地寻找着婚事可能成就的因素，又想道：唔，不过宋家到底是否是铁杆的北党，却也不好说，虽说小王龙图是北党赤帜，但先生本人从未在党争上表态过。宋家儿女，大哥到现在都还没定亲，明面上是因为说亲人家太多，谁也不好得罪，可换个角度看，也许是因为说亲的都是北党的中坚人士，宋家不想和他们做了儿女亲家，从而彻底倒向北党……是以宋家大姐和二哥也都没和北党中人结亲。

若宋家是这样的想法，那亲事却又可成了，李文叔筹划着也兴奋了起来：二姐定亲，到她夫婿中进士，起码还有两年，她的亲事到那时才会彻底定下来，三姐依稀记得今年是十二岁，到那时正好十四岁，也是说亲的年纪。宋大哥两年后怎么也该娶妻了，若是娶了北党……不，要娶他早娶了，若是娶了北党以外的新妇，我们家再来提三姐，十有八九是能成的。

在他看来，宋家虽然声望极隆，但毕竟家中无钱，且在朝中底蕴也是不足，李家乃是历代仕宦，发家至今已有百余年，若是两年后他能中进士，回头来提三姐，万无不成的道理。是以思忖了一番，便已将宋三姐当作他的囊中之物，心满意足地遐想了起来。

忽然又想到白日里萧禹和宋三姐说话时，态度随意亲昵，显见得两人十分熟悉、常常说话，心中便是十分不快。

他知道萧禹的身世，以及萧传中和宋先生的密切关系，倒也还不至于想到两人私订终身什么的，只当是因为萧传中和宋家的交情，两人时常接触说话，因此比旁人要熟惯些。但即使如此，也足以让他耿耿于怀，原本对萧禹的些许好感，如今也已经全数化为厌恶。

他和颜衙内交往本就十分频密，也知道颜衙内本拟邀萧禹回去过节的事，虽说没听闻个中内情，但想想颜衙内有个待字闺中的妹子，再想想萧禹的家事，许多事其实本来也就明了了。李文叔眉头一皱，已是计上心来，暗想道：颜安邦此子在同学中威望不差，心胸也不算多么宽厚，且看我如何摆弄萧禹，也叫他知道些轻重。

余下几日，他也是若无其事，只照旧读书游玩，待到将要收假上课前一晚，便往颜家宅院过去，果然颜衙内已经回了宜阳，见到他来，忙笑着招呼，又让厨娘备菜，留他一道吃晚饭。

李文叔也不推辞，和他闲聊些洛阳、开封两京的新鲜事，又议论邸报上抄出的诸大臣升迁罢黜的消息，待到酒酣耳热时，方才和他谈起自己外出游冶时巧遇萧禹和宋家人的事，又笑问道："是了，安邦你不是说邀萧禹一道回洛阳过节吗？怎么倒是又在宜阳看见了他？"

颜安邦顿了顿，方才笑道："他家里有事，便不得回去。"

李文叔故意没提萧家那两个孩童，说得仿佛只有萧禹一人跟着宋家人春游一般，见颜安邦神色变化，已知得计，也就不再多问，而是举杯笑道："原来如此，哎呀，说起来，今番见了宋二姐，果然是空谷幽兰般人物，如今各方求亲信都写了过来，也不知她要花落谁家了。"

李文叔话锋一转，竟是和颜安邦聊起了宋苡的婚事……

识破

收假上课的前一天，萧禹也自回了书院，如今他和宋家的关系非比寻常，比起从前还要更进一步。因萧传中繁忙，无暇教他读书，前几日在县衙内诵读经义时，有不解之处便去寻宋檗、宋枈来询问，两人都是欣然指点。宋栗更是乘这一日来书院好生为他辅导了一番功课，末了还夸奖他道："虽说你底子薄弱，但胜在天赋高超，又舍得下苦功，我看三十四哥你几乎是过目不忘，想来日后必定能登上黄金榜，不至于'偶失龙头望'。"

萧禹被宋栗这般的小才子夸奖，心里自然是美滋滋的，还没笑开呢，宋栗又若有所思，"你们家万万不至于耽误了你们兄弟的读书吧？按说以你的天赋和苦功，基础要比现在更好些才是呀。"

萧禹最怕被人问起在家时的事，闻言只是强笑道："啊呀，小时候不懂事，根本没有收心读书，如今明白事理了才来用功，希望还不晚吧。三哥行行好，莫和我谈小时候，说起来真是羞死人。"

宋栗倒是来了兴致，哈哈笑道："你这一说，我更想问了。你要知道我自小就被我爹、我娘乃至祖母、婶婶那样的教着，休说浪荡了，连'淘气'这两个字都不知道怎么写，倒想知道你们家的孩子们都过的是什么样的日子。"

宋栗按年岁比他大些，又是师兄，而且打从萧禹入书院来一向照拂，两家且还是通家之好……从任何角度来说，他和萧禹闲谈家事都非常正当且正常的，萧禹也没有任何理由回避这番谈话，无可奈何之下，只得绞尽脑汁道：“其实，我们家家教也严格，三哥你瞧我二十七哥就知道了。”

宋栗点头笑道：“不错，我听大哥说过，玄冈师兄是少数入门时便得宋学立身精髓的几位师兄之一。”

“我们家家规就是这般，本来也就靠近北学，子弟都以读书上进，不识字是极少见的。”萧禹说来也有几分自豪，“虽说这两代来出了圣人和福王妃，但也是谨言慎行，未曾闹出过什么丑事。”

萧家本是累宦，如今又成皇亲，两姐妹先后被选入宗室，一为皇后，一为福王妃，可谓是富贵已极。宋栗却未露什么艳羡之色，反而微微有些遗憾，叹道：“虽说这也是罕见的荣耀，不过如此一来，如玄冈和你的仕途也好，文路也罢，都难免要耽搁些了。”

“从祖父起，已经是三代的富贵了，想要再出个宰相何其难也？如今转为外戚倒也算是多了条路子。”萧禹话也说得很开，“——哎呀，扯远了扯远了，总之，三哥你千万别以为我们家都是我这样的，其实还是像二十七哥的居多，我这是小时候家里太宠，耽误成这样的。”

“你这样不也挺好？”宋栗是笑口常开的性子，又大方体贴，夸起人来一套一套的，偏偏态度又真诚，很是惹人好感，“也耽误不了什么，虽说现在入学迟了些，但以你的天赋，十年内必能考上进士，一般士子苦读多年，想的也不过就是在三十岁以前中榜而已。”

萧禹虽然从无考科举的打算，但听宋栗这般温和的语调，心中也是一暖，自感和宋栗亲近了不少，不由脱口道：“哎呀，三哥，我真不知你们家人是怎么生的，从先生起，有一个算一个，都是这么光风霁月、完美无瑕。”

说着，心中不由得又想起宋竹挥着小拳头要来打他的样子，不由暗暗一笑，想道：就是有一位有些小脾气的，也比我们家姐妹刁蛮起来要讨喜多了。

宋栗笑道："你笑什么？哦，我知道了，你心里必定是想，我们家人人都好，怕就只有三姐有些提不上趟，射箭也不好，诗也不会做，是不是？"

他一语道破萧禹的心事，真是让其吃了老大一惊，慌忙间迫出几声干笑，见宋栗俊秀面容上，一双眼微带笑意并不凌厉，却偏偏是格外明亮，仿佛能望进别人心底，真有"读心"的异能。

萧禹心底也是暗叫厉害，又有些心虚：宋栗肯定是明白，当日他和宋竹唱双簧的事没能瞒过自己，但他又明不明白提议让宋竹先作诗是自己为了作弄她一下？

见他支支吾吾地，说不上话，宋栗微微一笑，又道："我知道三十四哥是一片好意，也想为粤娘宣扬一番文名，让她出出风头。只是粤娘自己不争气，辜负了你的好意不说，还要我出面帮她遮掩。这般手段，倒是让三十四哥你见笑了，小女孩脸皮薄，当日为了帮她遮掩，还连累你被人说了几句，说来都是我的不是，也要向你赔礼。"

一边说，一边就站起来，要给萧禹行礼。

萧禹哪里又受得住？若只是言语赔罪还罢了，他虽然心中不安，哼哼哈哈几声，也就过去了，现在宋栗认真要对他作揖，萧禹如何能受？愧疚之下，已是叫道："三哥不要！其实……我也大约猜出来她不大会作诗，当日那样说，只是为了作弄她而已。"

宋栗半点也不讶异，唇边笑意，反而加深——他和宋竹都生得像小张氏，但这从容不迫的风度，在萧禹看来，却极像是宋先生。"哦？原来如此吗？"

他越是这么云淡风轻，萧禹就越是心虚，越觉得自己简直没一件事做对，他也开始认真地反省自己了：宋粤娘今年十二，他都十五了，他比她大了三岁，却总和她斤斤计较的，这像话吗？按照先生的言传身教，他在宋粤娘跟前，不但要有个哥哥的样子，而且还要有个师弟的样子——儒学门人，对这辈分是很看重的，他本该又让着她，又尊敬她，可他非但一样也没做到，却还老忍不住作弄他。

"是我孟浪了。"他垂头丧气地站起来要对宋栗作揖，又被宋栗扶住，“三哥，你尽管骂我吧，我做得不对。”

“些许小事而已，哪里值当这个？”宋栗哈哈一笑，居然毫不介怀，“再说，自家人知自家事，三姐的性子，我这个当哥哥的也是清楚的。只怕，你作弄她也未必没有个前因在。”

萧禹听说，越发心虚，好在宋栗性情宽大，又抚慰了萧禹几句，倒也不追问这前因是什么，又说道：“咱们两房是通家之好，你这做哥哥的私下管教管教三姐，也不为大事，只是儒门重名，有些玩笑，非独是粤娘，便是对了别的姑娘，也不可乱开。这一条三十四哥却是要往心里去了。”

他年纪虽然也不大，但做起事来滴水不漏，又是敲打又是安抚，一席话把萧禹说得几乎无地自容：你说这人和人的差距怎么就这么大呢？宋栗也就是比他大了三岁，可你看人家这为人处事，倒是把他比到泥地里去了。

他也算是明白，为什么书院师兄弟对宋先生视若神明，对宋家是敬仰非凡了，就是他自己，也算是见识过大场面的，如今仍然禁不住被宋栗笼络得服服帖帖，油然兴起一种愿附骥尾的冲动——虽说只是一瞬间便告泯灭，但以萧禹的性子来说，已算是极为难得。他拱了拱手，诚心道：“三哥你放心吧，我以后再不为难粤娘了，若是有人要为难她，我这做哥哥的也自然要为她出头。”

三言两语，就化干戈为玉帛，为宋竹“收服”了个小护法，宋栗却丝毫也没有得意之色，他笑着拿起水壶，为萧禹倒了一碗甜水，又有些推心置腹的意思，“其实，只要不是在人前，就作弄她几回也没什么。这丫头仗着爹娘宠爱，我们又都让着她，也颇有些古灵精怪，要不是害怕爹娘责罚，我都很想戏弄她几番……”

工作做得这般细致，由不得萧禹不和宋栗推心置腹，两人说说笑笑，聊到晚饭时分，宋栗又邀萧禹去宋家用饭，终究因为天黑路远，萧禹回书院不便，方才作罢。

萧禹自己去吃过晚饭，回来倒在床上把宋栗今日的一言一行回味了一番，也不禁是暗暗点头：人家分明就是因为妹妹被欺负了，来出头的，可就能把这让人尴尬的事办得这么漂亮，还拉近了两人间的距离，多交了个好友。这宋栗有如此手腕，一旦中了进士，在官场上又有诸多同年、同学，乃至宋家那许多亲戚相帮，几年十几年后，未必不是朝廷一员重臣。

更别提其还有两个比他更优秀的兄弟，别看宋家如今已经够风光的了，只怕十年以后，还要更上一层楼。也难怪各个高门大户争相说亲，都想和宋家扯上关系。若是宋家有一个儿子能接上小王龙图的班，那么未来他们家便一定是北党的核心，而从宋家人表现出来的智慧来看，这可能性只怕已有五成以上。

这样的人家，也不枉宫中都是特别关注了，他们家大哥到底和谁结亲，甚至能左右上北党内部的局势……不过，宋家到目前为止，还没有表现出明显的倾向性，除了和小王龙图的密切关系是无法洗脱的以外，对北党的其余大佬都是不偏不倚，学生照收，但亲事就硬是没结，可以说还是没让任何一家笼络了过去。

不过，宋大哥终究是要结亲的，不可能永远都架在那里不动，宋家也一定要做个选择。正所谓人无远虑、必有近忧，以如今朝中南北二党对立的姿态来看，这门亲事要是选不好，只怕北党分崩离析之余，宜阳书院也会受到沉重的打击。

不知不觉间，萧禹的一点困意已经悄然无踪，他披衣而起，为自己磨了一池墨，翻出了平日不大用得上的精致宣纸，沉吟了一番，这才郑重落笔。

“鱼儿惶恐拜呈姨丈大人，大人安好？自别以后，鱼儿心中十分想念大人。然姨丈大人当日说，读万卷书行万里路，此为灼见，自东京到此一路行来，风景甚好……”

犹豫了一下，他到底还是写了几句路上见到的惨状，“只是沿路多有强盗入村抢掠，光天化日之下行卑鄙无耻之事……”

终究还是话锋一转，说到了宜阳县，“县内倒是十分繁盛……今已入读书院一月有余，幸未辱没家声。大人昔日令鱼儿思索来书院读书的道理，鱼儿近日来也有所得，虽说东京繁华，然而天下受苦者更多，若要令百姓安居乐业，异日反攻燕云，须择良臣、选良学，以富国强民之道为官学，由熟习此道学子为臣，此为道统也……南学北学、南党北党，争夺的俱是这份道统，此为百代万年之大事……”

这一封信十分要紧，他花了大半晚的时间方才写好，确是耗费了不少心力。第二日起还有些困，只是宋学重礼，出了房门便不可以欠伸了，只好强忍着困意，一边走一边使劲搓脸。

走到学堂门口，一眼看见颜安邦站在不远处与人说话，萧禹立时便堆出歉意的笑容，走过去对颜安邦拱手行了礼，亲热笑道：“十哥，真是对不住，前几日倒让你白等了我。”

颜安邦微微一笑，道：“也没等多久，不妨事的。”

话虽如此，但他从前对萧禹一向热情，今日态度却是淡了下来，萧禹还当他因为自己临时爽约的事耿耿于怀，心中暗道：果然，这颜衙内学识好，其实品德也不错，就是为人小气骄傲了些，稍一冒犯，便遭记恨，这一点不改，日后怕难成大器。

他早已看出颜安邦的性子，也是一早就想好今日要来赔罪的，因此也不慌乱，还是笑脸相迎，“若是依我，肯定是要和十哥回去热闹一番的，奈何二十七哥管我太严格了。这回还算好，借着嫂子来了，带了小侄子去先生家问好的当口，逃出来春游了一日，总算是也玩过了，不然，这七八天完全就不见天日，只能在县衙里读书了。”

听他此言，颜安邦面上闪过讶色，想了想又笑道：“啊，原来县尊夫人到了。那么你不去洛阳，也是不错，毕竟三十四哥你本就是跟着明府一道来的，如今夫人刚抵步，你便脱身去洛阳玩耍，也有些不妥当。”

他对萧禹的态度又略微亲热了些，两人闲话了一番，无非都是说些县尊夫人和宋家的亲戚关系，以及当日怎么带了小侄子们一道出去玩耍的琐事。颜安邦越听，面上神色越宽和，萧禹见了，心下暗自狐疑，便想道：“怪了，颜衙内要是因为我没去洛阳恼我，没个越听越不生气的道理，再说也不会这么关心那日游冶的小事，难道他之前已听人说过我去了宋家？”

颜家有意和他说亲，萧家给宋家送了说亲的信，颜衙内在知道他是因为嫂子和宋家老夫人的亲戚关系，这才同宋家兄妹一道出游以后，神色更是见缓……萧禹把那日一道吟游的几个士子的名字在心里一列，立时便想到了李文叔：颜衙内平时和李衙内颇为投契，倒是同余下几人没什么交情，应当是李衙内和他说的不错。

可当日大家闲谈间也说了一帮人一道出游的缘故，李衙内怎么和颜衙内说这件事也没说尽？萧禹眉头微微一皱：颜家有意说亲的事，可能李衙内也猜到了一星半点，他这只怕是有意挑拨离间，要让颜衙内和我从此疏远了去，所以故意在颜衙内跟前混淆是非，让他以为我对颜家女不屑一顾，反而巴巴地凑上去给宋家相看。

当然，由于现在两边没把话说开，颜衙内也只能是靠猜——他可能会猜，萧禹猜到了他的用意，所以临时砌词毁约，去宋家给宋家相看。以颜衙内的心胸，必然会将此事认作奇耻大辱，只怕从此非但是对他萧禹、萧家，乃至是对宋家，都有恶感……

心念电转间，他已经是把此事猜了个七七八八，只是还不知李文叔干吗没事找事，和他作对，两家说来还是亲戚呢，不互相帮衬也就罢了，还有这么坑人的吗？

且先不去计较此事，萧禹见颜衙内神色仍有些淡淡的，知道他疑心未能尽退，他略做思索，便拉着颜安邦走了几步，压低了声音笑道："不过，我嫂子上宋家拜访的事，十哥也勿要往外传扬。我们家想为三十二哥向宋家说亲，只是终究没有眼见宋二姐为人，心里也不踏实，嫂子提前入县，也有这方面的考量……"

那日从锦屏山回去以后，他终究忍不住好奇心，问过了兄长，也知道萧家提的是三十二哥。

大家大族，没有兄弟俩娶一家女儿的道理，颜衙内"啊"了一声，神色间终于再不见芥蒂，他拍了拍萧禹的肩，不禁笑道："晓得了、晓得了，必定不会胡乱说什么的。此事传扬出去，容易惹来误会，我等自不当胡言乱语。"

萧禹借机道："可不是？这种事就最怕传话了，咱们师兄弟间说说也不怕什么，最怕就是有些小人，掐头去尾避重就轻的，把好好的事给搅和黄了，十哥你道是也不是？”

他点到这份上，颜安邦如何能不有所联想？“嗯”了一声，神色也是若有所思。萧禹见好就收，顺便再为颜家说亲的事做一重预防，又装模作样低头叹了口气，“总之，只盼着这门亲事能成吧，小弟排行三十四，家里规矩又大，三十二哥说完了，还有个三十三哥呢，不把三十三哥婚事定下，也轮不到我，若是三十二哥这里一直拖着，要到哪年哪月才能定下来？”

他头前几招都是出得漂亮，化解了危机，但今次却没有奏效，颜安邦非但没有如他所想露出沉吟之色，反而是冲他大有深意地一笑，安慰他道：“也不能这样说，这都是说不准的事，若是缘分来了，没准你比你三十二哥更早定亲，也未可知呢。”

萧禹头皮发炸，却深知此时不好再往下说了，只好做出一脸疑惑之色，好在颜安邦也不多讲，拍了拍他的肩膀，便径自去了。萧禹站在当地也不忙走动，只是游目四顾，不过多久，便被他捕捉到了李文叔的目光——那人站得不远不近，正是扭脸朝他们二人看来，从面上神色来看，倒不像是无意望来一眼的。

萧禹见他表情，心中更加肯定，却是不动声色，和李文叔对视了一会儿，便迎着他的眼神微微一笑，又点头致意，这才慢慢地走进了学房。

第三章 走红

陌上人如玉

铺路

到底是为什么要把萧家给回绝了呢?

这几天宋竹都为了这事抓心挠腮在乎个不行，但又说不上为什么在乎，想要找个人问吧，母亲那边问过一次，碰了个软钉子是不能再去了。二姐那边，这么理想的亲事都被回绝了，谁也不知道她心情如何，而且她素来脸皮薄，这事儿还新鲜热乎的时候是万万不能开口的。至于祖母、婶婶乃至父亲那里，宋竹就更没想过了，这件事本不是她可以好奇的，想要逾矩，那当然得找最亲近的人了。

只是这一次，就连乳娘都没能给她什么灵感，宋竹可谓是四处碰壁，直到收假上学，也没琢磨出个所以然来，她心下就是再气闷，也只能暂且放下此事，安心上学读书了。

宜阳书院的学业，对于一般人来说都是比较繁重的。女学这边，一般从十岁、十一岁入学到十七八岁出师，要做到通讲十三经，除此以外琴棋书画乃至吟诗作对也都有涉及，而且由于入读人数不少，若是表现过差跟不上课程，先生一封书信，家里人只能灰溜溜地来女学接人。是以大部分时间女学生们都得专心上课，一直到午间和傍晚的休息时间才能轻声闲聊，那种叽叽喳喳如菜市场的场面极少出现。若是一心读书如宋苡，甚至都可以不必和同学来往——说起来，她虽然是众人的大师姐，但的确和同学们都不太熟悉。其实就是宋竹，也很难完全融入同学的圈子里。

每回放过大假，同学们从洛阳回来的时候，宋竹就能很清楚地感受到这种排斥感：姑且不论性情投合不投合，这些姑娘们在洛阳的时间，免不得也会召开文会彼此聚聚，那可就是毫无拘束天南海北地聊天取乐了，而宋家因为一直住在宜阳，她们姐妹是不能参与的，无形间就少了不少话题。

虽说在学业上处处都是表率，还是众星捧月，但这月亮被捧得高高的，有时便不方便“与民同乐”。除了谈学问以外，能说些生活琐事的朋友，其实并不多。大概要等到开学后一到两天，大家都收心开始读书了，这才会又捧着书本，聚到宋苡和她身边来。

也是因为习惯了，今日一开始她还没觉得有什么不对劲的，直到午休时分才发觉，往日最爱和她搭话的颜钦若，今日一早都没搭理过她，虽然就坐在宋竹身边，但她脸上仿佛是挂了一层薄霜，一上午不言不笑的，连眼尾都没往这儿瞧。

想来应该是萧禹没去洛阳，让她心情不爽吧。宋竹想着，也不主动过去触霉头：颜钦若的脾气就算不比她二姐大，也不会差得太远，在这种时候凑过去纯属找死。

这一天就这么过去了，吃午饭的时候，颜钦若拉了赵元贞，两人在角落里轻声细语地说了小半个时辰，连午饭都没吃几口。赵元贞频频点头神色肃穆，倒像是出了什么大事一样，宋竹看了，心中也是暗笑，还想呢：噢，多半是颜家和赵家不好来往，这相看失败的事，便只好等到现在再和赵元贞商量了。

她也没当一回事，更不敢开口询问往里头掺和，吃过饭便往自己位子上一坐，开始抓紧复习功课，不料过了一会儿，颜钦若倒是主动来和她搭话：“三娘，下个月初三是我小生日，正好又挨着端午节。今次回去开文会时，姐妹们都说好了会赏脸来吃碗长寿面，咱们同学几年了，你也没来过，今年你带上二姐、四姐一道过来可好？若是家里马车不便宜，便和我们一道走，初一回去，正好也在我们家园子里玩玩，待初三过了生日，初四我使人送你们回来，耽误不了初五过节的。”

感情她和赵元贞是在商量这个，宋竹心里倒是一暖，“颜姐姐，不是我不赏脸，你也知道，我们家管得严……”

颜钦若估计是早有准备，便从袖子里摸了三张帖子来递给宋竹，“我都送帖子了，你便拿着帖子回去问问你娘可好？就说是我千央求万央求你，想让咱们同学在洛阳齐聚一堂，如果实在不行，我登门去请。”

话说到这一步，宋竹也没别的办法，只好接了帖子，“那我回去问问。”

她也不疑有他，还当颜钦若真是因为当天整班都去，也想带上她们姐妹，当日晚饭以后，大家聚在一起吃香瓜，她便把帖子给小张氏看了，笑道：“我话是带到了，娘要怎么回她？”

小张氏看了看帖子，想想倒是一笑，她并未答复女儿，而是转问宋苡、宋艾：“你们想去不想？”

宋艾看了看两位姐姐，笑道：“窝（我）听姐姐们的。”

宋苡却是眉头一拧，淡淡地道：“来回也是百里路，为了她一个生日这么折腾？我不想去。”

她和颜钦若素来不睦，有此反应也不足为奇，不过宋苡一般很少把态度表露得如此坚决，几乎不留余地，宋竹倒是吓了一跳，忙道：“那就不去吧，也是，去了还要找地儿住，着实烦扰。”

小张氏看了她一眼：“你真不想去？”

宋竹就不说话了，只是给母亲打眼色，小张氏拧眉道：“有话好好说。”

“就……也想去，但姐姐不去，我也就不去了。”宋竹只好被逼着表明了态度。

“想去就去嘛，你二姐、四妹不去，你自己去也成，只不必住颜家了，咱们家在洛阳自然有地儿落脚。”小张氏反而是出人意表地下了决定，“都去写回帖吧。看时辰不早，也该做功课去了。”

宋竹有些纳闷，但看母亲神色，也不敢多问什么，且知道问不出来，便只好先回屋去了。宋艾宋苻都一闪没了人影，倒是宋苡坐着没动，也不说话，只是凝眉看着母亲。

小张氏对二女儿也还是那句话：“有话就好好说。”

宋苡在母亲跟前也没什么脾气，她轻声道：“若是三妹要去，那我也去。”

“你不必去。”小张氏却居然一口回绝。

她望了凝眉不语的二女儿一眼，也放缓了语气：“你去了，反而是适得其反。”

“……可粤娘文也不行、武也不行，”宋苡难得被母亲逼得吐露了大实话，“这宴无好宴，本就是不该去的。您有心把她许配给萧三十四，就更不该让她去了。”

“你这是饱汉不知饿汉饥，”小张氏也被她说得叹了口气，“你也知道，她文也不行、武也不行，有什么行的？不就是一张脸行吗……她人不过去，难道还能单独把脸给寄过去？”

这话透了十二万分的务实和精明，在宋苡听来简直市侩得遮掩不住，她拧起眉头，却想不到什么有力的反驳，终是低声道：“三十四他人就在宜阳呢……又不是没见过粤娘，粤娘好不好，他难道不知道？”

小张氏无奈地一笑：这个女儿什么都好，就是天资过人，从小就太傲气了些。“儒门重名，自有道理，这里头的文章，你自己好好参详吧。”

在宋苡看来，母亲这么做实在有沽名钓誉的嫌疑，但她强忍着没有回嘴，只是起身道：“那……我回去了。”

小张氏道：“去吧、去吧。”

看似有些不耐烦，可等女儿一背过身子，她的眼神里就带了几分歉疚：为了妹妹还没影子的亲事，二姐二话没说就把萧家的事给撂下了，虽然她不在意，可她这个做母亲的不能不感到亏欠。没了萧三十二郎，也不知道二姐的良缘还在哪里……

一边做针线，一边想心事，不觉就到了就寝时分，宋先生也进了内堂。小张氏打发他洗浴过了，顺便把自己许宋竹去洛阳的事告诉了丈夫。宋先生听了呵呵笑道：“哦？就不怕清明那日的事重来一遍？这回，可没有三哥帮她遮掩了。”

小张氏道：“没有就是没有，她学识不弱于人就够了，难道还要为她营造什么大才的名声？那可真就是弄虚作假、沽名钓誉了。”

如此正气凛然，倒让宋先生不好回话，小张氏自己也有些不好意思，过了一会儿，又说：“总算生得还是不错，别说如今，纵是上古，生得好，终究也是一桩难得的事。圣人不都说了，‘未见好德如好色者’。”

如今世道对美色的追逐，的确已到了相当狂热的地步，或许是因为丰盛富足的城市生活，让大批百姓的精力无处发泄，不论是冲茶、吃酒、着衣还是起居，都颇有人千金一掷地追求那转瞬即逝且因人而异的美感。美人受到追捧，也不是什么新鲜事，在如今更不是见不得人的事——这年头连做官都要求得生得俊朗好看，女儿因为生得漂亮被多家争娶也不稀奇。宋先生摇了摇头，失笑道：“你也不想想，会冲着美色上门来的都是什么人……也罢了，我们家几个女孩，各有所长，也不是什么坏事。”

他有些好奇：“只是她年纪终究还小，二姐亲事都没定呢，现在就放到洛阳去，急了点吧？”

“也不全为了这个。”小张氏轻轻地吸了口气，“我和姑姑都商议过了……官人，萧家三十二郎那门亲事，不如却是回了吧。”

宋先生有些诧异：“怎么？”

小张氏便把自己为宋竹的一番打算说了，又道：“除了三姐自己的一点倾向以外，再者，萧家和曾家也有所不同，曾家以读书治学为主，萧家如今是以读书仕宦为先，二姐那性子……还是和大姐一般，寻个读书人家也罢了。倒是三姐性子更绵，也还算有主意，由她嫁入萧家这般人家，我也放心些。”

既然已经和老安人都商量好了，宋先生也没什么意见，“这么说，你让她去洛阳，倒是让她去见世面的了。”

“是有这个心思，此事宜早不宜迟，若是她觉得洛阳已是龙潭虎穴招架不住，那便趁早回头，再说个读书人家也好。”小张氏说，“洛阳都处不来了，东京那样的地方，她根本就活不下去。”

“那……若是三姐居然如鱼得水呢？”宋先生也笑了——小张氏当年在东京城可没少受折腾。

小张氏叹了口气：“那就说不得请官人把她带在身边教养一番了……终究，她也不能就光靠着一张脸呀。”

要做萧家的新妇，可也不是只有一张脸就够了的，比起嫁入读书人家的姐姐，宋竹也许可以没有才名，但却绝不能少了政治素养，而这些东西，却不是内宅妇人所擅长的领域了。

“这倒不是问题。”宋先生想想，也觉得萧家既然会说二姐，那么也没理由看不上三姐，便是点头答应了下来，“我看，也许三姐倒是在这些事上颇有天分了呢？平时你总觉得她笨，不过是没考到她擅长的领域罢了。”

小张氏对三女儿实是没什么信心：回绝三十二郎一事，前前后后有着许多蛛丝马迹，她却还没猜出来缘故。虽说是当局者迷吧，可毕竟这表现还是生嫩了些，和她两个姐姐相比，到底还是差了一筹。

“我看她就擅长一点——讨人爱。”她半是打趣半是好笑，“全家上下，从姑姑到帮忙的十七堂侄妇，都把她疼得和什么似的，正所谓傻人有傻福，她要有这福分能常伴身边，我看也很该知足了……”

夫妻俩你一言我一语，几句话间，就把宋竹日后的发展方向给定了下来。

而当事人宋竹此时，对于父母的安排还是一无所知，她刚读完了今日讲的课文，正在忙里偷闲地纠结：这几日要不要找个时间向萧禹道歉呢？那日本来就内急，实在是被逼得气急败坏了，才会说出那一番话来，现在想想，自己委实也是太过分了些……

还有，家里为什么要回绝萧家的亲事？会不会……该不会是和这个萧禹也有点关系吧……

赔罪

宋家现在在家四个女儿，宋苡、宋竹、宋艾、宋荇，宋荇年纪还很小，不是颜钦若的同学，还在宋族自己的女学中读书，颜钦若便没给她下帖子。她邀请的三人里，宋艾本身也不大，还在说话漏风的年纪，家里人也不愿她随便出门，实际上这一张帖子是必定要被回了的，宋苡那边也是咬紧牙关不肯去，因此她的那一张帖子也没收，不过她倒是难得大方，拿出了一个荷包和一张手帕，作为自己和宋艾给颜钦若的生日小礼，随着帖子一道送回了颜钦若手里。以她的绣品价值，这份礼物不轻了。

宋竹这边定了要去，便把颜钦若送的帖子留下，自己给写了回帖，颜钦若收到时明显愣了一下，看起来她根本没指望宋竹会答应，是以收到肯定回答，一时间倒是连客气话都没说几句。

宋竹心里一开始也没多想，还当颜钦若是过分欢喜了，虽觉得她轻佻，但这也是颜钦若一贯的做派。她是等了一会儿，才觉得有些不对的：若是欢喜，此时也该笑开来了。可颜姐姐的表情却是几次欲言又止，仿佛还有几分心虚，叫人看了心里不由就生出狐疑来。

只是这话她也不知该如何开口问——总不成问颜钦若："难道你送帖子的时候就没真心想让我去？"宋竹心里思忖了一番，也不知是为什么，便径自对颜钦若交代道："不过也不必和姐姐一道住了，我们家在洛阳也有亲戚，这一次自然住过去，当日一定早早到颜姐姐家中也便是了。"

颜钦若方才神色也是好一阵变幻，仿佛正思忖着什么，被她这么一说，倒是吃了一惊："啊？你不住我们家？"

这都是小张氏的安排，宋竹不过是照本宣科罢了，当然在她心里，也不大愿意住在颜家，因笑道："嗯，我们家在洛阳亲戚也不少，阿娘说正好过去探望一番。"

这本来也是很正常的事，并且按说和颜钦若无关，除非她是打算把宋竹带到她家有事，不然少一个人过去住，还少了几番麻烦呢。只是颜钦若却并未露出放松之色，还不死心地问："就不能和我住在一块吗？你和你娘说说呗，就住在我家得了。"

宋竹完全被颜钦若闹蒙了，她一边猜测着颜钦若的用意，一边含笑说："这有什么的呀，有亲戚不住，住同学家，被长辈们知道了是要埋怨的。我保证，当日一定早早过来，给你送份厚厚实实的大礼，行吗？"

她说的这是正理，颜钦若也无法反驳，只是又不甘心就此放弃，嗫嚅了一会儿，这才豁出去一般，拉着宋竹的手推心置腹般道：“可……你怕没去过几次洛阳，就算是去了，也不大和我们这样的人家往来。却是不知道，就你平时那身打扮……怎么能见人呢！在学院里也就罢了，在我家，我怕你被人笑话！”

这话说得，的确是非常的不见外了。若是换作是生人，仅此一番话都有可能激起强烈反弹，让两人甚至是两家从此结下冤仇。毕竟重名的不止儒门，如今世风就是崇富拜金，朝廷有专营、外戚有开店、自酿酒，多少朝廷大官人明目张胆地占地回易（走私），为了争娶陪嫁丰盛的寡妇，两位宰执能把官司打到御前，如果说儒门重清名，那么世人便是重财名。颜钦若说宋家无钱、寒酸，按照世俗礼仪而言等于是照脸摔宋竹的耳光——她身为宰执孙女，不至于这点礼仪都不懂，是以才纠结了许久，要不是真心待宋竹，倒也不可能一语道破，说得这么直接。

也是看出了这点，宋竹并没生气，因为她家没有颜家有钱的确是不争的事实。不过，出门穿什么衣服不丢人，这也不是她现在最在意的问题。

她是觉得颜钦若的表现有些怪。

“啊，原来颜姐姐是想到了这一层。”她做恍然大悟状，并且帮着颜钦若把没说完的话给推出来了，“难怪邀我住你们家呢，颜姐姐是想，分我些衣裳首饰，让我不至于失礼人前？”

颜钦若面上神色变幻，明明白白闪过了些许心虚，这才点头应下：“我就是这样想的，横竖我这两年在书院读书，新衣服穿得也不多，许多衣服都没见过人呢，送你两套，再匀些首饰给你，也就能逃过那些姐姐妹妹们的眼睛了。”

宋竹见她反应，如何不知她有所隐瞒？这计划或许可行，但从语气来说都不够坚定，与其说是早有定计说服自己，倒不如说是边说边想出来的。

那她原来的用意是什么呢？按她所想，自己无钱治装，也没贴身侍女，又是孤身入住颜家，面对的也不只是颜钦若，而是颜家起码大小几十号的内宅妇人——即使不算什么女使呀，妾侍什么的，颜月公本人在洛阳养老，以他为首的整个大家族当然都是聚居在洛阳，一家老老小小说是有上百号人也绝不夸张，女眷可不得有几十了？

若是算上生日当天乃至端午节前节后按惯例都要有的一些宴请，会来访颜家的女眷没有一百也有几十，所谓好事不出门，恶事行千里，只怕一个生日过下来，宋家女儿无钱装扮、朴素寒酸的名声就能传遍了整个洛阳城。当然，在某些圈子里，这不但不是恶名，反而是美名清誉，但起码在大众看来宋家是狠狠地坍了一次台，尤其是宋苡和她，自然是大大地出了一次丑，沦为笑柄谈资了。

虽说是有心针对，但手腕上无懈可击，只是邀请她们来参加生日宴而已，顶多说没有事先提醒洛阳上层女眷们争奇斗艳的风俗，不过这对颜钦若她们来说可能算是常识，即使一切如了颜钦若原意，宋家也没什么可发作她的……这么好的计策，是颜钦若自己能想出来的吗？

宋竹不觉就想到了那一日她和赵元贞窃窃私语的画面——大概也就是当日下午，颜钦若就来给她送帖子了。

她不会是当天上午才决定要大过生日的吧？还有，她为何要这么做呢？

宋竹沉下眼，不动声色地笑道：“颜姐姐的好意，我心领了，不过我们家原本是什么样就是什么样，若是有人要笑话我，那也由得她们去。我们本来清清白白、诚诚恳恳的，倒犯不着为了这样的事情弄虚作假，若是被拆穿了，那反而不美了。”

她一番话堂堂正正，说得颜钦若无言以对，宋竹又笑着安抚了她好几句，大概无非是领情之类的话，倒是把颜钦若说得面上又有些愧色闪现。不过她终究也不是什么纯白无瑕的美玉，虽然看似愧疚，但却并没有自己认错的意思。

宋竹也不求她自己和盘托出，她已经把清明前后发生的事来来回回地想了好几遍，此时心里也有了几个猜想，便先从可能性最高的一个试起，故作漫不经意地说：“对了，颜姐姐，还没和你说呢，这也是我才知道的新鲜事儿，我就告诉你，你可不许告诉我二姐啊……”

凡是人，就没有不爱背地里议论别人的，宋竹觉得女人在这些事上也特别有兴趣，颜钦若自己这边还没愧疚完呢，一听宋竹的话，顿时眼神一亮，来了精神：“何事？我保证不说！”

宋竹便笑说：“也是前几日萧正言带了那人来我们家拜访我才知道的，原来萧家为他们家的三十二郎说了我二姐，好像那日就是特意上门送信的……嘻，这件事，可不能告诉我二姐！”

颜钦若却未表现出兴奋之色，她先说：“哦，原来是此事——”

见宋竹挑起眉毛，才解释道：“我哥哥和……那人要好，已经听他说了，哥哥又告诉了我。”

啊！原来萧禹早就知道说的是三十二哥？这么一说，那天她说那番话的时候，岂不是半点都不占理儿……

“咦！何时的事，姐姐也不和我说！”宋竹知道这不是羞惭的时候，她佯嗔了几句：“你倒好，什么都问我，知道了我们家的事，却不和我说。”

颜钦若不知底细，忙解释：“也就是清明回来以后，刚上课的那天听说的，这几天不是功课忙吗，就忘了问你了。”

这一来，时间点就全对上了，动机也全了，甚至是颜钦若在下帖前后截然不同的反应也有了合理的解释。宋竹想到那一日赵元贞的笑脸，心底不禁一阵发寒：萧禹没和颜家一道回洛阳，反而来了宋家，颜钦若有所误会倒也情有可原。她之前向自己求助，若是以为宋竹早知道萧家为萧禹提了宋家女，而宋竹居然没有告诉她，自然会觉得被骗了，倒是大有可能想要报复宋家姐妹一次……这都不是不能理解。只是，以颜钦若的性格手腕，只怕她绝想不到如此简单轻松就害人于无形的手段。只是稍微把小生日办得盛大点，几百贯钱的热闹，就能让宋家姐妹丢个大人，这么本小利大的买卖，她的脑子是想不出来的，必然有个人在她身边，为她出谋划策。

只是赵元贞这么做，究竟有何用意呢？自己姐妹又是哪里得罪了她？家里应该已经回绝了刘家的提亲吧，按说她们姐妹和她已经没什么直接的关系了呀……

宋竹心下纳闷，却也不敢去看赵元贞，把话题扯开和颜钦若东拉西扯了几句，这才和她分开，走回课桌前坐下。借着转头看风景的动作，打量了赵元贞几眼。

赵元贞还是老样子，趁着午休正在做女红，察觉到宋竹的眼神，她转过头来友好地一笑，宋竹面上毫无异状，也回了一笑，却在心底犯起了嘀咕。

她这是为了对付二姐，还是为了对付自己，到底又有何用意呢？

这天学上下来，她是疑问满腹，好容易下学了，几姐妹在女学里等着兄长们过来接人一道回家——因宋栗等人不入女学，都是由门子传话，所以宋竹也是出了门才发觉，院子外头居然还站了个人。

不，应该说是还站了个“祸水”——萧禹给她带来的麻烦，可比他叫的那几声粤娘妹妹要多得多了。

“回去吧。”许是察觉到了她眼神中的疑惑，三哥笑着说：“今日是萧师兄家大哥儿的十岁生日，祖母说要为他过一过。”

既然是为萧师兄的儿子过生日，那么把萧禹这个当叔叔的捎带过去一道吃饭，也是很正常的事，再说彼此已是通家之好，其实也不必忌讳什么。萧禹笑嘻嘻地已经招呼了：“二姐好，四姐好……粤娘妹妹好！”

虽然上次吃了她一顿毫无道理的抢白，但从他的表现来看，萧禹好像心里对她也没留下什么芥蒂，就还是那么欠不兮兮得惹人嫌……

也不知为什么，宋竹的确是松了一口气，萧禹这一声格外有意的“粤娘妹妹”也没让她多么生气，倒是促使她暗下了决心，要对萧禹道歉：不论如何，那天她说的那番话的确是过分了，得是好生赔礼一番才行。——只是，想道歉，也得有机会才行……她不可能当众和他说这些个呀……

也许是天意助她，这一回，二姐宋苡对萧禹颇为冷淡，隔了盖头看了他几眼，这才点头回礼，却连一句话也没说，就牵起宋艾一马当先走到了前头，宋栗道：“哎呀，路滑，二姐四姐你们小心些，让我们走前头。”

他带了两个弟弟翻过身子，倒是赶在宋苡前头快步下了台阶，萧禹和宋竹都没反应过来，一时间倒是双双落后，被留在了女学门口。宋竹见萧禹就要赶上去，想想错过这个机会，只怕再难和他赔不是了，便忙上前拉着他的袖子道：“三十四哥，你且稍等一等。”

萧禹被她所阻，便停下来回头笑望着她，问道：“怎么了？粤娘妹妹！”

夕阳西下，映得他半边面孔仿似镶了金边，不知如何，宋竹的脑子像是卡了一卡，过了一会儿，才意识到萧禹又喊她乳名了。

他喊“粤娘妹妹”，总是要诚心加重了语调，她恼得白了他一眼，原本十分的愧疚都变成了八分，奈何那日那番话，现在想想着实有些过分，不道歉她心里实在过不去，因此只好把心一横，福身行礼，端正道：“粤娘这里给三十四哥赔礼了。”

欺负

这一声赔礼，一时间倒是把萧禹给说蒙了——他是万万没想到，一向古灵精怪，私下比自家几个姐妹还要刁钻的宋粤娘，居然会主动对自己道歉，而且语气还是这般的诚恳……

一般的女儿家在宋粤娘这个年纪，当然多少还有点稚气未脱，不过和宋粤娘这样，对外对内两张脸的却是少见，宋竹在外人跟前稳重柔和、举止有度，一派大家风范，在自己人跟前却是一副被宠惯了的小女儿模样。那么在萧禹心底，当然就把后者当作她的本性，前者看作是家人教出来的一张面具，只是用来搪塞外人的。现在她突然这么郑重地对自己道歉，完全是“稳重知礼”那一边的表现，一时间他还真有点调整不过来，左顾右盼了好一番，还以为这是宋粤娘又给他下套了，又或是附近有人在看，她特地淑女一些。

“你这是——”一边说，他一边就伸手去虚虚地扶宋粤娘。

可宋粤娘却并不起身，反而是又加深了福身行礼的幅度，深深地蹲了一蹲，方才站起身来，低头说道：“上回在山里，是粤娘不对，我自己学艺不精，不敢作诗，怨不得旁人，三十四哥问我，我该如实说明才对。可非但没有说实话，反而生了三十四哥的气，后来三十四哥好心在外守着我，怕我被外人扰了，我却不识好意，反而对三十四哥发火，说了许多混账话，说来说去都是我的不对，我没以诚待人，这非儒门中人行事，三十四哥你大人有大量，别和我计较……”

虽说声音不大，脚尖还一直在地上划来划去的，但毕竟是把这番话给结结实实地说完了，那天她犯的几个“错误”，也都如实承认，并且说完了又福身浅蹲，再道了个歉。

这女孩子就是好，刁蛮不讲理仿佛是她们的特权，萧禹那天被她那样一嫌弃，心里自然是有几分生气，过了几天以后被宋栗敲打一番，气早平了，现在宋粤娘反过来对他这么低声下气的赔礼道歉，他反而大为不忍，又有点心虚——这宋粤娘果然不愧是宋家女儿，自己到底还是小看了她。就那番话，虽然无礼，可当时她在气头上倒也能理解，毕竟自己也有不对，又有多少女儿家反省过自己以后，还能有勇气主动过来赔礼道歉的？单只是这一点，她就和那些娇纵不讲理的大家娘子有本质区别了。

再想到自己那天接连的行为不谨，还有身为兄长心胸狭窄，几次作弄宋竹的事，萧禹有些脸热了，“你可别——那天的事，终究我也有不好——”

宋粤娘瞥了他一眼，果然她双颊榴红似火，显然是极不好意思，她先是鼓起腮帮子，有些不高兴地说：“人家还没说完呢……”

声调甜软，倒是有点撒娇的意思了，萧禹听她说得，倒是耳朵都有点酥麻麻的，他举手道：“那你说，你说。”

“还有……还有就是不该胡说八道，把三十二哥的婚事错安到三十四哥头上，是我自己没听清楚就胡乱想来的，这是一重不对，还有一重是说三十四哥配不上我二姐……三十四哥你人品俊秀，连公主都配得，可别听我胡说八道。”宋粤娘越到后来声音越小，显然对自己说过的话也很是不好意思。

她要是刁钻，萧禹总也有办法治她，现在她软下来了，萧禹反而有些不知所措。呆呆地看了她好一会儿，这才回过神来，咳嗽了一声才问：“都说完了？”

“还有头次见面对三十四哥扮鬼脸……”宋粤娘居然还要从第一次见面开始道歉，萧禹一听，头就疼了起来，那要这么说，他戏耍她那几次还没算呢。

“得了得了，我知道你的意思了。”他特意有些粗率地一挥手，大包大揽地道：“你意思就是对不住我，你做错了是吧？”

宋粤娘抽了抽鼻子，看着可怜巴巴的，好像一头不大高兴的小猫儿，抬起头来看了他一会儿，方才不作声地点了点头。

“这也不是什么大事，说白了，我也有不对，”萧禹说的是实话，当时气愤是一回事，过后会不会放在心里又是另一回事了，宋粤娘无非就是和他小小地言语冲突了几次，他难道还真的记恨她？“你都赔了罪那就算完了呗，咱俩以后就没事了，你也别往心里去。你放心吧，这些事我也不会和旁人说的，保证一个字都不吐露。”

他果然猜对了，宋粤娘深心里是十分担忧他四处乱说的，如今得了他的允诺，她眼睛一亮，惊喜地望着他：“三十四哥此言当真？”

萧禹笑道：“那当然了，就是咱俩不和好，我也不会乱说的，你是白担心了。”

宋粤娘面上一红：“三十四哥果然是个好人，是、是我以小人之心，度君子之腹了……”

说着便没了话，只是站在那里，红着脸望着一旁的台阶。

按说，现在两人都和好了，此事也揭了过去，宋家人更是走出了老远，萧禹现在该带着宋竹赶上去了。可不知如何，这会儿他居然迈不出脚步，总觉得现在没法走开，仿佛话还没说完，又好像是眼下这柔柔顺顺、对他低声下气、不断自贬的宋粤娘让他有些不习惯。

“那……咱俩没事了？”他搜罗了半天，搜罗了这一句话出来。

宋竹点了点头，就那么感激而崇慕地望着他：“多亏三十四哥大度。”

好了，又没话说了。

沉默了一会儿，两人都没提走的事，偶尔对视一眼，又都飞快地别开眼去。宋竹好似在等他发号施令，而萧禹就更觉尴尬，他望着宋竹的头顶，不知为什么，忽然有股冲动……想要在她头上凿一下。

他也真的这么做了——真的伸出手在宋粤娘头上凿了一下。

宋粤娘显然猝不及防，她差点没被他凿到地上去，猛地趔趄了一下才维持住了平衡，双手抱头，一脸愕然地望着萧禹：“你——你做什么？”

本来嘛，凿了她以后，萧禹立刻就想到了自己当时对宋栗的允诺，还有此举不合礼法之处，本是有些后悔的，可看着她脸上重新浮现的隐隐怒色，忽然十分舒坦快意，再也不在乎那些乱七八糟的顾虑了。他出手如电，又凿了宋粤娘一下，方才笑道：“你不是说对不住我吗？这两下就算是我收的赔礼了。”

“哎……你这……刚才不都说……”宋粤娘顿时又气成了个跳豆儿，“刚才不都说没事儿……你……”

一样是涨红了脸，可她这回就要精神多了，再不像是刚才那样蔫蔫的，像是霜打的菜叶，方才的尴尬已是一扫而空。萧禹心中一片敞亮，哈哈笑道：“我什么我？难不成粤娘妹妹你还想凿回来？对兄长没大没小，这也不是儒门中人行事哦。”

也不等宋粤娘回话，他一背手，装模作样地往山下张望了一番，“日头都快落啦，咱们还是快回去吧。”

说着，便一马当先，快步下了台阶。

暮风习习，吹在萧禹身上，还真使他有了种“春风得意马蹄疾”的感觉……

既然是帮萧大哥儿过生日，那么自然没有分开吃饭的道理，又是通家之好，大家也就不忌讳了。因宋先生和萧传中师徒，一个在书院还有事，一个又出门去乡治了，因此便是萧明氏带了两个孩子，连萧禹一道，和宋家一大家子分了两桌，团坐了吃长寿面同煮鸡蛋——这都是过生日题中应有之义。

宋家简朴，萧禹是早知道的，还当今日吃饭水准也就和书院的食房差不多，不料只是长寿面、煮鸡蛋，便十分美味，接着上了七八道菜也都是有荤有素，手艺上佳。他久在食房吃饭，并且因为萧传中没带厨师的关系，在县衙其实也吃不到什么好的，今日的宴席，说来也就是在家常便饭的水准，可他却吃得比往日在家要更得趣了好几倍。明老安人看了，都不禁笑道：“书院食堂的饭菜，不大好吃吧？”

萧禹先把口中食物咽尽了，方才答道：“确实，不过饮食一道，丰俭随缘，遇有美食便多吃些，家常饭菜也不嫌弃。我们读书人以治学为先，生活小节就不讲究了。”

他是拾人牙慧来装点门面，不料明老安人却听出来了，她呵呵笑道：“这是你先生常说的吧？你倒是都记牢了，随口都能带出来。”

萧明氏不失时机地对明老安人恭维宋先生，“当时还在洛阳，听说小鱼儿住进了书院里，我心底还是咯噔一声，怕他吃不得这个苦，也是奇怪先生为什么特意如此安排。可等到了宜阳一见小鱼儿的面，我就明白了，先生的智慧，真不是我等可以管窥蠡测的，在家里最是娇惯的小鱼儿，不过一个月功夫，什么事都能自己做了，言行举止不知稳重了多少，现在更是随口都是这样有道理的话，整个人境界全上来了……”

她还在滔滔不绝地夸奖宋先生的这个决定，萧禹却已是没在听了。萧家人是客，和明老安人一桌，大夫人、四夫人站在一边服侍老安人用饭，还有宋栗、宋檗陪客。而另外一桌就坐了宋家四姐妹和小宋柴，宋家用饭的厅堂不大，两桌距离不远，宋粤娘其实就坐在萧禹斜后方不远处，当萧明氏说到“稳重”这两个字时，明明白白从宋粤娘方向传来了一声轻哼，惹得他不禁暗笑起来，一时倒是无心吃饭，只想着刚才凿宋粤娘两下的得意事。

美滋滋地出了一会儿神，回过神的时候正巧听见明老安人和萧明氏说过端午的事，“……粤娘又要上洛阳去，给她那同学颜娘子过生日，这倒是几年来头一回……”

颜娘子？

这一个颜字，登时触动了萧禹的心弦，许多事从他心中一闪而过：宋粤娘说知道他的婚事，宋栗说她和颜娘子要好，颜安邦在没有回过家的情况下忽然间有意带他回家给家里人相看，那日的误会，颜安邦的狭窄心胸，姨父说的“颜月公睚眦必报”，颜娘子几年来头一回邀宋粤娘去洛阳给她过生日，宋竹朴素的穿着，还有洛阳乃至开封一贯夸豪斗富的风气……

电光火石之间，他似乎已经看透了这些零散事件背后的脉络，意识到了宋粤娘此次去洛阳背后的阴谋，心中不禁大为着急，暗道：“‘我不杀伯仁，伯仁却因我而死’。粤娘这般看重脸面的性子，若是去了洛阳真的受辱，岂不都是因为我的过错？”

可话虽如此，他却也无力阻止，我又该如何让她别去？又没证据，怎么说服她信我？再说，都已经答应下来，不去也晚了，就是要和她说，也只能是点明洛阳风俗，让粤娘和家里人说了，尽速置办些行头。

旋又想到：他们家只怕又无钱为粤娘置办衣裳，这可如何是好？我虽然有钱，但她也不可能收我的钱呀。

那李文叔离间他和颜衙内，他虽然心中不快，却也懒得和他当真计较，只是记在心里，等着日后弄清缘故再行处置。可此时再思及李文叔当日的小人行径，便是有了几分咬牙切齿，暗道：“你只等着瞧，若是这回闹得不好，我叫你这辈子仕途都坏在我手上！”

虽然如此发狠，但那终究是日后的事，此时对于宋粤娘的洛阳之行，他是根本无计可施，甚至连插话都不能。萧禹回头偷偷地看了宋粤娘一眼，见她一无所觉，还坐在那里喝汤，脸颊被热汤煨得淡红一片，隐隐还发了汗，十分可爱，心中更是发急，真恨不得站起来把她拖出去面授一番机宜。

思来想去了好一番，终究是被他想出了个办法，当晚他也不多说什么，只是和萧明氏一道回了县衙，在自己屋里睡了。第二日早上起来，进去给萧明氏问好时，便对她道：“嫂子，说来你也知道，洛阳那边的风气和开封一样，越是大家大族，越是暗地里夸豪炫富，食不厌精，脸不厌细……”

他知道萧明氏在开封时只是和萧家人来往，因为萧传中官位尚低的缘故，没怎么和高官显宦人家的女眷打过交道，俗话说就是层次没到那一步，因此是仔仔细细地把开封洛阳的上层风俗说了一遍，萧明氏听了，也是恍然，“倒是和我们老家不同，更看重这些，如此说来，宋三娘去洛阳，岂不是还得置办几身行头？”

萧禹等的就是这句话，他脸色一正：“小弟就是这般想的，又不知宋家是否知道此事，又是否有钱，嫂子，有句说句，宋先生是二十七哥的授业恩师，咱们两家又是通家之好……”

他鼓动三寸不烂之舌，把萧明氏说得晕头转向，半推半就地同意了过问此事，若是宋家无钱就资助一把，又从怀中掏出了他随行带了应急的三十两白银，道：“我知道嫂嫂行装轻便，手头未必有活钱，说来先生也是我的恩师，对我授业解惑，恩同再造，这样的事我不能不出力帮一把，嫂子你收着这银子，要是宋家果然无钱，便把这些银子去钱铺换了，为三娘买些尺头装点装点……”

这时候运钱是十分不方便的，都得用箱子装着走，所以富贵人家出门行囊都特别沉重，行走速度也慢，前一阵洛阳到宜阳的路被冲了，过不得大车，萧明氏又不耐等候，所以是人来了钱没来。萧禹也知道此点，昨夜特地出去找胡三叔要了钱，此时果然派上了用场，萧明氏犹豫了一下，便把银子拿了，道：“也好，总不能问了无钱，我们这里又拿不出钱来资助，倒是不好了，这算是嫂子向你借的。”

萧禹哪里在乎这个，闻言笑道：“若真是需要帮助，少不得嫂子也借些首饰过去，总要让三娘体体面面的，才能保全了书院的名声。”

把一切都尽力打点妥当，再无可交代之处了，他这才告辞而去，心底却始终还有些隐隐的忧心，只怕宋三娘在洛阳被人有心陷害，丢了脸面，一时甚至是恨不得男扮女装，陪在宋三娘身边，和她一道去了。

出行

且不说萧禹如何忧心。宋竹这里，却是根本没考虑到去了洛阳以后的事，以她的天分，想要在女学保持领先，非得靠着日夜的苦读不可，当然没有多余的心思来为还没影儿的事情担忧。

读书日子，终究是无事的多，有事的少。随着清明假期过去，一班女学生也都投入学业之中，不论是颜钦若还是赵元贞都未生事，宋竹小心翼翼观察了赵元贞许久，也没见她有所异动，心下十分不解，也只得暂且搁到一边，苦读《中庸》不提。

女学功课，这几个月内分了好几种，有教正经经典的十三经，有教人吟诗作对的音韵学，还有评点诗章，教姑娘们练字的。书院里还有先生以书画闻名，家里如有意向培养，可以私下和教授联系，等到放学后安排授课。和男学的课程最大的区别就是少了一大块武学，要知道君子六艺可是文武并重，再加上关西历年多战事，对洛阳冲击不小，是以宋学也很注重这方面的教育。

宋竹自忖才力有限，对于丹青也好，琴艺也罢，都没什么野心，一心只想读好经典，因此这些进阶课程都没学习，倒是开了一门宋家专属的课程——跟着小张氏学习女红。她母亲的女红也是家学渊源，二姐宋苡的绣艺就是由母亲传授，外加自己心灵手巧，因此发扬光大的。

平时晨昏定省，都是大批人马面对面，要找母亲说话就得私下过去，偏巧小张氏和宋竹都不是闲人，宋竹虽然想请教母亲，但一直没找到合适的机会。这一日是女学休沐，按惯例她要去找母亲学半日绣艺的，早上吃过饭回来，看时辰还早，她便打算先抄写几遍课文，再去母亲屋里。

谁知，这边才提笔，那边就有人来叫了——小张氏让她到祖母屋里说话去。

宋竹也不知是何事，扔下笔走到祖母屋里时，就见到祖母、母亲和四婶都在，母亲手里拿了一条裙子正比画着，不由笑道：“娘，原来你试穿新裙子这么大阵仗，得把我们全家人都叫来看着。”

此等嚎笑言语，在她是出自活泼本能，谁知话刚出口，老安人便扫来一眼，似笑非笑、不怒而威，显然对她的失言有些不满，唬得宋竹不敢作声，忙垂下头乖乖地见了礼。小张氏方才笑道：“这是给你做的裙子，你且来试试看合身不合身。”

宋竹见那裙子长短，心里多少其实也猜出来了，她本想说：“过年也穿不上这样好的衣服，我倒要谢谢颜姐姐了。”可她又畏惧祖母，因此便只是乖乖地“嗯”了一声，接过来走进里间，把外裙解了，换了这条新裙子走出来。

她年纪还小，再加上为了读书方便，一般都穿的是样式很简单的袄裙，上身布袄，下身大褶裙，梳两条大辫子就算成了。今日小张氏手里拿着的却是一条罗裙，宋竹也不知分辨布料，只觉得出手软滑，花色鲜艳，想来是上好的物事，倒真是比她过年时穿的那些绫罗绸缎还要更体面些。别的也没什么感觉了，顾盼了几下，脚步倒要比从前更稳重，就怕哪里踩脏了，反倒是不美——一般说来，罗裙过水总是要褪点色的。

她走出来给长辈们看过了，小张氏笑而不语，季氏道：“真是人要衣装，粤娘穿了这条裙子，整张脸都亮起来了。”

老安人也道：“她穿这个艾绿色是挺好看，不过且再试试别的。”

正说着，乳娘在桌上打开了一个大包袱，从里头拿出了七八身袄裙来，全都是宋竹的身量，宋竹只能一一换出来给三位长辈点评，虽说知道是为了她的洛阳之行挑行头，但心中也颇为不耐，因想道：不知耽误了我多少做功课的功夫。

衣服都换穿了一遍，季氏令人回去取了自己的首饰匣来，笑道：“倒是我的这些首饰款式还新。”

她入门最晚，出嫁时打的首饰当然款式新巧，小张氏说：“毕竟小孩子，也别戴太多了，四弟妹略挑两样吧。”

“首饰就是要戴的嘛。”季氏口中说着，手里也没停，挑了一串金璎络，一串珍珠项链出来，又道：“你梳丫髻，簪环不能戴太沉的。”又给宋竹挑了一对小珍珠簪子，让她都搭配上试过了。和罗裙一样，宋竹也看不出好不好，拿来戴上，心里还暗暗嫌弃头上沉重。

这一番试妆占用了一整个上午，宋竹本人除了试衣以外毫无发言权，只能站在下首听三个长辈你一言我一语地讨论，到了午饭时分才算是解脱出来，她心底简直都有些惶恐了：宋家家训简朴，虽然也不是没有华服，但平日里终究很少穿着，更不提倡谈论市面上的服装风尚。怎么就为了她去洛阳参加一个生日宴会，家里连做派都改了，折腾出这么大的动静……值当吗？

当着祖母的面，她不敢多话什么，等试装结束以后，方才是不言声地跟着母亲一起回了屋子，“今儿的课还没上呢。”

小张氏便教她绣了几针，宋竹心不在焉地试着新的针法，过了一会方才问母亲：“这些衣服……您是半个月内就给置办齐全的？”

“怎么，不像？”小张氏的语气倒是很和缓。

宋竹便大着胆子说：“不像……这些衣服，半个月哪能做出来？非得把全县的裁缝都得请遍了不可，若是如此，就是得了新衣，终究也失了面子。为了上洛阳赴宴，闹出这么大的动静，还不如青衣素服地过去呢。”

小张氏微微一笑：“你就当是娘变出来的吧。”

“娘——”宋竹好奇心起，开始撒娇了。

“你二姐到了年纪，我为她预备了些衣衫，以便将来相看的时候穿着，”小张氏这回倒是没卖关子，“她和你身量相近，半个月内改改小也不是什么难事。倒是首饰还没开始预备，只好先借你四婶的了。”

宋竹这才明白，不禁笑道：“我还当您要写信给洛阳的三姨母，让她帮着置办呢。”

她倒是没想过家里人会让她光头素面地过去，宋家祖产多少，宋竹心里倒是多少有数，宜阳县附近许多地都是他们家的，只是祖训不可变卖，当年宋先生办书院的时候也没敢违逆，要不是因为那两年办书院把活钱都用光了，大姐宋苓出嫁时，陪嫁单子上也不至于没有一亩水田。母亲会发话让她去洛阳，就一定是做了全盘考虑的。只是她原还以为，母亲顶多就是写信给洛阳的三姨，让她帮着做两身衣服应付应付，不至于失礼人前也就罢了，却是万万没想到，这回居然搞得如此隆重……

“对了。”她忽然想起赵元贞的事，便说道，“不知和您说过没有，好似颜家曾有所误会，以为萧家想为三十四哥提二姐……”

说着，她不由暗自吐了吐舌头，方才把自己的猜测告诉了母亲。“颜姐姐心中便有些不忿，赵姐姐就……”

三言两语交代清楚了，宋竹便提出了心中的疑惑，“我就是不懂，赵姐姐为什么要这么做呢？”

小张氏听得，手里的针线停了一停，这才又动起来，过了一会儿，她说：“应该是想要杀杀你二姐的威风吧，她家姐妹要进刘家门，总是希望能在小字辈里一家独大……也是为了自家人考虑。”

语气清明，又含了淡淡的讽刺，宋竹听了，也是恍然大悟，不禁叹道：“赵姐姐的心思也太深了，这八字还没一撇呢，她甚至不知道咱们会不会应下刘家，这就安排上了。”

“横竖她手段高，旁人也无奈她何。”小张氏道，“又有颜娘子在，即使损人不利己，终究对她也无害，这个赵娘子，挺有男儿气概。”

小张氏口中轻易不吐出贬词，但这番话的褒贬却是显而易见，宋竹忙道：“日后女儿和她来往时，必定加倍小心。”

“只要你自己立身正，这些事终究也不能奈你如何。”小张氏说着，倒是难得地叹了口气，“日后长大，你会更明白，为什么要你时时小心、处处在意，就是因为天下间，赵娘子这样的人，从来都是不少见的。”

宋竹嗯了一声，乖乖受教，过了一会儿，又笑道：“颜姐姐几次问我在洛阳落脚何处，我猜她可能会送些衣饰上门。”

“平时简朴些，倒是都觉得我们家没隔夜粮。”小张氏也是不禁莞尔一笑，“你那远房表姐也上门问了两次，又和我分说了一番洛阳的风俗，只怕我们不识规矩，到了洛阳吃亏。连银子都带来了，硬是要塞给我，我倒不知该怎么说了。”

母亲怎会“不知该怎么说”？宋竹闻言，忍不住笑道：“那您收了没？”

“当然没收了，”小张氏也笑了，“她也不惯做这些事，见我不收，还怕我恼了，连忙好一通解释，倒是把责任全推到萧三十四头上，连说这都是他出的主意，说什么小孩子不懂事，她也是没见识没分寸……哎，总之是好一通客套。”

宋竹的耳朵立刻就竖起来了，“三十四哥？这事和他有什么关系？”

一说起萧禹，她就想到那天他凿在她头上的两个爆栗子，小嘴忍不住就嘟起来了——她处处委屈，想要化干戈为玉帛，都退让到那份上了，他倒好，两个爆栗子凿下来，还挺振振有词的。

女儿表情上细微的变化，如何瞒得过当娘的？小张氏望了女儿几眼，眼底笑意渐深，她难得解释得很清楚，“还不就是他当日听说你要去洛阳，怕你布衣过去，便千叮万嘱，让你师嫂给咱们家送些银子过来，为你添衣嘛。”

“啊……哦……”虽然是误会了他们家无钱，但人家怎么也是一片好意，宋竹结巴了一下，又想到那两个爆栗子，好话便说不出口，反而是带了些嫌弃地道：“他年纪小小，心思挺重的，听一句话就想了那么多，倒是个管家婆的性子。”

小张氏唇边勾起微笑，不再接女儿的话了，低头又做了几针，才道：“是了，你爹书房一直少个可心人帮着整理洒扫，你姐姐年纪大了，妹妹又小，几个哥哥要读书备考，也没什么闲空儿。日后，你下学后就去你爹爹的书房帮些忙，可别躲懒了。”

家里安排下来的活计，宋竹自不可能推脱，再说她也很喜欢去父亲书房——楼后空地可以射箭，对她来说是个福利，虽说是添了活计，可闻言反而有几分高兴，开开心心地就应了下来，“哎！知道啦。”

又在手绢上刺了几针，想到以后对爹爹撒娇要射箭的情景，唇边不禁就喜滋滋地噙起了笑花儿，差点儿要哼出小调子来，却又想起这是在母亲屋里，连忙止住念头，又小心翼翼地看了母亲一眼，怕她已是瞧出了端倪。

这一眼望去，却发现母亲也正笑吟吟地看着自己，神情中露出无限欣慰慈爱，宋竹微微一怔，愕然道：“娘，您这么看着我做什么？”

小张氏伸手将她的鬓发别到脑后，笑道：“我笑你有福气不行吗？”

宋竹好一阵愕然，眨了眨眼睛，见母亲并无解释的意思，只好又低下头去做起了针线。

虽说家里早给备好了衣服，连哪天穿哪一身，应急换哪一身都有了安排，但这样的事也不好随便乱说，更不可能现在就穿去学堂炫耀，所以宋竹还是平平淡淡地照常朴素着过去上课——她倒是有心和颜钦若说几句，告诉她自己已有了体面衣裳，可想到赵元贞，又越发不敢轻举妄动。只好暂且瞒下不提，心想：反正到了当日，她也就知道了。

一晃就到了端午，这是大节，书院上半年的假期主要就是集中在清明和端午了，按照惯例，也是从一号开始，足足放出六七天。颜钦若力邀宋竹和她一道回洛阳，宋竹问过母亲，小张氏倒并未反对，是以两家就约了五月初一一早在城门口相候。

宋竹的几个哥哥，不是年纪太小，就是要专心读书不能陪伴，母亲和四婶也要在家预备端午大节，倒是正好四叔宋详要去洛阳打理些生意上的事，可以一路护送，如若不然，她便要自己一个人出门了，不过即使如此，到了洛阳以后，她也要孤身进到亲戚家的后院去。她毕竟还小，虽然很想去洛阳游玩一番，但思及此点也有些惶恐，这天居然没有赖床，早早地便起来洗漱过了，又略用了些早饭，便和乳娘一道，上了宋家的马车。

出了巷子走到城门边时，颜家的车还没有来，一行人便暂且在这等着，宋竹正是昏昏欲睡时，忽然又听到马蹄声得得地响了过来，还伴着一道很熟悉的声音招呼着：“四叔您可好？”

这……这不是萧禹又是谁？

宋竹都快翻上白眼了——难得出门一次，怎么又撞上他了？

计划

萧禹又哪里是无意间来撞上宋竹的?

他都快哭了——见过清高的，没见过这么清高的。虽说萧传中是宋先生的学生，老师接受学生的帮助，多少都有些拉不下脸面，但萧明氏都把话说成那样了，就当是为了宋家声名着想，也别这般轻忽吧?说什么“家里也给准备了几身衣服”，颜家既然是特地要落宋家的面子，就宜阳县城里能买到的那些衣服，又或者是宋家的人眼中的“华服”，又哪里能过关呢?

不过，人家把话都说出来了，已无改口的余地，再纠缠下去，反而伤了感情。萧禹一来也不好再请大嫂出面，二来转念一想：即使宋家拿了银子，按她们惯常的做派，又哪能给宋竹置办出什么体面衣裳?无奈之下，他只好另寻他法——这要不是他日常居住书院，也没什么机会和宋竹接触，他都有给宋竹饮食里下泻药的心思了……

好吧，眼看到了五月，宋家这边也没什么变化，他让胡三叔留心了半个多月，也没听说宋家有在上成衣铺子里置办衣物的消息，萧禹也是无可奈何了，他总不能眼睁睁看着宋竹去洛阳出怪露丑吧?

得，啥也别说了，旁敲侧击地问了宋栗，知道颜娘子是初三的生日，萧禹这就给县衙送信，收拾行囊预备回洛阳去了。萧传中倒也没有阻拦他，反而很配合地让他找几个师兄弟一起上路，免得就只有胡三叔一人跟着，他不放心。萧禹这边转头就“打蛇随棍上”，让胡三叔去问了宋家，约好了一道去洛阳。只是此事并未传入宋竹耳中，她并不知道而已。

萧禹这边，他是知道宋家几兄弟都要读书的，本还以为宋竹要单身过去，还想着找个机会和她说说，把洛阳的风气告诉她知道，让她也有个准备。谁知听说有宋四叔跟着，心中已经是一个咯噔了，到了城门口，又听说颜家人也和他们一块走，他是恨不得立刻就催马狂奔……你说这事闹得，要是宋竹去颜家落脚，颜安邦让他也进去喝口茶，他能不去吗？到时候要惹来了提亲信，那这事情可就大了……

心下虽有无数计较，但事已至此，萧禹面上是分毫不露。见颜家车马还没出现，他便跳下马来，和宋四叔寒暄了几句，想着今天还有三十多里路要跑，便坐到宋家车沿上，先歇歇脚。

宋四叔候得有些不耐，便走开去吩咐下人，想是要去颜家问问。萧禹本来还想问问他们在洛阳落脚何处的，也没来得及出口，只好目送他走开，不提防背后忽然被人戳了一下，他吓了一跳，回身去看时，却是布帘缝隙里隐约露出一张小脸，满带了猜疑地看着他。

萧禹满心的不快，忽然都化成了笑意，见宋竹的提防都写在脸上了，心中更觉有趣，一抬手，作势又要凿她，倒是把宋粤娘吓得一缩脖子，过了一会儿才慢慢地又出现在帘子后头，细声问道："你来干吗呀？"

萧禹道："我和你们一道去洛阳呀——我护送你。"

宋竹长长地嘁了一声，显然是嗤之以鼻，她定定地看着萧禹，仿佛怀疑他是来找她麻烦的。萧禹看了，倒不禁一笑，他抓紧时间说道："我和你说——"

才刚开了口，远处便有了招呼声，宋竹就像是受惊的小动物，一下缩回了车里，萧禹也赶忙跳下车去，和颜安邦招呼过了，就张罗着招呼三家人上路。

此时天下，出行多数都是车马，女眷乘车、男人骑马，轿子还不是非常普及的交通工具，颇有些"以人为畜"的忌讳。这三家都是宋学弟子，自然不曾冒犯，都是一色的清油车，随从有的步行，有的坐在车辕上，有的便也是骑马、骑驴跟在主家身后。反正因为有车的关系，路又不大好，快肯定是快不起来的，就是步行也跟随得很轻松。

萧禹毕竟和颜安邦年纪相近，两人自然走到一起，边走边谈，宋四叔在前头领路，无事也和伙计们闲聊。一路都没有多的话，加之因为前阵子山洪冲坏了官道，现在路边有许多民夫在修路，一行人的速度着实不快。

走了十多里路，已经是日上中天，萧禹渐觉炎热，宋四叔和颜安邦也都取出斗笠戴上，他看了倒是一呆——胡三叔毕竟不是使女，没那么细心，没给他收拾出遮阳的帷帽、斗笠来。

此时已是五月，日头有些毒了，萧禹撑着骑了一段，竟有些头晕，正是尴尬时，颜家马车那边传来了些许动静，颜安邦便策马过去，过不得多久，便是一脸苦笑地拨马回来，伸手解着自己的斗笠，“来，阿禹，我的给你戴。”

萧禹忙道：“不必了，这如何使得？”

颜安邦道：“无妨，我的给你，我戴书童的。”

他这是客气，不给萧禹戴下人戴过的，萧禹却觉得颜安邦平素做人没这么体贴，只怕这也不是他的主意——他看了颜家马车一眼，虽说也有些感激，但更多的还是头皮发麻的不祥预感：看来，这颜娘子对他有意的事，已经渐渐越来越真了。

既然如此，这斗笠他更不敢接了，萧禹眼珠一转，便道：“说实话，十哥，我都已经有些中暑了，眼下却骑不住马，你这斗笠给了我也是无用。”

他这一说，大家倒是都为难起来了：就这么两辆车，里头也都有两个人了，萧禹要是坐车的话，谁让都不合适，难道让他一人坐一辆车，余下人等都坐在另一辆车上？那他架子也太大了吧。

萧禹会如此说，倒是想好了解决办法，不过他还没开口，宋家马车也有动静了，宋四叔过去说了两句，便笑道：“好吧，三姐说她许久没骑马了，愿和三十四哥换。”

宋竹年岁小，抛头露面也不打紧，何况她还戴了帷帽，此事自然也就获得解决。萧禹先下了马，见宋竹走下马车，身上还是穿的青布衣裳，不由得暗暗摇头，更觉得自己来对了——只恨他这一番苦心，却是又无法给宋竹说明白，人情都不知如何去卖。

这样一想，他便又想作弄宋竹几句了，他站在马边上，等宋竹走到近前，方才低声笑道：“粤娘妹妹，你会不会骑马呀？别和射箭时一样，上马了又栽下来。”

宋竹戴了帷帽，一张脸只有眼睛露在外头，饶是如此，听得此言也是杀气腾腾地瞪了他一眼，气鼓鼓地道：“我好心给你解围，你还好意思说射箭的事……”

萧禹得意地咧嘴一笑，见颜家车马走远了，这才压低嗓门，端正了态度交代道：“人嘛，狼心狗肺的多，有恩必报的少……你把颜娘子当朋友，只怕颜娘子却未必这般想，此去洛阳，你小心些。”

出乎他的意料，宋竹虽然惊奇地扫了他一眼，但却并不惊异，她仿佛早就知道了此事，些许惊奇，还是因为萧禹也看破了这点。

萧禹心中一动，正欲说话，宋竹已是恍然道：“难怪你不肯接颜衙内的斗笠……晓得了，既然你都知道了，那快上车吧，我怕你同我多说几句，那边又要不好了。”

她原来什么都懂……那为何要去洛阳？萧禹心下诧异，但也知道此时不是说话之所。听到宋竹对颜家人心胸评价这么低，不禁微微一笑，也不再多说下去，而是加快脚步，上了宋家的马车。

走过了修路的那一段，大家的速度便加快了许多，不到午饭时分也就望见了洛阳城门。因为萧禹“身体不适”，顺理成章地便和宋家马车一道，在城门和颜家人分手，让马车先绕到齐国公府上，将他放了下来。

他不肯跟着颜家人一道上越国公府，是因为送客上门一般都要进去喝杯茶，萧禹当时打的其实是在宋家马车车辕上休息的主意，只是没料到宋竹愿意和他换，效果更好，哪怕马车里其实也挺闷热，他都挺着不肯换回来，为的就是这一刻能力邀宋家两人进门歇脚喝茶——眼看到了饭点，正好就在齐国公府上吃便饭了。

宋四叔虽有几分为难，但萧禹算准他是儒门弟子，最重礼数，只是再三相邀，宋四叔最终也是只能答应下来。至于齐国公府这边，早有人接到消息，热情地迎了出来。

萧家曾出过宰相，自然是四处联姻，萧禹此来居住的齐国公府，便是曾和萧相公同朝为官的老宰相范氏府上。范相公和萧相公在朝时关系平淡，不料两家都退下来以后，倒是给孙儿孙女定了姻亲，范家冢妇便是萧家女，亦是皇后之妹，萧禹之姑母。他这个做侄儿的到姑姑家来过端午，哪还有人敢给脸色看？一听说宋家也有人在门口，连姑丈都亲自迎了出来，大家好生见礼了一番，宋四叔终究未留下用饭，只喝了一碗茶，便带着宋竹告辞而去。

范衙内这才带着萧禹到内室见了范萧氏，范萧氏也不要萧禹见礼，上来一把搂住，上下审视了许久，方才心疼地说道："读书一个多月，瘦了！你若是就这样回去，我怎么和你娘交代？"

说着，便忙打发人上菜，一副要在这几日内把他补胖回来的势头，萧禹被她闹得头疼，心知若是辩解，这话题简直就没完了，只好默不作声，由得范萧氏折腾。范萧氏又问了许多书院起居之事，萧禹虽然尽量简略，但她依然心疼得频频吸气，连说宜阳不好住，让萧禹回洛阳读书。

范姑丈本来只是坐在一边吃茶，此时方笑道："别听她的，宋先生收你，是你的福气。去年宜阳书院一科就中了三十多个进士，天下还有哪家书院有这个本领？"

"小鱼儿又不考科举，无非也就是读书学个道理罢了，他哪怕考中三百个呢，和咱们小鱼儿又有什么关系？"范萧氏虽是这么说，却也不再纠缠此事了。

正好饭也上来，众人吃过了，范姑丈又自去书房消闲。萧禹坐着陪范萧氏吃水果，见范萧氏大概唠叨也告一段落了，方才笑道："说来，今日宋四叔还带了他们家三姐，刚才也进来见过您了吧？"

范萧氏果然被他勾动谈兴，闻言便啧啧赞叹道："真是璞玉一般的小姑娘，虽说打扮得太简朴，可那一双眼睛水灵灵的，漂亮得紧——洛阳这一辈的小娘子，有一个算一个，我看都比不上她。"

她也真不愧是萧禹的亲戚，脑筋一瞬间就转到了宫里，"可惜，宋家上几代门庭不显，她父亲又是大儒，否则，光冲这长相，都得送进宫里去。"

所谓的门庭不显，说的是没出宰执将帅。国朝规矩，宫中后妃，都是从名门之后中采选的。

萧禹以前也有过类似的想法，但此时却又不这么看了，心想：门庭不显是好事才对，太子身体不好，说句丧气话，谁知道能活几年……

他直接忽略了最后一句，夸张地惊讶道：“衣着太简朴？有多简朴啊？”

凡女人，没有不喜欢说这个的，范萧氏撇了撇嘴，“一身青布衣裳，虽是细布，却也太普通了，说难听些，咱们家里的女使都穿得比她好——大抵便是名儒家风吧，唉，真是暴殄天物！如果她是我们家的小娘子，早就打扮得锦镶玉绣了，只可惜你那两个姐姐，都像你姑丈，生得太平常，穿起来也不好看。”

萧禹劳累这么久，特地跑了三十多里，为的就是这句话，他立刻就顺着杆子往上爬了，“这——可怎生是好？我听说三娘子此来，是要参与颜家娘子办的什么文会，您也知道，这文会上……”

范萧氏呀了一声，也有些吃惊，“那这可不行，她要就穿着这样过去，不到几天，城里就得传开了。虽说你先生家是名儒，不讲究这个，但究竟也有些丢人。”

萧禹也是算准了范萧氏心热，见一切顺遂，心中微微有些得意，面上却做出忧急状，口口声声，只是为宋先生的名气，和宋家的名声担忧。

范萧氏不知底细，见此反而有些欣慰，道：“都说你孝顺，我原还不以为然，今日见你这般真心孝敬师长，倒是信了，怪不得这些孩子里，就数你最得宠。你且安心，此事也不是没有办法，那文会是哪天？”

萧禹已知得计，忙道：“听说正赶上了颜娘子的生日，便安排在正日初三。”

“这不是明儿还有一天吗？”范萧氏便道，“刚才宋三娘她们落脚在她三姨家里，倒是没说这三姨又是哪家，你可知道？”

萧禹却一直没找到机会问，范萧氏见他不知道，便转头吩咐使女，“你且出去问问官人，可知道他们在哪里落脚。再送张帖子过去，邀她明日过来我们家园子里玩玩。”

那使女应了一声，转身出去，过了一会儿，回来道：“帖子已送去了，宋娘子住在提刑司副使刘官人家中。”

提刑司并非什么红衙门，怎会在范萧氏眼中？她听了也是微微一笑，“也罢，虽是名儒人家，但毕竟底蕴浅些，今番好在是有你这个孝顺弟子——看在小鱼儿你面上，我便为你操一回心吧。”

欺凌

宋竹倒不是一直住在宜阳，她是在开封出生的，说起来，还算是半个东京人。在开封住到五六岁，这才跟着父母一道回乡，当时经过洛阳，还在洛阳住了有一个多月，这几年来逢年过节，也偶尔会被带到洛阳去走亲戚，只是上女学读书以后才没得闲空，因此对洛阳也不算太陌生。

宋家在洛阳亲戚不少，不过要说和小张氏关系最亲密的，那就是提刑司刘副使的夫人刘张氏了，小张氏是家中次女，刘张氏是她的嫡亲姐妹，论关系还要比大张氏这个从姐更近。若是小张氏带了女儿来洛阳，大半时间都在刘家落脚，这回也不例外。宋四叔把宋竹送到刘家，便先告辞去了，宋竹一人留在刘家也不怕生，先和小兄弟们玩耍了一遭，又好生梳洗一番，把一路骑马的沙尘给洗去了，这才扑到上房。见刘张氏和乳娘闲话已毕，便笑眯眯地投入刘张氏的怀里，好生撒了一番娇，“三姨母，粤娘好想你呀。”

刘张氏生的都是儿子，没个女儿，因此素来最疼爱宋竹，搂着她心肝儿肉地哄了半天，又取了好些点心来，“知道你们家规矩大，有好东西都藏着不给吃，今儿到了姨母这里，你想吃什么就尽管说。”

宋竹笑道：“其实也没有，时常师兄们都送这送那的。也不知道谁传说出去，都知道了爹爹爱吃樱桃，这一整个樱桃季，就没断过往我们家送，我天天吃，吃得都不爱吃了。”

刘张氏不以为然：“虽说如此，可你们家人多，你能分到多少？你爱吃樱桃也不早说，今年就多买些回来煎——”

说着，便唤人道：“去把蜜煎樱桃取些来给她吃。”

两人正说这些琐事时，忽然外头来人回报，说是范家送了帖子来，刘张氏打开看了，还有些奇怪，递给宋竹道：“你们家什么时候又和齐国公府有关了？”

宋竹道：“哦，这是我爹新收的一个学生，说是萧家的幼子——就是望海侯萧家。”

她倒是不以萧家的《明学寄闻》为念，在她看来，这本书虽然重要，但刘张氏却未必还记得作者是谁，但皇后的娘家这对于一个官太太来说是无论如何都不可能忘记的。既然如此，突然抬出那本经典，感觉就挺造作的。

她解释了一番，刘张氏大概也明白了，“想来是你投了范大夫人的缘法，想接你去说说话。只是听说你要来，本来还想带你去几家亲戚那里坐坐……”

说着，便看了乳娘一眼，和她交换几个眼色，不动声色又改了口风，“不过既然是人家特地下帖子来请，倒也不能太怠慢了，明日我便带你过去坐坐吧。”

又道：“今日你就穿了刚才那身衣服进去见的范大夫人？”

宋竹理直气壮道：“出门行路，还要多讲究不成？您瞧这路上尘土多大，我骑了半日的马，土都溅到膝盖了，这要是绸子衣裳，多难洗呀？还是布衣更方便些。”

刘张氏无奈地摇了摇头，“姐妹们都是一个脾性，我还记得大姐出嫁的时候，我送了一匣子首饰，大姐还说跟了她可惜了，平日里她竟是连一根荆钗都觉烦琐。”

宋竹对此也是深以为然。她觉得头发盘双螺髻本来就挺沉的了，还要再坠首饰，拉扯头皮不说，并且还行动不便，连低头写字都觉得重心不稳。刘张氏见她表情，免不得又是一番无奈，“去把你的包袱拿来，我给你把明日穿去齐国公府的衣服挑一挑。”

宋竹也是好一阵无奈，但又不敢违逆长辈，只好配合刘张氏一道，挑三拣四地把衣服挑了一套，又去洒水熨好，挑在屏风上晾干了。第二日起来吃过早饭，方才回去由乳娘帮着穿好了衣服，又梳了双螺髻，乳娘还为她稍微把眉毛绷了一绷，杂毛修剪一番——虽然只插戴了朴素的米珠银簪，手上套了一对镯子，再戴了一个银璎珞，但这对宋竹来说，已算是十分烦琐难得的盛装了。

刘张氏自己，打扮得倒是中规中矩的，和宋竹一样都穿了罗衣，又随身带了一个使女服侍，一行三人便往齐国公府过去，到了门口上帖子，自有人出来接待，那范大夫人却未亲自出迎。

范家落脚洛阳已有五十多年，在洛阳一带家大业大，齐国公府自然是富贵奢靡。宋竹从车马院下了车以后，一路往府里走，只觉园林美景令人目不暇接，虽然碍于仪态不好形于颜色，也在心中默默赞叹，直到堂前才忽然想起来：昨日她进来受大夫人的招待，大夫人没出迎也不奇怪，毕竟她是长辈。可今日按理说姨母身份也不低，大夫人不说迎出中门，起码也该走到堂门前来接一下吧？毕竟，虽说齐国公是国公，但这种爵位又不能世袭，只是封给宰执本人而已，大夫人的夫婿按官职似乎还没三姨父显赫，这么做，是不是有些不知礼数了？

她本人倒还好，很少为这些事生气，却只怕三姨母觉得受辱，偏头看了几眼，见三姨母神色淡然，这才放下心来。好在进了内堂以后，大夫人也不大傲慢，主动起身问好，态度也颇为热情。

双方寒暄了一阵，又叙了叙亲戚，还真叙出了几条联系，一个是刘姨父是范家三衙内的同年，还有便是两家有共同的姻亲。大夫人的神色倒是越发亲近，反而三姨母一直也淡淡的。宋竹坐在一边颇觉无聊，也不知两人要说到何时。好在没过一会儿，大夫人便看了看她，笑道："今日接你来，是昨日一见了三姐你，便觉得喜欢，只是昨日你赶着去你姨母家，也不能多留。今日有闲空，何如在我们家园子里玩玩？正好，族学这两日歇息，我们家大姐在家呢，她明日也去颜娘子家文会，你们今日认识了，明日倒可以结伴儿。"

说着，便令人请了个十六七岁的小娘子出来，打扮得也是花团锦簇，不过宋竹对此毫无兴趣，自然也无审美眼光，只觉穿得的确好看，却又不知好看在哪儿，又奢华在哪里，再者范大姐生得比较寻常，穿得这么漂亮，倒显得被衣服压过了人去，面目倒都模糊了。

她比范大姐小了几岁，宋竹嘴甜，见面就叫了姐姐，这范大姐虽然生得一般，但脾气倒好，见到宋竹，和许多来访的客人长辈一般，先夸了许多声漂亮，又牵着她的手，带她去逛园子。宋竹觉得她人挺和气，谈吐也不错，倒是颇为喜欢和她聊天，又暗自遗憾，她为何不去宜阳书院上学。

两人手拉手逛了一圈园子，范大姐便把她带到自己闺房里，笑道："我看你是越看越爱，好似看个'摩睺罗'似的，若你是个布娃娃倒好，我便把你拿到我身边来，天天打扮你玩。"

说着，便把自己的妆奁打开，让宋竹自己挑，"你瞧着什么好，便戴上给我看看。我这些首饰，跟了我是明珠投暗，好歹也要上个美人儿的头，才不枉到这世上来走一遭。"

宋竹对此实在毫无兴趣，闻言便坦然道："我瞧着都好——这些东西挺沉的，我在家时，每天要走好久的路上学下学，又要写字又要磨墨，穿的都是青布衣裳，头上也不戴这些，就因为不方便。所以姐姐问我，我是瞧着都好，哪个更好看我也说不上来。"

范大姐倒是听呆了，"要走好久的路？"

宋竹稍微介绍了下自己的生活，"女学在山上，每天要走好一段台阶才能到山下坐车，晨起吃过饭去读书，回来给长辈问安过了，吃完晚饭回去做功课，如有闲空还要练习女红……"

"你如今读到第几经了？"范大姐的兴趣立刻就发生转移，"听闻你们家大姐因文书极有盛名，还曾被召入宫中问对，得了太后、圣人的夸奖与赏赐，可有此事？"

两人谈谈说说，倒是把这戴首饰的事抛诸脑后，范大姐听宋竹说了说两个姐姐的事，对女学也大起向往，颇为艳羡。"我这几年来忙着绣嫁妆，学也少上了，十三经里也就读通了前四经，如今亦是忘得七七八八，在文会上顶多做些歪诗献丑，若是能上书院里读两年书便好了，回来文会，定可连取魁首。"

说着，又寻出一方好砚台来给宋竹看，"你瞧，我这半年都没怎么写字，砚台都要干裂了。"

宋竹家传了一套文房四宝的保养法，看到好砚台被养枯了，很是心疼，忙又和范大姐说了一通养砚台的办法，说着也笑道：“这个不该和你说，该和你们家的女使说。”

两人谈得投机，前头来人唤时，已和小姐妹一般亲热，手拉着手一道进了范大夫人屋里。大夫人见到宋竹，面上似有讶色闪过，又看了看女儿，方才露出笑脸来，对宋竹说道：“今日大姐待你和气不和气？”

宋竹自也看出了她的惊异，只是思来想去也不知惊在何处，便老实回道：“极和气，可惜我不住在洛阳，不然，日后必定常寻大姐姐玩。”

大夫人笑着拧了拧她的鼻尖，“你若在洛阳，我也天天接你来，这般的玉娃娃，接来就是看看也高兴。”

她从腰上解了个玉佩下来，给宋竹挂了，“初次见面，不能没个表示，我心里实是极爱你，除了表礼以外，再给你个这个——你大姐姐也有一个，明日一道挂了去文会，两人姐妹一般，岂不是好？就不要和我推辞了。”

她都把话说完了，宋竹还能如何？见刘张氏微微点头，便笑道：“那谢过大夫人厚赐了。”

说完，刘张氏便起身道：“叨扰许久，也该告辞了。”

之前她想必是已经和大夫人说了告辞的话，只是等着宋竹出来，因此亦无他语。宋竹又谢过大夫人的赏赐，便告辞了出来。

一日无话，第二日一早，范家已来了人，要约着宋竹一道过颜家，宋竹本和范大姐投缘，此时自是欢喜。换上家里人早就给挑好的衣服，佩了玉佩，又穿戴些首饰，把头发梳了，也就无事可做，只等着范家人过来唤她。别说她不想打扮，就是她想，其实也只能打扮到这一步：像她们这样没出闺门的女孩儿，是绝不会描眉画眼的，就是日后出阁以后，也不可能浓妆艳抹——那是教坊中人的做派了。

范大姐要比颜钦若准时得多，大约宋竹才打扮好，她的车子也就到了门口，两车并驾齐驱，到了越国公府门口，自有人接了出来。这越国公府的豪奢，同齐国公府比，却也是不相上下。范大姐携了宋竹的手，一路漫步过去，时不时还指点些景致，告诉宋竹这其中的妙处、悠然自得之处，反倒像是这里的主人一般。

从抄手游廊一路曲折逶迤，过了个小小的柳树林，远远的颜钦若也接了出来，她面上堆笑，极是亲热地和范大姐手握手打了招呼，宋竹也在旁笑道："颜姐姐，你今日好漂亮呀。"

颜钦若素日最喜别人夸她美貌，一听必是眉开眼笑，可今日却矜持得很，闻言不过扫了宋竹一眼，淡淡地道："是吗？"

虽说宋竹是在她力邀之下，方才远道而来为她庆生，但此时她的态度却颇冷漠，居然连笑也不曾有，只是点了点头，便又去招呼旁人了。

范大姐看了看宋竹，低声笑道："她原来在学堂内也是这般？"

宋竹心底是早沉了下去：前日来洛阳时，一听萧禹过来，她就是暗叫不好。知道萧禹不是和颜家人一道走，而是和宋家一道走时，心头已有不祥的预感，所以在换马时，她连话都不敢和萧禹多说几句。即便如此，想来她早上在城门处和萧禹说话，换马时和萧禹说笑这两次，也许有一次，也许是全部，都已经落入颜钦若的眼中。外加萧禹路上不肯接颜衙内的帽子，入城以后也只是隔了窗户和颜衙内说了几句，就直接和他们分道扬镳，倒是宋家人和他一处到了齐国公府……

以颜钦若的性格，这些事不管和她有没有关系，先就要迁怒几分了，她才不会在乎自己有没有道理在呢。估计……她又是被萧禹给连累了——虽然萧禹的做法也很正常，但毕竟是不顺颜娘子的心思啊。

一开始颜钦若邀约的时候，是宴无好宴，之后虽然还是宴无好宴，但颜钦若倒是明确表态会鼎力相助，所以宋竹心里也没太当回事，料想着不出大错可以过关就行了。可她万万没想到，就因为萧禹，现在这宴无好宴的级数，直接就上升到了"鸿门宴"……

她毕竟年纪还小，此时见情况有变，立刻开始担忧两点：第一，颜钦若针对太过，让她坍了台、没了脸面，日后便更无人上门提亲了；第二，自己应对不佳，连累得大姐、二姐都跟着坍台，败坏了宋家女的名声。

这两件事，一件是终身大事，一件是比终身还要紧的大事，宋竹如何能不紧张在意？她几乎没心情回答范大姐的话，只能勉强笑道："学堂内不是的，只是颜姐姐喜怒无常，想来是这几日忽然恼我了……"

说着，又深吸了几口气，方才勉力使得自己平静了下来。

范大姐似乎是看出了她的不对，她又看了宋竹几眼，忽然微微一笑，低声道："你担心什么？难道，你真是什么都不知道？"

宋竹莫名其妙："我该知道什么呀？"

范大姐似乎是肯定她真的什么也不知道，倒是略带兴奋地笑了，她亲热地捏了捏宋竹的手，低声道："你且等着吧，一会儿你该怎么样就怎么样，自有我护着你。"

等什么，宋竹不知道，但有了范大姐这句话，她倒是安下心来，范大姐又带着她过去屋内，和诸多小娘子们互相介绍见礼，认识了一番。

宜阳女学虽有二十多人，但排除家在宜阳本地的，今日有事不能来的，家境相差太大的，年纪太小的，今日过来的也就是十人多，屋内却共有二十多人，作为少女聚会来说，规模也算是盛大的了。此时见到宋竹这张生面孔，生人都是似笑非笑，上下扫视宋竹，眼神灼灼，仿佛要把她看伤。便是熟人，今日看着宋竹的眼神也都有些古怪，仿佛和她多了几分生分。宋竹究竟不大，被这么看的，心中很有些忐忑，虽不敢再迁怒萧禹，却也不禁有几分委屈，更是把今日没来的赵元贞恨了个咬牙切齿。

一时颜钦若也进了屋子，她是寿星，又是主人，众人自然众星捧月，顿时便有几个小娘子聚到她身边，神情亲昵地和她低声说笑，几人也不知说到了什么，忽然又都看向宋竹，望了她一会儿，方才彼此笑着交换了几个眼色，虽然不说什么，但那居高临下的姿态，却是忍不住的。

宋竹本来对颜钦若的心情，还算是有些理解，虽然自己烦恼，但并没太生她的气，被她这么一对付，反而很是不悦。原有的心虚怯弱倒是消退了不少，她轻蔑地扫了这帮人一眼，拉着范大姐，也是看着颜钦若咬了耳朵，低声道："范姐姐，你知不知道她今日为什么这么不喜欢我？"

范大姐为人再好，也逃不出喜欢八卦的宿命，闻言顿时兴奋起来，直往颜钦若那里看去，“怎么，难道你不知道吗？”

宋竹也看了看颜钦若，笑了几声，“一会儿出去再和你说。”

说着，便和范大姐相视而笑，那份高高在上、悠然自得的情态，也是分毫不差地学了过来。

虽说两帮人没说话，但无形间已是过了一招，见宋竹如此淡定，颜钦若那边想是有些不快了，其中一个小娘子便笑道：“宋娘子，你的这枚玉佩，真是温润非凡，可能给我看看？”

宋竹解了下来，见她不动，便递给女使，女使送到那小娘子手中，她看了看，倒是没有做那故意摔破的蹩脚事，而是笑着夸赞了几句，“宋娘子一进门我就看见了，真是美玉无瑕，宋娘子全身上下，最好看的便是这枚玉佩了。”

她身旁忽又有一人笑道：“咦，范娘子身上倒也有个一色一样的，这两枚玉佩是一对吗？”

宋竹只得道：“这是范大夫人赐给我的。”

那两个小娘子相视一笑，第一人往宋竹头上看了几眼，意味深长地道：“我说呢……原来如此呀。”

第二人也不理宋竹，直向范大姐道：“范娘子这玉佩虽好，却也只是家常戴戴罢了，几次出门都没见你佩，想是今日为了和宋娘子配成一对，才戴出来的？”

全身上下最好看的东西，竟是别家长辈赏下的，且这东西在别家，也就是家常佩戴的物事，没有戴出门的道理。宋竹听了这段双簧，心中也是暗呼厉害：难怪人人都和她说洛阳不是善地，原来这大家小娘子中的明争暗斗，居然是如此激烈。

到了这一步，她倒是不喜不怒，转眼间已经想好了一番说辞，正要回话时，范大姐忽然按住她的手，宋竹微微一怔，便又把话吞了回去，只是微微一笑，并不接那两人的话。

那两位小娘子见宋竹不应，彼此对视一眼，倒也无甚喜色，只是各自轻轻冷笑，又都依到颜钦若身边和她说话。颜钦若毕竟是寿星女，不知不觉间，宋竹和范大姐这头，已是无人搭理。

颜面

越国公府毕竟是几世同堂，人口众多，颜钦若虽然得宠，但她的小生日兼文会也不可能惊动合府上下一道为她庆贺，也就是这一辈的姐妹们陆续都有过来道喜。颜家这一代女儿不少，小娘子们陆陆续续，倒是把一间屋子都填满了，颜钦若忙张罗着带了众人出到后园中去。那里临水有个大敞轩，早是摆了两个大条案，深凳两排，正合人跪坐在上用饭——这是上承唐制，虽然家常吃饭已经在坐胡椅了，但聚会时还是以跪坐为主。

大家挤挤挨挨、说说笑笑地坐下，范大姐又把宋竹介绍给后来的颜家姐妹认识，这些姑娘们倒是个个都热情非凡，争着夸宋竹漂亮，宋竹倒被她们说得有些害羞了。她虽然自知自己生得还算不错，但从小就长在重才德轻容貌的环境里，不论是长辈还是宋家的客人、下人，都很少夸奖她的容貌，因此她也不以此为意。今日到颜家来，得了这样的夸奖，她还有些忐忑，只怕是颜钦若作弄她的手段之一。

这里才方各自跪坐好了，正要上菜时，外头忽然有人笑着过来道：“老夫人、大夫人、二夫人、三夫人都来了。”

于是众人又不得不都站起身来，颜钦若面上容光焕发，忙接了出去，不多时和几个盛装贵妇一道，扶进了一位鬓发皆白的老诰命，因笑道：“祖母您今日倒是赏脸。”

自然早有人在条案上头为诸位长辈单设了一案，太夫人满面是笑，坐定了方道：“今日我有闲空儿，过来看看你捣鼓什么。你这丫头，一年难得回来几日，一回来就要闹腾出这么大的动静。”

虽说是埋怨，但只看她对颜钦若说话的态度，便知颜钦若有多得宠了。宋竹见一干颜家姐妹都只能赔笑，不敢出面和老夫人搭话，也不禁是暗暗点头，在心中道：“看来颜姐姐这性子，也不是无缘无故的，想是从小就被老夫人给纵出来的。”

这老夫人是颜月公之妻，获封越国夫人，论身份之尊，在洛阳能和她比较的也没有多少，因此一干大家娘子都十分恭敬顺服。所幸老夫人也还和气，同颜钦若说了几句，便一一地叫着几个认识的小娘子，又打趣了她们几句，倒是一点也没有诰命夫人的架子。

范大姐亦是国公之孙女，当然也不例外，老夫人问她道：“齐国夫人可还好？”

范大姐笑道：“劳您老人家惦记，祖母好着呢，上回还和我说，什么时候约了您，一道再上香去。”

宋竹就挨着范大姐坐着，只觉得老夫人口中在和范大姐说话，一双眼却是盯着自己直瞧，上上下下看了好几遍，就仿似昨日、今日见到的许多女眷一般，也是不分上下尊卑，只管盯着自己看。她心中颇为奇怪，很想摸摸脸，问问她们都在瞧什么，只是又不好说得。

好容易老夫人和范大姐说过话了，又冲她招了招手，笑道：“这是哪家的玉人儿？走近了让我瞧瞧，真是仙女儿下凡一般漂亮，我刚在外头就瞧见了，心里还当自己老眼昏花了，把画儿上的仙子当成了真人……”

一边说，一边对几位夫人道：“新妇，你们说是也不是？”

几位夫人也都望着宋竹笑，都是点头道：“真是美貌脱俗，洛阳城何时多了这么个美人儿，我们竟都未曾听说。”

范大姐轻轻推了推宋竹，宋竹没有办法，只好依言走到老夫人案前，笑着行了一礼，“禀老夫人，奴是宜阳宋家三女。”

“啊呀，宜阳宋家，难不成是宜阳先生家的小娘子？”老夫人顿时惊喜地叫了起来，她又有些不满地扫了颜钦若一眼，“十七娘，如此贵客初次临门，你也应该先领进来和我厮见一番。”

几位夫人面上也有惊容，大夫人从上到下，把宋竹看了几遍，方是笑道：“哎，都说这天下文气，独钟西京，西京文气，独钟宋府，真是不服气不行，宋家郎君且不说了，只说这小娘子，真是有一个算一个，大姐文章做得那么好，二姐女红又那样出奇，如今这三姐却又漂亮得和天上掉下来的仙女一般，一个个都是钟灵毓秀之辈，叫人都爱不过来了。”

老夫人早就把宋竹喊到自己身边坐了，细细地看了几遍，满脸都是喜爱，几位夫人也都交口赞叹。三夫人更笑问道：“哎，这满园春的裙子，真是好看，怕是贡罗吧？这是三娘你入宫得的赏？”

宋竹对此一无所知，茫然道：“奴未曾入宫，却也不知这罗布是哪儿来的。”

颜钦若本来在一边一句话也插不上，此时也笑道：“粤娘妹妹在家时都穿青布衣服，这样的绫罗绸缎少上身的，怕是也不知道什么好，什么坏。”

众人听了，都是啧啧连声，老夫人闻言，也有些动容，“可是如此简朴？”

宋竹看了颜钦若一眼，反倒也不生气了，淡笑道：“爹爹常说，儒门子弟，当顺天应人、俭身惜福。三娘姐妹几人，在家都是青布衣裳通草花，一心只以读书女红为要，于衣饰打扮，确实不知深浅。”

范大姐隔了老远，亦是笑道：“确是如此，老夫人不知道，前日三娘到我们家做客时，穿的是杂宝花罗的墨紫裙子，想来这样料子，全都贡入宫廷，亦不入赏赐之列，专供后妃宗室，即使是咱们人家也不能轻易得的。我便问了三娘，三娘还不记得是怎么来的了，细细回想一番，才记得是她们家大姐入宫献文后，得了两宫的赏赐。”

老夫人定睛看了看宋竹身上衣装，也笑道：“大娘子不说，我也疏忽了，谁让三娘人比花娇，竟是把身上的衣衫全都压过去了——瞧这一身天水碧袄裙，看似平淡，却是断花织法，市面上也是断然不许贩卖，想来亦是宫中赏赐的了？”

宋竹至此，方才知道母亲、婶婶的用心，乃至范大姐搭话的用意。其实若是依她性子，今日是颜钦若的生日，她也不愿太把寿星女风头压过，免得反而坏了颜钦若的心情。只是她为了萧禹和自己多说几句话，便这般针对自己，宋竹也不是圣人，心中实是恼怒，此时便驾轻就熟地端出了儒门弟子的那一套，摇头笑道：“老夫人，我真不晓得，家里功课紧，便有空闲，也得做女红、练书法，这些身外之物，实不曾用过一点心思。便是头上手上的这些，也不算我的，此次来洛阳之前，家人随意找了给我戴的。平日里我嫌这些东西沉得慌，也不怎么戴。”

这般超凡脱俗不食人间烟火，如何不令老夫人并几位夫人赞叹？老夫人连道：“原也该如此，这些金玉物事若是太豪奢，也是俗了，在你身上，岂非喧宾夺主？就是这样才好，淡雅出尘，真不似人间脂粉。”

说着，竟是强把宋竹留在身边，让她陪着自己说话吃菜，又指了许多新鲜菜肴给宋竹尝着，满脸怜爱之情，倒是把颜钦若这个亲孙女都给压过了。

一府之尊都是如此，众小娘子难道还能坚持自己的看法？她们终究和宋竹也无仇怨，之前不搭理她，只不过是跟着颜钦若走，现在来了个老夫人疼惜夸奖，也就跟着老夫人走，望着宋竹的眼神，便是为之一变，面上纷纷现出了钦慕崇敬之色，唯有方才取笑宋竹的那对小姐妹，只是低头吃菜，话都少得多了。

宋家当然不是没有宴会，也不是不曾看过百戏，不过家风朴素，一般看百戏也就是搭着别家的喜事看看，自己家是从来不叫的。不像是颜家，即使只是颜钦若的生日，也从瓦子里叫了百戏来，在三个条案中的空地上表演。有弹唱的，有变戏法的，待众人吃了饭，也有相扑的在堂前做耍。宋竹看了，虽觉新奇，但也不敢十分表露出来，她知道这些百戏从本质上来说皆为越礼，若是换了在家里，当然看得目不转睛，但有了刚才一番经验，此时便只能是笑而不语，做无可无不可之状，免得旁人又有话柄来议论她。

老夫人对她倒是极为疼爱，和她一长一短地说了许多吃喝上的事情，又问她读何书，在家如何行止起居，连几个夫人都听得专心。听说宋竹在家没什么贴身使女，一应大小事情都自己亲自动手，老夫人便转头对大夫人叹息道：“所以说我们家不如宋家，就在这里了。这般天仙样的小娘子，不但生得好，而且为人好，虽然系出名门，可浑金璞玉、谦冲简朴，没有半点骄矜锋芒，不以家世美貌傲人，不是宋家这样的教法，也出不来这样的儿女。”

人夫人也道：“是得好生学学了，平日里以为钦若便是不错了，今日见到三娘，才晓得钦若竟还有许多不足之处。”

颜家姐妹自然坐得离长辈们近些，大夫人也没刻意压低声量，众人听了，纷纷去看颜钦若。颜钦若咬着嘴唇，只不说话。

老夫人一时又问：“听你说，是为了给十七娘过生日来的，怎的不住我们家？倒是住到范家去了？”

宋竹笑道：“不是住到范家，是前日和一位师兄结伴到洛阳，路过范家……”

三言两语，将来龙去脉交代了一遍，老夫人闻言，沉思了片刻，也是微微一笑，道：“这就难怪了，刚才范大娘子和我说话时，我看她身上佩了一个玉佩，和你倒是一对的，想来是范夫人欢喜你，特地赏你一个，让你们两个如亲生姐妹般亲近。”

一边说，一边从手上摘了一对玉镯，亲手给宋竹套上了，“我和她一样，也是一见你就欢喜得很，来给你戴上，可不许推辞。”

这种赏赐，宋竹也无法回绝，虽然明知玉镯贵重，亦只能接了下来，大夫人也笑道：“既然三娘嫌这些首饰沉重，簪环就不送了，送几块好墨给你，可好？”

她话音刚落，二夫人紧接着说：“有好墨也要好笔配，官人书房中颇有些好狼毫，三娘惯写什么字？要中锋还是小锋？”

倒是三夫人、四夫人对视一笑，不曾说话。

宋竹迷迷糊糊，若有所悟，也不敢表现出任何一点倾向，只是含笑说道：“任凭长辈赏赐便好。”

老夫人看了看两个儿媳妇，也有些无奈，再看看宋竹，又觉她眉目如画、气韵灵动，恍若神仙中人，亦是喜爱非凡，便不理两个媳妇，吩咐使女道：“把那盘葡萄拿来给三娘尝尝，这是自己庄子里种的，比外头好吃些……”

警醒

因有老夫人掺和，大家宴会后光是看百戏取乐，便花费了一两个时辰，等几位夫人扶着老夫人回去歇下了，颜钦若亦说自己有些不胜酒力，先回房休息去了，这文会便没开得起来，而是由颜家七娘出面招待大家，在园中各处做耍。

宋竹今日过来颜家，也算是一波三折跌宕起伏，即使越国公府的花园也是杨柳垂风、芙蓉倒影，她都没心思赏鉴，奈何今日老夫人给了她这么大的体面，她要提早告辞，倒是太摆谱了，只好紧紧地依附着范大姐，跟她形影不离。

即使如此，颜七娘并好些文会上新认识的姐妹，都过来同她搭话，还有原本女学的一干同学，之前没一个和她说话的，如今倒也都热情了起来，她无形间倒成了聚会的焦点。众人的态度，是完全就翻过来了，如今都是以夸奖为主，不知道的人，还以为这宴会是为她而办的。

“看惯了三娘青衣长辫的样子，今日走进来，真是不敢认了。所谓‘佛要金装、人要衣装’，这话实在不假。”夸她最有诚意的便是陈娘子，她在女学中一向寡言少语，外加资质平平，很少惹人注目，如今却是言辞便给，十分活跃。“你也别怨我们都不同你说话，就瞧着你这么漂亮，我们竟都只是看着，没一个敢上来同你搭腔的——就觉得不敢，也不知为什么。”

为宋竹容光所慑这个理由，当然比捧颜钦若玉足要好些，大家都是娇笑应和，有人夸宋竹眼睛好的，有人夸她鼻子好的，又有人问她这些贡罗家里得了几匹，是不是宫里娘娘们穿戴的那种，宋竹被问得眼花缭乱，简直不胜其烦。她亦根本没有从这样众星捧月的待遇中汲取到多少满足感，只觉得这些看似亲热的问话中，仿佛都隐藏了无数的陷阱，要一一得体作答，不知道有多难。

还好有个范大姐，在旁帮衬了她许多，恰到好处地问起了大姐宋苓，因笑道：“我听母亲说起，这夹金断花罗是最难得的，就是在宫中，一年也不得几十匹，是以你们都未曾见过，也不认得，也就是昔年母亲进宫觐见圣人时，曾得过些许赏赐。说来，这命妇、淑女每年入觐，人数虽说不多，也有百十人了。据我所知，便只有宋大娘子得了这样的赏赐，由此可见，两宫对她是十分看重的了。”

儒门讲究一个“谦”字，旁人夸你你要怎么谦虚，这是门学问，不够谦虚那肯定是不成的，说明你这人太自矜，可太过谦虚，又容易有损伤家门名声的嫌疑，毕竟你宋竹的出色，是父母生的，家里教的，旁人夸你你说没有这回事，岂不是把父母的苦心都给否认了？但夸长辈兄姐那就要轻松多了。宋竹笑道：“那时我还小，也不知道许多，只听大姐说，两宫殿下都十分和气，待她也很亲切。”

范大姐和她已经俨然是对唱起了鼓词儿，宋竹话音刚落，她便笑道：“能不亲切吗？当时大娘子年未及笄便写了《观物论》，说是名动天下也不为过，两宫殿下都是一个脾性，最爱知书达理的才女，我听说，若非大娘子年纪太轻，圣人还有意将大娘子留在宫中聘为女官，教导几位公主呢。”

她以皇后外甥女的身份出面爆料，众人哪有不信服的道理？闻言都是纷纷赞叹，又夸奖宋竹，“家学渊源，难怪三娘也是如此向学，想来学问也不输给大娘多少。”

“我资质愚钝，不如姐妹们多了，在家中可以说是最愚笨的一个。”宋竹坦言道，“休说和两位姐姐比，便是和两位妹妹比，也是远远不如了。”

她说的是实话，但在众人眼中看来，便是自谦的表现，均都夸奖她冲淡含蓄，颜七娘说得更是露骨，她握着宋竹的手，满脸钦服地笑道：“怪道婆婆她们要把十七妹妹送到宜阳上学，我原还不知为了什么，现在见了三娘，才是懂了。正所谓‘近朱者赤，近墨者黑’，就算是学问没学到多少，在三娘这样的同学身边，多学些做人的道理，那也是好的。”

宋竹一生都活在几个姐妹的阴影下，德言容功里，“容”她一直未觉得自己有多么出众，余下三项，和两个姐姐一比也满是瑕疵。说她自卑可能还未必，但要说她很习惯被人众星捧月般夸奖，那也是假话，今日众人待她热情，她非但没有飘飘然，反而在心中暗自警醒，听到颜七娘这样说，心中便是一动，暗想道：看来七娘和钦若之间只怕不那么和睦，今日虽是钦若针对我在先，但她已是碰了一鼻子灰，我也不必再雪上加霜，跟着七娘往下说。

“哪里，颜姐姐学问也好，为人处事也罢，都是极为出色的。我这小小年纪的末学后进，倒是跟在颜姐姐身边也学了不少。”她便笑着又谦虚了一句，在心中都觉得自己假得有些过分了。

颜七娘却未被她一招击退，眼珠子一转，又是笑道：“真的吗？我竟不知道，都学了什么，三娘说给我听听吧，我也跟着十七妹妹多学些。”

都是一门姐妹，就算有矛盾，也不必这么过火吧……宋竹心里反而有些看不上颜七娘了，闻言便笑道：“怎么没有，钦若姐姐心胸宽大，好学上进，值得我们学的地儿有许多呢。”

颜钦若今日针对她的事，有心人有几个没看出来？她在颜七娘挑唆下，还维护颜钦若的面子，众人本来是凑热闹来夸她，此时倒都有些真心感佩，都纷纷笑道：“不愧是宜阳宋家的小娘子。”

至于“不愧”在哪儿，却是彼此一笑，都不曾点破了。

少了寿星女，文会没开成，众人到了下午也就各自散去，宋竹累得连说话的力气都没有了，同范大姐约了来日再聚，便先行上车回家。还好，她姨母也派了丫鬟跟在宋竹身边服侍，今日生日宴上的见闻自然有她仔细回报，宋竹上车以后就只管睡觉，回到刘家又狠狠休息了一番，方才是缓了过来。

她在刘家休息，却不知今日的京城中，几家都在谈着她。譬如范大姐，回家以后便不觉疲惫，换了身衣服到母亲身边请安，正好萧禹并范家几个小郎君也在范萧氏身边吃小粽子，大家自然就谈起了今日的生日宴。

“倒是和您想的一样，”范大姐笑着说，“除了越国夫人以外，旁人倒是都没看出她那一身衣裳的来历，吴家、楚家两个小娘子还嫌弃她那一身衣裳素淡，配不上咱们给的玉佩，我本想等人都坐下来了再揭破。不料今日越国夫人好兴致，居然亲自来了会上，倒是被她一眼看破了，当时就感慨赞叹得不行了，再加上三娘生得又好，老夫人当时就给拉到自己身边坐，上看看下看看，爱得不得了，一顿饭都没给放回来。”

她带去的使女也笑道：“可不是？说到宋三娘，第一日进来见夫人时，已觉得漂亮；第二日过来咱们家，稍微一打扮，便是看得挪不开眼睛；这第三日去颜家，想是也准备了一番，一走进屋里，奴婢瞧着那些小娘子的眼神都直了，竟是谁也不愿和三娘搭话——都怕被她给比下去了。”

范萧氏也点头道：“宋三娘的容貌，不说西京第一，在同龄人里也罕见有能匹配的。最妙是她自己浑然无觉，大方质朴，半点也不傲气。若是换了别人，能穿上这样珍稀的贡罗衣裳，怕不早四处炫耀去了？也就是她，自己什么都不说，要不是大娘眼利，我还看走眼了，以为她穿的也就是民间仿制的墨紫裙，心中还暗暗觉得宋家有些不知礼数、名不副实——还好，到底还是大娘有主意，若是依着我的办法，丢人的反而变成我们范家了。”

原来范萧氏打的主意，是让范大姐拿出自己的华服首饰打扮宋竹，借着长辈赏赐的名义，让宋竹就直接把这一身穿到文会上去。谁知范大姐眼力也好，人又谨慎，见宋竹穿的墨紫裙颜色极正，花纹淡雅，有心套问，这才知道应是宋苓进宫后，所得的两宫私房赏赐，当下立刻就打消了给宋竹送衣服的念头，想要送首饰，听到宋竹那一番言语，又不好强送，且也隐约意识到宋家不给美饰，自有道理在，因此便不勉强。

只是昨日她人在宋竹身边，不好传递消息，带着宋竹出来告辞时，范萧氏见女儿没完成任务，无可奈何只好解了一枚也是难得的美玉佩给宋竹佩戴，她心中本还有些耿耿于怀，后来送走客人，听范大姐分说一番，方才是恍然大悟，也立时收起了小觑心思——这墨紫一色，虽然民间多有仿用的，甚至胆大的商人也有穿，但归根结底，乃是天家一再重申禁令民间穿着的“朱紫之色”。那墨紫杂宝花罗，以范大姐眼力，花色新鲜精巧，手艺上等，确实应该是专供天家宗室女眷日常穿着的贵重料子。

如果宋竹穿着民间仿造的墨紫裙子，自然是无人看得上，可她穿着的是这样例不外赏的料子，身价陡然就被拔高到了一个层次，同龄人和她根本也无法比较——即使对宰执人家来说，每年赏赐中也少不得贡罗、贡绢。可第一，一样是贡物也分等级，专供内用例不外赏的贡绢，就是要更高等些；第二，宰执人家人口众多，比如颜家，单单是孙女就有二十多个，就是有贡物赏赐到颜家，难道长辈们不要使用？小辈能穿贡物的都是少数，更遑论宋竹身上的料子，就是家中长辈得了，也是要视如珍宝，不肯轻用了。

随便来范家做客，穿的都是这么一身衣服，那么过去颜家难道还能寒酸了？果然今日穿的断花夹金罗裙，虽然花色淡雅，粗看不起眼，但只要凑近了一看织法，顿时便知难得。这精华内蕴的做派，直接把陈家、楚家的小娘子坑了不说，还间接给了颜钦若没脸，再加上越国夫人极喜宋竹，今日虽是颜钦若的生日会，但她在生日会上所受的屈辱，却无异于是照着脸连着打了她好几个耳光。

凡是女人，就没有不爱看戏的，今日这一出儿戏剧性极强，范大姐固然是说得津津有味，范萧氏又何尝不是听得乐不可支？等范大姐口说手比，把今日的热闹转述完了以后，她又寻思了一番，却倒是敛了笑容，慎重点头道：“这个三娘，真是好。”

范大姐也笑道：“儿也是这样想，其实前头她穿戴什么，那都是细枝末节，不必说了。我心里只觉得她虽被颜十七娘薄待了，却仍然维护她的颜面，不肯跟着颜七娘刻薄她，这一点实在难得。”

范萧氏笑道：“又何止如此呢？听你说得，她今日在席上，不卑不亢、进退有度，倒是竟没一句话说错。虽说是初次进城，在这样大的场面上，却也毫不露怯，被越国夫人夸奖厚爱，后来又有那么一些人凑趣捧她，她也不得意忘形……这姑娘生得又美，家世又好，叔伯兄姐皆是大能，自己简朴好学、温厚大方，不以金玉俗物为念，一心读书上进，真是如空谷幽兰一般，令人见之忘俗，倒是真把洛阳城内这些每逢宴席就要明争暗斗、你攀我比的大家娘子，都比成庸脂俗粉了。”

顿了顿，又叹道：“难怪众多大家，都是如此争娶宋家女。我猜越国夫人见了她以后，应该也是动了心思。”

“可是如此，”范大姐早已经定了亲事，因此和母亲谈论这些事也不大羞怯，她点头道，“若换了是我，也喜欢这样的新妇，且不说生得如此惹人爱怜，只说她好学又不贪婪这点，将来相夫教子，便令家中有受用不尽的好处……还在席面上呢，颜家大夫人和二夫人便是你争我夺起来了，当着老夫人的面，谁也不肯让步，我看，应该是都看上了宋三娘。”

“颜家长子早已成亲，三娘说回来，是做不得冢妇，既然如此，两房倒是有得一争了。”范萧氏也是叹道，“偏偏咱们家年岁合得上的几个，都没能配得上三娘的，拿不出手，即使登门说亲也是白搭，不然，我也要说她回我们家。”

范大姐正听着，忽然见到萧禹在一边已是听得呆了，不由被他的憨态逗得一笑，推了萧禹一下，道：“表弟，你怎么和女孩儿似的，听着这些事也这般入神？你兄弟们都吃完粽子出去了，你也不随着一道玩去？”

萧禹昨日并不在家，今早进来请安时，当着众人也没说起这事，此时听着范萧氏和范大姐的对话，已是呆了，这才知道原来宋家早有准备，他根本就是白操这一份心了——只是他还没来得及计较生气，范萧氏又和范大姐说起了宋竹的亲事，他不知不觉，又更听得入神，此时见表姐赶人，他实在并不想走，便忙道：“我是想，颜家的安邦兄不知是哪房的，只怕颜家是大有可能为他去说宋三娘。”

“这还真不知道。”范萧氏也来了兴趣，和女儿彼此讨论回忆了一番，都想不起来，她挥了挥手，也不在意了。“说亲是一回事，宋家应不应就是另一回事了。今日的事，回去被那些小娘子并使女们一传诵，不知还有多少户人家心动了要说三娘为新妇呢……嘿！他们宋家还真是不一般，难道哪个子女的亲事，都要掀起一番风浪不成？大哥的亲事还没眉目，二姐也尚未说定人家，如今这三娘又要有人上门争娶了，还真是叫人自愧不如啊……”

范大姐道：“说来，颜家和大哥那边……”

他们转移话题去说宋大哥宋桑的婚事了，萧禹顿时失去细听的兴趣，坐在那里出了一回神，只觉心中十分不舒服，一时想：她不是挺怕自己嫁不出去的吗？现在知道自己是杞人忧天，想必会很高兴吧？我也应当为她高兴才是。

一时却又想：洛阳的这些子弟，又有哪个是好人？即使多人求娶，不是良人也无可奈何，我定要好生提醒她，可不要糊里糊涂，嫁错了人。

思绪纷纷间，不觉又想到了颜安邦：从三娘上马以后，他一路都和三娘谈天说地的，想来早已透过帷帽，看清了她的长相，此番为他说三娘，只怕他也很是乐意吧……

他本来对颜家兄妹只有无奈，还无甚恶感，可这么一想，顿时便觉得颜安邦十分轻薄可恨，兼且心胸狭窄，绝非宋竹良配。满心里便又只是在酝酿着下一个计划，想要见宋竹一面，把这话告诉她，让她小心谨慎，可千万不能许了颜家……

出名

萧禹在范家吓得不轻，其实宋竹在刘家也受了不少惊吓。她压根不明白自己究竟是哪里投合了越国夫人的眼缘，在颜家受到了这般超卓的待遇，更是不明白为什么人人都夸她漂亮——自小看惯了，再怎么好看的脸也不可能顾影自怜，宋竹顶多就觉得自己比姐妹们也许是要清秀一些，但要说有多艳压群芳，她是从没有这个感觉。平时同学乃至访客夸她好看，她心里都觉得是因为她没什么别的好夸的了，无奈之下，旁人才选择了这么一个点来客气客气。

即使她有几分美色，越国夫人也不会就因此对她另眼相待吧。还有，这下午才回去的，到了晚上，邀她上门做客的帖子就是纷至沓来，和她同学的人家几乎都来了帖子，还有些今日刚认识的新朋友也来邀请，宋竹都快被这阵仗吓蒙了：她根本不知道自己都做对了什么。

“别是都瞧在爹的面子上，来和我套近乎的吧？”第二日起来，她惴惴不安地问刘张氏，“这帖子都该怎么回呀，姨母？”

刘张氏怕是早就和乳娘商量过了，此时也答得胸有成竹，“昨日你不是和范家说好了，今天要上门找范大娘玩的吗？明日是端午正日，自然要在家过节。后日嘛……后日你就回去了呀，你这回来得也正好，这些帖子，解释解释，都回了吧。”

宋竹也知道自己是不可能都一一地应下来的，但她更在意的是为什么会有这么多邀请——可，刘张氏和她母亲是一个性子，宋竹一瞧那神色便明白了，自己从她那里问出原委的可能是微乎其微了。

好吧，横竖什么都是家里给安排得好好的，她就算不知道，也碍不着什么。想到昨日范大姐说的贡罗，还有颜钦若当时面上的神色，宋竹也多少明白了母亲的用心：有些事若是她知道底细，也许效果反而就没那么好了。

她就乖乖地在刘张氏跟前一张张地写了回帖，刘张氏对她的书法还算满意，“算是有些神韵了，挺能见人。”

然后，吃过早饭，带着满肚子的不解，她就去范家找范大姐玩了。这一回，刘张氏却没有出动，只是打发她自个儿过去。

范大娘早就候在了堂屋内，宋竹和她颇为投缘，一见面两人就手拉手地对着笑，只是一时还不能径自去玩耍——听说她来了，齐国公府内的二夫人、三夫人，都想要见她，这会儿是齐聚堂屋之中，没把宋竹看够了，又怎么舍得放她走？

范大夫人且不说了，二夫人、三夫人对她的态度都很亲切了，二夫人一见到宋竹，便招手将她叫过去，上下仔细打量了好几遍，方才叹息道：“真是可惜了，如此人品，却……”

她也不把话说完，只是抚摸着宋竹的脸蛋，惋惜之情，溢于言表。

三夫人见状，亦笑道：“真是可惜了！”

这都可惜个什么劲儿啊，宋竹是如坠云雾，无奈只能求助地看向范大姐，范大姐扑哧一笑，上前把宋竹拉了过来，“二叔母、三叔母，瞧你们把三娘给吓的！若是她日后再不敢来咱们家，你们赔我呀？”

半真半假地，便把宋竹拉到了自己屋里吃茶。

直到两人独处，宋竹方才把自己的疑惑给流露了出来，范大姐听了她回去以后的遭遇，也是直笑，“真是世风日下、人心不古，如今世人真是太爱凑热闹了。听说越国夫人把你看作是仙女儿，便全都蜂拥而至，唯恐错过了一场热闹。”

她这么一说，宋竹倒是有几分明白了：合着，她倒是成了流行风尚一般了，就因为身出名门，又得到了越国夫人的盛赞，也许还因为她受了这么重的赏，那些爱追赶潮流的官宦人家，一个个便都想要争睹她的“风采”，不亲自见一见能让越国夫人另眼相看的“美人儿”，感觉在旁人跟前都抬不起头来。

她并未觉得与有荣焉，反而很是不快，一时脱口而出道：“真是轻浮无聊！”

话说完了，才想到刚才范家二夫人、三夫人也都特地过来看她，忙去看范大姐脸色。好在范大姐也没生气，反而十分赞同，道：“我们家祖父也常说，如今开国百余年，天下升平日久，民风日渐浮躁，仕宦人家早已不把《诗》《礼》放在心上，尤其东西两京，妖风四起，许多人家简直是丑态毕露，却还不以为耻、反以为荣。”

宋竹以前也听过母亲和祖母、叔母谈论开封、洛阳的风气，亦是一说起来，便频频摇头，她当时不懂，现在才渐渐品出个中三昧。听到范大姐说法，倒是对范家好感大增，也渐渐敞开心房，吐露疑惑道：“我只奇怪，为什么越国夫人对我那样好，难道就真是看了我好看？”

范大姐瞅着宋竹笑：“难道就不能只是看了你好看？”

宋竹忍不住白了范大姐一眼，“大姐姐这是笑话我了，说句越礼的话，听闻颜家蓄养了许多美姬妖童，越国夫人若是喜欢好看的少男少女，每天挑一对都能连挑出一个月来，这般见惯世面的老夫人，只因为我生得好，便另眼相看到这地步……我这张脸又不是玉造的。”

范大姐倒被宋竹说得真笑了，她道：“你真不知道？”

宋竹已经快被这弯弯绕绕的洛阳城给绕疯了，她说：“我现在觉得我什么都不知道了。”

“越国夫人瞧中了你做孙媳妇，这个总是看出来了吧？”范大姐问道。

宋竹犹豫了一下，她有些不好意思：“多少猜出来了。”

“颜家原本说的是你们宋家大哥，这知道吗？”范大姐又问。

“这真不知道……”宋竹也快抓狂了，“我大哥中进士都是三年前的事了，那时我才九岁，就是有人来说亲，也和我没关系，家里人怎么会告诉我呢？”

范大姐笑眯眯地看着她，仿似在看个最可爱的小娃娃，“所以我就觉得你真是纯真可爱，就像是个玉做的‘摩睺罗’——这些事，你回去问问你们家长辈吧，我说得太多，讨人嫌呢。”

宋竹也看出来了，范大姐说出这些，已属难得，再要往下解释，多少有些强人所难，她也就不再问了。“好，那我回家问去……多谢大姐姐给我指点迷津，不然，我还真不知这城里究竟是怎么回事呢。”

她不问了，范大姐反而有兴趣问她：“刚和你说了，越国夫人看中你做他们家的孙媳妇，你就没句多的话？”

宋竹奇道：“我要有什么多的话？”

“你也别装傻，虽说这婚姻大事是父母之命媒妁之言，可终究也要女儿家点头，若是女儿家情愿了，做爹娘的也多数都会心软，”范大姐笑道，“颜家怎么说也是宰执人家，国公之后。你那样得越国夫人的喜欢，过门后自然也无人敢欺辱于你，你且告诉我，你情愿吗？”

范大姐处处回护于她，且又大方明理，作风和她出嫁的大姐宋苓颇有些相似，宋竹心中对她很是亲近，闻言便也不遮掩，而是不屑道：“颜家虽富贵，但家中蓄养美姬成风，几个衙内都是妻妾成群，孙子孙女快近百人了，彼此间看来也不大和睦，身为嫡亲姐妹，居然引着外人来说自家人的坏话，这样的家风，我们家是不可能答应的。”

想了想以前在东京时留下的模糊记忆，又补充道：“以后，颜娘子就是请我，我也不登她们家的门。”

范大姐听了，也是一时作声不得，半晌才叹道：“唉，难怪说你们家不是我们这样人家可比的……又难怪这些人家，又愿和你们家结亲。如今就连我们家，虽然妾侍、舞姬是不敢有的，但姐妹们之间，为了许多事，也是难免钩心斗角，又哪有你们家这样和睦？”

宋竹也知道，大户人家因为女儿多，且又有嫁妆的问题在，所以姐妹间关系往往紧张，兄弟亦是因为有分产这重隐忧，有时反而和仇人一般。她因叹道：“如今世风重利，倒是要比前朝更甚，连遮羞布都不要了，从上到下，全是盯着一个钱字。”

“说你懂事，你又什么也不知道，说你不懂事，这些话倒是老气横秋的。”范大姐扑哧一笑，“且不说这些，我就问你，你那一日同我说，你晓得颜娘子为什么那样待你——快和我说说！”

宋竹那日受了颜钦若多方冷待，心底有气，只想着回击一番，此时一个气头过了，一个也觉得颜钦若出师不利挺可怜的，倒有些心软，犹豫了一番，方道：“那你可不许和别人说噢……颜娘子是有所误会了。”

便把萧禹误入女学，颜钦若对萧禹一见钟情，先误会萧家为萧禹说宋苡，因此邀她来洛阳，揭开误会后后悔不迭，但在两家结伴来洛阳的路上，因萧禹对颜家不大亲近，又和她换马，换马时两人又说了几句话，惹来颜钦若妒忌的事，慢慢地和范大姐说了。

范大姐听得直笑，等宋竹说完了，方才评论道：“颜娘子不愧是月公孙女，这心胸简直是一脉相承，也难为你了，竟和她还算得上是友好。”

今日之事过去以后，只怕所谓的友好，也再不复存了。宋竹心情有些低沉，摇头道：“其实颜姐姐虽然有些毛病，但终究心思单纯，也还尚属难得。这世上比她更坏出十倍的人，也有的呢。”

想到赵元贞，她有些黯然，只是此事毕竟和颜钦若又不一样，没个真凭实据，而且猜想极为耸动，牵扯到赵元贞的人品，她却未曾和范大姐说出口。

范大姐不屑道：“往日看她还好，听你说的，她心胸狭窄，颜家家风又是那样，还想嫁给表弟，真是痴人说梦，也不想想……”

她仿佛自觉失言，话说到一半，忽然收住，宋竹好奇地看了她几眼，问道：“这亲事原来必不能成？难道，三十四哥已经说了亲吗？”

范大姐眼珠一转，摇头笑道：“说亲倒是没有，不过他那么得宠，家里定是要给说个十全十美的姑娘，颜娘子长得一般，她的学识也就那样，更无甚品德，除了家世以外还有什么？偏偏就论家世，萧家又有哪一点没压过她？”

宋竹听着也觉有理，因刚才想到赵元贞，又想到了她那万贯的嫁妆，她的思绪便飘了开去，说道：“就是嫁妆，以颜家这一辈的子女数目来说，只怕也不会太多了。”

范大姐因已定了亲，对于嫁妆这话题便很热心，两人议论了一番，均觉得颜钦若的嫁妆顶多能有五千贯，绝无可能达到赵元贞的万贯之多。

五千贯、一万贯的嫁妆，粗听似乎也没什么，当年两宰执争娶的寡妇，嫁妆便有十万贯之多。不过颜家、赵家人口都是众多，而且没有分家，堂姐妹之间也不分彼此，一个女儿给五千贯，二十多个女儿就是十多万贯，还要余下足够的家产来给儿子们分，因此万贯已算是大手笔了。反倒是范家，因没有纳妾之风，人口较少，几个女儿家的嫁妆，应当会比别家更高出一截来。范大姐虽然极力遮掩，仿佛不愿在宋竹跟前露怯，但宋竹仍是看得出来，她神态中隐隐是有几分得意的。

至于宋家姐妹，宋苓当年出嫁时，除了赏赐下来的贡罗贡缎以外，所携带的嫁妆总价值不会超过千贯，按如今惯例，宋家其余女儿的嫁妆也只能在这上下浮动，以她们所交往的人家来说，这份嫁妆算是极为简薄了。浪费一个宝贵的名额娶进宋家女，对于颜家来说，在财政上是很吃亏的。这也是宋竹对于越国夫人的抬举，心中颇存疑虑的关键之一。

小姐妹俩谈谈说说，不觉一天已过，次日是端午正日，刘张氏一早便把宋竹叫了起来。给她吃了小粽子、喝了雄黄酒，配了艾虎香囊，因刘姨丈外出公干，由刘家表弟出面贴了天师符，宋竹又和刘张氏一起，在家中熏过了白芷、苍术，一家人戴盖头的戴盖头，戴帷帽的戴帷帽，热热闹闹地上了马车，去到洛水边上看龙舟。

端午节无非就是吃粽子看龙舟，这是上半年最讲究的大节，洛水两岸的酒楼早已经是人头攒动，还有些富贵之家，是在终点附近自己搭了彩楼，如此视野开阔，更便于观看。刘张氏自然无此手笔，只是早和酒楼打了招呼，留了临河的雅间使用，宋竹凭栏往外看去，只见密密麻麻一片人头，对面楼阁之中，则是衣香鬓影、掩映霏微，均是各家女眷来看龙舟的。

她虽然在开封住过几年，但其时年幼，小张氏怕她被拐了去，因此逢年过节，越是热闹就越不能出门，待到长大，又一直住在宜阳县里，如此繁华喧闹、歌舞升平的场面，还是初次得见，因此看得目不转睛，极是入神。正在翘首望着远处龙舟时，屋外却又有使女来拜，问道：“是否提刑司刘副使家眷？”

刘家使女出面，和她对答了几句，回身便来禀报道：“夫人，是西京留守御史台余官人一家，在前头彩楼中，余夫人听说夫人来了，便想请夫人和三娘过去一叙。”

西京留守御史台，这官位不低了，西京留守是代天子巡牧，也是名义上洛阳的最高长官，而且听来这余夫人和刘张氏也是旧识，宋竹只听了几句，心中便是暗暗叫苦：躲得过初一，躲不过十五，看来今日出来看龙舟，倒是自投罗网，终究也免不过被人看稀奇的命运……

第四章 做媒

陌上人如玉

屈辱

一如宋竹所想，虽说刘张氏和余夫人之间也没有明确的上下关系，甚至刘副使和余留守亦是不相统属，提刑司一般是直接向京里负责，但只是余留守的这个身份，就使刘张氏不能轻易拒绝余夫人的邀请，更何况余夫人和刘家还是拐了几个弯的亲戚。宋竹才看了一会儿风景，就不能不重新戴上盖头，跟着余夫人派来接人的一干从人，在满街的行人中辟出一条道来，缓缓地上了位于终点附近的一栋彩楼——这些彩楼都是几天内用竹子扎起来的，在端午节前后这几日专供达官贵人上楼看赛龙舟，端午以后则再拆除。虽然视野宽阔，但全是竹子扎起来的，宋竹走在上头，只觉得脚底下嘎吱嘎吱略有些摇晃，把她的心也晃得一阵阵颠簸不适，虽然不是上船，但却仿佛也有些晕船。

既然是特地扎起来的彩楼，当然不可能由余夫人一人独享，余家一家老小都在上头，只是以屏风阻隔，为女眷们划出了空间。余夫人亦是很给面子，亲自起来把刘张氏和宋竹接进了屏风后头，又拉着刘张氏的手好一番嘘寒问暖，为她做足了脸面。这才转向宋竹，仔仔细细地将她上下看了好几遍，方才叹道："都说城里来了个天仙下凡化生的小娘子，连越国夫人都是一见倾倒，我心里还想呢，越国夫人也是吃过见过的人物，何曾就会对一个小娘子如此另眼相看，还道是众人以讹传讹了，如今眼见为实，才知道原来越国夫人所言不虚，真是个水灵灵仿佛花儿化成的美人儿。"

说着又笑谓众女儿，"你们可是被比下去了。"

彩楼上顿时发出一阵欢声笑语，环绕余夫人侍立的一干姬妾也都纷纷凑趣，或是识货，或是不识货地夸奖着宋竹。识货的夸奖她身穿衣饰高雅难得，不识货地便夸她眉目如画，极是漂亮，总之这些赞美之词，在宋竹来看，多数都是为了讨好余夫人而已。至于她自己，非但没被这些夸奖取悦到，反而是心生烦厌，恨不得立刻就走下楼去，当即启程回宜阳家中。这些人包括是余夫人的夸奖，都没能让她感觉到什么善意，反而有种说不清的屈辱感，让她对洛阳贵妇们的印象，也随之大坏。

她也不是只会默默忍受的性子，见余夫人身后诸多姬妾对她指指点点，良久未歇，心中已是不快到了极点。见余夫人冲她招手，让她坐到自己身边，便一边朝她走去，一边淡然道："夫人并诸位姐姐谬赞了，我辈中人以读书上进为要，容貌妍媸不过是细枝末节，我家大姐论容貌似不如三娘，可昔日进宫，所得恩赏却远超常人，太后、圣人更是多有褒奖勉励之语，可见这美色不过是过眼云烟，唯有学识教养才能持久，夫人赞我美貌，在三娘看来，倒不如赞我学识品德，更令我高兴。至于衣裳首饰，更是俗物，又有什么好多谈的呢。"

一席话把余夫人身后那些姬妾说得鸦雀无声，连余夫人脸上都有些挂不住，面上的笑意，有了少许僵硬。她不便直接数落宋竹，看了她几眼，也是无奈，只好又往刘张氏那看去。

刘张氏笑盈盈的，仿佛全没留意到余夫人的不快，只是打量着远处的龙舟，倒是屏风那头，却传来男性雄浑的笑声："好！后头是哪一位小娘子在说话？"

只听语气，这人身份便再错不了，定是西京留守余官人，一名使女忙转过了屏风后，不多时，一名身穿便服的中年男子便是龙行虎步地走进了屏风后，众人自然忙是一番招呼。余官人却也不多客套，和刘张氏稍微寒暄了几句，便欣赏地看了宋竹几眼，笑道："去年回京诣阙，和宋嘉木有过数面之缘，当时我心中已是极羡宋宜阳，有子如此，夫复何求？不料今日见了三娘，竟也是卓尔不群，宋家真乃天下文气所钟也！"

宋竹忙起身逊谢：“留守太过奖了，吾家兄姐亦不过常人之资，只得勤苦二字而已。三娘天资更是庸常，且年幼贪玩、无知浅薄，当不得留守夸奖。”

余留守神色中欣赏之意更浓，捻须笑问：“三娘今年多大年纪，学到哪一书了？”

宋竹如实道：“年十二，刚学过《中庸》，‘十三经’不过读了一半。”

仅仅是这般进度，已经令众人霍然动容，余留守也扬了扬眉毛：“连注疏都学了？”

单说“十三经”本身，也就是十四五万字，讲得再慢一年也能倒背如流了，但“十三经”本身内容宽博、微言大义，为了便于弟子们理解，一般联合后人注疏一道讲解。而这“十三经注疏”，那就是版本众多、浩若烟海，真要都吃透的话，没有几十年功夫都下不来，即使各家学派都有择选，一般来说“十三经”也要有五六年时间才能粗粗学过一遍，当然，作为科举的话，在“十三经”中本来就是有所侧重，所以也不至于本本都要学全。宋竹今年才十二岁，就已经学了一半，这样的进度在男童中也许还不算什么，有许多神童表现得都比她优异。但在女童中，如此进度已经罕逢敌手了。

“自是要学的。”宋竹见余留守仿佛又要夸她，便忙道：“三娘愚钝，比不上大姐、二姐，大姐在三娘这年纪，已经遍览‘十三经’，又更读了许多书在心中，写出了《观物论》。”

余留守胡须上下颤动了几下，又看了看自己的儿女，忽然叹了口气，倒是有些意兴阑珊一般，过了一会儿，方才随口考问她：“‘有弗学’一章，能背吗？”

宋竹自从知道要来洛阳，其实就一直在暗中准备着这一刻，按她所想，若是有些人要考校她，必定是在功课上做文章，或是让她吟诗作赋，或是让她当众辨析经义，看她答不上来的样子，以此取乐。没想到来了洛阳以后，所过之处赞誉遍地不说，所有女眷全都围绕她的长相来夸，根本就没提学问二字，甚至没问到她读了多少书。如今听到余留守发问，心中倒是一定，只觉这问题对她来说也并不难，便抬起头背了一段：“博学之，审问之，慎思之，明辨之，笃行之。有弗学，学之弗能，弗措也；有弗问，问之弗知，弗措也；有弗思，思之弗得，弗措也；有弗辨，辨之弗明，弗措也；有弗行，行之弗笃，弗措也。人一能之，己百之；人十能之，己千之。果能此道矣，虽愚必明，虽柔必强。”

因又笑道：“此为君子修持之道也，亦是全篇枢纽。”

余留守微微惊异，旋即点头不语，余夫人笑道：“你们要说这些做学问的事，不如改日请三娘上门做客，官人你再细细考较。今日这般热闹，大家还是看龙舟吧。”

她这话在宋竹看来，其实也不为错，但余留守却显然有些不快，他扫了余夫人一眼，倒也并未反对，宋竹便岔开话题，笑道：“看，要发舟了。”

龙舟竞渡，是以洛阳城街坊为分，一共分了四队，东南西北各有一队，也都各有支持者，鼓声一响，欢呼声、鼓噪声，顿时几乎将天都掀翻了去，就连余家彩楼上，也有两个小男童冲到栏杆边上大呼小叫，这回连余留守都未制止，余夫人身后姬妾们，便也一拥而上，在栏杆边上欢呼鼓掌，为自己选中的队伍加油。

洛阳贵胄几乎都住在西城，西城的龙舟队也不负众望，拔了头筹。彩楼上顿时是连番喝彩，余家众姬妾娇喝之余，又纷纷往楼下投掷银角、铜钱等物，全都是拴在绢帕上往下扔，只是她们力弱，彩楼距离龙舟又颇远，落入人群之中，倒是惹来了好一番争抢喧闹，余留守看了哈哈大笑，连余夫人都被逗得连连莞尔。

宋竹坐在一边，只觉得眼前的景象让人厌恶透顶，却又不知为何，她虽然勉强挤出笑容，但却也是一刻都待不下去了，只好去看刘张氏，刘张氏却对她微微摇头，示意还不到告辞的时候。

龙舟竞渡，一般都是隔刻发船，有好几筹可以拔取，这一轮罢了，热闹便有个小小的止歇，余夫人这才笑问宋竹：“此来洛阳，何时回去？明日可有闲空儿没有？”

宋竹忙道：“明日要回去了，学堂的课程，一日也耽搁不得。”

她现在真是归心似箭，说话间不觉便露出渴望之色，仿佛极为盼望开学，余留守看了，也是微微点头，他正欲说话时，楼梯响处，有人上来回道：“官人，齐国夫人欲接宋三娘过去说话。”

即使是余留守，对齐国公这样的老宰执亦是毕恭毕敬，礼数不敢不周，否则轻慢耆宿的名头一传出去，其在士林中的名声不免大坏。余夫人一听这话，便立时道：“这就让她过去。”

她连番无礼，宋竹就是再不计较，此时也要恼了，只是顾忌着姨母，又因余夫人是长辈，也不好多说什么。她压着气望向刘张氏，刘张氏倒是形如无事，只是微微一笑，问她道：“你想过去吗？”

这一问，顿时就显出了余夫人的荒唐：人家来请的是宋竹，和你有什么关系？就是宋竹的长辈姨母，还要先问问她去不去，才能作答，余夫人不问宋竹也罢了，连刘张氏也不问，除却失礼以外，在刘张氏姨甥的态度跟前，也是被比出了几分巴结势利……

宋竹听了姨母这一问，先直觉爽快解气，稍微一想，才品味出了姨母这一问的妙处。她做犹豫状：“出来也久，该回去了，表兄他们还在屋内等着呢。”

刘张氏笑道：“无妨，我回去照看着，你且去吧，你和范大娘投缘，今日不说说话，也不知何时才能再见了。”

便带了宋竹起身告辞，余夫人略有所觉，笑容亦是有些尴尬，至于余留守，早已黑了半边面孔，看来是只等客人离去，便要训斥妻子了。

两姨甥下了彩楼，自然都有人护送，宋竹一路回想着姨母上楼后的表现，倒觉得其虽然寡言少语，但不卑不亢，含蓄中自有风度，即使在余夫人跟前，也不弱了分毫。自己顶了余夫人那一下，虽然解气，可和姨母相比，却似乎又浮躁了些。

她一路反省自己，直到上了范家彩楼神色都有些沉重，还是见到老夫人，方才露出笑容上前问好。虽说已经两至齐国公府，但这也是她第一次见到齐国夫人。

比起余夫人乃至随行姬妾，又或者是颜钦若和她的帮闲，齐国夫人、越国夫人这两位相公夫人，给宋竹的印象还是不错的。越国夫人对她热情夸奖，夸得得体，不讨人嫌；齐国夫人虽然没那么盛赞，可笑容和煦、态度亲切，互相见礼以后，丝毫没提她穿的“华服”，反而是和她打听起了宜阳女学的事，不但问了宋竹的学业，且还和她谈了谈宋大姐的那篇《观物论》，还有宋学为十三经选择的注疏。

宋竹在她跟前，心情倒好了些，都是笑着规矩回答了。齐国夫人又笑道：“原本还想多和你说说话的，可瞧大娘在一旁已经是翘首盼望了，便且放你过去吧。日后到了洛阳，定要来我们府上寻大娘玩耍。”

说着才松开手，宋竹又要和大夫人等行礼，几位夫人都笑着让她快过去范大娘等小儿女处玩耍。

范大娘果然已经是翘首盼望，见到宋竹过来，便握着她的手笑道：“我想着你明日就回去了，也不知何时能再见，便求了祖母接你过来，想是人多难寻，所以才耽搁了这样久？”

宋竹道：“不是的，是我被余留守家接去说话了，想来你们家人也是辗转寻找，方才找到。”

她不想多提此事，简单地讲了讲，便又被介绍给范家姐妹相见，至于范家男孩，除了两三个五六岁的小童以外，都在屏风外侧，并不在这里。

范家彩楼不但视野更好，而且楼中人数也不多，都是范家人，没什么多余的使女姬妾，还有范大娘和她说说笑笑，宋竹到了这里，方才觉得舒心。眼看第二批龙舟下了水，她便和范家姐妹们一道拥向楼前，为龙舟加油。

这龙舟的魅力之大，简直是横跨了贵贱阶层，方才在余家，众姬妾欢呼雀跃，此时的范家小辈也都是看得极为着紧。只有宋竹，对这些龙舟队本就陌生，看得便不那么投入，她自觉地站到一边，把视野较好的空位让给了范家姐妹，自己只靠在柱子边上，随意地浏览着舟船。

洛水上此时已经是战况激烈，四条龙舟齐头并进，难分前后，不论彩楼、酒楼还是岸边民众，全都如痴如醉，欢呼声、喝彩声、叹息声、倒彩声不时爆发，吵得宋竹简直有些头疼——就是在这白热化的气氛之中，她忽然感到有人拉了拉她的胳膊，随后，后脑勺上便是吃了不轻不重地一凿。

“喂，你又来！”身在外头，不便和在家一样做出小女儿态，宋竹强忍着捂头的冲动，愤然回身，压低了声音轻斥道，“你这个人怎么这样！”

凿她的人，除了萧禹当然不作第二人想，说来倒也是巧，他正是和宋竹靠在了柱子两侧，此时便正靠在柱边，对她懒洋洋地笑道：“粤娘妹妹，你好哇？”

古怪

宋竹每回见到萧禹，不大不小都要吃个亏——这还没算完，紧跟着必定是要受他的连累，或是被母亲打手心，或是又受了同学的冷遇，总之必定是要搞出事来的。这几个月下来，她就没在萧禹身上找到过好字，说起来在颜家的那一番待遇，也是因为颜钦若看到了她和萧禹说话。虽说不能怪他，可真要计较起来，说萧禹是个灾星也不为过。闹得宋竹现在对他都有阴影了，一看到他，周身的本事十停里有九停感觉都施展不开，分明被他毫无理由地凿了一下，可连斥责的底气都没有，虽是不高兴，却也只能皱着眉低声斥上那么一句而已。

待得听到萧禹那惫懒的“粤娘妹妹，你好哇？”时，她更是气不打一处来，若非现在别人家的地盘上，她简直都想跺脚了，“你叫什么呢！仔细些！”

此时龙舟竞渡已成白热化，众人均看得全神贯注，他们两人又站在人群角落，身形完全被兄弟姐妹们遮挡了去，并不虞被长辈们看见，因此萧禹的姿态并不是那么正经，他斜斜靠在柱子上，一只脚还弯了起来，有一下没一下地点着地面，听见宋竹这话，更是一伸舌头，笑嘻嘻地道：“对不住，我倒是忘了，我们这三妹妹最是怕羞，很忌讳被人知道了小名去的。”

宋竹听他一说，顿时想到两人初见面时，自己让三哥别叫自己小名的那一幕，知道当时的羞涩，已经落入萧禹眼里——也不知是羞的，还是气的，她的脸蛋已经是一片灼热，想来定是透了红，她不禁更添了几分不自在，低声埋怨道："知道了还叫？被别人听去，又是故事，你总嫌害我不够惨是不是？都是因为你，我和颜姐姐如今也闹了生分，你难道还不如意，还要来坑害我吗？"

萧禹神色微动，倒是没有装傻，他道："我知道……大表姐都和我说了，这件事是我连累了你。"

他要是砌词狡辩，宋竹肯定是要动情绪的，和他辩论几句都难说。此时萧禹大方直认了下来，她倒有些过意不去，反而说道："算了，你和她连一句话都没说过，要怪，就怪你是'天生丽质难自弃'吧。"

拿白居易的诗句打趣了萧禹一句，她自觉有趣，不禁微微一笑，方才问道："你也是明日回去吗？"

萧禹点了点头："你呢？"

"三姨说让表哥送我回去，"宋竹道，"不过表哥也要读书，也不知道家里会不会让叔叔来接。"

"那我和你们一道回去吧，"萧禹便道，"要是你们家来人接也罢了，若是无人来接，也别麻烦贵表兄多跑这一趟了，还是功课要紧。"

两家关系是通家之好，萧禹便如同宋竹的兄长，如此安排并无越礼之处，反倒显得他十分老到殷勤。宋竹心中却很有些矛盾，一方面，她也为萧禹的安排打动，一方面她又有些讲不出的古怪情绪在心里滚来滚去的，让她禁不住都要现出扭捏之态——只是此时身在范家彩楼之上，却是要竭力控制自己，不可露出异态。

"嗯……"她长长地应了一声，又觉得自己有些无礼，便端正容色道，"多谢三十四哥想着。"

只是萧禹这人，也让人很难对他有什么尊重情绪，这不是，才办了桩好事，让她对他有些改观，不过一刹那工夫，唇边又挂上了若有若无的坏笑，仿佛正酝酿着什么坏主意。宋竹心中才起了警戒，他这边一张口，果然就没好话。

"话又说回来了，你该拿什么谢我？"萧禹双手环抱，倒是有点恶少的感觉了，“要不是因为我，颜娘子未必会邀你来洛阳，你要是不来西京呢，又怎么有今日的风光？你别以为我是从表姐那里听说的，我昨日寻些老朋友一道玩耍，连他们都问起来，知道宜阳宋家的三姑娘，漂亮得仿佛天仙化人，一见面就把越国夫人都给迷倒了，当场就要说回去做孙媳妇呢。”

宋竹听他一说，登时想起了刚才在余家彩楼所受的屈辱，面上神色不觉就是一变，还未及说话呢，萧禹已是诧异道：“怎么？为什么忽然沮丧起来了？”

说着，他已经放下手臂，站直了身子，脸上神色也转为严肃，一双眼直盯着她，仿佛是要看到她心底一般。

宋竹见他如此郑重其事，心底不禁就是一酸，仿佛是见了靠山一般，倒是比刚才在余家彩楼上还要委屈，想要把刚才的事情一五一十地告诉给萧禹知道，让他给自己做主。只是她毕竟是宋家的女儿，虽然平日里率性跳脱，终究脱不了大格儿，这念头才一掠过脑海，她便想到：今日是端午正日，我不该说丧气话，再说，背后也不好道人短长，不论余夫人怎么不尊重我，余留守倒对我很客气，似乎不便对个外人细说这些事。

“……也没有什么。”她闷闷地道，终究是忍不住加了一句，“在宜阳县里住了那些年，本是很想到洛阳来见见世面的。可到了洛阳以后我才发觉，我还是更喜欢宜阳……”

话说出口，她才发觉这实在是自己的肺腑之言，甚至于说，这语调里浸透了自己本不该流露的委屈。

“怎么？”萧禹果然沉下脸来，丝毫没有错过她的情绪，“难道有人给你气受了？”

前舟未至，远处洛水之上又发了新舟，众人的情绪已经膨胀到最高点了，可萧禹似乎半点都没被打动，他的神色迅速地阴沉了下来，往日总带了笑的讨喜俊颜，如今却满是风雨欲来，也不继续逼问，而是低声推算道：“初三日颜家生日以后，初四你到了姑母家，自不可能有人给你气受。初三日我听表姐说了，也没人把你怎么地了，难道是今日吗？方才我听见大姐求了齐国夫人去接你，可那人走了许久你才过来，中间耽搁的时间太长，有些不对……难道就是刚才，你被旁人接去说了话，在那里受了气吗？”

宋竹看着他严肃的脸色，不知为何，心中居然有些畏惧，此时听萧禹快速推断，更为他思维的敏捷所慑，竟兴不出否认敷衍的心思，而是老实承认：“刚才是去了西京留守余家的彩楼……”

话头一开，这话匣子打开得也就很容易了，宋竹一边说，心中一边就涌起了委屈的情绪，“从来也没有过来往的人家，指名就要见我，本是一家人一起来的，就让三姨和我过去，表兄弟们都留在原处，别说我们家了，连三姨家也不是他的下属，如此颐指气使，叫人好生不舒服……到了彩楼上，更是讨人厌得很，瞧着我就像是瞧着个稀罕的物件，又像是只难得的小狗，言行中高高在上的态度……唉，我说不清，你说什么我出名了，我才不想出名呢，在那些贵夫人眼里，我就像是个……瓦子里卖艺的倡伶，哪里还是个儒门闺秀呢？”

一边说，一边不觉红了眼睛，心中十分委屈难受，可又不知该如何倾吐——她更是明白，自己也不该再往下说了。她们宋家现在最显赫的二叔宋谚，也就是个地方知州，和西京留守比，还差了好几个档次，在旁人眼里，多半会觉得余夫人把她接去说话，是爱了她的人品，她非但不应该抱怨，反而应该对这份青眼多多感激才对。毕竟，天下间的才子才女，她们的名气，不也就是在这一次次接见中涨起来的吗？

好在，萧禹并未觉得她忘恩负义又或是如何，他仔细地听完了宋竹的叙述，面上倒是出现了一丝笑意，稍做寻思，便略带了宽慰地道：“你别难过，我和你说这里头的缘故——余留守出身微贱，全仗着岳家扶持，方才能读书中举，他念着旧恩，对夫人一向十分纵容。可偏偏他岳家也就是商户出身，余夫人连大字也不识得几个，又遑论礼数？在东京时也不知闹了多少笑话，是个有名的浑人。她今日对你算是客气了，倒不是有心要看轻了你去。”

且不论真假，宋竹听了这话，心中倒是稍微气平了些，也是若有所思，“难怪方才三姨都不怎么搭理她。”

“正是了，你可千万别做刚才那样想，虽说洛阳大户人家的做派，有九成都是你肯定看不惯的，但只要是书香世家，行事再怎么都有分有寸。你瞧你在颜家，就是旁人要刻薄你，不也得遵循一定的规矩吗？只要规矩还在，你这样名儒世家的姑娘，肯定都是最受尊重的。”萧禹望着她认真地道，“怎么会把你当作是什么杂耍戏子呢？快别多心了。”

被他这样直直地、认真地看着，宋竹不知为何，忽然有些承受不住的感觉，又仿佛萧禹说的，就好像是天子的金口玉言一般可信，她犹犹豫豫地点了点头，心中倒是稍微开朗了一些，勉强露出一点笑容来。

萧禹见她如此，神色这才松懈下来，他歪头想了想，又沉吟着道：“不过，余夫人以前对谁无礼，也不关我的事，今日犯到你头上，那就是她倒霉了。你且等着，今日的事，我记在心里了，待我回东京以后，一定为你出了这口气。”

宋竹被他这一说，心中思绪奔涌，一时想：这人原来如此睚眦必报吗？这样的事也要记到几年后回东京？

一时又想：什么叫作我且等着，他记在心里了。我是被她冒犯了不假，可这和他有什么关系……

忽而又想起来：余留守对我总算十分客气，若是他被牵连了，似乎又有几分过意不去？

想到这里，她忙道：“算了，终究是不值一提的细枝末节，过去了就过去了吧，又何必记上几年？再说……余留守总算也挺有良心的，没来个富易妻、贵易友……你便别和他们为难了吧。”

萧禹冷笑了几声，并不说话，宋竹看了，哪还不知道他没听进去？她赶快说：“我是说真的，虽说余夫人对我不客气，但余留守却又还好……”

说着，便把余留守的一些行动说给萧禹知道。

萧禹听了，倒是又露出坏笑，嘿嘿笑了几声，方才道：“哦，这么说，余夫人倒真不是诚心要欺压你了……连余留守都特地进来见你，我看啊，他们是看中了你做新妇了。”

“你怎么嘴里老不脱我的婚事？”宋竹真有些不自在了，她恼怒地白了萧禹一眼，想到自己在山道上对他发的那通火，更是平添了许多生气，“我知道我落了把柄在你手上，被你看破了……可你也不能老这样说我吧？”

她压低了声音，又道：“……就是要说，也得分场合啊！”

萧禹倒是没继续取笑她，而是正容说道：“我不是笑话你……”

正说着，彩楼上忽然爆出镇天喝彩，完全把他的声音淹没——原来是龙舟到了终点，又是西城赢了。这一轮已是终局，西城三战两胜，赢了今年的比赛，因此一排彩楼都是欢呼雀跃，喝彩声不绝。

宋竹和萧禹面面相觑，却是都有了几分无奈——本身彩楼上就很嘈杂，两人要维持音量较低，还要被对方听见，已经不易，现在倒好，完全没机会再说下去了。

眼看热闹稍歇，众人纷纷回归原位，萧禹只匆匆和她说了一句：“明日再和你说。”便钻回了屏风那面，宋竹跟着范家姐妹一道回了座位，心中还惦记着萧禹没说完的话。

不知不觉，她心中已是暗暗希望，家里明日别派人过来接她……

提醒

这一整日，宋竹是连走了几处地方，她身负宋家声名，一言一行无不是大费思量，唯恐说错一句话，甚至是做错一个表情，都使得旁人对她乃至对宋家的家教产生怀疑。一整日地劳累下来，回了刘家以后连话也不敢说了。好在范家的确就是把她接去说说话，并没什么明争暗斗的事情，她粗粗和刘张氏说了，刘张氏便忙打发她去安歇。

从宜阳到洛阳，路途不远，若是家里有人来接，也可能是头天晚上才到，也有可能是第二天及早出发。宋竹当晚睡前没听说家里来人，早上起来也没见哥哥或是叔叔在屋里坐着，便知道宋家大概意思是有乳娘和车夫带着就已经足够了，横竖几十里的路，又在洛阳附近，也不至于就不太平到非得要人来接的地步了。

话虽如此，刘张氏却不大放心，正好刘家长子今年也十六七岁了，足以在外走动，刘张氏便让他今日告假不去洛阳国子监，而是送宋竹回宜阳。宋竹这里才道：“可不要耽误了大表兄的功课，就这么短短的路，我就自己回去就行了，三姨母你别担心。”

她正说着，外头便来人禀报，“萧家三十四哥来寻三娘同路回家。”

这话听着暧昧，但传话的仆妇倒是心安理得，众人也都不觉得什么：第一宋竹还小，第二两家通家之好，且萧禹本就和宋竹是同路来的，如今同路一起回去也不算什么。再加上刘张氏多少也和乳娘聊了几次，又接了姐姐的信，心中对于一些事情也是有数的，闻言便笑道：“那也不是外人，不好失礼了，让他进来说话吧。”

刘家本没女儿，宋竹也是无妨的，因此萧禹顺顺当当地就进了内堂，和刘张氏问了好，便坐在下首受了刘张氏招待的茶汤。

宋竹之前几次见到萧禹，他都穿着十分华丽，唯独有两次在学堂里遇见，他才穿上了朴素的布衣，今日也是一样穿着淡红罗袍，戴了玉冠，毕竟是被美饰装点，更显得他面如冠玉、目似朗星，虽然年纪还不大，青葱少年气息未退，但顾盼之间神采飞扬，即使是她，心中也不能不承认：和她的几个哥哥比，萧禹起码在外表上是一点都不逊色的……

也许正因为如此，刘张氏就很喜欢他，轻易允了就让萧禹带宋竹一行人回去，自己也不派儿子前去了。又还问萧禹吃过早饭没有，听说吃过了，且特地让家里下人带了些鲜果点心，让他们在路上吃。

萧禹来得其实不晚，进来坐了一回，再出去时太阳才刚刚升过房顶，一行人还和来时一样，宋竹和乳娘坐在车里，车夫赶车，萧禹和他那随从一人骑了一匹马，在前头带路——只是宋竹看到那随从手里还牵了另一匹马的笼头，心中不由暗暗纳罕：这又不是长途跋涉，要珍惜马力，也就是那么几十里的山路而已，放开来一个时辰就能跑到了，至于还要带马来替换吗？

也还好赶了个早，车行没多久就出了洛阳城，官道上的行人也不多，速度跑得起来，没有多久就看到了五里亭，宋竹正隔着轻纱看着外头的景色，又拿扇子死命扇风，便觉得车行渐缓，慢慢地停了下来，只听萧禹在外问道：“三娘妹妹，车里热吗？”

过了端午就是夏天了，车厢里为了防尘土，虽然拉开竹帘纳凉，但到底蒙了一层白纱，其实还是闷不透风，倒是在外头马上还能吹到点凉风，宋竹一听萧禹这话，眼睛便是一亮，她期盼地看向乳娘，都把乳娘给逗笑了。

“想要骑马就出去吧。”乳娘对宋竹一向是有求必应的，更何况这等小事？说着，就拿起帷帽给宋竹戴上了，又道：“只是不能跑快了，千万别出事。”

宋竹反倒是有些扭捏，低声道：“也许三十四哥就是问问呢……”

话虽如此，但都到了这时候，她哪里还能不知道，这第三匹马就是为她准备的？萧禹只怕是早就打算好了，才从范家又多牵了一匹马，想来是她上回和他换着骑马的事，他给记在心里了吧。

宋竹心里，就像是听母亲说萧禹为她准备了银钱买衣衫时一样，有些说不出的滋味，又是略略欢喜，又是觉得他有些太过僭越，这复杂的情绪在心底滚来滚去，倒使得她有些不愿出去了。若非想到昨日萧禹说了，有话要和她说，她真有心窝在马车里，不出去见萧禹……

便是她自己，也觉得自己这番心思有些古怪了，宋竹没等乳娘说什么，便深吸一口气，不再矫情，猫着腰灵巧地钻出了马车，车夫为她放了小凳子，她稳稳重重下了车，含笑仰首对萧禹道：“多谢三十四哥为我准备马匹。”

“三娘妹妹太客气了。”萧禹其实是心细如发，看来昨日喊她粤娘，无非是为了戏弄她而已，现在官道上，他就丝毫也不肯叫宋竹的乳名，他翻身跳下马，从那侍从手里接过了另一匹马的缰绳，笑着说：“我的那匹是牝马，性情温顺些，你上回也乘过的，这回就照旧乘坐吧。”

说话间，已经是利落地跳上了新马的马背，倒是连客气的空间都没留给宋竹。

宋竹全此，不能不承认萧禹实在十分体贴，她心里那股怪怪的感觉又回来了，且喜有帷帽遮挡，自忖旁人也看不出什么不对。她感慨了片刻，便收拾心情，翻身上了马。

若说宋竹有什么灵巧胜过兄弟姐妹的地方，便是她自幼身体康健，不论是骑马还是射箭，都是一学便会了，她本人且也都是颇为喜欢。这一上马，乱七八糟的心情仿佛就被风全吹走了，只觉得高踞在马上，连风景都好看多了，要不是乳娘叮嘱在先，萧禹和那侍从也都不曾放开脚步，她真想催着马儿好好跑一跑才高兴。

一行人照旧是拉开了一个较长的队伍，车夫赶着车，乳娘也坐在车辕上吹风，落在最后。萧禹侍从居中照看马车，至于萧禹和宋竹，自然而然便跑到了最前面，让马儿小碎步跑着，两人在马背上顺着频率上下颠簸，欣赏着道路两旁的风景。

宋先生兄弟都是文武全才，宋竹学骑马也算是经过名师指点，这种马儿碎步跑的情况，其实是最考验骑手的，反而是飞奔的马儿，在它背上还更平稳些。这种时候正因为马速慢，所以左摇右摆，要维持平衡就得靠脚上稳稳踏住马镫，不然不一会儿，腰眼都能给摇酥了。然而，宋竹偷眼看了几次萧禹，却见他脚下丝毫也没有用力的迹象，整个人仿佛黏在马背上一样，怎么摇都是轻松省力，心中不免有些好奇，便问道：“三十四哥，你的骑术真好，可有什么窍门能教我些不？”

萧禹笑道：“我骑术可还用说？当日……”

他顿了顿，仿佛有瞬间的不自然，随后又笑道：“当日连武先生们都是赞不绝口的，只是这骑马就得靠练，我看你姿势虽然不赖，但终究有些生涩僵硬，即使我把诀窍告诉你了，你没机会练也不成。”

宋竹听他言之有理，也就罢了，两人倒是因此打开了话匣子，萧禹和她说了许多自己小时候和人打马球的事，并说自己的骑术都是打马球练出来的。宋竹听了，心里一面想：果然没个正形，没听说大好儿郎成天马球为戏的。

可虽然这么想，她却又觉得萧禹说的故事，不知怎么都十分有趣，虽然知道不能赞同，但听着却又忍不住入神，想要他一个接一个地讲下去。

从萧禹的故事里，她多少也是听出来了，虽然其雅不欲以身世为傲，但的确如范大姐所言，是极为受宠。譬如有好几次，他便差点说出“御苑”字眼来，宋竹听多了，心里倒也猜得明白：这一位平时打马球，都是去御苑打，只怕玩伴里少不得宗室贵族，话往大了说，指不定还有太子呢……

他本是皇后亲戚，和太子亲近当然没什么不妥，不过话又说回来了，朝中自有朝中规矩，不是进士两榜，便难入政事堂，顶了天做到枢密院已经是凤毛麟角——这是多少年来，连天子也无力改变的一条规矩，而天子无力改变的第二条规矩就是，这佞臣与儒臣，永远都是泾渭分明的两条线。

佞臣是什么意思？不是说和天家有亲就是佞臣，如萧传中一样，虽然是皇后亲眷，但几乎并不入宫，凭自己能力考了进士的，即使有亲戚关系在，也是正儿八经的儒臣。但若是萧禹自小便常常入宫，又和太子这般玩乐，一副感情很好的样子，将来他就是进士出身，哪怕拔擢得比别人还慢呢，佞臣的名头也是跑不了的。儒臣不费吹灰之力就能拥有的一些东西，对于他来说便要费尽心机去争取……想走这条路的人，宋竹相信是有的，但她不信想走这条路的人会特地到宜阳来找她父亲求学。

好奇心像是一只蚂蚁，在宋竹心里爬来爬去，她现在明白为什么萧禹要安排她骑马了——有些话就是不可能当着第三人的面问出口的，譬如她现在想问的这几个问题，虽然没什么越礼之处，但当着乳娘又或者是萧禹那侍从的面，不知如何，也总觉得问不出口。

一个是说得高兴，一个是听得用心，两人倒是破天荒在一起半日都没起纷争。来往行人听见萧禹口里说的那些个轶事，也不住报以惊异的眼神：显然亦是听出了他那非凡的身份。只苦了宋竹，有许多话想问，却又碍于正在官道之上，什么也问不出口。

不知不觉，十五里路一晃即过，前方便是这洛阳城治和宜阳县治的界碑所在，上个月那一场大雨，冲坏的能有一里路，现在界碑两侧都有民夫正在整修，只有一半路面可以过人，因此许多车辆全都堵在这里，萧禹皱了皱眉，扭头和那侍从道：“胡三叔，我和三娘先过去，到另一头树下等你们，你且在这里看着车。”

轻轻巧巧就带了宋竹，从官道右侧的一点空地上抄了过去，很快便先越过了这一段交通堵塞的路面，把宋竹带到路边树荫下，笑道：“你瞧，这么等多凉快啊？”

今日他吸取教训，早早就带了斗笠遮阳，因此宋竹一路也看不到他的脸，只能听见他含笑的声音，此时萧禹一边说，一边就把斗笠摘了下来，露出他那标志性的慵懒笑意——宋竹也不知该如何形容他那极有特色的笑容，更不知为什么，见到他那有些小得意的笑容，她又有了那种思绪滞涩的感觉，也是卡顿了一会儿，这才恢复正常，却又忽然间觉得有些脸红耳热，好像刚才被太阳晒出来的热量，到了树下才慢慢地散发出来。

“就是三十四哥你的鬼主意多。”习惯性地数落了萧禹一句，她这才仿佛是找到了正确的调子，又恢复了正常。

萧禹似乎也被她说惯了，闻言只是嘿嘿一笑，也并不介怀，而是说道：“我昨日不和你说了嘛，有事要告诉你——我且先问你，你知不知道颜家有意为颜十哥说你为妻？”

他忽然间一句转到亲事上，宋竹差点儿就没反应过来——尽管如今的风气，女儿家为自己的亲事做主并不鲜见，出面和父母闹腾自己的嫁妆更是司空见惯，众人都不以为意，但不论怎么说这都是自己家里比较私密的事情，他一个外男大咧咧地说起这事，倒真有几分失礼了。

她当然大可借此大发娇嗔，站在制高点上指责萧禹，让他赔罪，只是宋竹心想：颜家有意说我的事，范姐姐是知道的，还和我谈起过。他们是表姐弟，关系自然比和我亲近，三十四哥应该是知道我知道，退一万步说，即使他以为我不知道，想要告诉我，这样的事托范姐姐传个话就行了，犯不着这么特地找了个机会来同我讲。这路也不长，眼看乳娘就要来了，我这时候再和他纠缠细枝末节，岂不是连话也说不完了？其实，他对我也挺讲义气的，我不便寒了他的心吧？

虽然她自幼身受最严格的教育，但终究天性有几分跳脱，若是换了宋苡在此，连话都听不完，便势必大为着恼，还指不定要闹出什么风波。可换了宋竹，几经纠结，她非但连反感都没表现，反而略略一低头，有些感谢意思地说：“……知道似乎是有意说亲，倒是不知道说的是谁。”

萧禹点了点头，倒是也没取笑她，俊脸一片严肃，道：“我不知你们家是如何打算，只和你说一件事——越国公府看着是烈火烹油热闹得不行，可颜十哥心胸狭窄，才具有限，只怕不是良配。我和你说说，你自己心里有数了，若是你爹娘万一心动来问你时，你也不至于两眼一抹黑，不知他是好还是不好。”

宋竹倒是被他严肃的表情糊弄得一愣一愣的，听萧禹说完，方才放松下来：原来就是这码子事啊？

经过这多次接触，她心里到底也不把萧禹当作外人了，那份谨慎和礼数，不觉被在家人跟前特有的调皮灵动代替，搞明白了萧禹说的是这事儿，她忍不住无声地一笑——也不知萧禹有没有看到。而后才轻快地说：“我们家才不会应他们呢，颜家姬妾成群，单就是这一点，便和我们家合不来。多谢三十四哥的好意，你也可以放心了。”

萧禹嘿地一笑：“我有什么好不放心的，瞧你这话说的。”

宋竹也就是想到哪里说到哪里，在他跟前真没斟酌词句，不料无意间居然失言至此，被萧禹这么漫不经心地一说，她的脸登时烧红了：就是，宋家答应不答应颜家，萧禹有什么好担心的？谈不上担心，又哪来的放心？这话说得，好像萧禹对她有意一般……

正这样想着，萧禹倒是又随意揭过了这一层，而是说道：“唉，那看来余家也是不入你们家法眼的了，如此一来，你此次到洛阳，除了惹来些麻烦以外，竟是白跑了一趟。倒是又在颜家、余家受了不快，真是还不如不来。”

语中为她不值的情绪，倒也没什么遮掩。宋竹听了，心中一暖，不由道：“归根结底，还不是因为你，我才来的洛阳？”

说了这一句，觉得十分惹人误会，一边暗自埋怨自己表现失常，一边又急急地加了一句：“要不是二十四哥你‘红颜祸水’，颜姐姐也不至于费尽心机就为了把我撮弄到洛阳来丢人现眼。”

萧禹打了个哈哈，显然有几分尴尬，他作势要弯身过来敲宋竹，“你这孩子，多大年纪了，还满口胡话，我看平时就是欠了人管教。”

宋竹被他凿过，深知有多疼痛，见萧禹作势，便欲躲开，没想到萧禹一声口哨，马儿自行靠了过去，这一凿到底是还没逃掉。她只觉得额角一阵火辣辣的疼痛，不由得对萧禹怒目而视，心底原本兴起一丝如云似雾的淡淡怀疑，顿时也消散了去：若说萧禹对她……也没见这样天天凿人的，想来，到底还是她多心了。

不知为何，这样一想，她反而有些安心，仿佛回避开了多少烦恼，又可以放下心来尽情“恼恨”萧禹了，虽然大庭广众之下，没有捂头又或者是和萧禹吵闹，她仍旧是对他怒目而视，威胁道：“三十四哥你要再凿我一下，我就和颜姐姐多说些你的事。”

这威胁比什么都好使，萧禹立刻放下手，他眼珠子一转，却也不甘示弱，“好嘛，那我就和颜十哥说你的事去——哎哟，说来对你有意的人可多了去了，又何止颜兄一人？”

他话还没说完，宋竹已是大恼，手里马鞭都扬了起来，萧禹一缩脖子，忙道：“哎哟哎哟，马车来了。”

果然，随着他的说话，马车已是驶过了弯道，宋竹忙把马鞭藏在身后，装作若无其事的样子，和萧禹一道迎了过去。

这一路回家倒是风平浪静，也没什么事可说，也许是因为有乳娘在，也许是有别的考虑，后半程萧禹一路上和宋竹谈经论典，说的都是读书上的事情，进了城也没再去宋家，而是直接和她在城门分手回了县衙。

宋竹钻进车里，和乳娘一道进了自家，自然也是有许多事忙，向长辈们请安、捎带着为刘张氏问好，又把刘张氏让她带的几样体己小礼物给姐妹兄弟们分了。忙忙地过了半日，也不顾乳娘回来不久，就一头栽进母亲屋里许久都未曾出来，也不顾今早三姨给了自己一封厚厚的信让她送给母亲……梳洗过以后，她就忙着温习功课去了，旁的事情，很自觉地都不去操心。——也不必操心，家里人自然会为她考虑。

她在洛阳的际遇，到底让母亲唇边多添上几丝笑意，这问题，即使去问了，只怕小张氏也不会告诉她。

中意

短暂的热闹一过，宜阳女学登时又恢复了以往那严谨有加的学术作风，宋竹更是早就把她的那些华服美饰抛诸脑后，心怀感激地换上青布衣裳，梳起两条辫子，重新投入到了学习之中。若要说有什么变化，那就是素日里对她不怎么热络的那帮同学，也不知是谁起了头，如今倒是纷纷都改了态度，虽然还很少有人夸赞宋竹的美貌，但言谈举止之间，对她的尊重和敬慕，倒已经是不输给二姐宋苡多少了。

不过对宋竹来说，这也未必是什么好事。

也不知是谁多嘴，把她和余留守在余家彩楼上的对答传了出去，听说已经成了洛阳城内近期的知名轶事，这也使得宋竹名声大振。不论是长相还是那好学上进、简朴清静的做派，都博得了众名流的一大好评，就连余留守也成为善于欣赏人才的伯乐型人物，这个故事里可以说是没有输家，自然是一段佳话。但对宋竹来说，也就让大家都知道了她在读书上其实还是挺强的，只是平时比较谦虚，做人太低调而已。

虽然她的确比不上宋大姐，但这份进度在同龄人中也算少有的了，女学中许多真正努力读书的同学，如今都把宋竹看做了学中领袖，更兼宋苡性子冷傲，和她说得上话的人不多，如今同学们有什么学问烦难，都爱来寻宋竹，她在功课上的压力，岂非是陡然大增？要知道过来探讨问题的可不都是颜钦若这样水平的娘子，有许多家中也是出过名儒，自小知书达理，在学术上是真的很有造诣的。

说起颜钦若，她如今倒是不过来和宋竹说话了，两人间已是形同陌路。甚至很多人都暗自认为她应该要离开宜阳女学，不能再来这里读书——天下没有不透风的墙，更何况当日在颜家的同学也不少，颜钦若要是一直不说话，只任由她那两个伴当开口也罢了，好歹也有分说的余地。可她千不该万不该，在越国夫人夸奖宋竹的时候说了一句，说宋竹在家都穿青布衣服，不知这绫罗绸缎的好坏。

能来女学读书的，在家中自然受宠，纯粹的浑人又有几个？若是颜钦若真的不着痕迹地让宋竹在洛阳城露怯出丑，惹来众人风言风语的议论，那倒也罢了，会逆风而上同她作对的终究是少数。但现在颜钦若不但着了痕迹，而且计划还失败了，反而成就了宋竹的美名，人心都是如此，攀高踩低也属常事，女学同学如今就纷纷都想起了宋先生的山长身份。虽然宋先生没有教过她们一天书，但只要他还是书院山长，这些娘子便算是他的徒子徒孙。身为弟子，不能孝敬师尊也就罢了，还要反过来坍师长家的面子，这岂不是触犯了儒学门人最重视的“尊师重道”一条？说得难听点，就是欺师灭祖，连师长都能欺负算计了，距离灭祖这全天下最大的罪名，还有多少距离？

众人虽然不至于在明面上对颜钦若议论纷纷，但私下疏远也是难免的事，本来因为家世，颜钦若在学中颇为吃香，如今却是进进出出都形单影只，几乎没有人愿意同她说话。宋竹看了，倒是挺同情她的——不是说她觉得颜钦若做得就没错，不过她明显也是做了别人手里的“长枪”，真正的主谋赵元贞，现在还是左右逢源，在学堂内混得好好的呢。甚至就连被她往死里坑的颜钦若，都还同她十分友善，看来是还未明白这里头的弯弯绕绕。

当然，她都这样了，宋竹也无谓多嘴去提醒什么。第一她说了颜钦若也未必听，第二，就是颜钦若听了，后悔了，想要和她和好了，宋竹也不敢再和这样的人交好，此女非但并不聪明，而且心胸狭窄、喜怒无常，所谓“君子必慎其所与处者”，宋竹虽然也不是什么千古完人，但起码也要做到择友而交。有些人，譬如范大姐，她便极为乐于交好，颜钦若这样的，维持泛泛之交也就够了，现在她不来理会宋竹，宋竹还是求之不得呢。

本来，此事也就这般过去了，变化过的关系也无能再回到原点，不成想家中长辈对此似乎又有不同意见。这一日宋竹在母亲这里绣花时，小张氏便忽然问她：“如今学堂内，是否都无人搭理颜娘子？”

“大概除了赵娘子以外，别人都不大同她说话。”宋竹正学新绣法呢，一开口说话，手下针数就乱了，她强行压住皱脸眯眼的冲动——虽然这是集中注意力时很正常的表情，但在宋家，如此表现当然不可接受。“好像最近也是‘三天打鱼，两天晒网’的，时常都没来上学。”

小张氏“嗯”了一声，低头做了一阵针线活儿，倒也不再说话。宋竹亦无心思忖母亲提起此事的用意，她到底是微微眯起眼，以便衡量针脚疏密。又过了一会儿，听到母亲微微叹了口气，方才愕然抬头，问道：“娘，怎么了？”

小张氏望着女儿清丽的脸庞，心中又笑又叹：到底年纪还小，官人说她有些聪明，可在自己这个当娘的眼里，就永远都是疏漏百出，叫人无法放下心来。若是换了长女，此事又何须自己提醒？即使是次女，又哪里不懂？只是心里不屑罢了。

“你父亲是山长，你便算是全班的小师姐了。”她少不得教导女儿，“不论如何，她终究没有违反学堂的规矩……”

宋竹到底没有愚钝到家，“娘的意思，是让我主动同她和好？”

小张氏不置可否，“你终究是宋家的女儿，旁人看你，只有更挑剔，此事现在看着是你有理，可若颜娘子真的连学也上不得，那便是你得理不饶人了。”

“可这又不是我主使的——”宋竹的话说了一半，便自断了，她在小张氏的凝视中略带尴尬地一笑，“是了，外人又哪会管这么多？总是要算在我头上的……”

明白了这一点，宋竹该怎么做，也就不用小张氏再指教了，她亦没有继续叮嘱女儿，如何在对颜钦若示好的同时，又和她保持合适的距离。女儿这一辈子，做爹娘的能护持的又有几年？唯有此时多想多学，将来才能更好地应付人生风雨。再说，宋竹本性也还勉强算是灵巧，有时候缺的就是一句点醒而已。

当然，这也只是明面上的理由，私底下另一层用意，小张氏却是绝不会宣之于口的，宋竹能领略多少，就得看她自己的天赋了：颜钦若对她如此刻薄，她却还能友好待她，这样的事情再多来一件两件，由女学同学回了洛阳稍一宣扬，宋竹既美且贤的名声，说不得也自然就更加响亮了……

自然，这多少有些沽名钓誉的嫌疑，一向是被儒门所轻蔑的举动，也所以，真正的儒门弟子……也都会做得比一般人更加隐蔽。思及此，小张氏不免微微一笑：女儿还小，还不到学这个的时候，她还拿捏不好这里头的分寸。

宋竹在刺绣上的天分，着实是有限，小张氏的一身绝学在她身上竟是毫无传承，就是有心要好好教她，但在有限的练习时间里，也教不出个所以然来。在这一点上，她终究是比不得姐姐妹妹，像是宋苓、宋苡，都是儒学、女红两手抓，顶多有一门特别强而已，宋竹费尽心思，总算把功课维持在比同龄人好了一些的水准上，但刺绣这里就只能勉强跟得上常人水准了。在小张氏这里练习了小半日，最终辞去时，也还是没能绣出个像样的乱针手帕来。小张氏拿着她的功课看了一会儿，自己都觉得伤眼，只好撂开手，从抽屉里取出了两封信来——宋先生昨晚拿回来时，时辰已晚，今早宋竹又过来盘桓了好久，她到现在才有时间拆看这两封书信。

并不出小张氏所料，两封信都是写来提亲的，身份虽然有些差别，但都是洛阳城的贵胄。一封是为余家三郎，由刘副使的顶头上司，提刑司马提刑写来的。一封是为颜家十郎，两家说的也都是宋竹，而非是早已声名在外的宋苡。

至于为颜家说亲的，则是洛阳龙门书院的山长曾氏，虽然曾先生并非宋学中人，但同样都是北学繁衍而出的派系，两家书院的关系一直也都还是不错的。

小张氏将曾先生的来信来回看了几遍，把一字一句都咀嚼得透彻了，方才搁了下来。至于为余家说亲的那封信，却只是草草扫了几眼，便搁到了一边。哪怕信中露骨地暗示了嫁妆问题，表示了余家可以厚聘礼而薄嫁妆，也断然没能让她心动。余家彩楼上的几件事，刘张氏早就在信中仔细说明了，这般家风，宋家怎么可能会予以考虑？便是颜家，其实也过不了这一关，小张氏会细看书信，其实也是另有缘由。

不过，要是不考虑家风问题的话，宋竹才去了洛阳一次，也就拜访了三户人家，其中两户立刻就来人提亲，而第三户齐国公府，则是写信过来，有意让孙女入女学读书，不得不说，三娘在洛阳的表现，还是很优秀的，起码，肯定是折服了洛阳的贵夫人们。待将来她年纪稍大一些，再去洛阳几次，宋三娘的名头，在洛阳一带也自然响亮起来，届时天南海北的好人家也自然都会写信提亲……如果只是要为宋竹择一个大户人家的话，如今看来，已不再是问题。

但小张氏做出如此布置，却并非是为了招惹这些姬妾满堂、豪奢糜烂的所谓大家大族，她自有为将来的一番用意，不论是宋竹在洛阳所得的赞誉也好，还是她和萧三十四一路上说说笑笑，表现出的投缘也罢，都只能算是个添头。如今才方踏出这第一步，她心中倒是不觉得有多得意欢喜，若说有什么可高兴的地方，也就是经由刘张氏和乳娘的叙述，传到她耳朵里的三十四哥轶事了。

萧禹是个守礼的孩子，却又殷勤体贴，待人接物得体有礼貌，谈吐有物，虽然……年幼时荒唐贪玩了些，但毕竟现在也改了，只要在学问上多加用心，二十出头能中进士，有萧家在，仕途不会是问题的。当然，想要进两府是不可能的，但做个地方高官并不成问题。

论到萧家家风，身为当代外戚，一向保持低调，从未出面惹是生非，虽然家中也免不得有几个姬妾，但和颜家、余家比，不知要好到哪里去了。人口也不算太多，是非会少许多，再加上他是宋学门人，想来纳妾纳小的事也不会去做。这一切种种之外，更重要的是他和三娘情投意合，两人走在一处，即使不说话也让人觉得相配，况且一路回来谈天说地，聊得也是开心。

不接颜家斗笠，说明他谨慎自矜；为宋竹备马，又换了马匹，可见其细心体贴。入城那天一定要请三娘上齐国公府吃杯茶，第二日齐国公府便打发人来请，到最后大夫人给了玉佩……虽说不是直系长辈，但只怕也有些相看的意思在，且大夫人对三娘十分满意赞赏，这也是可以看出来的。做了这些事，不必多说什么，也足以表明他的心意了，当然，亲事需要长辈做主，没有自己开口大咧咧和家里提的，在萧家来信之前，他不露丝毫端倪，也是老成持重的表现。

清明节萧禹进来拜见宋家长辈时，小张氏便对他的人品相貌颇为满意，此刻隐隐已经是把他当作未来女婿看待，更是有点丈母娘看女婿，越看越有味道的意思。只是唯有一点让她有些介意：萧禹和太子，走得太近了，对一个读书人来说，只怕并非好事。

儒学门人一贯惜身重名，小张氏也是如此，倒不是她好名，只是她太知道名声的厉害之处。萧禹现在年纪还小，又不知名，还不会有人挑他什么，可若是回东京以后，还和太子往来频繁，士林里一定会有议论出现，而若是坐实了太子心腹的佞幸之名，将来不论是官场还是士林，无形间都会多出重重阻碍，这一点却是让她有些忧虑，已是在思忖着该如何防患于未然了。

下午请安时，小张氏早去了一步，把两家信给姑姑看了，明老安人也颇为欣慰，当然，又免不得和小张氏讨论了一番颜家的态度。到得晚间，宋先生回来时，小张氏便和他商量道："余家那边，还是回了吧。"

宋先生也并不意外，"该当的，倒是颜家这边，你怎么看？"

小张氏蹙眉道："先放一放吧……朝堂里的事，还是你做主就好，我一个后宅妇人，也没什么主意。"

颜家亲事，又要扯到宋竹大哥宋栗身上，这一团乱麻，已经久是宋家一块心病了，小张氏一时也拿不出什么好办法来解决，她现在更关心的还是萧禹的事体。见丈夫已有疲累之色，便也不解释那么多，而是一边为宋先生捏肩，一边说道："是了，萧家那三十四哥，在学堂内表现如何？"

宋先生虽是累了，但反应依然敏捷，听闻妻子这一说，便笑道："看来三妻妹对他也颇满意……嗯，人很聪明，就是基础薄弱了些，毕竟年纪小，还有些天真。不过有家里照拂着，也有栽跟头的本钱。"

"此去洛阳，确实有不少趣事。"小张氏道，"今夜晚了，明天再说给你听吧。我就忧心一点……"

便把关于佞臣的担忧说了，又道："且还有他年少太贪玩，没什么基础，这也是个隐忧。日后，官人你还要多加磨炼教育，虽说是有教无类，一样用心……但也不能耽误了这么个良材美质不是？”

宋先生听了直笑：“晓得了，自然会有安排的。你无非就是想让三娘和他多说说话，我也明白，日后自然让他多到书房考问功课。”

之前定下了让宋竹多到宋先生书房帮衬，此时已经是悬为定例，宋竹隔三岔五都会在课后去到宋先生书房，或是整理屋子，或是和宋先生说说自己的功课，时而也能承受宋先生的指点。若是宋先生经常让萧禹过去书房开小灶，两人少不得又有接触的机会了。

小张氏之前未尝没有想到这一层，只是她当时却是反着想的，只怕两人在婚前接触太多，难免招来议论。此时听宋先生提起也不当回事，心中反倒宽松些了，暗忖道：其实，按说年十五以后才要真正避讳，我们家是太拘泥守礼了些，要避嫌，定亲后再避嫌也不迟。

她也就不曾争辩什么，只是笑吟吟地说：“还是功课第一，说话不说话，那都是其次了……”

父母的商议，宋竹一如既往依然是毫不知情，既然母亲要她和颜钦若修好，她便打算主动同她示好几次，让旁人知道她并不把前事放在心上。至于继续深交，却不可能。小张氏说出口的她明白了，没说出口的其实她也明白，示好颜钦若，无非就是展示一下自己宽大的心胸，预防下还没兴起的议论，说到底都是在经营自己的名声。父母的所有布置里，她参不透的就是为什么家里要为她经营起这么一番名声。

难道就为了颜家和余家写来的提亲信？难道爹娘居然想把她嫁入这样的人家？

虽然她觉得不大可能，可却又不免有些焦虑起来，还好这信虽到了，但却毫无下文，除了乳娘隐约露出的一点消息以外，长辈们都完全表现得仿佛没有这事，宋竹忐忑观察了几天，见母亲也没把自己叫去询问意见，方才是渐渐地安心下来：以爹娘的作风，在许嫁之前，都肯定是要问过本人的，既然没问，可见根本就没取中那两家了。

因颜钦若又告病了，这几日没来上学，她的修好大计未来得及展开，宋竹这日下学后，便径直去了宋先生书房，一面为父亲整理书签，一面思忖要不要索性去颜钦若下处寻她。正是出神时，忽然听见外头脚步声响，有人问道：“先生在吗？”

一边说着，那来人便直接走进了屋里，竟是和宋竹撞了个正着。

事出突然，双方都不由得怔了一怔。宋竹本欲直接避开，但忽然认出了进屋来的两名士子里，有一名是清明一道出游遇见的李师兄，只好笑着招呼道：“李师兄好。”

说着，心里却也不禁犯起了嘀咕：这李师兄望着她的眼神，是否也太……太古怪了点？难道是她脸上有墨？

帮忙

宋竹心中还不解着呢，这边李文叔却早已经是心猿意马，一双眼几乎是黏在宋三娘面上，心中竟是早已将礼仪二字，抛到了九霄云外。

上回在山间巧遇，宋三娘全程都戴了盖头，虽说容颜美丽，但也还要透过一层薄纱去看，如今屋中巧遇，乍见芳容，更觉清丽无双，虽说是粗衣长辫，却仍旧不掩国色。李文叔这些时日以来，本已经渐渐有些忘却宋三娘，此时心思再起，却更是炽热，恨不能立时将她娶过门轻怜蜜爱，就连一刻都不愿多等了。

他来寻宋先生，本是做了一篇赋，想请宋先生品评，此时见宋三娘招呼了一声，便有避走之意，心中不觉大急，忙问道：“三娘子，请问先生去哪里了？”

宋三娘声音娇甜，入得李文叔耳中，仿似天籁般动听，她只微微一笑，李文叔都觉得心快跳出喉咙眼，“洛阳刚有客来，先生他们都去了，应该是在藏书楼里，师兄若要过去，现在还赶得上的。”

说完了，宋三娘又对他一笑，李文叔看得目瞪口呆，心下来回只想着：原来天下竟有这样漂亮的小娘子，我定是要娶她过门。

有了此念，他足下如生根一般，居然是一步也迈不动，只是搜索枯肠，想把宋三娘留住多说几句话，“师妹在先生这里做什么？”

宋三娘性子似乎十分矜持，当着外人的面，话并不多，闻言依然是笑，竟不肯多给个话头，“只是帮阿爹整理些文书罢了。”

一边说，一边又是要走，李文叔还要说话时，只闻身边人道：“文叔，既然先生不在，我等还是快去藏书楼吧。只怕去迟了，同学越多，连书楼都进不去了。”

自从进屋，李文叔眼里便只看得见宋三娘，听了说话才想起来，还有个同学在一边，只是他十分想要再和宋三娘说几句话，又自忖这同学长相平平，及不上自己风度翩翩，闻言便笑道：“是，只是我们儒门子弟，礼不可废，今日见了也要见礼一番，三娘，这是师兄薛汉福，师从先生也有两年了。”

不知如何，在他说话时，宋三娘眉间忽然起了少许波澜，却又快速平静，李文叔此时也根本无暇细想，只顾痴迷于她的美貌，还以为宋竹是嫌薛汉福外貌一般，心中颇是一喜，还要再说话时，薛汉福已是一拱手，便算行过礼了，口中道：“师妹你去忙吧，我等这就离去。”

一边说，一边已把手扣到李文叔肩上，如铁钳一般坚实有力，李文叔居然无法挣脱，被他直拖出了屋子，到了院子里，薛汉福方才把他松开，也不多说一句，迈开大步，径自就走了。

出来以后，他脑子稍微冷静了点，也知道自己不可能再翻身进去，心里微恨薛汉福多事胆小，恋恋不舍地看了看屋内，方才转身追上去，面上也是丝毫异色不露，埋怨几句薛汉福心急，便又同他谈起了自己那篇赋。

宋先生果然和书院的名师，乃至是自关西路过到此的大儒在藏书楼谈天说地，指点学生诗词歌赋。如此难得的机会，众人都不愿错过，李文叔有意功名的人，又怎会例外？到了书楼里，也就收敛心思，迅速投入到了学习之中。

这大儒本也是关西人，身边随侍弟子竟就有李文叔的一位族兄，两人既然见了面，少不得也要把酒叙旧。当夜李族兄便宿在李文叔家里，两人手持酒杯谈天说地，少不得说些家乡轶事，以及两人的游学见闻。

酒过三巡，两人都是面红耳热，话题也有多少脱轨，李族兄便道：“都说宋家子女，个个都是人中龙凤，前几日在洛阳龙门书院歇宿，听众人把那宋三娘是一顿好夸，都说是九天仙女下凡，且又才德兼备——据说，越国公府甚至请了他们书院的山长来为其说亲。你也在书院读了这么久，可曾一睹芳容？到底有没有传言中这般美貌？”

李文叔毕竟不是洛阳人，端午也是在宜阳过的，对宋竹在洛阳掀起的声势居然是一无所知，听族兄一说，俨然目瞪口呆，心思极速转动了一会，口中方道：“书院男女大防十分严格，倒是真没见过……怎么，原来越国公府不是说的大师兄吗？如今却又换说了三娘？”

他族兄诧道：“原来还有此事？”

他顿时就对宋家更为羡慕，“这般人家，我们能攀上一个都是难的，怎么在宋家这里，全反过来了，竟是他们家任由宋家来挑三拣四？”

李文叔心中乱糟糟的，哪里还有心思理会他？三言两语敷衍了过去，好容易挨到人散，连忙灌了几大钟浓茶醒酒，挥毫给家中写了一封长信，晾干封好，只等着第二日打发家人送将出去。

茶喝多了，便睡不着，李文叔在灯下左思右想，只觉得仍旧不够保险，他们家虽然也是家大业大，但和洛阳城内的巨无霸比，却又没什么看头，之前积累的信心，如今全化为了忧心，他屈肘躺在床上望着帐顶，眼前仿佛又出现了宋三娘的笑脸。

“我今生今世，定是非卿不娶。”他不禁喃喃自语，立下了极坚定的决心。可话虽如此，却也自知，自己论身份地位也好，论将来朝中前途也罢，甚至是论学业，都多有及不上颜安邦的地方，更不说洛阳城还有无数名门弟子，颜安邦也绝非他唯一的对手。

该怎么办呢？

沉思了半晌，他到底是下了狠心：虽然这么做风险极大，若是被宋家知道了，自己大有可能被逐出书院，从此身败名裂，但这个险，却是不冒不行。

必须从宋三娘本身下手了，只要先把她的心握入手中，自己的家世也还过得去，想来宋先生等人，也不可能过于反对。

即使宋家反对到底，可到那时，宋三娘的心都是自己的了，大不了效仿文君相如之事……

想到这里，他不觉露出笑来，扫了墙角打盹的两个美婢一眼，这笑容又是转眼而逝：能走正路，还是先走正路，待明日便把她们两人都卖了罢，免得此事传扬到先生耳中，惹来反感……

宋竹哪里知道，不过是才见了两面，说了几句话，李师兄就起了这般的心思？她只觉得今日之尴尬，甚至比在洛阳余家彩楼上还要更甚，那李文叔着实是轻浮可厌，一双眼直勾勾地望着自己，仿佛自己是个什么……什么勾栏里的歌女似的。那眼神甚至比余夫人的眼神还要令宋竹反感，甚而让她有了这样不堪的联想，虽然她实在也并不知道，客人们平时都是怎么望着勾栏歌女的。

而很被李师兄瞧不上的薛师兄，倒是让她印象不错，虽说形貌普通，但举止端正，三人站着说了这么久的话，薛师兄大部分时间都看着别处，根本连眼尾都没往她这里瞥，后来更是明显想要把李师兄拖走，单单是这份礼数，已经让宋竹另眼相看了。更别说她在屋里也是看到，薛师兄把李师兄拉出去以后，并没搭理他，而是自己走了，可见他心里实在也看不上李师兄方才的做派。

难道是从没见过女儿家不成？虽然在洛阳收获了许多赞誉，但宋竹从未认真把自己当作是什么美女，心里只觉李师兄莫名其妙，一边整理书房，一边还兀自生气，直到回了家，眼看正房在望，方才又收拾出一张笑脸来，走入屋中，向长辈们问了好。

连着几日都是无话，对李师兄的反感，也未能在她心中占据多少空间，不出数日，便连他这个人一起被宋竹淡忘了去。只是她从此去往书房更加小心，若是过去了父亲不在，也决不多加逗留，而是立刻转身回去寻姐妹们。

大约过了十余日，宋竹听到消息，似乎是洛阳一户人家又写信来提自己了，这却是她没见过面的一家人，想来，是听说了她的名声，也许又相信宋家的教育，所以还没有亲眼相看，便已经写信上门了。

这户人家究竟如何，宋竹还不是太关心，横竖若是好，那也得上门给她相看过了，父母才会点头。大姐宋苓的婚事便是这般，相看了好几个这才最终定了下来。但此事倒是点燃了她的新一重忧虑——二姐婚事还没定呢，怎么洛阳那里来的信，说的都是她了？

这里头也许有许多复杂的原因，比如说二姐以手巧知名，而她出名却是因为所谓的“天仙化人”，世人终究是好色多于好德，又也许是因为宋苡出名早，如今已算是老牌才女，而宋竹她才刚刚有点名气，世人也都爱新鲜……但不论原因如何，结果几乎都是一样的，那就是很有可能从现在开始，几年内宋苡反而是无人问津，她这个年纪还小的妹妹却有许多人上门提亲。

虽然宋竹也一直担心自己嫁不出去，但她更不乐见如今的情景，若是早知如此，她当日根本都不会应下颜钦若的邀约，去什么洛阳。虽然在洛阳受了气，更觉得身心俱疲，但宋竹毕竟也看了不少热闹，终究没有那么强烈的后悔，倒是现在，她是真的想买后悔药吃了，对颜钦若更是少有地激起了怒火，即使有母亲的叮嘱，也压根都不想多搭理她。

终究没忍住，她去找母亲上刺绣课的时候，便小心翼翼地提起了此事：“……二姐过年也就十五岁了。”

十五六岁，是大部分女儿定亲的高峰期，等到十七八岁还没定亲，一般都是因为家里有丧事，否则，便难免遭人讥笑，即使宋苡是才名显赫的宋家女，等到十七八岁，身价也根本都叫不起来了。

母亲似乎是察觉了宋竹的心思，她唇边又再出现了那奥妙的笑意，似乎是透了疼爱，又似乎是对她的青涩微感无奈，一如既往，她没有第一时间搭理宋竹，反而是过了一会儿，才谈起了萧家提出的那门亲事。

“为什么回了萧家三十二哥，你可明白？”

“不明白。”宋竹老实地摇了摇头，这件事她之前还好奇过，直到最近才慢慢淡忘。

“洛阳的富贵人家是什么模样，你也是去见识过的。”小张氏淡然道，“东京奢靡，只有更盛……你二姐能嫁入这样的人家吗？”

宋竹顿时语塞，她低声道：“可以让三十二哥来书院读几年书……”

“他本人就是再好，也不过就是一个人，”母亲的语调，似乎暗示了她话中有话，“嫁入夫家，是真的嫁到那个家里去，终究有许多事是无法避免的，不愿委屈自己，即使夫君再好，也难在那样的地方，找到属于自己的位置。纵使嫁得佳婿，日日都过得不开心，这也看不惯那也看不惯，终究没什么意思。你道是与不是？”

二姐的脾性，宋竹哪能不明白？她竟无话可回，只能点头称是，“那……连萧家也不行，只怕两京世家，都没有能成的了……”

“你爹和我如今想的是在书院里为她寻一个，也不求多么显赫，家境殷实、人品佳，能够读书上进，也就够了。”小张氏说，“眼下还在慢慢相看，还没寻到可心的。”

宋竹听说，不知如何，心中倒是一动，忽然想起了那日的薛师兄——那日他给宋竹的感觉，人品确实不错，似乎看穿着打扮，家境也差不了。当然，那只是她一个模糊的印象，也许还并不准确，不论如何，虽说他当日少言寡语，一直和自己没什么交流。但坚决拉走李师兄也好，举手投足间流露的风度也罢，倒是都让她觉得这人的教养很不错。

就不知道他学问如何，家世又究竟怎么样了，倒不妨此时和母亲说了，让父亲得闲时多看看他的为人。

唔，不过爹平时也十分忙碌，再说他对于什么家境啊、亲戚关系啊，从来也都不大在意，若是只看为人好，不顾家境就要定下，那反而不美……要不还是和三哥说说，让三哥去摸摸底？

她眉头暗皱，又觉不妥，三哥忙于学业，我也不好分他的心，后年就是科举，这两年内他肯定是要专心读书的，再说了，三哥其实也挺讲规矩的，我要问了他，他肯定觉得我多管闲事，没准儿还把我训一顿。

这也不好，那也不行，宋竹心中，不禁慢慢地浮起一个人来，她思前想后，倒也的确觉得，从诸多方面考虑，那人都是最适合的人选。

就不知道，他到底肯不肯帮忙了……

说起来，宋家这边才回绝了萧家，自己就让他帮忙打听这个，似乎是有些不大妥当，他心里若是为自己的哥哥打抱不平，也许还并不会答应，可宋竹心里，不知如何竟隐隐有股笃定，仿佛……竟是对萧禹有了信心一般，她觉得，他一定会答应的。

那么剩下的问题，就是如何找到萧禹，并且和他说上私话了。

敏锐

宋竹这一段日子过得满是心事，但萧禹却颇为逍遥，每日里除了用心读书，承受诸多名师的教育以外，竟无他事。他本来就聪明过人，虽然基础薄弱，但敏慧通达，任何经义都是听先生解说一遍，他便确实理解，再多复习两三遍，就算是吃透了，可以自如运用。虽然短时间还没到博闻强识的地步，但这几个月来也是进步不小，连宋先生都对他渐渐有几分另眼相看，有时甚至会把他叫到书房去，点评一下他最近的功课，又格外给他布置一些读物。

能得师长的赞许，萧禹心里，自然也是有几分得意的。虽然他无意科举，对于做经义题、写策论，并没有太大的兴趣，但不论是诗词歌赋，还是往小了说的对偶谜语，都需要坚实的儒学经典作为基础，他往年连一句像样的诗都凑不出来，才读了三四个月的书，便觉得自己能勉强凑成格律了。所谓技多不压身，他对于学习的兴趣，当然也是越来越浓。

至于曾让他有些挂心的颜家婚事，这两三个月也没什么动静——说来也是巧，颜家有位少夫人就是最近去世了，虽然不是亲母，但颜衙内和颜娘子自然都要回去奔丧，这两个月都没来书院，是以这亲事一说，按萧禹所想，应该也就无疾而终了。这也让他少了一桩心事，更觉在书院的日子清静自在，要比在东京时更省心得多。就连一开始还是勉强将就的青布衣、小宿房，如今都觉出了个中真趣，现在的他，已经完全是书院师兄弟的一分子，而并非萧传中的从弟了。

他性子本来随和，人又有趣，虽然出身富贵，但很少说起在家的事，作风处处都见低调，非但宋先生，就连诸位教授并师兄弟们都很欢喜他，成日里不是这个师兄喊他一道抄书做题，就是那个教授让他过去抽查功课，日子过得也颇紧张。这一日难得下课了都还无事，萧禹正想进城回县衙看看，顺带拿些换洗衣服，不料宋先生又遣人来唤他过去自己书房，萧禹只好搁下念头，一边过去，一边在脑中搜整这几日新读的《周易注疏》，准备着宋先生可能会考问的内容。

进了楼中，他先在内堂外恭声通报，听了先生一个“进”字，这才进屋施礼问好——虽然日日见面，但儒门重礼，这样的礼数却是少不了的。

等他行过礼，帘子一掀，里屋又走出了一个小姑娘，正是宋粤娘，她笑微微地给萧禹行了礼：“三十四哥。”

萧禹也回了一礼：“三姐。”在宋先生跟前，他可是丝毫都不敢放肆，别说“粤娘妹妹”了，就是连“三娘妹妹”这略带亲昵的称呼，他都不敢乱叫。

两人对视一眼，不由得都是一笑，萧禹忖道：两三个月没见，她倒是长高了些，唔，怎么盯着我直瞧？好像有事和我说的样子。

只是当着宋先生的面，他也不敢多说什么，宋竹也不和他搭话，而是对宋先生道：“阿爹，题目做得了，你可要看？”

宋先生笑道：“嗯，你且拿来吧，是了，萧禹，你可把《尔雅》都忘了？”

《尔雅》是前两个月学的，萧禹进益颇快，已经学完了，正在新学《周易》，听宋先生这么问，他便笑道：“都还记着呢。”

“那就你也做做粤娘刚才做的题，粤娘你学过《周易》了，把昨日学堂里的功课也做一遍。”宋先生随手拿过萧禹手里的功课，把题目报给宋竹，“且看你们两人，在这两题上能不能分出个胜负来。”

这临时出现的随堂小考，顿时激发了萧禹的好胜心，他也不顾宋竹找他可能有什么事了，只是在心里紧张地回忆着《尔雅》的许多难点，一等拿到题目，立刻走到窗边书案前坐下，一边磨墨，一边已经开始思考这一题该怎么答了。

宋竹估计是走进内室去做了题目，等萧禹写好了，她也从里屋出来，宋先生拿过四张卷子看了，边看边笑，偶然还摇摇头。

萧禹从未有过这般想赢的时刻，他几乎是踮着脚尖，牵肠挂肚地关注着宋先生脸上的每一个表情，又是斜着眼觑着宋竹的卷子，直到宋竹给他使了个眼色，他才忽然醒觉自己已是有些失态，忙重又板上一张脸，希望宋先生没有发现。——不论宋先生发现没有，起码他面上是没露出什么痕迹，把四张卷子都看了，倒是给了个让萧禹有些不平的结论，“《周易》萧禹是新学，答得的确没那样好。不过《尔雅》上，萧禹答得更全面。”

萧禹顿时就有些愤愤不平了：其实，说起来他进学日浅，也未必就有把握压过宋竹，只是两人毕竟是“明争暗斗”的关系，他总是想着要全面将她压制，在宋竹跟前才更有底气。

反倒是宋竹却没什么反应，拿了萧禹的卷子就看了起来，“哦，你做得太着急了吧，干支日算错了。”

计算干支是比较麻烦的事，一般来说都由天文博士计算，在皇历上印发，在管束得最严格的年代，学习干支预卜该日吉凶，甚至是擅习天文阴阳的罪过。萧禹没来书院以前，也没学过计算——这本身就是《周易》内的知识。是以今日一着急，就犯了个低级的错误，他不禁面上一红，也拿过宋竹的卷子看了，“三姐是否学过《尔雅》已有一段时间了？这里引原文时，却是连错了两个字。”

俩人本来关系已有所缓和，现在互挑毛病，彼此间顿时又多了股硝烟味，宋竹蹙着眉，狠狠地看了萧禹几眼，仿佛有许多未尽之言都在这眼神里了。萧禹却不管她，反而还有些小小的庆幸：算错干支，终究还算是比较高级的错误，却要比宋竹直接记错了写成白字好。

不想宋先生望着萧禹，反而笑了：“那不是白字，是长辈名讳，粤娘才换了通假。”

萧禹刚才却没想到这一层，他“啊”了一声，一时窘迫无极：难怪宋竹刚才要瞪他，原来里头有这样的讲究，自己没能事先体会，已是愚钝了，还要说出来笑话宋竹，这是让她辩解好，还是不辩解好？

好在宋先生脾气好，反而为他解围，“你连一字一句都记得清楚，终究记性还是好的。但对《易》，还是犯了浅尝辄止的毛病……”

便把两篇典籍连注疏的要点，又深入浅出、旁征博引地给他俩说了一遍，萧禹听得如痴如醉，只觉得宋先生把最为晦涩繁难的《周易》，都说得极为清楚简单，甚而对那些他本来不以为然的卦象，也有令人信服的解释，让他一心投入了学问的海洋中，完全忘记了别的事情。

一堂课上下来，天色已经向晚，宋先生收住话头以后，又道：“《易》之一道，博大精深，然而终究于实务无用，除非大才，否则很难发祥为治世之道，你们之所以要学，是因为不能不懂，却也不要太痴迷了。天下事虽然都可以归结到六十四卦中，但六十四卦却绝不能解决天下所有事情。”

萧禹应声道：“不错，我等入学，当讲究学以致用、学以济世，从这点来说，《易》书浅尝辄止，甚至《孝经》《礼记》也都学过便是了，倒是《论语》《孟子》《中庸》《尔雅》等，需要细心参详。”

他刚入学宜阳时，想的只是从宋先生这大儒身上学些为人处事的道理，但几个月下来，早已把自己当成了真正的学生，甚至在立身、立命的大志向上，都受到了宋学深刻的影响，早已不再是旁观者的心态了。

宋先生笑道：“不错，如今言必称三代，其实三代之时，所谓天下，不过是如今的几省之地，又如何能同今日的疆域相提并论？周礼周制若是真那么好，今日岂非还是周天下？有些事，你们自己心里知道就行了，不要跟着书院里有些教授一样，做梦都想搞井田制，那才是真走错了路。”

这还是他第一次提到自己在学术上和书院教授的分歧，萧禹经过几个月的学习，对学术界的一些纷争，也有了深刻了解，听到宋先生说法，不觉心中一动：南党推行南学，讲的是变法、新义，北学就以复古、复礼为号召。复周礼的说法，在北学中并不罕见，前两个月，关西大儒孙先生路过，在书院讲学时，也说到自己回了家乡以后，要复井田、行上古制度……先生的说法，倒是更靠近南学，和北学的核心要义，似乎分歧极大啊。

所谓学无先后，宋先生一向鼓励弟子畅所欲言，萧禹想着今日除了宋竹以外，也无人在，有了疑惑就要问出口。可偏巧，此时屋外有人恭声问道：“先生可在？学生王义，读书不解……”

外头才一传来说话声，宋竹便站起来拿过卷子，挑帘子进了里间。萧禹还没反应过来呢，宋先生便道：“进来吧。”

王义并不是孤身来的，和他一起来讨教学问的还有李文叔，萧禹和他对了一眼，格外冲李文叔微微一笑，点了点头，心中却是也有些纳闷：粤娘到书房来伺候先生，为的不就是承受指点吗？旁听先生指点学生，也能起到触类旁通的效果不是？怎么她一听有人来，跑得比兔子还快？这样看，刚才若非听到是我，只怕她也不会出来。

他心里有了疑惑，就坐不住了，见宋先生和两个师兄议论的都是他还没学到的《春秋》，便慢慢退到门边，一闪身，丝毫也不引人注意地出了屋子，站在当地想了想，也不原路返回，而是穿堂而出，到了以前宋家兄妹射箭的小空地上。反过来绕到书房内室的后窗前，果然见到宋竹托腮坐在屋内，小脸微微仰着，也不知道在想什么，夕阳洒在她面上，倒是给她花一般的面孔，又镶了一层金边。

他想得没错，宋竹的确有事寻他，见到是他，她便立刻也从书房后门悄悄地溜了出来。带着萧禹直行了数十步，躲到屋子阴面，方才低声道：“你找我做什么？”

萧禹先问道：“你找我做什么？”

旋又问道：“刚才两位师兄进来，你躲什么躲？”

再答：“我觉得你要找我，我就来找你了。”

宋竹这人，有时也十分蛮不讲理，她直接就跳过了前两个问题，“你又知道我要找你了？”

萧禹瞪了她一眼，她倒是嘻嘻一笑，颇有些爱娇狡黠的味道，背着手扭了扭身子，看着倒是比方才开心多了，似乎也把之前两人的不愉快，抛到了九霄云外。“我是有事想求三十四哥，可这事儿有些不便提，也有些越礼，就不知道三十四哥肯不肯应承了。”

萧禹好奇心上涌，亦对宋竹升起一丝戒备，心想：她不会是因为刚才我得罪了她，打算作弄我吧？

他口中便不肯放松了，“你先说是什么事，我再告诉你肯不肯应承。”

宋竹脸上求恳的笑意顿时淡去，她没好气地瞪了他一眼，又翻着眼睛看了看天，仿佛是在无言地抱怨萧禹的难缠。脸上神情，十分生动。

萧禹倒是被逗笑了，他道：“粤娘妹妹，你仔细啊，万一被旁人看去，就又是失仪过错了。”

宋竹被他一说，还更来劲了，拉了拉眼角，对他一吐舌头，方才是得意地轻哼了一声。萧禹心想：唉，人生得漂亮，真占便宜。若是换了范家大表姐来做鬼脸，肯定就没这么俏皮可爱了。

“那你先答应我，不同别人说。”她名堂还多的。

萧禹也真被勾起了好奇心，点头道：“好，我不和别人说。”

“就是……说来也是有些不好意思，你知道你们家三十二哥的提亲，我们家还是回了——我娘说，二姐性子有些直，不适合你们家的门第。”宋竹说着说着，声音也小了，她有些不安地看着萧禹，“嗯……你不会生气了吧？”

萧禹莫名其妙地道：“这和我有什么关系？”

话说出口，他忽然觉得有些不对，忙补救道：“这也不是因为看不上三十二哥的人品，我自然不会生气了。”

宋竹似是宽了心，又笑道：“那便好，我爹娘的意思，想在书院里为二姐相看一个，要家境殷实、人口简单，门第也不必多高，最要紧是人品要好……”

毕竟是女儿家，说起亲事，她有些红了脸，“我三哥忙着读书呢，四哥又还小，爹爹那么忙，兼且性子有些疏懒，我想着，你……人缘又好、心思又细……”

说着说着，便又成了个扭来扭去的扭股糖儿，小脸蛋红彤彤的，煞是可爱。

几次见面，萧禹多少也看出来了，宋家姐妹兄弟感情都甚好，并无惯常人家为了家产钩心斗角的事情。此刻宋竹撂下脸子求他留意，显然是为了她二姐着想，才甘冒风险，私下请托。要知道此事毕竟是有些犯了礼数，若是被家里人知道，她肯定要受罚的。

没想到她还挺有担当的……不知为何，他忽然冒出了这么一个莫名其妙的想法：虽说也不是没有小毛病，不过毕竟也没白费家里人那么疼她，费心给她折腾了那些华服美饰。

此事对萧禹来说是举手之劳，他咳嗽了一声，就要答应下来，忽然又想起刚才在书房内的小小恩怨，便把手一背，笑嘻嘻地说：“答应你也可以，不过，你得给我凿上三下。”

宋竹脸上登时浮起红晕，她气得跺了跺脚，“你——”

她到底是克制住自己，没有继续发脾气，而是嘟着嘴白了萧禹几眼，方才不情不愿地让了步，“那……你可不许把我的头凿肿了。”

说着，竟是一闭眼，头一低，一副委曲求全的样子，就等着萧禹往上扣指了。

萧禹见她这样，反而有些凿不下手，他恶作剧地往前踏了一步，低声喝道：“我凿了！”

一边说，手上一边带起风声，扬手就凿了下去，直到将将触到宋竹头顶，方才猛然止住。

宋竹被他吓得浑身一缩，眼睫毛颤动不休，仿佛一只小动物一般，惹人怜爱。过得一会儿，才慢慢张开眼，疑惑地看向萧禹。萧禹哈哈一笑，道：“唬你的，这三个爆栗子，先记下吧，以后我再来取。”

他也怕宋竹发怒，忙立刻做沉思状：“嗯，这件事你可是找对了，且让我为你想想，书院里有哪位师兄是堪与二姐匹配的。”

一边说，心中一边在回忆日常交往中所收集到的同学信息——他素来心细，看人从小处着眼，心里对每个师兄弟，其实都有一番评价。此时便把素日冷眼取中，觉得其行事上等的一干人拿出来挑三拣四，过了一会儿，便道：“嗯，你要说，这几样都齐全的，应当是万师兄和薛师兄——”

他刚想说，只是薛师兄长相较为憨厚平常，不知你二姐介不介意。这边宋竹便是惊喜地低呼一声，打断了萧禹的话。

“呀！”她双眼晶亮，霞生双颊，“薛师兄原来正合适嘛？”

萧禹望着她的情态，不知为何，心中忽然很是不快，仿佛一块骨头卡在喉咙里，吞不下去，又吐不出来，他却又不知是为了什么。想了一会，才明白过来：怎么说都是女儿家，提到外男这么高兴，仪态何在？这样的表现，真是有辱她宋家女的名声。

找到了答案，他心下反而宽松了些，便是咳嗽了一声，好意提醒道："说的是外男呢，你仔细些。"

宋竹看了他一眼，神色有些迷糊，她顿了顿，没理萧禹的话茬，反而兴奋说道："我就想我看人眼力不差，薛师兄——等等，你说的是那个……嗯，和上回我们清明春游时遇到的李师兄一般高的？脸上黑黑的那个？"

萧禹被她问得大为狐疑："你是什么时候又看到李师兄和他在一起了？"

他见宋竹面上掠过一丝不自然之色，心下忽然一动，想到她刚才反常的回避举动，一时不禁有了个极为荒唐的猜想，只觉得气血翻涌。一边是恍然大悟，心想原来他当日离间我和颜衙内，是因为看到我和粤娘一道出游，心生妒忌；一边是勃然大怒，口中已是脱口问道："难道——李文叔他竟然对你无礼了不成？"

话出了口，他才发觉自己声调尖锐，居然有丝破音。——结果，人家宋粤娘还一句话没说呢，他萧禹就是自己把自己吓着了两次……

信赖

他到底是怎么从自己的一句话发祥出这些的？而且还猜得这么神准？

大哥大姐，毕竟出嫁时她还小，也没什么要瞒着别人的事，就不多说了。只说父亲母亲、二姐三哥，虽说都是聪明人物，但也没聪明到这几乎是能读心的地步吧？这都究竟是怎么猜的？

话都说到这一步，还有什么可以隐瞒的地方？宋竹心里，未尝不是松了口气，这事她一直藏在心里，没和任何人说，只是偶尔想起，总有股说不出的膈应腻歪，现在萧禹看破了，她再无继续遮瞒的理由，反而是觉得有种可以倾诉的轻松感。

“倒是没有无礼……就是有一次，我独个儿在书房为爹爹整理善本。”她说着，想到当时的情形，不觉又微微有些恶心，顿了顿方道：“李师兄也是进来要请教爹爹学问上的事，因为我没戴盖头，他就一直看着我，反正……我不喜欢，想要走，他又一直寻出话头来和我说，感觉就想留在那里和我说话……是薛师兄把他给拉走的。”

想了想，她又补充道：“薛师兄全程都很规矩，压根儿就没有乱看，我觉得他颇是正人君子，而且又很守礼，性子和二姐应该是颇为投合的。”

这话说完了，她真觉得松了口气，又有些不好意思，因笑道：“后来我也就不出面见师兄们了，横竖爹爹教他们，我在里屋也一样听得到。”

萧禹听了这话，只是低头沉思，过了一会儿，方才抬头笑道：“多大点儿事？不过你这谨慎也是对的，以后见到李师兄，绕着走吧。”

他也没再细问或是点评，更没借此取笑宋竹，而是摸着下巴说道：“你还算是有几分眼光，这薛师兄我素日看他人品的确老成醇厚，大有淳淳君子之风，只是入学未久，还没在师长心中引起注意吧。有句说句，虽然书院一直说是有教无类，但出身富贵，毕竟是更多人会去关注，薛师兄在这点上是有些吃亏了。”

他口中的出身富贵，起码也是颜家这个等级，至于薛家，按萧禹说法，家里最高也就是做到州官，且还是幕职官，刚刚脱离选海进入京官的程度。因此，虽然家中经商多年，十分富裕，但在书院里，却又算不得什么了。

“啊，是商家子。”宋竹眉头不禁一蹙——虽说国朝并不歧视商人，但对读书人来说，商贾人家的孩子，似乎总是少了几分雅致。

“你却不能这么看，”萧禹又来读心那一套了，“薛家的确族中经商的多，薛师兄家只有他一人读书，意欲入仕，但正因为读书人少，所以金贵值钱。若是得了你们家二姐为新妇，还不是当着眼珠子一般捧着？我想你们家为什么特地要求你二姐夫一定要家境殷实，无非就是因为她女红有名，害怕嫁了寒门，要终日做针线活儿贴补家用。现在薛家第一不差钱，且肯定会倾力培养、贴补薛师兄；第二，薛师兄本人人品醇厚，不是那等汲汲营营之辈，更不会拿闺阁针线出去做人情，岂非是两全其美之事？再说，你们家乃是下嫁，二姐就是脾气傲慢些，谁和她计较？商户人家，规矩也宽松些，新妇日子好过，若是嫁入了门当户对的人家，日日都要在婆婆身边立规矩，站着服侍三餐，也实在怪累得慌。”

他这一番话，里里外外都透着妥帖，倒是把宋竹的几重隐忧都给排解开了，她听了，不觉暗暗点头，只是还惦记一事，“就不知道薛家的生意，做得有没有良心。”

“这你放心好了。”萧禹笑了，“商户子要考科举也不容易，若是他们家胡作非为名声不好，亦过不了解试前盘查身份领取考牌那一关的。”

宋竹又低头沉思了一番，方才笑道：“你刚不还说了个万师兄吗？”

萧禹也不喊累，又仔仔细细把万师兄的情况也说给宋竹听，完了又笑道：“不过，万师兄家里虽然比薛家豪富许多，但又有一点是比不得的，我听你这一说，才想起来，你可别告诉出去。我呀，觉得万师兄在读书上，比薛师兄要愚钝些……”

宋竹犹疑道：“和我比如何？”

萧禹笑道：“和你差不多吧。”

“那不行。”她马上下了决定，“那还是薛师兄好些……不过，学业上的事，倒是可以直接去问爹。”

她一心沉浸在自己心事里，回过神来，才发现萧禹正在窃笑，不觉有些诧异，“三十四哥你笑什么？”

萧禹又闷笑了两声，方才说道：“我说和你差不多聪明，你怎么就把头摇得那么快？看来，你还挺有自知之明的……”

宋竹顿时大恼，她威胁地挥起了小拳头，“三十四哥，你——”

虽然才十二岁，但萧禹毕竟是外男，说说笑笑没什么，打打闹闹就不好了，这拳头挥了半天，到底是没落到实处，宋竹听到屋外有了脚步声，恍惚又是父亲的呼唤，便也顾不得萧禹了，只说了一句，“还有谁，你且留心着，有空便来这里找我。”

而后便溜到了后院，快步走入穿堂，笑道：“爹爹，我在这里呀。”

自从洛阳来信提了她，宋竹自觉自己抢了姐姐的风头，对着宋苡没来由就有些心虚，今日才打听得薛汉福是个这般合适的人才，便是很想说给母亲听。对自己的事，她还没这么沉不住气，但一牵涉到家人，便是没来由的耐不住性子。

不过，平时要和母亲说上私话也不容易，苦苦挨了几日，终于又到学堂休沐时，宋竹几乎是迫不及待地去寻母亲上刺绣课，那积极劲儿都把小张氏给逗乐了，“平时绣花要有这么上心，那就好了。”

宋竹虽然满心都是话，但她也深知母亲的做派和规矩，并不敢上来就叽里呱啦竹筒倒豆子——在萧禹跟前失态，那是因为他和她半斤八两，多少都有上不得台面的一面，但在不论何时都优雅淡然的母亲身边，她却决不能随心所欲。听母亲这么说，她强自淡然地一笑，便拿出自己的手绢来，供小张氏审阅。

小张氏对她的女红，素来是很不满意的。这回也是一样，宋竹可以察觉到她是尽力把话说得和缓些，但到底还是被她猜到了真正的情绪。

在女红上，她也不是不努力，只是确实是没什么天赋，宋竹一句话也不敢多说，闷着头猛做了一阵针线，见母亲神色渐舒，知道刚才那一阵危急时刻已经过去了，便小心翼翼地开了口。

“前阵子，您和我说了想给二姐找个那般的人家，我前回在爹爹那里遇到了一个师兄，倒是觉得他人品不错，家世似乎也十分清白……”

见母亲并未开口阻止，宋竹便自言自语一般，将薛汉福的情况仔细交代了一番，然后也不敢多说什么，就又低头去做起了针线。

又过了一会儿，小张氏才是低声道：“嗯，若如你所说，这人倒是值得看一看。”

宋竹知道，这件事上，自己的作用便算是结束了，之后如何设法相看，又确认薛师兄的家风、家世已经是否婚配，这些事也轮不到她来掺和操心了。

“您说得是……”她举起手里的帕子，竭力若无其事地拉开了话题。“娘您瞧瞧，这儿该怎么下针……”

在宋竹心里，这件事之后就和她没关系了，若是家里看上了，各方面也合适，自然也就是请人说合，若是家里没看上，那么也就不会有下文。她把消息告诉母亲以后，便一门心思地又投入到了学习之中，期间还不免关注今年秋后关西的战事。关西往外，便是党项人的西夏国，这些年来，边境上两国都是厉兵秣马，气氛非常紧张，谁也不知道什么时候会爆发大战，战况又会是如何。而关西距离洛阳并不远，西京上下，对于局势都还是很关注的。

也所以，当母亲再度和她谈起薛汉福时，宋竹是着实有几分错愕——这么长时间没消息，她还以为是因为薛汉福家在外地，许多消息不便打听呢。

没想到，家里不但是打听过了，看来对这薛汉福也着实满意，小张氏都难得地夸奖了她两句，“还挺会看人的……你爹看了他的功课，都说后年科举，如无太大差错，定能金榜题名，说不定名次还未必比你三哥低多少。”

宋竹听说，不禁大为二姐高兴，可如花笑靥才一展开，小张氏又蹙起了眉头。

“就是你二姐……”她叹了口气，“素来守礼，你也知道，她的心事，从来都藏得很深。”

宋竹心中顿时雪亮：二姐脸皮薄，性子又别扭执拗，况且还读了一肚子的圣贤书，对礼数是最讲究的。别看她平时对自己宽容，那是因为疼她，也就含混过去了，饶是如此，她在二姐跟前也要时常落得不是。连对妹妹都这么严格，对自己更不必说了，二姐是绝对不会容许自己有一丝一毫失礼的。就说之前，自己问了一句亲事，说得过露了点，姐妹俩就是三五天没说话；还有上回她听到的那个尾巴——母亲和她说起萧家的婚事，二姐那拒人于千里之外的态度……

若是母亲直接去问二姐，对薛师兄的条件满意不满意，二姐决计不会说出心里话，只会说一切任凭父母安排，指不定都会回绝亲眼相看薛师兄的机会。想要问出二姐的真心话……由她来问，是最方便不过的了。毕竟，宋竹自己都很清楚，在二姐心里，最疼爱、最亲近的就是她这个三妹，就是爹娘，只怕都要往后靠了。

“那就由我来问。”她痛快地把这事揽了下来。“您且给我几日，我一定把这事儿办好，绝不会耽误了二姐。”

母亲难得地给了她一个温存的笑容，她伸出手轻轻地抚了抚宋竹的脸蛋，宋竹脸上笑意才露，就听得母亲说道：“你的针法从刚才起就错了，这一段都要拆了重做。”

她的笑容，顿时就僵在了脸上，宋竹强忍着哀叹，含泪点了点头：“都依您，都依您……”

垂下头心不在焉地拆起了绣线，宋竹心里，已经开始盘算如何同二姐开口。

想着想着，她心中忽然冒出了一个极为大胆的主意：千问万问，不如直接见一面嘛，难道真的连面也不见，就许了终身？只要安排得好，能让双方合情合理地见上一面，事后……二姐就是察觉不对，大发雷霆，那终究也是值得的。毕竟，好就是好，不好就是不好，二姐是性子执拗，可还不至于为了赌气，把黑的说成白的。

唔，但这又该怎么安排呢？

几乎已成本能，宋竹心里，顿时就想起了一个熟悉的人名——这件事，肯定还得着落到他的头上。

激动

虽说按照常理，她几乎没有和萧禹见面的机会，但得益于宋先生的教育计划，宋竹一两个月里，总也能见到萧禹几次，虽然她不是次次都能和萧禹说上私话，但两人或是一起聆听宋先生的教诲，或是进去出来的时候打个照面，并不曾欠缺了交流的机会。过去几个月，萧禹也和她说了其余几个符合宋家择偶要求的师兄弟，只是在宋竹的心里，这些人连薛汉福都比不上，既然薛汉福在家长这里好像都没了下文，那么再继续提出新人也没什么意义，因此便都没和家里说起。

如今，她既然有心寻萧禹说话，这几日便时常到书房服侍，也算是积极地等待机会了。宋先生都笑着说："粤娘要是天天都这么勤快，那就好了。"

宋先生对合家小辈几乎都是一视同仁，也说不上更偏疼谁，不过宋竹最爱撒娇，所以在宋先生跟前得的好处也就最多，相对地她的胆子也就最大。听了宋先生的打趣，还有胆子扭着身子撒娇道："我哪有一天是不勤快的？爹您这是在编排我。"

宋先生哈哈笑道："是吗？爹想想，前天你在楼后射了一个下午的箭靶，这也是勤快吗，粤娘？"

宋竹理直气壮地说："这当然是勤快了——我这是文武双全嘛，谁说女子不如男呢，爹你说是不是？"

两父女正在说笑，外头宋先生惯常使唤的老仆走了进来，对宋先生道："先生，驿站那里已是来人了。"

又对宋竹笑道："粤娘，你知道今日有谁的信来了？"

自古以来，除非是东京到西京这样的交通要道，会有专门的人家以送信为业，其余地方的人要送一封信到异地去，不知要付出多少的努力，经常是辗转托人，一封信送上三个月甚至半年的也毫不奇怪，在途中丢失了更属常事。像宋先生这样的大儒，虽然在地方上，但各地来信却不会少，大家也都是各显神通，是以这些年来，许多有官身的人家都是借用驿站送邸报的机会送私信，驿站每隔三五日，总能送来几封十几封信，宋竹听着，便是眼前一亮，“是大姐写信来了吗？”

老仆笑道：“大哥、大姐的信都来了。”

宋先生已经开始拆看一并送来的其余信件，闻言便道：“那粤娘帮爹爹一个忙，把大哥大姐的信先看了。”

说是帮忙，其实还是宠着宋竹，免得她等着着急。宋竹心中亦是知道此点，她对父亲甜甜地一笑，低头先拆开大姐的信——大姐如今在曾家老家，那处也是乡间，来往通信十分不便，不像是宋桑，一直在东京城修国史，还是经常来信的。

看了大姐的信，她更是高兴，抬头对父亲宣布道：“说是已经有了喜，可能明年正月就要生产了。”

她又翻到后头看了看落款：“唔，这封信在路上走了两个月呢。”

宋先生听了，自然也为女儿高兴，拿过信来细看了几遍，他唇边的笑意有所加深，“看来你大姐在夫家日子过得还算不错。”

这是从字里行间来推测大姐现在的境况了，宋竹对此是心领神会——因为她刚就如法炮制做了一遍，这如何通过遣词造句乃至是笔迹周折来推测对方写信时的心情，还是宋先生前几天闲着好玩，交给她的一些小技巧。

“再看看大哥的。”宋竹打开信封看了一遍，不过宋桑写的也就是日常的请安信了，并无多少可说之事，宋竹看了一遍，也就搁了下来。

被这封信提醒，她忽然间想到了范大姐在西京说过的那一番话：当时越国夫人对她另眼相看，范大姐还问过她，知不知道此事和大哥宋桑之间的关系。宋桑今年都二十多岁了，四年前就已经中了状元，但他居然是到现在都还没有定亲，对于习惯中进士后成亲的国朝仕宦群体来说，这几乎是不可思议的一回事，而宋竹以前也并不知道这其中的原委。

比起素来严格的娘亲，宋竹更不怕好脾气的宋先生，更何况，和宋先生说话也没那么弯弯绕绕，能说就能说，不能说，宋先生也会告诉她为什么不能说。只是从前他忙碌，宋竹没那么多时间伺候在他身边，不然，有许多事她早都会问父亲，而不是母亲。

“爹，”她拿着信，若有所思地道，“大哥今年也二十一岁了吧？”

宋先生和小张氏一样，立刻就听出了宋竹的言外之意，他一语道破：“你是想问你大哥的婚事？”

宋竹便把范大姐和自己说的那番话搬了出来，“我听范姐姐的意思，似乎这颜家提我，并非是看上了我，更多的还是因为……”

其实这个可能，她当日便想到了，只是在范大姐跟前不好意思说而已，“还是因为颜家特别想和我们家结亲，所以大哥那边迟迟没定，他们索性就打算换个人来提。正好，我以前从来也没到过洛阳，又没什么名声，想来也无人来抢，所以就……先下手为强？”

这个解释，要比越国夫人对她“一见钟情”，太爱她的人品，对宋竹来说要更可信一些，宋先生闻言，也是笑了：“你不是都猜出来了吗？还问我什么？”

“我就是不懂呀，”宋竹蹙眉道，“我们家有这么好吗？虽说大哥的人才，也是举世难寻，但还没到那地步吧？此去西京，我看连余留守那样的人家，做派和权势都远超我们家，更不说出过宰相的国公府了……”

她也不想过分贬低自家，因此说着说着，便是蹙着眉头无以为继，宋先生倒被她逗得呵呵轻笑：“嗯，很好、很好，你还挺有自知之明的，看来是不曾被西京的那些虚热闹冲昏了头脑。”

宋竹还以为父亲也和母亲一样，打算就此敷衍过去，并不肯告诉她真正的缘由。不想，宋先生说完这句话，话锋便是一转，“从前不告诉你，是因为你还小……既然你也能懂得这些事了，那么便和你说说吧。”

他吩咐宋竹：“去把天下舆情图拿来展开。”

宋竹此时亢奋得都快飞上天了，闻言忙奔到书架边上，将宋先生书房常备的图卷拿来徐徐展开，挨在宋先生身边，以她上课时绝对没可能拥有的专注和热心，听父亲在图上指点起了江山。

“如今的天下，共有三国，一个，是西北的夏国，也就是他们自称的大白高国，我们口中的西夏。”宋先生的手指在地图上不疾不徐地滑动，“一面，就是北边的辽国，这些年来，三国彼此牵制，都曾有过战事，西夏占了我们的银夏之地，借此立国，辽国更是占据了燕云十六州不肯归还——这都是几十年前的事了，想来，你也是知道的。”

宋竹点了点头，不觉握拳道：“这些贼子，将来有一日挥军北上，定要教他们家破人亡！”

并非她年少冲动，实际上这样的思潮，在民间极为普遍，对于辽、夏两国刻骨的憎恨，早已经写进了东京、西京两地的庶民心中。宋竹自幼在这两地成长，自然是受到了影响。

宋先生道：“是，你这么想也不奇怪，你乳娘一家就是因为辽人南下打草谷，死得就只有她和她弟弟两人，她自然是痛恨辽人的。”

他在图上指给宋竹看，说道：“你瞧，没了燕云十六州，黄河北边的大片平原，根本是无险可守，就是要强筑长城都有所不能。是以河北、关西的所有百姓，都是深受辽夏犯边之苦，全都希望官军能北上光复燕云，驱逐异族，重开太平之天。

“然而。”宋先生语调一转，又把手指画到了长江南面，“苏杭江南一带，从来也未受过辽人直接的侵害，指望此地的百姓如同北人一般刻骨痛恨蛮夷，也未免太过强求。”

他的手指在江南、河北两边来回移动，“南、北，南、北，你看出什么没有？”

宋竹只是没有天才般的聪明，但究竟比常人也要强出不少的，对这些事更算是极有天分，“爹你是说，朝中南党、北党，就是这么来的？南党主和，北党主战，是这么回事吗？”

“不错。”宋先生道，“不过南党也不是主和……天下没人有同辽夏讲和的胆子，不论燕云还是银夏，总有一天必须回到我们手中。不过，南党是想要联辽灭夏，徐徐图之，以一种比较曲折的手段来实现和平。”

宋竹不禁叫道：“但银夏之地本来就是我们的！若是联辽，岂不是要白分了一半给人家？”

“不错。”宋先生唇边，露出了苦涩的笑意，“如此的胜利，北人怎会接受？尤其是关西士子，更是绝不会应承。但你要知道，银夏对于国朝的重要性，远低于燕云，为了将来和辽国会战时，没有别人趁火打劫，这个提议对于一些人来说，还是很有吸引力的。对于夏国的策略，一直都是南北两党的最大分歧，也是他们鉴别党派的重要依据。你爹我，便是因为不赞成这条策略，而被列入了北党的范畴。”

他又问宋竹：“可曾知道南学的赤帜箴言？”

宋竹道：“呃……‘君子不耻言利’？”

“不错，‘君子不耻于言利’，”宋先生喝道，“更能忍辱负重，为了大局着想，忍下和辽国瓜分银夏之地的痛楚，将来再一举灭辽……南学宗师，无不和南党党魁有千丝万缕的联系，南学为南党服务，其核心箴言，也是为南党的主张找好理论基础。三姐你明白我的意思吗？”

宋竹“嗯”了一声，心中忽然灵机一动，想到了一个极其……极其荒唐的可能。

她强忍下心中的震撼，喊道：“我懂了！爹，你是说……你是说，北党也需要一门显赫的学派，来为北党张目，而他们选中的就是我们宋学？所以他们要说大哥，且说大姐、二姐的人也那么多……”

宋先生对宋竹投来了欣慰的一瞥，他淡淡地道：“北党不是选中了宋学，而是在北地，没有一门学派，有宋学这么大的声势，这么完整的体系。要和南学对抗，他们只能和宋学联盟。”

他平日里笑口常开，气势含而不露，宋竹心中从来也不惧怕父亲，然而随着这一句话，宋先生自然而然流露出绝对的自信和霸气，让宋竹心中，不觉为之一震——她忽然发现，自己的父亲要比自己想的还更厉害一些。

“但……但您不愿意是吗？”不知为何，她的表现心理更急切了些，宋竹急急地说道，“所以大哥一直没说亲，二哥……二哥的亲事被二叔擅自定下，祖母很是不高兴，还有大姐、二姐都不嫁官宦人家——”

她不觉有了更大胆的猜想，“您辞官回乡，不会也是因为不想和北党联盟吧？”

宋先生倒有些吃惊，他又是诧异，又是慈爱地看了女儿一眼，“你是长大了……”

旋即便全盘肯定了女儿的猜测，“不错，大哥的亲事到现在都还没定下来，就是因为北党耆宿，已经是耐不住性子了。不然，你当这些多年的亲眷好友，会为了你大哥而反目成仇，彼此争嫁吗？闹出这么大的声势，不过是为了让你大哥的婚事，多上一重意义而已。”

宋竹这才明白为什么越国公府会一见就求娶自己，为什么范大姐会说那么一番话，原来，在长达四年的僵持和耽搁以后，颜家已经打算另设他法了。自己也许令老夫人十分满意，是以她想要一举两得，又得了个孙媳妇，又是把宋家给裹了进来……这颜家人还真是，让人说什么好呢？难怪把她给夸成那样，原来背后安的也说不上是什么好心。

“都明白了吧？”宋先生笑着问。

宋竹点了点头，“是都明白了，就是，就是不明白一点，您为什么不肯和北党联盟呢？”

“这说来可就复杂了。”宋先生问道，“你真想听？”

宋竹自然用力点头。

宋先生淡然道：“理由有二。第一，宋学现在‘顺天应人、至诚至性’的旗号，并不适合北党的需要，一旦和北党联盟，则势必要做出改变。若是如此，还谈何‘诚’字？至于第二……”

他话刚出口，忽然皱起眉头，冲门外道：“什么人鬼鬼祟祟？出来！”

宋竹正诧异时，门帘一掀，居然是萧禹走进屋内。她心中顿时急了：两父女的谈话，并不适合被外人听见，而且偷听本是卑鄙之事，听父亲的语气，也很是不快……

正要设法给萧禹解围时，萧禹已从怀里掏出一本功课，对宋先生道：“先生您今早让我过来——”

宋先生见到是他，神色却是顿时慈和起来，他笑道：“来了多久了？若非你动了一下门帘，我还真没发现。”

萧禹嘿嘿傻笑，居然也是一口承认，“刚来一会儿，听见三姐问您为什么不肯和北党联盟，一下就停住了。”

宋竹如今对他已经很是熟悉，见萧禹眼神闪亮，呼吸沉重，倒是微微一怔，心想：他今日好激动啊，难道对此事就这么好奇吗？萧家可从来都是不偏不倚，没听说沾过这两党的边。

正想着时，萧禹果然还进一步问，“那先生，这第二又是因为什么呢？”

宋竹都快晕过去了：偷听不算，你现在还参与讨论了……

宋先生瞥了萧禹一眼，居然未曾生气，而是微微一笑，答道：“因为我支持变法。”

这话一出，两小的眼睛都是瞪得大无可大——变法可是南党的核心政策，为了“变法”两个字，这些年朝堂中不知有多少争斗，多少腥风血雨。现在，一向被视为是北学赤帜，在许多人眼中甚至是北党中坚的宋先生，说他支持变法？

天都要塌了！

“那……”还是萧禹先恢复了镇定，“那您为什么不为大哥说上南党的新妇——”

要和北党划清界限，这就是最好不过的办法了。士大夫家的婚姻，本来也就一直都不单纯。

宋先生嘿嘿一笑，几乎是有几分恶劣地望着两小，“因为……我也不支持联辽灭夏。”

这下，两个人都是彻底晕了：这叫什么事啊！

“先生，您这……”萧禹都有些结巴了，“您这么可、可成不了事啊！”

宋先生的表情却是严肃了起来，他微微前倾身子，盯着萧禹问道，“是吗？那么你告诉我，是谁说，必须要依附一党，才能成事？又是谁说，一党、一法好，所以他的全盘军政，就都好？”

宋竹双眉紧拧，心中思潮起伏，好一阵才平息下来，但当她留意到萧禹神色时，却又不觉一怔。

此事毕竟事关宋家前程，她自然是很上心的，所以乍听父亲的真实立场，不觉也是气血翻涌，用了一定的时间才控制住自己。可萧禹……他才入学几个月，难道心里就和宋家这般休戚与共了？

他看起来，居然是比自己还要更激动几倍……

记账

在萧禹心里，今日也实在是“意外之喜”，其实，他刚才对宋先生并没说实话——他到的比自己说的要早了许多，几乎是宋先生刚开始解说南党、北党的渊源时，便已经到了帘外。

按说，君子非礼勿听，就是不愿打断父女对话，他也应该立刻退出屋子，他日择时再来。萧禹平时也会毫不犹豫地如此行事，然而，今日宋先生谈到的话题，实在是太敏感，太重要了，甚至隐约牵扯到了他来宜阳读书就学的根本目的，只是听了一耳朵，他就已经是如痴如醉，舍不得挪开脚步：尽管朝中对宋家的立场，一直都有猜测和分析，但又有什么分析，会比宋先生对自己女儿说的话要更加真诚、真实？

也正是因为如此，虽然被发现以后，按理说应该请罪，但萧禹却是生怕宋先生转开话题，不说那明显更重要的第二点，只好硬生生地自己问出了口。他倒是也感觉出来了，宋先生对他颇为欣赏看好，按说，君子事无不可对人言，他都问了，以宋先生的为人，想来该也是会说的。

不过，宋先生说出的这一番话，的确让萧禹有五雷轰顶之感，这其实是极为简单的道理，但在如今的朝局下竟仿佛是一大禁忌，从未有人和他谈起。直到宋先生开口，他才是茅塞顿开，更隐隐感觉到了许多平时没有想明白的道理：前朝之所以由盛转衰最终亡国，党争便是极为重要的元素。如今国朝虽然绝不鼓励结党、党争，但其实现在南北二党、南北二学对立之势已经是不可避免，南党连旗号都有了，和前朝比又差了什么？

在如此大势之下，所有人的思维仿佛也都陷入了定势，不是黑就是白，不是南就是北，也许有人对北党的政策只是有限度的支持，但绝没有又支持北党，又支持南党的道理。宋先生这一问，看似平常朴素，但若是泄露到了外面，还不知要给宋学带来多少压力！在宋学读书的士子，可有许多都是北党大佬的子弟！

“先生。”他脑中流转过了无数想法，心里更是思潮翻涌，说不出的情怀、担忧、崇敬翻搅到了一块，最终形成了意味不明的担忧，“雨大风急，船行要求稳啊！”

一旁的宋三娘被他说得若有所思，反而宋先生眼睛一亮，笑眯眯地道：“这话说得有点意思。萧禹，你坐。”

又对宋三娘道：“粤娘你也坐。”

把两个各怀心事的小字辈安顿下来，宋先生甚至亲自给他们斟了茶，气氛随之也缓和了不少，但萧禹心里却难平静，喝了口茶，没等宋先生开口，迫不及待又发问道：“先生，难道大师兄的婚事，就打算这么永无止境地拖下去吗？”

“若不然，依你之意，又该如何？”宋先生不答反问。

萧禹道：“若是我，便在众家中选取贤女结亲，结亲后，北党和北学关系更加亲密，届时即使有推动先生发祥核心要义的声音，也不是不可设法应付，天下的政事，其实说穿了都是一盘复杂的买卖，双方讨价还价而已。若是先生支持变法，那么只在反对联辽灭夏一事上发声，在变法诸事上就保持沉默，岂不是两全其美？”

他虽然读书不行，但自幼身处中枢，也不知见证了多少大政的促成，这一番话，说得宋先生也是微微点头，宋粤娘更流露出钦服之色。萧禹心中也是暗暗得意，却又越发不解：他能想到的，宋先生如何想不到？一定是有了了不得的原因，才让宋先生没有挑选这最为简便的策略。

“你这话，说得的确不错，但还是想浅了一层。”正想着，宋先生已经慢慢悠悠地道，“你刚才都已经明白雨大风急的道理了，又如何不明白，我若要上船，早就已经上了，到今日都没有攀附大舟，又怎会忽然改弦更张呢？”

“您是说——”萧禹彻底迷糊了，他仿佛隐约明白了什么，但却极难用言语表达出来。

宋先生悠然道：“如今的朝局，便仿佛是金明池上的端午竞渡，本该是千舸争流的热闹场面，却只有两艘福船在你争我夺。前朝之亡，亡于党争，党争祸国是不争的事实。既然明知如此，我们宋学为什么还要依附于朋党？‘上仰天心、下应民意，不忮不求、至诚至性。’这是我宋学士子立身十六字。这十六字里，有一字是提倡学子党争的吗？”

君子不党……萧禹终于是恍然大悟，一时竟有醍醐灌顶之感：原来先生从来没打算支持两党，宋学也绝不会在党争中择选表态。难怪，难怪萧家会为三十二哥说亲，要知道虽然身处勋戚宗室，但因是圣人外戚，萧家从来都不掺和到两党的纷争里，更很少明确表态。尤其是局势日渐激烈的这几年，所谈的亲事多数都只在亲戚宗室之中，基本不招惹风头火势上的人物……看来，十七哥身为先生的得意弟子，却是吃透了先生的态度。

然而，君子不党，说起来容易，做起来却难。南学如今势头正猛，道统所在，纵是血亲亦不肯让人，不论北学是否依附北党，南学都是一样要打击北学的，而北学不依附北党的决心一旦为人所知，北党对其不说衔之入骨，起码也是无比反感。这些年来北学名气大增，崛起得这么快，背后北党的推动那是显而易见的，一旦失去北党支持，宋学的衰弱，只怕就是眼见的事。更不说，若是为了尽快扶植起一支能和南学对抗的学术力量，北党可能还会对宋学大力打压，以便让其尽快空出北学领袖的位置……

明白了宋先生的决心，他不是不敬佩的，然而在敬佩中又有深深的忧虑，难以言传。在这一刻，萧禹完全忘记了自己的身份，全然把自己当成了宋先生的学生，他是发自内心地为宋学的将来感到忧虑和恐惧。但却又不知该如何表达自己的情绪，胸怀激荡之下，只能轻轻地说了一声：“先生，这——”

虽然声音轻，但语调却毕竟是十分沉重。

宋先生笑道：“我明白你的意思，亦从来没有说过，这条路会很容易走。不过儒门弟子，本就是人中龙凤，虽千万人吾往矣……这样的事情如果很容易去做，前朝为什么会亡于党争呢？明白‘党争误国’这道理的人，难道就只有你我？”

他转向宋粤娘，“粤娘你说说，这是为什么？”

“因为……”宋粤娘嗫嚅道，“因为大多数人即使看明白了，也没有勇气标新立异，拒绝同流合污……”

“不错，萧禹、粤娘，你们都要明白，正因为这不容易，天下有九成的人不会选择这条路，而是选择了更为世俗和简单轻松的路去走——这也是人之常情，没什么好奇怪的。”

宋先生深深地看了萧禹一眼，萧禹只觉得他眼神锐利，仿佛能看进自己心底。他压下心头的战栗，听宋先生续道：“不过，这也意味着在很多时候，要做正确的事，就意味着你和天下所有人走的路都不一样，所要冒的风险，也要比他们更大。如果有志向无能力，常常在半路就折戟沉沙一无所获，唯有大志向、大毅力、大能力者，才能在这条路上走得更远……萧禹你更是要记住，你聪明颖悟、举一反三，几年内考中进士绝不是问题，然而这只是一切的开始，仕途和世上任何道路一样，最终都只能靠你一步步去走，而没有这点精神，纵使你有家中荫庇，最终，亦只能是一事无成。”

萧禹心中，不知转过了多少复杂情绪，他甚至能品尝到自己舌尖上的苦涩，然而最终，他到底还是咽下了这说不清道不明的情绪，压下了和宋先生坦白一切的冲动，深深地躬了躬身子，“先生玉言，振聋发聩，萧禹……明白了！此番教诲，萧禹一生都当铭记在心！”

宋先生呵呵一笑，忽然又松弛了下来，他摆了摆手，“随便聊聊而已，这么当真做什么？喝茶、喝茶吧。”

竟无一语叮嘱，令萧禹不要将此谈话外泄。

萧禹却无宋先生这般洒脱，他一边喝茶，一边已在思忖着宋学如今所处的局势，更是已经忍不住为书院的未来担忧。宋先生连说了几句话，他都没能接上话头，正是恍恍惚惚时，耳边忽然听宋粤娘笑道：

“其实，就是和北党闹崩了，对咱们书院，我看也没什么大影响。”

此等天真的言论，倒是把萧禹逗笑了，他沉郁的心情，也随之一轻，正待好生逗弄宋粤娘一番时，宋粤娘已经接着说道：“我就不信全天下的人都想着什么党争，没考过科举的人，就是想这个，又有什么用？”

是啊！萧禹猛然一怔：自己怎么就把这个给忘了？解试、省试都是糊名应考，到了殿试，历来也很少黜落考生。所以只要能进入殿试，进士出身就有九成到手。即使想在解试、省试中黜落宋学士子，却也没那么简单，考试论点必须应用官学，这是不成文的规矩，而如今南学北学，不都是官学，想要从试卷中分别出师承门派，几乎难于登天！

别看在宜阳书院甚至是宋先生的口中，考进士也不是什么了不起的事，仿佛不考个好名次，那都没脸见爹娘。实际上全天下有多少读书人，又有多少进士？屡考不中那才是常态，只要宜阳书院把远较别家书院为高的中榜人数维持下去，那么任哪一党也都无法遏制其崛起的势头，成为天下第一书院也只是时间问题而已。更说那什么一点，十几年以后，如今朝中的宋学门人都做到高位，而北党耆宿却将逐一凋零，那时候的北方会是谁的天下，还不好说呢。虽说君子不党，但宋学门人互帮互助，不党而党，却又有谁能说什么？

心中虽是浮想联翩，但萧禹面上却丝毫不露，他半是赞赏、半是惊异地盯着宋粤娘看，一时也忘了宋先生在旁，脱口而出道：“没想到粤娘妹妹蕙质兰心，其实是深藏不露的绝世天才呀？”

他和宋竹玩笑惯了，话说出口，才知不对，忙又忐忑地看了看宋先生，唯恐宋先生被他言语触怒，降低了对他的评价。

宋先生只是微笑。萧禹虽然见惯人精，更擅长眉眼官司，可在这一张笑脸上，却是没发掘到任何有价值的信息。

今日因缘际会一番谈话，既是解决了萧禹心中的好几个疑惑，却又为他增添了更多心事。眼看天色垂暮，他也急于回去屋里整理自己的思绪，便起身拱手告辞，宋先生看看天色，也起身道：“是该回家吃饭了，三娘，我去唤你哥哥们，你先上车，咱们在门口会合。”

在萧禹心里，宋先生此时直如天人一般，听到他亲身要去叫子侄回家吃饭，尽管也知道这是常事，但仍然大有愕然之感，只是不便流露出来。宋粤娘倒没什么感觉，乖乖应了一声，便取出盖头戴上。萧禹看了她一眼，百忙中忽然又想道：是了，先生怕也看出来三娘对自己容貌有所忌讳，不然亦不会亲身去叫，多数就差使粤娘了。

他对于宋先生的观察入微、体贴慈爱，更是多了一层崇拜，当下朗声道："我去唤人便好了，又何须劳动先生？"

宋先生抚了抚萧禹肩膀，笑道："于公，先生有事，弟子服其劳；于私，自己的事情自己做。"

说着豁然一笑，便出门拐上岔路，往藏书楼方向去唤人了。

萧禹心中有事，急于回屋，也顾不得和宋粤娘多说什么，只冲她含糊点了点头就要走，不料宋粤娘反而低声道："三十四哥，你且留步，我有事想请你帮忙。"

她也不矫情废话，痛快便把事说了，萧禹听了，不觉倒是又把万千心事都放到一边，笑道："这有何难？这样吧，三日以后，你把你二姐带到这儿来，我这里……"

两人嘀咕了一阵，已经定下计策，宋粤娘的双眼笑成了月牙儿，她甜甜地道："谢过三十四哥费心了。"

萧禹被她这毫无机心的一笑，真的把烦恼都忘到九霄云外去了，他忍不住问："我这么费心了，你怎么谢我？"

宋粤娘登时又有些警戒，双眼骨碌碌直转，就差没伸手捂头了，"三十四哥要我怎样谢你？"

萧禹强忍着笑，冲她挥了挥拳头，见宋粤娘吓得退了一步，绷得更是辛苦，"记账三个，如何？"

宋粤娘叹了口气，居然垂头丧气地道："三个就三个。"

萧禹终忍不住笑出声来，他转过身去，不觉又是意气风发，快活地踩着夕阳，往舍房走去。

第五章 疏远

陌上人如玉

探病

随着天气转冷，学堂内的生活也出现少许变化——因为女学在后山之中，每到秋冬，都要比山下的男学更冷上几分，是以天色才入秋，便有些体弱的小娘子裹上了皮裘，在学堂中也多了些小炉子，用来取暖不说，也是方便学生们温暖砚台，免得到了隆冬，连墨汁都要冻住，字也写不成了。

到了秋冬季节，由于天气冷，女学满员的时候相当少，要不是因为长期缺勤，明年可能都无法再回来读书，很多小娘子压根儿都坚持不下去。就是宋竹姐妹，也是每日早起打拳锻炼，加之饮用宋家家传的一些滋补汤药，才能熬过每日漫长的课堂时间。虽说宋家把打拳的路数和汤药的方子都给了书院各同学，但是女学中练拳的极少，所以即使饮用汤药，也照样是频频有人缺勤。

昨夜忽然下了大雨，一夜秋雨下来，山中已是清冷寂静，别有一番萧瑟秋意。宋竹起床都忍不住打了几个喷嚏，早上连忙喝了两碗姜汤，把热气行开了，才觉得身子畅快了些。可不想到了学中，却得知这一日上午惯常教授女学的常先生，昨夜染了风寒，今早便没起得了身，偏巧另几位教授在男学都是有事，早上居然是没人能来给女学这边上课了。

再屈指算算，满堂学生里也缺勤了五六个，包括颜钦若、赵元贞都未来上学，众人都是有些抓瞎了，也不知是该留在学堂里念书，还是上午回家，下午再来上学。彼此商议了一番，就都笑着来问宋竹："三娘觉得该怎么样？”

虽说如今在学里，不论是年纪还是学识，其实都应该以宋苡为长，但她平素清高自许，在同学间是只得了敬重畏惧，未得亲切服膺。若是学问上的事，还有不少人问她，今日这种问题，若是去问宋苡，那么多数就是一个结果：读书到下午，先生来了继续上课。是以众人都不去问她，而是来问宋竹，一方面是因为宋竹声名鹊起，仿佛也有了可以服众的威望，一方面也是因为这样的问题来问宋竹，多数可以得到一个让人满意的答案。

宋竹虽然对这些同学的心理未必是全盘掌握，但瞧着她们面上的表情，大约也明白这些姐妹们多数都是想要回去休息的。她其实也觉得在这么冷的天气里，坐在山中读书，湿气过重，对身子不是很有好处，本欲请姐姐松松手，放同学们回家的。心中又忽然一动，想道：娘让我对颜娘子客气笼络些，可偏巧她前些时候回洛阳去了，这几日才回来，正好，她今日也没来上学，倒不如就趁此机会，把娘叮嘱的事给做完了。

因笑道：“我却是想，先生病了，我们这些做学生的应当侍疾侍药才对，虽说因男女大防，真正伺候医药也有所不便，但总是要去探望一番，哪怕隔着门问一句呢，心中才能安宁。不如我等推举几人，代同学们去先生那里问候一番。余下的同学，愿回家休憩也好，在这里读书也罢，都可以自便。”

虽然宋先生并无意让宋学成为北地的代表学派，但宋学本身的确脱胎于北学。北方学派，对“孝敬”两个字是最讲究的，众人听了宋竹提议，都是颔首道：“三娘此言有理。”

更有人夸奖：“还是三娘孝心虔诚，兼又想得周到，我们就没想过去探望先生。”

其实在宋竹来说，她自忖为人处事一直都是老样子，从未变过，只是在有了盛名以后，仿佛众人看她的眼神都变得不一样了，一件事情，以前做出来，可能别人会挑毛病，会不以为然，如今却是只有服膺和赞叹的。她心底也是慢慢地明白了儒门子弟为什么如此惜身重名——虽说她还想不通这里头的道理，但看来，名气的确能让许多人对你的态度，变得很不一样。

“是了，说来，今日还有好些同学未到的，”她也不多应承这些恭维，只是冲众人善意地一笑，续道，“我看着就有周娘子、刘娘子、赵娘子同颜娘子没到，既然去都是去了，何如也去探望探望她们？说来周娘子也有五六天没来上学了，想来功课落下了不少，心中也是暗自着急，正好把笔记给她送去，让她们家书童小婢抄了，如此也好应考。”

宋学用来规范学生的一大制度便是考试，若是连番考试落后，也有写信回去请家人过来接走的。若不如此，这些娇滴滴的小娘子，如何受得住山上朴素清苦的环境？岂不是有个风吹草动就要缺勤，长此以往，女学也就不成为学了。

周娘子的功课一向也不大好，宋竹把自己的笔记送过去，正是体贴之举，众人都有些眼红，纷纷道：“早知道，我们也今日病了，还能得一本详尽的笔记来抄。”

宋竹笑道：“你们要，就尽管拿去抄便是了，只是我学艺不精，记得七零八落的，若是拿了我的笔记，考试却没考好，可不要怪我。”

说笑声中，她见宋苡微微点头，便张罗着选了数位师姐妹，都是平时性子活泼，身体也健壮的。至于那些娇弱的小娘子们，一早上跑五六家去做慰问病人的活计，她们可没这么个体力，虽然羡慕这几位同学能光明正大地四处去逛，但想到外头刮的冷风，都是宁可坐在学堂里，抱着炉子取暖。

宋竹既然是领头人，当然有她一份，一行人在山间石板道上鱼贯而行，倒是走得浑身暖和，彼此间说说笑笑，大有秋游的感觉。不多时就走到山下建筑给教授们所居的一片小院，寻去探望了常先生。

常先生本是小恙，歇息了半上午，精神头已好多了，闻说学生们前来探望，高兴得满面红光，连最后一丝病气都消退了去。得了老师的鼓励和夸奖，几人也都很高兴，又上了车一路往城内去，把赵元贞、刘娘子家都走过了，又去颜家。

谁知颜钦若吃了药却睡着了。她们家婢女要把她唤醒，宋竹却是正中下怀，忙摇手止住，笑道：“不必打扰她休息，只等她醒了，告诉她我们来过便是了。这一阵颜师姐少来学堂，我们师妹们心里都挂念着……”

这一番话体贴温存，说得旁人更是面露钦服，在颜家还不好说什么，出了颜家小院，才上了车，便有位卫娘子笑道：“三娘，姐姐虚长你几岁，今日也就不客气了，倒是想要指点你几句，你对旁人还罢了，对颜娘子却无须如此亲近，她这人实在没什么意思，你对她如何，我们都看得出来，她却偏偏不识好歹。端午那次，要不是你得了越国夫人青眼，她还不知道要怎么着呢！这人成日里和赵娘子在一处，却也不想想，赵家和她家是什么关系，她不懂事还罢了，赵娘子是最精细的一个人，待她怎会有好心？你和你姐姐都是浑然天成，毫无心机的性子，所以都不知道，平时我们几个都远着她们俩，从不和她们往来。”

会主动出门来探望病人的，多数都是热心之辈，心热喜事，从来都是连在一起的。卫娘子一番话说的，倒是引得大家都点头赞同，纷纷道：“就是，三娘，你们家的姑娘，虽说都是天纵奇才，但个性也太醇厚了，所谓君子可欺之以方，可要小心被旁人欺负了去。”

宋竹听着，心中不禁有一丝惭愧之意：且不说宋苓、宋苡是否真的是毫无机心的君子性子，她反正和醇厚没有太大关系，今日之事，也是奉母亲之意而为。只是这一出儿却又不好说穿了，虽说心里有些发虚，却也只能若无其事地道：“可有此事？我倒没多想，只想着毕竟都是同学。虽说有过些不快，却也不必就结下仇怨了。”

一位郑娘子便撇嘴道：“你虽然如此想，但奈何她心胸狭窄？这样的人，不吃个亏是不会改过的。”

宋竹倒也是真心不愿卫娘子等人和颜钦若、赵元贞对上，本来学业就重了，要是同学间再钩心斗角，多耗费心力？她平时有点时间都要拿来读书，当真是无心把宝贵的空闲花在这些事上，因此也是真正恳切地道：“君子之交，求同存异，从前的事，也不去说她了。既然姐姐们觉得颜娘子、赵娘子不是可交之人，那我等日后便敬而远之，尽到自己同学的情分，彼此间存一份和气。毕竟都是同学，彼此间若是钩心斗角，闹得不可开交，落在外人眼里，也是笑话。”

卫娘子和余下几位小娘子都露出感佩之色，均道：“道理我们也明白，不过若是那样的事出在我们身上，却做不到这般宽大，三娘这般性情，真是让人不知如何夸奖好了。”

宋竹浑身上下都不自在，忙说了些谦逊之辞，卫娘子等人反而更是夸奖推重。她只好闭口不言，做出低调的样子，心中对“名声”两字的重要，却是越来越有所体会，更是举一反三地想到了反面去：她自己是什么样的人，自己心里有数，绝对和如今流传的名声有极大的不同。既然如此，世上许多盛名之辈，说不定也是名不副实，只是因为享受到了名声的好处，是以也不愿澄清，只是一味地沽名钓誉，沉迷在了名声之中。

想到此处，她不仅悚然而惊，在心中暗暗警醒自己，日后必定要更加刻苦读书，以便早日做到名实相符，也不枉母亲的一番苦心。虽说两母女从未正式谈过此事，但宋竹心中，对母亲的连番安排，又岂能没有揣摩？想当日，大姐、二姐从未去过洛阳，更无须母亲用心，自然而然便焕发才华，引来四方的关注，也引来了一封又一封高质量的提亲信……若非自己天资有限，也就只有一张脸可以称道，母亲又何必费尽心思，甚至动用了大姐留下的珍藏，让她去越国公府赴宴？这般有意的安排，为的就是营造起她的名声，而营造起她的名声，为的无非也就是那些提亲的来信……

想母亲、叔母等人，哪个不是名门才女、书香世代？这些年来也丝毫未见她们举办文会为自己博取什么名声，会如此经营自己，对母亲来说只怕也是难得的从权之举，说到底，还是她本人不够争气，只能通过这般手段来争取亲事。若她真被这些虚名迷了心窍，又如何对得起父母？这所谓的惜身重名，只怕不仅仅是要注重名声，更说的是要顾惜自身修行，一面维护名声，一面也不为虚名所惑……

自己想通了这一层道理，宋竹只觉得这几个月来那带了些迷惑的欣然，全都被戒惧严肃所取代，一举一动，仿佛都多了几分稳重。走进周家院子时，更是处处在意，不敢流露出丝毫骄矜之色，反而在心中暗暗告诫自己：旁人夸我，不过是人云亦云，因几个国公夫人说我好，便也看我好了。我自己心里要明白，别人那样夸我，其实是另有用意，我可远远没她们夸奖的那样好。虽说别人夸我，我也无法阻止，但绝对不能把这些话当了真，反而要加倍的谦虚谨慎。

她心里有事，脚步不期然就落了后，不料前头就出了小小的乱子——原来是周娘子的兄长听说妹妹病了，特地从洛阳赶来探望她。倒是和几个小娘子撞在一块了。

周娘子能入读女学，家里自然也不是等闲之辈。其乃是太后旁支，更是洛阳大族，在洛阳已经居住了百年之久，和大部分宦居此地的女学生还不一样，只有祖父在京中任职，亦是朱紫金鱼的高官，这周衙内约十八九岁，长身玉立、形容俊秀，拱手施礼时，也见得礼数周全，更是谈吐文雅，惹人好感。几位没说亲的小娘子，不免都多看了几眼，只有宋竹刚刚明白了一层道理，精神正在整肃期间，又吃过李文叔的亏，倒是有意落在人群后头，不想和周衙内搭话。

好在这周衙内也十分知礼，同几人寒暄了几句，便先回避出去。宋竹这才露出笑容，摘了盖头，上前和周娘子说了几句话，周娘子果然正为自己的功课发愁，宋竹带的笔记，便成了最好的礼物。

她们一路探望过来，此时天色也快近午了，再加上周娘子怎么说也算是病人，便都不耽搁，略坐了坐便起身辞去。周娘子靠在床上，咳嗽了几声，又拿着宋竹给的笔记好一番抚弄，不知想到了何处，忽然露出了略带讥刺的笑意，轻声自语道："什么既美且贤，我看都是吹的，如今她倒是好，做什么别人都捧着，倒真把自己当回事了。"

旁人去了，周衙内自然走进屋内，听到妹妹这般说话，他眉头一皱，便轻责道："人家好意来看你，你这说的是什么话。"

周娘子形容单薄，只一双眼生得好看，别处姿容都十分平淡，听了哥哥训斥，她双眼一暗，不服道："今日不是为了沽名钓誉，她会去探颜娘子？若不去探颜娘子，她想得到我？我都病了这几日了，她前些时候怎么不来？不过是穷酸教书先生的女儿，倒是真把自己当个人物了。连她身边那一干人等，全都将她捧得高高的，就这破书院，那几间破房子，到了秋天就冷风刺骨，若非那点虚名，我看有谁愿意到他们书院读书……”

她话没说完，周衙内已是蹙眉喝道：“够了！说这些浑话！”

周娘子最是怕他，闻言忙住了口，周衙内仍是怒意未平，闷哼道：“若是你不愿在宜阳读书，那便换了三妹来也好。你又不是不知道，宜阳书院素来不喜姐妹兄弟一起入读，为了把这个机会给你，三妹在家闹了多少次？迄今对爹娘都有怨言。我此次来，本也不是为了探病，只是为了督促你的功课，前几日看你病着，也就没说出口，如今和你说明白了，若是下次考试，你还不能进步，家里便要把三妹换进来读书！至于你，连洛阳也待不得，会直接把你送回乡下老家去！”

周家虽然在洛阳居住了百年，但百年前也是有个祖籍的，当然，祖籍一地的势力，和洛阳比又要大大减少了。周娘子闻听此言，身子不由一震，叫道：“五哥！”

周衙内竟丝毫不为所动，只是沉沉道：“我素日最疼爱你，才为你多争取了一个机会，爹娘那边，本都直接准备安排三妹过来替你了。这个机会，你不珍惜，别人珍惜得很！”

他扫了周娘子手中笔记一眼，又道：“现在，你还嫌她给你送笔记是沽名钓誉？”

思及宋三娘的一举一动，亦不由沉沉一叹：宋三娘的名声，他自然早有听闻，方才暗中留意，也不能不暗暗点头。虽然其名声已经响彻洛阳，但宋三娘言行举止均是含蓄雅致，韬光养晦力求低调，绝无因自己有名便有张扬狂妄的势头，且透过盖头看去，也的确是美貌异常。这般又美丽，又有才学，又有名气的女子，不说是十二三岁，便是三十二三岁，也很少有这般谦和的，况且又是如此体贴，即使只是为了探望颜娘子而顺便路过，但会特意送来笔记，知道自己妹妹功课不好，又卧病许久，足证已是把她的情况记在心底。

自己妹妹的性子，自己是最了解的，两人间绝不可能有什么交情，最多也就只算得上友好，能为一个同学做到这一步，又还有什么好要求的？人比人，比死人。二妹也算是有几分小聪明，要不然，家里也不会把她送来女学，只可惜，今日在这帮同学跟前，已是落了下风，在宋三娘跟前，更是恍若萤火皓月了，可笑她不但毫不自知，反而还反过来眼红宋三娘的风头……

见周二娘还有不服之色，周衙内心中已是定下决心，回去便禀明父母，不论二娘下回小考成绩如何，都安排性格和顺的三娘过来读书。至于二娘，则交给母亲谋一门妥当的婚事——却是不可再同进士结亲了，以二娘的心胸，如何能处理得好乍贵夫家和势雄娘家之间的关系？到时候亲家变仇家，对周家是损失不说，也耽误了她的一生。在依附于周家的几门亲戚里择选个夫婿，也就足够了。

不过，在此之前，也要略做敲打，免得她太过轻狂，在诸同学师长——尤其是宋家人跟前留下不好的印象，反而影响了周家日后的计划。

以二娘的天资，许多事根本不可能与闻，周衙内思忖片刻，便道："二娘，我再同你说件事。这一次回去以后，我会和娘商量，力争让祖父为我说宋三娘，而不是为三哥。若事情顺利，日后，宋三娘便是你的五嫂，你该如何待她，心里有数了？"

周二娘再是心胸狭小，也知道姑嫂关系的重要。如宋竹这般，系出名门，周家内部诸子争娶，又是她老师亲女，可说是她小师姐的嫂子，一旦宋竹过门以后，不论是在舅姑心中的地位，还是和她来往时天然的地位、辈分差别，都是占尽了优势。听说周衙内此言，她面上虽有不甘之色，却到底乖乖地应了一声："我自然着力和她亲近。"

"那倒也不必了，不卑不亢便可。"周衙内眉头一皱，"此事还未必能和三哥争出个结果，也怨我本来不热心……"

想到方才宋三娘那雅致的身姿，言行举止间流露出的出众品质，还有来到书院以后发觉的一件事，周衙内双手微微握拳，却是自信一笑："不过，回去以后，定当尽力而为，若没差错，宋家又看得上我……"

他们兄妹二人嘀嘀咕咕，宋竹这里却自然是一无所知，今天正是她和萧禹约定的日子。上午去探望颜钦若，除了顺手完成母亲的交代以外，实际上还是为了给自己找点事做，也是为下午下学后的举动打下伏笔。这不是，先生叫了下学以后，她便对宋苡道：“二姐，最近爹似乎又在写书了，书房里一地都是抽出来的书本，我一人也整理不完，不如你和我同去呀？”

宋苡听了，果然眉头微皱，“早知要整理书本，你便不该早上出去探望先生、同学。探望病人，天色晚了也不要紧，白日天光好，正适合整理书房，怎么反而倒过来了？”

宋竹早料到她有此一问，事实上，她今日领人出去探望病人，也都是为自己打个掩护，免得引来宋苡的疑惑。还好，有了孝悌的大帽子遮掩，宋苡也不过就是一问而已，态度并不认真。她便笑着胡乱解释了几句道：“我本来也这样想，可后来又觉得，傍晚了拉一群人去探病，岂不是要劳烦别人留我们吃饭……”

宋苡也不过随口说说，自不会拒绝为父亲收拾书房，她这一去，宋艾肯定也要跟上，姐妹三人走到宋先生书房时，宋先生倒是还未下课。几姐妹也不在意，便在书房里来回走动，为宋先生拾掇着许多零碎物件——宋先生不喜使唤奴仆，却又不拘小节，书房也的确时常需要洒扫，不然，乱得都找不到下脚的地方。

由于天冷，宋竹把窗户都合拢了，几人也看不见外头的情况，宋苡和宋艾并不觉有异，都在认真做事。宋竹心里却是一直在计算时间，眼看书房越来越干净，她是急在心里，更忍不住埋怨萧禹：动作怎么这么慢！为什么还不把人带来？

说来也是巧，就在宋竹开始发急时，帘外忽然传来了她熟悉的声音，“先生，关于这六三卦，我和薛师兄见解不一——”

声音才起，帘子一动，萧禹拉着薛汉福便是进了里屋，他面上本是笑意盎然，但一见屋内三人，顿时露出讶色，“哎哟，这——”

宋竹此时哪儿还记得埋怨萧禹？夸奖他都来不及，她强压着心中的欢喜，笑盈盈主动上前见礼，“原来是三十四哥。”

被她这一带动，原本打算回避的宋苡和宋艾，自然也就都停住了脚步。宋苡目光盈盈，若有所思，先看了看小妹，而后，却是准而又准地望向了薛汉福……

蒙卦

被她看了这么一眼，宋竹心里哪还能不知道，二姐已经是看穿了今日她这一番安排的真意所在？她心底好一阵发虚，却也知道此时若是露出异色，万一被薛汉福看破了，只怕本来只有三分恼的二姐，也会变得十分恼了。若是阴差阳错之下，把这原本大有可能的婚事给搅黄了，那可就是大为对不起二姐了。

因此，虽是心中敲着小鼓，面上却还是尽量不露痕迹，和萧禹见了礼，自然而然的，也就向薛汉福打了招呼，“薛师兄好。”

说起来，大家都是宋学门人，如今的风气也没有严格到绝不许女子和外男相见的地步，虽然有女子外出障面的规矩，但那也是为了预防被不相干的粗汉看去了。同门师兄妹之间见面，并不算什么忌讳。宋苡、宋艾自然不可能无礼得杵在屋里，却不和两位士子招呼，都是互相行了礼，通了排行。萧禹倒是无妨，彼此也是见过几面，都是熟惯了的，就是窘得薛汉福一双眼哪里都不好放，只好垂头盯着自己的脚面，虽然他举动雅重，未把困窘外露，但倒也能看出来那份勉强压抑着的不自在。

宋竹对他是否能成为自己二姐夫其实也没什么坚持，无非就是想让二姐看看薛汉福的为人，方便选择，她今日的一举一动，包括萧禹口中的话语，都是两人已经商量好了的。虽然薛汉福发窘，但也不会让他少了表现的机会，两边寒暄过了，她便笑道：“三十四哥，你来找爹做什么呀？听说你是对《易经》有心得？学得好快嘛，前几日见你，你才刚学《易经》，这就能和师兄们辩论上了？”

萧禹便对薛汉福笑道：“我们还不都是瞎说的？不过仗着先生脾气好，便是瞎说的也上来打扰罢了。”

之前双方寒暄，薛汉福有些束手束脚，此时听到萧禹言语，他眉头一皱，倒是说道：“这却不是瞎说，萧师弟，须知学问无小事，你对蒙卦六三爻的看法很新颖，我虽不赞同，却也不便否认。前来请教先生，也是请先生指点的意思，只是此时先生不在，倒是我们冒昧打扰了，日后再来问吧。”

说着，便要告辞而去，虽然他就和宋苡、宋竹这两个名气不小的才女或美女共处一室，但自始至终没有正面打量两人，一举一动，稳重守礼之处，早把李文叔一类给比下去了。

宋竹和萧禹都有些着急，宋竹正要说话时，宋艾忽然笑嘻嘻地说：“原来说的是蒙卦，蒙卦六三爻我知道的，‘勿用取女，见金夫，不有躬，无攸利。’三十四哥对这个有什么新鲜的见解，说来听听可好，我也想要知道。”

她今年方才是八岁年纪，一般孩童，即使是重视教育的，差不多也就是刚结束蒙业，预备开始入读塾学的年纪，而宋艾随口便能背诵艰深拗口的“易经”，而且看来对爻辞也有不浅的了解。别说萧禹和薛汉福了，就是宋竹都有些诧异：“学《易经》的时候，你不是还没来书院吗？怎么连这个都读过了？”

宋艾自然地道：“前些日子闲着无聊，就翻看了一下。其实我也是生吞活剥，不求甚解。”

因萧禹第一时间没搭话，她便转向薛汉福，问道：“薛师兄，你学问瞧着比三十四哥高，能和我说说这六三爻都是什么意思？否则，我连一般的意思都不知道，更不会明白三十四哥所说的新见解了。”

宋艾这一问学问，薛汉福就不好推辞了。再者，宋艾的年纪小，就是个孩童，薛汉福对她也自然一些，“六三爻其实要放到蒙卦里去解，蒙卦乃是山水卦象，你看，上为艮山，下为坎水，说的是天地混沌初开时……”

一般说《易经》晦涩难解，便是因为其微言大义，甚至包括注疏都是可以做多种解释，所以在朝廷科举中一般不考校《易经》，宋学诸生也不过是囫囵略读而已，是以不说宋艾，即使宋竹也只是浅浅涉猎，而薛汉福明显在《易经》上颇有造诣。从蒙卦说起，又谈到在六十四卦卦辞中频繁应用的比喻手法，以及卦辞本身幽深的地方，宋艾听得饶有兴致，等薛汉福说完了，便好奇地道：“那三十四哥的见解又是什么呢？”

宋竹心中不由一虚：其实关于蒙卦六三爻的新鲜见解，并不是出自萧禹的脑子，而是她前些日子伺候父亲左右时偶然听来的只言片语。不过是转告萧禹，让他拿来当由头逗引薛汉福而已，不然，就萧禹那点粗浅的研究，又怎能让薛汉福同意和他一起来找老师探讨？

之前若只有她们几个“大人”也罢了，薛汉福性情稳重不会四处乱说，宋苡更不可能和别人谈起此事，可宋艾年纪还小，性情跳脱，若是同旁人说起萧禹对六三爻的新想法，传到宋先生的耳中，以父亲的才智，如何看不破这背后的玄机？到时候，即使父亲不和母亲说，她也不免要被他好生敲打一番。

萧禹表现却也不错，绝没有接口的打算，听宋艾这一问，便笑道：“哎呀，四娘，你这不是才入门？我便是和你说了，你懂吗？”

宋艾有些不服气，只是她还未答话，宋苡便悠然道：“她不懂，我懂。萧师兄有何高人一等的见解，不妨说给我听？”

这还是她在寒暄过后第一次开口说话，众人一时都忍不住望了过去，就连薛汉福都不例外，眼神落到宋苡脸上，他似是方觉不妥，忙又撇开眼去，面上却是到底再压制不住，露出了一线红晕。

宋苡本来神色如常，见薛汉福这般，秀眉微蹙，眼神倒也飘开了望向墙壁，萧禹的眼珠子转来转去，面上神色奥妙，仿佛正在忍着笑意。宋艾左看看右看看，忽然对宋竹一笑，手指在脸颊上刮了几下，大有心知肚明的奚落之意。

和这一群聪明人在一起，压力很大啊！

宋竹心里好一阵无奈，她现在已经不去想晚上该怎么办了——二姐明明白白，绝对看破了自己和萧禹合谋的事，不然也不会接口逼问。还好，还好薛师兄一个不自在，倒让她也不自在起来，不然，眼下都不知道该如何收场呢。

屋内气氛正是尴尬时，忽然外头又传来了脚步声，这回宋苡却不留下了，冲宋竹使了个眼色，牵起宋艾直奔里屋。宋竹对萧禹匆匆点了点头，也随之走了进去，却是帘子才放下来，就听到外头略有些熟悉的声音，“哎，这不是薛师兄、萧师弟吗？你们也来寻先生请教学问的？”

“李师兄也是如此？只是我们来了却未见先生，正要回去呢。”萧禹的声音响了起来，宋竹听到李师兄三个字，也记起来了：这应该是那李文叔师兄的声音。

她对这李师兄，也是避之唯恐不及，便悄声对宋苡道：“咱们回去吧？”

宋苡默默望了她一会儿，方是点了点头，宋竹心中暗自叫苦，面上却是不敢露出分毫，强笑着牵起宋艾，三姐妹就又从后院小路，往女学方向返回。

默默行进了一会儿，宋苡道：“你也太异想天开了，这放肆任性的毛病，是从谁那里学来的？”

宋竹一缩脖子，丝毫不敢反驳，更是不敢撒娇，只能声若蚊蚋地道：“姐……”

宋苡也站住脚，将她看了一会儿，方才是转身继续前行，宋竹心下也是一松：还好，看来二姐并未真正动怒，刚才的训诫，更多的还是却不过面子，再者她也要维持自己一贯的作风。

“这其实也是娘的意思。”她一下就活跃起来了，立刻给自己扯了虎皮做大旗，“你也知道咱们家，一举一动都被别人盯着，一般人家说亲事，相看过后又不成，也是司空见惯，大家都不觉得什么。可咱们家却不一样，再说，正式相看，那都是男方看女方，女方相男方，可不就都是如此……”

她还想往下说，但被宋苡瞪了一眼，立刻噤若寒蝉。倒是宋艾，看了看宋竹，嘻地就是一笑，“二姐三姐，你们说的是薛师兄吗？薛师兄学问挺好的，我看就是人生得不那么俊俏——”

话犹未已，宋苡已道：“好了，你说这是什么话？”

她对宋艾态度要和软许多，不比对宋竹，时常冷言冷语，喝了四妹一句，便训道：“以貌取人，何等庸俗？世人好色不好德，那是世人的事，吾辈眼中，怎么能把美色置于德才之上？”

宋艾一收肩，面露肃然之色，“二姐说得是，小妹记住了。”

等宋苡又迈开脚步在前头引路时，她方才偷偷地给三姐递了个眼色，宋竹忍不住就是要笑，又万万不敢笑出声来，只好忙捂着嘴，把笑意憋回去了，只是在后头和宋艾眉目传情。宋苡全当看不到，只是专心地在前头带路。

一路回家都是无话，等到了家里，宋艾先跑进去找祖母了，宋竹鼓足勇气，扯了扯姐姐的袖子，低声道：“姐，你也得给我个回话啊，我还要和娘说的……”

宋苡默然片刻，虽是天色黯淡，但宋竹也隐约可以瞧见她面上的一片嫣红。

她心下一喜时，宋苡的手一翻，又从她手里把袖子给夺回来了，“……我自己会和娘去说。”

匆匆扔下一句，也不等宋竹回话，便径自去得远了。宋竹站在当地想了想，忍不住笑起来，跟着姐姐走到祖母院子里，宋艾又不知从何处钻了出来，拉着宋竹的手，仰头笑道：“三姐，你怎么谢我？”

这鬼灵精！宋竹点了点她的鼻子，“那你要我怎么谢你？”

宋艾转了转眼珠子，忽然搂住宋竹的脖子，“那你就亲我几下吧。”

宋竹心里也是把宋艾疼得不行，弯下身子方便宋艾搂着自己，在她脸上没头没脑亲了好几下，又道：“苏娘今晚和姐姐睡好不好？”

宋艾摇头道：“不要，三姐睡相不好，踢人呢。”

宋竹拧了拧她的脸蛋，道：“要嘛，要嘛。快，苏娘说，要！”

两姐妹笑闹了好一会儿，方才是往祖母院子里过去，不过吃晚饭的时候却又都十分收敛，怎么都不敢露出一丝不对——不仅怕惹来长辈的数落，同时，也是怕恼了应当正是十分羞涩别扭的二姐宋苡……

当晚，小张氏的心情便是十分不错，一等丈夫进了内室，她便喜滋滋地上前帮着他换下儒衫，口中道：“方才二姐来寻我……这三姐也是太大胆了些，竟是直接就把人给领过去了。好在二姐见了，心里竟也觉得他不错——口中当然是不说的，不过就那一句话也够难得的了，我问她薛汉福如何，她说，‘就是太老实了些，被三娘和萧三十四耍弄得团团转。’”

她忍不住微微一笑，“才见了一面，就维护上了——再说，这只嫌太老实，可不就觉得别的都好？二姐的眼光，连学识和人品都挑不出什么来，可见就是真好。此事我看可以定了，就是三姐那边，多少也要敲打一番，免得她得意忘形，日后越发胆大妄为了……”

二女儿的亲事终于有了眉目，更难得是本人也可心，小张氏心里有多高兴是不必多说的。也因此，她慢了半拍才发觉丈夫笑容中的漫不经心，这边绞面巾的手不由一顿，“今夜回来得这么晚，可是外头出什么事了？”

“不是朝中的事。”宋先生回过神来，忙安了安妻子的心，他顿了顿，却是忍不住叹了口气，方才说道：“是关西有信，我军又败了……”

小张氏的动作，也不由随之一滞，她面上的喜色褪得一干二净，过了一会，方才低声问：“大败？”

“就眼下知道的境况，反正中军曹国公一支全军覆没，主将全都战死，一家老小四口人都填进去了。”宋先生低声道，“至于右偏军还余下多少，就不好说，那边消息滞涩，眼下还没个准信儿。”

“全军覆没？”小张氏的声调也抽高了，“那……夏国兵马，岂非已是长驱直入——”

“不错。”宋先生黯然道，“如今的关西，只怕已经是彻底糜烂。局面是否有转机，还得看洛阳一带的守军能否顶住了，若不然，就连洛阳，只怕都未必太平……”

两人对视了一眼，小张氏忽然道：“夏国这一闹，只怕南党要更得势了。”

宋先生点了点头，“只盼右军无事，关西乱局能尽快平定，否则，朝中倾轧更烈，国家上下，少不得又是一番风雨飘摇了。”

为二女儿终身有定而来的喜悦，在国家大势跟前，仿佛是那么的渺小。这一夜，不论是宋先生、小张氏，又或是洛阳、宜阳一带已收到消息的各色人等，全都没有睡好。

训斥

关西战事又起，这个消息，自然是占据了所有人的注意力，甚至是看似深居洛阳腹地，受到许多雄城屏障，远离火线的宜阳书院，其实也无法摆脱战争的阴影。有些学生家中是关西大族，此时自然是心情沉重，还有些学生干脆就有亲戚在军中为官至乃镇守前线的，当此更是心事重重，患得患失了。

便是连女学中，也有几名学生大受影响。譬如说宋竹一向不大喜欢的赵元贞，从关西军兵败的消息传来开始，便没再来上学，听闻人已经是返回洛阳去了——曹国公兵败，国公府自然大受影响，不过即使他们家能挺过明年战事平息以后的清算，这也和赵元贞没多大关系了，曹国公父子四人都殉了国，她的未婚夫就在里头。又是未婚夫，又是亲表哥，赵元贞现在也不便若无其事地继续上学。

战事最是惊风秘雨的时候，整个西京城都是一夕三惊，谣言更是层出不穷，最夸张的时候，女学几乎已经无法维持——听说西夏的军队不日就要打到洛阳城下了，书院中的男学生还好，到时候大不了就骑马回城，而必须坐车回家的女学生们，却因为家里人不放心，而早早地就被接回了家中。

不过，局面却要比大家估算得还好一些，虽然关西大军，中军是溃散了，但右军到底是抵挡住了西夏狂风骤雨般的攻势，外加洛阳守军反应迅速，出击援助及时，关西几座重要的关口并未失守，到底是顶住了西夏人的进攻。到了冬天，听说前线已经开始往前突进，预备收复失地了。

也就是到了这时候，北地民众方才是纷纷松了口气，不过即使如此，整个北方一冬也是乱象频出。不但有许多农户畏惧战争做了流民，现在都聚集在洛阳一带，想要找个营生设法过冬，明年再回去种田，而且关西到洛阳一带，也是陡然间多出了许多昔日关西中军的溃兵，又不知是闹出了多少溃兵为匪，扰乱乡里的事情了。

当然，在宜阳县，因为有宜阳书院这么个庞然大物，且书院士子无不是能文能武之辈，局面又要稍微轻松点了。由宋先生和萧传中牵头，县里一方面以工代赈，把流民就地编管起来，疏浚水利以此换取食宿；一方面又请书院各学生编成小队，在乡间巡逻，以防流民寻恤滋事。毕竟这些士子不说上阵杀敌，在书院起码也是营养良好，对付那些忍饥挨饿一路跋涉的流民并非难事，再加上书院经过几年发展，也已经是宜阳最大的地主，他们来排解佃户和流民的纷争，倒是不错的人选。

俗话说得好，“人比人得死，货比货得扔”。一起读书的时候，也许单看卷子诗文还觑不出一个人真正的本事，但等到众人撒开来真正轮值去做事了，那么很多事情就是隐瞒不住的。一个人是否能干、仁德、周密，其实都是有公论的，就算想要作伪，也是装得了一时，装不了一世。

让宋竹十分高兴的，便是她未来二姐夫薛汉福的能力颇受好评。其在排解乡民和流民矛盾时，细心、公道、和气、仁德，赢得了双方的一致好评，不但在乡民中渐渐已有了威望，就是流民遇到事情，也经常指名要薛汉福做主，论起“亲民”这点，竟是比三哥宋栗还要突出。他虽然没有什么背景，但因为处置民情得当，已经是引起了前来视察的大小官员的注意，并且博得了不少赞赏。若非薛家在听闻宋家有意以后，便以迅雷不及掩耳之势送来了提亲信，更是费尽心思地辗转求了西京国子监的一名教授来做大媒，在秋后就和宋家把亲事定下了，说不得薛汉福在此事以后，还会得到高管青眼，多出一名出身富贵人家的娘子呢。

宋家三哥宋栗，也是在此次动乱中声名鹊起——他是主动承包了在较为危险的宜阳北面山脚下巡逻的任务，几次和溃兵遭遇，更曾射杀过一个刚落草为匪、拉起一支队伍的匪首，将余下的残兵收编回县中。其敏捷机断、心狠手辣之处，亦是令众人称颂感慨不迭，虽然年纪还小，但俨然又是宋家的一名新星。

至于其余人如宋家四哥、五哥、萧禹，都因为年纪还不到十六，所以只能躲在书院里读书，并不能出去做事。这其中许多半大小子，都觉得自己被小看了，平日里聚在一起，免不得抱怨这抱怨那，说到兴起时，恨不得就拔剑杀出一条血路，直入瀚海那头，斩落敌酋头颅，创下万世不灭的伟业。这也不算稀奇，现在民间这样抱怨朝廷窝囊的声音，并不少见，宜阳书院内自然也是不例外的。

其实，就是宋竹，在听说了关西战事失利的消息以后，心里又何尝不觉得憋屈？她本来对武事就有一定兴趣，要不然也不会成天想着学射箭，把握机会就要骑马。只是她一个小女孩，对这些事又有何办法？只能是暗暗又坚定了粗习武艺的决心。她是想，以自家的作风，若是关西出事，乃至洛阳失陷，一家人也必定只能坚持到最后一刻，不可能先行逃走，若是真有这一日，她就是要死，也得先拖三五个来垫背，去得才不冤屈。

心里抱着这样的想法，她便更想要把箭术练好：按宋先生从前戏言所说，女孩子如果不是把大把时间花在打熬身体上，近身搏斗压根没希望胜得过男性，还不如练好箭术，从远处还能射杀几个敌人。

也许是受关西战事的刺激，宋先生也不再严格限制她练箭，宋竹又有帮父亲整理书房的“免死金牌”，得了默许，自然过来得更加勤快，这一日见书房中无事可做，她便收拾了弓箭，又悄悄溜到后院之中，挂了靶子，拧起弓弦，打算多练练准头。

冬日山林里万籁俱静，声音传得更远，她这里还在拧弦，远远地就听见小楼外头有一群人一边走近一边议论，其中有一人很是激动，正大声道：“……就是要打，什么联辽灭夏，不过是与虎谋皮，难道辽狗占了夏地，就不想再鲸吞蚕食了吗？若是如此，每年河北又为何要防秋？又怎么要把上好的良田掘成烂泥潭，防止辽狗的进犯？”

这又是在议论军事了，宋竹侧耳听了，只觉得这声气十分熟悉，又想了想，忽然记起来，乃是李文叔的声音。她记起父亲曾说过，李文叔也是个杀敌不手软的人，手底下已经料理了几个流民盗匪，再加上这一番论调也和她的看法不谋而合，心中倒是对李文叔少了些恶感，暗忖道：这人虽然挺没礼貌的，但也不失为一个热血男儿。

一头想，一头就已经把弓弦拧上，扬手射了一箭出去，她在这些事上其实还有些天赋，这一箭钉入箭靶，居然距离中心还很近。“夺”的一声，在林间空地激起了老大的回响。

宋竹又发了几箭，眼看箭囊已空，便走过去拔箭，谁知拔了几箭，听到身后脚步声响，回身一看，却又是那李文叔穿堂走出。

“李师兄好。”她眉头暗暗一皱，口中倒仍是礼貌招呼。

“师妹好。”李文叔也忙施了一礼，又笑道，“我听见后山有人射箭，还以为是三哥，打扰师妹了。”

宋竹摇头道：“现在县里事少，三哥又一心读书，这时候多数还在书楼，李师兄要寻他的话，不妨往书楼去。至于我爹，刚才就出门去了，应该是县治有事。”

这一群学生果然也是来寻宋先生不遇，此时一阵脚步声响，也都散去了，倒是李文叔也不离去，反而走进院子里，笑道：“我看师妹箭术不错，不如，我们俩比试比试？”

宋竹虽然对他没那么忌惮讨厌了，但也远远不到喜欢的程度，闻言微微一怔，微笑道：“这只怕不大好吧？”

虽然还是客客气气的，但话中的疏远和告诫之意，其实已经是很明显了。

李文叔也不是不识人眼色的愚钝之辈，听了宋竹说话，不再走近，反而是叹了口气，面上一片难过。“我知道师妹厌弃我，那我便不打扰师妹练箭了。”

宋竹到底年纪小，心思浅不说，心也热，兼且之前对他也有所改观，见李文叔这么说，忙道：“师兄哪里的话，只是男女有别，不得不防而已。实则你勇武过人，师妹听说你的事迹，心里也是很钦佩的。”

李文叔仿佛吃了什么灵丹妙药一般，顿时容光焕发，仿佛喜翻了心，闻言忙道：“师妹可是当真？每回见面，师妹都对我颇为冷淡厌恶，态度多有回避，我还当……师妹心里讨厌我呢。”

宋竹听他这话，心里倒觉好笑：“和我很熟悉吗？我为什么要厌恶你？”

话虽如此，但李文叔神色乍然变化，两相对比下，倒也颇有些滑稽可笑——宋竹之前认识的男性，全都是雅重君子，便是最活泼的萧禹，在她跟前也总是高深莫测，一般很少有这种喜怒操于她一言半语之中的类型，她亦颇觉得新鲜，因此也没用话噎李文叔，只是扑哧一笑，说道：“李师兄也太会胡思乱想了。”

不过即便和李文叔说笑了几句，她仍旧不打算同他比试箭术，而是有意催促他离开此地，只是笑意未收时，门扉一响，门帘挑处，却是萧禹走了出来，便又转而对萧禹笑道：“三十四哥，你来啦？”

萧禹有份常常伺候在宋先生身边，过去一两个月内，当然也和她见了几次，两人更以成功撮合了宋苡、薛汉福为自豪，交情自然亲密许多。宋竹也和萧禹比试过两回箭术，萧禹箭术不差，宋竹得他指点，只觉得进益不浅。此时见他来了，心里便想：唔，机会难得，还要让三十四哥指点我一番才好，不过李师兄在一边，也不好把他赶走，说不得拉他一起进来了。

口风一转，便道：“三十四哥，我和李师兄正要比试箭术，你要不要也来加入？”

谁知，她这不说还好，一开了口，萧禹面上竟是闪过一丝恼色，宋竹对他很是熟悉，对此神色也是看得分明，心中不由大奇：好端端的，三十四哥这么不高兴做什么？

正想着呢，萧禹已是一转头，毫不客气地对李文叔道：“李师兄，薛师兄找你，方才我们一帮师兄弟过来，出去时独独落下了你，不知为何，薛师兄脸色很难看。小弟也知道他担心什么，便忙寻来了。”

一句话说得李文叔面色大变，宋竹也是大奇——这薛师兄无疑就是她未来的二姐夫薛汉福了，他和李师兄的关系应该也还可以啊？刚才这不是还结伴来了，怎么忽然间仿佛是派萧禹过来兴师问罪的一般，而且萧禹如何又知道薛汉福在担心什么了？

想到她第一次见到薛汉福的情景，宋竹心中一凛，对李文叔已是生出了许多提防，心里暗道：难道他……

她没有说话，而是默默走到一边，远离了争端中的两方。

李文叔看了看她，脸色更是难看，转身对萧禹强笑道：“我竟不知道师弟是什么意思！据我所知，薛师兄和师弟也没有多亲近吧，你又如何知道他在找我了？”

萧禹看了李文叔几眼，反而笑了，轻描淡写地道：“我不知道，是颜师兄告诉我的。”

宋竹丝毫也不知道他们在说什么，怎么又把颜安邦给扯进来了，只是见李文叔还没有离去之意，不由皱起眉头。这边正要说话，那边门帘又被挑了起来，居然真是薛汉福探头出来，“文叔，我正找你呢，还没聊完，你怎么就跑了？”

定亲以后，薛汉福对宋竹来说就不是外人了，因此他也没怎么避讳、拘谨，扫了宋竹一眼，对她点了点头，示意她继续射箭，便把李文叔一把拉走了。宋竹手里拿着弓，莫名其妙地站在当地，见萧禹也要跟着翻身出去，忙低声唤道：“三十四哥、三十四哥。”

她对萧禹没什么戒心，因此便走近了才问：“刚才这是怎么回事啊？”

萧禹定睛看了她两眼，面上似乎是风雨欲来，宋竹被他看得心里发毛，正欲再问时，眼前一花，头顶已经被萧禹连凿了好几下——这一次萧禹是用了真力，她只觉得一阵疼痛，比起以前玩笑般敲她脑门，绝不是一个程度了。

“你这是做什么！”这一阵痛并不轻微，宋竹被他敲得眼泪汪汪，见萧禹神色恼火，心里又是委屈，又是不信，捂着头忙退了几步，几乎都要哭出来了。莫名其妙的，萧禹这是发的哪门子火啊！

还没回过劲儿呢，就听见萧禹低声训斥，语气居然是放得极重，“识人不清！择友不慎！你和你哥哥姐姐哪有半点相像，连你妹妹都比不上，你还算是宋家人吗！”

委屈

这一句话说出来居然如此火气，别说宋竹了，就连萧禹都是被自己吓了一跳。见宋竹双目含泪，一脸的莫名其妙，他心中顿时划过了轻微的悔意，但这些微悔恨，很快就被卷上来的怒火给带走了：他毕竟自小出身富贵，在家又是千恩万宠，可以说连父母兄长有时都是有意无意地让他几分，虽然说平时和善可亲，但怎么可能没有脾气？现在火气上来了，也是不管不顾的，自然是怎么伤人怎么说了。

“我又有哪里识人不清了？”宋竹居然还和他顶嘴呢，萧禹一听，这还了得？当下便是预备了无数夹枪带棒的回话，欲要说回去。

只是他到底还有一点好——虽然脾气上来了也是不分青红皂白，不管天皇老子都敢发火，但毕竟不曾全被冲昏了头脑，还算是知道宋竹的身份，因此许多话也就忍住不说。只是冷笑了一声，一字一句地道：“你哪里识人不清？你也不好好想想，为什么你二姐夫人都走了，还要特意回来寻那李文叔？他这人奸猾狡诈，心术不正，你难道看不出来？也就只有是你，好赖不分，见到他不赶紧走也就算了，还邀他和你一起射箭？我要是不来，你和他一个外男，孤男寡女，在这么荒僻的地方单独相处，你还要不要名声了？”

他本也很难说清楚自己到底为什么这么生气，此时越说越顺，倒是把冠冕堂皇的一条思路给理出来了，更加是理直气壮，没等宋竹回话，又抢白道：“是了，指不定是我想多了，你就根本没在意那么多，你本来也就不是很规矩的一个人！”

这话说出口，萧禹心中一阵畅快之余，却也有些说不清道不明的愣怔，就像是失手打翻了一个花瓶，虽然破裂的声音听着也有些爽快，但这爽快说不定下一刻就……他还在气头上，不至于后悔，只是不免也密切关注宋竹的神色，想要看看她的反应。

要伤人的时候，唇舌就是利剑，刺伤一个人又是何等容易？他这几句话说出去，宋竹面上果然闪过痛楚之色。但她却并未哭闹，只是冷冷地看了萧禹一眼，反手拭去了眼中泪水，冷然道：“李师兄是个什么样的人，我还真不知道，我本来和他见面少，也不了解他，只听说他在处置流民动乱时表现出色，倒是要比只会躲在山门里读书的人要强得多。”

这一句话，顿时戳中了萧禹的痛处，实际上最近他看李文叔特别不高兴，便是因为自己已暗自决定要封堵他入仕的道路，为宋竹出气。然而，纵然他出身贵胄，这样的事也不是这么容易的。李文叔这一阵子的表现，为他增添了许多政治名声，日后若是成功进入殿试，只怕要黜落他都不容易，而且事情走到那一步，他也不可能为了私情去阻碍国朝任用一个的确有才能的官员。

萧禹一向自忖看人极准，以他之见，李文叔为人卑鄙，爱使阴招，说他在背后阴了什么流匪一招，萧禹是信的。可说他奋勇杀人，马前斩敌，在萧禹看来是绝对不可能的，这背后肯定是有鬼。偏偏，他成日被拘束在书院里，却又不能跟随着出门查看事实真相，只能眼睁睁地看着李文叔的名声扶摇直上，要说心里不生气，这也太高看了萧禹的涵养。

这本来心里就窝着火呢，又从薛汉福口中若有若无地听过几次，说是李文叔没事老往宋先生书房跑，频率远超常人。萧禹是有心人，一点就透，怎么猜不到李文叔是想来见宋竹的？但这件事他亦无力阻止，而且以宋竹的年纪，也根本并不被任何规矩阻止。宋竹现在若是乐意，每天在书院里来回走动，抓住个人就和人聊天，也根本都不算越礼——在大家看来，她还是个孩子。

接连两件事都是他无能为力，这大违萧禹一直以来心想事成的作风，唯独能安慰自己的，也就是李文叔才学平平，未必能考中举人，更不说省试登科了。还有宋竹本人对李文叔也很有意见，肯定不会主动出来见他，李文叔就是跑上一千次，那也是白搭。

话虽如此，他却也还是留了心，这一次大家谈论军事到了兴头上，来寻宋先生主持辩论，萧禹便很是注意李文叔的动向，大家离去以后，一见他没了踪影，便立刻回头来寻。不料却被他看到了这一幕——宋竹居然对李文叔笑得颇为开心，两人聊得十分投机的样子，更是主动邀请李文叔和他比试射箭……

这就好比看到一个小贼，在主人的疏忽下一步步地接近了他的钱囊，虽然心里最讨厌的还是贼子，但对主人也免不得恨铁不成钢。萧禹凿那一下，本意是轻飘飘地，活跃一下气氛，结果心绪起伏，没控制好力道，随着宋竹的痛呼，他的脾气也就跟着失控了。

要是宋竹任由他数落，那也就罢了，可现在非但回嘴了，还回得这么准，萧禹只觉得怒火像是被风吹着，越来越旺，心里对宋竹极为失望，甚至都不想和她说话，只是不断摇头，痛心道："他说什么你就信什么？你也不想想，你二姐夫为什么要特地回来……我真是看错你了。"

他之前说薛师兄找李文叔，不过是随意找了个借口，只是刚才薛汉福居然也不放心，又折返回来，立刻就被萧禹拿来做了现成的理由。

宋竹闷哼一声，居然还不让步，反而更是面若冰霜——她本来就生得好看，只是平时娇俏可人，还不觉得什么，此时面容冰冷，气韵逼人，竟有种凛然不可侵犯的感觉。萧禹就是还有气话，也被她神韵所慑，不敢开口，眼见着宋竹收拾好弓箭，同他擦身而过，进了宋先生的书房，不片晌又披上大褂子，从后院出来直接往女学方向而去了，对他居然是视若无睹，好像根本都没听到萧禹的说话。

萧禹生平，还真没被人如此对待过，气得在空地上呆了半晌，才对宋竹喝道："宋粤娘！"

宋竹立定身子，却不回头，只是寒声道："师兄说得不错，孤男寡女、荒僻之地，本来就该有所避讳。承蒙师兄指点，三娘也不敢再和师兄独处，不过师兄心中也要有数，姑娘小名，也不是师兄一个外男可以随意叫出口的！"

她本来一直都叫萧禹为三十四哥，虽然这也是很普遍的称呼，但不知为何，在宋竹口中，仿佛就硬是多么几分亲热和信任，而此时的"师兄"，却是冷冰冰的好像一块大石头，直压在萧禹胸口，让他闷得上气不接下气，好半晌才回过神来，低低地咒骂道："白瞎了我平日对你的好！"

他要走，又不甘心，注视着宋三娘的背影，想要说什么，却也说不出来，见她穿的是一件吉贝布的斗篷，百忙间忽然想起，自己前些日子见到宋栗和她都穿着吉贝布衣服，一问之下，得知宋家不爱用皮草，不到隆冬腊月，都穿着棉服取暖。他觉得山间清冷，宋栗还罢了，只担忧宋竹……还有宋先生着凉，还特地让胡三叔回洛阳送信，请姨妈送些皮毛料来，充进萧传中给宋先生的年礼中……

思及此事，再想想刚才宋粤娘连小名也不肯让他叫，他真是一口血差些满上来，站在当地着实地把"宋粤娘"三个字来回念叨了几十遍，方才恨恨地走了。回到下处，左思右想仍是不平，也不顾天气变冷——到了傍晚，山风吹来是刺骨的凉，非得冒着风跑出去，到县衙找到胡三叔，吩咐了一番，这才略略出了一口气，又走回书院休息。

也许是昨日在空地上站了太久，也许是空着肚子来回跑了城里和书院，第二日起来，萧禹只觉得头重脚轻、鼻塞咽痛，居然是得了风寒，忙请师兄帮他请了假，又往县衙报信，萧明氏立刻安排人来，接了他回去用医用药。

却说宋竹这里，如何知道萧禹那千回百转的心思？只觉得他一通脾气爆发得莫名其妙，几句话都说得极为难听，心里震惊不信的情绪，自然是占了多数——目前倒是还没到委屈这一步。她其实还是不懂，即使李文叔如萧禹所明示的一般，是个对她有非分之想的卑鄙小人，那么他在书院里能对她做出什么来？无非也就是说几句话而已，难道他还胆大包天，想要在光天化日之下行什么轻薄之事？

她对李文叔的印象虽然不说有多好，但还是能分辨得出其大概为人的，他想要接近她，宋竹知道，但似乎还没到如此疯狂的地步。以她所见，李文叔无非就是想多和她说几句话而已，这也不算是什么罪过。萧禹如是不喜李文叔，大可直接和她说说这人不好的地方，若她也觉得李文叔不好，日后自然不会搭理。这样不分青红皂白，上来就大吼大叫的，算是什么事？

一开始她还想解释一下射箭的事其实是一场误会，然而萧禹的态度和他的冷言冷语，却使得宋竹也立刻感到了一股让她极为不喜的气息——来自洛阳城颜家、余家众人的气息。

那股蛮不讲理、横行霸道，以自我喜乐为中心的权贵之气，本来就是令宋竹极为反感，此时她所不信的，倒还不是萧禹忽然发火，而是萧禹居然也是这么一个富贵习气很重的人。她甚至觉得对他感到陌生，仿佛从来都不认识他一样。

也就是到了此时，她才发觉，原来不知不觉间，她已经把萧禹当成了一个可以信赖的兄长，就和亲哥哥一般可靠体贴，甚至由于宋栗年岁大了，外务众多的关系，如今在她心里，萧禹是比亲哥哥还要更亲近的人……亲人薄待她、误会她，她不怕，她可以解释，可以赔罪，宋竹在亲人跟前是没什么脾气的，否则如何能挨得过二姐那惯常的冷言冷语？可她不能接受的是，原来萧禹一直有这么一面隐瞒着她，原来她也许一点也不了解萧禹……这份说不出的疏远，才让她心中若有所失，赌气般地说出了刺痛萧禹的那么一些话来。

可，见到萧禹面上的痛楚，宋竹却是立刻就后悔了：难道她要和萧禹站在这里你一句我一句的互揭疮疤？那他们俩和村夫村妇又有什么区别？这件事摆明了，萧禹是见到她对李师兄笑了，又邀他一道来射箭，仿佛原来也要和李文叔射箭，因此上了情绪，虽然说话过分，但到底也是恨铁不成钢，终究是为了维护她，为了她好……

然后萧禹就说了那一句“我看错你”，他面上的失望之情，一下就勾动了宋竹勉强压抑着的情绪。

然后就没有然后了，萧禹有脾气，宋竹难道就没有？只是她家教严格，而且又有宋苡这么个姐姐，对于善意责备的忍耐力要比萧禹更强一些而已，此时萧禹一句话触到了她的逆鳞，她若不走，简直怕自己要发箭射他。

直到走回女学，回家吃过晚饭，又对着灯火发了半日的呆，感到了脑后那货真价实的疼痛，心底的委屈方才是缓缓地、慢慢地泛了上来，宋竹摸了摸脑后的包，心里想道：连我家里人都没这样打过我……

她忽然感到了一股由衷的委屈，不是不服气，不是恼恨，就只是委屈——萧禹是没错，可她又何曾做错了什么？为什么是她得了个肿包？

再想想自己当成亲哥哥一般看待的萧禹，原来是这般陌生，还有这么样的一面，这委屈顿时又加了倍，说不出为什么，她有种依靠落了空的感觉——她对萧禹可真是没什么隐瞒和保留，什么事都会和他说，都会和他商量，在他跟前，从来都不装模作样，端什么儒门弟子、宋家娘子的架子。

可萧禹呢？原来他对她的保留还多得很，原来还有这么一面是她不知道的……

她忍不住哭了几声，才是擦去眼泪，在心中恨恨地想道：好，就你会含蓄，难道我不会含蓄？从此以后，我只管含蓄守礼地对你，一句话也不对你多说！

节礼

要说宜阳书院的学子们何时能够尽情休息，那便无疑是年节了。所谓一年之计在于春，宜阳书院一年会放假的，也就是清明、端午、冬至、年节这几个重要日子，其中又以年节假期时间最长，足足有一个多月，也是为了方便各地学子赶回家中过年。再者，到了这个月，山上也的确十分寒冷，有时候几乎是滴水成冰，一些建筑在高处的课堂，已经不再适合讲学。

对宜阳县来说，这也是难得的冷清时分，随着大批学子及随从撤离宜阳县，县城的常住人口一下就少了近千，好在也有乡下住户上城置办年货的，是以街面集市倒还是极为热闹。而宋先生乃至是宜阳书院各教授家里，也开始收到学生们送来的年礼了。

如今天下书院，基本上是不收取学费的，如果是通过考试进入书院读书的学子，还包吃包住——宜阳书院的伙食质量还挺不错。当然，给教授的薪金也是书院自掏腰包，所有这些支出，都是依靠书院名下的田产和店铺收入来支持，而每年考中进士，又或者是家境富裕的学子，也会通过送田送铺来回馈书院，至于对教导他们的业师，则是以年礼取代了束脩，也算是对老师们有所回馈了。

每年节下，宋家院子里肯定是要被全国各地的学生送来的年礼给堆满的。毕竟宋先生占便宜，原来在国子监里做过祭酒，名义上来说，那两年的国子监生和宋先生都有师徒之分，而监生考中进士的机会，却到底又要比书院生大得多，这几年下来，有些早入仕的学生已经是坐到了不低的位置上，给老师送来的节礼，当然也就是一年比一年丰厚了。

当然，宋家却也不可能把这些节礼全都吞下，每年到了这个时候，小张氏、季氏，甚至是明老安人，都是颇为忙碌，她们要把收到的年礼分类统计好，然后再量交情深浅，乃至家境宽窄，把米面布匹等物资，分送到族中诸亲戚手上。

“大家大族，都是一荣俱荣、一损俱损，”这一回，小张氏便把二姐宋苡、三姐宋竹都带在了身边，教导宋苡道，“当然，族中有些龃龉，也是在所难免，但若是族中先自内斗起来，外人自然连全族都看不起，这一族的人要做什么事，都是举步维艰。是以不论是族中嫡支冢妇，还是小支新妇，都要想着维系好族人的和气，有好处时，给大家分润，这样有了难处，族人才会团结一致，有难同当。譬如我们家，这些年来也算是薄有声名，你们爹爹、叔叔便不曾忘了族人，又是在族中兴办族学，又是带契族中晚辈到任上帮忙，或是资助族中贫寒之家读书。也是因为如此，偌大一个书院，在宜阳县占了这么大一片地，每日里也不知有多少麻烦琐事，但却也是顺顺当当地办了下来，到如今都没起过什么风波。有些什么事，族中亲人便想着先处置了，这样有形无形的帮助照料，就像是滴油入锁，虽然外人看不见，但我们自己，却是不能不明白族人在其中的帮助。”

其实这些道理，也都是从小就说烂了的，只是小张氏在这些事上，倒是不厌其烦，也不会微言大义、意在言外，真真切切是把这些做人的道理灌输给宋家的小辈们。宋苡、宋竹听了，都是肃容应下，只是宋竹心里，不免有些嘀咕。

她的心事，能瞒得过母亲的不多，此时心里想着事情，面上不由自主就显露出来，小张氏望了她一眼，笑道：“怎么，想什么就说出来嘛。”

今日要是只有母女几人，也就罢了，偏偏祖母和叔母都在，宋竹就有些畏惧，只是不敢违逆母亲，也不可能说谎，嗫嚅了片刻，到底还是说道：“我是想，要不是我们高价买了地，三房、七房两家又开了笔墨铺子，族中怕也不会从上到下都全力帮忙吧……”

宋家一族也不算非常巨大，在宜阳安家落户也就是一百多年，如今繁衍了十几房，大多数都是耕读为业，房中出些县学教谕这样不入流的选人小官，除了宋先生这一支的六房一枝独秀以外，最是风光，出过京官的也就是三房和七房了，两房现在无人做官，但昔年亦是攒下了好大的家业，宋先生办书院，还是买了他们家在山上的几片地，这才办起来的。而三房、七房也就乘着地利之便，在山脚下自己的地里，又是办笔墨铺子，又是盖房赁给学子们居住，这几年来背靠宜阳书院，赚了许多钱财。宋竹虽不说对他们恨之入骨，但每回经过两房土地时，想起此事，心里总是不大舒服——要不是高价买地，当时大姐出嫁时，家里的银钱也不至于那么紧张……

君子不言利，这些话其实不是她应该说出口的，宋竹已经做好了被长辈教育的准备，不料这话出口以后，居然无人训斥，只有二姐看了她几眼，似乎有所不满，祖母、母亲、叔母反而是相视而笑，竟是隐隐有几分欣慰的意思。

“说来，你也到这个年岁了，当年的事，便说给你听也不妨。”回答她的居然是祖母，而且态度和蔼，就仿佛在和宋竹拉家常，“咱们家买的那几片地，虽然看似是在山上，且也不肥沃，似乎是不值这个价，但你想过没有，宜阳书院这些人，每日里吃的喝的，用到的水，难道都是从山下担上来的？”

“祖母是说——”宋竹在这些事上，脑筋倒是转得比读书时快了不知多少，“三房、七房卖给书院的地里，是有水源的？”

“这水一般是直下两房的地，所以山脚的地，以前都是十分肥沃，因为是水浇地。”小张氏答道，“当年书院才兴建的时候，学生不多，是以水源还可以分润给山下田地，大家各得其所。随着书院学子日多，水渐渐也都在上游被汲走了，三房、七房也就不种那几块地，而是改为笔墨铺子和建房租赁，得利亦要比种田高出许多。”

季氏接口笑道：“若是书院搬迁，地自然是卖回给他们，当时已经写了文书，不可卖给别家。粤娘，你仔细计较计较，这样做，合适不合适？可有谁吃了亏没有？”

不仅宋竹，连宋苡都露出深思之色，明老安人道：“天下有很多事，譬如两人比武，一定是有赢有输，而有更多的事，看似必须分个输赢，但其实只要手段得当，却是可以大家一起得利。‘君子喻于义，小人喻于利’，这里的小人不是卑鄙之人，而是常人、庶民。兴办书院要找个宽敞的所在，偏偏山上田地虽然贫瘠，却有水源，因此山脚土地才会肥沃。尽管建起书院以后，水源还能分润，山脚下也可办商铺，自有厚利。但常人都是喜静不喜动，没有高价，即使远景好，又怎么情愿承担这番风险？人家心里不肯，便是见你势大，勉强顺从，裂痕也就埋下了。因此，这高价是肯定要开的。要维护一族的关系，不能把众人都想成君子，那就失之天真迂腐，却也不能以小人手段行事——那是同流合污，不能谨身自持了。唯有以君子手段，抚小人之心，越是得意，越是谨慎，这般才是能真正上下一团和气，不令族中埋下分裂的隐患。”

她扬了扬手中的礼单，道：“这是日常小事，买地是大事，小事是自己管着，不能疏忽，大事由夫君做主，也要时时提醒，不令其行差踏错，这般大小并重，才是一房主母的行事。二姐，明白了吗？”

宋苡起身行了一礼：“孙女明白，过门以后，自当谦虚谨慎，即使官人仕途有成，也时时规劝，不使族中人等，对我房生出怨言。”

明老安人满意地点了点头：“会如此说，便是真听懂了。汉福这孩子，我看很不错，精细谨慎，宽厚有城府，大有君子之风。我们家当然不求其在仕途上多么高歌猛进，但倘若他日登上高位，不但要谨记刚才的吩咐，也要千万记住，定要恩威并施，约束好族人，不使其在乡中行不法事，以免反而坏了汉福的官声。”

定亲以后，宋苡已算是半个薛家人了，这样的叮嘱也是再自然不过，即使宋苡性子拧巴，都未露出异色，而是自然地应了下来。明老安人便道：“你坐到我身边来，且看我怎么给族人们分节礼。”

屋内气氛，顿时就松快下来，宋竹心里还在咀嚼祖母的教诲，只觉得字字珠玑，这道理又何止是只能用在族中？

正是出神时，小张氏忽然笑道：“哦，萧家的礼单来了，玄冈今年怎么送了这么多皮草？”

萧传中在宜阳这大半年，和宋先生更是越发亲近，日常也经常给宋家送这送那，按理说这般关系，节礼反而不必特别加厚，可礼单上光是各色皮草，价值就不下万钱，宋竹凑过去看了一眼，也有些疑惑，她摇了摇头，笑道：“也许是师嫂看到我们家不大穿皮草，便送些过来吧。”

宋家讲究春捂秋冻，穿上皮衣的时日的确要比一般人晚，在这方面也不追求什么华美，自然是以实用保暖为上，落入很多人眼中，便是寒酸的表示。若有不知情的人家，见此送来好皮料，也不是什么奇事。不过在小张氏看来，萧明氏为人含蓄温存，之前贸然送来银钱给宋竹买衣，被自己坚决婉拒以后，应当不可能再来一次“误以为寒素，送钱帮补”的事——固然，皮草不是银钱，不过在很多地方也能当钱来用了。

这几个月，萧家和宋家是常来常往，小张氏也知道，萧传中一心扑在公事上，对家务事一般并不过问，都交给萧明氏处理，因为这几个月有流民入县，更是又下乡治去了，都很少回城。这皮草到底是谁做主送来的，她心中其实也有个猜测。

“说起来，萧家三十四是否病了？”她便闲聊着问女儿，“好似听你父亲说，他回洛阳养病，也有一阵没来上学了。”

宋竹摇头道：“这我不知道。”

虽然只是简简单单五个字，小张氏却几乎是立刻就察觉到了女儿神态中轻微的不对——她不动声色，当下也就不提此事。直到宋竹翌日来她处，上节前最后一次女红课时，才随口又提起了萧禹。

“你三姨父明年任满，还不知要调去哪里，三姨甚是舍不得你，春月里想接你去洛阳小住。到时候范家少不得要打发人请你上门做客的，你倒是能问问萧三十四的好，当时听说是风寒而已，这么久没传来消息，可别耽搁成大病了。”

宋竹听到这话，却也不兴奋，反而眉头微蹙，只是点了点头，并不吭声。

小张氏见了，更是若有所思，她做了一回针线，居然也并不提萧禹，而是不动声色地说起了宋苡的婚事：“……缘分来了，真是挡也挡不住，你想你二姐，平日多板正的一个人，如今居然也会给汉福那孩子做鞋了。”

未婚夫妻之间，只要有家人的监督，见面谈天，乃至是通信、互送礼物，都是很正常的事。不过以宋苡的性子，会如此行事，可见心里真是十分中意薛汉福了，宋竹一听，果然高兴起来，忙对母亲表功：“可不是我眼力好？一眼看到薛师兄，便觉得他再适合二姐不过，果然，这两人可称是天作之合，应当不会差大姐和大姐夫多少的。”

“不错，”小张氏点了点头，“说起来，你大姐夫和二姐夫，倒都不是豪门子弟，这一点尤其是好，毕竟大家大族，锦衣玉食惯了，就是家规再严格，也难免有些贵人习气。”

这句话，说得宋竹眉眼微微一暗，她不自觉地附和着泛泛评论：“确实如此，别看这些师兄在爹跟前，个个都是温良恭俭让，其实私下里藏了多少脾气……不到展露出来，旁人也不知道。”

这一句话，便是把小张氏说得针线一停，眉头微皱，陷入了深深的思索之中……

拜年

三姨的邀请都发出来了，小张氏对此也发了话，即使可能又生出了些什么别的想法，她终究不可能出尔反尔，去洛阳的行程也是定了下来。不过这一次，小张氏和明老安人商量过以后，倒是让宋栗护送宋竹过去，终究是因为他本人懒得离开宜阳，想要在家专心读书，方才作罢。至于宋苡，她那性子，若是跟去洛阳，倒是等于往宋竹身上放担子，因此再三考虑过以后，小张氏到底还是只能安排宋竹一人去洛阳探亲。

腊月里的一番讲究，自然不必多说，既然要去洛阳，那便自然是赶在初五之前过去，正好拜年了。宋竹虽然心中其实不大愿去洛阳应酬那些达官贵人，但想到三姨年后就不知要去往何方，心里还是颇为不舍，因此倒也盼着前去探亲。

因是冬日，没个长辈陪着不放心，到初三日，还是由宋四叔伴着，把她送到了刘家。

刘张氏早已经等得久了，宋竹一到，立刻搂在怀里嘘寒问暖了一番，生怕她在路上冻着，又让她下去换衣烤火，用了点心，这才带到后堂，和她一道接待前来拜年的客人。

虽说是宦居此地，但张家、刘家都是出过许多官吏的人家，姻亲关系错综复杂，在洛阳城内也有许多亲戚，刘姨父的仕途又还十分不错，因此到了年节中，亲戚们总是要互相走动走动。宋竹来了，自然要过去问好招呼，也立刻就成了稀奇物事，被一帮人围着细看，还得了赞许，连见面礼都收了好几份。

不过，到底是刘家、张家的亲戚，虽然也难免有看热闹的意味，但这些亲长终究是要考校宋竹学问，以此来称量她的斤两——对宋竹来说，这考校并不太简单，但又要比一味地夸赞她的容貌和打扮，来得更好。她抖擞起精神，一一地都答了出来，少不得又听了许多对宋家和宜阳书院的夸赞。

到了晚饭时分，客人们方才散去，一家人这才聚在一起吃饭。刘姨父在席间也夸了宋竹几句，而后话锋一转，又勉励她道："论学识，大外甥女在你这个年纪，已经可以去考进士了。三娘你可不能被这些奖誉迷了心窍，我看你功课上进度是有些缓慢了，还要更用心才好。"

宋竹忙规规矩矩地应了，刘张氏道："大年下的，就官人还说这些话。我接粤娘来这里，可不是为了让她闭门读书的。在宜阳都学了一年了，年节里不玩，什么时候能松散松散？憋出病来，可不是好事。"

因便问宋竹："你这回来，打量给几个朋友送信？你们小姐妹也该趁着节日，好好聚一聚。"

宋竹其实对于拜访各处高官府邸毫无兴趣，再加上她唯一一个投契的范大姐，又是齐国公府的娘子，但现在齐国公府内又还住了一个她不想看到的人，因此本来打定主意，此次上西京，只是专心陪着三姨，并不外出。谁知道一来刘家，立刻就遇到上门拜年的亲友，这才知道自己想法天真——她不大不小也算是个名人了，今日到城里的消息，若是传开了，被范大姐知道自己来了西京而不找她，那是要落埋怨的。

因此，她听姨母问了，便道："别的朋友，都是同学，年后也可以再见的。这次来就给范姐姐送封信吧，余下来谁家请，姨母都别应，我只专心陪你。"

她有她的一番考虑，刘张氏却也有刘张氏的一番心思，尤其是上回和宋竹乳娘聊过，又看了姐姐的信，很多事已经形成既定印象，此时便是完全想歪了，因笑道："完全不见人，也不大好，有些事终究是要做的——"

刚说了一句，见丈夫看了自己一眼，知道有些过露，便又转而笑道："不过也好，那你就随在姨母身边，咱们除了几家推不掉，最好是去一去的春酒以外，别的人家就都不去了。"

宋竹就是再敏锐，对于长辈们从未明言的一些考虑，自然也是茫然无知。听了刘张氏的话，还在心里暗暗想：有些事终究是要做的，难道意思是，娘还指望我的名声更上一层楼？

现在宋苡亲事定下，她的亲事应该也就是在一两年后了，宋竹对母亲送自己来洛阳的原因，也有一定的猜测，只是并不知母亲的用意。按她所想，自己原来的那个名声也已经够好了，指望她和两个姐姐一样名满天下，似乎强人所难。大姐、二姐那才女的衣钵，如今看来可以直接传承给四妹宋艾，她安稳做个地方性小名人也就够了，真要再出名，她的学识也未必能撑得住……只是，母亲既然另有想法，那么她能做的，也就只有配合了。

“辛苦三姨了。”想着，她便道，“连大年下的都要劳动您。”

刘张氏倒是被说愣神了，“一家人说这个做什么？再说，难道不是反过来辛苦你才对？你这可是陪着三娘去的。”

刘姨父在旁冷眼旁观，也不说什么，待晚上进房就寝时，方才是和刘张氏感慨道：“往日都说，三娘不如两个姐姐，如今我看着，她倒是和姐姐们不相上下，只是天分不在读书上而已。大姐、二姐，这些年来也都见过，虽说都是才名动天下的人物，但和她比，就都隐隐是多了一份傲气，没她这样圆融可喜，兼且生得美貌异常，这样的小娘子，即使养于乡中，以如今的名气，也不愁青年才俊前来提亲，不知二姨姐为何还要把她送来洛阳？”

刘张氏也叹道：“三娘就是吃亏学问上平常了些，二姐的未婚夫薛五哥，上回经过洛阳前来拜访，你也看过了，学问广博，一个进士是稳稳到手的。刚才我听乳娘说，他们未婚夫妻几次见面，都是谈诗论道，不知何等投机。听闻薛五哥对着三娘的美貌，也是视若无睹，只在二姐跟前有忸怩之色，你瞧，传递他们宋学衣钵的士子，一个个都是这般的人品，三娘虽是处处都好，奈何却和他们不够合适……”

刘姨父闻言，也是感慨不迭：“怪道二姨姐为她看中了望海侯萧家，那等豪门巨富，最是注重体面，三姐的美貌，在这样的人家眼中，却是极为值钱的，其性子也适合做大家新妇，原来是这般计较。只是如此却又难免委屈三姐了，豪门重体面、重嫁妆，妯娌之间，哪能和我们这般人家一样和睦？过门以后，怕却不如二姐逍遥，况且萧家是外戚，那萧禹即使中了进士，终究也入不得中枢，亦不能得传姐夫的衣钵，倒不如薛五哥，一旦中了进士，鱼跃龙门，那便前程似锦了。”

“却也是因为三姐心里似乎是看中了他，这才有此一举，”刘张氏叹道，“我知道你这一番话，意思是说萧家不好，想要为三姐说咱们大侄儿，其实若不是三姐自己中意萧禹，这门亲事我看着也好。大侄儿一表人才、才气横溢，为人温和，最重要咱们家家风也是拿得出手的……此事，且先搁着吧，横竖两人都小，世上许多事，没到过门一刻谁知道？即使定下了，也未必能成，更何况如今萧家那边，还没一点动静。”

刘姨父点头称是，两人又计较了一番朝局、战事，这方才是吹灯睡下。第二日一大早，范家那边便是来人接了宋竹过去，殷勤之处，却又不必多说了。

既然是大年下，总是要穿着鲜亮一些的，小张氏就用萧家送来的皮子，给宋竹裁了一身斗篷，里头衣衫穿的是小王龙图年礼中送来的贡绫衣裙，首饰什么的，多少也是准备了一些。宋竹全套穿戴打扮起来，只觉得身上十分沉重，还没出门就想回房了。只是惦记着范大姐，到底还是撑起了架子，一大早便随人进了齐国公府——只是她前几次过来拜访，都是直接被领进去见大夫人，这一回却又不同，几个仆妇领着她一路周折，走了足足有一两刻钟，方才是进了一座大花厅，花厅内是莺声燕语、人头攒动，太夫人端坐上首，下首还有五六名白发苍苍的老诰命，并着余下二十多位年纪各异的夫人、娘子，宋竹一进门就知道：得，自己是又遇到新春请酒聚会了。

果然，进得门来，在礼仪婆婆的引导下，她先后行了七八个礼，口中把几户人家的老诰命都拜见过了，得了好几份见面表礼，这才算是全了礼数，却又还不得走。这一群老夫人对她都极是喜爱，彼此你一言我一语，这个让宋竹坐到她身边，那个让宋竹陪她说说话，宋竹竟成了个金元宝，仿佛人人都爱得紧，一群人，不是这个问功课，就是那个问女红，才是一会儿，她就大觉应接不暇，脸上的笑都要僵了。

好容易觑了个空子，宋竹忙冲范大姐使了个眼色，借着去净房的机会躲了出来，两人这才找到说话的机会。范大姐拉着她的手，带着她往花园里走，口中笑道：“来，带你瞧瞧我们家花园的一景——‘冰湖梅影’，也是今年天气冷，不然你也瞧不见了。”

其实，去年端午以后，范大姐本来是想到宜阳女学读书的，只是她毕竟是定了亲的人，平时表现也好，家里人都不觉得有什么必要，倒是想送她的妹妹过来，以便异日榜下捉婿以后，可以为新科进士撑起一个完整的官宦家庭。只不知如何，到底又还没送来。范大姐今日就和她解释：“刚好年前有战事，也就耽搁了，本来说年后要送的，可西京风寒流行，几个妹妹都病了，谁知道什么时候能好？也就等好了再说吧。”

宋竹现在见事，想得要比从前多些，听了范大姐的言语，心中想道：说是如此，可亦也许是因为范家不愿和我们家关系太近，西京的这些耆宿，也就是他们家完全没族人在宜阳读书了。不过，女孩子来读女学，其实也不触犯什么忌讳，也许是自己多心了又未必。

她也就随意想想，实际上范家如今已算是在享受宰相祖父的余荫，虽说是富贵，可对朝局的影响力却远不如宋先生——小王龙图等宋学弟子，对宋先生可都是尊崇有加、奉如父母。是以宋竹也不担心范家会和宋家为难，闻言只是笑着应了一句，又和范大姐说些她预备嫁妆的事，还有宋苡的婚事。

范大姐听宋竹说了几句，便忙笑道：“说起来，你还不知道呢，就你那未来的二姐夫，如今在西京也是个有名的才子了。本来，他是默默无名，谁也不知道，就是回家过年这一次，路过西京城时，众人都道‘宋家既然选他为女婿，定有过人之处’，便纷纷邀他文会。果然，诗词歌赋策，全都是文采斐然，其人更是谦谦君子，听说在处置流民作乱时，表现也极为出色，连我祖父都在那些西京元老的集会上夸奖过他。”

宋竹还真不知此事，不论家里人还是刘家人，都没谈起这个，一听之下，顿时对薛汉福有同病相怜之感，心中想：二姐夫虽然好，却也不是什么旷世的才子，就好比我也绝非什么美贤娘子一样，究竟是世人太迷信宋家的光辉了。还是西京这些大佬，因为北党在朝中缺少奥援，王师兄和他们终若即若离，所以才格外要对我们宋家亲热一些，好让外人以为，宋学和北党，一直都是亲密无间，毫无分歧。

这些盛名，一旦被这样看待，真的是一点乐趣都没剩了，宋竹心里是越发警惕，提醒自己绝不能把任何恭维当真，因道：“都是大人们太过奖了，二姐夫还没中进士呢，哪堪如此夸奖？”

范大姐挽着她的手笑道：“你这就不懂了，这样夸他，也是为了他好，他将来是要殿试的人，若是先有了名气，官家万一偶然把他记在心里了，那么在考试定名，甚至是之后定差遣时，都会有些意想不到的好处。这仕途中的小窍门、小讲究，可是多了去了。”

宋竹最喜欢的就是范大姐的率真，虽说她自己来自全国闻名的模范家庭，但家里人都是那样优秀出众，道德高尚，宋竹和他们相处得久了，也偶然有疲惫之感。在什么都很自然的范大姐这里，心机、算计、手段，都是自然而然的，她倒觉得很是亲切，闻言，不禁笑道：“原来如此，那往日那些夸奖我的声音，原来也都是帮我了？”

“那倒不是，就是真的觉得你长得好看，人云亦云，又爱凑热闹。”范大姐倒是说了大实话，“真的爱重你的，巴不得没人知道你的名声，就只有他们一家写信过去提亲，这样把你娶进门的机会还大些。”

范大姐神神秘秘地一笑，“就说我们家这几个月来，隐约听说向你们家提你的，怕不就有四五户人家？你们家里人都和你说了没有？”

宋竹摇头道：“我不知道，家里人若觉得不合适，自然都是先行回绝的，像是我们家说的两个姐夫，也都是先有过多次接触，对其家里知根知底，才来问的姐姐们。”

“倒是慎重。”范大姐也流露出少许艳羡之意，“便是我们家，也有书信来往几封就定亲的事。”

两人一边说，一边走到了湖边上，却见几名青年、少年也在湖边谈天说地，仿佛是开了个小小的文会，在那里赏梅花，萧禹赫然便在其中。

宋竹此时并不是很想见他，本来还有一点点担心他是否一直卧病，现在看他容色红润，知道他已经痊愈，便不愿上前去，拉了拉范大姐道：“姐姐，我们回去吧，那儿都是不认识的人。”

“哪里都不认识呢？萧禹不是在那里吗？”范大姐唇边却是浮起了一抹笑意，颇有些神秘地对宋竹眨了眨眼，“还有一个，就是我刚和你说的，给你们家写了信的人，你且猜猜，会是哪个。”

说着，竟是握着宋竹的手，强把她带上前去，要给宋竹介绍这几位“青年才俊”……

冷风

大家女弟，没学识、没品德当然都是大忌，但最忌讳的还是闪闪缩缩小家子气。范家家风如此严谨，范大姐本人又是如此靠谱，都认为过去打个招呼没有什么，宋竹再要推拒，就显得小家子气了。

若无其事地随着范大姐走到近前，几位衙内果然都上前问好，在范大姐跟前，他们都规矩了不少，方才那飞扬跳脱的模样，已不复见，便是萧禹，也是绷着一张脸，做出了严肃的样子来。

宋竹其实不是个爱记仇的人，过了这一个多月，虽然对当日的事情还存有一些芥蒂，但心里终究是亲近萧禹的，本来走过去的时候，心里还有些微微的期待，想着萧禹若是嬉皮笑脸，上来和她说话，她虽然未必就搭理，但一次两次以后，两人也就无事了。没想到萧禹冷着脸一副非常严肃的样子，宋竹心里也就来气了——说白了她也就是和李文叔说了几句话而已，这都过了一个多月了，至于吗？

当时萧禹说她那几句话，实在是难听了点，宋竹现在也不愿意当着他的面同外人说话，免得下回他又说自己“孟浪轻狂，交友不慎”，再加上范大姐刚和她说了，这里有一个人是家里提了她为新妇的，她心里也更有些凛然，尤其不愿太过活泼——虽然家里没有和她说，可见这亲事多数是不能成的，但在可能的未来夫婿之前，女儿家肯定都是有点说不出的紧张，她宁可不说话，也不愿意说错话。

彼此见了礼以后，她便随在范大姐身边，一句话也不肯多说，也好在今日遇到的范家一帮亲眷，都是行动守礼之人，宋竹只感到那周娘子的兄长，周衙内——也就是范家四夫人的娘家侄子，多看了她几眼，不过他目光清正，倒并不惹人反感。

一行人其实也都是来赴范家春酒的，宋竹本以为聊了几句，两边也就分开了。不想范大姐听说他们在这里也是开文会，不由大起兴趣，笑道："我文墨上不行，也就是个粗通罢了，但我身边这位可是小才女。你们做了什么诗词？让三娘也品鉴一番，给你们评个高下。"

和众人一起的，有好几个范家子弟，显然都十分宠爱范大姐，不愿拂了她的意，便邀了两人进了池边的小轩，关上门窗，一边烤火，一边将众人适才做的诗词拿来，给范大姐和宋竹赏鉴。

宋竹至此，不能不说话了，她谦让道："我年小德薄、才疏学浅，怎么能评鉴诸位兄长的作品？拜读一番，已经是我的荣幸了。"

周衙内闻言，倒是微微一笑，恭维宋竹道："三娘子太谦让了，我妹妹和你同学，一向对三娘的功课夸奖有加，直说你是个极为难得的才女。我们这些人，才是真正的才疏学浅，能得三娘品鉴，是我们的荣幸才对。"

他不愧为太后旁支，真是大家子弟，一言一行都是稳重端方，即使是夸奖宋竹，也丝毫不露阿谀谄媚之态，仿佛是发自真心。同他相比，那日李文叔喜怒形于色的表现，就显得十分浅薄了。

宋竹也不知自己为什么忽然会做这个比较，她很快把这思绪甩开，倒是也想起来，自己几个月前，去探周娘子的时候，曾和这周霁周衙内有过一面之缘。不过她和周娘子其实不是很熟悉，而且她那一病以后，居然再没来学堂，听闻家里人已经是把她给接回去养病了。

到底是同学，宋竹冲周衙内客气地一笑，便问道："说来，周娘子秋后那场病，可大好了？知道她忽然回家，我们还担心了好一阵呢。"

周霁笑道："已是大好了，不过她身子弱，且又一向愚钝，功课也跟不上，家里人商议着，还是让她在家多将养一段时日，到开春以后，却是要把三妹送过宜阳读书。"

又谢宋竹，“多承三娘想着，那日你来探病，借给她的那本笔记，临走时事多，也忘了还给你，二妹一直记挂着呢。”

宋竹自然连道“没什么”，两人又说了几句话，便是彼此善意一笑，收住了话头。宋竹取了一行人方才做的诗词来，和范大姐同看。

要说作诗，她虽然自己不行，但平时为宋先生服侍笔墨，没少抄录宋先生的诗词，欣赏水平还是有的。此时看来，范家那一帮衙内，还有其余几个亲戚，都只能算是粗通文墨，所做诗句干巴巴的，完全是为了凑韵在那挣扎，气急败坏之意，几乎透纸而出。水平较好的居然是萧禹——他的确不愧是宋先生十分看重的学生，不过是六七个月，已经能做出一首像模像样的诗词，虽然用字还不免稚嫩，但意象灵动，已经是有了些许趣味。

当然，萧禹和周霁比，却又要有所不如了，周霁写的是一首学问诗，用典严谨、思辨分明，并不是卖弄文采之作，反而颇为发人深省，在诗词上可以说是已经正式入门，按宋竹来看，假以时日，未尝不能写出脍炙人口的好诗来。

她对周霁几乎是一无所知，见他年岁不大，诗词造诣便这般精深，不禁有些好奇，只是碍于自己方才立下的决心，也不好开口相问，看完了以后，便是沉默不语。还是范大姐主动问道：“我是看不出来，你觉得哪一首好？”

宋竹没办法，只得说道：“周衙内这一首，条理清楚，寓意深刻，应当是最佳。”

范七哥便笑道：“宋三娘好眼力，表哥前岁便是举人，入京应省试未中而已，当然和我们这些不学无术的家伙不同了。”

两三年前，只怕周衙内也就是十五六岁，那时候就能考中举人，水平的确是很不错的。宋竹讶然又看了他几眼，心里却是想道：不知下一科应考，他和三哥哪一个名次更高。

仿佛是感应到她的目光，周霁忽然对着她的方向微微一笑，这一笑，仿佛是春风拂柳一般，倒是连眼底都柔和了起来，并非客套。宋竹倒是被他笑得有些不好意思，心中暗想：只怕是他也看穿了我心里的想头，在笑话我呢。

她今日立意要矜持含蓄，说了这几句话，已是觉得不该了，余下时候便是多听少说，坐得一时，便示意范大姐应该离去，范大姐这回倒是很听话，和她一道走远了，方才附耳问道：“你猜，我说的那个人，是那里的哪一个？”

宋竹摇头道：“我猜不出来。”

范大姐嘻嘻一笑，略带揶揄地道：“真猜不出来吗？那可就是缘分了，今日座中，我看你也就是和他说话最多——差不多就只和他说话了，想来，别人也入不得你的眼。”

宋竹听她说了，才知道果然是周霁要说她，其实她也不是很吃惊，心里毕竟是早有所感觉，此时被范大姐点破，无非更加肯定而已。不过她对此事，倒是没什么羞涩紧张，只想道：原来是他，虽然看着好，但家里并未和我提起，只怕还有些别的事情我不知道。

虽然周霁丰神俊朗，但她宋家男丁，哪个不是眉清目秀？萧禹更是生得极好，宋竹对周霁，并无十分的好感，也无什么恶感，甚至连欣赏都欠奉——细论起来，这点才华，在她几个哥哥跟前，仿若米粒之珠，甚至她还觉得萧禹更厉害呢，起码以进益程度来说，几个月内他的进步真的很大。若说唯一有一点兴趣，还是因为来年宋栗考试时，周霁也算得上是潜在的对手。因此，听了范大姐的说话，她只道：“原来如此啊。”

范大姐为人其实很是机灵，见她反应平淡，也就不提此事了，只笑道：“对了，你知不知道，就是你原来那同学，赵家的元贞娘子，她未婚夫……”

宋竹何曾不知道这个？也就和范大姐讨论起来：“肯定是要再说亲事的了，只不知道她还会不会回学堂里。以前在女学，人人都羡慕她有门好亲，现在……她心里只怕会过不去。”

此时，因为未婚夫考不上进士，悔婚改嫁的都有，夫死改嫁更是很正常的事，宋家三叔去世以后，三婶就是把女儿宋艾托付给明老安人，自己改嫁了。当然民间风气更是谈不上守望门寡了，不过一般来说，也不会立刻就再给赵元贞说亲，怎么都要等个一年半载，那就正好赶上科举，说不定赵元贞就要“榜下捉婿”了。宋竹想到她去年和自己谈起颜钦若亲事时，流露出的同情，不禁也是有些唏嘘，只是大年下的，也不好老说这些个不吉利的话题，眼看花厅在望，也就找了别的话说。

范家春酒，也是叫了百戏来席间取乐，后来更是成班人转移到花园里看相扑，这相扑请的都是西京有名的力士，此时男男女女分坐大堂两侧，中间有屏风相隔，都在看中间空地上两个大力士角力，叫好之声，此起彼伏。连范大姐都看得极为用心，只有宋竹看了那些人的厮打，忽而想到宜阳县城门外常见的流民打斗——为了维持稳定，各地流民都是被拦在了西京城外的县治里，虽然今年冬天各地都是乱象频生，但洛阳城内，却还是歌舞升平，这些衣衫锦绣的贵人，围着这故作惊险的表演大呼小叫，就像是根本就不知道，不过是几十里外，每天都有人因一块馒头而搏命相斗，而若不是关西还有一支硬骨头的右军，如今的洛阳城，也许早已沦为了西夏人的屠宰场，而他们这些人里，亦不知有多少会沦为饥民，只为了一块粗面馒头，甚至肯付出生命。

她的心绪，顿时多了几分烦闷，然而却又是更为无奈地意识到：她不过是个女孩子，天资更是极其有限，不论是西京城内让人反感的奢靡，还是宜阳县外让人不忍的凄苦，这些事其实根本都和她无关，就是她想管，却也没这个身份。

她无心再看相扑了——这做作的表演，只会让她想到这些不愉快的事情。宋竹默默地退出人群，披了斗篷往后廊走去，她宁可对着后廊的梅花出神，也不想凑这个热闹。

说来也就这么巧，才走了几步，迎面又是遇见萧禹，两人打了照面，都是一怔。宋竹想到刚才他面上挂着的寒霜，便也不多加搭理，而是默默让开了几步，继续往前走去。

萧禹哼了一声，果然还是一片冷淡，压根儿没有软化的倾向，他瞟了宋竹一眼，忽然说了一句：“你身上的斗篷，还是我们萧家节礼送的皮子做的。”

这话说来也是平常，不过是陈述事实而已，可萧禹说出来的那方式，那种高高在上、充满了优越感的态度，一瞬间也不知传递了多少信息：这样的东西，在我们萧家也就是随手拿去送礼，你们宋家就当成宝贝，做了体面衣裳，新春会客时候穿。穿着我们家送的衣服，还不给我们家好脸，真是不知礼数的乡巴佬……

反正，这句话中所包含的那冷冰冰的恶意，竟是比院子里吹过的寒风更冷，宋竹几乎无法相信自己的耳朵——说真的，就是当时和李文叔说了几句话，都过去这么长时间了，这张翻过去的脸，怎么还没翻回来？

如果说她上回还是迷惑更多于生气，所摆出的那副态度，更多的是为了维护宋家女儿的尊严，那么这一回，宋竹也是真的动了情绪了。

“哦，原来是这样。”她说着就伸手解下了系带，把斗篷脱了下来，平静地看了萧禹一眼，和和气气地道：“萧衙内尽管放心，我是不知道，若是知道了，自然也不会穿的。”

屋外寒风凛冽，一旦失去斗篷温暖的包围，宋竹顿时是被吹得毛孔耸立，几乎忍不住就要打起寒战，她也不再去看萧禹，转身快步走回屋内，寻到范大姐，对她抱歉地笑道：“大姐姐，也许是刚才出门时吹了冷风，我有些不舒服，却是要先回去了……”

表现

到底是年纪还小，宋竹脾气上来了，也是个倔性子，既然打从心底恼了萧禹，从范家出去一路，她就硬是没披斗篷，还是到了车上，想到一会怕姨母发问，下车时这才勉强裹上了，这一冷一热的反复刺激之下，当晚她就是连打了几个喷嚏，第二天早起，便有了轻微发热。这一来，反倒是无人起疑心，都以为她真是在齐国公府着凉不舒服，这才提前告退。

在刘张氏的悉心照顾之下，这小病倒是没有恶化，过了三五日也就痊愈了，只是借着这病，宋竹把大多数邀请她上门做客的帖子都回了。不过，依然有许多同学，或是派人来，或是自己亲自上门探望，刘家到底也要比往日热闹了许多。

同学相聚，和那样热闹不堪的宴会自然不可同日而语，宋竹自来洛阳，一直就不怎么痛快，这几日养病期间，心绪倒是好转不少。至于齐国公府那一个亮相，又是引来了多少人的美誉，这些事，现在是既不能让她开心，也不能让她惶恐，真正已经无法有丝毫打动她了——这些人家看重她，未必是因为她本人；夸奖她，也肯定不是真的欣赏她的人品。既然如此，她也没什么好往心里去的。

刘张氏大概也是察觉到了宋竹的心情，是以当她提出想回宜阳时，倒是痛快地答应了下来，又张罗着带了几个小儿子，准备往宜阳去探望小张氏，同她相聚一番。毕竟虽说姐妹俩就在洛阳、宜阳两地，距离不远，但小张氏家务繁忙，刘张氏也不能时常离开洛阳，是以两姐妹真正见面说话的次数也并不多。

这一次出行，那就十分隆重了，刘张氏装了好几车的礼要送上门，又特意请了守军派出兵士为护卫，有前哨，有断后，一溜儿十多辆车排成长队，在官道上慢慢走着，速度自然不能去指望。宋竹盘膝坐在车里，望着窗外朦胧的天色，忽然又想到了几个月前，萧禹和她同路回宜阳去，特意为她备了马，两人一前一后在官道上碎步慢行的情景。

说起来，萧禹来书院前后也不到一年，可在宋竹心里，这一年实在是发生太多事了，此时再回去看端午时，好像都是隔了许久。她心里虽然还很生萧禹的气，对他颇感疏远，但也是空落落的，十分难过：那样开心的时候，以后可能再也不会有了。三十四哥性情大变，怕是之后对我都不会有什么好脸……就是他有，我也不会再搭理他了。

萧禹把话都说到那份上了，她若还对他有个好脸，岂不是让人连宋家都看低了去？再者，虽说宋竹心里也有不舍，但想到萧禹当日的态度，那股气也是轻易消散不去，是以虽然愁肠百结，难过到了十二万分，这决心毕竟还是坚定的。只有内心深处一个小小的角落，还有一些莫名的希冀，盼着萧禹能回到从前的样子，好生来和她赔罪，赔上好几次以后，两人也许终究还是能和好的。

车队行得慢，再加上天气寒冷，半路上肯定要停下来打尖，别的不说，起码也喝点热水、热酒。行到路上，有个清洁的茶铺，众人便止住了脚步，刘张氏带着宋竹和几个孩子，坐在店铺最里头，都在慢慢地喝热茶，余下的兵士伴当，喝的就都是滚烫的浊酒。铺子里也有许多往来客商，都是成群结队，如临大敌，见到刘张氏这一支队伍有官兵护送，均都过来商量，想要依附他们一起行走。

“如今路上是乱了，”刘张氏听了一会儿，便扭脸对宋竹叹道，“安宁了十几年，好容易才把西京一带平定下来，关西一个败仗，又是老样子了。十多年前，我们从西京出去赴任，也是一个样子，不是白日结队，绝对不敢出行，官道上强盗横行，有时一天能遇上好几伙，欧阳文公怎么说的？‘一伙强似一伙’。一遇到灾荒年间更是什么都不必说了，那时候商旅出行，宁可在驿站周围露宿，都不敢投宿陌生的村子，就怕一入夜，方才还是老实巴交的良民，刀一抄立刻就换了一张脸，这辈子便是再也回不了家了。”

她声音虽然不大，但茶棚也小，众人都听见了，也是好一番唏嘘，“正是。普天下除了东京城、西京城以外，其实哪儿有个安乐的处所？要不是宜阳县还算是安宁，这一条线我们如今也不敢走了。”

又都夸奖宜阳书院和如今的宜阳县尊多么英明神武，在这一冬的乱象下，到底还是保住了县治起码的安宁，这一茶棚的人，从老客商到茶棚主人，提起来都是只有夸赞，竟没有一句不好的。

虽说此地和齐国公府比起来，一个天上一个地下，但宋竹倒觉得今日的茶水还有些滋味，她听着听着，不由露出甜甜的笑靥，心里也很是自豪：虽然我没什么本事，又是个女儿家，但好在我们家人都是极有用的，还有爹爹教出来的学生，日后也少不得国家栋梁。

一行人正是议论时，洛阳方向又是来了一辆车，车边上有几个骑士护送，到了这里，亦是停下来打尖。宋竹一眼望去，便认出来了——那是周霁带了个小娘子，想来，应该是他的三妹，取代了原来的周二娘子，要到宜阳县读书了。

周家原来也有男丁在宜阳书院，便是周霁的哥哥，不过和宋二哥宋栾一科，都是考中进士，出外为官了。且距离开学还有一段时日，周三娘子这么早到宜阳，无人伴护的话，想来也是十分凄冷无聊的，不如三月过来，春暖花开，来了就能上课，反而更便宜。宋竹心里觉得有些奇怪，不免多看了那几人数眼，倒是引来了周霁的注意力，两人隔着薄纱对了一眼，周霁便是面露迟疑之色，仿佛已经认出了她来。

“姨母，那是我认识的。”宋竹便同刘张氏道，“原来也是我们同学……”

她这边介绍，那边周霁也上前问好，又带了周三娘子过来介绍认识，刘张氏听闻他们也是去宜阳县的，自然便邀了几人一路。因此处毕竟是野地，也不好多聊什么，宋竹更不欲暴露身份，几人坐了一坐，便纷纷上车，汇聚成一个庞大的队伍，往宜阳县而去。

人一多，速度就更是慢了，走了一阵以后，宋竹开始担心了——按这个速度，只怕今晚都到不了宜阳。

她想的没错，一下午大概就走了不到十里路，眼看是夕阳西下，众人方才是拐到了前往县城的岔道上，不过这里已经是宜阳县县治内了，治安要好许多，众人的心也都安了下来，眼看天色晚了进不得城，便是拐道去附近的一家老客栈歇息。只有在宜阳县里有亲眷的一些行人，和刘张氏他们一起，继续往县里前进。

天色黑了下来，宋竹一日也没吃什么东西，此时又冷又饿，只是盯着豆大的灯火出神。也不知过了多久，马车辚辚之声忽然一顿，车子慢慢地停了下来，宋竹不免一惊，正欲出言相问时，乳娘已是敏捷地爬了出去，不多时便回来道：“小声些，咱们遇见盗匪了。”

这对宋竹来说，还真是第一次，她自然有些害怕，好在乳娘又道：“不要紧，兵士们都在呢，杀上几个，他们自然就溃散了。”

过不得多久，果然听见车外不远处传来了弓弦之声，还有惨叫声以及诸多稀奇古怪的声音，又过了许久，周霁的声气一路响了过来，在挨车询问车内平安。宋竹拉长了耳朵，隐约听见刘张氏的车子报了平安，这才是真正放下心来。

“车内平安吗？”一会儿以后，周霁就问到了她。

宋竹忙道：“平安，周兄，不知士兵大哥们都还好吗？”

“我们这里没人伤亡，放心吧。”周霁的语气很柔和，“怕了吗？”

他态度稳重，又很平和，宋竹在他跟前，并不怕自己被作弄、嘲笑，因此也生不出什么防备心，而是如实道：“有一点点。”

“别怕。”周霁说，“一伙小蟊贼而已，已经料理清楚，马上就能到家啦。”

他又拍了拍车壁，仿佛是在拍宋竹的肩头，宋竹心里一暖，“嗯”了一声，周霁方才继续前行，去问后头的车子。

等他走远了，乳娘似乎是自言自语：“倒的确是个青年才俊。”

宋竹想到范大姐的说话，脸上不觉也有些发烧——她倒是还没想过自己嫁给周霁的可能，只是心里终究是有些好奇起来了：家里否决了周家的提亲，是因为什么缘故呢？

因为周家是太后旁支，她忽然想到家里否决了萧家三十二的事情，心中倒是有了联想，自以为恍然大悟：哦，也许是因为家中不愿和外戚结亲吧……

想到此点，不知如何，她心里也并无发觉答案的轻松，反而是有些沉甸甸的，宋竹寻思了一会儿，都不知是为了什么，过了半晌，才是回答了乳娘的话，“不错，周家这位衙内倒挺有大将之风的。”

却是语调平平，完全听不出什么感情和兴趣在内。

乳娘看了她几眼，亦是暗暗点头，便也不提此事，只是柔声抚慰起了宋竹的情绪，“可别怕了，咱们一会儿就到家了……”

宋竹提起油灯，挑开帘子往外看了看，只见外头远处，隐隐约约有几个人，仿佛是拖麻袋一般的，把一些物事往道旁拖，她也明白：这多数是在拖刚才被射死的盗匪了。

她心里忽然一阵悲伤，“我不怕，就是觉得挺难受的……他们其实也都是可怜人，不是因为关西战乱，无家可归，又怎么会沦落到这地步，倒是在异乡送了性命。”

乳娘闻言，不免也是一阵叹息。就连问完了车队，正巧往回走到附近的周霁，隔了车壁听到这句话，也不由是停住了脚步。

他望向宋竹车辆的眼神中，更是多了几分欣赏：在齐国公府，不卑不亢、贞静少言，和师兄都没有多的话，唯独在关心同学时话多了点，却也是矜持谨慎。在野外，大方得体，聪慧慈悯，虽说世上多有名不副实之辈，但宋家三娘，倒的确不愧传言，既美且贤、宜室宜家……

想到还未有回信的那封提亲信，他却又不免暗叹了一声：虽说她极好，但一家有女百家求，想要抱得美人归，只怕没有那么简单。

心念电转间，将诸多因素考量遍了，周霁已是暗下了一番决心，他温存地看了看宋竹车窗上的影子，便是加快脚步，往前招呼道："都平安呢，咱们加快脚步吧——"

拧巴

过了上元节，春月很快也就到了尾声，回到各地过年的学子，陆续也都返回书院，有些不能及时回来的，也早已通过师兄弟辗转带话，对书院的先生们报备交代。不过这样的人为数也并不多，宜阳书院的教学节奏，以三年为一循环，上一年是科举刚结束的一年，节奏还比较缓慢，从今年开始，课业会比从前更紧。有些下定了决心，明年要去赶考的士子，比如宋栗这样的，更是早在去年下半年就给自己加了功课。若是在这一年还无故缺勤，那么回来以后，水平立刻就会比同学们还要落后一些。

当然了，女学内却是感觉不到这股变化的，新年来到以后，学内人员虽然也有少许变动，但那紧张中透着悠闲的氛围，却毕竟没怎么改变。

对宋竹来说，有件事是让她比较放松的——也不知是因为什么缘故，颜钦若新年后没再来上学，倒是当日在颜家曾经讥刺过她的颜七娘取代了她的位置，颜七娘的年岁要比颜钦若还大一些，基础却是比她差，来到以后，每日里一心就是要跟上功课，目前来看，还没有什么挑事儿的意图。

还有便是她早就知道的，周二娘因为体弱，回家修养，周三娘换了进来读书。周三娘的基础要比颜七娘好，然而好学之心却只有更甚，除了读书以外，对人也甚是和气，比起她姐姐总是细声细气的样子，她气质和顺，倒是更为惹人好感。此外，她哥哥周霁，居然也进了宜阳书院求学。

之前她在齐国公府，大家闲谈时，宋竹已经知道，周霁不但是考过举人，而且是东京国子监的学生，今次是探亲告假，才有闲空到西京来。要知道，国子监学生研读的都是官学，时常能听到朝中大儒的讲课，甚至可能和未来的主考官、出卷人都是有接触的，对于科举来说，这样的条件有多有利，那就不必说了。可以说宜阳书院虽然算是天下有数的大书院了，但每一科中进士的人数，还是要少于国子监。而且监生还有一项福利，那便是如果年年成绩都是优等，也有一定的可能，可以不经过考试，直接被授予进士出身。

而能入国子监读书，对于任何一个世家来说，也都不是很简单的事，国子监作为天家的书院，历来都是严格管控，即使是宰相，按惯例也只能荫庇三个子侄入监读书，要再添人，只能是由官家恩赏。即使是颜家、范家这样的老宰执之家，在孙子一代，也只有一两名衙内直接入监读书。周霁本人逾期不归，留在宜阳书院，宋先生自然是欢迎的，但对周家来说，这就等于是放弃了一个名额，却是不可能再换一人入读国子监了。

难道这宋学的魅力就这么大？宋竹心里，自然很是纳闷，只是她知道了周家为周霁提她以后，却又不好和周三娘多打听什么，免得引来误会。只能是在心里暗暗猜疑而已：虽然很荒谬……但，难道周霁是为了和她的婚事，才进入宜阳书院的？

在宋苡的婚事上，她表现大胆，如今二姐定了亲事，也轮到她，各方的提亲信也都陆续来了，情况远远要比去年自己瞎担心的好上许多，可她却又拧巴上了，怎么都提不起去问父母的念头。这会儿，她也算是明白了二姐去年的表现了，对于嫁人，以及嫁人后的生活，宋竹心里非但没有期待，反而是隐隐约约，有一些畏惧。只要家里人不提起，她也是巴不得这件事就永远都别提起来，就让她永远留在平静幸福的家里，留在父母身边。

除了颜七娘、周三娘这两个新同学以外，要说学堂还有什么变化，那也就是赵元贞的回归了。屈指算来，她也是为那无缘的表哥在洛阳住了有三四个月，亦算是尽过了自己的情分。而虽说颇有几个同学对她的为人有意见，但此时此刻，倒也没人落井下石地多说什么。课堂上的气氛，反而要比去年好上许多，起码，大家是真的都收心开始认真读书了。

课余时间，宋竹还是照旧时常到父亲身边去伺候，宋先生也照旧还是会把萧禹、薛汉福乃至其余几个得意弟子喊来书房内指点功课，只是如今，宋竹却是一听到有人来，立刻就躲到里间去，不论是谁来都不出来打照面了。反正她在里屋，也照样可以旁听宋先生指点诸位学生，而且还更加自由，也不用顾忌到自己的仪态。

长期跟在父亲身边，对宋竹的教育作用的确还是比较大的。当然了，除了学问上的进益以外，更多的还是一种潜移默化式的影响，和宋先生议论如今朝局的学生并不少，使得宋竹不但对天下大势有所了解，而且也渐渐习惯了从大局去考虑问题——当她还在为关西战乱所带来的颠沛流离而难过的时候，她父亲和师兄们，却是已经在考虑关西战事不利对朝廷大局带来的影响了。

“本来推行新法的声音，在朝中就很是响亮。”现在屋外说话的就是周霁——他毕竟是国子监的学生，在宜阳书院，很快就脱颖而出，也得到了宋先生的称许，更是时常过来请教学问，今日便是和宋先生议论起了朝事，“今次关西战事失利以后，西京一带乱象频生，也引起了朝廷诸位官人的注意，携此大势，在南党推动下，只怕保甲法的推行已经是在所难免。学生也以为，保甲法利国利民，确实是从根本上解决了北方盗匪横生的难题，在这点上和官家对着干，反而是自误了。”

今日也巧，在外屋的都是熟人，他话音刚落，便有人厉声回应，宋竹听了一会儿，觉得他的声气和颜钦若很像，应当就是颜衙内，“周师兄此言差矣，保甲法或可解一时之难，然而相比南党新法对天下的残害，却又无法相较了，为将来计，怎都应该严防死守，把此法扼杀于襁褓之中。”

“颜师兄这样说，倒是有些因噎废食的味道了。难道南党诸公的每一个计划，北党都要反对，哪怕此事实在是对北方有利？”周霁也不生气，语调仍然是不疾不徐，让人听了，不由自主对他的话语就有些信服，“身为北人，不为北人谋利，恕霁无法赞同。”

这保甲法其实的确是针对北边盗匪乱象而设的良方，也就是把各地的庄户按照保、甲为编制，组织起来，闲暇时军训、巡逻，防止盗匪为患，而且也阻止了他们转化为盗匪。说白了，北边哪来那么多专业打家劫舍的强人？很多时候都是当地百姓到外地去客串抢一把，宜阳县之所以治安好，就是因为县治内百姓还不至于活不下去，所以兼职盗匪的人就少，外地过来的盗匪，又有学生们带领的巡逻队处理，其实和保甲法也有异曲同工之妙。然而颜安邦可以赞同、颂扬宋先生和萧县尊的做法，却绝不可能附和由南党提出几乎是一模一样的政策，这便是如今横亘在南人、北人跟前的门户之见了。

然而，宜阳书院中不少学生出身关西，对于大辽，他们没有河北一带的住民那么恨之入骨，反而西夏是心腹大患，因此对南党的联辽灭夏并非那么反感，反弹得要比颜安邦这北党中坚人家的子弟小上许多，反而都是认为周霁所言有理。一时间众人唇枪舌剑，纷争难下，屋内热闹到了十分。

宋竹一开始还有兴趣细听，后来听多了，也觉得无趣，心想：还没考中进士呢，关心这些做什么，没看就是萧师兄那样的人才，现在也不过就是一县之尊，比起这些国家大事，先想想以后如何做亲民官才是真正有用。

不过，话虽如此，她却也知道这些政见对于士子来说，是极为重要的，至少大部分学生，日后都要在很多事上做出表率，寻找同盟，在仕途上才能走得更快更远，因此这些书院中的争论，对他们来说，也有彼此甄别，寻找志同道合之辈的作用——这道理，还是前些时日宋先生告诉她的。

耐着性子多坐了一会儿，宋竹见天色晚了，知道父亲今晚不能按时回家吃饭，便收拾收拾，从后门悄然走出，准备回女学和姐妹们会合，却没料到，才走出门，她便见到萧禹在后院里站着，仰面朝天，也不知道在发什么呆。

宋竹怔了怔，欲要退回去，又觉得着迹了，想要和他打招呼，但思及正月里萧禹那句话，却不愿热脸贴了人家的冷屁股，略一犹豫，便当做没看到他，径自往小路走去。

一路上她都能感觉到萧禹的眼神跟着自己，更是不知为何，有好几次真想回头看他一眼——她没对自己承认，但内心深处，却也明白，想要回头看他，无非是为萧禹创造上来搭话的机会：若不是为了和她说话，他到这儿来做什么？

可，他终究是没出一声，而宋竹心里，也老想着自己在范家听到的那一句话，虽然心底有着期盼，却终究不允许自己流露出丝毫想要和好的迹象，照旧是脚步如常地进了小径。直到肯定脱离了萧禹的视线范围，方才是心跳如鼓，回头看了一眼。

身后空荡荡的，萧禹到底是没追上来……说不定，他心里压根儿就没想着和自己和好。

宋竹忍不住垮下唇角，嘟起嘴哼了一声，这才加重脚步，往女学方向快步走了过去。一路走，一路觉得心里有股郁气滚动不休，酝酿到了最后，倒是蛮不讲理地全冲着李文叔去了：要不是因为他，自己和萧禹又怎会闹成这个样子？都赖他唐突无礼……反正，以后她绝不要和他说一句话了！

才是这样想着，忽听身后脚步声响，宋竹以迅雷不及掩耳之势飞快回头，果然见得萧禹从一棵树后头闪了出来，目标明确地直直向她走来。

这一下，她是又惊又喜又气又委屈，万般情绪，全都涌上心头，一时间已全不知道，该如何反应才好了……

第六章

恍然

陌上人如玉

道歉

宋竹心里紧张，萧禹又何尝是气定神闲？光是加重脚步引她回头，都是不知用了多少的勇气才能说服自己，此时望着宋竹一片漠然的小脸，他想好的一番话，险些就说不出口，原本坚定的决心也动摇了起来，心中只想着：刚才不会是我听错了吧？其实她压根儿都没有叹气，也没有跺脚……

两人的关系会恶化疏远到这一步，其实他也清楚，多数的过错，都还是在自己身上。那一日因为李文叔的事吵架，还能说是两边各错一半，可上回在齐国公府，那就无论如何都是错全在他了。若是换了宋竹是宋苡那般的性子，这辈子只怕都不会多看他一眼，便是她性子素来和蔼，会否再和他和好，也是两说的事。要知道当日她被气成什么样，萧禹可是亲眼看见的，平日里最是和善爱笑的小娘子，一旦冷下脸来，也是毫不容情，斗篷一解，在得宜笑容下的那份不屑和厌恶，他可是领会了十成十。

其实吧，那天他的表现，的确也是太失常了点。他本意是过去卖卖好，和宋竹和好了的，没承想一张口又是那般冲的语气，倒是反而把事情给弄拧了……

萧禹其实不是不记仇的性子，不过对宋竹，他素来气得不久，因李文叔吵架的那几天，确实是一想到宋竹就来气，再加上病得昏昏沉沉，又把这病给赖到了宋竹身上，心想这一辈子都不再搭理她了。不过病好以后，仔细一想，却也是渐渐气平：其实说到底，就是和李文叔说几句话的事，人家也未必是真的想和李文叔一道射箭，不过是遇到了说笑几声。总不能是李文叔一过去，宋竹立刻跑到内室藏起来吧？那是大家子弟，心胸又是狭窄，若是这般往死里得罪了他，以后明枪暗箭的，宋竹怎么应付得了？

虽然宋竹自己不知道这个道理，不过从结果来看，她的应对其实也挑不出什么错。自己那股气，反而是气得莫名其妙——他不喜李文叔，是有好几个来由，可这些来由宋竹全不知道，就知道李文叔看着她的眼神挺讨厌的，如此单薄的理由，随时可以被推翻，也许她就觉得李文叔和薛汉福交情不错，也许她觉得李文叔再讨厌也不值得当面得罪……总之，她对李文叔那几笑，其实没什么理亏的地方。倒是他那一顿脾气，发得奇奇怪怪的，确实是有些唐突了。

萧禹自己其实也知道，他毕竟是从小被宠大的，也是有骄纵的一面，虽然大多数时候都能很好地控制自己，但毕竟年纪小，有时候脾气就是不稳定，宋竹也算是倒霉撞上了其中一次小爆发，而和他比，她当时的表现，已经算是极为克制，足以让萧禹感到脸红了。

虽然也知道是自己错了，但萧禹骄纵的那一面，在这件事上也是有所爆发，他这一辈子都还没对一个人低声下气地赔罪过——上学的时候被老师训斥，在家被长辈训斥，这些不算在内，就只说平辈之间，除了某个特别人物以外，还没对任何人低过头，便是和宋竹的几次冲突，虽然也有理亏的时候，但两人打打闹闹的，终究也不算是真正的低头。现在要他酝酿着怎么诚心和宋竹认错赔罪，一个他实在觉得很难启齿，还有一个，他也觉得难以解释——该怎么说？难道和宋竹说，自己本来还没什么，就是听到她对李文叔笑，一下子就来火了……这样的话，如何上得了台面？

这里还在烦恼呢，那里又听说了周家提宋三娘的消息，而且为之提亲的还是他平素来不大喜欢的周霁，萧禹自从知道这消息以后，心里就是憋着一团邪火。只是他素来也有些城府，虽然自小到大，就没中意过周霁，但周霁却是毫无所觉，还是一味地和他起腻套近乎，闹得萧禹一整个年都没过好。也亏得他擅长表面功夫，别说周霁了，连范萧氏对他心中的恼火，都是一无所觉——不过这也更是说明了他那一日的失常，居然是直接就对李文叔流露出了不喜和敌意，让李文叔心中对他已经是生出了提防。

正月里听说宋竹来了范家，他本想乘机溜过去和宋竹说几句话，试探一下她的心意，谁料周霁和范家几个衙内，一定要押着他去赏雪赏花，萧禹连脱身都不得，心里正是着急时，眼见范大姐领着宋竹过来，心中更是雪亮：应该是周霁托了表姐，让她拉着宋三娘过来的。哼，为了让宋家答应这门亲事，他也真没少做工夫。

好吧，宋竹人来了，一句话也没多说，对他就和不认识一样，反倒是对周霁更亲切，两人还聊了几句，听着，周霁和她之前见过……萧禹心里本就不得劲了，此时更是不知为何有了深深的委屈感——尤其，宋竹又说周霁的诗做得比他的好，还夸赞了好几句，两人一副一见投缘的样子，更是让萧禹气不打一处来，心中酸涩之余，都是想着：要不就让她应下周家这门亲事算了，反正过门以后，她自己也就知道苦了。

话虽如此，他心里到底还是存了一分和好的念头，可惜，在回廊上遇到宋竹的时候，他一眼看到她，立刻就想到了她居然把周霁的诗放在他之上，真是一见宋竹就来了气，本来准备好的开场白，一出口就变了味道，倒仿佛是要把心里的不舒服，全都化成尖刺，让宋竹也失去她的仪态，狠狠地不舒服一番那才好。

然后……就没有然后了，冷静下来以后，萧禹那个悔呀，可错已铸成，人家好像压根都不打算理会他，这份交情，眼看已经是走到了尽头。

开学以后，他几次来先生书房，明知宋竹在里间，可她都不曾和以往一样出来相见，也没在后院练箭，萧禹就是想要搭讪都没机会。他心里能不着急吗？这一日会走到后院来，的确也是出于故意，他知道，宋竹一般都回家吃晚饭，里头讨论未完，她应该不会等宋先生，而是会提前先走，回女学去找宋苡她们。

可这见了面以后，饶是萧禹素来胆大包天，什么事都敢做，什么话都敢说，可面对宋竹冰霜笼罩的俏脸，他的胆子就像是被谁抽走了似的，心里翻来覆去，只是在想：完了，她是恼死我了，看来这一辈子都不愿意再搭理我了。

木着一张脸，目送着宋竹上了小径，尽一切努力，都没看出来她有丝毫和好之意——脚步没慢，也不曾回头……

萧禹这时脑子方才渐渐灵活起来，心中一动，便是放轻脚步，随宋竹一道也上了山。他从前和胡三叔学过一些轻身功夫，很懂得遮掩脚步，是以也就无声无息地看到了宋竹跺脚哼声的那一幕，心里这才是知道：原来她还是想和我和好的，见我没和她说话，她心里只怕也挺恼呢。

虽然从未和人低头，但他也晓得，今日他不上去诚心赔罪，两人便是万万没有和好的一天，牙一咬，终于从树后走出，放重脚步，吸引了宋竹的注意力。

可，等到两人双目相对时，本来想好的话语，一下又全落了空，一张嘴鬼使神差，竟是又提起了李文叔。“他处置流民的事，我让人查过了，背后颇有文章，并非是他自夸的那样简单，你那日那样夸赞他，他根本就受不起。”

宋竹本来神色冷淡，此时听了他的说话，倒是第一次正眼看了萧禹几眼，神色难以捉摸，沉默了半晌，才道：“你跟上来，就是要说这个？”

她的声调，与其说是冷漠，倒不如说是埋怨、撒娇、委屈……也许，都是带了一点点。

也不知为什么，一听她说话，横亘在萧禹心中的担忧，全都是冰消瓦解，往日那个跳脱而顽皮的他，忽然又回到了他的躯体里，他手一背，又不着急道歉了，反而是笑嘻嘻地说：“那不然要说什么，粤娘妹妹？”

宋竹气得呸了一声，回身又要走，萧禹便忍着笑跟在她身后，只觉得心情大畅，什么郁闷烦恼，全都抛到了九霄云外，看宋竹在前头气得疾走，好似比看东京城最有名的杂耍还有趣，他背着手，左一句“粤娘妹妹”，右一句“粤娘妹妹”，叫得没完没了，不多时，就跟着宋竹一道，走到了岔路口。

从这条岔路过去，尽头便是一处观景台，也有小路下山，宋竹和他其中一次见面，便是在这岔路附近。今日她仿佛是被气得够呛，居然走错了路，没继续往女学方向前进，而是直接走到了岔路上。萧禹见此，心中更是笃定，他快活得几乎都要飞起来了，紧跟着宋竹走了一段，“粤娘妹妹”也叫得够了，方才是拉长了声音，懒洋洋地道：“喂，你不停下来，我怎么说话啊？”

宋竹的小脸蛋，气得一片嫣红，却到底还是收住了脚步，回过身来站在那里，提防而戒备地盯着萧禹，抿着唇等了一会儿，又不耐地道：“你要赔礼……你要说什么，就快说，我可没那么多时间陪你耗！”

萧禹本想说我可不是要道歉，我就是要提醒你，你走错路了。但又怕宋竹听了真恼，正是思忖间，忽然听到远处山间窸窸窣窣，似乎有人正在穿行，并快速向这里接近。

要知道，如今洛阳一带还不是十分宁静，如宋竹正月回家时一般，路遇盗匪的事，西京附近各地都不少见。而且宜阳书院又在山上……萧禹的神经，一下就绷得紧了，再顾不得逗弄宋竹，而是肃容道：“你别说话。”

见宋竹拧起眉头，小口微开，他心中一急，干脆直接揉身上前，捂住她的嘴，半是拉半是拖的，把她拉到了小径附近最大的一棵树背后，藏了起来。

“患难”

这算是怎么一回事啊，既然有心和好，就不能好好赔不是吗？

宋竹心里，也说不出是什么样的感觉——若是换了别人，在上两次龃龉以后，宋竹虽然不说报复回去，但今生今世也不会再多理睬他什么。可对萧禹……知道他追上来的那一刻，她心里那百感交集的百感中，就硬是没有一道思绪，是不想和萧禹和好的。只不过小姑娘心思多，心念一转，便是又想到了许许多多别的事情，譬如和好得太轻易，会不会让萧禹看轻了自己，以后要是和别人说起，别人会不会又觉得宋家家教不好什么的。

按她所想，即使心里已经颇想同萧禹和好了，但面子也总是要顾及的，别的不说，这罪总是要好生赔过，检讨也要好生做过，要把当时为什么这般言语的缘由解释一番，自己才能宽宏大量地和萧禹讲和不是？为了和他好好说话，别被姐妹们看见了，她还特地带萧禹走到这僻静所在。谁知道，这人却还是骄矜难改，仿佛自己觉得不生气了，就要同她和好，一转眼就变了一张脸，又是嬉皮笑脸地叫起了“粤娘妹妹”。

这回她是真的有些着恼了，直到被萧禹推到树后，也还是将信将疑，不知道他究竟是发现了什么，还是又起意要作弄她。只不过，萧禹的行动前所未有的郑重，她也是有些被唬住了，被带到树后一会儿，才意识到，萧禹的手还捂在她嘴上呢。

这……虽说她年纪是还不到，但自从十二岁以后，不论父亲还是兄长，都很少碰触宋竹，萧禹的无礼，立时让她有了几分恼怒，一颗心也被情绪催动，怦怦地乱跳起来。

她一直克制自己，不愿在萧禹跟前露出小儿女态，但此时已无法保持矜持，宋竹使劲地挣扎了几下，想要脱出掌握怒喝他几句，不料萧禹看了她一眼，反而伸手一揽，将她牢牢地钳制在了自己臂弯里，捂着她小口的手掌，也加了点力道。

“别出声！”他别过头来，在她耳边轻声细语——虽然两人形态亲热，他此时更是喁喁低语，但语气严肃，神色凝重，却是释放出一股与平时截然不同的气势，仿佛有一言九鼎的气概，叫人对他的话，生不出一丝反驳的念头。

宋竹被他气势所慑，心中怒火，一时也消散了开来，她略一平静，顿时也察觉到了窸窸窣窣的声音，仿佛是有人正从山林间一路往此处行来，这声音便是衣袂拂过草丛所发出的。

这里是通往女学的道路，虽说有个观景台，但因为女学在后山，平时也是人迹罕至，而且若有人观景，也不可能在这夕阳西下、暮色四合的时辰，更不可能不走道路，一定要攀爬山坡。宋竹心中一惊，顿时失去了反抗萧禹的念头，反而有些害怕起来，不由自主地向萧禹依附了过去。

“也许是流民！”萧禹倒是和她想到了一块去了。她不再挣扎，他也就松开了捂嘴的手，但环住宋竹的手臂仍然没有松开，反而低声道：“你再挨近点，我怕这棵树藏不住。”

这一片并没有非常粗壮的老树，在一棵树下要藏住两人，自然非得靠近不可。宋竹无奈之下，几乎是钻进了萧禹的怀抱，这才勉强让两人的身影，都躲在了树后头。

这还是她入读女学以后，第一次和外人这般亲近，即使是姐妹父母，平时也很少这样靠近，而萧禹身上散发着淡淡的皂角味道，更仿佛有股火热，能将她烫熟，宋竹伏在他怀里，只觉得心中乱跳，说不出的古怪难受，心神都难以凝聚……总之，她极是不舒服，若非形势所迫，只怕下一刻就要挣脱开了。

“一般的流民，这时候已经动身回去种地，便是没地的，也都找到糊口的营生了。即便是游手好闲的那些，也该知道山上是书院所在，不敢轻易闯入。”萧禹却仿佛未曾察觉她的异状，还在她耳边轻声分析，“书院内居住的都是血气方刚的年轻书生，武艺不弱，他们自然不敢前来滋扰。会在这时候闯上山的，只怕是流窜的野匪……你知不知道，四天前北面锦屏山已经是出事了？我怕就是这一伙盗匪，今天又摸到了书院来。”

萧禹说得极快，呼吸呵在宋竹耳边，化为一阵暖意，但宋竹心里却是渐渐冰冷下来，萧禹的分析很有道理，和她直觉的担心也是不谋而合。从去年到今年，几个月的时间里，饶是还算平静的宜阳县，也出了不少谋财害命的案子。

虽然她和萧禹身无长物，就连穿着都很朴素，但这不意味着劫匪若是遇上他们，就会轻易放走，绑人赎身，怕只是最好的可能，事实上他们年纪幼小，而且容貌也都不错，单单是本人卖出便很值钱，宜阳县里也从来都不缺少这样的黑人牙。昔日在东京时，小张氏就不知和她说过多少拐子拐了人去卖的事情，让她在出门时都要提高警惕，紧跟着家中的长辈。

她胆子虽然不是特别大，但也不算很小，此时尚未被吓得脚软，只是也没什么主意——从这里出去，终点就是观景台，再没有别的路。来人虽然没走正道，但听声音，正是从外头往观景台方向而来，他们等于是被堵在这里了。现在唯独只能希望这些人只是随意游走，并不是跟踪而来，这样也许还有蒙混过去的可能。

“这些人应该只是随便走走，如果是刚才就有意缀着我们，我自然能发现。”仿佛是看穿了她心中的想法，萧禹又在她耳边轻声说话，随着那声音逐渐接近，他也越来越靠近宋竹的耳朵，嘴唇几乎都贴在耳朵上了。他态度冷静，语调沉着，又给了宋竹几许信心，“你也别怕，我会些武艺，如果来人就只有两三个，肯定没事。若来人更多，那就由我来拖住他们，你趁机往山下跑。”

仿佛是预料到宋竹即将出口的反对，他又添了一句：“去你爹那里，带人回来。就这么一座山，即使他们擒住我，也跑不了多远的。”

宋竹知道他所说有理，只好点头应是，萧禹犹豫了一下，又道：“若是你被人擒住，我会立刻逃跑，回去叫人，到时候你也不要惊慌，尽量多留些痕迹，这样我们追兵也会尽快找到你的。我腿脚快，师兄们也都习练过拳脚，他们肯定跑不远，马上就把你给救回来了。”

他把方方面面都考虑周到，甚至连这种可能都列了出来，并且给了一个切实的解决办法，反倒比宽泛的安慰，要让宋竹更为放心。她轻轻地“嗯”了一声，抬头看了看萧禹，见他神色间仿佛还有些担心，便踮起脚尖，在他耳边说道：“放心吧，我明白的。”

说话间，嘴唇不意触碰到萧禹耳朵，她不禁有些不自在，萧禹却是仿若未觉，点了点头，便又细听起了后方的动静。

在他们紧张的等待下，时间仿佛被拉长了几倍，也不知过了多久，终于有人从草丛里钻出，站在小路上，居然没有走动，而是叹了口气。宋竹听那声气娇柔，仿佛是个女子，一时间大为诧异，萧禹更是早已伸头窥视，过了片刻，他缩头回来，面上神情却很古怪。宋竹见他这样，胆气渐壮，索性扶着萧禹的肩膀，也伸头去看，萧禹并未阻止，只是握着她的手臂，帮她保持平衡。

这一看之下，宋竹呆住了——从野路一路涉草上来的，居然是她的同学陈娘子。

无数的疑问，登时在她脑中飘散了开来，不过随之消散的，也还有如临大敌的警惕之意，宋竹松弛下来，和萧禹使了几个眼色，便要离开他的怀抱，不料才一动作，萧禹立刻收紧手臂，反而把她锁在了怀中。

陈娘子就站在路上，距离他们很近，两人已无法再言语沟通，由于站姿又再贴近，也不可能交换眼色，宋竹伏在萧禹怀里，只觉得心跳如鼓，不知为什么，忽然冒上了一个很古怪的想法：虽然她绝不应该和萧禹如此贴近，但这越礼的举动，她却并……并不是很讨厌。

下一刻，外头倒是响起了另一个略微沉重的脚步声，也让宋竹顿时惊醒过来，明白萧禹不让她出去的原因：陈娘子无故走野路跑到这里来，肯定是有所图，若是要和人私会的话，此时出去撞破，那多尴尬？

“六娘，”果然，来人一开口便是男声，而且称呼亲密，显然是陈娘子看重之人，“今日怎么是从山脚下绕上来的？”

“往日宋家几位姐妹，散学后也都会离去，这几个月，宋三娘会前往前山服侍先生笔墨。二娘、四娘常常在学堂里等她，”陈娘子柔声说道，“六娘没得办法，只好从山脚绕路，让表兄苦等了。”

那表兄立时便道：“既然如此，你我暂不相见也就是了。又何苦——”

“表兄何出此言？能和你相见，走一段路，又算得上是什么苦？”陈娘子却打断了他的说话，“几个月没见，表兄家里可都还好？”

两人居然就这样站着说起话来了……

最要命的是，这俩人显然不打算走到观景台，而是就站在山路上说话，完全把宋竹二人的去路封死了，而且角度也有些微妙，以宋竹刚才所见，如果陈娘子没有换位的话，他们俩稍微动一动，都有可能被发现，便只好维持紧贴的方式，躲避着陈娘子和表兄。

当然，现在宋竹也明白过来，即使萧禹肯放开，她都不肯出去了——摆明了这俩人是在这里私会，此事的确不大妥当，但她和萧禹一起从一棵树后头走出来，那也是大大的不妥当，陈娘子若是往外一个宣扬，两家的名声，都要毁干净了。

士人重名，甚于性命，只是宋竹自己身败名裂还好，若是连累了家人，那就真是百死莫赎。因此她对刚才萧禹阻止自己，也是充满感激，对于之前那两次摩擦的芥蒂，亦化解了不少，早已经没那么生气，更是放弃了让他多次慎重道歉的想法：他们也算是共“患难”过了，似乎在他跟前，自己可以不必那么讲究面子。

陈娘子和她表兄显然感情很好，久别重逢，彼此都有许多话说，宋竹听着，也是渐渐清楚了事情的来龙去脉：陈娘子母家早年获罪败落，其表兄和她的婚姻之约，家里人便不再提起，但也没悔婚，只是在等陈娘子长大，以及其表兄科举的结果。若是到陈娘子十五六岁，表兄还没考上进士，说不得家里人便要悔婚再嫁。

此事在如今也是毫不稀奇之举，很多婚事，不但可以在嫁妆上讨价还价，而且还能定下先决条件，便是考上进士以后，再履行婚约，赠予陪嫁。否则，对于女方来说，这大笔的嫁妆，岂不是亏了？因此表兄倒是没责怪陈娘子父母的意思，还不断为其说话，倒是陈娘子，语调中满是对家人的不满，更是谆谆叮嘱表兄，让他好生读书，别为银钱为难。估计在说话的同时，手中还有赠银之举。

说着说着，两人声音渐渐断绝，偏偏又无脚步之声，萧禹第一个等不住，探头看了一下，随后缩回脑袋，脸上竟满是苦笑，宋竹见了，颇是好奇，便要探头去看，可萧禹手上用力，却是硬生生地把她给拦阻住了。

宋竹心下，好奇更甚——此时因为那两人之前角度变换的关系，萧禹已经松开她些许，两人可以对视，她便皱起眉头，可怜兮兮地看着萧禹，倒是把自己对家里人撒娇的那一套，放到了萧禹身上。

萧禹被她看了一会，似乎意志力已告崩溃，苦笑之余，慢慢地松开了手。宋竹仿佛得了一场小小的胜利，亦是十分得意，便按着萧禹的肩膀，又偷偷地从树干边上，往外偷窥。

她很快便发现，自己即使再大胆一点，也是无关紧要的。因为陈娘子和她表兄，现在已经全心全意地投入到了……

呃？这是什么？宋竹竟是形容不出来了他们如今的举动了，陈娘子抱着表兄的胳膊，嘴儿贴在了表兄脸上，从姿势判断，应该是也贴在了他嘴上。两人似乎都是如痴如醉，双目紧闭，对外界的事情，已经全不在意了。

“他们这是在做什么呀？”她缩回身子，好奇地用气音问萧禹。萧禹脸上发红，摇了摇头，以示不知，却又探出头去，窥视着外头的动静。

连萧禹也不知道，宋竹只好自己猜了。她点了点自己的唇，心里想道：“嗯，这定是和意中人才能做的亲昵之举，瞧陈娘子那如痴如醉的样子，应该也很是舒服。”

她不免对她生出羡慕之意：能和喜欢的人抱在一起，定是很开心的，若是她也有个喜欢的人，而那人也喜欢她……

她忍不住看了看萧禹。下一刻，却是自己都有些吃惊：自己看他干吗？

想到此处，宋竹都不由得屏住呼吸，她略微退开一步，看了看萧禹俊秀的侧脸，又再点了点自己的唇瓣，一颗心仿佛擂鼓一般，不受控制地飞跳起来，又似乎是戳破了一层厚厚的纸，心跳虽快，但心海中却是一片澄澈，并无多少迟疑与蒙昧，好像是这个事实，已经笃定良久，只是现在才被自己发觉。

原来……我喜欢他。她恍然大悟地想道：“原来，这就是欢喜……原来我欢喜的人，是他。”

和好

这要是两相撞破的话，那可就闹大了。萧禹心里，从头到尾就没放下过紧张，恨不能生出法力来，直接把那两人撮弄得远远的。他靠在大树上，本来就不太舒服了，还要留心宋竹的衣角别被人看了去，又要小心不能太靠近她，竟是比她累了几倍。听着陈娘子和她表哥在那里嘀嘀咕咕地说话，也不觉得感动，只是心想：怎么还没说完？这些话，有什么不能见面说的？

这还不算，到末了这两人居然还行起了那亲昵苟且之事——虽然只是对嘴，但对大家仕女来说，这已经是绝对的轻薄无行了。萧禹看了，自己都是好一阵不好意思：他虽然出身富贵，但自幼家教严格，从未有过什么侍女胆敢勾引他，他自然也从未动过这样的念头。只是在偶然的机会下，看到过一些似是而非的画儿，当时年纪小，也是不求甚解就放过了。此时也只是隐约知道陈娘子和表哥在做的事，十分不适合未婚夫妻来做。

他看了几眼也罢，不料那宋竹也是个好奇心极强的小事精，看他看了，自己也探头出去窥视，回来以后，便果然如萧禹所料，困惑地向他求问了：“他们这是在做什么呀？”

做什么……做什么我也不知道啊……萧禹摇了摇头，忽然又觉得有些不自在：虽然宋竹年纪尚小，但她毕竟是个女孩子，事急从权，刚才躲进来的时候，没想那么多，现在他倒是有些局促了。只觉得自己和宋竹的距离，似乎也是太近了些。

为了回避这份尴尬，他便又转过头去，窥视着外头的动静，又是不动声色地行起了吐纳功夫，也是有几分奇怪：咦？我的心跳得怎么比往日要厉害些？是了，肯定是因为刚才虚惊一场，到现在还没平复过来。

毕竟他是男孩，又是情窦未开，不论陈娘子和表哥如何深情缱绻，萧禹看了也是毫无感觉，只觉得有些好笑：“都这么久了，还抱在一起，难道不热吗？”

耐了好一会，俩人终于依依不舍地分了开来，陈娘子道：“我再不下去，只怕车夫他们要起疑心了。”

又和表哥低声话别了几句，两人方才分开，陈娘子从原路下了山，表哥也径自返回。萧禹又拉着宋竹在树后等了一会儿，直到两人都走远了，方才闪身出来，擦了擦额际汗珠，道：“好险、好险——哎呀，太阳真的都要下山了，咱们快回去吧！”

也顾不得两人还在“吵架”，他倒是咱们上了，说完了才觉得有些不对，小心翼翼地又看了宋竹几眼，探问道：“咱——咱们这算是和好了吗？”

在夕阳霞光映照下，宋竹的神色显得格外变幻不定，片刻后，她仿佛是下定决心一般，扬起手哼道：“头低下来。”

萧禹心里已知道她要做什么——说实话，这还是他第一回被人敲头，以往即使有受罚的时候，也多是打打手心，因他受宠，还不会打得太重。奈何最近这几件事，的确是他做得过分了，虽然心中苦笑连连，却也不得不垂下头来，还关怀宋竹道：“手势要对，别把——哎哟！”

还没说完呢，头上已经重重吃了宋竹两下，萧禹捂着头，也是被敲得自然而然泪眼蒙眬，却还不好叫苦，只好泪汪汪地问：“消气了吗？”

“以后再不许敲我，也不许那么说话。”宋竹叉着腰，看来倒是威风凛凛的，很是霸气，“不然……看我怎么收拾你——知道了？”

萧禹“暗咬银牙”，无奈地道：“知道了、知道了……那咱们算是和好了？”

天色已经很暗了，他看不清宋竹的神色，只感觉她在盯着自己看，心下不禁有些忐忑，好在宋竹看了一会儿，终是哼了一声，虽然未答，但却道：“好啦，快回去吧，太阳都要落山了，再晚去食房，饭都要没了。”

虽然没回答这个问题，但萧禹听了，心中也是一宽：还好，她总算是消气了。其实比起家里那些姐姐妹妹来，宋竹的脾气，的确也不算太大。

因为宋竹也要赶着回家的缘故，两人也没说什么，匆匆分手，各自回了家。萧禹赶着去吃了饭，回房以后，倒是罕见地无心复习功课——今天发生太多事，情绪起伏太大了，他也得消化消化。

屈肘为枕，靠在椅背上出了一会儿神，萧禹忽然一惊：哎哟，自己倒是忘了和宋竹交代了，今日的事，却不好和外人说起，不论是那小娘子和她表哥的事，还是他和她躲在树后，多少有些接触的事，一旦传扬出去，对名节都是不好的影响，他还无所谓，若是影响了女儿家的声名，那可就不好了。

想了一想，他又放松下来：以宋竹重视名声的个性，想来，不必他说，她也不会往外传的，他该是多虑了——她不是成天担心自己嫁不出去吗？现在好容易有外人来求亲了，她怎么会在这时候傻乎乎地自己坏了名声呢？

想到宋竹的亲事，他不禁有些烦躁：今日忘记和她说周霁的不好了，也不知道下次见面是什么时候，若是宋家在此期间应下这门亲事，难道还真的要让她就这样嫁入周家去吗？

这可得好生思量一番了，萧禹的眉峰，不禁微微聚拢了起来——这一动作，倒是又牵动了脑袋上的小包，他疼得一咧嘴，又有些恨恨：自己怎么就这么……这么贱骨头呢？被敲了还这么掏心挖肺地为她着想，犯得着吗？

话虽如此，但他还是不由自主地为宋竹谋划了起来，就像是他为她送银两，送皮草时一样，关心宋竹，似乎是他难以改变的一件事。

“谁让她比我那几个姐妹都可爱。”萧禹想想，也是一笑，“定是我出门久了，便不由自主，将她当成了妹妹来疼了。”

无独有偶，他的“妹妹”，今晚也没心思读书，虽然书本是摊开了，墨也磨好了，但却也是捧着双颊，对着窗户发呆呢。

中意萧禹……中意萧禹……她怎么会中意萧禹呢？

在今日以前，宋竹甚至没想过自己会在定亲前中意上谁，这样的事她也不是没听说过，就只是没动过这念头——在她心里，这种事和她并没有什么关系，虽然她为自己的亲事担心，但那也不是担心她会被逼着嫁给不中意的人，而是害怕自己说不上好人家，将来要过苦日子不说，还得连累家里人。至于她会不会中意未来的夫婿……这件事在她的想法里，应当是水到渠成，到时候可能家里看上了，自己也就中意了吧，现在这样家里还没看上，甚至是看不上萧家，她却还中意萧禹的事，她从未想过会在自己身上发生。

然而，发生就是发生了，现在想想，一切似乎又好明显，说不定她第一回见到萧禹，就对他有了不一样的感觉。否则，当时她又怎么会破天荒地对头一次见面的陌生人做鬼脸呢？在他跟前，她好像也特别容易失控，容易露出女儿态来。

喜欢就是喜欢，没有道理可讲的，为什么一眼就对他有不一样的感觉，这个问题就无解了。若是能分析出来，那也不叫喜欢。宋竹托腮想了一会，到底还是吁出一口气，不再去纠缠这个问题，反而是担忧起了她和萧禹之间到现在都还没个影子的所谓“未来”。

她中意他，他呢？

这个问题，悬在心里，又是发酸，又是发涩——他对她一向是不错，可……可她却不知道这不错里，到底有多少是因为中意，又有多少是因为她是爹的女儿，是他的师妹。

李师兄是中意她的，这点她在萧禹的明示暗示下，已经很是明白，他也把这份中意，表现得极为明显。那周师兄……应当也是中意她的，她能够感觉得到他眼神里的温存，若不然，周家也不会在她去周娘子处探病以后，上门提亲。可萧禹……他中意她吗？

没有得到萧禹的准话，她注定也只能患得患失，这个问题不可能找到答案。宋竹盯着烛火，心思游移不定，片刻后忽然又想到了母亲几次对自己说起，在颜家、范家这样的家庭，在洛阳、开封那样的大城市里生活的不便之处，更是点出了在萧家为妇的艰难，又回绝了萧家对二姐的提亲……

宋竹也是悚然一惊：该不会，在她明白自己心事以前，娘已经看出端倪，是以话里话外，都是在点她吧？

也对，即使萧禹和她互相中意，家里人也未必同意，二姐那样的才华和名声，娘都怕她嫁入萧家以后受苦，更何况她了？家里把她送去洛阳，只怕也是要让她知道厉害，从而打消嫁入萧家的心思吧？

宋竹也的确不喜欢洛阳的奢侈和热闹，在那片穷奢极侈之中，她看到的并非是令人羡慕的富贵荣华，而是被金钱和权势宠溺出来的浮躁与自私。之所以对周家的亲事很不热心，甚至连问都不想问，就是因为比起周家，她更希望家里能给说个大姐夫、二姐夫一般的人家，金钱方面，只要殷实就足够了，太过富贵的大家大族，反而令人烦心。

周家是太后娘家，萧家是皇后娘家，都是一百来年的大家族了，想来局面应该也很是相近，按说，想到萧家的环境，即使是有些中意，她也该打消了这份心思——可，现在事到临头，她却不再是这样想的了，宋竹也明知道怎么想才是最合理的，可她没法控制自己，她……她就是想和萧禹在一起。她想要天天都能和萧禹见面、说话，想要看到他狡黠的笑容，想要享用他体贴的关心，为了这些，有了这些，她可以忍受萧家的环境，可以试着在东京城生活下去……

如果萧禹不喜欢她，那就设法让他喜欢，她生得漂亮，自认性格也还不差，并不会配不上他。若是萧家看不上她的资质……那，那她可以有名声补偿——萧家自然是不会看不上宋家的，不然也不会为三十二哥求二姐，只要她的贤名和二姐一样响亮，他们家，应该不会是太大的问题。而若是萧家提亲了，爹娘反对……她也一定要把他们磨得点头。

她想要嫁给萧禹。宋竹点了点头，握紧拳头，在空中挥了挥。

“就这么定了！”她想，“我想要嫁给萧禹……我一定要嫁给他！”

谋划

宋竹有个优点，就是她这个人虽然天资一般，但心志还算是坚定，认定了的事，很少会想着放弃，怎么说都要努力一番，尽过人事才能安心。在学业上是如此，在婚事上也是如此。既然肯定了自己的心意，明白自己想要嫁给萧禹，她也就不曾哀叹抱怨自己喜欢非人，而是切切实实地开始为自己的婚事谋划了起来。

主要是也没多少时间可以浪费了，如今已经是有人陆续开始写信来提亲，虽然现在的这些人家，只是徒负富贵之名，实际上未必能过得了父母这关，但万一明日又来个二姐夫一般各方面都很理想的人家呢？她今年十三岁，十五岁正式说亲，其实余下给她的时间，也就只有两年了。

在这两年里，她要做到什么呢？

宋竹思考良久，先在纸上落了一笔：让萧家上门为萧禹提亲。

倒不是说她就一定要男方上门，实际上如今风俗，很多时候婚事都是由女家做主的，女方登门说亲，也不是什么大事。只是宋家的情况相对要特别些，拿不出多少陪嫁，本身又不乏求亲者，所以也就不曾主动对外登门提亲。毕竟，若是按照世间风俗，女方登门提亲，男方是可以问嫁妆的，即使萧家不问，过门以后妯娌也难免比较，她宋竹也不是大姐、二姐一般的才女，嫁妆太少，在妯娌间自然就低人一头。宋竹本人是看得不太重，只怕爹娘心疼她，考虑到这一层可能，先就不肯上门去问萧家了。

而若是萧家主动来求，那就不一样了，即使族里有声音，宋竹的底气也是足的：求亲以前，不就知道我们宋家嫁妆少了？这还要主动来求，可见萧家看重的，本来就不是我的嫁妆。

该如何让萧家上门呢？这就很容易地跳到了第二点：让萧禹也喜欢上她。

她瞪着纸面，想了半天，想到两人相识以来，在嬉笑怒骂以外的那些点点滴滴，唇边不由浮现微笑，心中暗想：也许……也许三十四哥心里，也是挺喜欢我的，从许多事上，都能看出些端倪来。

对此事她无甚头绪，便先放到一边，又是托腮沉思了起来：萧家在南北之争中，一直是不偏不倚，虽然许多族人有偏向北党的苗头，但望海侯却从未明确表态。再加上萧传中师兄是父亲的得意门生，而且之前萧家还想为三十二哥求亲，母亲回绝此门亲事，也不是因为萧家在朝中的立场，而是因为二姐不适合公侯人家的生活。这对她的心思，其实是好事，眼下整件事的难点，其实就只剩下萧家和自家的态度了。

以爹和娘的性子，若是认为自己过门以后，没法过宁静安详的生活，这门亲事便不会应下来，即使她本人情愿也是无用。而要让爹娘认为自己过门后能过上好日子，一个是萧禹本人的人品和能力，还有一个就是萧家对她这新妇的看重了。

第一点……没什么好担忧的，虽说三十四哥有些坏脾气，但总的说来，他聪慧勇敢、缜密细心，办起事来体贴周到，将来中了进士以后，必定前程似锦。即使因为出身外戚人家，仕途上成就不会过高，但宋家倒是不会在意这个。萧禹本人，肯定能过爹娘这一关。

至于第二点嘛……宋竹想了想，倒也不是没有解决的办法。当年萧家来求二姐的时候，态度就很诚恳，其实说穿了，不就是因为二姐有名吗？

只要她也有名……唔，不对，她现在已经很有名了，只要接下来的两年里，她更加有名……

虽然这有些沽名钓誉的嫌疑，但宋竹并不像宋苡一样拘泥，这心虚的念头只是在心里一转，便又是理直气壮：我也不图名牟利，只是想要为亲事铺铺路，对得起天地良心。

唔，那该怎么获取更高的荣誉呢？

想了半日，宋竹忽然间发现——她现在其实就等于是走在了聚集名声的阳关大道上了。前后两次去洛阳，每去一次，美名都更响亮一些，提亲的人也就更多一些。只要娘还会安排她去洛阳拜访、做客，等到两三年以后，她的名头，说不得也不会弱于两个姐姐。毕竟，世人对于美貌的兴趣，仿佛更高于才学，如今宋家来客，许多长辈都是指名要见她而非二姐，见了以后，更是少不得连番的夸奖和赏赐……实际上，她已经是在享受名声带来的好处了。

那么……娘还会安排她去洛阳吧？

一股隐隐约约的明悟，从宋竹心底浮现而上，之前无法理解的大小事情，就像是一把明珠散放在心底，如今终于找到了一条线索：娘无缘无故地打发她去洛阳参加颜钦若的生日会，从洛阳回来以后，家里回绝了萧家的三十二哥，娘对她隐隐约约说的那些在东京大户人家生活的艰难，还有家里对萧禹非同寻常的关注，父亲对他的偏爱、点拨，甚至是家里和萧家走得极近的脚步，二姐、三哥对萧禹的态度，乳娘几次问她亲事的态度，又爱引着她说萧禹……

自小她就知道，自己的天资，在家里只能算是一般，家里多的是比她聪明的人，是以宋竹现在也不算太过惊讶，只是很觉荒唐——原来，竟是早在她本人察觉之前，娘就看出来她对三十四哥那份朦朦胧胧的心思了？

也是在她本人明白以前，娘就开始为她的心思铺路了？难怪，周家那个周霁，各方面都是不错，说起来比三十四哥只强不弱，但家里压根就没对自己提过周家的亲事，原来，是早就为她看好了三十四哥。

既然家里人也觉得三十四哥好，那么她最后的一点担心，也就被抛到九霄云外去了——家里人觉得好的，那便一定是好。萧家固然也许如母亲所说的，不是宋家这般的人家，但起码也有个范家的水平，万万不可能是余家、颜家的家风的。

那么，只要顺着家里人铺好的路往下走去，一切……应该也就能顺顺当当的了吧？

宋竹忍不住冲着空气傻乎乎地笑了起来：虽然在她长大以后，家里人很少和她搂搂抱抱的，但身在家里，她却无时无刻都能感觉到自己正被父母兄姐的关怀紧紧地保护着，从未有感到孤单寂寞的一刻。

“既然如此，我也要抖擞精神，万万不能太懈怠了。”她旋即又是转念一想，“萧家的家境，毕竟要远胜曾家、薛家，说不定为了我在萧家能站稳脚跟，爹娘会多为我筹措一份嫁妆。固然家里现在也不差这些钱，但最好也别在我身上破例，我的名声越大，萧家越想说我，将来爹娘对我也就越放心，我自然也就能和爹娘说，不必为我破例。”

把一切勾画妥当，她顺手团了涂写过的白纸，凑在烛火上，让它燃着了，免得留下纸团被家人瞧见，脸上过不去。宋竹撑着脸盘，望着一缕青烟从纸上袅袅升起，仿佛透过这烟雾，看到了将来的种种景象，她的唇边，不觉也就露出了甜甜的笑意。

说来，昨日宋竹的迟归，差点累得她没法回家——平时她不是跟着宋先生，就是跟着二姐她们。而昨日两边都以为她跟着对方走了，是以都自行回家，若非在途中恰好碰上，根本都不知道宋竹还被落在了女学里。

当然了，家常过日子，谁也不会把时间掐得很紧，再加上宋先生也不知道宋竹是何时从后山回去女学的，所以宋竹消失的那小半个时辰竟也无人问起，顶多只是被绕回来接她的三哥宋栗宠溺地责备几句而已，家里谁也没把这当了一回事，倒是闹得宋竹这里有件事难以处断：陈娘子和她表兄的事，是否该和母亲说说呢？

陈娘子不忘初衷，一心系在表兄身上，宋竹私心里，对她是很佩服、很同情的。不过这件事坏就坏在陈家如今看来是反对两人见面，如今这样还好，若是万一陈家真要悔婚，又或者她表兄下一科落第，陈娘子心一横闹着要和表兄私奔，此事对书院来说，影响就很不好了——这并不是什么异想天开的担忧，从唐至今，淫奔之风是屡禁不绝，每年都能听到某处的小娘子，因为家人看管不严，自己又不经世事，被轻浮无赖诱拐私奔的事。前朝白居易还写过《井底引银瓶》，告诫女子不可轻易私奔。到了本朝，由于榜下捉婿的习俗，越是富贵人家，小娘子闹出私奔之事的概率反而还要越高。

思来想去，宋竹倒也觉得还是该和家里人说一声的好，将来若是陈娘子表兄落榜，陈娘子又是举动有异，那么届时家中顺理成章也就会有所处置，免得其为书院名声带来瑕疵。因此这一日，到母亲身边上女红课时，她便是一边刺绣，一边对母亲解释起来：“……那日回来迟了，其实是因为……我和三十四哥前些时日拌嘴了，三十四哥来和我赔不是，我们说话时，不意遇到陈娘子和她表兄，又不便出去打扰，所以才耽搁了那些时候。”

小张氏手里针线一顿，倒是未问陈娘子，先道：“拌嘴？以你素来的脾气，我倒不知道，你竟会和人拌嘴？”

宋竹一般很少对家里人撒谎，顶多有些事，是不问不说。不过今日她却大觉很难坚持自己的一贯做法——虽然也知道家里人应该是颇为中意萧禹，但要她一五一十地和母亲交代她同萧禹之间的那些小儿女情状，宋竹实在也觉得拉不下这个脸。其实，现在想想，大概从一开始，和萧禹有关的事，她愿意和母亲说起的，也就不是很多。

“唔，反正也就是口角罢了。”她含含糊糊地说，“三十四哥有些小孩子脾气，在东京时想必又被宠惯了。过了一些时日，他自己想通了来赔不是而已，其实也没有什么，不论如何，他的心毕竟都是好的，我早也不生气了，只是他还瞎担心罢了。”

也不知是否她的错觉，母亲含笑望来的一眼，仿佛是大有深意。宋竹不禁心底发虚，只怕她寻根究底，还好，母亲只是不咸不淡地说了一句：“是这样吗？”

便不再问，而是问起了陈娘子和她表兄的事：“陈娘子今年，过了十五了吧？”

过了十五岁，除了未婚夫以外，就不好私下同外男独处了。当然公开场合不在此限，私下一大群人在一处说话，也不是特别犯忌。宋竹道：“今年刚满的十五岁……”

她也没说陈娘子和表兄的亲昵，只把对话和母亲说了，小张氏听了，也没说别的话，只说了声“知道了，也不是什么大事”。宋竹心底，也就松了口气：母亲自然会和父亲提起，从她的反应来看，也未必会对这两人有什么严厉的举措。

余下的课程，两人便不再说闲话，只是专心绣花，等到宋竹收拾东西准备告辞时，小张氏才若无其事地说：“论罪断案，论行不论心，择人交友，论心不论行。谁还没有做错事、说错话的时候？不要揪着人家的错处不放，只因为一点小错，便同人疏远了，责人宜宽、责己宜严，这句话，你回去好生琢磨琢磨。”

宋竹面上一红，明白母亲怕已经是看破不少内情，只是不说穿而已。不知为何，她忽然有几分害羞，匆匆忙忙地应了一声，回过身子，便是疾步出了屋门，速度之快，也是平日罕有。

小张氏目送女儿的背影消失在屋门口，忍不住也是微微一笑，她打开抽屉，将周家写来的提亲信来回看了几遍，又寻思了一会儿，方才是将此信郑重折好，收入了一个匣子之中。

思念

到底都还是学生，平时终究是要以学业为主，清明节前不论男学、女学都有考试，宋竹生怕自己前阵子心绪不好，读书也读不进去，今次成绩退步。所以虽然她打定了主意，但也并未天天去宋先生那里伺候，还是把相当的时间放在了读书上。有限几次过去宋先生那里时，偏巧又都没撞见萧禹，是以两人在节前居然没有碰面，她倒是听见了好几次周霁的声音——入读宜阳书院以后，以他曾考中举人又入读国子监的水平，周霁在一群同学中很快便脱颖而出，而且他就学勤勉，三不五时都会到宋先生的书楼来请教学问，宋竹会遇到他，也并不稀奇。

如今在宜阳书院之中，学问最好的当然是她三哥宋栗，现在人人都相信宋栗明年会中进士，只是不知道究竟是什么名次而已。其次还有四五人，都是被认为必中进士的，宋竹也知道，他们平时没少吃各教授开的小灶。就是宋先生都会对这样的学生特别关心一些，甚至会主动叫他们过来指点功课。虽然没有明确的等级划分，但能经常在私下伺候，得宋先生指点的，自然也就是宋先生的入室弟子，若是再往上的话，那就是如今的小王龙图、萧传中和宋先生的关系了。当然，关系能否走到这一步，除了师徒二人的脾性以外，最重要的还有两人的政见是否一致。

也许正是因此，虽然书院里大家弟子很多，但能成为宋先生入室弟子的，并无北党豪族，周霁更是从未单独被宋先生召见。其实按他的水平，是有些不应该，宋竹对此也有些不解——她对政治上的事情，倒天然有些兴趣，而且自从知道父亲心底其实和南党、北党都不亲近以后，更是时而为家族的处境担忧。毕竟，宋先生虽然回了老家，但和在东京时也没什么分别，照样是搅和在朝廷风云里，难以脱身。

但这却又不好问，周家有意提亲的事，她既然知道了，那便不好轻易表态，免得家人误会：虽说她早晚都是要告诉家里人自己真正的心意，但宋竹毕竟是女孩子，也有些自己的矜持脸面，总想着确定了萧禹的心意，等萧家的提亲信也写来了，再和家里人说也不迟。

好吧，现在除了读书以外，要做的事就是确定萧禹的心意……

然后宋竹就发现，她忽然间真的见不到萧禹了。

在年前萧禹生了一场病，落下了不少功课，为了清明的考试，据说他是闭门苦读，誓要把失去的苦功给补回来。宋竹在清明以前去了宋先生那里十多次，每回几乎都能听见周霁的声音，但从未有听过萧禹的声气。待到清明以后，宋先生受邀去龙门书院、白马书院讲学，没了宋先生，她也不能去前山。按照往常的生活轨迹，她压根儿就碰不上萧禹，除非她铁了心闯到前山去……

这又怎么可能？宋竹现在要比以前更珍惜自己的名声，她还得靠着名声给自己多攒点嫁妆呢。

到了端午，萧禹又回洛阳过节了，宋竹虽然也想去，可她三姨一家子已经随着三姨丈调任离开了西京，没个合适的借口，也不好再过去。母亲似乎也无意让她过去，宋竹刺探了两次，小张氏都仿佛不知道她的意思，她也只得作罢。

好容易等到五月中旬，宋先生终于回了宜阳，宋竹当天下学就迫不及待地跑到书楼，和宋先生撒了一回娇，又着实擦洗整理了一番内室的书架。一边做事，一边在心底惦念着萧禹，暗想道：那日的事，难道他以为就那么算是完了？就算前一个多月，他是恰好没碰上我。可今日爹爹回来，他也该猜到我肯定会过来，怎么到现在还没听见他的声音？

宋先生出去大半个月，今日刚回来，也有许多事要处理、商议，此时外室过来请教学问的学子也不少，宋竹支着耳朵听了一时，只认出了周霁的声音，她所惦念的萧禹，却是完全没有动静。她心底不由暗暗气闷，对于周霁，也没那样尊敬了，反而有些迁怒，“也太殷勤了吧？即使是一心向学，也没到这地步的。他本来在国子监里读得好好的，也没听说过心向宋学，忽然跑到宜阳书院，难道还真是为了给我们家相看？这样看，他们家提亲的目的也未必单纯，指不定就是想要和宋家绑在一起，以便在北党中攫取更高的地位。若是知道宋学和北党其实是貌合神离，从未打算鼎力支持北党，他说不定跑得比谁都快。”

胡思乱想了一会儿，又见屋内永远都有好几个人在，知道即使萧禹出来，自己也不便出屋，宋竹心里十分气闷，便寻出弓箭来，走到屋外，想要把心里的闷气顺着这羽箭一道射出去。

弓弦在后院中发出了清脆的弹动声，伴随着沉闷的“夺”，宋竹连续发了三箭，见都中了靶，而且距离靶心不远，方才露出一丝笑意。她走上前拔了箭，回过身时，忽然见到李文叔就站在后堂门口，抱着手欣赏地看着自己——他行动轻巧，刚才宋竹心里又是有事，倒还真不知道他来了多久。

她原来对李文叔有所改观，主要是因为他在镇压流民时表现不错，但听萧禹说，此事颇多情弊，言下之意，李文叔非但不是英雄人物，反而是卑鄙小人。虽然当时情况特殊，他没有多加解释，但宋竹肯定更相信萧禹的人品，因此已经是深信不疑，再加上上回两人吵架，也是因为这李文叔，甚至她二姐夫都隐隐露出对李文叔的提防，如今她还怎么可能主动搭理这人？见他悄然摸到后院，心中更是不喜，眉头一皱，便道：“李师兄好——师兄，这后院连接女学后山，一般男学子是不能进来的。”

李文叔这人，有个也不知是好处还是坏处的地方，那便是他委实把自己对宋竹的那份看重着紧表现得淋漓尽致，宋竹对他有个好脸，他便是喜动颜色，几乎连话都说不平整，现在宋竹对他冷淡疏远，他顿时是栖栖惶惶、失魂落魄，忙是赔着不是：“师妹勿怪，我从前不知道这规矩。刚才进来想请教学问，听到弓弦响动，一时好奇，就进来看了。”

上回她不也是在这里射箭，被李文叔看到？宋竹心里怎么会信他的“一时好奇”？反而微微起了戒备，“这人嘴里真是没一句实话，他若是直说听到射箭声，以为是我，那还罢了。这样说，是把我当傻子看了吗？”

见李文叔虽然满口赔着不是，但脚下寸步未动，仿佛被糨糊黏在了当地，她连那丝礼貌的笑意都收敛了去，冲后堂方向扬了扬手，冷冷道：“那么现在知道了，李师兄怎么还不进去呢？”

李文叔面现失落，反而走下台阶，皱眉道：“师妹，上回见面，我们不是已经揭开误会了吗？怎么眼下，仿佛你还是——”

宋竹现在对他已经起了戒心，李文叔面上的困惑苦恼，已经无法打动她，反而令她更为戒备，冷声道：“师兄，我说得极清楚了，这里时而有女眷来往，不是你该来的地方，还是请速速回去吧。若把爹爹惊动了，你面上须不好看。”

一旦祭出宋先生，李文叔面色也是一变，他立时不敢放肆了，踏出的脚步也收了回来，只是说道：“师妹，师兄不是要闯禁地，只是觉得你我之间也许被小人进了谗言，有些误会……”

他一句话还没说完，身后人影一闪，又冒出个人来，一样也是青布衣裳，唇红齿白、长相俊秀、气质华雅，不是宋竹这几天来惦念的萧禹，又是谁？

若是从前，这么长时间没见，宋竹心里虽然可能有些隐隐的想念，但却也不会当真了来琢磨。如今就不一样了，她才明白自己的心意不久，晚上入眠以前，想到萧禹，都忍不住要甜甜一笑。却偏偏又耽搁了这许久才见到他，这份思念无疑是被一再反复酝酿浓郁，见到他从李文叔身后这么一蹿，顿时就完全被勾动而上。她哪里还顾得上李文叔？顿时绽开了花一般的笑靥，甜甜地招呼道：“三十四哥！”

招呼出了口，心里才是一个咯噔：“哎呀，不好，我对他太和气了些，前回那么简单地就把他两次得罪我的事给揭过去了，其实说来他还是有些占便宜的，我也得凶一些才好，须得他来赔不是逗我开心，我再慢慢地搭理他，这样才对。这么一笑一招呼，反倒是我先弱了势头，倒有点性子太好，由人欺负一般的感觉了。”

虽然按理说是这样，但宋竹素性宽大，对自己人很少记仇，如今萧禹既然已经是她心中的“自己人”了，她对前事也早不在意。再说笑也笑了，叫也叫了，她也就不再纠结，而是冲萧禹招手道：“你今儿怎么来了？我前几次……”

说到一半，眼角余光瞅见李文叔，这才忽然想起：自己刚才还和李文叔说，后院是不许学子踏入的。

她已经许久没见萧禹，心中正是思念——现在的宋竹，方才是明白陈娘子为什么连山坡都爬，就是为了见表兄一面，如今若是让她爬一道山坡就可以和萧禹见面，只怕她也是有几分情愿的。得罪个李文叔，换作以前，她可能也会思量思量，但现在就觉得根本都无所谓，反正刚才横竖也得罪了，现在就是再得罪几分也没什么，若是能让他再不搭理自己，那就最好了。

“李师兄，三十四哥是我们家通家之好。”她便对李文叔解释道，“故此不受此限，可以入后院说话。至于师兄，你不是来请教功课的吗？我听见爹爹那边声音小了，师兄还是快去吧，要不然，不知什么时候才能排到你呢。”

至于为什么李文叔上次来，还能受邀过来一起练箭，这回这后院就成了外男不能擅入之地，这样的事她便更是懒得去解释了。

萧禹一来，本来情绪是不高的，听了她几句话，倒是精神起来，闻言也配合宋竹，装模作样往前厅张望了一番，便笑道：“嗯，人是少了些，师兄也不知在这里等了先生多久了，还是快去吧。”

这话极是促狭，李文叔面上顿时涌起一阵红晕，他倒是也没多说什么，冲宋竹一拱手，无言作了别，回身便进了里屋。萧禹又回身把门扉半掩起来，这才走下台阶，道：“以后你要练箭呢，门关好了，免得有些别有用心的人看到你在后院，总是要想方设法地进来和你搭话。”

他撇了撇嘴：“他算一个，那周霁我看也算一个，他要是知道你在后院射箭，肯定不会在先生书房里高谈阔论，费那个嘴皮子，早就找机会出来了。”

宋竹现在见到他，心里真是飘飘然的，有一种说不出的喜欢和快活，只是因为女儿家的矜持，也因为并不清楚萧禹的心意，她面上倒还绷得很紧，跟没事人一样，只是比平时要兴奋一些，眼珠一转，便把萧禹言下之意领会得七七八八，她故意为周霁说好话，“就你会编排周师兄，人家哪里是有什么旁心呢，分明就是一心和我爹请教功课才对。”

“他心思有那么纯正就好了。”萧禹终究是情绪不高，虽然因为两人联手挤兑李文叔，而露出短暂的欢容，但却很显然没有和她说笑的心思。“说起来，今儿见到你，我也是松了口气。之前来了几次，都没撞见你，这话又不好和别人说……我告诉你，周家内部房头林立，彼此钩心斗角，外头传言，他们家风很不错，其实私底下藏污纳垢，不知有多少丑恶的纷争。周霁这人，更不是你想得那么简单，我看他狼子野心城府深沉，只是大奸似忠，表面功夫做得极好而已。若是你爹娘还没答应周家亲事，那是最好，若是已经答应了，你也快和你爹娘说，让他们退亲为上。”

他很少把话说得这么重，宋竹听了，不觉也吓了一跳，怔然道：“你——你怎么知道周家和我家提亲了？”

话说出口，忽然觉得自己问了个蠢问题：范大姐就是他表姐，萧禹如何会不知道？只是不从她口中知道而已。

方才要细问周家的底细，宋竹忽然心头一动：萧禹不知道，所以为她担心，可她知道呀，她知道自己根本就不打算嫁给周霁，自己想嫁的人……就在眼前杵着呢。周家条件好坏，和她有什么关系？她问周家干吗？她该问的分明就是……

见萧禹明显因为自己的疑问而翻了个白眼，宋竹的心情忽然有些好，她抿着嘴偷偷地一笑，又暗自给自己鼓了鼓劲，方才看似无心地问：“说起来，李师兄对我有意，你和我说他的不是，周师兄仿佛是看上我了，你也说周师兄的不是……我就奇怪了，三十四哥，怎么仰慕我的师兄，在你嘴里，竟然都不是什么好人呢？”

在都字上，她明显地加重了音节……

试探

唉！你说这个宋粤娘，分明也还不笨，怎么这脑子就是和旁人不一样呢？她不问周家到底不好在哪儿，反而这么一问，好像他是成心破坏她的姻缘一般。也不想想，这对他有什么好处？

萧禹颇有些好心被当驴肝肺的冤枉，若是依着他以前的性子，这会儿就该顶宋粤娘了：要不是有问题，也不至于不说你姐姐，就盯着说你。可惜，他才刚和宋粤娘和好，虽然这小妮子心胸还算宽大，仿佛没把前事放在心上，但这女孩子的心思，谁琢磨得透？要是一句话说错，宋粤娘又翻脸了呢？

“那的确是两家都有问题嘛。”他按捺住心头的烦躁，也没什么和宋粤娘开玩笑逗趣的兴致了，而是正正经经地说道，“这李文叔不说了，他们李家和我们家来往不多，不了解，就他那个人什么德行，你也看到了。至于周霁，这人也许是枭雄人物，可惜错生在了外戚家里，走不得出将入相的正道，饶是如此，我看他也是安生不了的……这个人，功利心很重！”

见宋粤娘双眼一闪一闪，似乎并不太相信，他索性也就不等她问了，直接为自己辩解道：“你心里也许觉得，周家要是家风不好，怎么还能出个太后。我也不妨老实和你说，我本人虽小，但听长辈们说起，也就是因为出了太后以后，周家尊荣过甚，这些年来家风才日益败坏。且先不说那些走私回易、强买强卖、侵占民田的事。就说他们家各房，虽然是亲兄弟，但彼此间如仇敌一般，没有一房是不亏空官中，借着新妇嫁妆的名头，给自己攒私房的。周霁这一房，因他母亲当年陪嫁薄了些，便令父亲十分不喜，所以房内多宠……反正，这些事也不能都和你说，他父母辈妻妾争宠，不知闹出了多少笑话和丑事，只是因为周家毕竟还要给太后做脸面，是以全都是动用权势压了下来而已。皇城司那里，也不敢说太后娘家的笑话。”

他顿了顿，又道：“至于周霁，他出生以后不久，母亲便彻底失宠，祖父母小时候对他也没什么偏疼，该给的都给了，多的也别想。就是说读书，周家和他年纪相当的几个兄弟，也不是他最为聪慧，学业进益最快。可偏偏到了十多岁时，那几个隔房的兄弟，不是这有毛病，就是那出了问题，居然让他去了国子监读书，在这前后更是得到了太后的欢心……”

他哼了一声，对自己的判断深具信心。“你要说这都是巧合，我才不信。”

本来，被宋粤娘那一问，他心里有些说不出的不得劲，就像是被捉住了什么痛脚似的，现在说着说着，倒是自信起来，笃定地道：“若是换了别人，就像是你那颜家的师姐，这些话我也不说，只恭喜她能嫁入周家。但你们家不是最看重门风的吗？又明明白白，要‘至诚至性’的君子，这周霁和你，还能是良配？”

这毕竟是道人是非，而且周霁人就在屋里，两人一边说一边走，不知不觉便走到了上山小径拐角处，找了个僻静的地方，方才站住不动。宋粤娘认真地聆听着他的说话，俏脸上一片入神，整个人仿佛一幅画一般好看。萧禹本来心情不好，心绪浮动，看到她那静谧的样子，也不知为什么，心里倒是好受了许多，临到要说完时，还有些恋恋不舍，就怕自己一停嘴，宋粤娘便不能维持这赏心悦目的倾听姿态了。

“唔。”果然，他一说完，宋粤娘的小脸上，顿时掠过了许多思绪，她看了他一眼，唇边忽然浮上了一抹莫测的微笑，让他居然看不透她的心情——这对于素来很懂得察言观色的萧禹来说，可是很少见的现象。“原来是这样……”

萧禹心里陡然又生出烦恶来，他半开玩笑地说：“我还当你听了这些事，就要掩耳疾走呢。你在西京时候，那么不喜欢余留守，不就是因为他们家姬妾多么？周家的姬妾，可是要比余家多上许多。”

“但余家不尊重我，周家倒挺尊重我的呀。”宋粤娘眼睛一闪一闪的，“为了给我们家相看，周师兄连国子监都不读了，到宜阳来上学呢。”

萧禹闷哼一声，心想：你当他真是看上了你这个人吗？周霁这个人，肯定是看上了你们家的势！

他这几天心情都很低落，现在脾气上来了，竟也没耐心分辨，又想到宋竹原来就对周霁十分另眼相看，一时间也有些心灰意冷，随口道："罢了，我反正尽了情分。你爱怎么想怎么想，喜欢周师兄，要嫁给他，那也是你自己的事。"

也不想多看宋竹，转身挥了挥袖子，便要下山回去。

才走了几步，宋粤娘一把拉住他的袖子，倒是埋怨上了："逗你呢！你这人怎么爱生气啊！"

她似乎也来了性子，小嘴嘟得高高的，一个接一个地冲萧禹丢着白眼，"我要是和你这样的性子，你说说，我这辈子还能搭理你吗？"

萧禹被她说得无言以对，虽然心里还想：你无聊不无聊？这样的事干吗要拿来逗我？但他也知道，凡是女人，从他娘算起到他妹妹，多数都是不讲理的。宋竹生得又这么好看，即使不讲理，也刁蛮得颇为可爱，他心里就算有些不快，倒也是被风一吹就散了开去。

"那我反倒要和你赔不是了？"他说是这么说，但语气绵软，宋竹听了也没生气，只是微微笑了笑，颇有几分狡黠，直接转开了话题，问道："今儿你一露面，我就觉得你心情不好，怎么了？三十四哥，难道是这一次小考，考得不好吗？可我听三哥说，你又比前回进步了不少，已经名列甲等，距离甲上，也就是一步之遥了。"

一般来说，宜阳书院的小考是不定具体名次的，只是评等，甲上是最好成绩，历来也就只有一二十人能获得这样的评分。萧禹刚来的时候只能得丙下，一年工夫就飞跃到甲等，这进步不可以说是不快。萧禹听到宋竹说起他的成绩时顾盼自豪，仿佛也为他自豪，心情倒是好了不少，不觉就摇头道："不是的，是家里的事。"

宋竹轻轻地"啊"了一声，也不说话，只是凝视着萧禹，等着他的下文。

她私底下素来狡黠娇憨，面上神色都是很灵动的，这会儿却是一反常态，神色柔和温婉，至诚关心，袒露无遗，萧禹看了她几眼，心中也是一暖，暗想道：怨不得她家里人那么疼她，就连范大表姐都待她十分好。她……原也是十分可爱的。

他身世有些特别，自小便是学会“逢人只说三分话，未可全抛一片心”。尤其是和家事有关的一些烦恼，几乎都是嚼碎了咽到肚子里，就是和至亲父母也很少谈起，可不知怎的，今日看到宋粤娘的神色，他自然而然就兴出了信任，并未权衡利弊、思量前后，自然而然地便认定：她肯定不会走漏消息，不会害我的。因此只是略一犹豫，便说道：“是一个我十分亲近的哥哥……他身体一向不好，年前又生病了，这几个月病势越发沉重……”

这几个月以来，他都牵挂兄长病情，这会儿说起来，心情又更低落，忍不住就叹了口气，轻声道：“我想回去看他，可他让我别回去……在这里好好读书……可我怕、我怕……”

他和兄长感情一向亲密，说了几句，不知如何，忽然间情绪崩溃，居然眼圈一热，只觉得再要说下去，就忍不住要哭起来了。萧禹连忙收住了不往下说，心底又是发窘，又是难过，一时间倒是无以为继，连调和气氛都做不到了。

宋竹倒也没说什么，窸窸窣窣在身上掏了一会儿，给他递了条手帕过来——她的手帕，比不得别家娘子的华丽，并不是轻薄丝滑的绢帕、丝帕，而是一张明显用零碎布条拼接而成的花吉贝布帕子，萧禹看了，又不由破涕为笑，说道：“粤娘，不是我说你，你一个小娘子，总是要讲究些的，比如这手帕，好歹也用绢帕、罗帕不是？这手帕掏出来，你那些同学心里免不得又要说你了。”

他说出口才觉得鼻音十分重，掏了掏袖子，又发现自己的手帕估计是忘记带了。犹豫了一下，还是抽过粤娘的手帕擤了擤鼻子，心里还想：唔，给我拿来擤鼻子，她不会生气吧？不过，这孩子也是小，都不知道这手帕可不能随便乱送的。

“这吉贝布也不便宜呀。”宋竹倒是没生气，反而辩解道：“而且本来花花的，就不必再往上绣花样子了，若是布条拼得好，就这么也蛮好看的。我们同学非但没笑我，这几个月反而都学着做了好几条呢……就是我本来给你擦眼泪的，你倒好，拿来擤鼻涕了。”

最后几句话，她嘀嘀咕咕的，说得很是不高兴，萧禹听了，又忍不住笑了，和宋竹斗嘴道：“男儿有泪不轻弹，我从来都不哭的，帕子到了我手上，都是擤鼻子，你这么给我，我当然误会了。”

宋竹冲他翻了个白眼，哼了一声，萧禹又不禁笑了几声，方才说道：“大不了，我洗干净了还你。”

“我不要。”宋竹忙道，“洗干净了也不要！你自己留着用吧——擤过鼻子又还我，你这个人怎么这样呢！”

萧禹几个月来沉郁的心情，被她一通胡搅蛮缠，倒是消弭了不少，他又和宋竹斗了几句嘴，眼看天色快黑了，也知道自己耽搁许久，已是不该，应该要快回书房去了。但不知为何，却怎么也说不出道别的话语，直到晚霞都红了，方才说道：“那，我下去了，你也快点回去吧。今日先生肯定是要耽搁许久了，你往女学那边走，天晚了，山路不好走。”

宋竹点了点头，忽然拉着萧禹转了个弯，使他冲着夕阳，站在台阶上对他笑道：“三十四哥，你抬起头来我看看。”

萧禹奇道：“做什么？”

一边说，一边依言抬起头来，宋竹居高临下，仔仔细细地看了他一会，唇边依稀含笑，神色间恍惚流露出一些萧禹无法形容的情绪，倒让他被看得有些说不出的古怪心慌。

“嗯，好，眼圈儿已经不红了。”那古古怪怪的情绪，在他心里沸腾回转，逐渐让他有些受不了时，宋竹忽然一本正经地说，旋又扑哧一笑，“一会儿进去，师兄们也发现不了。不然，还当你在学堂里被谁欺负了，躲起来偷偷地哭鼻子呢。”

“去去！”萧禹又好气又好笑，冲宋竹甩了甩袖子，回身走了几步，忍不住又回头看了看宋竹，见她犹自得意而促狭地望着自己，面上笑意盈盈，他也忍不住笑了开来，又同宋竹挥了挥手，方才走下山来，回了书楼。

宋先生屋子里，果然还挤满了前来求教的学子，萧禹走进屋内时，李文叔就站在门边，见到他进来，便深深地看了他一眼，笑道：“萧师弟，你终于来了。”

萧禹是何等人物？心中略一转动，已经知道宋竹刚才的言语，彻底得罪了李文叔，此时自己只怕已经成了他的眼中钉、肉中刺，将来在书院里，少不得要应付他明里暗里的阴谋诡计了。

不过，李文叔这样的人，也不在萧禹眼中，更何况他原本也没少出招，此时他更是不在乎了，也懒得理他的言外之意，大大方方冲李文叔一笑，说道：“在先生这里听讲，还想着我，李师兄真有心了。”

言罢，也懒得再搭理李文叔，挤到前排收摄心神，认认真真地便听起了宋先生的即兴评讲，只是听了一会儿，望着宋先生时，忽然不觉又走神暗想：嗯，粤娘生得更像她爹一些。

想到此，不知为何，他唇边竟是浮上了一抹柔和的笑意，这上翘的弧度，仿佛是被谁勾着一样，远超过一般微笑的时间，久久也未曾消去。

心思

萧禹到底中意不中意她呢？

若是不中意的话，又该怎么让他喜欢上自己呢？

宋竹万万没想到，自己居然会被这两个问题给难倒。她原以为这其实是挺简单的两件事——一个人是不是中意另一个人，其实还挺容易看出来的，好比二姐夫对二姐，又好比李文叔对她，也许还有周霁对她，其实都是显而易见的。那种格外的关心和回护，还有一旦见面便不想分开的感觉，都是中意一个人最好的证明。

只是，她知道自己中意萧禹却不知道萧禹是不是中意她，虽然心里觉得他应该是中意的，但言行举止之间，却又少了李文叔、周霁那明显的倾慕。所以这个问题也只好存疑了。

这第二个问题，宋竹却又不知该怎么解决，她从小就讨人喜欢，别人仿佛自然而然就会喜欢上她，也就很少需要去刻意地讨人喜欢，身边的友朋姐妹……更不需要去讨人喜欢了，那都是别人来仰望的，就是想要学，都无从学起。唯独知道一个颜钦若，是想让萧禹喜欢上她的，但结果却也是凄惨无比，萧禹躲她躲成那个样子，可见她的例子也不好学。

宋家家教严格，宋竹从未看过不规矩的话本，偶然听些杂扮故事，那对小郎君示好的小娘子多数也都是送手帕、送诗句、送银两（不知为何，这些故事的主角都是穷书生，总是需要周济），而小郎君总是收到一点信号便心领神会。可到了萧禹身上……帕子都送了，他还和木头人似的无知无觉，她还能怎么办？难道直接和他说啊？

唉，算了算了，他那亲近兄长身子不好，想必现在也没什么心思想这些杂事，若是他举一反三，把病重的兄长抛到脑后，那反倒是品行出问题了。宋竹无可奈何中，也只能这么安慰自己了——且喜家里似乎也察觉到了她对萧禹的心思，想来一两年内，不会将她许给别人。

至于周霁和周家的事情，她却是全不关心，周霁就是再好，她不喜欢也是无用，同理，即使是再不好，也和她没什么关系。

虽然此事未定，她心里总是不太舒服，但宋竹眼下也没什么太好的办法，只好暂且将此事按捺在心底，寻思着等萧禹那位兄长痊愈了以后，再想法子和他暗示一番。

能让她高兴一些儿的，便是她送给萧禹的那张帕子，萧禹虽然没有再用过，但也的确没有还她。

不知不觉，又是一年秋收，今年各地的收成倒都是不错，久被骚乱困扰的西京，又开始新一轮紧锣密鼓的防秋工作。毕竟今年从夏天开始，关西一带战事就是吃紧，按照惯例，若是收成不好，秋收以后，各地总会出现许多不甘在家中饿死的流民，往繁华的城市移动，寻找生存下去的办法。如此一来，西京一带的治安，也会立时显现出问题。

宜阳身为洛阳门户，又有萧传中这么一个锐意进取的县尊在，当然也不能落了人后。宋先生亲自带了学生去巡视书院名下的田庄，查看防御工事的修筑力度，更是要给村民们提供一些趁手的兵器，以备今冬应付盗匪——也许是去年宋竹一行人遇险的事刺激了他，这回，宋苡和宋竹这两个会骑马的小娘子都被带上了不说，就连才学会骑马的宋艾，也紧着二姐坐在一起，跟在宋先生身边，和他一道下乡去巡视庄田。

这一年多以来，盗匪杀人的事件时有耳闻，宋家已经不禁绝女儿学习防身武艺，宋竹对此早有兴趣，不但弓箭上有了成就，也跟着父亲、哥哥学了一些防身的技巧，宋先生疼爱她，把一张弓给她背着，马边上也悬了一壶箭，虽然没有明说，但明显一会儿到了地头，也许还能打猎。因此她兴致不错，骑在马上顾盼自豪，若不是身边还跟了许多师兄，几乎就要和姐姐大声说笑了。

“朝廷法度，肯定是要重视的。让乡民拿弓箭、刀剑，这是朝廷明令禁止的事，但这木棍就不犯忌讳了。”宋先生今日兴致也不错，一边走，一边和一道来的几位教授议论，“今年我想，应该要把庄户习练武艺的事抓起来了，农闲时分也不能让他们就这么闲着，一庄人聚在一起，练武、演习阵法都好，这样，不但村里有事可以迅速支应，日后若是入了行伍，也比一般兵丁要更知道号令。”

若是往常，他一番话说出来，早就惹得众人喝彩附和，但今日宋先生的话却只有寥寥几人应和，大部分人的反应都很冷淡，更是有人小心嘀咕道：“这不就是保甲法……”

朝廷里，北党、南党关于“变法”，从去年到今年，不知兴出了多少风波，青苗法、保甲法的声势已很浩大。而小王龙图日前已经出外到地方上去了，虽然领的是边疆重镇，不能说是贬谪，但再次回归中枢，还不知是什么时候，眼下北党在朝中的代言人，只剩下陈参政。北党的地位已是岌岌可危，几乎要一败涂地。在这样的情况下，宋先生的说法还隐隐倾向于南党，他身后这些北党子弟，就是再尊敬老师，也不可能继续附和。倒是几位教授都道：“不错，这样一来，往后宜阳北边这一带，就更太平了。去年便是因为各地只有宜阳匪患少，商贾都在宜阳歇脚，虽然是灾年，但县里却还要比往年繁荣，居然没有饿死人，这也算是异数了。”

周霁亦朗声道："先生所言甚是，眼看关西一带，战事越发吃紧，若是后方再大乱起来，辎重怎么往前方送？前方又如何顶得住？战事一坏，北方全面糜烂，只怕不几年就要往民间征兵了，嘿，一样是受训，到那时受训的心情，和现在受训的心情，可是大不一样了。"

这话说得十分直白，就差没对保甲法大唱赞歌了，自然有人受不得，出来和周霁辩论。但宋竹听了，倒是觉得有力，不由暗暗点头，想道：三十四哥和我说的周家那些事，固然是不好的。但周师兄这人，虽说是心思深沉，但其实也有不得已之处，他父亲内宠多，儿女多，祖父母对他也是平平，那样的人家，各房争斗厉害，说是从兄弟姐妹，其实反而和仇人一般，若不是这一番算计，如何能入国子监读书？又怎么能把他亲妹妹安排来宜阳上学？怕是他和他母亲、妹妹的日子，又要不好过了。

这么胡思乱想着，她忍不住看了看周霁，周霁似乎察觉到了她的眼神，唇枪舌剑，百忙中还要冲她投来一个微笑。宋竹虽然对他无意，但心底也不由微微感动：若是三十四哥能和他一样，那就好了……又想到三十四哥和周霁、李文叔都不一样，是不是意味着他并不喜欢我……

中意一个人，免不得就要患得患失，心里永远都有一块石头落不了地，宋竹本来心情还不错，此时却又沮丧起来，也无心欣赏秋高气爽的乡间风景，只是默不作声地伴在父亲身边。好在她和宋苡外出，从来都不大说话的，是以也无人发觉不对。

众人已经将农庄都巡了一遍，前方的庄子，除了是书院田庄以外，还有个不小的练武场，是今年刚刚建成的，书院有意将马术、射艺、箭术、剑术等君子六艺的内容，渐渐搬到此处来教授考试。把工事绕了一圈，宋先生十分满意，心意一动，便岔开了话题，笑道："我们去练武场里看看。"

一行人去练武场里习练了一番武艺，萧禹这几个月都没什么精神，也没怎么表现，倒是周霁和薛汉福，两人大展身手，把箭靶射得刺猬一般，众人都笑道："薛师兄好厉害！"

又有些年少好事的，便埋怨周霁：“你该让着薛师兄些。”

为什么要让着薛汉福，只看宋苡便可知道了，周霁笑微微的，手里拿了一张软布擦拭弓身，似乎是无意地又看了宋竹一眼，说道：“是吗？其实应该是薛师兄让我才对吧？”

众人都不解其意，周霁也不解释，反而说道：“这几年天灾人祸的，老鼠也渐渐多起来，此处靠近河堤，此物最爱打洞，却不好放任其繁衍，此处既然有箭，不如我们以鼠为靶，较量一番？”

这提议很是讨巧，又是迎合了众人少年爱嬉戏的心理，又是为河防做贡献，连宋先生都笑道：“周霁这想法，我看很妥当。”众人得了老师一句话，立刻都拿了弓箭翻身上马，出外巡视去了。

宋竹见猎心喜，也便央求地看着父亲，宋先生笑着指了指她，到底还是点了点头，她心中顿时高兴起来，喜滋滋地上了马，倒也不敢跑远了，只在村口一带的草地里寻找田鼠踪迹，顺带着也找一找某个精神不佳的心上人。

她一边眺望，一边信马由缰地乱走，偶然走到锦屏山下的一座小树林里，却是拨马走了几步，不敢再深入，便回身要退出去。

这一进一出之间，她忽然瞥见萧禹衣饰，忙催马就从树林小径里靠了过去，不想到了近前，忽然听到林外也有马声，宋竹往外一看，心中陡然便是一跳——

李文叔不知什么时候，已经出现在数十步外，不过他并未看见宋竹，全副心神都集中在了远处，业已张弓搭箭，对准了某个目标。

好吧，或许是她有了偏见，但不论怎么看，宋竹都觉得，他瞄准的不是什么老鼠，而是萧禹才对……

报答

箭在弦上，发不发那都是一瞬间的事，宋竹此时也无心前思后想，全凭本能，先在林中叫了一声：“李师兄！”

便立刻催马从林中走出，冲李文叔打了一声招呼。

李文叔忽然听到她的声音，肩膀先是一抖，这才慢慢地放下弓箭，转头笑着和宋竹招呼："原来是师妹啊。"

他一向对宋竹极为热情，但此时的笑容却有些勉强，宋竹只觉得他眼神有些闪烁，心中越发冰凉，本来只是猜测，如今倒是十拿九稳了。她强忍着怒火，也不愿和李文叔这样的卑鄙小人多说什么，更是很有些难受：李文叔对萧禹的敌意，可说全因她而起，如果萧禹因此受了什么伤害，她心下如何过意得去？

"师兄，这里再往前就是林子了，寻不到什么老鼠。"话虽如此，但没有真凭实据，她也不可能空口白牙地指责李文叔什么，只好按捺着心底的反感，勉强笑道："还是回去吧。"

李文叔见她没什么异状，似乎也安了心，又露出了痴情之色，邀请她道："师妹，不如我们一起寻那田鼠去？"

宋竹只觉得多看他一眼，都伤了自己的眼睛，摇头道："多谢师兄，但还是算了，我要回去了。"

也不等李文叔回话，轻轻地踢了踢马肚子，便往前驰去，跑了一段路，都还能感觉李文叔的眼神钉在自己背上。

李文叔看着她，她不舒服，过了一会儿，觉得李文叔没在看她了，宋竹却越发感到不安，只怕自己走了以后，李文叔又寻机会给萧禹制造麻烦，索性催马转了个弯，直直地冲萧禹跑了过去。心里想道：若是他还想射三十四哥，说不得我过去以后，他也要多了几分忌讳，更不敢出手了——他知道我刚才在一边，肯定难免也有些疑心。只是如此一来，日后他肯定更把三十四哥视作眼中钉。

李文叔比她和萧禹都大了几岁，家中也是出身富贵，大有靠山，宋竹一时颇有些被强敌盯上的惶然感，竟是十分失措，她一气跑到萧禹身边，连招呼都顾不上打，劈头便道："三十四哥，你随我来。"

萧禹一无所觉，面上还是笑微微的，他看了看左右，冲几个师兄弟笑了一笑，和宋竹道："怎么了？莫不是你射了几只老鼠，却不敢去捡？"

一边说，一边催马跟着宋竹行开了。宋竹把他带到一块大石头旁边，又调转马头，让两人背靠石头，面对田野，方才是松了口气，只是她东张西望一番，也没见到李文叔，眉头不免又蹙了起来。萧禹奇道：“怎么了？这么慌慌张张的，难道你又听见林间有什么动静？怕是盗匪来了？”

“不是，”宋竹定了定神，忍不住叹了口气，“若是盗匪，那反倒简单了，大家一拥而上，难道还能让他们跑了？是刚才我看到李师兄……”

她把刚才事情交代了几句，萧禹的神色也凝重了起来，他也跟着宋竹一起，在旷野中望了一遭，又思量了一会儿，唇边方才是浮上了一缕若有若无的讽刺微笑，“别怕，他那个人胆子最小了，既然你已经看破了他的心思，这会儿万不敢再闹出什么幺蛾子。否则先生一封信写回李家去，他这辈子哪还有出头的日子？”

宋竹也知道自己刚才径自来寻萧禹，其实就是把自己的怀疑表现得淋漓尽致了，李文叔只要不是傻的，当可会意于心，只怕从此以后，连她也要记恨上了。她现在倒不怕李文叔怎么为难她，就怕这种事防不胜防，下回他再对萧禹出手时，就怕没那么好运，她能碰巧在旁撞破阻止。“只可惜这种事到底没有真凭实据，即使我和爹爹说了，爹爹也未必会采信我这一面之词，书院将学生开革出去，也都是需要有凭有据，才不怕学生家里人来闹……”

“开革？”萧禹却反而是一声冷笑，“为什么要开革？就让他在书院里读！”

他这个人，仿佛也有两面，平时开朗爱笑、亲切随和，可又有一面是说一不二、杀伐果断，仿佛倒是比他所不喜的周霁城府还更深些。但宋竹对此倒是毫不介意，见萧禹似乎很有主意，心下反而一安，面上还皱眉道：“他若要害你……”

“我要有这么容易被害，还能长到这么大？”萧禹呵的一声笑，竟是胸有成竹，“这件事你别管了，李文叔连番作为，我都记在心里，将来，也少不得一一地回报过去。”

骗了这么一句话出来，宋竹是真正心安了，她有了开玩笑的兴致：“若非是我，你刚才不就被害了一次嘛？”

萧禹被她这么一取笑，面上倒是一红，他又回到了平时那笑呵呵的样子，摸了摸鼻子，笑道：“谁想得到他居然如此没谱儿？也不想想，他要是射伤了我，李家还能有好吗？我……”

他含糊了一下，又道：“不过，萧家权势，并不弱于李家，我猜李文叔的胆子，还不足以让他做出当众射伤我这么丧心病狂的事来，只怕他是瞄准了我的马，想让我出出丑，再坏我一匹好马，让我心疼一番。”

这样的猜测，合情合理，也更合乎李文叔的个性，宋竹本来真以为李文叔要射人，只觉得太过疯狂、难以置信，被萧禹这一分析，怦怦跳的心终于平缓下来，但仍然是皱眉道：“就算如此，刀剑无眼，万一射到人了呢？此人简直……”

她哼了一声，又有些不甘心，“真的要到日后再报复他吗？三十四哥，你就不能快些把他撵弄走——”

“现在撵弄走，他换家书院，照旧还是有希望考上进士的。李文叔这人品行不好，学问倒是不错。”萧禹的回答，倒是显出了他思虑的周详，“且等他中了进士以后再出手，也还不晚的，你只放心好了，此人烦不了你几年。”

宋竹听他这样说，心中倒是一动：三十四哥这话说得，仿佛已经深思熟虑，在今日以前已想好了对付他的后招……没想到他看来这么嘻嘻哈哈的，心里其实很藏得住事，他要对付李文叔，我竟是一点都不知道。

想到这里，她忽然有些模模糊糊的不安——也许是她生活简单，总之宋竹自觉除了自己刚发现的那个秘密以外，她瞒着萧禹的事情非常稀少。可萧禹虽然对她极为照顾，但就像是隐藏在迷雾里，还有许许多多的秘密，是她所不知晓的……

她不愿再想这些了，更不想这么快就和萧禹分开，心中许多思绪来回激荡，忽而兴起一个念头，宋竹也不及细想，就怕自己琢磨以后便说不出口了。在脑子里略微一过，便脱口而出，笑道：“说起来，今日三十四哥算不算是欠了我一个救命之恩？”

“刚才不都说了，李文叔未必是要射我……”萧禹自然不肯就认下来，“再说，他这么针对我，还不是因为你？”

两人驻马在林子边上，吹着秋风，头顶高高的蓝天，脚踩一片连天的黄土地，唇枪舌剑，抬了半天的杠，都是一边说一边笑，说到最后，萧禹拗不过宋竹，终于认了下来，“好好好，算我欠你一个救命之恩，说吧，要我怎么报偿你？”

宋竹一颗心，怦怦跳个不停，面上只是故作无事，她转了转眼珠子，以玩笑的口吻道：“都说滴水之恩、涌泉相报，这救命之恩，那就是无以为报了。看那些话本里，小娘子蒙英雄搭救了，都要来上一句‘高人救命之恩，小女子无以为报，只能以身相许，为高人端茶倒水’——那，三十四哥，你知道该怎么做了？”

萧禹听了这话，倒是怔在了当场，宋竹的心跳得飞快，却不愿露出一点异状，反而还要笑嘻嘻地望着萧禹，就怕被他看出什么不对来。其实，话都说出口了，还装模作样的，有什么意思？但她也不知道为什么，就是不愿意率先流露出对萧禹的喜欢来，这份矛盾的心思，就连她自己，都是难以捉摸清楚……

“噗！”过了一会儿，萧禹方才是在马上笑弯了腰，他大笑了一会儿，忙擦着眼睛，笑意未歇地道：“你这小丫头，真是太机灵了，几句话就要我‘无以为报，只能以身相许，为高人端茶倒水’？你好大的脸面，就是我愿卖身给你为仆，你们家敢要我这么个奴仆吗？”

端茶倒水，在宋竹的理解里，是另一重意思，可萧禹口中说出来的，却又是另一种意思了。宋竹心里也说不上是失望还是失落：敢情到了最后，他还以为她是在开玩笑吗……

正这样想着，萧禹却又换了一张严肃的面孔出来，教育她道：“不过你年岁也渐渐地大了，有些玩笑，可要少开为妙。我知道你家教严格，对这些话本，只怕也是一知半解。这端茶倒水，在这里并不是那个意思，以后对着别人，别开这样的玩笑，仔细被误会了，那可不妙。”

宋竹这时还能说什么？难道要说我知道，但我就是那个意思？就连刚才的套子，她都是鼓足勇气才说出口的，现在要让她直认下来，她是万万没有勇气的，只好嗫嚅道：“我……我知道了……”

她难忍心中的失望，索性垂下脸去，装了个羞愧的样子。萧禹倒是信了个十足十，又教了她好几句，“你现在越来越大，不几年就及笄，不能把自己当作孩子了，上回把帕子给我，便是犯忌讳。好在你现在还小，而且咱们也是通家之好。以后不管什么缘由，也不要把手帕给外男，免得引来误会，坏了名声。你放心，你给我的那条，我已经妥善收好了，不会胡乱使用，惹来传闻的。”

这都是金玉良言，宋竹除了点头称是，还能说什么？从萧禹滔滔不绝的话里，她也明白了萧禹的心思：在他心里，她根本就还是个小女孩儿。

虽说她已经十三岁了，虽说她已经有了好几个仰慕者，但在萧禹的口吻里，她仿佛还是去年和他初次见面时的幼女，从来也不曾长大过。

一边点头称是，她一边委屈又不甘地在心里腹诽起了三十四哥：大笨蛋、大笨蛋……白生了那么亮的眼睛！人家明明都已经十三岁，是个大娘子了，难道你看不出来吗！

心意

宋竹并没有太多时间来忧心这个问题，这年秋冬，她连见到萧禹的机会都没有。北方又起了战事。

去年还只是关西一带，今年的国朝却是两面受敌，辽国人在边境线上已经有了异动，整个冬天北方就没太平过，甚至闹出了天大的丑事——由于北地盗匪过多，辎重运输不足，忍饥挨饿的官兵们，在大军压境的情况下，哗变了……

自古“匪过如梳，兵过如篦”，哗变的兵士，那就是最可怕的盗匪。这个冬天，甚至连宜阳县都不再是世外桃源，宜阳书院被迫关闭了女学，以免这些小娘子在每日上学以及定期回家省亲的路上出了意外。倒是男学还照常开着，学子们的学习也是如故，如果没有大的意外，明年秋天就是解试了，余下的复习时间非常宝贵，自然不会被战乱所影响。

在这样朝不保夕的气氛之中，宋竹即使想见萧禹，也不可能私自出去找他。再说萧禹这样暂时不科举的学生，得了闲都要到乡治上帮忙维持秩序，他因为是萧传中的从弟，去得更是勤快，就是她真的去了书院，找到萧禹的可能也是小而又小。

再说，比起对萧禹的思念，她更挂念的还是他的安全。这兵荒马乱的时候出去协助维护治安，可是有相当危险性的，更不说萧禹还有李文叔这么个“宿敌”，万一李某人趁乱下了黑手，萧禹受了伤，那她心里可就真的过不去了。

还好，她担心的情况并未发生，进了腊月以后，兵患渐渐平息，学生们也都回了学堂念书，萧禹当然也平平安安地坐回到了课堂里。只是因前线战事吃紧，女学在年前开课无望，宋竹也被关在家中不能外出，想来要恢复自由，必须等到新年了。

毕竟年纪还小，虽然心里想着要嫁给萧禹，但宋竹也不至于全天就只想着这么一件事儿。一开始见不到还有些想念，如今知道他平安以后，也就是隔三岔五地偶然惦念一番而已，她满心里还是装着自己的功课——当然也免不得帮着宋苡预备嫁妆。等到后年开春，若是薛汉福考中进士，便要回乡成亲，算来预备嫁衣的时间，也就只有一年多了。

毕竟在洛阳附近，今年前方战况也还不错，宋竹的心情还是颇为明媚的，这天下午午睡起来，便是拿了一双刚纳了底的鞋去寻母亲，想要给鞋底上个面，送给祖母穿。

一进门，宋竹就是吃了一惊——父亲在白日里，几乎是很难得进后院的，他的事太多了，就是晚上也时常要宿在书院，白日进后院来，难道是出了什么大事？

会这样想，也是因为父母的神色都很严肃，母亲脸上更是隐隐带了忧色，见她来了都未褪去，宋竹脱口而出：“爹，不会是大姐、二叔他们出事了吧？”

小张氏勉强一笑，训斥她道：“好端端的，胡说些什么。”

话虽如此，可她面上的忧心却是掩饰不住的。

倒是宋先生还算镇定，他虽然也是神色凝重，但却还是维持了往日的风度，招手让宋竹坐了下来，和声道：“你也长大了，爹爹不瞒你，只是这件事暂时别和你祖母说，免得老人家过于忧心，知道了吗？”

宋竹微微一怔，点头道：“我明白了，一定不和祖母说起。爹，到底出了什么事呀？”

“这些日子，你都闷在家里，也不知道朝中的变化。”宋先生的语气顿了顿，不知为何，竟露出了一个微微有些讽刺意味的微笑，“朝廷里的事，内情很复杂，删繁就简和你说吧，其实就是南党、北党因为今冬武军哗变的事，又起了纷争。虽然联辽灭夏在如今的局势下已成空谈，不过借着辎重不足导致哗变这一点，官家终于下定决心要推行保甲法、青苗法等新法三策。”

宋竹奇道：“不是从王师兄出外起，就注定了这么一日吗？否则，官家又何必把王师兄打发出外呢？”

她说的王师兄，是小王龙图，也就是宋先生最亲密的弟子，原来被认为是北党的中坚人才，大有希望在两三年内进入政事堂。但年前因事出外，如今正镇守河北，为地方长官，虽然一样位高权重，但究竟何时能够回京入政事堂，却又说不清了。

“不错，”宋先生点头道，“今年的变故，也算是帮着官家最终下定决心，要扶持南党。因此如今朝堂上，北党的声音是越来越微弱了。”

宋竹蹙眉道：“难道王师兄，又或是二叔——”

“目前承担压力最大的，还是书院。”宋先生淡然道，“因为你王师兄支持保甲法的缘故，北党众人，如今和我等书院日趋疏远。南党大兴，更是要乘势打压宋学，争夺道统。前阵子战乱，书院许多学子都因家事回乡去了，开春后也未知有多少人能回来。今日又收了信，如今东京御史台，倒是拣选你王师兄做了靶子，弹劾的奏章如雪片一般，看来是要让你王师兄尝尝他们的厉害了。”

宋竹这才明白母亲为什么会忧形于色，她也不由得双眉紧蹙：小王龙图现在算是两边都没着落了，被北党视为叛徒，又因宋学代言人的身份，被南党视为眼中钉。而若是小王龙图被弹倒了，如响斯应，只怕宜阳书院也要迎来寒冬。即使如她所想的一般，只要宜阳书院的学子还能考中科举，书院就不会开不下去，但毕竟也要有一段艰难的日子，短时间内，也难见到如今的繁荣昌盛了。

宋学兴衰，早已和宋家的荣辱深深地联系到了一起，身为宋学门徒和宋家女儿，宋竹此时如何能高兴得起来？只唤了一声“爹——”便说不下去了，就是想要说些安慰的话语，却也是“巧妇难为无米之炊”，搜索半日枯肠，才憋出了一句：“天将降大任于斯人也……”

宋先生反而被她逗笑了，摸了摸宋竹的脑门，温言道：“这样也好，几番风雨、大浪淘沙，在这样的风波中还能回来的，才是真正的宋学门人。”

小张氏也掩去忧色，微笑道：“不错，所谓安贫乐道，前几年，我们家是太热闹了一些，如今这样也好——大哥的婚事，总算是可以定下来了。”

说着，便和宋先生相视一笑，倒是大有几分夫妻相得、心心相印的意思。

宋竹心里虽然沉重，但也不愿坏了父母的兴致，勉强笑着附和了几句，便起身告辞，让父母继续商议——其实她也知道，虽然父母说得轻松，但这件事背后，哪有这么简单？如今南党大兴，为了争夺道统，势必是要把北学打压到曲终人散的地步，眼下只不过是第一招而已，若是官家不支持小王龙图，宋学在朝中的支柱真的被弹倒了，南学的后招肯定还陆续有来。到那时候，没了朝中的靠山，宋学又拿什么和南党、南学对抗呢……

一会儿是这个事，一会儿是那个事，打从去年开始，宋竹就真正知道了什么叫作“有心事”，虽然她从小都存了一份要追赶兄姐的心思，没有度过真正无忧无虑的日子，但到了此时，才明白原来当时也还算得上是天真无邪的童年时光了。此时此际，一面是自己的婚事，一面是家中境遇，都和她息息相关，但却都由不得她来决定，她也说不出更在意哪边，只觉得心里被这两块大石头缀着，沉甸甸的，半点都高兴不起来。

然而，这么大的事，她却还要瞒着家里亲人，连二姐都不愿说：二姐出嫁在即，就让她专心绣嫁妆，这些事，担心了也无用，又何必让她知道？

很快就到了新年，宋竹日日都要和祖母、婶婶这些不知情的亲人朝夕相处，也难为她总要故作欢容，生怕被人看出了端倪。其实，在有心人眼里，宜阳书院败落的征兆已经是很明显了，今年过年，学生们送来的节礼，还不如往年的一半多。只是老安人还以为这和战事有关，所以才没有生疑而已。

当然，书院只是有了颓势，但还没有彻底烟消云散，年节里上门来拜年的学生也还是很多的，宋竹惦记的萧禹也在初四到访宋家，今年因为宜阳县事情多，他就留在县里和萧传中一家过年，而没有去洛阳齐国公府。萧家作为宋家的通家之好，在初一、初二、初三这三日族中亲眷内部走动的节日过后，初四一大早就携家带口上门拜年，宋竹当然也被叫到祖母身边，一道招待客人。

在老人家跟前，她不能搞什么小动作，再说心里事多，一心为父亲难过，甚至连萧禹都无心搭理了，和他稍微打了个招呼，便只做含笑聆听状，居然倒还骗来了萧明氏的夸奖，说她“非但越大越漂亮，而且越大越超卓雅致了”。

稀里糊涂地应付了一上午，宋竹笑得脸都快僵了，好不容易觑了个空子，钻到屋子外头，立在廊下，看着细雪打着旋儿一点点落在天井里，看着看着，倒是忘了心里的忧虑，沉浸在了这悠然的景致之中。

也不知过了多久，忽然有人走到她身边站住了，宋竹回头看了看，见到是萧禹，便冲他笑了一笑。萧禹也不说话，先塞了个小暖炉过来，等宋竹接了过去，把手放在炉子上烘着，方才说道：“你也别太忧心了。”

他语调徐缓肯定，仿佛对宋竹的心事十拿九稳，很有把握。宋竹听了，倒是有些出奇，装傻道：“我没在忧心呀，你说我忧心什么？”

“还说没有忧心？”萧禹嘿了一声，“你要没忧心，一早上脸上写的都是什么？再说，你又何必瞒我？你们家现在如何，你能瞒得过我吗？”

宋竹垂下头来，手在暖炉上来回摩挲，过了一会儿，才说道：“你说得倒是简单……”

“我是说真的，不是安慰你。”萧禹认真地说，他也看着前方的细雪，“你放心吧，小王龙图我不敢说，但书院，肯定是无事的……”

也许是看出来宋竹并不太相信，他扭过脸来望着她：“你信我吗？”

宋竹想了想，不能不承认：“信的。”

“那就不必担心了，信我，书院肯定是无事的。”萧禹肯定地说，“听我的，不许再想这些事，就信我便行了。”

“听你说的，仿佛你是个‘天眼通’。”宋竹忍不住笑了，“连将来的事，你都能看清楚？”

萧禹也笑了，他的语气半真半假：“未必我就不是‘天眼通’？你没见我从兄就一点也不担心吗？”

他话里影影绰绰，仿佛暗示了许多信息，可宋竹现在却无心去分析了。也许是相信了萧禹的话，不再去忧心父亲的前途；也许是因为他在这大冷天里，因为注意到她的脸色不对，特意跑出来找她；也许是因为她有小半年没见到萧禹，下次见面，也不知是什么时候；也许是因为西边的战事，给了她“只争朝夕”的动力……

宋竹轻轻地说：“我不信，三十四哥，你要真有‘天眼通’，怎么就看不出我对你的心意呢？”

她没有羞涩地低下头，反而是大胆地抬起头来，望向了她的心上人。